本书获2022年贵州省出版传媒事业发展专项资金资助

中国历代名著全译·丛书

聊斋志异全译 二

[清]蒲松龄 著
袁华忠 译注

贵州出版集团
贵州人民出版社

中国历代名著全译丛书
编委会

1990年：第一版（第一批）
（以姓氏笔画为序）

王运熙　余冠英　张　克（常务）　罗尔纲

程千帆　缪　钺

1997年：第一版（第二批）
（以姓氏笔画为序）

王元化　王运熙　李万寿（常务）　袁行霈

程千帆　傅璇琮　李立朴（执行）　黄涤明（执行）

中国历代名著全译丛书
再版工作委员会

总 策 划：黄定承　蔡光辉
主　　任：王　旭
执行主任：谢丹华
副 主 任：谢亚鹏　夏　昆　毕昌忠
成　　员：程　立　孔令敏　马文博　尹晓蓓
　　　　　张凤英　唐锡璋　周湖越　苏　轼
　　　　　张　黎　李　方　李　康　何文龙
　　　　　孙家愉　王潇潇

学术顾问

陈祖武　张新民

———————

特约编审（以姓氏笔画为序）

于民雄　汪泰陵　易健贤　赵　泓　袁华忠

再版说明

◎ 在人类文明历史长河中，中华民族创造了源远流长、博大精深的优秀传统文化，它是中华民族的"根"与"魂"，为中华民族生生不息、发展壮大提供了强大的精神支撑。中华优秀传统文化内容包蕴万千，而浩如烟海的历代经典名著正是其中最为璀璨的瑰宝。

◎ 为了传承和弘扬中华优秀传统文化，使广大读者了解我国历代经典名著的全豹，上世纪90年代，我们在全国学术界许多著名学者的支持下，出版了这套《中国历代名著全译丛书》。丛书分两批，每批50种，精选我国历代经史子集四部名著以全注全译的形式整理出版。由于丛书开名著全译之先河且兼具权威性、通俗性、学术性和资料性，出版之后得到书界的认可和受到读者的喜爱，并于1993年荣获第三届中宣部精神文明建设"五个一工程"奖。

◎ 随着中国开启全面建设社会主义现代化国家新征程，文化作为一个国家、一个民族的灵魂，在中国特色社会主义事业全局中的重要地位被进一步凸显,提高文化软实力成为实现中华民族伟大复兴的重要支撑。正是由于这样的背景,让我们开启《中国历代名著全译丛书》的再版工作具有非同寻常的意义。此次再版我们主要做了两项工作:一是对书的内容进行全面细致的校订,改正上一版中存在的舛误,同时,在尊重和保持作者学术成果原貌的基础之上,对个别属于历史局限的地方作了适当处理,使其内容更加精善;二是对书的装帧形式重新进行设计,使其形态更具审美价值并符合新时代读者的阅读习惯。

◎ 我们相信,这套新版的《中国历代名著全译丛书》在让读者领略到中华优秀传统文化独特风采与恒久魅力的同时,对提升中华民族文化自觉自信将起到应有的作用。

贵州人民出版社有限公司
2021年1月

目录

林四娘	1	西僧	197
江中	17	老饕	203
鲁公女	20	连城	214
道士	36	霍生	232
胡氏	45	汪士秀	237
戏术	55	商三官	245
丐僧	58	于江	254
伏狐	62	小二	258
蛰龙	66	庚娘	276
苏仙	69	宫梦弼	292
李伯言	74	鸲鹆	315
黄九郎	83	刘海石	319
金陵女子	107	谕鬼	328
汤公	112	泥鬼	332
阎罗	119	梦别	335
连琐	122	犬灯	338
单道士	144	番僧	342
白于玉	148	狐妾	345
夜叉国	172	雷曹	361
小髻	194	赌符	375

阿霞	386	酆都御史	585
李司鉴	399	龙无目	590
五羖大夫	402	狐谐	592
毛狐	405	雨钱	606
翩翩	415	妾击贼	611
黑兽	429	驱怪	617
余德	432	姊妹易嫁	625
杨千总	440	续黄粱	642
瓜异	442	龙取水	671
青梅	443	小猎犬	673
罗刹海市	470	棋鬼	679
田七郎	503	辛十四娘	685
产龙	524	白莲教	717
保住	526	双灯	723
公孙九娘	530	捉鬼射狐	729
促织	554	蹇偿债	735
柳秀才	571	头滚	740
水灾	574	鬼作筵	741
诸城某甲	578	胡四相公	748
库官	581		

林四娘

原文

青州道陈公宝钥①，闽人②。夜独坐，有女子搴帏入，视之，不识；而艳绝，长袖宫装③。笑云："清夜兀坐④，得勿寂耶？"公惊问："何人？"曰："妾家不远，近在西邻。"公意其鬼，而心好之。捉袂挽坐，谈词风雅，大悦。拥之，不甚抗拒，顾曰："他无人耶？"公急阖户，曰："无。"促其缓裳，意殊羞怯，公代为之殷勤。女曰："妾年二十，犹处子也，狂将不堪。"狎亵既竟，流丹浃席。既而枕边私语，自言"林四娘"。公详诘之，曰："一世坚贞，业为君轻薄殆尽矣。有心爱妾，但图永好可耳，絮絮何为？"无何，鸡鸣，遂起而去。由此夜夜必至，每与阖户雅饮。谈及音律，辄能剖悉宫商⑤，公遂意其工于度曲⑥。曰："儿时之所习也。"公请一领雅奏。女曰："久矣不托于音⑦，节奏强半遗忘⑧，恐为知者笑耳⑨。"再强之，乃俯首击节，唱《伊》《凉》之调⑩，其声婉⑪。歌已，泣下。公亦为酸恻⑫，抱而慰之曰："卿勿为亡国之音⑬，使人悒悒⑭。"女曰："声以宣意，哀者不能使乐，亦犹乐者不能使哀。"两人燕昵，过于琴瑟。既久，家人窃听之；闻其歌者，无不流涕。夫人窥见其容，疑人世无此妖丽，非鬼必狐；惧为厌蛊⑮，劝公绝之。公固能听⑯，但固诘之。女愀然曰："妾衡府宫人也⑰，遭难而死，十七年矣。以君高义，托为燕婉，然实不敢祸君；倘见疑畏⑱，即从此辞。"公曰："我不为嫌，但燕好若此，不可不知其实耳。"乃问宫中事，女缅述⑲，津津可听。谈及式微之际⑳，则哽咽不能成语。女不甚睡，每夜辄起，诵准提、金刚、诸经咒㉑。公问："九原能自忏耶㉒？"曰："一也。妾思终身沦落，欲度来生耳㉓。"又每与公评骘诗词㉔，瑕辄疵之㉕；至好句，则曼声娇吟；意绪风流㉖，使人忘倦。公问："工诗乎？"曰："生时亦偶为之。"公索其赠。笑曰："儿女之语，乌足为高人道！"居三年。一夕忽惨然告别，公惊问之，答云："冥王以妾生前无罪，死犹不忘经咒㉗，俾生王家。别在今宵，永无见期。"言已，怆然㉘。公亦泪下㉙。乃置酒，相与痛饮。女慷慨而歌，为哀曼之音。一字百转，辄便呜咽。数停数起，而后终曲，饮不能畅。乃起，逡巡欲别。公固挽之，又坐少时。鸡声忽唱，乃曰："必不可以久留矣。然君每怪妾不肯献丑，今将长别，当率成一章㉚。"索笔构成，曰："心悲意乱，不能推敲㉛，乖音错节，慎勿出以示人。"掩袖而去㉜，公送诸门外，溘然没㉝。公怅悼良久。视其诗，字态端好，珍而藏之。诗曰："静锁深宫十七年，谁将故国问青天㉞？闲看殿宇封乔木，泣望君王化杜鹃㉟。海国波涛斜夕照，汉家箫鼓静烽烟㊱。红颜力弱难为厉，惠质心悲只问禅㊲。日诵菩提千百句㊳，闲看贝叶两三篇㊴。高唱梨园歌代哭㊵，请君独听亦潸然㊶。"诗中重复脱节，疑有错误㊷。

注释

①青州道：即青州巡道（后简称道员）。清代分省一级为数道，由布政司统领。陈宝钥：字绿崖，福建晋江人，康熙二年（1663）任青州道佥事。

②闽人：福建人。闽：福建省的简称，因秦设闽中郡（治所在冶县，即今福州市）而得名。

③宫装：宫女的妆束。装：亦作"妆""粧"。

④夜：亭刻本作"宵"。兀坐：独自端坐。

⑤剖悉宫商：明辨通解五音。剖：辨，判。悉：了解。宫商：代指宫、商、角、徵、羽。为我国古代五声音阶的音级，称"五音"，亦称"五声"。

⑥工于度曲：善于谱写新曲。度曲：制作新曲，或指依谱歌唱。

⑦此据二十四卷本,原本"矣"下无"不"字。不托于音:不借助乐曲来表达情感,意谓不演奏乐曲。《礼记·檀弓》上:"孔子之故人原壤,其母死,夫子助之沐椁,原壤登木曰:'久矣予之不托于音也。'"

⑧强半:大半,大部分。

⑨者:二十四卷本作"音"。

⑩调:亭刻本作"词"。《伊》《凉》之调:谓悲凉之调。伊、凉为唐代二边郡名,即伊州、凉州。天宝中,乐章多以边地为名。西京节度盖嘉运所进伊州商调曲,称《伊州曲》;西凉都督郭知运所进曲,称《凉州曲》。《凉州曲》又称《凉州破》,本晋末西凉羌族改制的中原旧乐。其曲终入破,骤变为繁弦急响破碎之音,哀惋、悲恻,所以下文称之为"亡国之音"。

⑪二十四卷本"声"下有"哀"字。

⑫酸恻:悲伤,凄恻。

⑬亭刻本"为"下有"此"字。亡国之音:本指国家将亡时,音乐也充满悲哀愁苦情绪。后也指淫邪、轻浮、败坏风气的音乐。《礼记·乐记》:"亡国之音哀以思,其民困。"这里指林四娘所唱曲子声调悲凉。

⑭悒悒:亭刻本作"邑邑"。悒悒:指心情郁悒不畅。

⑮厌:亭刻本作"魇"。二字通。厌蛊:心惧神乱受迷惑。

⑯固:二十四卷本作"不"。

⑰衡府：衡王府。衡王朱祐楎，封于青州（今山东省益都县）。详见《王成》注⑧。

⑱疑畏：亭刻本作"畏疑"。

⑲缅述：回忆叙述。

⑳式微之际：衰败之时。《诗·邶风·式微》："式微式微，胡不归？"朱熹注："式，发语词；微，犹衰也。"

㉑准提：准提观音，亦译"准胝观音""尊提观音"，佛教菩萨名。为密宗莲花部六观音之一。其形象为三目十八臂，主破人众生惑业。准提意译清净，意思是"心性洁净"。唐·善无畏译有《七俱胝佛母心大准提陀罗尼经》。金刚：金刚经，佛经名。全称《金刚般若波罗蜜经》，后秦鸠摩罗什译，一卷。谓世界上一切事物空幻不实，不应对现实世界执著或留恋。异译本有北魏菩提流支和南朝陈真谛的同名译本、唐玄奘译《能断金刚般若波罗蜜多经》（《大般若经》第九会）、唐义净译《能断金刚般若波罗蜜多经》。为我国佛教南宗的主要经典。咒：佛家语，即咒陀罗尼或陀罗尼，指菩萨的秘密真言。

㉒九原：犹九泉，指地下。忏：忏悔。详见《僧孽》注⑫。

㉓度来生：佛教谓以行善信佛解脱今生困厄，使自己得以超度，求得来生的幸福。度：度脱，超度解脱。

㉔评骘（zhì）：评定。

㉕瑕辄疵之：不完美之处，就指出它的毛病。瑕：玉上的赤色斑点；玉以无瑕为贵，故以瑕喻事物的缺点、毛病。疵：小毛病。此用为动词，指出毛病。

㉖意绪风流：情致优雅。

㉗死：亭刻本无"死"字。

㉘怆：亭刻本作"惨"。

㉙下：亭刻本作"堕"。

㉚率成：不加思考，仓促成篇。

㉛推敲：斟酌字句。唐代诗人贾岛，在京师骑驴得句云："鸟宿池边树，僧敲月下门。"始欲用"推"字，又欲用"敲"字，吟哦未定，乃引手作推敲之势，恰遇当时任京兆尹的韩愈，岛不觉冲至第三节，左右拥至尹前，岛具对所得诗句云云。韩愈立马良久，谓岛曰："作'敲'字佳矣。"遂以并辔归，为布衣之交。详见胡仔《苕溪渔隐丛话前集》卷十九引《刘公嘉话》。后因谓斟酌字句、反复考虑为"推敲"。

㉜袖：亭刻本作"袂"。去：二十四卷作"出"。

㉝亭刻本、二十四卷本"然"下有"而"字。

㉞"静锁"二句：大意是自己遭难而死已经十七年，人们对亡去的故国已经淡忘。静锁深宫：静静地禁闭于幽深的衡王故宫，指埋身于地下。故国：指衡王朱祐楎的封国。

㉟"闲看"二句：大意是看见密林深处的衡王宫殿，不禁引起

对衡王的思念。封：长满。乔木：高大的树木。君王化杜鹃：此处化用蜀王杜宇化杜鹃的故事。《太平御览》卷一百六十六引《十三洲记》："当七国称王，独杜宇称帝于蜀……望帝（即杜宇）使鳖冷凿巫山治水有功，望帝自以德薄，乃委国禅鳖冷，号曰开明，遂自亡去，化为子规。"又云："杜宇死时，适二月，而子规鸣，故蜀人怜之。"子规，即杜鹃，其鸣声哀切动人。此借蜀人对杜宇的怀念，喻自己对衡王的怀念。

㊱ "海国"二句：大意是近海地区的抗清斗争业已风平浪静，汉家臣民也歌舞升平，忘了烽火兵燹。海国：近海之国。此指南明政权。清兵攻陷北京，崇祯帝自杀之后，明宗室相继在南京、闽中、梧州等沿海地区，建立南明政权，至清康熙初年，为清所灭。箫鼓：古乐器。烽烟：同"烽燧"。古代边地报警的两种信号，白天放烟曰烽，晚间举火曰燧。

㊲ "红颜"二句：大意是自己是个女子难以化为厉鬼去报仇，只有掩抑悲伤探求佛理，以求彻悟。惠：亭刻本、二十四卷本作"蕙"。红颜：特指女子美艳的容颜，引申指年轻貌美的女子。厉：厉鬼，恶鬼。《左传·昭公七年》："今梦黄熊入于寝门，其何厉鬼也。"禅：梵语音译"禅那"的省称。意译"思维修"，静思之意。佛家修炼方法之一，从古印度传入中国。其法为心注一境，正审思虑。问禅：指探求佛理，以求悟彻。

㊳ 千：二十四卷本作"三"。菩提：佛教名词。为梵文音译，

意译"觉""智"等,指对佛教"真理"的觉悟。旧译借用老、庄术语,曾译为"道",谓通向佛教涅槃之路。广义说,凡断绝世间烦恼而成就"涅槃"之"智慧",通称"菩提",由于"菩提"一词涉及对佛教根本义理的理解,各个宗派在运用上不尽相同,相传佛祖释迦牟尼在荜钵罗树下证得菩提(觉悟),故佛家称该处为菩提场,称荜钵罗树为菩提树。此处以菩提指佛,诵菩提即诵佛号。

㊴贝叶:指贝叶书,亦称贝书,佛经的泛称。印度贝多罗树的叶子,用水沤后可以代纸,古代印度人多用以写佛经,后因称佛经为"贝叶经"。段成式《酉阳杂俎·广动植之三》:"贝多,出摩伽陀国,长六七丈,终冬不凋……贝多是梵语,汉翻为叶……西域经书,用此三种皮叶。若能保护,亦得五六百年。"

㊵梨园:唐玄宗训练乐工之处,其址在长安宫苑中。《新唐书·礼乐志》:"明皇既知音律,又酷爱法曲,选坐部伎子弟三百,教于梨园,号皇帝梨园弟子;宫女数百,亦称梨园弟子。"此处以梨园代指官中乐曲。林四娘盖为衡府歌伎,故云。

㊶潸然:流泪貌。

㊷有:亭刻本、二十四卷本作"传者"。

译文

青州巡道陈宝钥,福建人。晚上一人独自坐着,有个女子掀开帷幕走进来。看看她,不认识;可是容貌艳丽无比,穿着长袖宫妆。她笑眯眯地说:"冷清的夜晚独自端坐,不觉得寂寞吗?"陈宝钥惊讶地问:"你是谁?"她回答:"我家住得不远,就是西边的邻居。"陈宝钥猜想她是鬼,可是心里喜欢她。抓着她的袖子拉她坐下,女子谈吐高雅,陈宝钥十分高兴。搂住她,她也不太拒绝,只四处张望一下说:"没有别的人吗?"陈宝钥急忙关上房门,说:"没有。"催她宽衣解带,她显得很羞涩害怕。陈宝钥替她脱下衣裙,女子说:"我二十岁了,还是个处女,动作粗暴我受不了。"亲热完毕,流出的血湿透了席子。随后他们在枕头上说起悄悄话,女子自称"林四娘"。陈宝钥详细地盘问她。林四娘说:"我一生坚守贞操,已经被你的轻狂破坏完了。你真心爱我,只图个永久相好就行了,絮絮叨叨问什么?"没有多久,鸡叫了,林四娘就起身,走了。

从此以后,林四娘夜夜必来。陈宝钥每次都关上门同她悠闲地喝酒,谈论到音律方面,她颇能明辨通解五音,陈宝钥就估计她善于依谱歌唱。林四娘说:"年幼的时候曾经练习过。"陈宝钥请求让他领略一次高雅的演唱,林四娘说:"好久不借曲抒情了,节奏大半已经遗忘,唱出来恐怕会被懂行的人笑话。"陈宝钥再次催她唱,林四娘才低头打拍子,唱出伊州、凉州的曲调,歌声悲凉婉转。唱完后,林四娘流下了眼泪。陈宝钥也为之悲伤郁悒,拥抱着她安慰说:"你不要唱这亡国之音,让人听了不畅快。"林四娘说:"歌声用来表达心意,哀伤的无法使它欢乐,正如欢乐的无法使它哀伤一样。"两个人情投意合,比夫妻还要好。

时间一长,家里人偷偷听她歌唱,听到她的歌声的,没有不流泪的。陈夫人偷看到林四娘的容貌,疑心人世间不会有如此妖艳美丽的女人,认为她不是鬼必定就是狐狸精;陈夫人担忧陈宝钥心神受到迷惑,劝陈宝钥跟林四娘断绝关系。陈宝钥不听这一套,却坚持盘问林四娘。林四娘满脸愁容地说:"我是衡王府的宫女。遭受灾难而死,已经十七年了。因为你为人义气,才投靠你结成夫妻,确实不敢祸害于你;倘若你疑心害怕,我马上就同你辞别。"陈宝钥说:"我并不嫌弃你,只是情深到如此地步,不能不知道你的真实情况。"于是向林四娘询问宫中的往事。林四娘回忆叙述,往往津津有味耐听。谈到衰败之时,就悲愤气塞,说不出话来。

林四娘不太贪睡,每天夜里总要起床念诵准提、金刚等佛经的经文、咒文。陈宝钥问她:"在阴间也能自己忏悔求福吗?"林四娘说:"同阳间一个样。我想我一生都不得意,要超度来生罢了。"林四娘又时常和陈宝钥一道评论诗歌,遇到毛病她总是挑得出来;看到精妙的诗句,她就拉长声调娇声吟咏,情致很是优雅,使人忘记了疲倦。陈宝钥问林四娘:"工于做诗吗?"林四娘说:"活着的时候也偶然做做。"陈宝钥向林四娘索要赠诗。林四娘笑笑说:"儿女私情话,怎么值得向高明的人说呢?"

住了三年,有一天晚上,林四娘忽然凄惨地来向陈宝钥告别。陈宝钥惊诧地问是怎么回事,林四娘回答说:"阎罗王因为我生前没有罪过,死后仍然不忘念诵经咒,让我到王爷家去投生。分别就在今天晚上,永远也没有再见面的时候了。"说完之后,很是悲伤。陈宝钥也流下了泪。就置办酒席,相对畅饮。林四娘感情冲动地唱起来,唱的是一种悲凉舒缓的曲子。一个字音千回百转,总是若断若续;几停几起,然后才把曲子唱完。酒始终喝得不畅快,林四娘站起身来,迟迟疑疑想要告别,陈宝钥坚决挽留她。她又坐了一会儿,忽然听见雄鸡高唱,她就说:"一定不能再多耽搁了。可是你时常怪我不肯献丑，现在将要永远分别，我应当匆忙地凑出一篇。"林四娘要笔来把诗写出来，说："我心悲意乱，不能推敲字句，平仄不调，音节错乱，请务必不要拿去给别人看。"说完就用袖子捂着脸走出去。陈宝钥送她到大门外，她一下子就无影无踪了。陈宝钥难受了很长时间。陈宝钥看林四娘的诗，字体端正清秀，就当作珍宝一样收藏起来。诗是这样写的：

    静锁深宫十七年，谁将故国问青天。
    闲看殿宇封乔木，泣望君王化杜鹃。
    海国波涛斜夕照，汉家箫鼓静烽烟。
    红颜力弱难为厉，惠质心悲只问禅。
    日诵菩提千百句，闲看贝叶两三篇。
    高唱梨园歌代哭，请君独听亦潸然。

诗中字眼重复，语意也有脱节之处，怀疑是传抄者的错误。

附《池北偶谈》一则

一 原文

闽陈宝钥,字绿崖,观察青州。一日,燕坐斋中,忽有丫鬟,年可十四五,姿首甚美,搴帘入曰:"林四娘见。"陈惊愕,莫知所以。逡巡间,四娘已至前万福。蛮鬟,朱衣,绣半臂,凤嘴靴,腰佩双剑。陈疑其仙侠,不得已,揖就坐。四娘曰:"妾故衡府宫嫔也,生长金陵,衡王昔以千金聘妾,入后宫,宠绝伦辈。不幸早死,殡于宫中。不数年国破,遂北去,妾魂魄犹恋故墟。今宫殿荒芜,聊欲假君亭馆延客;固无益于君,亦无损于君,愿无疑焉。"陈唯唯。自是,日必一至。每张筵,初不见有宾客,但闻笑声酬酢。久之设具宴陈及陈乡人。公车者十数辈咸在坐。嘉肴旨酒,不异人世,然亦不知何从至也。酒酣,四娘叙述宫中旧事,悲不自胜,引节而歌,声甚哀怨,举座沾衣,罢酒。如是年余,一日黯然有离别之色。告陈曰:"妾尘缘已尽,当往终南,以君情谊厚,一来取别耳。"自后遂绝。

有诗一卷,长山李五弦司寇有写本。又程周量会元记其一诗,云:"静锁深宫忆往年,楼台箫鼓遍烽烟。

红颜力薄难为厉，黑海心悲只学禅。细读莲花千百偈，闲看贝叶两三篇。梨园高唱升平曲，君试听之亦惘然。"

另附林西仲（云铭）《林四娘记》

一 原文

晋江陈公宝钥，字绿崖。康熙二年，任山东青州道佥事。夜辄闻传桶中有敲击声，问之则寂无应者。其仆不胜扰，持枪往伺，欲刺之。是夜但闻怒詈声，已而推中门突入，则见有鬼，青面獠牙，赤体挺立，头及屋檐。仆震骇，失枪仆地。陈急出呵之，曰："此朝廷公署，汝何方妖魑，敢擅至此！"鬼笑曰："闻尊仆欲见刺，特来受枪耳。"陈怒，思檄兵格之，甫起念，鬼笑曰："檄兵格我，计何疏也。"陈愈怒，迟明调标兵二千名守门抵夜，鬼却从墙角出，长仅三尺许，头大如轮，口张如箕，双眸开合有光，盘跚于地，冷气袭人。兵大呼，发炮矢，炮火不燃。检栿中矢，无一存者。鬼反持弓回射，矢如雨集，俱向众兵头面掠过，亦不之伤。兵惧奔溃。陈又延神巫作法驱遣，夜宿署中。时腊月严寒，陈甫就寝，鬼直诣巫卧所，攫去衾毡衣裤，巫窘急呼救。陈不得已，出为哀祈。鬼笑曰："闻此神巫，乃有法者也，技止此乎？"遂掷还所攫。次日，神巫惭惧辞去。自后署中飞砖掷瓦，晨昏不宁。或见墙覆栋崩，急避之，仍无他故。陈患焉。

嗣余有同年友刘望龄赴都，取道青州，询知其故，谓陈曰："君自取患耳。天下之理，有阳则有阴，若不急于驱遣，亦未扰扰至此。"语未竟，鬼出谢之。刘视其狰恶可畏，劝令改易头面。鬼即辞入暗室中，少选复出，则一国色丽人。去翘靓妆，袅袅婷婷而至。其衣皆鲛绡雾縠，亦无缝缀之迹，香气飘扬，莫可名状，自称为林四娘。有一仆名实道，一婢名东姑，皆有影无形，惟四娘则与生人了无异相也。陈日与欢饮赋诗，亲狎备至，惟不及乱而已。凡署中文牒多出其手，遇久年疑狱，则为廉访始末，陈一讯皆服。观风试士，衡文甲乙悉当，名誉大振。先是陈需次燕邸，贷京商二千缗，商急索不能应，议偿其半不允，四娘出，责之曰："陈公岂负债者？顾一时力不及耳。若必取盈，陷其图利败检，于汝安乎？我鬼也，不从吾言，力能祸汝。"京商素不信鬼，笑曰："汝乃丽人，以鬼怖我。若果鬼也，当知我在京庐舍职业。"四娘曰："庐舍职业何难详道？汝近日于某处行一负心事，说出，恐就死耳。"京商大骇，辞去。陈密叩商所为，终不泄。其隐人之恶如此。性耽吟咏，所著诗多感慨凄楚之音，人不忍读。凡吾闽有访陈者，必与狎饮，临别辄赠诗。其中庾词，日后多验。有一士人悦其姿容，偶起淫念。四娘怒曰："此獠何得无礼！"喝令杖责，士人忽然仆地，号痛求哀，两臂杖痕周匝。众为之请。乃呼婢东姑持药饮之，了无痛苦，仍与欢饮如初。陈叩其为神始末，答曰："我莆田人也，故明崇祯年间，父为江宁府库官，逮帑下狱。我与表兄某悉力营救，同卧起半载，实无私情。父出狱而疑不释，我因投缳以明无他，烈魂不散耳。与君有桑梓之谊而来，非偶然也。"计在署十有八月而别。别后陈每思慕不置，康熙六年补任江南传骚道。为余述其事。属余记之。

江中①

原文 王圣俞南游②,泊舟江心,既寝,视月明如练③,未能寐,使童仆为之按摩④。忽闻舟顶如小儿行,踏芦席作响,远自舟尾来,渐近舱户。虑为盗,急起问童,童亦闻之。问答间,见一人伏舟顶上,垂首窥舱内。大愕⑤,按剑呼诸仆⑥,一舟俱醒。告以所见。或疑错误。俄响声又作。群起四顾⑦,渺然无人,惟疏星皎月⑧,漫漫江波而已。众坐舟中⑨,旋见青火如灯状⑩,突出水面,随水浮游;渐近舡⑪,则火顿灭。即有黑人骤起,屹立水上⑫,以手攀舟而行。众噪曰:"必此物也!"欲射之。方开弓⑬,则遽伏水中,不可见矣。问舟人,舟人曰:"此古战场,鬼时出没,其无足怪。"

注释 ①此篇二十四卷本作"江中鬼"。
②王圣俞:《蒲松龄集·聊斋文集》卷七有《六月为沈德甫与王圣俞书》,称其为"瑯邪望族",知为山东诸城一带人。生平待考。
③如练:月光洒泻,如匹练垂天。练:白色熟绢。

④按摩：中医疗法之一，可治疗疾病，解除疲劳，帮助入睡。《周礼·天官》："疾医以五味、五谷、五药养其病。"疏："扁鹊治赵太子尸蹶之病，使子明炊汤，子仪服神，子术按摩。"又，《唐书·百官志》："太医者，掌医疗之法，其属有四：一曰医师，二曰针师，三曰按摩师，四曰咒禁师。"

⑤二十四卷本"大"上有"王"字。

⑥按剑：手抚剑把，准备自卫的警戒动作。

⑦起：亭刻本作"趋"，二十四卷本作"出"。

⑧皎：二十四卷本作"皓"。

⑨亭刻本、十四卷本"众"下有"危"字。中：二十四卷本作"上"。

⑩二十四卷本"灯"上有"萤"字。

⑪舡：亭刻本、二十四卷本作"船"。舡（chuán）：同"船"。《广雅·释水》："舡，舟也。"

⑫上：二十四卷本作"面"。

⑬开：亭刻本、二十四卷本作"关"。

译文

王圣俞到南方去旅游，船停泊在江心。上床以后，只见月光亮得像匹白绢，不能入睡，叫童仆给他按摩。忽然听见船顶像有小孩子在走动，踏得芦席棚发出响声，远远地从船尾走过来，渐渐靠近了船舱门。王圣俞疑心是盗贼，急忙坐起来问童仆。童仆也听到了响声。正在问答之间，看见有个人伏在船顶上，把头伸下来窥探船舱里面。王圣俞大吃一惊，手按在剑把上喊各个仆人，一船人都喊醒了。王圣俞把所看到的告诉他们。有人怀疑是看错了。一会儿，响声又起来。大家向各处寻找，空荡荡的没有人，只有稀疏的星星、皎洁的月光、满江的波涛而已。

大家坐在船上，不久看见有青色的火光像盏灯，突出在水面上，随着江波浮游；渐渐靠近船，火光一下子就熄灭了。马上就有一个黑色的人突然站出来，直直地站立在水上，用手抓着船舷跟着前行。大家高喊："一定是这个怪物！"想用箭射它，刚拉开弓，它就很快潜入水中，看不见了。

向船家打听，船家说："这里是个古战场，鬼怪经常出没，不值得大惊小怪。"

鲁公女

原文

招远张于旦①,性疏狂不羁②,读书萧寺③。时邑令鲁公,三韩人④,有女好猎。生活遇诸野,见其风姿娟秀,着锦貂裘,跨小骊驹,翩然若画。归忆容华,极意钦想。后闻女暴卒,悼叹欲绝。鲁以家远,寄灵寺中⑤,即生读所。生敬礼如神明,朝必香,食必祭,每酹而祝曰⑥:"睹卿半面,长系梦魂;不图玉人奄然物化⑦。今近在咫尺,而邈若河山⑧,恨如何也!然生有拘束,死无禁忌;九泉有灵,当姗姗而来⑨,慰我倾慕。"日夜祝之,几半月⑩。一夕,挑灯夜读;忽举首,则女子含笑立灯下,生惊起致问。女曰:"感君之情,不能自已,遂不避私奔之嫌。"生大喜⑪,遂共欢好。自此无虚夜。谓生曰:"妾生好弓马,以射獐杀鹿为快,罪孽深重,死无归所。如诚心爱妾,烦代诵《金刚经》一藏数⑫,生生世世不忘也。"生敬受教;每夜起,即柩前捻珠讽诵⑬。偶值节序,欲与偕归,女忧足弱,不能跋履⑭。生请抱负以行,女笑从之。如抱婴儿,殊不重累,遂以为常,考试亦载与俱,然行必以夜。生将赴秋闱⑮,女曰:"君福薄,徒劳驰驱。"遂听其言而止。积四五年，鲁罢官，贫不能槥⑯，将就窆之⑰，苦无葬地。生及自陈："某有薄壤近寺，愿葬女公子。"鲁公喜。生又力为营葬。鲁德之而莫解其故。鲁去，二人绸缪如平日⑱。一夜，侧倚生怀⑲，泪落如豆，曰："五年之好，于今别矣！受君恩义，数世不足以酬。"生惊问之。曰："蒙惠及泉下人⑳，经咒藏满，今得生河北卢户部家。如不忘今日，过此十五年㉑，八月十六日，烦一往会。"生泣下曰："生三十余年矣，又十五年，将就木焉㉒，会将何为？"女亦泣曰："愿为奴婢一报㉓。"少间，曰："君送妾六七里，此去多荆棘，妾衣长难度㉔。"乃抱生项，生送至通衢，见路旁车马一簇，马上或一人，或二人；车上或三人、四人、十数人不等；独一钿车㉕，绣缨朱幰㉖，仅一老媪在焉。见女至，呼曰："来乎？"女应曰："来矣。"乃回顾生云："尽此，且去，勿忘所言。"生诺。女行近车，媪引手上之，展轸即发㉗，车马阗咽而去㉘。生怅怅而归，志时日于壁。因思经咒之数㉙，持诵益虔。梦神人告曰："汝志良嘉，但须要到南海去㉚。"问："南海多远？"曰："近在方寸地㉛。"醒而会其旨，念切菩提㉜，修行倍洁。三年后，次子明、长子政，相继擢高科㉝。生虽暴贵,而善行不替㉞。夜梦青衣人邀去;见宫殿中坐一人,如菩萨状,逆之曰㉟:"子为善可喜,惜无修龄㊱,幸得请于上帝矣。"生伏地稽首。唤起,赐坐;饮以茶,味芳如兰。又令童子引去,使浴于池。池水清洁,游鱼可数,入之而温,掬之有荷叶香。移时渐入深处,失足而陷,过涉灭顶㊲。惊寤,异之。由此身益健,目益明。自捋其须,白者尽簌簌落;又久之,黑者亦落;面纹亦渐舒。至数月后,颔秃童面㊳,宛如十五六时;辄兼好游戏㊴,事亦犹童。过饰边幅㊵,二子辄匡救之㊶。未几,夫人以老病卒,子欲为求继室于朱门。生曰:"待吾至河北来而后娶㊷。"屈指已及约期,遂命仆马至河北。访之,果有卢户部。先是,卢公生一女,生而能言,长益慧美,父母最钟爱之㊸。贵家委禽㊹,女辄不欲,怪问之,具述生前约㊺。共计其年,大笑曰:"痴婢!张郎计今年已半百,人事变迁,其骨已朽。纵其尚在,发童而齿豁矣㊻。"女不听。母见其志不摇,与卢公谋,戒阍人勿通客,过期以绝其望。未几,生至,阍人拒之,退返旅舍,怅恨无所为计。闲游郊郭,因循而暗访之。女谓生负约,涕不食。母言:"渠不来,必已殂谢。即不然,背盟之罪,亦不在汝。"女不语㊼,但终日卧。卢患之，亦思一见生之为人，乃托游敖⁴⁸，遇生于野。视之，少年也，讶之。班荆略谈⁴⁹，甚惆怅。公喜，邀至其家。方将探问，卢即遽起，嘱客暂独坐，匆匆入内告女。女喜，自力起窥，审其状不符⁵⁰，零涕而返，怨欺罔⁵¹，公力白其是，女无言，但泣不止。公出，意绪懊丧，对客殊不款曲⁵²。生问："贵族有为户部者乎？"公漫应之；首他顾，似不属客⁵³。生觉其慢⁵⁴，辞出。女啼数日而卒⁵⁵。生夜梦女来，曰："下顾者果君耶？年貌舛异⁵⁶，觌面遂致违隔。妾已忧愤死。烦向土地祠速招我魂，可得活，迟则无及矣。"既醒，急探卢氏之门，果有女亡二日矣。生大恸，进而吊诸其室。已而以梦告卢。卢从其言，招魂而归，启其衾，抚其尸，呼而祝之，俄闻喉中咯咯有声；忽见朱樱乍起⁵⁷，坠痰块如冰⁵⁸，扶移榻上，渐复吟呻⁵⁹。卢公悦，肃客出⁶⁰，置酒宴会。细展官阀⁶¹，知其巨家，益喜，择吉成礼。居半月，携女而归，卢送至家，半年乃去。夫妇居室俨如小耦⁶²，不知者多误以子妇为姑嫜者焉⁶³。卢公逾年卒。子最幼，为豪强所中伤，家产几尽。生迎养之，遂家焉。

注释

①招远：县名。明、清属登州府，即今山东省招远市。

②狂:二十四卷本作"放"。

③萧寺:佛寺。唐·李肇《国史补》:"梁武帝造寺,令萧子云飞白大书'萧寺',至今一'萧'字存焉。"后世因称佛寺为"萧寺"。

④三韩:朝鲜。汉代,分朝鲜南部为马韩(西)、辰韩(东)、弁辰(南)三国。至晋,亦称弁辰为弁韩,合称三韩。后为朝鲜代称。

⑤灵:亭刻本作"柩"。

⑥酹:亭刻本作"酬"。

⑦玉人:容颜美丽,晶莹如玉。王子年《拾遗记》:"蜀先主甘后,玉质柔肌,态媚容冶。河南献玉人,高三尺,乃取玉人致后侧,后与玉人洁白齐润。嬖宠者,非惟妒甘后,而亦妒玉人。"物化:化为异物。指死亡。《庄子·刻意》:"圣人之生也天行,其死也物化。"

⑧河山:亭刻本作"山河"。

⑨珊珊:二十四卷本作"姗姗"。珊珊:环珮摩击声。《文选》宋玉《神女赋》:"动雾縠以徐步兮,拂墀声之珊珊。"李善注:"珊珊,声也。"

⑩月:亭刻本作"年"。

⑪亭刻本、二十四卷本"喜"下有"挽坐"二字。

⑫金刚经:佛经名。详见《林四娘》注㉑。藏(zàng):佛、

道经典的总称。藏有包含、蕴积之义,经典能包含蕴积无量法义,故名为藏。一藏数:指持诵五千零四十八遍。

⑬捻珠:手捻佛珠。佛珠又称念珠、数珠,念佛号或经咒时用以计数的佛教用物。常用香木或玉石制成,贯穿成串,粒数有十四颗至一千零八十颗不等。

⑭跋履:跋涉,登山涉水。《左传·成公十三年》:"(晋)文公躬擐甲胄,跋履山川,逾越险阻,征东之诸侯。"

⑮秋闱:乡试,考选举人。

⑯亭刻本"能"下有"舆其"二字。舆其榇:用车运走女棺。榇:棺。

⑰就窆(biǎn):就地埋葬。窆:埋葬时穿土下棺。见《周礼·地官·乡师》注疏。

⑱绸缪:情意缠绵。

⑲倚:亭刻本作"待"。

⑳人:亭刻本无"人"字。泉下人:死人。

㉑此:二十四卷本无"此"字。

㉒就木:进棺材;老死。《左传·僖公二十三年》:"(重耳)将适齐,谓季隗曰:'待我二十五年,不来而后嫁。'对曰:'我二十五年矣,又如是而嫁,则就木焉!请待子。'"

㉓一:二十四卷本作"以"。

㉔长:亭刻本作"裳"。

㉕钿车：镶嵌有金属薄片图案纹饰的车子。

㉖缨：亭刻本作"惟"。绣缨朱幰（xiǎn）：有彩穗装饰的大红车帘。绣缨：彩丝做的穗状饰物，即流苏。幰：车上挂的帷幔。

㉗展軨（líng）：车轮转动，犹言发车。軨：轮，亦作辚。

㉘阗咽（tián yè）：即"阗噎"。形车马喧腾，充满道路。《文选》左思《吴都赋》："冠盖云荫，阊阖阗噎。"

㉙数：二十四卷本作"效"。

㉚南海：指观世音菩萨所在地。印度有南海。又，我国浙江普陀山，相传为观音现身说法之道场，故通常所说之南海，多指此处。

㉛近在方寸地：近在心间。佛教净土宗认为，只要修持善心，发愿念佛，坚持不懈，就可以使菩萨闻知，拔除于苦难之中。方寸地：指心。《列子·仲尼》："吾见子之心矣，方寸之地虚矣。"又，宋·罗大经《鹤林玉露》卷六："俗语云：'但存方寸地，留与子孙耕。'指心而言也。"

㉜念切菩提：渴望领悟佛理。

㉝擢高科：指科举高中。

㉞替：废弃，衰减。

㉟逆：亭刻本作"迎"。

㊱修龄：长寿。

㊲过涉灭顶：谓蹚入深水，淹没头顶。《易·大过》："上六，过涉灭顶。凶。无咎。"

㊳童面：亭刻本、二十四卷本作"面童"。颔秃童面：下巴光净无须，面呈童颜。

㊴辄：亭刻本、二十四卷本无"辄"字。

㊵饰：亭刻本作"失"。过饰边幅：过于注重穿着打扮。谓与年龄身份不符。边幅：本指布帛的边缘，喻指人的服饰容态等外观形象。语本《左传·襄公二十八年》。

㊶匡救：矫正，救正。《孝经》："匡救其恶。"注："匡，正也。"

㊷吾：二十四卷本作"我"。来：二十四卷本作"去"。

㊸最：亭刻本无"最"字。钟爱：爱集一身，极其喜爱。钟：聚。

㊹委禽：下聘礼。委：致送。禽：指雁，古代订婚用的礼物。《左传·昭公元年》："郑徐吾犯之妹美，公孙楚聘之矣。公孙黑又使强委禽焉。"

㊺生前：亭刻本作"前生"。

㊻豁：亭刻本作"豁"。发童而齿豁：头秃齿缺。形容年老。韩愈《进学解》："头童齿豁，竟死何裨。"童：秃。豁：通"豁"。齿缺。

㊼语：亭刻本作"言"。

㊽敖：亭刻本、二十四卷本作"遨"。二字同。游敖：游玩散

心。《诗·邶风·柏舟》:"微我无酒,以敖以游。"

㊾班荆:谓藉草而坐。《左传·襄公二十六年》:"伍举奔郑,将遂奔晋;声子将入晋,遇之于郑郊,班荆相与食,而言复故。"杜预注:"班,布也。布荆坐地,共议归楚,事朋友世亲。"

㊿审:亭刻本无"审"字。

㉛二十四卷本"怨"下有"父"字。

㉜款曲:应酬殷恳。《后汉书·光武帝纪》下:"文叔(刘秀字)少时谨信,与人不款曲。"

㉝不属客:意不在客;不理会客人。

㉞慢:简慢,怠慢。

㉟啼:亭刻本作"泣"。而:亭刻本、二十四卷本作"竟"。

㊱年貌舛异:年龄与容貌不相符。

㊲起:二十四卷本作"启"。朱樱:红樱桃。喻女子之口。

㊳坠:亭刻本作"堕"。

㊴吟呻:亭刻本、二十四卷本作"呻吟"。

㊵肃客:引导客人。《礼记·曲礼》上:"主人肃客而出。"注:"肃,进也。"

㊶官阀:官阶门第。

㊷如:亭刻本、二十四卷本作"然"。耦:二十四卷本作"偶"。二字通。小耦:少年夫妻。耦(偶):配偶。

㊶ "不知"句:意谓张于旦夫妇相貌比他们的儿子媳妇还显得年轻。子妇:儿子和媳妇。姑嫜:公公和婆婆。

译文 招远县人张于旦,生性放任不拘礼义,在一座佛寺里读书。当时,县令鲁公,是朝鲜人,他有个女儿喜好打猎。张于旦正巧在郊野遇上了鲁小姐,见她容貌丰润秀美,穿件绣锦的貂皮裘衣,骑着一匹小黑马,风度翩翩像画中的美女一样。张于旦回来后想起鲁小姐华丽的容貌,极为钦佩爱慕。后来,听说鲁小姐得急病死了,张于旦哀悼慨叹得直想死去。

鲁县令因为离家乡很远,就把女儿的灵柩寄放在寺庙里,正好是张于旦读书的地方。张于旦对鲁小姐的灵柩敬若神明,每天早晨必定烧香,吃饭时必定祭奠,每每洒酒祝祷:"隔着遮面之具看过你一眼,总是在梦魂中牢记着你;想不到晶莹如玉的美人,一下子就撒手人寰。如今我们近在咫尺之间,却遥远得像隔着大山大河,这是何等的遗憾啊!可是,生前有拘束,死后无禁忌;你在九泉之下有灵,就该从从容容地到来安慰我对你的倾心爱慕。"张于旦日夜祝祷,差不多有半个月。

一天晚上,他正在灯下读书,忽然一抬头,只见鲁小姐已含笑站在灯下。张于旦惊奇地急忙起身问候。鲁小姐说："感激你的深情，无法克制自己，也就顾不得私奔之嫌了。"张于旦十分高兴，于是两个人一起亲热了一番。从此，鲁小姐没有一夜不来。鲁小姐对张于旦说："我生前喜欢骑马射箭，把射獐杀鹿当作痛快事，罪孽深重，死后魂魄没有归宿。你如果诚心诚意地爱我，麻烦你替我念诵五千零四十八遍《金刚经》，我生生世世不会忘记你。"张于旦真诚地接受了嘱托；每天半夜起来，在灵柩前捻着佛珠念经。偶然遇上节日，想叫鲁小姐同他一道回家。鲁小姐担心自己足软无力，不能长途跋涉。张于旦请求抱着背着她走，鲁小姐笑着同意了。张于旦抱着她就像抱个婴儿，一点也不觉得重，觉得累，于是就习以为常了。张于旦去参加考试也抱着她一起去。只是上路必须是在晚上。

张于旦要去参加乡试，鲁小姐说："你的福分浅，去也是空跑一趟。"张于旦听了她的话没有去应考。过了四五年，鲁县令罢了官，没有钱把女儿的灵柩运回家乡。他打算就地安葬，又苦于没有一块坟地。张于旦自己去对鲁公说："我有一块薄田靠近寺院，愿意用来安葬你家小姐。"鲁公听了很高兴。张于旦又很卖力地帮着把灵柩安葬了。鲁公很感激他，却不明白他这样做的缘故。

鲁公走后，两个人像平时一样亲密缠绵。一天晚上，鲁小姐斜依在张于旦怀里，豆大的泪珠滚下来，说："五年的恩爱，在今天就要断绝了！受了你的恩义，几辈子也报答不尽。"张于旦惊讶地问是怎么回事。鲁小姐说："承蒙你给我这九泉之下的人如此的恩惠，已经念满了一藏数，现在我得以投生到河北卢户部家。如果你不忘记今天这个日子，过十五年以后，八月十六日，麻烦你去会会面。"张于旦流着泪说："我已经三十多岁了，再过十五年，快要进棺材了，去会你又能怎样呢？"鲁小姐也流着泪说："我甘愿做奴婢来报答你。"过了一会儿又说："你送我六七里路吧，从这里出去路上荆棘很多，我的衣裳宽长很难走过去。"于是鲁小姐抱住张于旦的脖子。张于旦把她送到大路上，看见路上有一队车马，马背或骑一个人，或骑两个人，马车上或坐三人，或坐四人，或坐十几个人不等；唯独有一辆镶金花的马车，绣花的车帷，红色的车帘，只有一个老妈妈坐在上面。她见鲁小姐来了，就打招呼说："来了吗？"鲁小姐回答说："来了！"于是回头对张于旦说："就送到这里吧，暂且回去,不要忘了我说的话。"张于旦答应了她。鲁小姐走近车子,老妈妈伸手拉她上车,车轮转动,立即出发,一队车马闹哄哄地离开了。

张于旦惆怅地回来,把分别的日子记在墙壁上。因为想到念诵经咒灵验,他持珠念诵更加虔诚。梦见有个神人告诉他:"你的心愿很好,只是还必须到南海去一趟。"张于旦问:"南海有多远?"神人说:"近在你的心里。"梦醒后他领会了神人的意思,渴望领悟佛理,修行更加诚笃。

三年以后,二儿子张明,大儿子张政,相继考取了功名。张于旦虽然一下子富贵起来,然而仍一心行善没有改变。晚上,梦见一个穿青衣的人来邀请他去,见宫殿上坐着一个人,像是菩萨的样子,迎着他说:"你一心向善,很可喜,可惜你寿命不长,幸亏我向上帝为你求情了。"张于旦伏在地上磕头感谢。菩萨叫他起来,赐给他座位,赏茶给他喝,茶味芳香如兰花。又让童子引他去,在池子中洗浴。池子里的水很清亮洁净,水中的游鱼都可以数清楚。入水后觉得很温暖,捧水一闻有荷叶的香气。过了一会,渐渐涉到水深的地方,一失足就陷了进去,一挣扎就淹没了头顶。张于旦猛然惊醒,觉得这个梦很奇特。

从此以后,张于旦的身体更加强健,眼睛更加明亮;自己捋捋胡须,白胡须全都一缕缕掉下来;又过了好些日子,黑胡须也掉了下来;脸上的皱纹也慢慢舒展平了。几个月以后,下巴变得光生生的,脸色红润光洁,就像是十五六岁的时候一样;又总是爱好游玩戏耍,做事也像个孩子一样。他过于讲究穿着打扮,两个儿子常常要劝止他。

没有多久,张于旦的老婆因为年老患病去世,儿子想要为他向大户人家求亲续弦。张于旦说:"等我到河北去一趟回来后再娶。"他屈指一算已经到了与鲁小姐约定的时间,于是安排仆人车马到河北去。一打听,果真有个卢户部。先前,卢公生了一个女儿,生下来就会讲话,长大后更加聪明漂亮。爹妈特别宠爱她。富贵人家来下聘礼,姑娘总是不同意。爹娘觉得奇怪,就追问她。她把前生的约定具体地讲了出来。爹娘一计算年数,哈哈大笑说:"傻丫头!算来张郎今年已经年过半百,人与事发生了变动,可能他的骨头已经腐朽。即使他还在世,也是头发秃顶,牙齿掉光了。"姑娘不听这些。她娘见她意志坚定,就同卢公商量,吩咐看门人,对来客不给通报,让他等过了约定的日期以便断绝他的期望。没多久,张于旦来了。看门人拒绝通报，张于旦返回旅店，又恨又难过却无法可想。没事就到郊野闲游，一面等待一面暗中察访。姑娘认为是张于旦违背了约会，哭着不肯吃饭。她娘劝她说："他不来，一定是已经死了。即使没有死，违背约会的责任，也不在你身上。"姑娘不说话，只是整天睡在床上。卢公很担心，也想见一见张于旦看看他的为人，就借口出去游玩散心，在郊外遇上了张于旦。一看他，是个年轻人，很惊讶，坐在路边略谈几句，觉得张于旦很文雅潇洒。卢公很高兴，把他邀请到家里。张于旦正要打听，卢公急忙站起身，嘱咐客人暂且独坐一会，匆匆忙忙地进去告诉女儿。姑娘很高兴，自己硬撑着起床去偷偷查看，觉得来客与张于旦的相貌不同，又哭着返回去了，埋怨父亲欺骗她。卢公极力说明来客的确是张于旦。姑娘一言不发，只是啼哭不止。卢公出来，情绪懊丧，对待客人就不怎么周到了。张于旦问："贵家族中有位做过户部的吗？"卢公心不在焉地胡乱应了一句，头转向另一边，似乎不想理会客人。张于旦觉察到了卢公的怠慢，就告辞出来，姑娘哭了几天就死了。

张于旦夜里梦见姑娘来说："来访的果真是你吗？年龄相貌都与你不相同，结果造成当面也不认识。我已经因忧伤悲愤而死去。麻烦你到土地祠赶快为我招魂，我还能复活。再迟就来不及了。"醒来之后，赶紧到卢家门上打听，果然有个女儿死了两天了。张于旦极为悲伤，进到停灵的屋里吊唁。随后把梦见的情况告诉了卢公。卢公听从了他的话，去土地祠招魂回来，揭开被子，摸着女儿的尸体，喊着她的名字为她祷告。一会，听见女儿喉咙里咯咯作响，忽然见她樱桃小口一张，吐出一口像冰似的冷痰。扶起她把她移到床上，渐渐地又发出了呻吟声。卢公很高兴，把客人请到外间，摆酒宴请客人，详细地询问张于旦的家世门第，知道张家是大户人家，更是欢喜，择定吉日为他们举行了婚礼。住了半个月，张于旦把新娘带回家，卢公送他们到家，住了半年才回去。张于旦夫妇在一起，完全像一对年轻夫妻。不知底细的人，常常误把儿子、媳妇当作公公婆婆。过了一年，卢公去世了。卢公有个年幼的儿子，为豪强中伤诬陷，家产几乎丧失尽。张于旦接他来抚养，就在这里定居下来。

道士

原文

韩生,世家也①。好客。同村徐氏,常饮于其座②。会宴集③,有道士托钵门上④,家人投钱及粟,皆不受;亦不去,家人怒,归不顾。韩闻击剥之声甚久⑤,询之家人⑥,以情告。言未已,道士竟入⑦,韩招之坐。道士向主客皆一举手,即坐。略致研诘,始知其初居村东破庙中。韩曰:"何日栖鹤东观⑧,竟不闻知,殊缺地主之礼⑨。"答曰:"野人新至⑩,无交游,闻居士挥霍⑪,深愿求饮焉⑫。"韩命举觞。道士能豪饮。徐见其衣服垢敝⑬,颇偃蹇⑭,不甚为礼;韩亦海客遇之⑮。道士倾饮二十余杯,乃辞而去。自是,每宴会,道士辄至,遇食则食,遇饮则饮,韩亦稍厌其频⑯。饮次,徐嘲之曰⑰:"道长日为客⑱,宁不一作主?"道士笑曰:"道人与居士等⑲,惟双肩承一喙耳⑳!"徐渐不能对。道士曰:"虽然,道人怀诚久矣,会当竭力作杯水之酬㉑。"饮毕,嘱曰:"翌午幸赐光宠㉒。"次日相邀同往,疑其不设。行去㉓,道士已候于途,且语且步,已至寺门㉔。入门,则院落一新,连阁云蔓㉕。大奇之,曰:"久不至此,创建何时?"

道士答㉖:"峻工未久。"比入其室,陈设华丽,世家所无。二人肃然起敬。甫坐,行酒下食㉗,皆二八狡童,锦衣朱履㉘。酒馔芳美,备极丰渥。饭已,另有小进㉙。珍果多不可名,贮以水晶玉石之器,光照几榻。酌以玻璃盏,围尺许。道士曰:"唤石家姊妹来。"童去少时,二美人入,一细长,一弱柳㉚;一身短,齿最稚;媚曼双绝㉛。道士即使歌以侑酒㉜。少者拍板而歌,长者和以洞箫,其声清细。既阕,道士悬爵促醳㉝,又命遍酌。顾问美人:"久不舞,尚能之否?"遂有童仆展氍毹于筵下㉞,两女对舞㉟,长衣乱拂,香尘四散。舞罢,斜倚画屏。二人心旷神飞㊱,不觉醺醉。道士亦不顾客,举杯饮尽㊲,起谓客曰:"姑烦自酌,我稍憩即复来㊳。"南屋壁下㊴,设一螺钿之床㊵,女子为施锦裯㊶,扶道士卧。道士乃曳长者共寝㊷,命少者立床下为之爬搔㊸。二人睹此状㊹,颇不平。徐乃大呼:"道士不得无礼"往将挠之㊺,道士急起而遁。见少女犹立床下㊻,乘醉拉向北榻,公然拥卧。视床上,美人尚眠绣榻。顾韩曰:"君何太迂?"韩乃径登南榻㊼,欲与狎亵,而美人睡去,拨之不转,因抱与俱寝。天明,酒梦俱醒,觉怀中冷物冰人,视之,则抱长石卧青阶下㊽。急视徐,徐尚未醒；见其枕遗舄之右⁴⁹，酣寝败厕中。蹴起⁵⁰，互相骇异。四顾，则一庭荒草，两间破屋而已。

注释

①世家：旧时泛指门第高、世代做官的人家。《孟子·滕文公》下："仲子，齐之世家也。"

②座：二十四卷本作"家"。

③宴：亭刻本无"宴"字。宴集：聚客饮酒。

④上：亭刻本、二十四卷本作"外"。托钵：指道士募化，化缘。

⑤击剥之声：敲门声。

⑥之：亭刻本无"之"字。

⑦士：亭刻本作"人"。

⑧栖鹤：旧传得道者驾鹤而行，故敬称道士宿止为栖鹤，犹言息驾。

⑨殊：亭刻本无"殊"字。地主：东道主。

⑩野人：山野之人。道士谦称。

⑪居士：佛教名词。梵文音译"迦罗越"，意译"家主"。原指古代印度吠舍种姓工商业中的富人，因信奉佛教者颇多，故佛教用以称呼在家佛教徒之受过"三归""五戒"者。《维摩诘经》称，维摩诘居家学道，号称维摩居士。慧远疏："居士有二：一、广积资财，居财之士，名为居士；二、在家修道，

居家道士，名为居士。"旧时有些自命清高者，也往往自称居士。挥霍：亦作"挥攉"。疾貌。张衡《西京赋》："跳丸剑之挥霍。"陆机《文赋》："纷纭挥霍，形难为状。"按焦弦《字学》，"摇手曰挥，反手曰攉。"盖极言其动作的轻捷。引申为用钱没有节制。

⑫深：二十四卷本无"深"字。

⑬二十四卷本"徐"下有"氏"字。

⑭淹：亭刻本、二十四卷本作"偃"。偃蹇：轻慢，倨傲。《左传·哀公六年》："彼皆偃蹇，将弃子之命。"

⑮海客：浪迹四方之人，江湖客。

⑯频：亭刻本作"烦"。

⑰二十四卷本"徐"下有"氏"字。

⑱道长：道高位尊的道士。对道士的敬称。

⑲人：亭刻本作"士气"。

⑳双肩承一喙：两只肩膀扛着一张嘴。意谓白吃白喝，没有馈赠。这里是反唇相讥语。

㉑杯水：一杯水酒。水：喻酒味淡薄。

㉒翌：亭刻本作"翼"。

㉓行去：亭刻本无"行去"二字。

㉔且语且步，已至寺门：亭刻本无此八字。寺门：二十四卷本作"庙外"。

㉕连阁云蔓：楼阁相连，极其盛多。

㉖答：二十四卷本作"笑云"。

㉗二十四卷本"食"下有"者"字。

㉘朱：二十四卷本作"珠"。

㉙小进：小吃；筵后的茶点果品。

㉚一：二十四卷本作"如"。

㉛媚曼：义同"靡曼"，谓容色艳丽。《列子·周穆王》："简郑卫处子之娥媌靡曼者，施芳泽，正蛾眉，设笄珥……以处之。"

㉜即：亭刻本、二十四卷本无"即"字。侑酒：劝酒。

㉝悬爵促酻（jiào）：举杯劝客饮尽。酻：干杯。

㉞氍毹（qú shū）：毛织的地毯。旧时演戏多用来铺在地上。《风俗通》："纤毛为褥曰氍毹。"

㉟二十四卷本"女"下有"子"字。

㊱二十四卷本"二"上有"韩徐"二字。心旷神飞：心神旷荡，神不守舍。

㊲饮：亭刻本作"引"。

㊳稍：亭刻本、二十四卷本作"少"。

㊴南屋：亭刻本、二十四卷本作"屋南"。

㊵一：二十四卷本作"以"。螺钿之床：镶嵌有贝壳图案的床。

㊶施：二十四卷本作"设"。

㊷寝：亭刻本、二十四卷本作"枕"。

㊸爬搔：挠痒。爬：抓，挠。

㊹二人睹：二十四卷本作"韩徐观"。

㊺往将：二十四卷本作"将往"。

㊻女：二十四卷本作"者"。

㊼径：二十四卷本作"竟"。榻：亭刻本作"床"。

㊽青：亭刻本无"青"字。

㊾右：二十四卷本作"石"。遗屙之石：大便坑旁的踏脚石。

㊿蹴起：指把徐氏踢醒起来。

译文

韩生，是个世代为官宦人家的子弟。他很好客。同村的徐氏，经常到他家喝酒。一次韩生正在宴请宾客，有个道士托着钵盂在门口化缘。家人给他钱和粮食，道士都不要；也不走开。家人发了火，关起门不理他。韩生听到敲门声敲了很久，就问家人是怎么回事，家人把情况讲了。话还没说完，道士居然走了进来。韩生招呼他坐下。道士向主人和客人一一举手致意，就坐了下来，随便问了他几句，才知道他是新近来住在村子东头破庙里的。韩生说："你是什么时候住在村东道观里的，我竟没有一点耳闻，实在没有尽到作为主人的礼节。"道士回答说："山野之人刚刚来到，没有同谁交往。听说居士豪爽不惜财，很想来讨几杯酒喝。"韩生请道士举杯痛饮。道士很能喝。徐氏见他的道袍又脏又破，很瞧不起他，对他也不讲什么礼貌；韩生也把他当作走江湖的看待。道士猛喝了二十几杯酒，就告辞离去。

从此以后，每次宴会，道士总会赶来，遇上吃的就吃，遇上喝的就喝，韩生也有些厌烦他来得太勤。正在喝酒的时候，徐氏嘲弄他说："道长天天来做客，难道不想当一次主人吗？"道士笑着说："道人同居士你一样，都是两个肩膀扛着一张嘴而已。"徐氏羞愧得无言答对。道士说："话虽然这样说，道人怀有酬答的诚心很久了，到时一定尽力备办几杯水酒聊以答谢。"喝完酒，道士又叮嘱说："明天中午希望赐宠光临。"

第二天，两人相邀一同前去，都怀疑道士不能设宴。走过去，道士已在路上等候，边走边谈，已经来到寺庙大门口。走进庙门，只见院落全是新修的，楼阁连成一大片。两人极为惊奇，说："好久没有到这里来，这些楼阁是什么时候修建的呀？"道士回答说："刚竣工不久。"等到走进室内，见陈设豪华漂亮，是官宦世家所没有的。两人流露出十分恭敬、钦佩的神情。刚刚坐下，敬酒上菜的，都是十五六岁的机灵小伙子，身着锦绣衫，脚穿朱红鞋。酒香菜美，极其丰盛。饭后，另外上有果品，珍奇的水果都叫不出名字来，盛在水晶、玉石盘里，光彩照亮了茶几条榻。斟酒用的玻璃盏，周长有一尺左右，道士吩咐："去叫石家姐妹来。"童仆去了不多会，有两个美女进来，一个身材细长，像柔弱的柳枝；一个身材稍矮，年纪很轻；容貌姿色可称双绝。道士就让她们唱歌劝酒。年纪小的一个拍板唱歌，年纪大的一个吹箫伴奏，声音很清幽柔细。

唱完歌，道士举杯劝客干杯，又叫姑娘斟了一遍酒。道士回头问美人："好久不跳舞了，还能跳吗？"就有童仆在筵席前铺上了毛毯。两个姑娘对舞，长长的衣衫拂来拂去，香气向四面散发出来。跳完舞，两个姑娘斜靠在画屏边。韩徐二人心旌摇动，神不守舍，不知不觉就喝醉了。

道士也不再管客人，举杯一饮而尽，站起身来对客人说："暂时请自斟自饮，我稍休息一会就回来。"说完就离席而去。南屋墙壁下，摆着一张镶有贝雕的木床，两个姑娘为道士铺好锦缎被，扶道士睡在床上。道士就拉那年龄稍大的姑娘和他睡，叫年龄较小的那个姑娘站在床边给他挠痒。韩徐两人看到这种情景,十分不平。徐氏就大喊:"道士不许这样无礼!"想走过去搅乱他们。道士急忙爬起身逃跑了。徐氏见那年龄较小的姑娘还站在床前,趁醉把她拉到北墙下的床榻上,毫无顾忌地搂着她躺下。看南边床上,大美人还躺在锦缎被里。他回头对韩生说:"你怎么这样迂腐呢?"于是,韩生就径直上了南床,想跟大美人亲热一番,而大美人已经睡着,扳也扳不过来,只好抱着她一起睡。

天亮了,酒和梦都醒了,韩生觉得怀中有冷东西很冰人,睁眼一看,原来自己抱着一块长条石躺在青石台阶下。急忙看徐氏,徐氏还没有醒,见他正枕着一块大便坑旁的踏脚石,酣睡在破厕所里。韩生踢他起来,彼此又惊又怕四处一看,只有一院子荒草,两间破屋子而已。

胡氏

原文

直隶有巨家欲延师①,忽一秀才踵门自荐②,主人延之③。词语开爽④,遂相知悦。秀才自言胡氏,遂纳贽馆之⑤。胡课业良勤⑥,淹洽非下士等⑦;然时出游,辄昏夜始归⑧;扃闭俨然⑨,不闻款叩⑩,而已在室中矣。遂相惊以狐。然察胡意固不恶,优重之⑪,不以怪异废礼。胡知主人有女,求为姻好,屡示意,主人伪不解。一日,胡假而去⑫。次日有客来谒,挚黑卫于门⑬,主人逆而入⑭。年五十余,衣履鲜洁,意甚恬雅⑮。既坐,自达⑯,始知为胡氏作冰⑰。主人默然良久,曰:"仆与胡先生交已莫逆⑱,何必婚姻?且息女已许字矣⑲。烦代谢先生。"客曰:"确知令媛待聘⑳,何拒之深?"再三言之,而主人不可,客有惭色,曰:"胡亦世族,何遽不如先生!"主人直告曰:"实无他意,但恶非其类耳㉑。"客闻之,怒;主人亦怒,相侵益亟。客起抓主人;主人命家人杖逐之。客乃遁。遗其驴,视之,毛黑色,批耳修尾㉒。大物也,牵之不动,驱之则随手而蹶,嘤嘤然草虫耳㉓。主人以其言忿,知必相仇,戒备之。次日,果有狐兵大至：或骑或步，或戈或弩，马嘶人沸，声势汹汹。主人不敢出，狐声言火屋，主人益惧。有健者率家人噪出，飞石施箭，两相冲击，互有夷伤[24]。狐渐靡[25]，纷纷引去。遗刀地上，亮如霜雪，近拾之，则高粱叶也。众笑曰："技止此耳！"然恐其复至，益备之。明日，众方聚语，忽一巨人自天而降：高丈余，身横数尺；挥大刀如门[26]，逐人而杀。群操矢石乱击之，颠踬而毙[27]，则刍灵耳[28]。众益易之[29]。狐三日不复来，众亦少懈。主人适登厕，俄见狐兵张弓挟矢而至，乱射之，集矢于臀[30]。大惧，急喊，众奔斗，狐方去。拔矢视之，皆蒿梗。如此月余，去来不常，虽不甚害，而日日戒严[31]，主人患苦之。一日，胡生率众至[32]，主人身出[33]，胡望见，避于众中；主人呼之，不得已乃出。主人曰："仆自谓无失礼于先生，何故兴戎[34]？"群狐欲射，胡止之。主人近握其手，邀入故斋，置酒相款，从容曰："先生达人，当相见谅。以我情好，宁不乐附婚姻？但先生车马宫室，多不与人同，弱女相从，即先生当知其不可。且谚云：'瓜果之生摘者，不适于口[35]。'先生何取焉[36]！"胡大惭。主人曰："无伤旧好故在[37]。如不以尘浊见弃，在门墙之幼子[38]，年十五矣，愿得坦腹床下[39]。不知有相若者否?"胡喜,曰:"仆有弱妹,少公子一岁,颇不陋劣,以奉箕帚,如何?"主人起拜,胡答拜。于是酬酢甚欢,前隙俱忘⑩,命罗酒浆,遍犒从者,上下欢慰。乃详问居里㊶,将以奠雁㊷,胡辞之。日暮继烛,醺醉乃去。由是遂安。年余,胡不至,或疑其约妄,而主人坚持之。又半年,胡忽至,既道温凉已㊸,乃曰:"妹子长成矣。请卜良辰㊹,遣事翁姑。"主人喜,即同定期而去㊺。至夜,果有舆马送新妇至,奁妆丰盛,设室中几满。新妇见姑嫜,温丽异常,主人大喜。胡生与一弟来送女,谈吐俱风雅,又善饮。天明乃去。新妇且能预知年岁丰凶㊻,故谋生之计,皆取则焉㊼。胡生兄弟以及胡媪,时来望女,人人皆见之。

注释

①直隶:清代直隶省,辖境相当今河北省。延师:聘请家塾教师。

②踵门:亲至其门。《孟子·滕文公》上:"(许行)踵门而告文公曰:'远方之人,闻君行仁政,愿受一廛而为氓。'"

③之:亭刻本、二十四卷本作"入"。

④开爽:开朗豪爽。

⑤纳贽馆之:付给聘金,为之设馆。贽:旧时初次求见人时

所送的礼物。亦专指送给老师的学费、礼物等。馆：除舍留客；为之设馆，聘为塾师。

⑥课业：对学生的授业和考课。

⑦"淹洽"句：谓其学问渊博贯通，非一般秀才可比。下士：得过一次功名的读书人，即秀才。

⑧辄：二十四卷本无"辄"字。

⑨扃闭：锁闭。

⑩闻：亭刻本无"闻"字。

⑪优重：优礼重待。

⑫假：请假，告假。

⑬黑卫：黑驴。卫：驴的代称。

⑭逆：亭刻本作"迎"。

⑮恬雅：安闲文雅。

⑯自达：自己表明来意。

⑰作冰：做媒人。冰：冰人，即媒人。《晋书·索𬘭传》："孝廉令狐策梦立冰上，与冰下人语。曰：'冰上为阳，冰下为阴，阴阳事也；士如归妻，迨冰未泮，婚姻事也。君在冰上与冰下人语，为阳语阴，媒介事也。君当为人作媒，冰泮而婚成。'"后称媒人为冰人，本此。

⑱交已莫逆：已是莫逆之交。莫逆：内心情意相投，没有违拗。

⑲息女：亲生女。《汉书·高帝纪》："臣有息女，愿为箕帚妾。"颜师古注："息，生也；言己所生之女。"许字：订婚，许配人家。

⑳媛：亭刻本作"爱"。令媛：亦作"令爱"。称对方女儿的敬词。

㉑非：亭刻本无"非"字。

㉒批耳修尾：尖耳长尾。批：谓耳尖如削竹。杜甫《房兵曹胡马诗》："竹批双耳峻。"

㉓"喓喓"句：《诗·召南·草虫》："喓喓草虫。"喓：虫叫声。草虫：郝懿行义疏："草螽，诗作草……《释文》引《草木疏》云：'草螽……大小长短如蝗而青也。'"按此说，颇像纺织娘，也像是北方的蝈蝈儿。

㉔有：亭刻本作"相"。夷伤：创伤。夷、伤同义。

㉕靡：势衰。

㉖亭刻本"门"下有"扇"字。

㉗颠踣而毙：倒地而死。

㉘刍灵：古代送葬用的茅草扎的人马。

㉙易之：轻视它。

㉚集矢：亭刻本、二十四卷本作"矢集"。

㉛日日：亭刻本少一"日"字。

㉜众：亭刻本作"师"。

㉝身：亭刻本作"自"。

㉞兴戎：兴兵，动武。

㉟"瓜果"句：相当于俗谚"强扭的瓜不甜"。

㊱何取焉：意谓何必取此强求婚姻的下策。

㊲在：二十四卷本作"佳"。

㊳在门墙：犹言受业。门墙：师门。语本《论语·子张》："夫子之墙数仞，不得其门而入，不见宗庙之美，百官之富；得其门者或寡矣。"

㊴坦腹床下：意谓做胡生的女婿。《世说新语·雅量》："郗太傅在京口，遣门生与王丞相书求女婿。丞相语郗信：'君往东厢，任意选之。'门生归，白郗曰：'王家诸郎，亦皆可嘉，闻来觅婿，或自矜持，唯有一郎在东床上，坦腹卧，如不闻。'郗公云：'正此好！'访之，乃是逸少，因嫁女与焉。"

㊵郄：通"隙"。隔阂，感情上的裂痕。

㊶居里：二十四卷本作"里居"。

㊷奠雁：献雁。指迎亲之礼。古婚礼中，新郎到新娘家迎亲，先行进雁之礼，取嫁娶有时，顺阴阳往来，示不再偶之意。

㊸道温凉：即寒暄，互致问候。

㊹卜：占卜，选定。

㊺定：亭刻本作"订"。

㊻二十四卷本"年"下有"岁"字。丰凶：丰歉，丰年和灾年。

㊼取则：据为准则，指按她的意见办。

一

译文

直隶省有个大户人家想聘请一位私塾教师，忽然有一个秀才亲自登门自荐。主人请秀才进去。秀才谈吐开朗豪爽，于是主客双方都很高兴。秀才自称姓胡，主人就送了酬金请他开馆授读。胡秀才授业考课很勤奋，博学通达非一般秀才可比，可是，他经常要出去游逛，总要深夜才回来；房门锁得牢牢的，没有听见他敲门开门，而他已经进到房间里了，大家就害怕他是狐狸精。可是，观察胡秀才他根本就没有什么恶意，就更优待尊重他，并不因为他的行为怪异而对他不讲礼节。

胡秀才知道主人家有个女儿，就想求亲，不止一次地表明这层意思，主人却假装不明白。有一天，胡秀才请假走开。第二天，有个客人来拜访，把黑驴拴在门外。主人迎客人进来，客人五十多岁，衣帽鞋袜光鲜整洁，神态安闲文雅。坐下之后，自己表明来意。主人这才知道他是来给胡秀才做媒人的。主人沉默了好一会，说："我与胡先生已经成了莫逆之交，何必再谈什么婚姻之事？而且我女儿已经许配给人家了。劳驾你代向胡先生辞谢。"来客说："确实知道令爱还没有订亲，为什么拒绝得如此坚决呢？"客人再三请求，而主人就是不同意。客人面带羞愧之色，说："胡家也是大家族，怎么就配不上你家！"主人直言相告说："实在没有别的意思，只是嫌他不是同类而已。"客人一听，发了火，主人也动了气，相互冲突得更厉害。客人起身来抓主人；主人叫家人用棍棒赶客人，客人这才逃走了。丢下了那头驴子，仔细一看，毛是黑的，尖耳长尾，身躯高大。牵它牵不动，驱赶它就随手倒在地上，不过是一只唧唧叫的纺织娘。

主人因为来客措词激烈，知道胡秀才一定要来报复，就预先作好准备。第二天，果然来了一帮狐狸兵：有的骑马有的步行，有的拿长矛有的带弓弩，马叫人喊，声势吓人。主人不敢出去。狐狸兵扬言要烧房子，主人更加害怕。有个强健的仆人带领家人们呐喊着冲出去，掷飞石，乱射箭，双方激烈冲突，互有伤残。狐狸兵渐渐败下阵来，纷纷退却，把刀丢在地上，刀光亮如霜雪；走近捡起来，只是一片片高粱叶子。大家笑着说："本领不过如此而已！"可是还怕他们再来，更加注意防范。

第二天，大家正在一起谈论，忽然一个巨人从天而降，身高一丈多，身宽好几尺，挥舞的大刀像一扇门板，追着人砍杀。大家操起弓箭、飞石，对他一阵射，巨人倒地而死，原来是个草扎的人。大家更是觉得它们没有什么了不起。狐狸兵有三天没有再来，大家也稍微放松了一点。主人正好去上厕所，不久只见狐狸兵张弓搭箭赶了来，向他乱射，箭集中射在屁股上。主人吓慌了，急忙喊家人赶紧来应战，狐狸兵才退走。拔下箭一看，全是蒿草秆。像这样闹了一个多月，去去来来没有定准，虽然没有什么大害，主人也很是苦恼。

有一天，胡秀才带着一帮兵来了。主人独自一人站出去。胡秀才看见他，就躲避到人丛中去；主人喊他，他迫不得已只好出来。主人说："我自己认为对先生没有失礼的地方，为什么你要兴师动众呢？"那帮狐狸兵要放箭，胡秀才制止了它们。主人走近胡秀才握住他的手，邀请他回到原来的书房，摆出酒席招待他，不慌不忙地说："先生是通情达理的人，应该能原谅我，凭我对你的交情，难道不乐意结一门亲！只是先生的车马、宫室，大多跟人类不同，要小女嫁给你，就是先生你也该知道那是不行的。而且俗话说：'生摘的瓜果，不会有好味道。'先生何必取这强求婚姻的下策呢？"胡秀才极为惭愧。主人说："没有妨害，老交情仍然存在；如果不因为是尘世的人而嫌弃的话，在你教育下的小儿子，已经十五岁了，愿有机会做你的女婿,不知道有合适的人没有?"胡秀才很高兴,说:"我有一个小妹,比公子小一岁,还不算丑陋粗野,让她做你家媳妇,怎么样?"主人起身拜谢,胡秀才答拜。于是相互敬酒喝得很畅快,先前的隔阂全都忘记了。主人吩咐摆设酒席,犒劳所有跟随胡秀才来的狐兵,上上下下全都又欢喜又舒心。主人这才详细询问胡秀才的住址,准备去下聘礼。胡秀才推辞了,天黑了又点上烛,喝得醉醺醺的才离开。从此以后就平安无事了。

过了一年多,胡秀才没有来,有人怀疑他的婚约靠不住,而主人坚持等着他。又过了半年,胡秀才忽然来了,寒暄之后,才说:"小妹长大成人了,请选个吉日良辰,好让她来侍奉公婆。"主人很高兴,马上一同商定了婚期,胡秀才才走了。

到了晚上,果然有车轿送新娘子来,嫁妆很丰盛,房间里几乎摆满了。新媳妇拜见公婆,温和秀丽不同寻常,主人高兴极了。胡秀才同一个弟弟来送新娘,谈吐都很文雅,又很能喝酒,天亮了才回去。

新媳妇并且能预知年成的好坏,所以主人家的生产安排,都按她的意见办。胡秀才兄弟和胡妈妈,时常来看望新娘,人人都见过他们。

戏术①

原文 有桶戏者,桶可容升,无底中空,亦如俗戏②。戏人以二席置街上,持一升入桶中;旋出,即有白米满升,倾注席上;又取又倾,顷刻两席皆满。然后一一量入,毕而举之,犹空桶。奇在多也。利津李见田③,在颜镇闲游陶场④,欲市巨瓮,与陶人争直,不成而去。至夜,窑中未出者六十余瓮,启视一空。陶人大惊,疑李,踵门求之。李谢不知⑤,固哀之,乃曰:"我代汝出窑,一瓮不损,在魁星楼下非与⑥?"如言往视,果一一俱在。楼在镇之南山⑦,去场三里余。佣工运之,三日乃尽。

注释
①亭刻本"戏术"下有"二则"二字。
②俗戏:民间戏法。今称魔术。
③利津:县名。清代属山东武定府,即今山东省利津县。李见田:李登仙,字见田,利津人。幼即研习占卜之术,长而遨游燕、赵、齐、鲁间,往往不占验而前知,言多奇中,一时号为李神仙。康熙十一年(1672)八十二岁卒。康熙十二年《利津县志》卷八"仙技"载其预言明末清初事数则。王

士禛《池北偶谈》卷二十二"李神仙"条亦载其为霜化李呈祥卜前程事一则。

④颜镇：镇名，即颜神镇。在益都西南一百八十里。明嘉靖间创筑，李攀龙、王世贞为之作记及铭。今属淄博市，是具有悠久历史的制陶中心。

⑤知：亭刻本作"去"。

⑥魁星楼：魁星是中国古代神话中的神，"奎星"的俗称。奎星原为二十八宿之一，后被称为主宰文章兴衰的神。最初在汉代纬书《孝经援神契》中有"奎主文章"之说，后世遂建奎星阁以崇祀之。顾炎武《日知录·魁》：神像"不能像奎，而改奎为魁；又不能像魁，而取之字形，为鬼举足而起其斗。"故魁星神像头部像鬼；一脚向后翘起，如"魁"字的大弯钩；一手捧斗，如"魁"字中间的"斗"字；一手执笔，意谓用笔点定中式人的姓名。

⑦南山：颜神镇南有南博山，当即此之南山。

译文

有用木桶来耍把戏的，木桶可以装得一个升子，没有桶底，中间是空的，也跟民间变戏法的一个样。

耍把戏的人用两张席子铺在街上，拿一个米升放进桶中，随手把米升拿出来，就有满满的一升白米，把米倒在席子上；又入桶取米，又倒在席子上，很短时间两张席子都倒满了米。然后,又一升一升地装进桶里,席子上的米装完了,把桶举起来,仍然是一只空桶。奇就奇在有那么多的白米。

利津县的李见田,在颜神镇闲逛陶器作坊,想买一口大缸,跟烧窑的人讨价还价,交易不成就走了。

到了晚上,窑中有没有取出的大缸六十多口,打开窑门一口也不剩。烧窑的人大吃一惊,怀疑是李见田干的,亲自上门去求李见田。李见田推辞说不知道。烧窑人再三哀求李见田,李见田才说:"我替你出窑,一口大缸也没有损坏,不是在魁星楼下吗?"烧窑人照李见田说的地方去看,果然大缸一一都在那里。魁星楼在颜神镇的南山上,距陶坊有三里多路,雇工搬回这些大缸,三天才搬完。

丐僧

原文

济南一僧，不知何许人。赤足，衣白衲①，日于芙蓉、明湖诸馆诵经抄募②。与以酒食、钱、粟，皆弗受③；叩所需，又不答。终日未尝见其餐饭④。或劝之曰："师既不茹荤酒⑤，当募山村僻巷中，何日日往来于膻闹之场⑥？"僧合眸讽诵⑦，睫毛长指许，若不闻。少选⑧，又语之，僧遽张目厉声曰："要如此化！"又诵不已。久之，自出而去，或从其后，固诘其必如此之故⑨，走不应。叩之数四，又厉声曰："非汝所知！老僧要如此化！"积数日，忽出南城，卧道侧如僵，三日不动。居民恐其饿死⑩，贻累近郭⑪，因集劝他徙；欲饭，饭之，欲钱，钱之，僧瞑然不动⑫，群摇而语之。僧怒，于衲中出短刀，自剖其腹；以手入内，理肠于道，而气随绝⑬。众骇。告郡⑭，蒿葬之⑮。异日为犬所穴⑯，席见⑰，踏之似空；发视之，席封如故，犹空茧然⑱。

注释

①白：亭刻本作"百"。百衲：即百衲衣，僧服。衲：原作"纳"。密针缝纫之意。"百衲"形容缝纫之多。中国汉族地区

有的僧人为了表示"苦修",破除对衣服的贪着,用陈旧杂碎的布片,缝纳为衣,称之为"衲衣"。一般佛教僧人自称"老衲""贫衲",即由此而来。

②抄募:二十四卷本作"募化"。芙蓉、明湖诸馆:芙蓉街、大明湖,两处邻近,在济南旧城西北隅,为当时繁华、名胜之地,多茶楼、酒馆。抄募:指僧人零星募化财物。

③皆:亭刻本作"迄"。

④饭:亭刻本作"饮"。

⑤茹:吃,吞食。荤:指五荤,也叫五辛,佛家禁食这类菜蔬。《本草纲目·菜部·蒜》:"五荤即五辛,谓其辛臭昏神伐性也……佛家以大蒜、小蒜、兴渠、慈葱、茖葱为五荤。"

⑥膻闹:膻腥喧闹,谓不洁不静。

⑦眸:亭刻本作"掌"。讽诵:念佛号、诵经文。

⑧选:二十四卷本作"旋"。少选:须臾,片刻。《古今韵会举要·铣韵》:"选,少选,须臾也。"

⑨亭刻本"此"下有"化"字。

⑩居民:二十四卷本作"民人"。

⑪贻累:连累、牵连。

⑫动:亭刻本、二十四卷本作"应"。

⑬随:亭刻本、二十四卷本作"遂"。

⑭告郡:报告济南知府衙门。郡:明清作为府的别称。

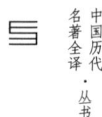

⑮ 藁葬：草草掩埋。语出《后汉书·马援传》。此指以藁荐、芦席裹尸埋葬。

⑯ 穴：穿洞。

⑰ 见：同"现"。露了出来。

⑱ "席封"二句：草席封裹完好，但像无蛹蚕茧，不见尸体。

译文

济南府有个和尚，不知道他是哪里人。赤脚，穿件百衲衣，每天在芙蓉街、大明湖的酒馆里念经募化。给他酒、肉、钱、粮，他全不要，问他需要什么，又不回答，整天不曾看到他吃饭。有人劝他说："师傅既然不吃荤不喝酒，应该到山村僻巷中去募化，为什么天天在膻腥喧闹的场所往来呢？"和尚闭上眼睛念经，眼睫毛大约有一手指长，像什么也没有听到。一会儿，又劝告他。和尚一下睁开眼睛厉声说："就要这样募化！"随后又不停地念经。过了很久，和尚自己走了出去。有人跟在他后面，再三问他一定要这样募化的缘故，和尚只顾走不回答。再三再四地问他，他又厉声回答："不是你所能知道的！老僧就要这样募化！"

过了几天，和尚忽然走出南门，卧在大路边像僵化了一样，三天一动不动。居民恐怕他饿死，连累城郊附近的人，因此大家聚拢来劝他挪到别处去，想吃饭，拿饭给他吃；想要钱，拿钱送他。和尚闭上眼睛一点不动。大家摇着他对他说话。和尚发了火，从衲衣中摸出一把短刀，自己剖开肚子；用手伸进去，把肠子拉出来在路上整理，随后就断了气。大家害怕，报告府衙门，用草席裹尸草草埋了他。

隔了几天，坟堆被狗刨开，席子露了出来，踏上去像是空的；挖出来一看，席子裹扎得和原先一样，可是像个空蚕茧。

伏狐

原文 太史某①,为狐所魅②,病瘵③。符禳既穷④,乃乞假归,冀可逃避。太史行,而狐从之,大惧,无所为谋。一日,止于涿⑤,门外有铃医⑥,自言能伏狐,太史延之入。投以药⑦,则房中术也⑧。促令服讫,入与狐交,锐不可当。狐辟易⑨,哀而求罢,不听,进益勇。狐展转营脱⑩,苦不得去;移时无声,视之,现狐形而毙矣。昔余乡某生者⑪,素有嫪毐之目⑫,自言生平未得一快意⑬。夜宿孤馆,四无邻⑭,忽有奔女,扉未启而已入;心知其狐,亦欣然乐就狎之⑮。衿襦甫解⑯,贯革直入。狐惊痛,啼声吱然,如鹰脱韝⑰,穿窗而出去⑱。某犹望窗外作狎昵声,哀唤之,冀其复回,而已寂然矣。此真讨狐之猛将也!宜榜门"驱狐",可以为业⑲。

注释 ①太史:翰林。明清时多以翰林院官员兼史职,故习称翰林为太史。

②魅:亭刻本作"祟"。

③病瘵:得了精气亏损所致的枯瘦之疾。瘵:瘦弱。

④符禳：用符咒驱除邪祟。

⑤涿：河北省涿县。

⑥铃医：摇铃串游的江湖医生。

⑦投：亭刻本作"授"。

⑧房中术：即阴道术。《汉书·艺文志·方技略》著录容成、务成子等八家，一百八十六卷，今皆佚。另，《隋书·经籍志》著录《素女秘道经》一卷、《素女方》一卷，皆房中术。后世方士有所谓运气、逆流、采战等术，大抵言阴阳交合之类方药，称为房中术，简称房术。《抱朴子·释滞》："房中之术十余家，或以补救伤损，或以攻治众病，或以采阴益阳，或以增年益寿，其大要在于还精补脑一事耳！"

⑨辟易：躲避，退缩。《史记·项羽本纪》："项王瞋目而叱之，赤泉侯人马俱惊，辟易数里。"

⑩营脱：想法脱身。

⑪昔：亭刻本无"昔"字。

⑫有嫪毐（lào ǎi）之目：有大阴男子之称。嫪毐：战国末秦相吕不韦的舍人，与秦太后通，权势很大，门下有食客千余人，家童几千人。秦王政八年（前239）封为长信侯。次年，秦王政举行冠礼，准备亲理政务，他矫诏欲为乱，事败被杀，夷三族。世以嫪毐为淫徒的代称。目：称谓。

⑬二十四卷本"未"下有"能"字。

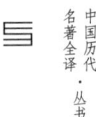

⑭二十四卷本"无"下有"比"字。

⑮狎:亭刻本无"狎"字。

⑯衿:二十四卷本作"襟"。二字通。

⑰韝(gōu):皮革制作的臂衣,用以停立猎鹰。发现猎物,则解脱束缚,放鹰飞捉。

⑱亭刻本无"去"字,二十四卷本无"出"字。

⑲"宜榜"二句:意谓应该把"驱狐"二字当广告贴在门上,以此作为职业。

译文

某太史,受到狐狸精的纠缠,害了虚损病很瘦弱。用尽了符咒驱邪的办法都无效,就请假回乡,希望能够逃避纠缠。太史动身,狐狸精就跟着他。太史很害怕,想不出对付的办法。

一天,太史停留在涿县。门外有个摇铃串游的医生,自称能够降伏狐狸精。太史请他进去,他给太史配了一副药,原来是壮阳药。他催太史吃下去,进房去与狐狸精交合,阳具坚硬得叫狐狸精受不了。狐狸精退缩,再三要求停止。太史不理睬,抵进得更猛烈。狐狸精扭转身子想要逃脱,只是无法跑开,过了一会,没有声音了。再一看,狐狸精现出原形断了气。

从前,我家乡有某书生,一向有大阴男子之称,他自己说生平没有机会痛快一次。晚上，他住在孤零零的房子里，四周没有邻居。忽然跑来一个女人，门没开就已经进屋了；他心里知道她是狐狸精，也就很高兴地乐于跟她亲热。刚脱下衣裳，他冲着阴部直捣进去。狐狸精又惊又痛，吱吱直哭，好像猎鹰从臂韝上解脱一样，穿过窗子逃了出去。某书生还朝窗外发出挑逗声，苦苦地喊她，希望再回来，可是已经没有一点声息了。

这书生真是讨伐狐狸精的猛将！他应该在门上贴上"驱逐狐狸精"的招牌，以此作为职业。

蛰龙

原文

於陵曲银台公①，读书楼上。值阴雨晦暝②，见一小物，有光如荧、蠕蠕而行③，过处，则黑如蚰迹④，渐盘卷上，卷亦焦。意为龙，乃捧卷送之⑤，至门外，持立良久，蠖曲不少动⑥。公曰："将无谓我不恭⑦？"执卷返，仍置案上，冠带长揖送之⑧。方至檐下，但见昂首乍伸⑨，离卷横飞，其声嗑然，光一道如缕；数步外，回首向公，则头大于瓮，身数十围矣；又一折反，霹雳震惊，腾霄而去。回视所行处，盖曲曲自书笥中出焉⑩。

注释

①於（wū）陵曲银台公：曲迁乔，号带溪，山东长山县（今属邹平县）人。明神宗万历五年（1577）进士，历官至通政使司通政使，著有《光裕堂文集》。於陵：春秋齐邑名，长山县的古称。银台：通政使的别称，宋门下省于银台门内设银台司，掌国家奏状案牍，职司与明清通政使司相当，故沿为后者代称。

②晦冥：天色昏暗。

③而行：亭刻本、二十四卷本作"登几"。

④则:亭刻本、二十四卷本作"辄"。蚰:亭刻本作"蚰"。蚰:蜓蚰,即蛞蝓。俗名鼻涕虫。一种无壳蜗牛。一说即蜗牛。二虫爬过处皆留有胶状印迹。

⑤卷:亭刻本无"卷"字。

⑥曲:二十四卷本作"屈"。蠖:虫名,即尺蠖。行时屈伸其体,如尺量物,故名。《易·系辞》:"尺蠖之屈,以求信(伸)也。"

⑦无:二十四卷本作"毋"。十四卷本"恭"下有"耶"字。

⑧亭刻本、二十四卷本"揖"下有"而后"二字。冠带长揖:穿戴官服,深深作揖,表示恭敬。

⑨乍伸:突然伸展躯体。

⑩书笥:书箱。

译文

长山县人通政使曲公,在楼上读书。正遇上阴雨天色昏暗,看见一个小东西,像萤火虫那样发光,弯弯扭扭地爬行着。爬过的地方,就留下一道黑印像鼻涕虫的痕迹。渐渐盘到书上,书上也留下了焦黑的痕迹。猜想这是龙,就捧起书送它。到门外,捧着书站了很久,它像尺蠖那样屈着身子一动不动。曲公说:"莫非是认为我不恭敬吗?"捧着书回到楼上,仍然把书放在桌子上,穿戴好官服深深作揖后再送它,刚走到屋檐下，只见它昂起头突然伸展身躯，离开书横向飞出，发出嗤嗤的响声，一道闪光如线，在几步之外，回头向着曲公，头变得比瓮还大，身躯有几十围粗；又一转身，霹雳震得人吃惊，冲上云霄而去。回头看它爬过的地方，原来是弯弯曲曲从书箱中爬出来的。

苏仙

原文

高公明图知郴州时①,有民女苏氏浣衣于河。河中有巨石②,女踞其上③。有一苔一缕,绿滑可爱,浮水漾动④,绕石三匝。女视之心动。既归而娠,腹渐大,母私诘之,女以情告。母不能解。数月,竟举一子,欲置隘巷⑤,女不忍也⑥,藏诸椟而养之⑦。遂矢志不嫁,以明其不二也。然不夫而孕,终以为羞。儿至七岁,未尝出以见人,儿忽谓母曰:"儿渐长,幽禁何可长也⑧?去之,不为母累。"问所之⑨,曰:"我非人种,行将腾霄昂壑耳⑩。"女泣询归期⑪。答曰:"待母属纩⑫,儿始来。去后倘有所需,可启藏儿椟。索之,必能如愿。"言已,拜母竟去⑬。出而望之,已杳矣。女告母,母大奇之。女坚守旧志,与母相依,而家益落。偶缺晨炊,仰屋无计⑭。忽忆儿言,往启椟,果得米,赖以举火⑮。自是有求辄应⑯。逾三十年,母病卒,一切葬具,皆取给于椟。既葬,女独居三年,未尝窥户⑰。一日,邻妇乞火者见其兀坐空闺⑱,语移时始去。居无何,忽见彩云绕女舍,亭亭如盖⑲,中有一人,盛服立,审视⑳,则苏女也㉑。回翔久之，渐高不见。邻人共疑之，窥诸其室，见女靓妆凝坐㉒，气则已绝。众以其无归㉓，议为殡殓㉔。忽一少年入，丰姿俊伟，向众申谢。邻人向亦窃知女有子㉕，故不之疑。少年出金葬母㉖，值二桃于墓，乃别而去。数步之外，足下生云㉗，不可复见。后，桃结实甘芳，居人谓之"苏仙桃"。树年年华茂，更不衰朽。官是地者，每携实以馈亲友㉘。

注释

①高明图：生平不详。郴（chēn）州：清代为直隶州，属湖南，即今湖南省郴县。

②中：亭刻本无"中"字。

③踞：二十四卷本作"距"。

④漾：二十四卷本作"荡"。

⑤置隘巷：扔进小胡同。指抛弃。《诗·大雅·生民》："诞置之隘巷，牛羊腓字之。"

⑥也：二十四卷本无"也"字。

⑦椟：木柜。

⑧长：二十四卷本作"常"。

⑨所：二十四卷本作"何"。

⑩腾霄昂壑：腾飞于云霄，昂首于涧壑。是以困龙腾飞自喻。

⑪女：亭刻本、二十四卷本作"母"。

⑫二十四卷本"纩"下有"时"字。属（zhǔ）纩：将死。人将死时，在口鼻上放丝棉，以观察有无呼吸，叫属纩。因以作为临终或病危的代称。《礼记·丧大记》："疾病……属纩以俟绝气。"属：附着。纩：新丝棉。

⑬竟：亭刻本作"径"。

⑭仰屋无计：抬头望着屋梁，一点办法也没有。

⑮举火：生火做饭。

⑯由：二十四卷本作"自"。

⑰窥户：指出门。户：屋门。

⑱兀坐：独自静坐。

⑲亭亭如盖：高耸如车盖。《文选》曹丕《诗》之二："西北有浮云，亭亭如车盖。"李善注："亭亭，迥远无依之貌。"

⑳二十四卷本"视"下有"之"字。

㉑女：二十四卷本作"氏"。

㉒靓妆：盛妆。凝坐：端坐不动。僵坐。

㉓无归：指因未出嫁而无处归葬。

㉔殁：二十四卷本作"葬"。

㉕向：二十四卷本作"素"。

㉖藏：二十四卷本作"葬"。

㉗生云：亭刻本作"云生"。

㉘实：二十四卷本作"桃"。

译文

　　高明图做郴州知州的时候，有个百姓人家姓苏的姑娘在河边洗衣裳。河中有一块大石头，苏姑娘蹲在石头上。有一缕水藻，绿色清滑可爱，浮在水中飘动，围绕石头转了三圈。苏姑娘看见它，心里动了情，回家之后就受了孕，肚子一天天大起来。她娘私下盘问她，她把实情告诉了娘。她娘不明白其中的道理。几个月后，苏姑娘居然生下了一个儿子。她娘想把孩子抛弃在偏僻小巷里，苏姑娘不忍心这样做。她把儿子藏在木柜里抚养。苏姑娘下决心不嫁人，以表明她不二婚。可是，没有丈夫就怀了孕，到底觉得难为情。儿子长到七岁，从来没有出来见过人。儿子忽然对妈妈说："孩儿渐渐长大，关起来不让见人，岂是长久之计呢？让我出去，不会给妈妈添麻烦。"妈妈问他到哪里去，他说："我不是人种，就将要腾飞云霄昂首涧壑。"他妈妈流着泪问他什么时候回家。他回答说："等母亲临终的时候，孩儿才回来。我离家之后妈妈倘若需要什么，可以打开藏我的柜子去取，一定能够满足你的愿望。"说完之后，拜别妈妈径自走了。他妈出门去望他，已经无踪影了。

　　苏姑娘把这些告诉她娘，她娘极为惊奇。苏姑娘坚守原来不出嫁的心愿，跟她娘相依为命，可是家境越来越穷。偶然没有早饭米下锅，望着屋梁想不出办法。忽然想起儿子说过的话，去打开柜子，果然得到了米，靠它生火做饭。从此以后，柜里有求必应。

过了三年，她娘因病去世，一切丧葬用具，全都从柜子里取得。安葬了她娘之后，苏姑娘独居了三年，从来没有到门口去看一眼。有一天，邻居家妇人来讨火种，看她独自静坐在空房中，和她聊了好一阵才出去。没有多久，邻居忽然看见五彩云朵围绕着苏姑娘的房子，高高的像车盖罩在上面，彩云中有个人穿着盛装站在里面，仔细一看，原来就是苏姑娘。彩云盘绕了好久，渐渐升高不见了。邻居们都疑心起来，到苏姑娘的屋子里去探望，只见苏姑娘打扮得整整齐齐一动不动地端坐着，呼吸已经停止了。

众邻居因为她未出嫁无处归葬，商议着给她装殓。忽然一个年轻人走进来，长得俊俏伟岸，向大家表示感谢。邻居们向来也知道苏姑娘有个儿子，所以也不疑心他。年轻人拿出银钱来安葬母亲，在坟墓旁种了两棵桃树，就向众人告别走了。走到几步之外，他脚下生出云朵，就再也看不见了。

后来，桃树结出的桃子又甜又香，居民们称作"苏仙桃"。桃树年年开花繁茂，从不枯萎朽烂。凡是在这里做官的，常常带些桃子去赠送亲戚朋友。

李伯言

原文

李生伯言，沂水人①，抗直有肝胆②。忽暴病，家人进药，却之曰："吾病非药饵可疗。阴司阎罗缺，欲吾暂摄其篆耳③。死④，勿埋我，宜待之。"是日果死⑤。骖从导去⑥，入一宫殿，进冕服⑦，隶胥祗候甚肃⑧。案上簿书丛沓⑨。一宗：江南某⑩，稽生平所私良家女八十二人⑪，鞫之，佐证不诬⑫，按冥律，宜炮烙⑬。堂下有铜柱，高八九尺，围可一抱，空其中而炽炭焉，表里通赤。群鬼以铁蒺藜挞驱使登⑭。手移足盘而上，甫至顶，则烟气飞腾，崩然一响如爆竹⑮，人乃堕；团伏移时，始复苏；又挞之，爆堕如前。三堕，则匝地如烟而散，不复能成形矣⑯。又一起，为同邑王某，被婢父讼：盗占生女，王即生姻家⑰。先是，一人卖婢，王知其所来非道，而利其直廉，遂购之。至是，王暴卒。越日，其友周生遇于途⑱，知为鬼，奔避斋中；王亦从入。周惧而祝⑲，问所欲为。王曰："烦作见证于冥司耳。"惊问："何事？"曰："余婢实价购之⑳，今被误控㉑，此事君亲见之，惟借季路一言㉒，无他说也。"周固拒之，王出曰："恐不由君耳。"未几，周果死。同赴阎罗质审㉓。李见王，隐存左袒意㉔。忽见殿上火生，焰烧梁栋。李大骇，侧足立㉕，吏急进曰㉖："阴曹不与人世等，一念之私不可容。急消他念，则火自熄。"李敛神寂虑，火顿灭。已而鞫状，王与婢父反复相苦㉗。问周，周以实对㉘。王以故犯论答㉙。答讫，遣人俱送回生，周与王皆三日而苏。李视事毕，舆马而返。中途见阙头断足者数百辈㉚，伏地哀鸣。停车研诘㉛，则异乡之鬼思践故土，恐关隘阻隔，乞求路引㉜。李曰："余摄任三日，已解任矣，何能为力？"众曰："南村胡生，将建道场㉝，代嘱可致。"李诺之。至家，驺从都去，李乃苏。胡生字水心，与李善，闻李再生，便诣探省。李遽问："清醮何时㉞？"胡讶曰："兵燹之后㉟，妻孥瓦全㊱，向与室人作此愿心㊲，未向一人道也，何知之㊳？"李具以告。胡叹曰："闺房一语，遂播幽冥，可惧哉！"乃敬诺而去。次日，如王所。王犹惫，卧见李，肃然起敬，申谢佑庇。李曰："法律不能宽假。今幸无恙乎？"王云："已无他症，但答疮脓溃耳㊴。"又二十余日始痊，臀肉腐落，瘢痕如杖者。

异史氏曰："阴司之刑，惨于阳世；责亦苛于阳世㊵。

然关说不行㊶，则受残酷者不怨也。谁谓夜台无天日哉㊷！第恨无火烧临民之堂廨耳㊸！"

注释

①沂水：县名。清初属沂州。今山东省沂水县。

②抗直：也作"伉直"。刚强正直。有肝胆：对人诚信，肝胆照人。

③摄篆：代掌印信。又称"摄任"，即代理官职。

④死：亭刻本无"死"字。

⑤果：亭刻本作"竟"。

⑥骑从：达官贵人出行，在车乘前后骑马导从的人员。

⑦冕服：亭刻本、二十四卷本作"服冕"。冕服：古代帝王的礼服。此指阎罗王冠服。冕；王冠。

⑧隶胥：衙役、小吏。祇（zhī）候：恭敬侍候。肃：庄重、严肃。

⑨丛沓：多而杂乱。

⑩江南：清初置江南省，辖江苏、安徽两省地，康熙初废。

⑪稽：考核，计数。这里是会计、总计之意。私：奸污。

⑫佐证不诬：证据俱在，没有虚妄。

⑬炮烙：本作"炮格"。相传是殷代所用的一种酷刑。用铜柱加炭使热，令有罪者行其上。见《史记·殷本纪》。这里借为阴司之刑。

⑭铁蒺藜：这里是指一种有刺的铁锤或铁棒之类的刑具。非《六韬》《汉书》等书中所载军中设障用的铁蒺藜。

⑮爆竹：古时以火燃竹，用其爆裂声以驱山鬼，叫爆竹。后来，仿其形以纸卷火药制作，又叫爆仗。《神异经》载，西方山中有人焉，长尺余，一足。性不畏人，犯之令人寒热，名曰山魈。以竹著火中，烞烨有声，而山魈惊惮。后人遂象其形，以火药为之。

⑯复能：亭刻本作"能复"。

⑰生：亭刻本无"生"字。

⑱周：二十四卷本作"李"。

⑲祝：亭刻本卷作"视"。

⑳实价购之：意谓系出钱购婢，而非"虚价实契"而盗占人女为婢。

㉑误：亭刻本、二十四卷本作"诬"。

㉒"惟借"句：意即只借重你一句诚实的话，证明我被人诬告。季路：孔子弟子仲由，字子路。一字季路。孔子曾说他"片言可以折狱"（见《论语·颜渊》）。朱熹《论语集注》："片言，半言。折，断也。子路忠信明决，故言出而人信服之，不待其辞之毕也。"王某的话，是要求周生据实证明其婢是从他人处廉价购得，以求从轻论罪，如盗占，则罪行较重。

㉓质审：接受质询和审理。

㉔左袒：脱袖袒露左臂，表示偏护一方。语出《史记·吕后本纪》："太尉将之入军门，行令军中曰：'为吕氏右袒，为刘氏左袒，军中皆左袒为刘氏。'"

㉕侧足立：侧身站着，表示敬畏戒惧。

㉖急：亭刻本作"隐"。

㉗苦：亭刻本作"诘"。

㉘对：亭刻本作"告"。

㉙以故犯论笞：以明知故犯之罪判处笞刑。王某明知所买之婢"所来非道"而买之，因称"故犯"。

㉚阙：亭刻本作"缺"。

㉛研诘：仔细询问。

㉜路引：官府颁发的通行凭证。

㉝道场：佛教、道教规模较大的诵经礼拜仪式都称为道场。

㉞醮：祭祀神灵。《文选》宋玉《高唐赋》："醮诸神，礼太一。"

㉟兵燹（xiǎn）：战争造成的烧杀破坏。燹：火。多用为兵火。

㊱瓦全：谓苟全性命。《北齐书·元景安传》："天保时，诸元帝室亲近者多被诛戮。疏宗如景安之徒议欲请姓高氏。（元）景皓曰：'岂得弃本宗，逐他姓！大丈夫宁可玉碎，不能瓦全。'"

㊲室人：内人，指妻。

㊳二十四卷本"何"下有"由"字。

㊴疮：二十四卷本作"创"。

㊵责：阴司之责；指阴司对官吏执法的要求。

㊶关说：犹今"走后门"。《史记·佞幸列传序》："此两人（指籍孺、闳孺）非有才能，徒以婉佞贵幸与上卧起，公卿皆因关说。"司马贞索隐："关，道也，谓公卿因之而通其词说。"后因以"关说"为通关节，说人情。

㊷夜台：墓穴。《文选·陆机〈挽歌〉》："送子长夜台。"李周翰注："坟墓一闭，无复见明，故云长夜台。"此指阴间。无天日：暗无天日，指吏治黑暗。

㊸二十四卷本"恨"下有"阳世"二字。

译文

书生李伯言，是沂水县人，生性刚强正直，肝胆照人。他忽然生了急病，家里人给他吃药，他拒绝说："我的病不是药物可以治得好的，阴司暂缺一个阎罗王，要我暂时代理掌印。我死后，不要埋葬我，要等待一下。"当天他果然死了。随从人员来引导他走去，进入一座宫殿，奉上帝王的礼服，衙役小吏恭敬侍候，气氛很庄重。公案上簿籍文书多而杂乱。有一份卷宗，是江南某人的，查他一生奸污良家妇女八十二人。经过审讯，证据确凿。按照阴司的法律，该受炮烙的刑罚。公堂下有根铜柱，有八九尺高，周围约有一抱粗，铜柱中间是空的，里面燃着木炭，里外都烧得通红。一群小鬼用铁茨藜打着赶他去爬铜柱子。他双手移动，双脚盘着铜柱子爬上去。刚爬到顶部，烟气就飞腾起来，崩的一响像爆竹爆炸，人就跌落下来；他团做一堆，伏在地上好一阵，才苏醒过来；小鬼又打着赶他爬铜柱，爆炸、跌落同前次一样。跌落到第三次，就遍地生烟而飘散，不再成为人形了。又一起案件，是本县王某人的，被他婢女的父亲控告：非法强占亲生女儿。王某人是李伯言的亲戚。早先，一个人卖婢女，王某人知道他来路不正，但贪图价钱便宜，就买了下来。至今，王某人急病身亡。第二天，他的朋友周生在路上遇到他，知道他是鬼，就跑去躲在书房里；王某也跟进书房。周生因为害怕而祷告，问他要干什么，王某说："劳驾你在阴司作个见证而已。"周生吃惊地问："为什么事情？"王某说："我的婢女确实是出钱购买的，眼下被冤枉地告了一状。这件事，你是亲眼见到的，只借重你一句实话，不用说其他的。"周生坚决拒绝他。王某走出来说："恐怕由不得你了。"没有多久，周生果然死了。一同到阎罗王面前接受质询和审理。李伯言见到王某人，暗暗存着偏袒之心。忽然阎罗殿上冒出火光，火焰烧着了栋梁。李伯言吓了一大跳，侧身站了起来。小吏急忙上前说："阴曹地府跟阳间不一样，一闪念的私心也容不得。赶紧把杂念消除，火就自然会熄灭。"李伯言集中心思静心思考，火一下子就熄灭了。随后开始审讯，王某人同婢女的父亲反复相互辩论。李伯言问周生，周生据实回答，王某以明知故犯罪判处笞刑。打完板子，派人把他们一起送回去复生。周生同王某人都在三天以后又复活了。

李伯言办理公务完毕，乘坐车马返回阳间。路上见到几百个缺头断脚的鬼，伏在地上悲哀地呼喊。李伯言停下车仔细询问，原来是异乡的鬼想返回家乡，担心关卡阻难，请求发给通行证。李伯言说："我代理三天职务，已经解职了。我怎么能为你们出力？"众鬼说："南村的胡生，将要做道场，你代我们嘱托他就可以办到。"李伯言答应了他们。到了家，随从人员都返回去了，李伯言就复活过来。

胡生表字水心，跟李伯言很友好，听说李伯言复活，便来他家探望。李伯言赶紧问他："你什么时候设道场？"胡生惊讶地问："兵灾之后，妻子儿女幸好保住了性命，以前同妻子许了做道场的愿，没有向一个外人谈过，你是怎么知道的？"李伯言据实告诉了他，胡生惊叹说："闺房中的一句话，就在阴间传播开来，太可怕了！"于是恭恭敬敬地答应了，告辞回去。

第二天，李伯言到王某人家去，王某人还很疲倦，躺在床上见了李伯言，庄重地起身致敬，表示感谢他的保护。李伯言说："法律不能宽容，现在幸好还没有什么毛病吧？"王某人说："已经没有其他病症，只是板子打伤的地方溃烂流脓而已。"又过了二十几天才完全长好。屁股上的肉腐烂掉了一些，瘢痕像板子的形状一样。

异史氏说："阴司的刑罚，比阳世残酷，对官吏执法的要求也比阳世严格，可是讲人情行不通。受了残酷刑罚的人也没有什么怨恨。谁说阴间暗无天日呢！只恨阳间没有一把火烧到统治老百姓的官府罢了。"

黄九郎

一

原文 何师参,字子萧,斋于苕溪之东①,门临旷野。薄暮偶出,见妇人跨驴来,少年从其后②。妇约五十许,意清越③。转视少年,年可十五六,丰采过于姝丽。何生素有断袖之癖分④,睹之,神出于舍,翘足目送,影灭方归。次日,早伺之,落日冥濛⑤,少年始过。生曲意承迎,笑问所来。答以"外祖家"。生请过斋少憩,辞以"不暇";固曳之,乃入。略坐兴辞,竖不可挽。生挽手送之⑥,殷嘱便道相过,少年唯唯而去。生由是凝思如渴,往来眺注,足无停趾。一日,日衔半规⑦,少年欻至⑧,大喜要入,命馆童行酒。问其姓字,答曰⑨:"黄姓,第九⑩。童子无字⑪。"问:"过往何频?"曰:"家慈在外祖家⑫,常多病,故数省之。"酒数行,欲辞去。生掉臂遮留⑬,下管钥⑭。九郎无如何,赪颜复坐⑮,挑灯共语,温若处子;而词涉游戏⑯,便含羞面向壁。未几,引与同衾,九郎不许,坚以睡恶为辞⑰。强之再三,乃解上下衣,着裤卧床上。何灭烛少时⑱,移与同枕;曲肘加髀而狎抱之⑲,苦求私昵。九郎怒曰:"以君风雅士故与流连,乃此之为，是禽处而兽爱之也[20]！"未几，晨星荧荧[21]，九郎径去。生恐其遂绝，复伺之，踯躅凝盼[22]，目穿北斗。过数日，九郎始至，喜逆谢过[23]，强曳入斋，促坐笑语，窃幸其不念旧恶。无何，解屦登床[24]，又抚哀之。九郎曰："缠绵之意，已镂肺鬲[25]，然亲爱何必在此？"生甘言纠缭[26]，但求一亲玉肌，九郎从之。生俟其睡寐，潜就轻薄，九郎醒，揽衣遽起，乘夜遁去。生邑邑若有所失[27]，忘啜废枕[28]，日渐委悴[29]，惟日使斋童逻侦焉。一日，九郎过门即欲径去，童牵衣入之。见生清癯，大骇，慰问。生实告以情，泪涔涔[30]，随声零落。九郎细语曰："区区之意，实以相爱无益于弟，而有害于兄[31]，故不为也。君既乐之，仆何惜焉？"生大悦。九郎去后病顿减[32]，数日平复。九郎果至，遂相缱绻。曰："今免承君意[33]，幸勿以此为常。"既而曰："欲有所求，肯为力乎？"问之，答曰："母患心痛，惟太医齐野王先天丹可疗。君与善，当能求之。"生诺之，临去又嘱。生入城求药，及暮付之。九郎喜，上手称谢[34]。又强与合。九郎曰："勿相纠缠。请为君图一佳人，胜弟万万矣。"生问："谁何？"九郎曰[35]："有表妹美无伦，倘能垂意，当报柯斧[36]。"生微笑不答，九郎怀药便去。三日乃来，复求药。生恨其迟，词多诮让㊲。九郎曰：“本不忍祸君，故疏之。既不蒙见谅，请勿悔焉。”由是燕会无虚夕㊳。凡三日必一乞药，齐怪其频，曰：“此药未有过三服者，胡久不瘥？”因裹三剂并受之㊴。又顾生曰：“君神色黯然㊵，病乎？”曰：“无。”脉之，惊曰：“君有鬼脉㊶，病在少阴㊷，不自慎者殆矣。”归，语九郎。九郎叹曰：“良医也！我实狐，久恐不为君福㊸。”生疑其诳，藏其药，不以尽予，虑其弗至也。居无何，果病。延齐诊视，曰：“曩不实言，今魂气已游墟莽㊹，秦缓何能为力㊺？”九郎日来省侍㊻，曰：“不听吾言，果至于此！”生寻死，九郎痛哭而去。先是，邑有某太史，少与生共笔砚㊼；十七岁擢翰林。时秦藩贪暴㊽，而赂通朝士㊾，无有言者。公抗疏劾其恶㊿，以越俎免(51)。藩升是省中丞(52)，日伺公隙。公少有英称(53)，曾邀叛王青盼(54)，因购得旧所往来札胁公，公惧，自经。夫人亦投缳死(55)。公越宿忽醒(56)，曰：“我何子萧也。”诘之，所言皆何家事，方悟其借躯返魂。留之不可，出奔旧舍。抚疑其诈，必欲排陷之，使人索千金于公。公伪诺，而忧闷欲绝。忽通丸郎至，喜共话言，悲欢交集，既欲复狎，九郎曰：“君有三命焉(57)？”公曰：“余悔生劳，不如死逸。”因诉冤苦，九郎悠忧以思㊽，少间，曰："幸复生聚。君旷无偶，前言表妹慧丽多谋，必能分忧㊾。"公欲一见颜色㊿。曰："不难。明日将伴老母，此道所经，君伪为弟也兄者，我假渴而求饮焉，君曰'驴子亡'，则诺也。"计已而别。明日停午㉑，九郎果从女郎经门外过，公拱手絮絮与语，略睨女郎，娥眉秀曼㉒，诚仙人也。九郎索茶，公请入饮。九郎曰："三妹勿讶，此兄盟好，不妨少休止。"扶之而下，系驴于门而入。公自起沦茗，因目九郎曰："君前言不足以尽㉓。今得死所矣！"女似悟其言之为己者，离榻起立，嘤喔而言曰㉔："去休！"公外顾曰："驴子其亡！"九郎火急驰出。公拥女求合。女颜色紫变，窘若囚拘，大呼："九兄！"不应。曰："君自有妇，何丧人廉耻也？"公自陈无室。女曰："能矢山河㉕，勿令秋扇见捐㉖，则惟命是听。"公乃誓以皦日㉗。女不复拒。事已，九郎至，女色然怒让之㉘。九郎曰："此何子萧，昔之名士，今之太史；与兄最善，其人可依。即闻诸妗氏，当不相见罪。"日向晚，公邀遮不听去㉙。女恐姑母骇怪，九郎锐身自任，跨驴径去。居数日，有妇携婢过，四十年许㉚，神情意致雅似三娘。公呼女出窥，果母也。瞥睹女，怪问："何得在此？"女惭不能对。

公邀入，拜而告之。母笑曰："九郎雅气，胡再不谋㉛?"女自入厨下，设食供母，食已乃去。公得丽偶颇快心期，而恶绪萦怀，恒蹙蹙有忧色㉜。女问之，公缅述颠末。女笑曰："此九兄一人可得解，君何忧?"公诘其故，女曰："闻抚公溺声歌而比顽童㉝，此皆九兄所长也。投所好而献之，怨可消，仇亦可复。"公虑九郎不肯。女曰："但请哀之。"越日，公见九郎来，肘行而逆之㉞，九郎惊曰："两世之交，但可自效，顶踵所不敢惜㉟；何忽作此态向人?"公具以谋告。九郎有难色。女曰："妾失身于郎，谁实为之? 脱令中途凋丧㊱，焉置妾也?"九郎不得已，诺之。公阴与谋，驰书与所善之王太史㊲，而致九郎焉㊳。王会其意，大设，招抚公饮。命九郎饰女郎㊴，作天魔舞㊵，宛然美女。抚惑之，亟请于王，欲以重金购九郎，惟恐不得当。王故沉思以难之㊶。迟之又久。始将公命以进。抚喜，前隙顿释。自得九郎，动息不相离；侍妾十余，视同尘土。九郎饮食供具如王者，赐金万计。半年，抚公病，九郎知其去冥路近也，遂辇金帛，假归公家。既而抚公薨㊷。九郎出资起屋置器，畜婢仆，母子及姈并家焉。九郎出，舆马甚都，人不知其狐也。余有"笑判"㊸，并志之：

男女居室，为夫妇之大伦㉞。燥湿互通，乃阴阳之正窍㉟。迎风待月，尚有荡检之讥㊱；断袖分桃，难免掩鼻之丑㊲。人必力士，鸟道乃敢生开㊳；洞非桃源，渔篙宁容误入㊴？今某从下流而忘返，舍正路而不由㊵。云雨未兴，辄尔上下其手㊶；阴阳反背，居然表里为奸㊷。华池置无用之乡，谬说老僧入定㊸；蛮洞乃不毛之地，遂使眇帅称戈㊹。系赤兔于辕门，如将射戟㊺；探大弓于国库，直欲斩关㊻。或是监内黄鳝，访知交于昨夜㊼；分明王家朱李，索钻报于来生㊽。彼黑松林戎马顿来，固相安矣㊾；设黄龙府潮水忽至，何以御之㊿？宜断其钻刺之恨，兼塞其送迎之路(101)。

注释

①苕（tiáo）溪：又名苕水，在浙江吴兴县境。有东西两源，分出浙江天目山南北，合流后在湖州附近汇合流入太湖。

②亭刻本、二十四卷本"从"下有"诸"字。

③二十四卷本"意"下有"致"字。意致清越：意态风度清雅超俗。

④何：二十四卷本无"何"字。断袖之癖：指癖好男宠。《汉书·董贤传》载，董贤，字圣卿，云阳（今属四川）人。汉哀帝悦其仪貌，拜为黄门郎，由是始幸。董贤"常与上卧起。

尝昼寝，偏籍上袖，上欲起，贤未觉，不欲动贤，乃断袖而起。"后因以"断袖"喻癖好男宠。

⑤冥濛：又作"冥蒙"。昏暗。《文选》左思《吴都赋》："旷瞻迢递，迥眺冥蒙。"

⑥挽：亭刻本、二十四卷本作"握"。

⑦日衔半规：太阳半落西山。半规：半圆。指半边落日。《文选》谢灵运《游南亭》诗："密林含余清，远峰隐半规。"

⑧欻：二十四卷本作"忽"。

⑨曰：亭刻本、二十四卷本作"云"。

⑩第九：排行第九。指同祖兄弟间的排行次序。

⑪童子无字：旧时未成年的男子只有名和乳名，二十岁才有字，以便应酬社交。《礼·檀弓》："男子二十，冠而字。"

⑫家慈：对别人称自己母亲的谦辞，旧俗有父严母慈之说，故云。

⑬掉：亭刻本、二十四卷本作"捉"。遮留：遮（挡）道留客。

⑭下管钥：关门上锁。表示恳留。管钥：旧式管状有孔的钥匙，开锁后钥匙留在锁上，上锁后才能取下，故"下管钥"即上锁。

⑮赪（chēng）颜：羞惭、困窘的表情。赪：红色。

⑯游戏：犹言调戏。

⑰睡恶：睡相不好；睡觉不老实。

⑱何:亭刻本作"生"。

⑲髀(bì):股;大腿。

⑳禽处而兽爱:像禽兽般相处相爱。

㉑荧荧:微亮的样子。

㉒蹀:亭刻本作"踱"。蹀躞(dié xiè):义同"躞蹀""徘徊"。小步蹀来蹀去。

㉓喜:亭刻本无"喜"字。

㉔屦:亭刻本、二十四卷本作"履"。

㉕鬲:二十四卷本作"膈"。二字通。镂肺鬲:犹言铭刻肺腑,谓牢记不忘。

㉖缕:亭刻本作"缠"。

㉗邑邑:二十四卷本作"悒悒"。二字通。忧闷不乐的样子。失:亭刻本作"亡"。

㉘枕:二十四卷本作"寝"。忘啜废枕:废寝忘食,形容焦虑思念深切。

㉙委悴:二十四卷本作"痿瘁"。委悴:委顿憔悴;谓疲困消瘦,萎靡不振。

㉚涔涔(cén):泪水下流的样子。

㉛兄:亭刻本、二十四卷本作"君"。

㉜病:亭刻本作"疾"。

㉝免:二十四卷本作"勉"。

㉞上手：拱手。是致谢或致歉的表示。

㉟九郎：亭刻本无"九郎"二字。

㊱报：二十四卷本作"执"。执柯斧：做媒。见《诗·豳风·伐柯》。

㊲诮让：谴责。诮和让都是责备的意思。

㊳燕：二十四卷本作"讌"，通"宴"。燕会：欢会，幽会。

㊴受：二十四卷本作"授"。

㊵然：亭刻本作"淡"。

㊶鬼脉：脉像沉细有鬼气，为将死之兆。

㊷少阴：中医学经脉名，即肾经。其经脉起于小趾之下，斜趋足心，循内踝之后上行，贯脊络膀胱。病在少阴者，主要脉症为脉微细，嗜睡，恶寒踡卧，四肢逆冷，下利清稀，甚则汗出亡阳等。

㊸久：亭刻本无"久"字。

㊹魂气已游墟莽：谓精神元气已离体，濒于死亡。墟莽：荒陇，丘坟。

㊺秦缓：春秋时秦国良医，名缓。他曾奉命为晋景公治病，发现景公已病入膏肓，不能医治。景公称之为"良医"，赠之厚礼。见《左传·成公十年》："秦伯使医缓为之。"

㊻侍：亭刻本、二十四卷本作"视"。

㊼共笔砚：共用笔砚。指同塾共桌的同学。

㊽秦藩：秦地藩台，即陕西布政使。

㊾通：亭刻本无“通”字。朝士：泛指朝廷官员。

㊿抗疏：上疏直言。劾：弹劾，检举。

(51)越俎：越俎代庖。见《庄子·逍遥游》：“庖人虽不治庖，尸祝不越樽俎而代之矣。”谓人各有专职，虽他人不能尽责，也不必越职代作。翰林职司不在谏议纠弹，所以被当权者加上越职言事的罪名而免官。

(52)中丞：明清时巡抚的代称。御史中丞，相当于明清时都察院副都御史；明清时各省巡抚多带此京衔，故以代称。

(53)英称：即英声，谓名声出众。

(54)邀：博取，获得。青盼：即青眼。眼睛正视，眼珠在中间，表示对人尊重或喜爱。《晋书·阮籍传》：“籍又能为青白眼。见礼俗之士，以白眼对之。及嵇喜来吊，籍作白眼，喜不怿而退。喜弟康闻之，乃赍酒挟琴造焉。籍大悦，乃见青眼。”《名义考》卷六：“后人有青盼、垂青之语。人平视睛圆则青，上视睛藏则白。上视，怒目而视也。”叛王：未详所指。

(55)投缳（huán）：义同“自径”。上吊。缳：绳圈。

(56)醒：亭刻本作“苏”。

(57)焉：据文义，当作“耶”为妥。

(58)忧：亭刻本作“然”。

(59)亭刻本“分”下有“君”字。

㉠公:亭刻本无"公"字。

㉑停:据文义当作"亭"。亭午:中午。

㉒眉:亭刻本作"媚"。娥眉:或作"蛾眉"。美女的修眉。秀曼:清秀而有光泽。《楚辞·大招》:"嫭目宜笑,娥眉曼只。"王逸注:"曼,泽也。……蛾眉曼泽,异于众人也。"

㉓前言不足以尽:意即黄九郎从前所说的,还不足以把他表妹的美貌形容尽致。

㉔嘤喔:鸟鸣声。借以形容女子声音娇柔动听。

㉕山河:亭刻本作"河山"。矢山河:对山河发誓。古人常对日月山河等被认为是永恒的物体发誓,表示这些物体不改变,自己的誓言也不改变。

㉖勿令秋扇见捐:不要像对入秋时的扇子那样把我抛弃。徐陵《玉台新咏》载:汉成帝班婕妤失宠,供养于长信宫,乃作赋自伤,并为《怨诗》一首,以纨扇自喻,先写受宠"出入君怀袖,动摇微风发";后写失宠"常恐秋节至,凉风夺炎热。弃捐箧笥中,恩情中道绝"。本句取义于此。

㉗誓以皦(jiǎo)日:指着明亮的太阳发誓。《诗·王风·大车》:"榖则异室,死则同穴。谓予不信,有如皦日。"

㉘色然怒让之:面色改变,怒责九郎。色然:作色,变脸。

㉙邀:亭刻本、二十四卷本作"要"。两字通。

㉚四十年:二十四卷本作"年四十"。

㉛胡再不谋:为什么始终不和我商量。再:再三。引伸为自始自终。语出《左传·襄公二十四年》:"公孙同乘兄弟也,胡再不谋?"

㉜蹙蹙(cù):局促,心情不舒展的样子。

㉝比(pí):亲近。顽童:即娈童。旧时供戏狎玩弄的美少年。《书·伊训》:"比顽童。"

㉞肘:二十四卷本作"膝"。

㉟顶踵所不敢惜:意为不惜身躯,全力以赴。《孟子·尽心》:"摩顶放踵,利天下而为之。"

㊱脱:假如。凋丧:死亡。

㊲与:亭刻本、二十四卷本作"于"。

㊳致:奉献。

㊴后"郎":亭刻本作"装"。二十四卷本作"妆"。

㊵天魔舞:元顺帝时的一种宫廷舞蹈。由宫女十六人杂佛俗装束,赞佛而舞。天魔:又叫天子魔,佛教认为它是"欲界主",沉溺于世间玩乐,所以元宫作此舞象之。见《元史·顺帝纪》。

㊶以:亭刻本、二十四卷本作"似"。

㊷薨(hōng):周代称诸侯死亡,唐代称二品以上官员死亡。

㊸笑判:玩笑判词。蒲氏这段判词,是游戏之笔,格调庸俗,注释仅略疏句意。

㉘"男女"二句：大意是夫妻之事，是人伦方面的重要方面。《孟子·万章》上："男女居室，人之大伦也。"

㉙"燥湿"二句：燥湿、阴阳，喻男女。正窍：指性器。

㉚"迎风"二句：谓男女幽期密约，尚且受到人们的讥讽。唐元稹《莺莺传》莺莺邀张生诗："待月西厢下，迎风户半开；拂墙花影动，疑是玉人来。"荡检：逾越礼法的约束。

㉛"断袖"二句：大意是癖好男宠，更难免使人厌恶其丑恶不堪。断袖：见前注④。分桃：据刘向《说苑·杂言》载，战国卫君的倖臣弥子瑕，曾把吃了一半的桃子给卫君吃。这是亵渎国君的行为，而卫君却称赞他"爱我而忘其口味"。掩鼻：谓臭不可闻。

㉜乃敢：亭刻本作"方可"。"人必"二句：借用李白《蜀道难》诗中"西当太白有鸟道"，"地崩山摧壮士死，然后天梯石栈相沟连"等句的有关字面（鸟又变读其音为diǎo），并用"生开"二字，写男性间发生的不正当关系。

㉝容：亭刻本作"许"。"洞非"二句：用晋陶渊明《桃花源诗并记》中渔人入桃源"洞"事，并用"误入"二字，喻男性间发生的不正当关系。

㉞"今某"二句：檃括何子萧癖好男宠之事，谓其甘愿舍弃正当的性生活，堕入卑污而不知悔悟。

㉟"云雨"二句：云雨，本于宋玉《神女赋》喻性行为。上

下其手，本于《左传・襄公二十六年》“上其手”“下其手”。此处系借用作亵语。

(92)“阴阳”二句：上句点明同为男性，下句写不正当性关系。

(93)“华池”二句：大意是癖好男宠的人，置妻妾于不顾，假称清心寡欲如老僧入定。华池：《太平御览》卷三六七《养生经》：“口为华池。”此处“华池”与下句“蛮洞”，当为女子阴部的谀辞。入定：佛家语。进入禅定，使心专注一境而不散乱。《祖堂集》卷三，智策和尚：“吾正入定之时，不见有无之心。”这里借指清心寡欲，不视女色。

(94)“蛮洞”二句：意谓醉心于同性苟合。蛮洞：人迹罕至的荒远洞穴。不毛之地：不长草木、庄稼的地方。《公羊传・宣公十二年》：“锡（赐与）之不毛之地。”眇帅：指唐末李克用。他骁勇善用兵，一目失明；既贵，人称“独眼龙”。见《新五代史・唐庄宗本纪》。称戈：称雄用武。以上数词皆隐喻。

(95)“系赤”二句：赤兔为骏马名，吕布的坐骑。《三国志・魏志・吕布传》：“吕布有骏马，名赤兔，能驰城飞堑。语云：‘人中有吕布，马中有赤兔。’”辕门：军营大门。此“辕”谐音为“圆”。辕门与赤兔都是隐语。射戟，指辕门射戟，也是吕布的故事。见《后汉书・吕布传》。

(96)“探大”二句：《左传・定公八年》载：春秋时鲁国季孙的家臣阳虎，曾私入鲁公之宫，“窃宝玉大弓以出”。斩关：砍断关隘大门的门闩，即破门入关。两句皆隐喻性行为。

(97)“或是”二句：直用男色故事。监：指国子监。黄：即黄鳝。知交：知己朋友。《耳谈》载：明南京国子监有王祭酒，尝私一监生。监生梦见黄鳝出胯下，以语人。人为谑语曰：‘某人一梦最跷蹊，黄鳝钻臂事可疑；想是监中王学士，夜深来访旧知己。’”

(98)“分明”二句：意谓同性相恋，即使两世如此，也不会生出后代。朱李：红色的李子。《世说新语·俭吝》：晋“王戎有好李，卖之，恐人得其种，恒钻其核。”钻报：钻刺的效应。此为双关语。

(99)顿：亭刻本、二十四卷本作“频”。“彼黑”二句：仍为隐喻，指癖好男宠者。黑松林：见《西游记》二十八回。此系借用。

(100)“设黄”二句：仍为隐喻，指男宠。黄龙府：府名。契丹天显元年（926）置，治所在今吉林省农安县。南宋抗金名将岳飞曾对部下说：“直抵黄龙府，与诸君痛饮尔”，指此。这里亦为隐喻。

(101)“宜断”二句：这是“笑判”对故事中同性苟合双方的判决词。前句指癖好男宠者，后句指男宠。钻刺之根：隐喻男性生殖器。送迎之路：隐喻男宠的肛门。

译文

何师参，表字子萧，在苕溪东面有间书房，书房门面临一片旷野。何子萧傍晚偶然出门，看见一个妇人骑驴走过来，有个年轻人跟在后面。妇人大约五十岁上下，意态风度清雅超俗。回头看那年轻人，年龄大约有十五六岁，丰润姿采超过美女。何子萧一向有贪恋男色的毛病，一看到这年轻人，神魂就出了窍。踮起脚目送他走，直到看不见踪影才回去。

第二天，何子萧老早就来等候他。太阳落山，旷野昏暗，那年轻人才走过门口。何子萧百般体贴地迎接他，笑眯眯地问他从何处来。年轻人以"外祖家"作答。何子萧请他到书房稍微休息一会，他以"没有空"推辞；何子萧硬拉住他，他才进去。略微坐了一下，就起身告辞，态度坚决不可挽留。何子萧挽着他的手送他，殷勤地恳求他路过时顺便来相访。年轻人连声答应着走了。何子萧自此一心思念他，像口渴一般，走来走去地注目远望，双脚没有停的时候。

一天，太阳半落西山，年轻人忽然来了。何子萧高兴极了，邀他进书房，吩咐书童斟酒。何子萧问他的姓名表字，年轻人回答说："姓黄，排行第九，年龄小还没有表字。"何子萧问黄九："来去为什么这样频繁？"黄九郎说："我妈住在外公家，经常生病，所以常去看望她。"喝过几杯酒，九郎要告辞回去。何子萧拉住他的臂膀把他拦住,并把门锁上。九郎没办法,红着脸又坐下来,点上灯在一起谈话,九郎温柔得像个小姑娘;一听到话中有挑逗的意思,就含羞把脸转向墙壁。没有多久,何子萧拉他共用一床被子,九郎不肯,坚持以自己的睡相不好来推辞。何子萧再三勉强他,他才脱掉上下衣,穿条裤子躺在床上。何子萧吹熄蜡烛不久,就移过去跟他睡在一个枕头上,弯着胳膊把腿压在他的大腿上亲热地搂抱住他,苦苦地哀求他要亲昵一下。九郎很生气地说:"因为你是个高雅的读书人,所以才跟你往来。你竟然要这样,这是禽兽般的相处相爱!"不久,晨星微亮,九郎就径直走了。

何子萧担心他因此而绝交,又等候着他,整天踱来踱去凝神盼望,眼睛望穿北斗。过了几天,九郎才来,何子萧高兴地迎上去表示有过,用力把他拉进书房,挨近坐着谈笑,暗暗高兴他不记前次的冒犯。不久,脱鞋上床,又抚摸着哀求亲昵。九郎说:"你爱我的心意,我已铭刻肺腑。可是亲爱何必表现在这上面?"何子萧甜言蜜语地纠缠他,只求接触一下他如玉的肌肤。九郎答应了。何子萧等他睡熟,偷偷地轻薄他。九郎醒过来,抱起衣裳急忙起床,乘夜逃走了。何子萧忧闷不乐，像是丢了魂似的，废寝忘食，一天天憔悴下去；只好每天派书童去寻访打听九郎的消息。

有一天，九郎路过门口，本要径直走过去。书童拉住他的衣服要他进去。九郎见何子萧清瘦的样子，大吃一惊，安慰了一番。何子萧把心里话说给他听，眼泪随着话音点点落下。九郎轻声说："我内心的意思，实在是因为那样相爱对我无益，却有害于老兄，所以不愿意做。你既然乐于那样做，我还吝惜什么呢。"何子萧听了很高兴。九郎走了之后，何子萧的病一下子减轻许多，几天就康复了。

九郎果然又来了，于是两人亲昵了一番。九郎说："今天勉强顺从你的心意，希望不要把这个作为常事。"随后又说："有件事想求你，你肯出力吗？"何子萧问他是什么事，九郎回答说："我妈患心痛病，只有太医齐野王的先天丹可以医治。你同齐太医有交情，应当可以向他要一些。"何子萧答应了他。九郎临走又叮嘱了一遍。何子萧进城要药，到晚上交给九郎。九郎很高兴，拱手道谢。何子萧又勉强他亲昵了一次。九郎说："不要这样纠缠，请让我为你找一个美人儿，胜过我万万倍。"何子萧问："是谁？"九郎说："我有个表妹，美丽无比。如果你有意思，我会去做媒。"何子萧微笑着不表态。九郎把药揣在怀中就走了。三天后才来,又要药,何子萧恨他来得太迟,说了不少责备的话。九郎说:"本来不忍心祸害你,所以不经常来。既然得不到你的谅解,请你以后不要后悔。"从此,没有空过一晚不来幽会。

何子萧每三天必来要一次药。齐太医奇怪他来得这么勤,就说:"这种药没有吃过三副还不好的。为什么这么久仍不好?"因此,包了三副药一并交给何子萧。又看看何子萧说:"你的神色灰暗,病了吗?"何子萧说:"没病。"齐太医给他诊脉,大吃一惊,说:"你有鬼脉,病在少阴。不自己保重的话很危险。"何子萧回来,告诉了九郎。九郎叹服说:"真是个高明医生。我其实是狐狸精。长久下去恐怕不是你的福份。"何子萧疑心他在说谎,把药藏了一些,不全给他,是担心他不再来。

没有多久,何子萧果真病了。请齐太医诊治,齐太医说:"过去你不说实话,现在魂气已经游荡在荒丘野地,即使是名医秦缓又会有什么办法?"九郎每天都来探望,说:"不听我的话,果然弄到这种地步。"何子萧不久就死了,九郎痛哭一场才离开。

在这之前,本县有太史某人,年轻时同何子萧同桌读书;十七岁就选进翰林院。当时,秦地藩台贪婪残暴,又贿赂买通朝廷官员,没有谁敢弹劾。这位太史上书弹劾秦地藩台的罪恶,因为超越本职上奏就被免了官。秦地藩台升任本省巡抚,每天都在寻找这位太史的把柄。这位太史年轻时声名出众,曾受到某叛王的看重。于是,巡抚买到这位太史过去与叛王的往来书信威胁他。这位太史很害怕,自己上吊了。太史的夫人也上吊死了。这位太史过了一夜忽然复活过来,说:"我是何子萧。"追问他,他所谈的全是何家的事情,这才明白他是借尸还魂,挽留不住他,出门跑回了原来的住处。巡抚怀疑这是骗局,还是一定要排挤陷害他,派人向他勒索一千两银子。他假装答应,然而心中郁闷得要死;忽然传报九郎来了,他非常高兴地同九郎谈话,又欢喜又悲伤。随后他又要与九郎亲昵,九郎说:"你有三条命吗?"这位太史说:"我懊悔活着劳累,不如死去安逸。"因此就向九郎倾诉冤苦。九郎深深为他忧虑。过了一会,说:"有幸又同你活着见面。你空房无妻,以前谈到的那个表妹聪明美丽多智谋,一定能为你分忧。"这位太史想见见她长得如何。九郎说:"这不难办到。明天就要接她来陪伴老母亲,这条路是必经之处。你假称是我的哥哥,我装着口渴来讨茶喝。你说声'驴子跑了'就算表示应允了。"九郎与他商议好就告别了。

第二天中午,九郎果然陪着一个姑娘从门外经过。这位太史拱手相见和九郎唠叨过没完,稍微瞟了姑娘一眼,修眉清秀有光泽,确实是个仙女。九郎讨茶喝,这位太史请九郎进屋喝茶。九郎对姑娘说:"三妹不要诧异,这是我的把兄弟,不妨稍微休息一下。"九郎扶姑娘下来,把驴拴在门口就进了屋。这位太史自己动手沏茶,借机看看九郎说:"你上次讲的不够透彻,我现在有了死的地方了。"姑娘似乎明白这句话是针对她说的,离开坐处站起身来,娇声细语地说:"走吧。"这位太史看了一下外面,说:"驴子可能跑了。"九郎飞快地跑出去。这位太史就抱住姑娘要求她苟合。姑娘气得脸色发紫,窘迫得像逃不脱的囚犯,大声呼喊"九哥!"没有人答应。姑娘说:"你自己有老婆,为什么要破坏别人的名声呢?"这位太史自己说明没有老婆。姑娘说:"你能对山河发誓,不要像对入秋时的扇子那样抛弃我,我就全听你的。这位太史就指着明亮的太阳发了誓,姑娘不再拒绝他。完事之后,九郎来了。姑娘满脸怒气责骂九郎。九郎说:"这是何子萧,过去的名士,如今的太史;跟我交情最深，这个人靠得住，即使舅母知道了，大概也不会怪罪。"天色晚了，这位太史阻拦住不让姑娘离去。姑娘担心姑母会诧异。九郎拍胸脯保她没事，跨上驴径直走了。

住了几天，有个妇人带着一个婢女经过这里；妇人大约四十岁左右，神态很像三娘。这位太史喊姑娘出来看，果真是她娘。妇人看见姑娘，奇怪地问："怎么会在这里？"姑娘羞愧不能回答。这位太史请妇人进屋，向她跪拜并说明了情况。她娘回答说："九郎孩子气，怎么始终不和我商量？"姑娘亲自下厨房，做了饭菜请母亲吃。妇人吃了饭就走了。

这位太史得了个漂亮老婆，心里十分满意，可是烦心的事萦绕心中，总是心情不快，面带忧色。姑娘问他，他就追述了事情的始末，姑娘笑着说："这件事九哥一人就能解决。你忧愁什么呢？"这位太史就追问其中缘故。姑娘说："听说巡抚沉迷于歌声又亲近娈童，这些都是九哥所擅长的。投巡抚所好而奉献给他，怨恨可以消除，仇也可以报了。"这位太史担心九郎不肯干。姑娘说："你只管哀求他。"

过了一天，这位太史看见九郎走来，趴在地上用肘爬过去迎接他。九郎吃惊地说："两世的交情，只要我能出力的,从头到脚不敢吝惜;你为什么忽然对我作出这样的姿态呢?"太史把所打算的告诉九郎。九郎显出为难的神色。姑娘说:"我失身在他手里,是谁造成的?假如让他半路上死去,你怎么安排我?"九郎没办法,只好答应了他。太史立即同他谋划,赶紧写封信给有交情的王太史,把九郎奉送给他。王太史领会了他们的意思,大摆酒席,请巡抚来喝酒。又叫九郎装扮成姑娘,跳天魔舞,宛然是个美女。巡抚被迷住了,多次向王太史要求,想用高价买下九郎,惟恐出的价钱不够。王太史故意沉思不语来刁难巡抚。拖了好大一阵,才说明这是那位太史吩咐自己把九郎献给巡抚的。巡抚很高兴,从前的仇恨立马消除了。巡抚自从得到九郎之后,无论行动休息都离不开他;十几个侍妾,如同看待尘土一般。九郎的饮食用品像个王爷一样,赏赐的银子要以万两来计算。半年时间,巡抚就病了。九郎知道他去阴间的路不远了,就把金银绸缎装上车,请假回到这位太史家。后来,巡抚死了。九郎出钱建造房屋,添置家具,养了婢女仆人。黄家母子及舅母住在一起。九郎出门,轿马华美,人们都不知道他是狐狸精。

我有"笑判"一段,一并记在下面:

男女结婚同居一室，是夫妻关系的重要方面。男燥女湿互相沟通，是男女之间的性器。迎月待风男女夜间幽会，尚且会受到逾越礼法的讥讽；断袖分桃这类癖好男色的事，更难免让人厌恶臭不可闻。某人必定是壮士，鸟道才敢于活生生地挤开；洞并非桃源洞，怎么容许渔人误入其中？现在有某人沉迷于卑污而不醒悟，舍弃男女之正路而不走。云雨尚未兴起，总是上下伸手；阴阳正反相对，居然里外行奸。女阴闲置于无用之乡，却假称清心寡欲如老僧入定；蛮洞是不长草木的地方，于是让眇师称雄用武。拴赤兔马在辕门之中，像要箭射长戟；在国库中窃出大弓，直想破门入关。也许是国子监内的黄鳝，在昨夜过访知交；分明是王家的红李子，却索讨钻核的报应于来生。那黑松林中的戎马一下来到固然相安无事；假如黄龙府的潮水忽然到来，又怎么去抵御它？应该断掉那钻刺的根基，并堵塞住送往迎来的通路。

金陵女子

一
原文

沂水居民赵某，以故自城中归，见女子白衣哭路侧，甚哀。睨之，美；悦之，凝注不去，女垂涕曰："夫夫也，路不行而顾我①。"赵曰："我以旷野无人，而子哭之恸，实怆于心。"女曰："夫死无路②，是以哀耳。"赵劝其复择良匹。曰："渺此一身③，其何能择？如得所托④，媵之可也⑤。"赵忻然自荐，女从之。赵以去家远，将觅代步。女曰⑥："无庸。"乃先行，飘若仙⑦。奔至家，操井臼甚勤⑧。积二年余，谓赵曰："感君恋恋，猥相从⑨，忽已三年⑩，今宜且去。"赵曰："曩言无家，今焉往？"曰："彼时漫为是言耳⑪，何得无家？身父货药金陵⑫。倘欲再晤，可载药往，可助资斧⑬。"赵经营，为赀舆马⑭。女辞之，出门径去，追之不及，瞬息遂杳。居久之，颇涉怀想，因市药诣金陵。寄货旅邸，访诸衢市⑮，忽药肆一翁望见，曰："婿至矣。"延之入，女方浣裳庭中，见之不言亦不笑，浣不辍。赵衔恨遽出，翁又曳之返，女不顾如初。翁命治具作饭⑯，谋厚赠之。女止之曰，"渠福薄，多将不任；宜少慰其苦辛⑰，再检十数医方与之,便吃著不尽矣⑱。"翁问所载药,女云:"已售之矣,直在此⑲。"翁乃出方付金,送赵归。试其方,有奇验。沂水尚有能知其方者。以蒜臼接茅檐雨水⑳,洗瘊赘㉑,其方之一也,良效。

注释

①"夫夫"二句:这个男人家,不走你的路,只顾看我做什么。前一"夫(fú)"字,指示代词,这或那。后一"夫(fū)"字,称呼男子。《礼记·檀弓》上:"曾子指子由而示人曰:'夫夫也,为习于礼者。'"注:"夫夫,犹言此丈夫也。"

②路:亭刻本作"归"。

③此:亭刻本、二十四卷本作"兹"。渺此一身:孤身流离。渺:通"藐(miǎo)"。庾信《哀江南赋序》:"藐是流离,至于暮齿。"

④其:二十四卷本作"得"。所托:托身之人。指未来的丈夫。

⑤媵之:做侍妾。

⑥曰:亭刻本作"言"。

⑦飘若仙:亭刻本作"飘忽若奔"。

⑧操井臼:汲水舂米。泛指家务劳动。

⑨猥相从:苟且跟了你。猥:姑且,苟且。

⑩三:亭刻本作"二"。

⑪漫为是言:信口这么说。

⑫身父：我父。身：自称之辞。《尔雅·释诂》下："朕、余、躬，身也。"注："今人亦自呼为身。"

⑬可：亭刻本作"当"。资斧：旅费。

⑭赁：二十四卷本作"贳"。贳：租赁。舆：二十四卷本作"车"。

⑮访诸：亭刻本作"诣"。

⑯饭：亭刻本、二十四卷本作"饮"。

⑰苦辛：二十四卷本作"辛苦"。

⑱吃著不尽：吃不完穿不尽。

⑲直：通"值"。指卖药所得货款。

⑳蒜臼：捣蒜用的石臼。

㉑瘊：亭刻本作"疣"。瘊：瘊子，疣的通称。一种皮肤病，症状是皮肤上出现跟正常的皮肤颜色相同的或黄褐色的突起，表面干燥而粗糙，不疼不痒，多长在面部、头部或手部。也叫肉赘。

译文 沂水县居民赵某人，因有事从城里回家，看到一个少妇穿着孝服在路边哭啼，哭得很伤心。赵某瞟她一眼，长得很标致；心里喜欢她，盯着她看不走开。少妇挂着眼泪说："这个男人家，不走你的路，只顾看我做什么。"赵某说："我因为旷野里没有人，而你哭得这么悲伤，实在让我心里难受。"少妇说："丈夫死了，走投无路，因此而悲哀。"赵某劝她再选个好丈夫。少妇说："一个孤身女人，怎么好去选择？如果有个可以托身的人，做他的侍妾也行。"赵某很高兴地自荐做她的丈夫。少妇表示愿意跟他。

赵某因为离家较远，要为她找车马。少妇说："用不着。"就开步先走，飘飘若仙女。跑到家，打水舂米很是勤快。住了两年多，少妇对赵某说："感谢你的深情，苟且跟了你，转眼已经三个年头，现在该回去了。"赵某说："过去你说没有家，现在要到哪里去？"少妇说："那时候信口开河而已，怎么能没有家呢？我爹在南京贩卖药材，如果还想再相见，可运些药材去，也好补助些旅费。"赵某作了安排，准备为她租赁车马。少妇推辞不要，出门径直走了。赵某追她追不上，瞬息之间就无踪影了。

过了好久，赵某很想念她，于是就买了些药材到南京去。赵某把药材寄放在旅店里，就到大街上去寻访。忽然药材铺一个老头望见了他，就说："女婿来了。"请他进去。少妇正在院子里洗衣裳，见了赵某不说话，也不笑，只是洗个不停。赵某满怀怨恨，马上走出来。老头又把他拉回去。少妇照旧不理睬他。老头吩咐女儿烧菜煮饭,打算多送些钱给赵某。少妇拦住她爹说:"他的福薄,多给他他消受不了。只能稍微慰劳一下他路上的辛苦,再捡十几个药方给他,他就吃穿不尽了。"

老头问运来的药材在哪里。少妇说:"已经卖完了,货款在这里。"老头就拿出药方把钱交给赵某,送赵某回家。试试那些药方,有奇特的效验,沂水县还有能知道那些药方的人。用捣蒜的石臼接些茅檐下的雨水,洗瘊和小赘瘤,是那些药方中的一种,很有疗效。

汤公

原文

汤公名聘①,辛丑进士。抱病弥留②。忽觉下部热气渐升而上:至股,则足死;至腹,则股又死;至心,心之死最难。凡自童稚以及琐屑久忘之事,都随心血来,一一潮过。如一善,则心中清净宁帖③;一恶,则懊憹烦燥④,似油沸鼎中,其难堪之状,口不能肖似之。犹忆七八岁时,曾探雀雏而毙之,只此一事,心头热血潮涌,食顷方过。直待平生所为⑤,一一潮尽,乃觉热气缕缕然,穿喉入脑自顶颠出,腾上如炊,逾数十刻期⑥,魂乃离窍⑦,忘躯壳矣。而渺渺无归⑧,漂泊郊路间。一巨人来,高几盈寻⑨,掇拾之,纳诸袖中。入袖,则叠肩压股,其人甚夥,薅脑闷气⑩,殆不可过。公顿思惟佛能解厄,因宣佛号⑪,才三四声,飘堕袖外⑫。巨人复纳之,三纳三堕,巨人乃去之。公独立彷徨,未知何往之善⑬。忆佛在西土⑭,乃遂西。无何,见路侧一僧趺坐⑮,趋拜,问途。僧曰:"凡士子生死录,文昌及孔圣司之⑯,必两处销名⑰,乃可他适。"公问其居⑱,僧示以途,奔赴。无几,至圣庙,见宣圣南面坐⑲,拜祷如前。宣圣言:"名籍之落,仍得帝君。"因指以路⑳。公又趋之。见一殿阁如王者居,俯身入,果有神人,如世所传帝君像㉑。伏祝之,帝君检名曰:"汝心诚正,宜复有生理。但皮囊腐矣㉒,非菩萨莫能为力㉓。"因指示,令急往,公从其教。俄见茂林修竹,殿宇华好。入见㉔,螺髻庄严㉕,金容满月㉖,瓶浸杨柳,翠碧垂烟。公肃然稽首,拜述帝君言。菩萨难之。公哀祷不已,旁有尊者白言㉗:"菩萨施大法力,撮土可以为肉,折柳可以为骨。"菩萨即如所请,手断柳枝,倾瓶中水,合净土为泥,拍附公体。使童子携送灵所,推而合之。棺中呻动,霍然病已㉘,家人骇然集㉙,扶而出之。计气绝已继七矣㉚。

注释

①汤公名聘:据光绪九年(1883)《深水县志》卷九载,汤聘,字稼堂,祖籍江宁县(今属江苏省),隶籍深水县人。顺治十四年(1657)丁酉举人,十八年(1661)辛丑进士。曾官平山县(属河北省)知县。

②弥留:本谓久病不愈,后也用以称病重将死。《书·顾命》:"病日臻,既弥留。"孔传:"病日至,言困甚;已久留,言无瘳。"

③净:亭刻本、二十四卷本作"静"。宁帖:宁静安适。

④懊侬(nǎo)：烦闷，郁闷。

⑤平生：亭刻本作"生平"。

⑥期：亭刻本、二十四卷本作"许"。刻：古代刻在铜漏上的计时单位，一昼夜共一百刻。

⑦离窍：犹言离体。

⑧渺渺无归：神魂远驰，无所归托。

⑨寻：古代长度单位，八尺为一寻。

⑩脑：二十四卷本作"恼"。薅(hāo)恼：烦恼不快。

⑪宣佛号：高诵佛的名号，如"阿弥陀佛"之类。

⑫堕：二十四卷本作"坠，下文"堕"同。

⑬之：二十四卷本作"而"。

⑭西土：指印度。与东土(中国)相对而言。亦称"西天"。

⑮跌坐：结跏趺坐的略称。本作"加趺"，亦称"加趺坐"。佛教中修禅者的坐法，即双足交迭而坐。有双盘、单盘之分。据佛经说，跏趺可以减少妄念，集中思想。《大智度论》卷七："诸坐法中，结跏趺坐最安稳，不疲极，此是坐禅人坐法。"

⑯文昌：文昌帝君，又称梓潼帝君，道教尊为主宰功名、禄位之神。文昌本星名，北斗第四宫曰文曲，亦曰文昌。其神道称"天权玄明文曲星君"。古代星相家认为它是吉星，主大贵。宋、元道士假托梓潼神降生，作《清河内传》，称玉皇大帝命他掌管文昌府和人间禄籍。元仁宗延祐三年(1316)加

封为"辅元开化文昌司禄宏仁帝君",遂将梓潼神与文昌星合二为一,成为主宰天下文教之神。《明史·礼志》:"梓潼帝君姓张名亚子,居蜀七曲山,仕晋战殁,人为立庙祀之。唐、宋屡封至英显王,道家称梓潼帝君,掌文昌府事及人间禄籍,故元加封为帝君。而天下学校,亦有祠祀者,岁二月三日遣祭。"《道藏》中有文昌帝君曾降笔于世,作《梓潼帝君化书》自言其身世的记载。

⑰销:亭刻本作"勾"。

⑱其:亭刻本作"所"。

⑲宣圣:孔子。自汉以来,孔子被历代封建王朝尊奉为圣人。宣,是孔子的谥号;汉平帝元始元年(1)追谥孔子为褒成宣尼公,后代又曾谥其为宣父、文宣王等。

⑳路:亭刻本、二十四卷本作"途"。

㉑像:亭刻本、二十四卷本作"状"。

㉒皮囊:躯体。相对灵魂而言。

㉓菩萨:此指观世音菩萨。

㉔亭刻本"入"下有"之则"二字。

㉕螺髻:螺旋状的高髻。庄严:指佛像之光彩。

㉖金容满月:形容菩萨面容丰满而有光彩。梁简文帝《帷卫佛象铭》:"灼灼金容,巍巍满月。"

㉗尊者:梵文"阿梨耶"的意译,也译"圣者",指德、智兼

备的僧人。《行事钞》卷下三:"下座称上座为尊者,上座称下座为慧命。"

㉘霍然病已:亭刻本此四字在"扶而"句下。霍:疾貌。

㉙然:亭刻本、二十四卷本无"然"字。

㉚继七:据文义,当为"断七"。旧时人死后,满七七四十九天,招僧道诵经超度,称断七。一"七"为七天。

译文

汤公单名聘,辛丑科进士。他生了重病将要断气。忽然觉得身体下部的热气逐渐上升:升到大腿,脚就死掉;升到腹部,大腿就又死掉;升到心脏,心死起来最难。凡是小时候以及早就遗忘了的琐碎事情,全都随着心血,一一回潮经过一番。如果是件善事,心中就清净安适;是件坏事,就郁闷烦燥,像油在锅里翻滚,那种难受的滋味的,嘴里是无法形容出来的。还记起七八岁时,曾经掏出幼雀把它弄死。只这一件事,心头的热血就像潮水汹涌,一顿饭的工夫才算过去。一直等一生中所做过的事情,一件件都回潮过了,才觉得热气一缕缕地穿过咽喉进入大脑,从头顶冒出去,蒸腾而上像炊烟一般。经过几十刻左右的时间,灵魂才离体,把躯壳忘记了。

汤聘的灵魂在茫茫空间无所依托,飘荡在郊野的大路之间。一个巨人走来，几乎有八九尺高，把汤聘的灵魂捡了起来，收进袖筒里。灵魂进入袖筒，里面肩叠肩、腿压腿，人数很多，烦恼闷气，几乎忍耐不下去。汤聘一下子想起只有佛能解救厄运，就高诵佛号。才念了三四声，灵魂就飘落到袖子外面。巨人又把灵魂收进袖筒。收几次飘落出来几次，巨人就走开不管了。

汤聘独自站在那里犹豫不决，不知道往哪里去才好。想起佛在西方世界，就向西方走。不久，看见路边有个和尚在打坐。他赶紧走过去礼拜，打听途径。和尚说："凡是读书人的生死簿，由文昌帝君和孔圣人主管。一定要到这两处注销姓名，才能到别处去。"汤聘问这两处在什么地方，和尚给他指了路，他就朝那儿跑去。不久，到了孔庙，看见宣圣人朝南坐着，他就像从前那样礼拜祷告。宣圣人说："名籍的注销，还得找文昌帝君。"就给他指点了去的路。汤聘又赶紧往前走。看到一座宫殿，像是王爷的府第。他弯腰进去，果然有位天神，正如世间所传说的文昌帝君像。他伏在地上祈祷。文昌帝君翻检出他的姓名说："你的心忠诚正派，该有复活的理由。只是你的躯壳已经腐烂了，除了观音菩萨谁也无能为力。"就指点他，叫他赶快去。汤聘照文昌帝君的指教去做。

一会，看到茂盛的树林，高高的竹林，宫殿富丽堂皇。走进宫殿，见观音菩萨螺髻高耸，面目庄严，金面丰满如月而有光彩，宝瓶中浸着杨柳枝，枝条翠碧，下垂云烟。汤聘恭恭敬敬地磕头，边拜边讲述文昌帝君的指示。观音菩萨有些为难。汤聘苦苦祈祷不停。旁边有位尊者说："菩萨施展大法力，撮块泥土可以变成肉，折根柳枝能变成骨头。观音菩萨就照尊者的建议：用手折断杨柳枝，倾倒宝瓶中的净水，把净土和成泥团，拍粘在汤聘身上。派善才童子把他送到停灵柩的地方，推他的灵魂跟尸体合拢。棺材中有呻吟声和响动，汤聘的病立马就全好了。家里人吓得围拢过来，把汤聘扶出棺材，算来汤聘断气已经七七四十九天了。

阎罗

原文

莱芜秀才李中之①,性直谅不阿②。每数日,辄死去,僵然如尸③,三四日始醒。或问所见,则隐秘不泄。时邑有张生者,亦数日一死。语人曰:"李中之,阎罗也。余至阴司,亦其属曹④。"其门殿对联⑤,俱能述之。或问:"李昨赴阴司何事?"张曰:"不能具述。惟提勘曹操⑥,笞二十。"

异史氏曰:"阿瞒一案⑦,想更数十阎罗矣。畜道剑山,种种具在⑧,宜得何罪,不劳挹取⑨,乃数千年不决,何也⑩?岂以临刑之囚,快于速割⑪,故使之求死不得也?异已⑫!"

注释

①莱芜:县名。清属泰安府,即今山东省莱芜县。
②直谅不阿:正直诚信,不曲徇私情。《论语·季氏》:"益者三友……友直,友谅,友多闻,益矣。"《商君书·慎法》:"夫爱人者不阿,憎人者不害,爱恶各以其正,治之至也。"
③然:二十四卷本作"卧"。
④属曹:属官;属下分职办事的人员。旧时朝廷和各级官府

分职办事,称分曹;其属官称曹官。

⑤门殿:阎罗王府的大门和正殿。

⑥提勘:提审。曹操(155—220):东汉末政治家、军事家、文学家。字孟德,小名阿瞒。汉沛国谯(今安徽省亳县)人。少机敏,年二十举孝廉,后征拜议郎。曾参与镇压黄巾起义。后起兵讨董卓,逼献帝都许昌,击灭袁术、袁绍、刘表,征服乌桓,统一北方。位至丞相、大将军,封魏王。后病死于洛阳。曹丕代汉称帝,追尊为魏太祖武皇帝。在多数旧史家、文人和人民群众心目中,曹操是恶行累累的奸臣。蒲氏亦持此看法。

⑦阿瞒:曹操小字。《三国志·魏志·武帝纪》注引《曹瞒传》:"太祖一名吉利,小字阿瞒。"

⑧"畜道"二句:意谓阴司惩罚恶人转世为畜牲或到剑山等处受酷刑,种种章程都很明确。

⑨"宜得"二句:意谓曹操罪恶昭彰,量罪用刑并不费难。挹取:斟酌量刑。

⑩也:亭刻本、二十四卷本作"耶",下文"也"同。

⑪快于速割:以速死为快。

⑫已:二十四卷本作"矣"。义同。

译文 莱芜县秀才李中之,为人正直诚信不徇私情。每隔几天，他总要死去一回，直挺挺地像具僵尸，过三四天才苏醒过来。有人问他死后见到什么，他总是隐瞒保密不肯泄漏。

当时，该县有个姓张的书生，也是隔几天要死一回。张生对人说："李中之，是阎罗王。我到了阴司，是他的下属官员。"阎罗王府大门正殿的对联，张生都能说得出。有人问："李中之昨天到阴司去办了什么案子？"张生说："不能说得很具体。有一件是提审曹操，打了他二十大板。"

异史氏说："曹阿瞒一案，想来已经历了几十位阎罗王了。转世为畜、剑山受刑，种种条款很明确具体，该判什么罪，不用费神斟酌量刑；而几千年不能判决，什么道理呢？难道因为临死的囚犯，以速死为快，所以叫他求死不得吗？太奇怪了！"

连琐

原文

杨于畏移居泗水之滨①,斋临旷野,墙外多古墓,夜闻白杨萧萧②,声如涛涌。夜阑秉烛③,方复凄断④,忽墙外有人吟曰:"玄夜凄风却倒吹,流萤惹草复沾帏⑤。"反复吟诵,其声哀楚⑥。听之,细婉似女子。疑之。明日视墙外,并无人迹。惟有紫带一条,遗荆棘中。拾归置诸窗上。向夜二更许,又吟如昨。杨移机登望⑦,吟顿辍。悟其为鬼,然心向慕之。次夜伏伺墙头。一更向尽,有女子珊珊自草中出⑧,手扶小树,低首哀吟。杨微嗽,女忽入荒草而没⑨。杨由是伺诸墙下,听其吟毕,乃隔壁而续之曰:"幽情苦绪何人见?翠袖单寒月上时⑩。"久之寂然,杨乃入室。方坐,忽见丽者自外来,敛衽曰⑪:"君子固风雅士,妾乃多所畏避。"杨喜,拉坐。瘦怯凝寒⑫,若不胜衣⑬,问:"何居里,久寄此间?"答曰:"妾陇西人⑭,随父流寓⑮。十七暴疾殂谢⑯,今二十余年矣。九泉荒野,孤寂如鹜⑰。所吟乃妾自作以寄幽恨者,思久不属⑱;蒙君代续,欢生泉壤。"杨欲与欢,蹙然曰:"夜台朽骨,不比生人,如有幽欢,促人寿数,妾不忍祸君子也。"杨乃止。戏以手探胸⑲，则鸡头之肉⑳，依然处子。又欲视其裙下双钩。女俯首笑曰："狂生太罗唣矣㉑！"杨把玩之，则见月色锦袜，约彩线一缕㉒。更视其一，则紫带系之。问："何不俱带？"曰："昨宵畏君而避，不知遗落何所。"杨曰："为卿易之。"遂即窗上取以授女。女惊问何来，因以实告。女乃去线束带。既翻案上书，忽见《连昌宫词》㉓，慨然曰："妾生时最爱读此。今视之殆如梦寐。"与谈诗文，慧黠可爱，剪烛西窗㉔，如得良友。自此每夜但闻微吟，少顷即至。辄辍嘱曰㉕："君秘勿宣。妾少胆怯，恐有恶客见侵㉖。"杨诺之。两人欢同鱼水㉗，虽不至乱，而闺阁之中，诚有甚于画眉者㉘。女每于灯下为杨写书，字态端媚。又自选宫词百首，录颂之㉙。使杨治棋枰㉚，购琵琶，每夜教杨手谈㉛。不则挑弄弦索㉜，作《蕉窗零雨》之曲㉝，酸人胸臆；杨不忍卒听㉞，则为《晓苑莺声》之调㉟，顿觉心怀畅适。挑灯作剧㊱，乐辄忘晓，视窗上有曙色，则张皇遁去㊲。一日，薛生造访，值杨昼寝。视其室，琵琶棋枰具在㊳，知非所善。又翻书得宫词，见字迹端好，益疑之。杨醒，薛问："戏具何来㊴？"答："欲学之。"又问诗卷，托以假诸友人。薛反复检玩，见最后一叶细字一行云㊵："某月日连琐书。"笑曰："是女郎小字㊶，何相欺之甚？"杨大窘，不能置词㊷。薛诘之益苦，杨不以告。薛卷挟㊸，杨益窘，遂告之。薛求一见，杨因述所嘱。薛仰慕殷切，杨不得已诺之。夜分女至，为致意焉。女怒曰："所言伊何㊹？乃已喋喋向人㊺！"杨以实情自白，女曰："与君缘尽矣！"杨百词慰解㊻，终不欢，起而别去，曰："妾暂避之。"明日，薛来，杨代致其不可。薛疑支托㊼，暮与窗友二人来㊽，淹留不去㊾，故挠之㊿，恒终夜哗，大为杨生白眼(51)，而无如何。众见数夜杳然，浸有去志(52)，喧嚣渐息。忽闻吟声，共听之，凄婉欲绝。薛方倾耳神注，内一武生王某(53)，掇巨石投之(54)，大呼曰："作态不见客，那甚得好句(55)，呜呜恻恻(56)，使人闷损！"吟顿止。众甚怨之(57)，杨恚愤见于词色。次日，始共引去(58)。杨独宿空斋，冀女复来，而殊无影迹。逾二日，女忽至，泣曰："君致恶宾(59)，几吓煞妾！"杨谢过不遑(60)。女遽出曰："妾固谓缘分尽也，从此别矣！"挽之已渺。由是月余，更不复至。杨思之，形销骨立，莫可追挽。一夕方独酌，忽女子搴帏入。杨喜极曰："卿见宥耶？"女涕垂膺，默不一言。亟问之，欲言复忍，曰："负气去，又急而求人，难免愧恧(61)。"杨再三研诘，乃曰:"不知何处来一龌龊隶㉜,逼充媵妾。顾念清白裔㉝,岂屈身舆台之鬼㉞? 然一线弱质㉟,乌能抗拒? 君如齿妾在琴瑟之数㊱,必不听自为生活㊲。"杨大怒,愤将致死㊳,但虑人鬼殊途,不能为力。女曰:"来夜早眠㊴,妾邀君梦中耳。"于是复共倾谈,坐以达曙⑩。女临去,嘱勿昼眠㉑,留待夜约。杨诺之,因于午后薄饮,乘醺登榻,蒙衣偃卧。忽见女来,授以佩刀,引手去。至一院宇,方阖门语,闻有人掷石挝门㉒。女惊曰:"仇人至矣!"杨启户骤出,见一人赤帽青衣㉓,猬毛绕喙㉔。怒咄之。隶横目相仇,言词凶谩㉕。杨大怒奔之。隶捉石以投,骤如急雨,中杨腕㉖,不能握刃㉗。方危急所㉘,遥见一人,腰矢野射。审视之,王生也。大号乞救。王生张弓急至,射之,中股;再射之,殪㉙。杨喜感谢,王问故,具告之。王自喜前罪可赎,遂与共入女室。女战惕羞缩,遥立不作一语。案上有小刀长仅尺余,而装以金玉,出诸匣,光芒鉴影㉚。王叹赞不释手㉛。与杨略话,见女惭惧可怜,乃出,分手去;杨亦自归,越墙而仆㉜,于是惊寤,听村鸡已乱鸣矣㉝。觉腕中痛甚,晓而视之,则皮肉赤肿。停时㉞,王生来,便言夜梦之奇。杨曰:"未梦射否㉟?"王怪其先知。杨出手示之,且告以故。王忆梦中颜色，恨不真见。自幸有功于女，复请先容⑯。夜间，女来称谢。杨归功王生，遂达诚恳。女曰："将伯之助⑰，义不敢忘，然彼赳赳⑱，妾实畏之。"既而曰："彼爱妾佩刀，刀实妾父出使粤中⑲，百金购之。妾爱而有之，缠以金丝，瓣以明珠⑳。大人怜妾夭亡，用以殉葬。今愿割爱相赠㉑，见刀如见妾也。"次日，杨致此意㉒，王大悦。至夜女果携刀来，曰："嘱伊珍重，此非中华物也㉓。"由是往来如初。积数月，忽于灯下笑而向杨，似有所语，面红而止者三。生抱问之。答曰："久蒙眷爱，妾受生人气，日食烟火㉔，白骨顿有生意。但须生人精血，可以复活。"杨笑曰："卿自不肯，岂我故惜之？"女云㉕："交接后㉖，君必有念余日大病㉗，然药之可愈。"遂与为欢。既而着衣起，又曰："尚须生血一点，能捱痛以相爱乎？"杨取利刃刺臂出血，女卧榻上，便滴脐中㉘。乃起曰："妾不来矣。君记取百日之期，视妾坟前，有青鸟鸣于树头㉙，即速发冢。"杨谨受教。出门又嘱曰："慎记勿忘，迟速皆不可！"乃去。越十余日，杨果病，腹胀欲死。医师投药，下恶物如泥，浃辰而愈⑩。计至百日，使家人荷锸以待⑩。日既夕⑩，果见青鸟双鸣。杨喜曰："可矣！"乃斩荆发圹⑩，见棺木已朽,而女貌如生。摩之微温。蒙衣舁归,置暖处,气休休然⑭,细于属丝⑯。渐进汤酏⑯,半夜而苏。每谓杨曰:"二十余年如一梦耳⑰。"

注释

①于:二十四卷本作"子"。泗水:又叫泗河,源出山东省泗水县;因四源合为一水,故名。

②萧萧:风吹草木声。杜甫《登高》诗:"无边落木萧萧下。"

③夜阑:夜深。秉烛:持烛。

④凄断:凄绝;心境极为凄凉。

⑤"玄夜"二句:大意是,在这漆黑的夜里,冷风挟着潮气阵阵袭人,飞萤掠过草丛一次次停在衣裙上。玄夜:黑夜。凄风:挟着潮气的冷风。却倒:犹言"颠倒""反复"。流萤:飞动的萤火虫。惹草:轻轻触到草。沾:附着。帏:此处通"帷",裙的正幅。

⑥哀楚:哀怨凄苦。

⑦杌(wù):坐具。多指矮小的凳子。

⑧珊珊:二十四卷本作"姗姗"。珊珊:本来形容女子小步行走,环珮相摩,其声舒缓;这里义同"款款""缓缓"。

⑨忽:亭刻本、二十四卷本作"急"。

⑩"幽情"二句:大意是,月亮初升之时,衣衫单薄而生寒;隐秘凄苦的心情谁人可知。幽情苦绪:隐秘而凄苦的心情。

翠袖：翠色的衣袖，代指女子衣衫。杜甫《佳人》："天寒翠袖薄。"

⑪敛衽：犹敛袂。整理衣袖；元以后称女子的礼拜为"敛衽"。见赵翼《陔余丛考》卷二十一。

⑫瘦怯凝寒：身躯瘦削，举止畏怯，肌肤凝聚一股寒气。

⑬若不胜（shēng）衣：似乎承受不了衣服的重量。

⑭陇西：县名。即今甘肃省陇西县。在省东部，渭河上游。明清为巩昌府治。又，今甘肃东南部一带，秦汉时为陇西郡地，亦相沿称为陇西。

⑮流寓：漂流寄居他乡。

⑯殂谢：死亡，去世。

⑰鹜：二十四卷本作"鹭"。孤寂如鹜（wù）：孤单寂寞如失群的野鸭。

⑱思久不属（zhǔ）：文思久不连贯。意即长期思路未通，因而诗句不能续完。

⑲亭刻本"胸"下有"怀"字。

⑳鸡头之肉：借指女子乳头。《开元天宝遗事》载：一日，杨贵妃新浴后，对镜匀面，褪露一乳。明皇摸弄云："软温新剥鸡头肉。"鸡头：芡的别名。种子球形，黑色，称"芡实"或"鸡头米"。

㉑罗嗦：江南俗语，谓琐碎。

㉒缕：亭刻本作"绺"

㉓连昌宫词：唐代元稹所作七言长篇叙事诗。诗中假托连昌宫旁的一个老人，向作者叙述昔日玄宗在连昌宫暂驻时的盛况和安史之乱后连昌宫的萧索荒凉，借以反映当时社会的残破景象，并对玄宗宠幸杨贵妃，重用李林甫、杨国忠、安禄山作了委婉的谴责，寄托了作者对清明政治的向往。连昌宫：唐行宫名，故址在今河南省宜阳县，距洛阳不远。

㉔剪烛西窗：谓深夜在灯前亲切交谈。李商隐《夜雨寄北》诗："何当共剪西窗烛，却话巴山夜雨时。"是写夫妻久别重逢情事的名句。

㉕辄：二十四卷本作"辄"。

㉖恶客：粗野无礼的客人。

㉗鱼水：鱼水相得。喻夫妻和美。《管子·小问》："桓公使管仲求宁戚，宁戚应之曰：'浩浩乎！'管仲不知，至中食而虑之。婢子曰：'诗有之：浩浩者水，育育者鱼，未有室家，则召我安居，宁子其欲室乎？'"注："鱼水，喻人配偶。戚有伉俪之思，故陈此诗。"

㉘甚于画眉：闺房之内，有比丈夫为妻子画眉更进一层的事。《汉书·张敞传》载：张敞，字子高，宣帝时为京兆尹。无威仪，为妇画眉。有司以奏，上召问，对曰："臣闻闺房之内，夫妇之私，有过于画眉者。"上爱其能，弗责备也。

㉙颂:二十四卷本作"诵"。宫词:以宫廷生活为题材的诗。

㉚棋枰:指围棋棋盘。

㉛手谈:下围棋。《世说新语·巧艺》:"王中郎以围棋是坐隐,支公以围棋为手谈。"

㉜弦索:指琴瑟琵琶之类弦乐器。

㉝《蕉窗零雨》之曲:以隔窗聆听雨打蕉叶为意境的乐曲。指一种声情凄婉幽怨的曲子。

㉞卒听:听完。

㉟《晓苑莺声》之调:以清晨林园中流莺啼鸣为意境的乐曲。指一种旋律明朗欢快的曲子。

㊱作剧:做游戏。

㊲张皇:慌慌张张。

㊳枰:二十四卷本作"局"。具:亭刻本作"俱"。

㊴戏具:指上述琵琶、围棋等娱乐用品。

㊵叶:二十四卷本作"页"。

㊶小字:小名,乳名。

㊷能:亭刻本作"知"。

㊸卷挟:亭刻本作"执卷挟之"。二十四卷本"挟"下有"之"字。

㊹所言伊何:怎么说的。伊:助词,无义。

㊺喋喋:多嘴多舌。

㊻词：亭刻本作“辞”，通“词”。

㊼支托：支吾推托。

㊽窗友：同窗之友，同学。

㊾淹留：久留。

㊿挠：扰乱。

(51)白眼：与“青眼”相对而言。用白眼球向人，表示冷淡、厌恶。晋阮籍见凡俗之士，则以白眼对之。见《世说新语·简傲》注。

(52)浸：逐渐。

(53)武生王某：亭刻本作“武友王生”。

(54)之：亭刻本、二十四卷本作“去”。掇（duō）：拾取。

(55)甚得：亭刻本“甚”旁补“那”字，二十四卷本作“得甚”。

(56)呜呜恻恻：形容吐字引声曼长而情调悲凉。

(57)怨：亭刻本作“怒”。

(58)引：亭刻本无“引”字。

(59)宾：二十四卷本作“客”。

(60)谢过不遑：忙不迭地告罪。

(61)恧（nǜ）：同“忸”。《小尔雅》：“心愧为忸。”

(62)龌龊（wò chuò）隶：下贱人。龌龊：卑污。

(63)清白裔：清白人家的女儿。

(64)舆台：舆和台，古代奴隶的两个等级。《左传·昭公七年》：

"士臣皂，皂臣舆，舆臣隶，隶臣僚，僚臣仆，仆臣台。"

㊃一线弱质：犹言一介弱女。一线：喻孤单无助。弱质：谓体质单薄无力。

㊅齿妾在琴瑟之数：把我看作妻子。齿：列。琴瑟：喻夫妻。

㊆生活：求生存。

㊇致死：犹言拚命；拚死效力。

㊈来夜：二十四卷本作"夜来"。

㊉达：亭刻本作"待"。

㉛勿：亭刻本作"令"。

㉜搦（nuò）石挝门：拿起石头砸门。搦：握持。

㉝赤帽青衣：旧时官府衙役装束。

㉞猬毛绕喙：嘴边长满刺猬毛般的硬须。猬毛：指胡须粗硬开张。

㉟凶谩：凶横狂妄。谩：言词傲慢。

㊱亭刻本"腕"下有"下"字。

㊲刃：亭刻本作"刀"。

㊳所：亭刻本、二十四卷本作"间"。

㊴殪（yì）：死。

㊵光芒鉴影：亭刻本作"光鉴毫芒"。

㊶叹赞：亭刻本作"赞叹"。

㊷越：亭刻本作"赴"。

⑧③鸣：亭刻本、二十四卷本作“唱”。

⑧④时：二十四卷本作“午”。停：依文义当作“亭”。亭午：中午。

⑧⑤未：二十四卷本无“未”字。

⑧⑥先容：事先介绍。

⑧⑦将（qiāng）伯之助：指别人对自己的帮助。伯：对男子的尊称。《诗·小雅·正月》：“载輸尔载：专伯助予。”传：“将，请。伯，长。”

⑧⑧赳赳：勇武的样子。《诗·周南·兔罝》：“赳赳武夫，公侯干城。”

⑧⑨使：亭刻本无“使”字。粤中：古称两广之地。

⑨⓪瓣：二十四卷本作“辫”。

⑨①割爱：断绝、舍弃心爱的人或物；后多指以心爱之物予人。

⑨②亭刻本“杨”下有“中”字。

⑨③非中华物：非中国所产。南亚出产的刀，以犀利著称，其中，尤其以缅甸所产的最好。明清时人们都很珍贵“缅刀”。上文说从粤中购得，又“非中华之物”，估计是指的这种刀。

⑨④烟火：烟火食，指人间熟食。

⑨⑤云：亭刻本、二十四卷本作“曰”。

⑨⑥交：亭刻本作“妾”。交接：谓发生性关系。

⑨⑦念：亭刻本作“廿”，二十四卷本作“二十”。

⑱便：亭刻本、二十四卷本作"使"。

⑲头：亭刻本作"巅"。青鸟：相传为西王母使者，其形如鸾。

⑳浃辰：十二天。我国古代以干支纪日，称自子至亥一周十二日为"浃辰"。详见《左传·成公九年》："浃辰之间，而楚克其三都"疏。

㉑待：二十四卷本作"行"。插：又作臿、锸。掘土工具。

㉒夕：亭刻本、二十四卷本作"西"。

㉓发圹（kuàng）：挖开坟墓。

㉔休休：亭刻本作"咻咻"。咻咻：呼吸急促声。

㉕属（zhǔ）丝：一丝相连。喻气息极弱。

㉖酏：当作"酏"。酏（yí）：稀粥。《周礼·天官·酒正》："辨四饮之物，一曰清，二曰医，三曰浆，四曰酏，掌其厚薄之齐。"郑玄注："酏，今之粥。"

㉗二：亭刻本、二十四卷本无"二"字。

译文

杨于畏搬迁到泗水边上居住。他的书房面对旷野，墙外有许多古墓。夜里，听见风吹白杨萧萧作响，声音像波涛汹涌。夜深了，他点上蜡烛，正在感到心境非常凄凉。忽然，墙外有人在吟诵："玄夜凄风却倒吹，流萤惹草复沾帏。"反反复复地吟诵，那声调极为哀怨凄苦。仔细一听，声音轻细柔婉像是个女子。杨于畏对此很是疑心。第二天，去墙外察看，并没有人来过的痕迹。只有一条紫色的带子，丢落在荆棘丛中。他拾起带子回到书房，把带子放在窗台上。

当夜二更天左右，又听见像昨天一样的吟诵。杨于畏搬张凳子站在上面张望。吟诵声马上停了。他明白那是个鬼，可是心里却倾慕她。第二天晚上，杨于畏又伏在墙头等候。一更天快完了，有个姑娘从草丛中慢慢走出来，手扶小树，低着头悲伤地吟诵。杨于畏轻咳一声，姑娘一下子走进荒草丛中不见了。从这以后，杨于畏就在墙下边等待她，听她吟诵完毕，就隔着墙为她续上两句："幽情苦绪何人见？翠袖单寒月上时。"等了好久，一点动静也没有，杨于畏就走进书房。杨于畏刚坐下，忽然看见一位标致的姑娘从外面进来，向他行礼说："你本是个风雅之士，我就总是害怕躲避你。"杨于畏很高兴地拉她坐下，姑娘瘦弱怯懦身上凝聚一股寒气，似乎承受不住衣服的重量。杨于畏问她："家住哪里，长期寄居在这儿吗？"姑娘回答说："我是甘肃人，随父亲飘泊寄居这里。十七岁时生急病去世，至今已经二十多年了。在九泉荒野之中，孤单寂寞得像失群的野鸭。吟诵的诗是我自己作来寄托心中怨恨的，思索了好久不能接续下句；承蒙你替我续上后两句，泉壤之鬼也添了欢喜。"杨于畏想跟她亲热一次，姑娘愁眉苦脸地说："坟墓中的朽骨，比不得活人，如果有了欢爱，会促短人的寿命，我不忍心害你。"杨于畏就算了。他开玩笑地用手去摸姑娘的胸口，乳头圆润，依然是个处女。他又想看姑娘裙子下的一双小脚。姑娘低头笑着说："轻狂人太啰唆了。"杨于畏捧着小脚玩赏，只见月白色的锦袜，用一束五彩线扎着。再看那另一只脚，却是用紫色带子扎着。杨于畏问："为什么不全用紫色带子？"姑娘说："昨天晚上害怕你慌忙躲开，不知道丢落在哪里了。"杨于畏说："我给你换上。"就从窗台上取下带子交给姑娘。姑娘惊奇地问带子从哪里来的，杨于畏实话告诉了她。姑娘就去掉彩线扎上紫色带子。

后来，姑娘翻看书案上的书，忽然看到《连昌宫词》，感慨地说："我生前最爱读这首诗。现在看见它像在梦里似的。"杨于畏同她谈论诗文，她聪慧机敏得惹人喜爱。在西窗边剪亮蜡烛，像交了一位极好的朋友。从此，每夜只要听到轻微的吟诵声，一会儿姑娘就到来。姑娘总是叮嘱杨于畏："你要保密，别张扬出去，我有些胆怯，恐怕有粗俗之客来欺负。"杨于畏应允了她。两人交欢如鱼得水，即使没有发展到乱来的那一步，可是在闺房之中，确实有比丈夫给妻子画眉毛更进一层的事情。姑娘经常在灯下为杨于畏抄书，字体端庄清秀，她又选出宫词百首，抄录下来吟诵。姑娘又叫杨于畏购买棋具，买来琵琶，每天晚上教杨于畏下围棋，不下棋就拨弄琵琶，演奏《蕉窗零雨》的曲子，叫人听了心酸。杨于畏不忍心听完，就作了《晓苑莺声》的曲调，马上让人觉得欢畅舒适。有时点亮灯作游戏，总是愉快得忘却了天亮。看到窗上透进曙光，姑娘就慌慌张张地走了。

有一天，姓薛的书生来拜访，正碰上杨于畏在午睡，看他的书房，琵琶、棋盘全在摆着，薛生知道这些都不是杨于畏所爱好的。又翻书得到宫词抄本，见字体端庄秀美，更加产生怀疑。杨于畏醒来，薛生问他："这些娱乐用具从哪里弄来的？"杨于畏回答："我想学一学。"又问宫词抄本，杨于畏托辞是从朋友那里借来的。薛生反复细看，见抄本最后一页有一行小字："某月某日连锁书。"笑着问："这是姑娘的小名，怎么这样欺骗我？"杨于畏很窘迫，答不上话。薛生追问得更紧，杨于畏就是不告诉他。薛生拿起抄本要挟，杨于畏更加难堪，只好告诉了他。薛生要求见连锁一面，杨于畏就把连锁的叮嘱讲出来。薛生对她极为仰慕，杨于畏迫不得已就答应了他。半夜，连锁来了，杨于畏向她说了薛生想见她一面的意思。连锁生气地说："我跟你是怎么说的？你居然多嘴多舌地向外人说。"杨于畏用实情自我辩白。连锁说："我同你的缘份尽了！"杨于畏说尽好话劝慰解释，连锁始终不高兴，站起身来告辞要走，说："我暂时躲避他一下。"

第二天，薛生来了，杨于畏代连锁说明不愿见面。薛生疑心是杨于畏推托搪塞，晚上约了两个同学一起来，呆在那里不走，故意扰乱杨于畏，整夜吵吵闹闹，使杨于畏十分厌恶，但又毫无办法。大家见一连几夜都毫无消息，渐渐有了走开的意思，吵闹的声音慢慢平息下来。忽然听到有吟诵声，大家一齐静听，吟诵声凄凉哀婉至极。薛生正在偏着耳朵全神贯注地听，其中有个武生王某，搬块大石头摔去，大声说："装腔作势不肯见客，哪有什么好诗句，拖声拖气，让人憋闷死了。"吟诵声一下就停了。大家很是埋怨王某，杨于畏的言词气色表现出恼怒。第二天，他们才一齐走了。杨于畏一个人住在空荡荡的书房里，希望连锁再回来，可是一点踪迹都没有。过了两天，连锁忽然来了,流着眼泪说:"你招来那些粗俗之客,几乎把我吓死!"杨于畏忙不迭地赔不是。连锁急急忙忙地走出去,说:"我本来说过缘份已经尽了,从此我们分手吧!"杨于畏挽留她,她已经不见了。从这以后一个多月,再也没有回来过。杨于畏很想念她,瘦得只剩一副骨架,可是没有法子挽回。

一天晚上,杨于畏正在一个人喝酒,忽然连锁揭开门帘进来。杨于畏高兴极了,说:"你原谅我了吗?"连锁眼泪滴落胸前,沉默着不说一句话。杨于畏赶紧追问她,她想说又忍住不说,最后才说:"我赌气走的,又有急事来求人,难免有些难为情。"杨于畏再三地追问,连锁才说:"不知道从哪里来了一个下贱人,逼迫我做他的小老婆。寻思自己是清白人家的女儿,难道委屈去跟一个下贱鬼?可是一个弱女子,又怎么能抗拒?你如果把我看作妻子,一定不会听凭我独自一人挣扎求生。"杨于畏极为愤怒,气得要去拚命,只是考虑到人和鬼不同道,无能为力。连锁说:"明天晚上早些睡,我在梦中来约你。"于是又在一起倾心相谈,一直坐到天亮。连锁临走的时候,叮嘱杨于畏不要睡午觉,以便等待她晚上来相约。杨于畏答应了她。因此,杨于畏在午后喝了少量的酒,乘醉上床,蒙上衣服仰卧着。忽然,见连锁走来,交给他一把佩刀,拉着他的手走出去。来到一座院子,刚关上门说话,就听见有人拿起石头砸门。连锁惊慌地说:"仇人来了!"杨于畏打开门冲出去,见是一个戴红帽穿青衣的人,嘴边长满了刺猬毛般的硬胡须。杨于畏怒气冲冲地呵叱他。那个下贱人横目仇视,言词凶狂。杨于畏愤怒地朝他冲去。那下贱人抓起石头就砸过来,飞石像一阵急雨,击中了杨于畏的手腕,使他握不住刀。

正在危急之时,远远看见一个人腰佩弓箭到野外打猎,仔细一看,原来是武生王某。杨于畏大喊救命。王生拉开弓急忙赶来,射中了那个人的大腿。再射一箭,把他射死了。杨于畏高兴地感谢王生。王生问是怎么回事,杨于畏详细地告诉了他。王生自己高兴地认为前次的过错可以抵销了,就跟杨于畏一起走进连锁的屋里。连锁哆嗦着害羞地退避,远远地站着不说一句话。桌上有一把小刀,只有一尺多长,刀柄上装饰着金玉;把刀从刀鞘里抽出来,雪亮得可以照见人影。王生赞叹得爱不释手。王生跟杨于畏说了几句话,看见连锁害臊惧怕的可怜相,就退出来,和杨于畏分手走了。杨于畏也自己回书房去,过了墙就跌倒在地上。于是惊醒过来,听见村庄里的鸡已经在纷纷乱叫了。杨于畏觉得手腕很痛,天亮一看,发现手腕皮肉又红又肿。

中午,王生来了,杨于畏便谈起夜里梦境中的奇怪事。杨于畏问:"你没有梦到射箭吗?"王生奇怪他不问先知。杨于畏伸出手腕给王生看,并且把红肿的原因告诉了他。王生回想起梦中所见连锁的美貌,只恨不是真的见到。王生自认为对连锁有功,又请求杨于畏事先介绍一下。晚上,连锁来向杨于畏道谢。杨于畏把功劳归于王生,顺便转达了王生恳求见一面的意思。连锁说:"请得王生的帮助,他的恩惠我不敢忘。可是他那样雄赳赳的,我实在怕见他。"随后又说:"王生喜爱我的那把佩刀。刀其实是我父亲出差到粤地,花一百两银子买的,我喜爱它才归我所有。我用金丝缠上刀柄,又用珍珠作了镶嵌。父亲可怜我短命,用它来陪葬。现在我愿割爱赠送给王生,看见刀就如同看到我一样。"第二天,杨于畏把这番意思告诉了王生,王生极为高兴。到晚上,连锁果然把刀带来,说:"告诉王生要珍惜这把刀,这不是中国产的。"从这以后,他们又像当初一样往来。

过了几个月,连锁忽然在灯下笑眯眯地对着杨于畏,似乎像要说点什么，红着脸几次想说又说不出。杨于畏抱住问她。连锁说："长时间承蒙你眷爱，我接受了活人的气息，每天吃人间熟食，连锁杨于畏笑着说："是你自己不肯，难道我会故意吝惜精血吗？"连锁说："交合之后，你必定会有二十几天的大病，不过吃些药就会好的。"于是杨于畏就跟连锁欢爱了一次。过后，连锁穿衣起床，又说："还要一滴鲜血，能拚着痛给我吗？"杨于畏拿一把快刀从手臂上刺出血来，连锁仰卧在床上，就把血滴在她的肚脐眼中。连锁起来说："我不来了。你记好一百天以后，看我的坟墓前面，有青鸟在树头上鸣叫，就马上挖开坟墓。"杨于畏认真地接受了委托。连锁出门时又叮嘱说："好好记住不要忘了，早了晚了都不行。"说完就走了。

过了十多天，杨于畏果然生病了，腹部胀得要死。医师用了药，打下了许多像污泥样的东西，十二天病就好了。算了一下已到一百天，就叫家人扛把铁锹在坟边等候。太阳落山的时候，果然看见一对青鸟在树头鸣叫。杨于畏高兴地说："可以挖了！"就砍掉荆棘挖开坟墓，见棺材已经腐朽，可是女尸的容貌像活着时一样。摸摸尸体还有些温热，就用衣服蒙上把尸体抬回家。把尸体放在暖和的地方,呼吸短促,如游丝相连。慢慢喂点稀粥,连锁在半夜里复活过来。连锁经常对杨于畏说:"二十多年来就像一场梦罢了。"

单道士

原文

韩公子，邑世家①。有单道士工作剧②，公子爱其术，以为座上客。单与人行坐③，辄忽不见。公子欲传其法④，单不肯。公子固恳之。单曰："我非吝吾术，恐坏吾道也⑤，所传而君子则可；不然，有借此以行窃者矣。公子固无虑此，然或出见美丽而悦⑥，隐身入人闺闼，是济恶而宣淫也⑦。不敢从命。"公子不能强，而心怒之，阴与仆辈谋挞辱之。恐其遁匿，因以细灰布麦场上⑧。思左道能隐形⑨，而履处必有印迹，可随印处急击之。于是诱单往，使人执牛鞭立挞之⑩。单忽不见，灰上果有履迹⑪，左右乱击，顷刻已迷。公子归，单亦至。谓诸仆曰："吾不可复居矣⑫！向劳服役，今且别，当有以报。"袖中出旨酒一盛⑬，又探得肴一簋⑭，并陈几上。陈已，复探。凡十余探，按上已满⑮。遂邀众饮，俱醉。一一仍内袖中⑯。韩闻其异，使复作剧。单于壁上画一城，以手推挞，城门顿辟。因将囊衣箧物悉掷门内，乃拱别曰："我去矣！"跃身入城，城门遂合⑰，道士顿杳。后闻在青州市上⑱，教儿童画墨圈于掌⑲，逢人戏抛之，随所抛处，或面或衣，圈鞓脱去，落印其上。又闻其善房中术[20]，能令下部吸烧酒，尽一器。公子尝面试之。

注释

①邑世家：淄川韩氏，自明代韩源以来，仕宦相继。王士禛《贞烈韩孺人传》："韩为淄川著姓，自嘉靖以来，冠盖相望。"

②工作剧：擅长幻术。

③亭刻本"单"下有"曰"字，二十四卷本"单"下有"每"字。

④传：二十四卷本作"得"。

⑤道：与"术"相对，指施行幻术应奉守的道德。

⑥二十四卷本"悦"下有"之"字。

⑦济恶而宣淫：助长邪恶，张大淫乱行为。

⑧上：二十四卷本作"中"。

⑨左道：旁门歪道。

⑩牛鞭：耕作时赶牛用的柄短鞭粗长的皮鞭。

⑪履：二十四卷本作"印"。

⑫矣：亭刻本无"矣"字。

⑬盛（chéng）：容器。

⑭簋（guǐ）：古代盛器名，形近盂而有双耳。

⑮按：亭刻本作"案"，二十四卷本作"几"。

⑯内：二十四卷本作"纳"，二字通。

⑰合：二十四卷本作"阖"。

⑱青州：府名。明初改益都路置。治所在益都（属山东省）。

⑲二十四卷本"掌"下有"上"字。

⑳房中术：见《伏狐》注⑧。

译文

韩公子，出生在本城世族大家。有个单道士擅长幻术，韩公子很欣赏他的幻术，把他接到家里待如宾客。单道人跟别人走路或坐着，总是会忽然隐身不见。韩公子想学他的本领，单道士不肯传授。韩公子再三恳求他。单道士说："我不是舍不得传授我的幻术，担心的是败坏了施行幻术应遵守的道德。传授的是正人君子还可以；不然的话，会有借这种幻术去行窃的了。公子固然不会去想这些，可是有时候出去见到美貌女人而爱上了，隐身进到人家闺房中，这就会助长作恶而张大淫邪行为。我不敢接受你的请求。"韩公子无法勉强他而心里却很生气，暗中跟仆人们谋划要打他一顿来羞辱他。又怕他会隐身逃去躲起来，于是用细灰遍撒在矿麦场上。韩公子想旁门邪道会隐身，而脚踏过的地方一定有痕迹，可以顺着有痕迹的地方赶去揍他。于是，引诱单道士到麦场上去，叫人拿牛鞭子马上抽他。单道士忽然不见了，细灰上果然有脚印，人们从左右两边乱抽，顷刻之间已不知所在。

韩公子回到家,单道士也来了。他对仆人们说:"我不能再住下去了!刚才烦劳你们服侍,现在要分别了,该有些酬报。"单道士从袖子中摸出一壶好酒,又摸出一盘荤菜,一并摆在桌上,摆好了,又去摸,一共摸了十几次,桌上全摆满了。于是,他邀请大家喝酒,全都喝醉了。他仍然把这些酒菜一一收进袖筒里。韩公子见到这件怪事,叫单道士再施展一次幻术。单道士在墙壁上画了一座城,用手去敲门推门,城门马上打开。他把衣服箱子全部掷进城门里面,就拱拱手说:"我去了!"身子一跃进入城中,城门就关上,单道士一下子就无影无踪了。

后来,听说单道士在青州街市上教儿童在手掌上画墨圈,遇到人就开玩笑地向他抛过去,随着所抛的地方,或是脸上或是衣服上,墨圈总会脱去,却留下一个印子在上面。又听说单道士善于房中术,能叫下身吸吮烧酒,可以吸完一壶。韩公子曾经当面试验过。

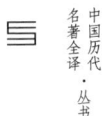

白于玉

原文

吴青庵,筠,少知名。葛太史见其文,每嘉叹之,托相善者,邀至其家①,领其言论丰采②,曰:"焉有才如吴生,而长贫贱者乎?"因俾邻好致之③,曰:"使青庵奋志云霄④,当以息女奉巾栉⑤。"时太史有女绝美。生闻大喜⑥,确自信。既而秋闱被黜⑦,使人谓太史⑧:"富贵所固有,不可知者迟早耳。请待我三年,不成而后嫁。"于是刻志益苦。一夜,月明之下⑨,有秀才造谒。白皙短须,细腰长爪。诘所来,自言:"白氏,字于玉。"略于倾谈⑩,豁人心胸。悦之,留同止宿。迟明欲去,生嘱便道频过⑪。白感其情殷,愿即假馆⑫,约期而别。至日⑬,先一苍头送炊具来⑭,少间白至,乘骏马如龙。生另舍舍之⑮。白命奴牵马去。遂共晨夕⑯,忻然相得。生视所读书,并非常所见闻⑰。亦绝无时艺⑱,讶而问之。白笑曰⑲:"士各有志,仆非功名中人也。"夜每招生饮,出一卷授生,皆吐纳之术⑳,多所不解,因以迂缓置之㉑。他日谓生曰:"曩所授乃《黄庭》之要道㉒,仙人之梯航㉓。"生笑曰:"仆所急不在此,且求仙者必断绝情缘，使万念俱寂㉔，仆病未能也㉕。"白问："何故？"生以宗祀为虑。白曰："胡久不娶？"笑曰："寡人有疾，寡人好色㉖。"白亦笑曰："王请无好小色㉗。所好何如㉘？"生具以情告。白疑未必真美。生曰："此遐迩所共闻，非小生之目贱也㉙。"白微哂而罢。次日，忽促装言别。生凄然与语，刺刺不能休。白乃命童子先负装行㉚。两相依恋，俄见一青蝉鸣落案间，白辞曰："舆已驾矣，请自此别。如相忆，拂我榻而卧之。"方欲再问㉛，转瞬间，白小如指，翩然跨蝉背上，嘲哳而飞㉜，杳入云中。生乃知其非常人，错愕良久，怅怅自失。逾数日，细雨忽集，思白綦切。视所卧榻，鼠迹碎琐，慨然扫除，设席即寝㉝。无何，见白家童来相招，忻然从之。俄有桐凤翔集㉞，童捉㉟，谓生曰："黑径难行，可乘此代步。"生虑细小不能胜任，童曰："试乘之。"生如所请，宽然殊有余地，童亦附其尾上。戛然一声，凌升空际。未几，见一朱门。童先下，扶生亦下。问："此何所？"曰："此天门也。"门边有巨虎蹲伏。生骇俱，童一身幛之㊱。见处处风景㊲，与世殊异。童导入广寒宫㊳，内以水晶为阶，行人如在镜中。桂树两章㊴，参空合抱。花气随风，香无断际。亭宇皆红窗㊵，内时有美人出入。冶容秀骨，旷世并无其俦。童言："王母宫佳丽尤胜㊶。"然恐主人伺久，不暇留连，导与趋出㊷。移时，见白生候于门㊸。握手入，见檐外清水白沙，涓涓流溢，玉砌雕栏，殆疑桂阙㊹。甫坐，即有二八妖鬟，来荐香茗㊺。少间命酌，有四丽人，敛衽鸣珰㊻，给事左右㊼。才觉背上微痒，丽人即纤指长甲探衣代搔㊽。生觉心神摇曳，罔所安顿；既而微醺，渐不自持；笑顾丽人，兜搭与语㊾，美人辄笑避。白令度曲侑觞㊿。一衣绛绡者，引爵向客㉛，便即筵前，宛转清歌。诸丽者笙管敖曹㉜，呜呜杂和㉝。既阕，一衣翠裳者，亦酌亦歌。尚有一紫衣人，与一淡白软绡者，吃吃笑暗中㉞，互让不肯前。白令一酌一唱，紫衣人便来把盏。生托接杯，戏挠纤腕。女笑失手，酒杯倾坠。白谯诃之㉟，女拾杯含笑，俯首细语云："冷如鬼手馨，强来捉人臂㊱。"白大笑，罚令自歌且舞㊲。舞已，衣淡白者又飞一觥㊳。生辞不能釂。女捧酒有愧色，乃强饮之。细视四女，风致翩翩㊴，无一非绝世者。遽谓主人曰㊵："人间尤物㊶，仆求一而难之。君集群芳，能令我真个销魂否㊷？"白笑曰："足下意中㊸，自有佳人，此何足当巨眼之顾㊹。"生曰："吾今乃知所见之不广也。"白乃尽招诸女，俾自择，生颠倒不能自决㉖。白以紫衣人有把臂之好，遂使襆被奉客。既而衾枕之爱，极尽绸缪㉖。生索赠，女脱金腕钏付之㉗。忽童入曰："仙凡路殊，君宜即去。"女急起遁去。生问主人，童曰："早诣待漏㉘，去时嘱送客耳。"生怅然从之，复寻旧途。将及门，回视童子，不知何时已去，虎哮骤起，生惊窜而去㉙。望之无底，而足已奔坠。一惊而寤，则朝暾已红㉚。方将振衣，有物腻然坠褥间，视之钏也㉛。心益异之。由是前念灰冷，每欲寻赤松游㉜，而尚以胤续为忧㉝。过十余月，昼寝方酣，梦紫衣姬自外至，怀中绷婴儿曰㉞："此君骨肉㉟，天上难留此物，敬持送君。"乃寝诸床，牵衣覆之㊱，匆匆欲去。生强与为欢，乃曰："前一度为合卺，今一度为永诀。百年夫妇，尽于此矣。君倘有志㊲，或有见期。"生醒，见婴儿卧襆褥间，绷以告母。母喜，佣媪哺之，取名梦仙。生于是使人告太史，自已将隐㊳，令别择良匹。太史不肯，生固以为辞。太史告女，女曰："远近无不知儿身许吴郎矣㊴。今改之，是二天也㊵。"因以此意告生，生曰："我不但无志于功名，兼绝情于燕好㊶。所以不即入山者，徒以有老母在。"太史又以商女，女曰："吴郎贫，我甘其藜藿㊂；吴郎去，我事其姑嫜，定不他适。"使人三四返，迄无成谋，遂诹日备车马妆奁㊃，嫔于生家㊄。生感其贤，敬爱臻至。女事姑孝，曲意承顺，过贫家女。逾二年母亡，女质奁作具㊅，罔不尽礼。生曰："得卿如此，吾何忧！顾念一人得道，拔宅飞升㊆。余将远逝㊇，一切付之于卿。"女坦然，殊不挽留，生遂去。女外理生计，内训孤儿，井井有法㊈。梦仙渐长，聪慧绝伦。十四岁以神童领乡荐㊉，十五入翰林㊊。每褒封，不知母姓氏，封葛母一人而已。值霜露之辰㊋，辄问父所，母具告之，遂欲弃官往寻。母曰："汝父出家，今已十有余年，想已仙去，何处可寻？"后奉旨祭南岳㊌。中途遇寇。窘急中㊍，一道人仗剑入，寇尽披靡，围始解㊎。德之，馈以金，不受。出书一函，付嘱曰："余有故人，与大人同里，烦一致寒暄。"问："何姓名？"答曰㊏："王林。"因忆村中无此名。道士曰："草野微贱，贵官自不识耳。"临行出一金钏曰："此闺阁物，道人拾此，无所用处㊐，即以奉报。"视之，嵌镂精绝。怀归以授夫人，夫人爱之，命良工依式配造㊑，终不及其精巧。遍问村中，并无王林其人者。私发其函，上云："三年鸾凤，分拆各天⑱。葬母教子，端赖卿贤⑲。无以报德，奉药一丸，剖而食之，可以成仙。"后书"琳娘夫人妆次⑩。"读毕，不解何人，持以告母。母执书以泣，曰："此汝父家报也⑩。琳，我小字。"始恍然悟"王林"为拆白谜也⑩。悔恨不已⑩，又以钏示母。母曰："此汝母遗物，而翁在家时，尝以相示⑩。"又视丸如豆大，喜曰："我父，仙人，啖此必能长生。"母不遽吞，受而藏之。会葛太史来视甥⑯，女诵吴生书，便进丹药为寿。太史剖而分食之。顷刻，精神焕发。太史时年七旬，龙钟颇甚，忽觉筋力溢于肤革，遂弃舆而步。其行健速，家人坌息始能及焉⑯。逾年，都城有回禄之灾⑩，火终日不熄，夜不敢寐，毕集庭⑱。见火势拉杂，侵及邻舍，一家徊徨⑲，不知所计。忽夫人臂上金钏，戛然有声，脱臂飞去。望之，大可数亩，团覆宅上，形如月阑⑩，口降东南隅⑩，历历可见。众大愕⑫。俄顷，火自西来，近阑则斜越而东。迨火势既远，窃意钏亡，不可复得。忽见红光乍敛⑬，钏铮然坠足下。都中延烧民舍数万间，左右前后，并为灰烬，独吴第无恙。惟东南一小阁⑭，化为乌有，即钏口漏覆处也。葛母年五十余，或见之，犹似二十许人。

注释

①其：二十四卷本无"其"字。

②领：二十四卷本作"聆"。领：领略，意为观察得知。

③俾：二十四卷本作"使"。

④云霄：二十四卷作"青云"。奋志云霄：谓奋发立志取得功名。

⑤息女：亲生女儿。奉巾栉：侍奉盥沐。以女许婚的谦词。

⑥闻：二十四卷本无"闻"字。

⑦秋闱被黜：乡试落选。

⑧二十四卷本"史"下有"曰"字。

⑨月明：二十四卷本作"明月"。

⑩于：二十四卷本作"与"。

⑪频：二十四卷本作"烦"。

⑫假馆：借宅寄居。

⑬日：二十四卷本作"期"。

⑭苍头：古代私家所属的奴隶。亦作"仓头"。《汉书·鲍宣传》："苍头庐儿，皆用致富。"颜师古注引孟康曰："汉名奴为苍头，非纯黑，以别于良人也。"后来用作仆隶的通称。

⑮另舍舍之：安排其他房舍给白生居住。后一"舍"字作动词用。

⑯遂共晨夕：二十四卷本作"遂晨夕与共"。共晨夕：朝夕相处。陶潜《移居二首》之一："闻多素心人，乐与数晨夕。"

⑰二十四卷本"闻"下有"者"字。

⑱时艺：相对古文而言。明清科举考试所用的八股文为时艺，又称"举子业""四书文"。

⑲曰：二十四卷本作"云"。

⑳吐纳之术：见《灵官》注②。

㉑迂缓：迂阔而不切实用。

㉒《黄庭》：指《黄庭经》，道家经典。有《黄庭内景经》《黄庭外景经》《黄庭遁甲缘身经》《黄庭养神经》《黄庭中景经》《黄庭五脏六腑真人玉轴经》等数种。皆言道家养生修炼之法。要道：指养生修炼的重要原理。

㉓梯航：梯子和渡船，喻修炼成仙的凭借。谓由此求仙，如登天得梯，浮海得船。

㉔万念俱寂：一切世俗杂念都归于寂灭。

㉕仆病未能：我怕做不到。此处借用枚乘《七发》楚太子回答吴客用语。

㉖"寡人"二句：借用《孟子·梁惠王》下齐宣王搪塞孟子的话。寡人：即为寡德之人，是古代君主及诸侯王的自我谦称。

㉗"王请"句：借用《孟子·梁惠王》下孟子诱导齐宣王的话。原文为"王请无好小勇"，这里改"勇"为"色"而戏言之。

㉘何如：亭刻本、二十四卷本作"如何"。

㉙生：二十四卷本作"弟"。目贱：眼光庸俗，鉴赏力低下。

㉚负装：背负行李。

㉛欲再：亭刻本作"再欲"。

㉜嘲哳：又作"嘲唔""啁哳"。象声词，形容声音繁细。此指青蝉振翅飞动的声音。

㉝即：二十四卷本作"就"。

㉞桐凤：鸟名，即桐花凤。也叫"幺凤"。唐李德裕《李文饶集》别集一《画桐花凤扇赋序》："成都夹岷江，矶岸多植紫桐。每至暮春，有灵禽五色，小于玄鸟，来集桐花，以饮朝露。及华落则烟飞雨散，不知其所往。"

㉟捉：二十四卷本作"促"。

㊱一：亭刻本、二十四卷本作"以"。

㊲处处：二十四卷本作"其"。

㊳广寒宫：月宫。见《劳山道士》注㉑。

㊴两章：两株。《史记·货殖列传》索隐"居千章之萩。"注："大树曰章。"

㊵亭宇：亭子和房屋。《楚辞》宋玉《招魂》："高堂邃宇，槛层轩些。"注："宇，屋也。"

㊶王母：王母娘娘。古代神话中"西王母"几度嬗变后的形象。

㊷趋：二十四卷本作"俱"。

㊸亭刻本、二十四卷本"生"下有"已"字。

㊹疑：亭刻本、二十四卷本作“拟”。桂阙：即月宫。相传月中有桂树，故名。

㊺香：二十四卷本作“馨”。

㊻敛衽鸣珰：谓走过来向客施礼。

㊼给事：供役使，侍奉。

㊽亭刻本、二十四卷本“即”下有“以”字。

㊾搭：二十四卷本作“答”。兜搭：搭讪。

㊿侑（yòu）觞：劝酒。

(51)引爵：斟酒。爵：古代酒器，青铜制。可以温酒和盛酒。

(52)敖曹：义同“嗷嘈”，声音喧闹。

(53)呜呜杂和：伴唱者曼声相和。呜呜：拖着长腔。《汉书·杨恽传》报孙会宗书：“仰天击缶，而呼呜呜。”

(54)吃吃（qī）：忍笑声。

(55)诃：二十四卷本作“呵”。谯诃：同“谯呵”，申斥。

(56)“冷如”二句：手冰凉得像鬼手，硬要来抓人的胳膊。《世说新语·忿狷》：“王司州（胡之）尝乘雪往王螭（恬）许。言气少有牾逆于螭，便作色不夷。司州觉恶，便舆床就之，持其臂曰：‘汝讵复足与老兄计？’螭拨其手曰：‘冷如鬼手馨，强来捉人臂。’”馨：晋人用作语助词。

(57)且：亭刻本作“自”。

(58)飞一觥：疾速斟满一杯。飞觥：通常叫“飞觞”。饮者刚饮完一杯，趁其不备，又急速为之斟满，意在劝人多饮。

(59)风致：风情恣态。翩翩：形容风采美好超逸。

(60)主人：二十四卷本作“白”。

(61)尤物：本指特异超俗的人或物。后多指绝色美女《左传·昭公二十八年》：“夫有尤物，足以移人。”注：“尤，异也。”

(62)个：二十四卷本作“果”。真个销魂：俞焯《诗词余话》：詹天游风流才思，不减昔人。宋驸马杨镇有十姬，皆绝色。其中粉儿者尤美，杨镇召詹饮宴，出诸姬佐觞。詹看中粉儿，口占一词：“淡淡青山两点春，娇羞一点口儿樱，一梭儿玉一绢云。白藕香中见西子，玉梅花下遇文君，不曾真个也销魂。”杨乃以粉儿赠之，曰：“令天游真个消魂也。”后诗文多以“真个销魂”指男女交合。

(63)足下：敬辞，称对方。古代同辈相称或下称上都用“足下”。后专用为对同辈的敬辞。一说“足下”之称始于春秋时晋文公称介子推。语出刘敬叔《异苑》卷十：“悲乎足下”。

(64)巨眼：恭维别人有眼力的说法。意谓眼力高，识见超卓不凡。

(65)颠倒：这里是翻来覆去的意思。

(66)绸缪：这里义同“缠绵”。形容男女欢爱，难分难舍。

(67)金腕钏：金手镯。

(68)待漏：百官黎明入朝，等待朝见皇帝。这里指等待朝见玉皇大帝。漏：古代计时器。

(69)去：二十四卷本作“出”。

(70)朝暾（tūn）：朝阳。

(71)二十四卷本“之”下有“则”字。

(72)赤松：赤松子，传说中的仙人。为神农时雨师，服水玉散以教神农，能入火不烧。后至昆仑山，常入西王母石室中，随风雨上下。见刘向《列仙传》及干宝《搜神记》。《史记·留侯世家》：“愿弃人间事，欲从赤松子游耳。”

(73)胤续：后代。胤：嗣。

(74)绷：同“绷”。束包小儿的布被，即襁褓。这里用为动词。

(75)肉：亭刻本、二十四卷本作“血”。骨肉：指亲生儿女。

(76)亭刻本、二十四卷本“牵”下有“生”字。

(77)有志：此指有志于修炼成仙。

(78)自：亭刻本、二十四卷本作“身”。

(79)亭刻本“身”下有“已”字。

(80)二天：两个丈夫。《仪礼·丧服传》：“夫者，妻之天也。”

(81)兼：二十四卷本作“并”。

(82)藜藿：藜与藿。贫穷者所食的两种野菜。《韩非子·五蠹》：“粝粢之食，藜藿之羹。”

(83)车：亭刻本、二十四卷本作“舆”。诹（zōu）日：选择吉日。诹：咨询。

㊻嫔（pīn）：新妇嫁到夫家，俗称"过门"。此句谓吴生未行亲迎之礼，葛太史主动送女完婚。

㊽二十四卷本"作"下有"葬"字。质奁：典押妆奁。

㊾"顾念"二句：《太平广记》卷十四《许真君》引《十二真君传》：许逊，字敬之，东晋道士，家南昌。传说于东晋宁康二年（374），在南昌西山，全家四十二口拔宅飞升。

㊿余：二十四卷本作"今"。逝：二十四卷本作"适"。

㊽井井：有条理的样子。《荀子·儒效》："井井兮其有理也。"

㊾神童：特别聪慧的儿童。唐宋科举有童子科，应试者称应神童试。明清无此科，谓以少年参加乡试中举，如古之膺神童举。

㊿二十四卷本"五"下有"岁"字。

㊺霜露：亭刻本作"露霜"。霜露之辰：《礼记·祭义》："霜露既降，君子履之，必有凄怆之心，非其寒之谓也。"后因以霜露之辰指祭祖的日子。

㊻祭南岳：汉宣帝时曾定安徽天柱山为南岳。后改定湖南衡山为南岳，相沿至今。汉时五岳秩比三公，唐玄宗、宋真宗封五岳为王，为帝，明太祖尊五岳为神。历代帝王多亲往致祭，或按时派员代祭。

㊽中：二十四卷本作"之际"。

㊾解：亭刻本作"破"。

㉟曰：亭刻本作"云"。

㊱用处：亭刻本作"可用"。二十四卷本无"处"字。

㊲造：亭刻本无"造"字。

㊳拆：二十四卷本作"析"。各天：各在天一方。

㊴端：亭刻本、二十四卷本作"专"。

⑩妆次：意即奉达妆台左右。旧时致平辈妇女书信中的一种惯用格式。

⑪家报：家书，家信。

⑫林：二十四卷本作"琳"。折白谜：又称拆白道字。用离析字形结构来说话表意的一种修辞格式。因为所拆之字夹杂在语句中间需要辨测，近于谜语，所以叫"拆白谜"。

⑬已：二十四卷本作"可追"。

⑭尝：二十四卷本作"常"。

⑮葛：亭刻本无"葛"字。甥：女儿的子女。《诗·齐风·猗嗟》："不出正兮，展我甥兮。"传："外孙曰甥。"

⑯奔（bèn）息：呼吸急促，喘粗气。此谓急行气促。奔：喷涌。

⑰回禄之灾：火灾。回禄：神话传说中的火神名。《左传·昭公十八年》："郑子产禳火于玄冥、回禄。"注："玄冥，水神；回禄，火神。"疏："楚之先，吴回为祝融，或云回禄即吴回也。"俗借为火灾之称。

⑧二十四卷本"庭"下有"中"字。

⑨徊：二十四卷本作"彷"。

⑩形如月阑：二十四卷本此四字在上句"团覆宅上"之前。月阑：月亮周围的光气，其形如环，通称月晕。

⑪亭刻本、二十四卷本"口"上有"钏"字。降：亭刻本作"向"。降：朝，向。

⑫愕：二十四卷本作"骇"。

⑬红：亭刻本、二十四卷本作"虹"。

⑭阁：亭刻本作"楼"。

译文

吴青庵，单名筠，年轻时就很有名气。葛太史看到他的文章，常常赞叹夸赏他。托与他有交情的人，约请他到家里，亲自领略他的谈吐丰采，说："哪有文才像吴青庵这样却永远贫贱不发迹的呢？"因而让乡邻好友向吴青庵表示，说："倘若青庵奋发立志取得功名，就把亲生女儿嫁给他。"当时，葛太史有个女儿，非常漂亮。吴青庵听后极为高兴，确实很自信。后来，吴青庵乡试落选，就托人对葛太史说："富贵本该有的，拿不准的只是迟早而已。请等我三年，功名不成再嫁你的女儿。"从此更加刻苦攻读。

一天晚上，月光下面，有个秀才来拜访。白净面庞、短胡子,细腰身、长指甲。问他从哪里来,他自称:"姓白,表字于玉。"略微交谈几句,让人心胸开朗。吴青庵很喜欢他,留他同自己住在一起。第二天天亮,白于玉要走,吴青庵嘱咐他顺路时常来坐坐。白于玉感激他的热情,愿意借他的房子居住,约好日期就分别了。到了日期,先有一个奴仆送炊具来,过了不久,白于玉来了,骑着一匹雄壮的骏马。吴青庵安排别院给白于玉居住。白于玉叫奴仆牵马回去。于是两人朝夕相处,彼此融洽而愉快。

吴青庵看白于玉所读的书,并不是平常所见到听到过的,也绝没有一篇八股文,就惊讶地问他。白于玉笑笑说:"读书人各有各的志趣,我不是追求功名的那种人。"晚上,白于玉经常请吴青庵喝酒。他拿出一本书送给吴青庵,书上全是养生健身的修炼术,大多不好理解。吴青庵认为是本不切实际的书就闲放着。过了几天,白于玉对吴青庵说:"前次我送给你的《黄庭经》纲要,是修炼成仙凭借的梯子和渡船。"吴青庵笑着说:"我急需的不在这方面,况且求仙的人必须断绝情缘,使一切俗念归于寂灭,我恐怕做不到。"白于玉问:"为什么呢?"吴青庵说考虑的是传宗接代的事。白于玉问:"为什么长期不讨老婆?"吴青庵笑着说："我有个毛病，我爱好女色。"白于玉也笑着说："请君不要爱好一般的女色。你爱的人美不美？"吴青庵把实情告诉他。白于玉怀疑吴青庵爱的人未必真美。吴青庵说："她的美是远近都闻名的，不是我的眼光平庸。"白于玉略微讥笑一下就算了。

第二天，白于玉忽然匆忙收拾行装说要告别，吴青庵伤感地同他话别，啰啰嗦嗦说个不停。白于玉吩咐书童先背上行李出发。两人依依不舍，一会看见一只青蝉鸣叫着落在书桌上，白于玉告辞说："乘舆已经备好，请让我们从此分手吧。如果你想念我，就清理我的床铺躺上去。"正想再问，转眼之间，白于玉缩小得像根手指，轻轻地跨上蝉背，青蝉吱吱飞走了，消失在云层之中。吴青庵这才知道白于玉不是个凡人，惊诧了好长时间，惆怅得像自己丢了魂似的。

过了几天，忽然下起了细雨，吴青庵思念白于玉心切。看看他原来睡过的床铺，老鼠爬得乱七八糟，感慨着打扫干净，铺上席子就睡上去。没有多久，见白于玉家的书童来邀请，就很高兴地跟着他去。一会，有桐花凤飞来停下，书童捉住桐花凤，对吴青庵说："天黑路难走，可以骑上这只鸟代替步行。"吴青庵担心桐花凤细小载不动他，书童说："骑上去试一试。"

吴青庵照他说的做，桐花凤背上很宽还有多余的地方，书童也随着骑在桐花凤尾上。嘎地一声，高高地飞上了空中。没有多久，看到一座朱红大门。书童先下来，也把吴青庵扶下来。吴青庵问："这是什么地方？"书童说："这是天门。"门边有大老虎蹲伏着。吴青庵又惊又怕，书童用身体挡住老虎。只见各处风景，跟人世间完全不同。书童引导他进入广寒宫，宫内用水晶砌成台阶，走在上面的人像在镜子中行走。两株桂树，有合抱粗直插云际，花香随风飘过，香气持久不断。亭子房屋全是朱红窗子，里面不时有美人进进出出。她们艳丽的容貌、清秀的身姿，人世间绝没有比得上的。书童说："王母宫中的美女更加出色。"可是恐怕主人等候得太久，没有空闲多耽搁，引着吴青庵很快走出来。过了一会，看到白于玉已经在门口等候。两人牵着手进去，只见屋子外面清水在白沙上细细流淌，玉石台阶、雕花栏杆，几乎怀疑是月宫。刚坐下，马上有十五六岁的妖艳丫鬟，走来献上香茶。不久，白于玉吩咐斟酒，有四个美人儿，前来致敬，环珮叮当响，在左右侍候。吴青庵刚觉得背上有点痒，美人儿马上用纤细的长指甲，伸进衣服为他挠痒。吴青庵觉得心神摇荡，不知往哪里安顿，后来微微有些醉意，渐渐不能约束自己；看着美人儿发笑，搭讪跟她们说话，美人儿总是含笑避开。白于玉叫她们唱曲劝酒。一个穿深红色绸衣的美人儿，斟满酒来劝客，就在酒席前面，婉转清脆地唱起来。其他美人吹笙奏乐，声音喧闹，伴唱的人曼声相和。唱完一曲后，另一个穿翠色衣裳的美人，也过来又斟酒又唱歌；还有一个穿紫衣的美人，和一个穿淡白软绸衣的美人，暗中吃吃发笑，互相推让不肯上前。白于玉叫她们一个斟酒一个唱歌，穿紫衣的美人就走过来端起酒杯敬酒。吴青庵借接酒杯的机会，轻佻地去挠她纤柔的手腕。紫衣美人发笑失手，酒杯翻落在地。白于玉斥责她，紫衣美人捡起酒杯，面含微笑，低着头轻声地说："手冰凉得像鬼手，硬要来抓人家的手臂。"白于玉哈哈大笑，罚她自歌自舞。跳完舞后，穿淡白绸衣的美人又飞快地斟满一杯酒。吴青庵推辞不能再干杯了。淡白绸衣美人捧着酒杯面有愧色，吴青庵只好勉强喝下去。吴青庵细看四个美人，风情仪态飘逸，没有一个不是绝世佳人。他坦率地对主人说："人世间的绝代美人，我找一个也很难。你聚集了这么多美女，能否让我消魂一次？"白于玉笑着说："你的心目中，本有个美人儿，这几个哪里够得上你高超眼光的赏识。"吴青庵说:"我现在才知道我的见识太不广了。"白于玉就把美人全叫过来,让吴青庵自己挑选。他挑来挑去自己拿不定主意。白于玉以紫衣美女同吴青庵有过抓手腕的交往,就让她抱来被褥陪客。随后,两人在床上尽情欢爱,极为缠绵,难分难舍。吴青庵向紫衣美人索要纪念品,紫衣美人脱下一只金手镯送给他。忽然,书童走进来说:"仙家凡人路不同,你该马上离开了。"紫衣美人急忙起床逃走了。吴青庵问主人在哪里,书童说:"一早赶去等待朝见,临去的时候交待我送客。吴青庵扫兴地跟着书童,又走到来时的老路上。快走近天门时回头看书童,不知道他什么时候已经走开了。老虎怒吼着一下子跳起来,吴青庵惊慌地逃窜出去。望下面深得不见底而脚停不住已坠落下去。心头一惊醒了过来,早上的太阳已经红彤彤的了。吴青庵正要抖抖衣服,有件东西滑溜溜的落在被褥之间,一看,是只金手镯。他心里更加觉得奇怪。从这以后,他过去的心思立刻灰冷,总想去寻访仙人赤松子交游,只是还为传宗接代这件事担忧。

过了十几个月,吴青庵午睡正酣,梦见紫衣女从外面进来,怀中用布裹着个婴儿,说:"这是你的亲骨肉,天上难于留下这个小东西，特地抱来送给你。"就把婴儿放睡在床上，拉过一件衣服盖好，急匆匆地要走。吴青庵硬要和她欢爱一次，紫衣女就说："前一次欢爱是结婚，现在这一次欢爱是永别。百年的夫妻，就这样完结了。你如果有志于成仙，或许还有相见的日子。"吴青庵从梦中醒来，看见婴儿睡在被褥中，就把他包好抱去告诉自己的母亲。母亲很高兴，雇了保姆喂养孩子，给孩子取名叫梦仙。

从这以后，吴青庵派人告诉葛太史，自己已经要归隐，让他家另外选择好女婿。葛太史不肯，吴青庵坚持这样请求。葛太史告诉女儿，女儿说："远近没有谁不知道我已经许配吴少爷。现在改嫁，就是有两个丈夫。"葛太史就把女儿的这个意思告诉吴青庵，吴青庵说："我不但无意于功名，连对亲爱的人也要断绝情缘。之所以不马上入山修炼，只是因为老母亲还健在。"葛太史又把这个意思告诉女儿，同女儿商量。女儿说："吴少爷穷，我心甘情愿吃野菜；吴少爷走了，我侍奉公婆，一定不改嫁。"派人来回跑了三四趟，一直没有达成协议。葛太史自己选了日子，准备好车马妆奁，送女儿嫁到吴青庵家。吴青庵感激她贤惠，对她极为敬爱。葛女侍奉婆婆很孝顺，尽量迎合婆婆的心意，胜过穷人家的女儿。

过了两年，婆母去世，葛女典押妆奁为婆母治葬具，没有一点不尽到礼节。吴青庵说："有你这样的好妻子，我有什么可忧虑呢！我还想一人得道，全家拔宅飞升成仙。我将要远远地走了，一切都交给你吧。"葛女很坦然，一点也不挽留他，于是吴青庵就离家出走了。

葛女在外料理生活，在内教育孤儿，一切做得井井有条。吴梦仙渐渐长大，聪慧过人，十四岁以神童中了举人，十五岁进了翰林院。每当有封赏，不知亲生母亲的姓氏，只封葛母一人而已。遇上祭祖的日子，吴梦仙总是问父亲在哪里，葛母把实情告诉他，他就想要抛弃官职去寻找父亲。葛母说："你父亲出家，至今已十多年了，想来已经成仙走了，什么地方可以找到他？"

后来，吴梦仙奉旨去祭祀南岳，路上遇到强盗。正在困窘危急之中，一个道人举着宝剑赶来，强盗全被打退，围困才解脱。吴梦仙很感激道人，送他银子，他不收。道人拿出一封信，交给吴梦仙嘱托说："我有位老朋友，跟你父亲是同乡，烦劳你代我问候一下。"吴梦仙问："这个人叫什么名字？"道人回答说："叫王林。"吴梦仙回忆一下村中没有叫王林的人。道人说：

"一个乡下的普通人,尊贵的大官自然不认识他。"道人临走时拿出一只金手镯,说:"这是闺房里的东西,道人拾到它,也没有用处,就送给你作为酬谢。"吴梦仙一看手镯,镶嵌镂刻极为精致。他把手镯揣在怀里带回家去交给妻子,妻子很喜爱这只手镯,叫好工匠依照式样打造,始终比不上那只精巧。吴梦仙问遍了村中,并没有王林这个人。私自拆开信来看,信上写着:"三年的夫妻,分散各在天一方。安葬母亲、教育儿子,全仗你的贤德。没有什么报答你,奉上一颗药丸,剖开来吃,可以成仙。"信后写的是"琳娘夫人妆次"。吴梦仙读完信,还不明白是谁,就拿信去给母亲看。他母亲拿着信流泪,说:"这是你父亲的家信。琳,是我的小名。"吴梦仙才恍然大悟"王林"是用的拆白谜。他悔恨不已,又把金手镯拿给母亲看。他母亲说:"这是你生母的遗物,你父亲在家时,曾经拿给我看过。"又看那药丸像一颗豆那么大,吴梦仙高兴地说:"我父亲是仙人,吞下这颗药一定能长生不老。"他母亲不立马吞药,接过来收藏好。适逢葛太史来看望外孙,琳娘把吴青庵的信念了一遍,就把药丸奉献给老人祝寿。葛太史把药丸剖开分给大家吃。顷刻之间,大家精神焕发。葛太史当时七十岁,龙钟老态,忽然觉得筋力充满全身,就放弃轿子步行。他走得又有力又快当,家人跑得喘气才赶得上他。

过了一年,城里发生大火灾。大火终日不熄,夜里不敢睡觉,大家聚集在院子里。只见火势蔓延,已烧到隔壁人家,一家人急得团团转,想不出救火的办法。忽然吴梦仙妻子臂上的金镯,嘎嘎发声,脱离手臂飞出去。大家一望,它变成有几亩地那么大一圈,团团覆盖在房屋上,形状像月晕,金镯口朝东南角,可以清清楚楚地望见。大家都很惊讶。不一会,大火从西边烧过来,靠近光圈就斜着越过去向东延烧。等火势离远以后,吴梦仙的妻子暗地认为手镯丢了,不可能再得到。忽然看见红光一下子收住,手镯叮噹一声坠落在脚下。城中延烧了民房几万间,吴家前后左右的房屋,全都化为灰烬,惟独吴家房子安然无恙。只是东南方的一座小阁楼,被烧光了,也就是手镯口漏盖住的地方。葛母到了五十多岁,有人见到她,还像是二十来岁的人。

夜叉国

原文 交州徐姓①,泛海为贾。忽被大风吹去。开眼至一处,深山苍莽②。冀有居人,遂缆船而登,负糗腊焉③。方入,见两崖皆洞口④,密如蜂房,内隐有人声。至洞外,伫足一窥⑤,中有夜叉二⑥,牙森列戟⑦,目闪双灯,爪劈生鹿而食。惊散魂魄⑧,急欲奔下,则夜叉已顾见之,辍食执入。二物相语,如鸟兽鸣⑨,争裂徐衣,似欲啖噉⑩。徐大惧,取橐中糗糒⑪,并牛脯进之⑫。分啖甚美,复翻徐橐。徐摇手以示其无。夜叉怒,又执之。徐哀之曰:"释我。我舟中有釜甑可烹饪⑬。"夜叉不解其语,仍怒。徐再与手语⑭,夜叉似微解。从至舟,取具入洞。束薪燃火,煮其残鹿,熟而献之。二物啖之喜。夜以巨石杜门,似恐徐遁。徐曲体遥卧,深惧不免。天明,二物出,又杜之。少顷,携一鹿来付徐。徐剥革⑮,于深洞处取流水⑯,汲煮数釜⑰。俄有数夜叉至⑱,群集吞噉讫⑲,共指釜,似嫌其小。过三四日,一夜叉负一大釜来,似人所常用者。于是群夜叉各致狼麋⑳,既熟,呼徐同噉。居数日,夜叉渐与徐熟,出亦不施禁锢,聚处如家人。徐渐能察声知意㉑,辄效其音为夜叉语。夜叉益悦,携一雌来妻徐㉒。徐初畏惧,莫敢伸㉓。雌自开其股就徐㉔,徐乃与交㉕。雌大欢悦㉖,每留肉饵徐,若琴瑟之好。一日,诸夜叉早起㉗,项下各挂明珠一串㉘,更番出门,若伺贵客状㉙,命徐多煮肉。徐以问雌,雌云:"此天寿节㉚。"雌出谓众夜叉曰:"徐郎无骨突子㉛。"众各摘其五,并付雌;雌又自解十枚,共得五十之数㉜,以野苎为绳,穿挂徐项㉝。徐视之㉞,一珠可直百十金㉟。俄顷俱出。徐煮肉毕,雌来邀去㊱,云:"接天王㊲。"至一大洞,广阔数亩㊳,中有石,滑平如几,四围俱有石坐,上一坐蒙一豹革㊴,余皆以鹿。夜叉二三十辈㊵,列坐满中㊶。少顷,大风扬尘,张皇都出。见一巨物来,亦类夜叉状,竟奔入洞,踞坐鹗顾㊷。群随入,东西列立,悉仰其首,以双臂作十字交。大夜叉按头点视㊸,问:"卧眉山众尽于此乎㊹?"群哄应之。顾徐曰:"此何来?"雌以婿对,众又赞其烹调。即有二三夜叉,奔取熟肉陈几上。大夜叉掬啖尽饱,极赞喜美㊺,且责常供㊻。又顾徐云:"骨突子何短?"众白㊼:"初来未备。"物于项上摘取珠串,脱十枚付之㊽,俱大如指顶,圆如弹丸,雌急接,代徐穿挂㊾。徐亦交臂作夜叉语谢之。物乃去，蹑风而行(50)，其疾如飞。众始享其余食而散。居四年余(51)，雌忽产，一胎而生二雄一雌，皆人形，不类其母。众夜叉皆喜其子(52)，辄共拊弄。一日，皆出攫食，惟徐独坐(53)。忽别洞来一雌，欲与徐私，徐不肯。夜叉怒，扑徐踣地上。徐妻自外至，暴怒相搏，龁断其耳。少顷，其二亦归(54)，解释令去。自此雌每守徐，动息不相离。又三年，子女俱能行步。徐辄教以人言，渐能语，啁啾之中有人气焉(55)。虽童也，而奔山如履坦途，依依有父子意(56)。一日，雌与一子一女出，半日不归。而北风大作，徐恻然念故乡，携子至海岸，见故舟犹存，谋与同归(57)。子欲告母，徐止之。父子登舟，一昼夜达交。至家，妻已醮(58)。出珠二枚，售金营兆(59)，家颇丰。子取名彪，十四五岁，能举百钧(60)，粗莽好斗。交帅见而奇之(61)，以为千总(62)。值边乱，所向有功，十八为副将(63)。时一商泛海，亦遭风飘至卧眉(64)。方登岸，见一少年，视之而惊。知为中国人，便问居里。商以告。少年曳入幽谷一小石洞(65)，洞外皆丛棘，且嘱勿出。去移时，挟鹿肉来啖商(66)。自言父亦交人。商问之，而知为徐，商在客中尝识之(67)。因曰："我故人也。今其子为副将(68)。"少年不解何名。商曰："此中国之官名⁶⁹。"又问："何以为官?"曰："出则舆马，入则高堂⁷⁰；上一呼而下百诺；见者侧目视，侧足立，此名为官。"少年甚歆动⁷¹。商曰："既尊君在交，何久淹此?"少年以情告。商劝南旋⁷²。曰："余亦常作是念⁷³。但母非中国人，言貌殊异；且同类觉之，必见残害，用是辗转。"乃出曰："待北风起，我来送汝行。烦于父兄处，寄一耗问。"商伏洞中几半年，时自棘中外窥，见山中辄有夜叉往还，大惧，不敢少动。一日，北风策策⁷⁴，少年忽至，引与急奔。嘱曰："所言勿忘却。"商应之。又以肉置几上⁷⁵，商乃归⁷⁶。敬抵交⁷⁷，达副总府，备述所见。彪闻而悲，欲往寻之。父虑海涛妖薮⁷⁸，险恶难犯，力阻之。彪抚膺痛哭⁷⁹，父不能止。乃告交帅，携两兵至海内⁸⁰，逆风阻舟，摆簸海中者半月。四望无涯，咫尺迷闷，无从辨其南北。忽而涌波接漢⁸¹，乘舟倾覆。彪落海中，遂浪浮沉⁸²。久之，被一物曳去，至一处，竟有舍宇。彪视之，一物如夜叉状⁸³。彪乃作夜叉语，夜叉惊讯之，彪乃告以所往。夜叉喜曰："卧眉，我故里也。唐突可罪⁸⁴！君离故道已八千里。此去为毒龙国⁸⁵，向卧眉非路。"乃觅舟来送徐⁸⁶。夜叉在水中推行如矢，瞬息千里。过一宵，已达北岸，见一少年临流瞻望。彪知山无人类，疑是弟，近之，果弟㊲。因执手哭，既而问母及妹，并云健安㊳。彪欲偕往㊴，弟止之，仓忙便去㊵。回谢夜叉，则已去㊶。未几，母妹俱至，见彪俱哭。彪告其意。母曰㊷："恐去为人所凌。"彪曰："儿在中国甚荣贵，人不敢欺。"归计已决，苦逆风难渡㊸。母子方徊徨间㊹，忽见布帆南动，其声瑟瑟㊺。彪喜曰："天助吾也㊻！"相继登舟，波如箭激。三日抵岸，见者皆奔。彪向三人，脱分袍裤㊼。抵家㊽，母夜叉见翁怒骂㊾，恨其不谋⑩，徐谢过不遑。家人拜见家主母⑩，无不战栗。彪劝母学作华言，衣锦，厌粱肉⑩，乃大欣慰。母女皆男儿装，类满制⑩。数月稍辨语言，弟妹亦渐白皙。弟曰豹⑩，妹曰夜儿，俱强有力。彪耻不知书，教弟读。豹最慧，经史一过辄了。又不欲操儒业，仍使挽强弩⑩，驰怒马，登武进士第⑩。聘阿游击女⑩。夜儿以异种，无与为婚。会标下袁守备失偶⑩，强妻之。夜儿开百石弓⑩，百余步射小鸟，无虚落⑩。袁每征，辄与妻俱。历任同知将军⑪，奇勋半出于闺门⑫。豹三十四岁挂印⑬。母尝从之南征，每临巨敌，辄擐甲执锐⑭，为子接应。见者莫不辟易⑮。诏封男爵⑯。豹代母疏辞⑰，封夫人⑱。

异史氏曰:"夜叉夫人,亦所罕闻。然细思之而不罕也:家家床头有个夜叉在⑩。"

注释

①交:二十四卷本作"胶"。下文"交"同。交州:古地名。汉武帝元封五年(前106)设置十三部州之一,辖五岭以南今两广以至印支半岛部分地区。

②苍莽:苍翠深远貌。苏辙《黄楼赋》:"山川开阖,苍莽千里。"

③糗腊(xī):干粮和干肉。糗:用炒熟的米麦捣成的细粉。腊:晒干的肉。

④崖:亭刻本作"岸"。

⑤伫:二十四卷本作"停"。

⑥夜叉:梵文音译。亦作"药叉""阅叉""夜乞叉"等,意译"能啖鬼""捷疾鬼"等。印度神话中一种半神的小神灵。佛教中作为北天王毗沙门的眷属,列为天龙八部之一。在文学作品中,有的并不认为其为恶魔,如迦梨陀娑写的《云使》中的夜叉。但有的认为其为恶魔,中国民间称凶恶女子为"母夜叉",含有贬意。

⑦二十四卷本"列"下有"如"字。牙森列戟:牙齿森然如密排的长戟。形容牙齿密长尖利,露出唇外。

⑧散:亭刻本、二十四卷本作"丧"。

⑨如：亭刻本、二十四卷本作"类"。

⑩啗：二十四卷本作"噬"。

⑪橐：二十四卷本作"囊"，下文"橐"字同。糗糒：二字同义，常连用。干粮。

⑫牛脯：牛肉干。

⑬釜甑：饭锅和蒸笼。

⑭手语：作手势语。用双手比画示意，以交流思想。

⑮二十四卷本"剥"下有"皮"字。

⑯深洞：亭刻本、二十四卷本作"洞深"。据亭刻本、二十四卷本"处"下有"取"字。

⑰汲：二十四卷本无"汲"字。

⑱至：亭刻本作"群至"。

⑲群集：亭刻本无"群集"二字。啗：二十四卷本作"啖"。下文"啗"字同。

⑳狼麛：狼和麋鹿之类猎物。

㉑二十四卷本"徐"下有"亦"字。

㉒二十四卷本"雌"下有"夜叉"二字。

㉓伸：亭刻本作"近"。

㉔自开其股：亭刻本无"自开其股"四字。

㉕徐乃：亭刻本无"徐乃"二字。二十四卷本无"徐"字。

㉖雌：亭刻本无"雌"字。欢悦：亭刻本作"喜"，二十四卷

本作"欢喜"。

㉗夜叉：亭刻本作"物"。

㉘明珠：夜明珠。传说中夜间能放光的宝珠。《拾遗记·夏禹》："禹乃负火而进，有兽状如豕，衔夜明之珠，其光如烛。"

㉙状：亭刻本、二十四卷本无"状"字。

㉚天寿节：封建帝王称诞辰为天寿，取义于《尚书·君奭》："天寿平格，保乂有殷。"此指夜叉王的生日。

㉛骨突子：圆形杖头，即朝廷仪仗中的金瓜。珍珠圆形与之相似，故夜叉们称之为骨突子。

㉜五十之数：二十四卷本作"五六十数"。

㉝穿：二十四卷本作"串"。

㉞之：二十四卷本无"之"字。

㉟十：二十四卷本无"十"字。

㊱二十四卷本"邀"下有"徐"字。

㊲天：二十四卷本作"大"。

㊳数：亭刻本、二十四卷本作"盈"。

㊴一：亭刻本、二十四卷本作"以"。

㊵二三：二十四卷本作"三四"。

㊶满：亭刻本作"洞"。

㊷踞坐：坐时两腿伸直、叉开，是一种傲慢尊大的坐姿。鹗

顾：像鱼鹰般左右顾视。鹗：鱼鹰，一种猛禽，目光锐利凶狠，停落时经常转睛顾盼。

㊸大夜叉：亭刻本作“物”，下同。

㊹卧眉山众：指卧眉国的臣民。卧眉国是夜叉国之一。

㊺喜：二十四卷本作“嘉”。

㊻二十四卷本“责”下有“令”字。

㊼白：亭刻本、二十四卷本作“曰”。

㊽二十四卷本“十”下有”数”字。

㊾穿：二十四卷本作“串”。

㊿蹑风：随风。

(51)二十四卷本“居”上有“徐”字。

(52)其子：二十四卷本无“其子”二字。

(53)坐：亭刻本、二十四卷本作“在”。

(54)其二：指另外两个夜叉。

(55)啁啾：鸟鸣声。这里指小儿学语声。有人气：有人类语言的味道。

(56)二十四卷本“依”上有“与徐”二字。依依：依恋亲近之状。

(57)同：亭刻本无“同”字。

(58)二十四卷本“醮”上有“别”字，下有“去”字。

(59)营兆：亭刻本作“盈兆”，二十四卷本作“营作”。盈兆：极言其多。兆：一兆是一百万，即一千贯。

⑥⓪百钧：极言其重。古代三十斤为一钧。

⑥①交帅：交州的军事首脑。

⑥②千总：武官名，明嘉靖间置。明代后期职权日轻，至清为武职下级官员，位次于守备。

⑥③副将：清代从二品武官，即副总兵，亦即下文所称的"副总"。隶属于总兵，统理一协军务，又称协镇。

⑥④遭：亭刻本、二十四卷本无"遭"字。

⑥⑤亭刻本、二十四卷本"年"下有"乃"字。

⑥⑥挟：二十四卷本作"乃携"。

⑥⑦尝：二十四卷本作"常"。

⑥⑧将：亭刻本作"总"。

⑥⑨之：二十四卷本无"之"字。

⑦⓪亭刻本"高"下有"坐"字。

⑦①歆动：羡慕动心。

⑦②南旋：南归交州。

⑦③念：二十四卷本作"想"。

⑦④策策：风吹枯叶声。韩愈《秋怀诗》之一："秋风一披拂，策策鸣不已。"

⑦⑤置几：二十四卷本作"掷船"。

⑦⑥"又以"二句亭刻本无"又以肉置几上，商"七字。

⑦⑦敬：特意，专诚。

⑱妖薮：怪异之物聚集之处。

⑲痛：二十四卷本作"恸"。

⑳至海内：亭刻本作"入海"。

㉑漠：二十四卷本作"汉"。

㉒遂：二十四卷本作"逐"。沉：亭刻本、二十四卷本作"流"。

㉓一：二十四卷本无"一"字。

㉔唐突：冒犯，触犯。

㉕毒龙国：据传位于东胜神州与南海之间的岛屿群，岛屿会随波流动，除毒龙国人，常人不可寻。因传此界主人为一剧毒长蛇所幻化，故名毒龙国。

㉖徐：二十四卷本作"彪"。

㉗弟：二十四卷本作"然"。

㉘健安：亭刻本作"安健"。

㉙二十四卷本"偕"下有"弟"字。

㉚仓：二十四卷本作"怆"。

㉛去：亭刻本作"杳矣"。

㉜母：亭刻本无"母"字。

㉝逆风：亭刻本作"风逆"。

㉞徊惶：二十四卷本作"徘徊"。徊惶：徘徊忧思貌。梁武帝《孝思赋》："晨孤立而萦结，夕独处而徊惶。"

㉟瑟瑟：风声。《文选》刘桢《赠从弟》诗之二："亭亭山上松，

瑟瑟谷中风。"

⑯吾：二十四卷本作"我"。

⑰彪向三人，脱分袍裤：二十四卷本无此八字。

⑱抵：二十四卷本作"至"。

⑲母：二十四卷本作"雌"。

⑳二十四卷本"其"下有"归时"二字。

㉑家：亭刻本、二十四卷本无"家"字。

㉒厌：通"餍"，吃饱。梁肉：指精美的膳食。《汉书·食货志》："衣必文彩，食必梁肉。"

㉓类满制：亭刻本无"类满制"三字。类满制：很类似满族服制。制：款式。

㉔曰：二十四卷本作"名"。下句"曰"字同。

㉕使：二十四卷本无"使"字。弩：二十四卷本作"弓"。

㉖登武进士第：考中武进士。科举时代取士分文武两科。武科始于唐。历代相沿，但不定期举行。自明代中期始定武乡试、会试之制。清光绪二十七年（1901）废止。

㉗游击：武官名。清代绿营兵设游击，职位次于参将，分领营兵，属下级武官。

㉘标下：犹言麾下。标：清代军制，督抚等管辖的绿营兵，称标。一标三营。守备：武官名。清代绿营统兵官，分领营兵，位在都司之下，称营守备。

⑩亭刻本、二十四卷本"儿"下有"能"字。开百石弓：一钧三十斤，四钧为一石。开百石弓，极言臂力之强。

⑪二十四卷本"无"上有"矢"字。

⑪同知将军：谓以都督同知挂副将军印，实即副总兵。明制，各省、各镇副总兵系由五军都督府的都督同知充任，遇大战事，则挂副将军印，统兵出战，事毕纳还。故称副总兵为同知将军。本套书《棋鬼》篇又称"督同将军"。同知：官名。明清定为知府、知州的佐官。

⑫于：二十四卷本无"于"字。闺门：内室之门。此代指守备之妻，即夜儿。

⑬挂印：指挂印将军。明制，各省、镇的总兵，遇大战事，则挂诸号将军印，统兵出战，事毕纳还。清代多挂提督衔。

⑭擐（guān）甲执锐（duì）：穿甲胄，执武器。擐：穿。《左传·成公十三年》："文公躬擐甲胄，跋履山川。"锐：古代兵器，矛属。《尚书·顾命》下："一人冕，执锐，立于侧阶。"

⑮辟易：退避。《史记·项羽本纪》："项王嗔目叱之，赤泉侯人马俱惊，辟易数里。"正义："言人马俱惊，开张易旧处，乃至数里。"

⑯男爵：封建社会女子例无封爵，此谓酬功视同男子，而以爵秩封赏，盖特例。

⑰疏辞：上疏推辞所封爵位。

⑱二十四卷本"夫"上有"一品"二字。夫人：命妇的封号。明代一品二品之妻皆封夫人。清代封宗室贝勒至辅国将军之妻为夫人。

⑲"家家"句：谐语。意谓每位男人家中都有个厉害老婆。俗谓悍妻泼妇为"母夜叉"。

译文

交州有位姓徐的，飘洋过海去做生意。忽然被一阵大风吹走。睁眼一看，飘到了一处地方，深山莽莽苍苍。他希望有人居住，就用缆绳把船拴住，登上陆地，背上干粮和干肉走去。刚走进去，只见两边岩石上全是洞口，密密麻麻如蜂房一般，里面隐隐约约有人的声音。走到洞外，停脚偷看一下，洞中有两个夜叉，牙齿森然如密排长戟，目光闪亮像两盏灯，正用手爪撕开生鹿肉吃着。徐某吓得魂飞魄散，急忙要跑下山去，而夜叉已经回头看见了他，夜叉放下鹿肉把他捉进山洞。两个夜叉对面交谈，声音像鸟兽鸣叫，争着扯破徐某的衣服，似乎想要饱餐一顿。徐某害怕极了，拿出口袋里的干粮，连同牛肉干一起送给夜叉。夜叉分来吃了觉得味道很美，又去翻徐某的口袋。徐某摇手示意表示没有东西了。夜叉很生气，又把徐某捉起来。徐某哀求说："请放掉我。我船上有饭锅和蒸笼,可以蒸煮食物。"夜叉听不懂他的话,仍然很生气。徐某再向夜叉打手势,夜叉似乎稍微有点明白。夜叉随徐某到船上,拿起炊具回到山洞。徐某用一捆柴点上火,煮夜叉吃剩的鹿肉,煮熟后递给夜叉吃。夜叉吃了很高兴。晚上,夜叉用大石头堵上门,似乎怕徐某逃走。徐某卷曲着身体远远地睡下,非常担心免不了一死。天亮了,两个夜叉走出洞去,又用石头把门堵上。不一会,带回一只鹿来交给徐某。徐某剥掉鹿皮,从山洞深处汲取流水,煮了几锅鹿肉。一会,有几个夜叉来了,聚在一处把鹿肉几大口就吞吃光了,一齐指着锅,似乎嫌锅太小。过了三四天,有个夜叉背了一口大锅来,像人们所常用的那种。从这以后,众夜叉各自送来些狼和鹿之类的猎物。煮熟以后,叫徐某同它们一起吃。又过了几天,夜叉渐渐跟徐某混熟了,出洞去也不用石头堵门了,相处得如同一家人一样。徐某也渐渐能听懂夜叉的声音,明白其中含意,经常学它们发音讲夜叉语。夜叉更加高兴,带来一个雌夜叉给徐某做妻子。徐某最初很害怕,不敢和她接近。雌夜叉就自己张开大腿来将就徐某,徐某才和她交合。雌夜叉十分欢喜,时常留下肉食给徐某吃。像夫妻那样和睦。

有一天，众夜叉起得特别早，颈项下各挂了一串夜明珠，轮流走出洞门，像在等候贵宾的样子。又叫徐某多煮些肉。徐某向雌夜叉打听，雌夜叉说："今天是天寿节。"雌夜叉出去对众夜叉说："徐郎没有珠子。"众夜叉又各自摘下五颗珠子，一并交给雌夜叉；雌夜叉又解下自己的十颗，共有五十颗，用野苎麻作绳，穿好珠子挂在徐某的颈上。徐某一看珠子，一颗能值百十两银子。一会儿，众夜叉一齐走了出去。徐某把肉煮完，雌夜叉来邀他一起去，说："去接天王。"来到一个大山洞，洞有好几亩宽，洞中有石块，平滑得像桌子，四周都有石头座位，上首一张座位用豹子皮蒙着，其余的都蒙着鹿皮。二三十个夜叉，排排坐满。不一会，大风刮起灰尘，夜叉们都慌忙拥出去。只见一个巨大的家伙走来，也类似夜叉的模样，一直跑进洞里，叉腿坐着像鱼鹰般左右环顾。夜叉们随着它进洞，分东西两边排列站立，全都仰起头，用双臂交叉作十字状。大夜叉按人头看着点数，问："卧眉山的臣民全在这里吗？"众夜叉高声地答应。大夜叉看看徐某，说："这是从哪里来的？"雌夜叉说是她的丈夫。众夜叉又大大夸赞徐某的烹调手艺。立马有两三个夜叉，跑去把熟肉拿来摆在桌子上。大夜叉抓起肉吃个尽饱，满口夸赞味道好，并且责令徐某经常供给他吃。他又看看徐某，说："珠串怎么这样短？"众夜叉说："他刚来还没有准备。"大夜叉从颈项上取下珠串，摘了十颗珠子交给徐某。珠子颗颗都大如指头，圆圆的像弹丸。雌夜叉急忙接过来，替徐某穿好挂上。徐某也双臂交叉讲夜叉语道谢，大夜叉这才离去，随风而行，快得像飞一般。众夜叉这才开始享用他吃剩下的肉然后分散回去。

住了四年多，雌夜叉忽然分娩，一胎生下两雄一雌，都是人的样子，不像他们的母亲。众夜叉都喜欢徐某的子女，总是在一起逗逗抱抱。有一天，夜叉都出去抢夺食物，只有徐某独自坐在洞中。忽然。从别的洞中来了一个雌夜叉，想要和徐某交合，徐某不肯干。雌夜叉发怒，把徐某扑倒在地上。徐妻从外面回来，极其愤怒地和那雌夜叉扭打起来，咬断了她的耳朵。不久，另外两个夜叉也回来了，劝解开后，叫那个雌夜叉回去。从此以后，雌夜叉总是守护着徐某，活动休息都不离开他。

又过了三年，子女仍都会走路了。徐某经常教他们讲人话，他们逐渐会讲一些。叽叽喳喳之中有点人类语言的味道了。虽说他们是孩子，可是在山上奔跑起来像走平坦大道一般，他们跟徐某依恋亲近很有父子情意。一天，雌夜叉同一子一女出门去，半天没有回来。北风猛吹，徐某悲伤地思念起故乡来，带了儿子来到海岸边，看见原来的那条船还在，就打算同儿子一起回故乡。儿子想要告诉母亲，徐某制止了他。父子俩上了船，一天一夜到达交州。回到家，妻子已经改嫁走了。徐某拿出两颗珍珠，卖得一千贯钱，家境十分富裕。他给儿子取名叫彪，到十四五岁，就能举起很重的东西，粗暴鲁莽喜欢打架。交州大帅见了很惊奇，派他当了千总。正好遇上边境上有战乱。他打向哪里就在哪里立下战功，十八岁就当了副将。

这时，有个商人飘洋过海，也遇上大风飘到了卧眉山。刚上岸，看见一个年轻人，这人一见他就很惊讶，知道他是中国人，就问他家乡在哪里。商人告诉了他。年轻人把他拉进幽谷中的一个小石洞。洞外面全是刺丛，并且嘱咐他不要出洞。年轻人去了好一阵，拿了些鹿肉来给商人吃。年轻人自己说父亲也是交州人，商人问他后，知道就是徐某。商人做客时曾认识徐某。因此说："你父亲是我的老朋友。现在他的儿子是副将。"年轻人不懂副将是什么。商人说："这是中国的官名。"年轻人又问："什么是官？"

商人说:"出门坐轿骑马,回来坐在高堂上,在上面喊一声,下面成百的人答应,见到他的人不敢正视,不敢对面站立,这就叫做官。"年轻人听了很羡慕动心。商人说:"既然你父亲在交州,为什么长期留在这里呢?"年轻人把实情告诉了商人。商人劝年轻人南归交州。年轻人说:"我也经常有这个念头。可是母亲不是中国人,言语相貌完全不同;而且同类如果发觉,必然要遭受残害。因此犹豫不决。"说完就出洞去,说:"等北风吹起,我来送你动身。劳驾你在父兄那里传递一个消息。"商人在洞里躲了几乎半年,他时常从荆棘丛中往外偷看,看见山中经常有夜叉来来往往,十分害怕,不敢动一动。

有一天,北风飒飒地刮起来,年轻人忽然来了,引着商人奔出去。嘱咐商人说:"我所托咐的话不要忘了。"商人答应照办。年轻人又把肉放在小桌子上,商人才起航回去。商人特意抵达交州,去到副总衙门,把所见到的情况详细说了。徐彪听了很伤感,想去寻找他们。他父亲担心海涛中有各种妖怪,惊险凶恶不能冒犯,竭力阻拦他。徐彪捶胸大哭,他父亲无法阻止他,就向交州大帅报告,让他带两名兵丁渡海。逆风吹阻航船,在海中颠簸了半个月。四望不见边际，他们在小船中感到迷茫，无法分辨南北。忽然，波浪滔天，乘坐的船被掀翻。徐彪落进大海中，随着海浪沉浮。飘了好久，他被一个东西拉了去，到了一个地方，居然有房屋。徐彪一看，有个东西像夜叉的模样。徐彪就说夜叉语，夜叉惊奇地盘问他，徐彪就告诉夜叉自己要去哪里。夜叉高兴地说："卧眉山，是我的老家。刚才冒犯你，实在该赔罪！你离开原路已经八千里。从这里去是毒龙国，往卧眉山去不是这条路。"夜叉就去找船来送徐彪上路。夜叉在水中推着船如飞箭般行走。一下就走了上千里。

过了一夜，已经到达北岸，看见一个年轻人站在海边远望。徐彪知道卧眉山上没有人类，疑心他就是弟弟，走近一看，果然是弟弟。因此拉着手哭起来，随后又问母亲和妹妹，说她们都健康平安。徐彪要跟弟弟去见母亲和妹妹，弟弟拦住他，自己匆匆忙忙地走了。徐彪回头要感谢送他的夜叉，却已经不见了。一会儿，母亲和妹妹都来了，见到徐彪都哭了起来。徐彪说明了来意。他母亲说："恐怕去了被别人欺凌。"徐彪说："孩儿在中国很有权势，别人不敢欺负你。"回归的打算已经决定下来，只苦于吹逆风很难渡海。母子们正徘徊担忧的时候，忽然看见布帆向南飘动，风声瑟瑟作响。徐彪高兴地说:"这是老天爷帮助我!"他们一个接一个地上了船,波浪把船推得如箭飞一般。三天就靠了岸,见了他们的人都吓得直跑。徐彪把衣服裤子分给他们三个穿上。到了家里,母夜叉见到徐某一顿臭骂,恨他回来时也不商量一下。徐某急忙连声道歉。家人来拜见这个主母,没有一个不发抖的。徐彪劝母亲学说中国话,让她穿锦衣,吃精美食品,他母亲极为欢喜。母女俩都穿男装,类似于满族的服装款式。几个月之后,稍微懂了些中国语言,弟妹的皮肤也渐渐变得白嫩了。弟弟单名豹,妹妹名叫夜儿,都很健壮有臂力。徐彪以不识字为羞耻,就教弟弟读书。徐豹很聪明,经书、史书讲一遍就懂。可他又不想专习儒业,就让他拉硬弓,骑烈马,考中了武进士。后来和阿游击的女儿订了婚。夜儿由于种族不同,没有人肯和她结婚。正巧下属袁守备死了妻子,硬把夜儿嫁给他。夜儿能拉开百石强弓,一百多步外射小鸟,没有射不中的。袁守备每次出征,总是把妻子带去。逐步升任同知将军,他建立的奇功有一半得力于妻子。徐豹三十四岁做了挂印将军。他母亲曾同他到南方征讨,每当面临强敌,他母亲总是穿铁甲、执武器,为儿子作接应。敌人见了她没有不退避的。皇帝下诏封她为男爵。徐豹代母亲上奏章辞去爵位,改封为夫人。

异史氏说:"夜叉封夫人,也极少听到。然而仔细一想也不稀罕:家家床头都有个夜叉在上面。"

小髻

原文

长山居民某①，暇居，辄有短客来②，久与扳谈③。素不识其生平，颇注疑念④。客曰："三数日，将便徙居⑤，与君比邻矣⑥。"过四五日，又曰："今已同里，旦晚可以承教。"问："乔居何所⑦？"亦不详告，但以手北指。自是，日辄一来，时向人假器具；或吝不与，则自失之。群疑其狐。村北有古冢，陷不可测，意必居此。共操兵仗往。伏听之，久无少异。一更向尽，闻穴中戢戢然⑧，似数十百人作耳语。众寂不动。俄而尺许小人，连缕而出⑨，至不可数。众噪起⑩，并击之。杖杖皆火，瞬息四散。惟遗一小髻，如胡桃壳然⑪，纱饰而金线。嗅之，骚臭不可言。

注释

①长山：县名。明清时属山东济南府。

②短客：矮小的客人。

③扳（pān）谈：谓主动找人闲谈。

④疑：亭刻本无"疑"字。

⑤将：二十四卷本作"即"。

⑥与君：亭刻本无"与君"二字。比邻：近邻。王勃《杜少

府之任蜀州》:"海内存知己,天涯若比邻。"

⑦乔:亭刻本作"侨"。乔迁:迁居。《诗·小雅·伐木》:"出自幽谷,迁于乔木。"乔木,高大的树木。后因以"乔迁"或"迁乔"贺人迁居。张籍《赠殷山人》诗:"满堂虚左待,众目望乔迁。"

⑧戢戢(jí):低语声。犹唧唧咕咕。

⑨连缕:络绎不绝。

⑩噪起:二十四卷本作"起大噪"。

⑪胡桃:即核桃。

译文

长山县居民某人,闲居在家,总有一个矮小的客人来,长时间与他攀谈。素不了解这个客人的生平,某人很有些疑心。矮客说:"三四天就要搬家过来,跟你是近邻了。"过了四五天,他又说:"现在已是邻里,早晚可以来请教你了。"某人问:"你乔迁在哪里?"他也不详细说明,只用手朝北边指一指。

从此,他每天总来一次,时常向某人借器皿用具;有时候舍不得借,东西就自行不见。大家怀疑他是狐狸精。村庄北边有座古坟,陷成个洞穴深不可测,大家猜想他一定住在这里面。一齐拿了兵器、棍棒赶去。伏身下去听里面,很久没有一点动静。一更天快过了，听见洞穴里叽叽喳喳，好像有几十上百人在说悄悄话。大家不出声也不动。一会，一尺左右的小矮人，络绎不绝地走出洞来，多得无法计数。大家呐喊着站起来，一齐打小矮人。每一棍都打出火花，小矮人一下子就向四面跑散了。只留下一个小发髻，像核桃壳大小，用细纱和金线装饰着。闻一闻它，骚臭得无法形容。

西僧

原文 两僧自西域来①,一赴五台②,一卓锡太山③。其服色言貌④,俱与中国殊异。自言:"历火焰山⑤,山重重⑥,气熏腾若炉灶。凡行必于雨后⑦,心凝目注⑧,轻迹步履之⑨。误蹴山石,则飞焰腾灼焉。又经流沙河⑩,河中有水晶山,峭壁插天际⑪,四面莹澈,似无所隔。又有隘⑫,可容单车,二龙交角对口把守之。过者先拜龙。龙许过,则口角自开。龙色白,鳞鬣皆如晶然⑬。"僧言:"途中历十八寒暑矣。离西土者十有二人⑭,至中国仅存其二。西土传中国名山四⑮:一太山,一华山⑯,一五台,一落伽也⑰。相传山上遍地皆黄金,观音、文殊犹生⑱。能至其处,则身便是佛,长生不死⑲。"听其所言状⑳,亦犹世人之慕西土也㉑。倘有西游人㉒,与东渡者中途相值㉓,各述所有,当必相视失笑,两免跋涉矣。

注释 ①两:二十四卷本作"西"。西域:汉以后对玉门关(今甘肃敦煌西北)以西地区的总称,始见于《汉书·西域传》。有广、狭二义。自19世纪末,西域一名渐废弃不用。

②五台：山名。在山西省东北部，环周五百余里，五峰环抱，故名。因夏无炎暑，又称清凉山。为我国佛教四大名山之首。山中多佛寺，相传为文殊师利菩萨显灵说法道场，台顶寺庙均供奉文殊菩萨。自隋唐以来，香火极盛。

③卓锡：又称挂锡、挂搭、挂单。谓僧人投宿寺院。卓：悬挂。锡：锡杖。《祖庭事苑》："西域比丘，行必持锡，凡至室中，不得著地，必挂于壁牙上，今僧所止住处，故云挂锡。"太山：即泰山，又称岱山、岱宗。在山东省中部，为我国五岳之一，因位于东方，故称东岳。泰山是佛、道两教之胜地，庙宇遍布全山。

④服色：服装色调款式。

⑤火焰山：一称土孜塔格、吐斯塔格。在新疆吐鲁番盆地中北部。吴承恩《西游记》中夸称其有"八百里火焰"，因而使其披上神秘色彩，名噪天下。其实火焰山是一座极普通的山，主要由红色砂岩构成。由于山石风化，形状怪异，人行其中俨然进入神话世界。夏季，火焰山地表温度可达80℃以上。红色砂岩熠熠发光，热风扑面，炽热气流翻卷，恰如烈焰热浪升腾。唐·岑参的"火山突兀赤亭口，火山五月火云厚，火云满山凝未开，飞鸟千里不敢来"诗句，形象地描绘了火焰山的面貌。

⑥重重：亭刻本作"童童"。

⑦必：亭刻本无"必"字。

⑧心凝目注：心思集中，目力专注。

⑨轻迹步履：轻步通过。意谓脚步不能放重，也不能乘车马通过。

⑩流沙河：吴承恩《西游记》中西土地名，其宽八百里，岸上石碑刻字云："八百流沙界，三千弱水深。鹅毛飘不起，芦花定底沉。"此即我国古籍所载之"弱水"，如《后汉书·西域传》所载：大秦国"西有弱水流沙，近西王母所居处。"

⑪峭：亭刻本作"削"。

⑫二十四卷本"嗌"下有"口"字。

⑬鬣（liè）：颈领上的毛须及脊尾上的短鳍。

⑭土：二十四卷本作"域"。

⑮二十四卷本"山"下有"有"字。

⑯华山：五岳之一，在陕西省华阴县城南，因位于西方，故称西岳。远望落雁（南峰）、朝阳（东峰）、莲花（西峰）三峰，状如莲蕊，外列诸山形如莲瓣，整个山体宛如青色莲花。古代"华""花"二字相通，故名华山。华山历来以"奇险天下第一山"闻名。华山为道教名山，今存西岳庙、群仙观、聚仙坪等古建筑。

⑰落伽：山名。即普陀洛伽山，又名普陀山。在浙江省舟山群岛中部莲花洋上，素有"海天佛国"之誉，为中国佛教四大

名山之一。北宋香火始盛,至明代佛事更盛,正如徐如翰诗云:"山当曲处皆藏寺,路欲弯时又遇僧。"清末,达到鼎盛,形成(普济、法雨、慧济)三大寺、八十八庵、一百二十八茅蓬,共四千七百多间。

⑱观音:即观世音,因唐讳太宗名,故去"世"字。音译"阿婆卢吉低舍婆罗"或"阿缚卢枳多伊湿伐罗"。阿弥陀佛的左胁侍,"西方三圣"之一。佛教把其描绘为大慈大悲的菩萨,遇难众生只要诵念其名号,"菩萨即时观其音声",前往拯救解脱,故名。中国佛教的四大菩萨之一(另三位为文殊、普贤、地藏),据称观音可应机以种种化身救众苦难。在中国寺院中的塑像常作女相。女观音造像约始于南北朝,盛于唐代以后。文殊:文殊师利的略称。新译"曼殊室利"。意译"妙德""妙吉祥"等。中国佛教四大菩萨之一,释迦牟尼佛的左胁侍,专司"智慧",常与司"理"的右胁侍普贤并称。顶结五髻,手持宝剑,表示智慧锐利。塑像多骑狮子,表示智慧威猛。

⑲死:二十四卷本作"老"。

⑳状:二十四卷本无"状"字。

㉑世人:二十四卷本作"中国人"。西土:此指佛国。即净土宗所称的"西方净土""西方极乐世界"。

㉒西游人:指向西土佛国礼佛求经的僧人。

㉓东渡者：指西土东来的僧人。

译文 两个和尚从西域来，一个上了五台山，一个投宿在泰山。他们的服装色调款式、语言相貌，全跟中国僧人大不同。他们自称："经过了火焰山，这座山重重叠叠，热气蒸腾像炉灶一般。凡是经过这里必须在下过雨以后，心思集中，目力专注，脚步轻轻地走过去。不留心踢到山上的石头，就火焰飞腾烤得厉害。又经过流沙河，河心有座水晶山，陡峭的石壁直插天际，四面晶莹透澈，似乎没有什么东西隔着一样。又有一道关口，窄得只能通过一辆车子，两条龙角交角、口对口把守着关口。过关的人先得拜龙，龙允许通过，那么龙角龙口就自然分开。龙是白色的，龙鳞和龙须都像水晶似的透明。"

和尚还说："路途上经历了十八个年头。离开西土的有十二个人，到中国只剩下两个人。西土传说中国有四大名山：一是泰山，一是华山，一是五台山，一是普陀山。相传四座山上遍地都是黄金，观音菩萨、文殊菩萨还活着。能够到这些地方，自己就成了佛，长生不死。"

听他们所谈的情况，也正如世上的人羡慕西土一样。

倘若有去西土的人,与来东方的人在半路上相遇,各自说出传闻,必然会互相对视忍不住发笑,彼此双方都可免去辛苦跋涉了。

老饕

一 原文

邢德,泽州人①,绿林之杰也②。能挽强弩③,发连矢,称一时绝技。而生平落拓,不利营谋,出门辄亏其资。两京大贾④,往往喜与邢俱,途中恃以无恐。会冬初⑤,有二三估客⑥,薄假以资,邀同贩鬻;邢复自罄其囊,将并居货⑦。有友善卜⑧,因诣之,友占曰:"此爻为'悔'⑨,所操之业,即不母而子亦有损焉⑩。"邢不乐,欲中止,而诸客强速之行。至都,果符所占。腊将半⑪,匹马出都门。自念新岁无资,倍益怏闷。时晨露濛濛⑫,暂趋临路店,解装觅饮。见一颁白叟共两少年酌北牖下⑬。一童侍,黄发蓬蓬然⑭。邢于南座对叟休止⑮。童行觞,误翻柈具⑯,污叟衣,少年怒,立摘其耳,捧巾持帨⑰,代叟揩试。既见童手拇俱有铁箭环⑱,厚半寸⑲,每一环约重二两余。食已,叟命少年于革囊中探出镪物⑳,堆累几上,称秤握算㉑,可饮数杯时,始缄裹完好。少年于枥中牵一黑跛骡来㉒,扶叟乘之,童亦跨羸马相从㉓,出门去。两少年各腰弓矢捉马俱出㉔。邢窥多金㉕,穷睛旁睨㉖,馋焰若炙㉗。辍饮,急尾之。视叟与童,犹款段于前[28]，乃下道斜驰出叟前，紧衔关弓怒相向[29]。叟俯脱左足靴，微笑云："而不识得老饕也[30]？"邢满引一矢去，叟仰卧鞍上，伸其足，开两指如箝[31]，夹矢住。笑曰："技但止此，何须而翁手敌[32]？"邢怒，出其绝技，一矢刚发，后矢继至。叟手掇一[33]，似未防其连珠[34]；后矢直贯其口，踣然而堕[35]，衔矢僵眠。童亦下。邢喜，谓其已毙[36]。近临之，叟吐矢跃起，鼓掌曰："初会面，何便作此恶剧？"邢大惊，马亦骇逸[37]。以此知叟异，不敢复返[38]。走三四十里，值方面纲纪[39]，囊物赴都。要取之[40]，略可千金，意气始得扬[41]。方疾骛间[42]，闻后有蹄声；回首，则童易跛骡来，驶若飞[43]。叱曰："男子勿行！猎取之货，宜少瓜分[44]。"邢曰："汝识连珠箭邢某否？"童云[45]："适已承教矣。"邢以童貌不扬，又无弓矢，易之。一发三矢，连遝不断[46]，如群隼飞翔。童殊不忙迫，手接二[47]，口衔一[48]，笑曰："如此技艺，辱寞煞人[49]！乃翁偬遽[50]，未暇寻得弓来[51]；此物亦无用处，请即掷还。"遂于指上脱铁环[52]，穿矢其中，以手力掷，呜呜风鸣。邢急拨以弓，弦适触铁环，铿然断绝，弓亦绽裂。邢惊绝，未及觑避，矢过贯耳，不觉翻坠。童下骑，便将搜括[53]。邢以弓卧挞之。童夺弓去[54]，拗折为两,又折为四⑤,抛置之。已,乃一手握邢两臂,一足踏邢两股。臂若缚,股若压,极力不能少动。腰中束带双叠,可骈三指许㊱,童以一手捏之,随手断如灰烬。取金已,乃超乘㊲,作一举手㊳,致声"孟浪"㊴,霍然径去㊵。邢归,卒为善士㊶。每向人述往事不讳。此与刘东山事盖仿佛焉㊷。

注释

①泽州:州名,隋置。唐代迭有废置。宋至清初相沿,雍正时升为府,辖今山西省晋东南地区西部一带,故治在晋城县。

②绿林之杰:犹言绿林好汉。绿林:山名,位于湖北当阳县东北。西汉末,王匡、王凤等于此聚众起事,反抗王莽,称"绿林军",后因以绿林泛指聚集山林间反抗官府、诛锄恶霸的武装集团,统治阶级则把它作为强盗股匪的代称。

③弩:亭刻本无"弩"字。二十四卷本作"弓"。强弩:一种强力连弩,是一种用机栝发射的弓,可数矢连发,力强及远,超过普通的弓。

④两京:指北京和南京。

⑤冬初:二十四卷本作"初冬"。

⑥估客:商贩、商人。

⑦并:亭刻本作"共"。居货:购进货物,以待贩运。

⑧有友:亭刻本作"友有"。

⑨此爻为悔：所占卦的爻辞有"悔"。爻：此指爻辞。《周易》以卦为单位，全书共六十四卦。每卦由卦画、卦名、卦辞、爻辞组成。易卦的结构分为三个层次，最小的单位是爻，基本单位是经卦，每卦由二个经卦（六爻）组成。悔：灾祸之困。为不吉之占。《系辞》："悔吝者，忧虞之象也。"

⑩即不母而子亦有损：意谓即使本钱不蚀而利却有亏。经商以本生息，本曰"母"，息曰"子"。

⑪半：二十四卷本作"尽"。腊：农历十二月。

⑫露：亭刻本作"雾"。

⑬颁白：须发花白。《孟子·梁惠王》："谨庠序之教，申之以孝悌之养，颁白者不负戴于道路矣。"注："颁者，班也。头半白班班者也。"

⑭蓬蓬然：散乱貌。

⑮邢：二十四卷本作"即"。休止：坐下。

⑯柈（pán）具：盛菜肴的器皿。柈：同"盘"。盛物的器皿。

⑰捧巾持帨：亭刻本作"持巾捧帨"。二十四卷本作"持巾奉帨"。帨（shuì）：古时的佩巾，如今之手绢。

⑱箭环：扳指。一般用骨、象牙制作，戴在拇指上，是射箭时拉弓的用具。

⑲亭刻本"寸"下有"强"字。

⑳镪（qiǎng）物：财物，银钱。镪：通"繦"。本指线贯（穿

钱绳），借指作成串的钱或银钱。

㉑握算：握筹而算。

㉒中：亭刻本、二十四卷本作"下"。

㉓羸马：瘦弱无力之马。

㉔俱：二十四卷本无"俱"字。

㉕二十四卷本"窥"下有"其"字。

㉖穷睛旁睨：用穷极之人的眼神从旁斜看。

㉗馋焰若炙：馋羡的欲望像要冒出火来。炙：燃火。

㉘款段：马行迟缓从容的样子。

㉙紧衔关弓：二十四卷本作"急衔弓矢"。紧衔：拉紧马勒，使马停步。关弓：弯弓，拉开弓。

㉚而：二十四卷本作"尔"。也：亭刻本、二十四卷本作"耶"。而：尔，你。老饕（tāo）：可能是老叟的江湖绰号。意为老财迷或老馋鬼。苏轼《老饕赋》："盖聚物之夭美，以养我之老饕。"后因称贪馋者为老饕。

㉛箝：通"钳"。

㉜二十四卷本"敌"下有"耶"字，而翁：你老子。老饕自称。手敌：亲手对付。

㉝亭刻本、二十四卷本"掇"下有"其"字。

㉞连珠：即"连矢"，连发之矢。为连弩所射出的连珠箭。

㉟堕：二十四卷本作"坠"。踣然：跌倒貌。

㊱毙：二十四卷本作“死”。

㊲骇：二十四卷本无“骇”字。骇逸：马被惊跑。

㊳返：二十四卷本作“近”。

㊴方面纲纪：地方大员的仆人。方面：主持一方军政事务的官员。明清时称总督、巡抚为方面官、方面大员。纲纪：即纪纲之仆。指奴仆总管，亦可用作奴仆的美称。

㊵要取之：拦路劫取财物。

㊶二十四卷本“扬”字重。

㊷疾骛，骑马疾驰。

㊸驶若：二十四卷本作“快如”。

㊹瓜分：剖分。

㊺云：亭刻本作“曰”。

㊻连遱（lóu）：连接不断。

㊼二十四卷本“接”下有“其”字。

㊽二十四卷本“衔”下有“其”字。

㊾寞：二十四卷本作“没”。辱寞煞人：犹言羞死人。辱寞：亦作“辱没”。

㊿偬：二十四卷本作“匆”。偬（zǒng）遽：匆忙，仓猝。

(51)得：二十四卷本作“的”。

(52)遂于指上脱：二十四卷本作“遂脱指上”。

(53)便将：亭刻本、二十四卷本作“将便”。

㊻亭刻本"童"下有"怒"字。

㊾亭刻本"又"下有"复怼"二字。

㊾骈三指许：大约有三指并拢那么宽。

㊼乃超乘：二十四卷本作"超乘作别"。超乘：指黄发童跳上骡背。

㊽作：二十四卷本无"作"字。

㊾孟浪：犹言卤莽、莽撞。此是故作道歉的嘲讽语。

⑥霍然：疾速貌。

⑥善士：谓循礼向善，安分做人。

⑥刘东山：宋幼清《九别集》卷二《刘东山》：刘东山，明嘉靖时三辅捉盗人，自号连珠箭，认为无人可敌。一日，途中遇一黄衫毡笠少年，携弓重二十觔。东山惶惧。少年劫东山车资以去。东山自此隐居卖酒。三年后，黄衫少年复至酒店，酬其千金。其事又见《初刻拍案惊奇·刘东山夸技顺城门》篇，二书成书年代大致同时。

译文

邢德，泽州人，是绿林中的豪杰。他能拉强弩，发射连珠箭，被称为当时的绝技。可是他生平不得志，不善于经商谋利，出门总是亏蚀钱财。南北两京的大商人，往往喜欢跟邢德同路，路上依仗他不怕出意外。正值初冬时节，有两三个商家，借给他少量资本，约他同去做生意；邢德又把家里的老底子全拿出来，用来购进一批货物。他有个朋友善于占卦，邢德因此到那儿去。他的朋友起了一卦说："这个卦中爻辞有'悔'，你所做的买卖，即使不蚀本钱而利钱却有亏损。"邢德很不高兴，打算中止这趟生意，可是几个商家硬要催他赶快动身出发。到达京城，结果真像那位朋友占的卦一样。

腊月将过一半，邢德独自骑马走出京城门。自己心想过新年没有银钱，更加感到闷闷不乐。这时，早晨的雾气迷迷濛濛，他赶到路边小店，暂时解下行装找些酒喝。他见一个须发花白的老头子同两个年轻人在北窗边喝酒。一个童仆在旁侍候，一头蓬乱的黄发。邢德在南边座位上面对老头坐下。童仆斟酒，不小心把菜盘碰翻，弄脏了老头的衣服，年轻人很生气，站起拧童仆的耳朵，又拿手巾为老头子揩拭衣服。后来，邢德看到那童仆手指上都有铁箭环，半寸来厚，每个箭环重约二两多。吃完后，老头吩咐年轻人从皮口袋中掏出银子，堆垛在桌上，称重量计算数目，够喝几杯酒时，才又把银子包好。年轻人从马槽边牵来一头跛脚的黑骡子。一起扶老头骑上去，童仆也跨上一匹瘦马跟在后面，走出门去。两个年轻人各自在腰上挂上弓箭，牵马骑上一齐出发。邢德偷看到那么多的银子，用穷极的眼光从旁斜视，贪馋的欲望像在心里燃烧。他立刻放下酒杯，赶紧跟了上去。看见老头和童仆，还不慌不忙地任随骡马慢慢走在前面。就离开大路从斜道上奔到老头面前，带住马，拉开弓，沉下脸对着老头。老头俯身脱下左脚上的靴子，微笑着说："你不认识老饕吗？"邢德拉满弓射出一箭，老头仰卧在鞍上，伸出他的脚，张开两个脚趾像把钳子，夹住射来的箭。笑笑说："能耐就这么大一点，何须你老子亲手对付你？"邢德大怒，施展出他的绝技，一箭刚射出，后一箭接着就来了。老头接住一箭，似乎没有防备是放的连珠箭；后面一箭直穿老头的嘴，老头一下从骡子上跌下来，含着箭僵卧在地上。童仆也下了马。邢德很得意，认为老头已经死了。走到跟前，老头吐出箭跳了起来，拍手大笑说："初次会面，为什么就搞这种恶作剧？"邢德大吃一惊，他的马也吓得狂奔。因此，他才知道老头不同寻常，不敢再返回去了。

邢德跑了三四十里路，正碰上地方大员的奴仆总管，押着货物上京城去。邢德就拦路抢劫，估计可值千两银子，他的精神才振作起来。正在骑马飞奔的时候，听见后面有马蹄声；回头一看，是那童仆换了跛脚黑骡赶了上来，跑得像飞一样。童仆吼道："汉子不要跑！抢得的东西，该稍微分点出来。"邢德说："你认得连珠箭邢某吗？"童仆回答："刚才已经领教过了。"邢德认为童仆其貌不扬，又没有弓箭，容易对付他。一次连发三支箭，一支紧跟着一支，像一群猛隼飞翔。童仆一点不慌张，两手各接一支，嘴含一支，笑着说："这样的本领，真羞死人！你老子来得匆忙，没有空找得弓来，这东西也没有用处，让我掷还给你。"就从手指上脱下铁环，把箭穿在里面，用手猛地一掷，箭带着呜呜风声飞出。邢德急忙用弓来拨，弓弦正好碰上铁环，崩的一声断掉，连弓也裂成两片。邢德极为震惊，来不及看和躲避，一箭贯穿耳朵，不觉就翻落马下。童仆也下马就要搜索邢德的财宝。邢德躺在地上用弓打他。童仆把弓夺过去，折为两段，又并起折成四段，丢出去。丢开弓就一手抓住邢德的两条胳膊，一只脚踏在邢德的两条大腿上。胳膊像被捆住，大腿像被重压，用尽力气也不能动一下。

邢德腰上束着双叠的带子，有三个手指并拢那么宽，童仆用一只手捏着，带子像灰烬似的随手断裂。取完银子,就跳上马背,举起一只手,说声"卤莽了"。飞快地直奔而去。

邢德回到家,终于成了个安分守己的人。每次对人谈起过去的事一点不隐讳。这件事跟刘东山的故事有些差不多。

连城

原文

乔生①,晋宁人②。少负才名,年二十余犹淹蹇③,为人有肝胆④。与顾生善,顾卒,时恤其妻子。邑宰以文相契重⑤。宰终于任,家口淹滞不能归⑥,生破产扶柩,往返二千余里,以故士林益重⑦,而家由此益替⑧。史孝廉有女,字连城,工刺绣,知书。父娇保之⑨。出所刺《倦绣图》,征少年题咏,意在择婿。生献诗云:"慵鬟高髻绿婆娑,早向兰窗绣碧荷。刺到鸳鸯魂欲断,暗停针线蹙双蛾⑩。"又赞挑绣之工云:"绣线挑来似写生,幅中花鸟自天成。当年织锦非长技,倖把回文感圣明⑪。"女得诗喜,对父称赏。父贫之。女逢人辄称道,又遣媪矫父命,赠金以助灯火⑫。生叹曰:"连城,我知己也!"倾怀结想,如饥思啖⑬。无何,女许字于鹾贾之子王化成⑭,生始绝望,然梦魂中犹佩戴之⑮。未几,女病瘵⑯,沉痼不起⑰。有西域头陀⑱,自谓能疗,但须男子膺肉一钱捣合药屑⑲。史使人诣王家告婿。婿笑曰:"痴老翁,欲我剜心头肉也⑳?"使返。史乃言于人曰㉑:"有能割肉者妻之。"生闻而往,自出白刃,剨膺授僧㉒,血濡袍裤，僧敷药始止。合药三丸，三日服尽，疾若失。史将践其言，先告王。王怒，欲讼官㉓。史乃设筵招生，以千金列几上，曰："重负大德，请以相报。"因具白背盟之由。生怫然曰㉔："仆所以不爱膺肉者，聊以报知己耳，岂货肉哉！"拂袖而归。女闻之，意良不忍，托媪慰谕之。且云："以彼才华，当不久落，天下何患无佳人？我梦不详，三年必死，不必与人争此泉下物也㉕。"生告媪曰："士为知己者死㉖，不以色也。诚恐连城未必真知我。不谐何害㉗！"媪代女郎矢诚自剖㉘。生曰："果尔，相逢时，当为我一笑，死无憾㉙！"媪既去，逾数日，生偶出，遇女自叔氏归，睨之。女秋波转顾，启齿嫣然。生大喜曰："连城真知我者。"会王氏来议吉期㉚，女前症又作，数月寻死㉛。生往临吊㉜，一痛而绝㉝。史舁送其家。生自知已死，亦无所戚。出村去，犹冀一见连城。遥望南北一道㉞，行人连绪如蚁㉟，因亦混身杂迹其中。俄顷，入一廨署，值顾生，惊问："君何得来？"即把手将送令归。生太息，言："心事殊未了。"顾曰："仆在此典牍㊱，颇得委任。倘可效力，不惜也。"生问连城。顾即导生旋转多所㊲，见连城与一白衣女郎，泪睫惨黛㊳，藉坐廊隅㊴。见生至，骤起似喜，略问所来㊵。

生曰："卿死，仆何敢生！"连城泣曰："如此负义人㊶，尚不吐弃之，身殉何为？然已不能许君今生，愿矢来世耳。"生告顾曰："有事君自去，仆乐死不愿生矣。但烦稽连城托生何里，行与俱去耳。"顾诺而去。白衣女郎问生何人，连城为缅述之。女郎闻之，若不胜悲。连城告生曰："此妾同姓，小字宾娘，长沙史太守女㊷。一路同来，遂相怜爱。"生视之㊸，意态怜人。方欲研问，而顾已返㊹，向生贺曰："我为君平章已确㊺，即叫小娘子从君返魂㊻，好否？"两人各喜㊼。方将拜别，宾娘大哭曰："姊去，我安归？乞垂怜救，妾为姊捧帨耳㊽。"连城凄然，无所为计，转谋生。生又哀顾，顾难之。峻辞以为不可。生固强之。乃曰："试妄为之。"去食顷而返，摇手曰："何如！诚万分不能为力矣！"宾娘闻之，宛转娇啼，惟依连城肘下，恐其即去。惨怛无术㊾，相对默默，而睹其愁艳戚容㊿，使人肺腹酸柔(51)。顾生愤然曰："请携宾娘去。脱有愆尤(52)，小生拚身受之！"宾娘乃喜，从生出。生忧其道远无侣。宾娘曰："妾从君去，不愿归也。"生曰："卿大痴矣(53)。不归，何以得活也(54)？他日至湖南，勿复去避(55)，为幸多矣。"适有两媪摄牒赴长沙(56)，生属(57)，宾娘泣别而去。途中，连城行蹇缓，里余辄一息,凡十余息,始见里门。连城曰:"重生后,惧有反覆⑱。请索妾骸骨来,妾以君家生,当无悔也。"生然之,偕归生家。女惕惕若不能步⑲,生伫待之。女曰:"妾至此,四肢摇摇,似无所主。志恐不遂,尚宜审谋。不然,生后何能自由?"相将入侧厢中。默定少时,连城笑曰:"君憎妾耶?"生惊问其故。赧然曰:"恐事不谐,重负君矣。请先以鬼报也⑳。"生喜,极尽欢恋。因徘徊不敢遽生㉑,寄厢中者三日。连城曰:"谚有之:'丑妇终须见姑嫜。'戚戚于此,终非久计。"乃促生入。才至灵寝㉒,豁然顿苏。家人惊异,进以汤水。生乃使人要史来㉓,请得连城之尸,自言能活之。史喜从其言。方舁入室,视之已醒。告父曰:"儿已委身乔郎矣㉔,更无归理。如有变动,但仍一死!"史归,遣婢往役给奉。王闻㉕,具词申理。官受赂,判归王。生愤懑欲死,亦无之奈㉖。连城至王家,忿不饮食,惟乞速死㉗。室无人则带悬梁上。越日益惫,殆将奄逝。王惧,送归史。史复舁归生。王知之,亦无如何,遂安焉。连城起,每念宾娘,欲遣信参之㉘,以道远而艰于往㉙。一日,家人进曰㉚:"门有车马㉛。"夫妇出视,则宾娘已至庭中矣㉜。相见悲喜㉝。太守亲诣送女,生延入。太守曰:"小女子赖君复生㉔，誓不他适，今从其志。"生叩谢如礼。孝廉亦至，叙宗好焉㉕。生名年，字大年㉖。

异史氏曰："一笑之知，许之以身，世人或议其痴；彼田横五百人，岂尽愚哉㉗！此知希之贵，贤豪所以感结而不能自已也㉘。顾茫茫海内，遂使锦绣才人㉙，仅倾心于峨眉之一笑也，亦可慨矣㉚。"

注释

①二十四卷本"生"下有"名年，字大年"五字。

②晋宁：州县名。唐置晋宁县，元为晋宁州，明清因之。州治在今云南省晋宁县。

③犹淹蹇：亭刻本无"犹淹蹇"三字。淹蹇：滞留困顿，谓科举不得志。

④为人：亭刻本无"为人"二字。有肝胆：忠义诚信，勇于为人尽力。

⑤契重：投合，尊重。

⑥淹滞：困阻，久留。

⑦二十四卷本"重"下有"之"字。士林：读书人中间。

⑧益：亭刻本作"日"。替：衰败。

⑨保：亭刻本作"爱"。娇保：娇养。保：养育，抚育。

⑩"慵鬟"四句：此诗是为《倦绣图》的题咏。大意是：清

晨，少女在闺房窗前刺绣碧荷，待绣到荷底鸳鸯时，不禁怅然神驰，不知不觉停下针线，伤神地皱拢双眉。因绣久困懒，高高的发鬟不免有些披拂散乱。慵鬟：困倦时的发鬟。婆娑：飘拂散乱貌。兰窗：兰闺之窗。少女卧室的窗户。魂欲断：谓魂驰神往。暗停：默默停下。双蛾：双眉。蛾：蛾眉。指美女细长而弯的眉毛。《江湖纪事》载：宋时，潮州一富人，行江上，见二人美貌，自称季生兄妹，因携以归。兄能捕鱼，妹专刺鸳鸯。富人欲犯之，不从。题诗于壁曰："终日刺鸳鸯，懒把蛾眉扫；且归水云乡，百年可偕老。"化双鸳鸯飞去。

⑪ "绣线"四句：这是对刺绣工艺的赞美诗。大意是：用绣线刺绣出的图案好似一幅写生画，画幅中的花鸟如天然生成一般。当年苏蕙在锦缎上织回文诗与连城的刺绣相比，也算不得技巧高明，她不过是侥幸取得武则天的赏识罢了。挑：挑花。写生：中国画中描写花鸟虫鱼、草木禽兽等的绘画称写生。《潜确类书》：五代时，黄筌与其子居寀，并善花卉。用笔极细，不见墨迹，谓之写生。天成：天然生成。谓维妙维肖，未见人工痕迹。织锦：唐则天皇后《璇机图诗序》：前秦苻坚时，秦州刺史扶风窦滔妻苏氏，为陈留令武公苏道贤第三女，名蕙，字若兰。初，滔有宠姬赵阳台，歌舞之妙，无出其右。滔置之别所。苏氏获知此事，苦加捶辱。滔深以为恨。及将镇襄阳，邀苏氏同往。苏氏忿之，不与偕行。乃携

阳台之任，绝苏氏音问，苏氏悔恨自伤，因织锦为回文，莹心晖目；纵横八寸，题诗二百余首，计八百余言；纵横反覆，皆为章句，名曰璇玑图以赠滔。

⑫助灯火：资助读书费用。

⑬饥：亭刻本作"渴"。

⑭许字：许婚。女子许嫁曰字。醝（cuò）贾：盐商。《礼记·曲礼》："盐曰咸醝。"

⑮亭刻本、二十四卷本"之"下有"也"字。佩戴：佩恩戴德，意谓感念不忘。

⑯瘵（zhài）：痨病，即肺结核病。

⑰沉痼：病势沉重，积久难医。

⑱城：亭刻本、二十四卷本作"域"。头陀：梵文音译。又作"杜多""杜荼"，意为"抖擞"，即去掉尘垢烦恼之义。佛教苦行之一。在食、住方面，据《十二头陀经》《大乘义章》卷十五载，共有十二种修行规定，称为"头陀行"。按这些规定修行的，叫"修头陀行者"。这里特指行脚乞食僧人。

⑲膺：亭刻本、二十四卷本作"肤"。下"膺"字同。膺肉：胸脯肉。

⑳我剜：亭刻本作"剜我"。也：亭刻本、二十四卷本作"耶"。

心头肉：常以喻关系性命之肉。唐聂夷中《咏田家》诗："医得眼前疮，剜却心头肉。"此指"膺肉"。

㉑乃：亭刻本作"怒"。

㉒刲（kuí）：割。

㉓亭刻本"欲"上有"忿"字。

㉔怫然：生气的样子。

㉕泉下物：指死人。意谓不久将归九泉之下。

㉖士为知己者死：大丈夫愿为深知自己的人效命。《战国策·赵策一》："豫让遁逃山中，曰：'嗟乎！士为知己者死，女为悦己者容。吾其报知氏之仇矣。'"

㉗二十四卷本"不"上有"但得真知我"五字。不谐：不能结为夫妻。何害：何妨。

㉘矢诚自剖：发誓自明心迹。

㉙二十四卷本"憾"下有"矣"字。

㉚吉期：好日子。指完婚的日子。

㉛死：亭刻本、二十四卷本作"卒"。

㉜临吊：哭吊。哭死者曰临，慰问其亲属曰吊。

㉝痛：二十四卷本作"恸"。

㉞南：亭刻本作"西"。道：二十四卷本作"路"。

㉟绪：二十四卷本作"续"。

㊱典牍：主管文书案卷。

㊲旋转：亭刻本作"历"。

㊳泪睫惨黛：犹言愁眉泪眼。

㊴藉坐廊偶：在廊下一角，席地而坐。

㊵略问所来：二十四卷本作"问其所来"。

㊶亭刻本"人"上有"之"字。

㊷太守：知府、知州古称。明清于长沙置府。

㊸视：亭刻本作"睨"。

㊹二十四卷本"顾"下有"生"字。

㊺平章：商量处理。

㊻叫小：亭刻本作"令"。

㊼各：亭刻本作"皆"。

㊽妾：亭刻本作"我"。捧帨（shuì）：犹言奉巾栉、侍盥沐；意为居妾媵之位，给役侍奉。《礼记·内则》规定："少事长，贱事贵"都有"盥卒授巾"的礼节。帨：佩巾。古代妇女用以擦拭不洁之物。

㊾惨怛（dá）：忧伤，悲痛。

㊿艳：亭刻本作"颜"。

�腹：二十四卷本作"脐"。

㊼脱有愆尤：假如有罪责、过失。

㊽大：亭刻本作"太"。

㊾以：二十四卷本无"以"字。也：亭刻本无"也"字。

㊿去：亭刻本、二十四卷本作"走"。

㊽摄牒：携带公文。指出公差。

(57)属：亭刻本、二十四卷本作“嘱之”。属：同“嘱”意为嘱托。

(58)反覆：亭刻本作“翻覆”，二十四卷本作“翻复”。

(59)惕惕：忧惧貌。

(60)鬼：亭刻本、二十四卷本作“魂”。

(61)生：亭刻本作“出”。

(62)灵寝：灵床，即停尸床。

(63)要：二十四卷本作“邀”。两字通。

(64)矣：亭刻本、二十四卷本无“矣”字。

(65)二十四卷本“闻”下有“之”字。

(66)二十四卷本“奈”下有“何”字。

(67)乞：二十四卷本作“祈”。

(68)参：亭刻本作“探”。信参：二十四卷本作“人往侦”。信：古称使者为信。

(69)往：二十四卷本作“行”。

(70)进曰：亭刻本作“入白”，二十四卷本作“白”。

(71)二十四卷本“门”下有“前”字。

(72)庭中：二十四卷本作“中庭”。

(73)二十四卷本“喜”下有“并作”二字。

(74)子：二十四卷本无“子”字。

(75)叙宗好：叙同宗之族谊。孝廉与太守都姓史。

(76)二十四卷本无“生名年，字大年”六字。此六字在前文“乔生"后。

⑦"彼田"二句：此为作者以田横部下五百人忠于田横事，赞扬乔生"士为知己者死"的精神。田横：《汉书·高帝纪》：故齐王田横，与其徒属五百余人，居海岛中。帝（刘邦）恐其为乱，赦横罪，召之。横谓二客曰："横与汉王俱南面称孤；今汉王为天子，而横乃北面事之，其耻已甚矣。"遂自刭，令客奉其首，从使者驰奏之。帝以王礼葬之。既葬，二客自刎。五百人在岛中者，亦皆自杀。

⑱"此知"二句：意谓正因为知己难求，所以贤豪之士对知遇之德感结于心。知希之贵：语本《老子》："知我者希，则我者贵。"韩愈《祭田横墓文》云："事有旷百世而相感者，不知其何心；非今世之所稀，孰为使余歆歔而不可禁！"贤豪感结：盖隐指此类感慨。

⑲锦绣人才：学问渊博、诗文精美的读书人。柳宗元《乞巧文》："骈四俪六，锦心绣口。"此指乔生。

⑳亦可概矣：亭刻本作"悲夫"。斋抄本无此"异史氏曰"一段。此据二十四卷本补。

译文

乔生是晋宁县人。年轻时享有文才高的名声，到二十多岁还困顿在科举途中，为人忠义诚信，勇于效力。他跟顾生很要好，顾生去世，乔生经常救济顾家孤儿寡母。本县知县因为他有文才很看重他。知县死在任上，家眷没有盘缠滞留不能回老家，乔生变卖家产运送知县的灵柩，往返两千多里，因此学界中的人更加敬重他，可是他的家业由此更加衰败。

史孝廉有个女儿，小字叫连城，刺绣工艺精巧，也通晓文墨。她爹很娇惯宠爱她。拿出她刺绣的《倦绣图》，征求年轻人题诗，心意是从中挑选女婿。乔生献上一首诗："慵鬟高髻绿婆娑，早向兰窗绣碧荷。刺到鸳鸯欲断魂，暗停针线蹙双蛾。"还有一首称赞她挑绣精巧的诗："绣线挑来似写生，幅中花鸟自天成。当年织锦非长技，幸把回文感圣明。"连城得到这两首题诗很高兴，在她爹面前满口称赞。她爹却嫌乔生太穷。

连城逢人总称赞这两首诗，又派出老妈子假借她爹的名义，赠送银子资助乔生读书费用。乔生感叹地说："连城，真是我的知己啊！"满腹心思苦苦想念连城，如饥似渴一般。没有多久，连城许配给盐商的儿子王化成，乔生这才绝望了，可是在梦魂中仍然感念不忘连城。

没有多长时间，连城生了痨病，病势沉重卧床不起。有个西域来的和尚，自称能治这种病，只是必须用男子的一钱胸脯肉来捣合药末。史孝廉派人到王家去告知女婿。女婿冷笑说："这个痴老头，要我剜掉心头肉吗？"派去的人回来一讲，史孝廉就对人说："有舍得割肉的，我就把女儿嫁给他。"乔生听说之后，赶到史家，自己拿出快刀，割下一块胸脯肉交给和尚，鲜血沾湿了衣裤，和尚给他敷上药才止住。和尚合了三丸药，分三天服完，病就全好了。史孝廉将要履行自己的诺言，先通知了王家。王家很生气，准备到衙门打官司。史孝廉就设宴邀请乔生，把一千两银子放在桌面上，说："十分对不住你的大恩大德，请让我用这点钱来酬谢你。"同时说明了为什么违背诺言的原因。乔生很生气地说："我之所以不惜胸脯肉，只是略微报答一下知己而已，难道是来卖肉吗？"甩甩袖子就回去了。连城听说这件事，心里十分过意不去，托老妈子去安慰劝说乔生。并且说："凭他的才华，该不会长久沦落，天底下何愁没有美人？我梦见不祥的兆头，三年之内必死，你不必跟大家争我这个死人。"乔生告诉老妈子说："男子汉为深知自己的人去死，不是因为女人的美貌。只怕连城不是真正了解我，只要是真正了解我，不能结为夫妻有什么关系。"老妈子代连城发誓自明心迹。乔生说："果真是这样，在我们相遇的时候,该对我笑一笑,我即使死了也没有遗憾了!"

老妈子走后,过了几天,乔生偶然出门,遇到连城从叔叔家回来,就偷眼看她。连城用水汪汪的眼睛回头看他,向他甜甜地一笑。乔生十分开心地说:"连城真是了解我的人。"正当王家来商议婚期,连城的老毛病又发作了,几个月就死了。乔生赶去哭吊,一场痛哭就昏死过去。史家把他抬着送回去。

乔生知道自己已经死了,也没有什么伤感。走出村庄,还希望跟连城见上一面。远远望见一条由南往北的大路,路上行人如蚂蚁般接连不断,也就混杂在人群当中走去。一会儿,走进一座衙门,碰上了顾生。顾生惊奇地问:"你怎么会来这里?"说着就拉住他的手要送他还阳。乔生长叹一声,说:"我的心事还没有了结。"顾生说:"我在这里掌管文书案卷,很受信任。如果有可以效力的地方,我会尽力的。"乔生打听连城。顾生就领着他转了好几个地方,见连城和一个白衣女郎,愁眉泪眼,在廊下一角席地而坐。连城见乔生来了,立刻站起来好像蛮高兴,略微问了一下从哪里来。乔生说:"你死了,我怎么敢再活下去!"连城流着泪说:"像这样忘恩负义的人,你还不啐我一口抛弃我,舍命陪我干什么?然而我今生已不能许配给你,甘愿发誓来生相报。"乔生对顾生说:"有事你先走吧,我乐于死而不愿复活了。只是劳驾你查明连城投生到哪里,我要跟她一起去。"顾生答应下来就走了。白衣女郎问乔生是什么人。连城向她忆述了经过。白衣女郎听了,像是难过得无法忍受。连城告诉乔生:"这位女郎和我同姓,小字宾娘,长沙史太守的女儿。我俩一路同来,于是就互相同情友爱。"乔生看看白衣女郎,神情姿态也让人喜爱。乔生正想仔细问问,顾生已经返回来,向乔生祝贺说:"我为你已经商办妥当,就叫小娘子跟你一同还魂,好不好?"两人听了都很高兴。正要拜辞,宾娘大哭,说:"姐姐走了,我到哪里去?求你们可怜救救我,我愿作为侍妾侍候姐姐。"连城很是悲伤,却想不出办法,转身同乔生商量。乔生又哀求顾生。顾生显得很为难,坚持说这办不到。乔生再三求他帮忙,顾生才说:"我去试办一下。"去了一顿饭工夫,顾生又返回来,摇着手说:"怎么样!确实是一万个不行了!"宾娘听他一说,伤心地哭个不停,只是紧紧地挨在连城身边,生怕她就要离去。大家很伤心又无法可想,相对沉默不语。可是看到宾娘忧愁的面容,又让人心酸意软。顾生愤愤不平地说:"请你们把宾娘带走。万一有什么过错,我豁出全身承担了!"宾娘这才高兴起来,跟着乔生走了出去。乔生担心她路远没有人作伴。宾娘说:"我要跟你去,不愿回家了。"乔生说:"你太傻了。不回家,怎么能够复活呢?以后我到湖南去,你不要再躲开我,我就很幸运了。"正好有两个老妈妈送公文到长沙去,乔生就把宾娘嘱托给她们,宾娘流着泪分手走了。

在回家的路途中,连城行动不利索走得很慢。走一里多路总要休息一次,一共休息了十几次,才看到里巷门。连城说:"复活之后,恐怕事情还会有反复。请你去我家把我的尸体要来,凭我在你家复活,他们该不会反悔。"乔生认为说得对,就一齐回到自己家里。连城忧惧得像迈不开步子,乔生就站着等她。连城说:"我来到这里,四肢直打哆嗦,像是失去了主心骨。心愿恐怕不能实现,还应该仔细谋划一下。不然的话,复活以后怎么能获得自由?"两人一起走进厢房。沉默屏息了一会儿,连城含笑说:"你讨厌我吗?"乔生吃惊地问她是什么意思。连城羞红了脸说:"恐怕事情不能称心如愿,太对不起你了。请让我先以鬼身报答你的深情。"乔生很高兴,就尽情享受夫妻情爱的欢乐。因为顾虑重重不敢一下子复活，就寄住在厢房中三天。连城说："俗话说：'丑媳妇总得见公婆。'在这里担惊受怕，到底不是个长久办法。"就催促乔生进家去。才走到灵床边，乔生的尸体立刻苏醒过来。家里人又吃惊又奇怪，喂了些汤水给他喝。乔生就派人去请史孝廉来，请求把连城的尸体送来，说有办法让她复活。史孝廉高兴地照他的话办。刚把连城的尸体抬进屋，就见她已经苏醒过来。连城告诉父亲："孩儿已经把身体给了乔生，再没有回娘家的道理。如果有什么变动，只是仍就一死！"史孝廉回家，派婢女去服侍女儿。

王家听到这个消息，写了状子告到衙门，县官收受贿赂，把连城判给王家。乔生气愤憋闷得要死，可是又无可奈何。连城嫁到王家，气得不吃不喝，只求快死。房里没人就把带子挂在屋梁上上吊。隔了一天，显得更加衰弱，很快就要断气。王家很害怕，就把连城送回史家。史家又把她抬回乔生家。王家知道了，也没有什么办法，就相安无事了。

连城康复以后，时常思念宾娘，想派人去探寻，只因路远要去很困难。有一天，家人进来说："门口来了车马。"乔生夫妇出去看，宾娘已经走进院子里了。

大家见面悲喜交集。史太守亲自送女儿来,乔生请父女俩进家。太守说:"我女儿托你的福复活,发誓不嫁给别人,现在我依从她的心愿。"乔生依礼节拜谢了史太守。史孝廉也赶来,跟太守叙同宗之族谊。乔生单名年,表字大年。

异史氏说:"一笑而相知,就以身相许,世人可能认为这太愚蠢;难道忠于田横的五百人全是蠢人吗?正因为知己难求,所以贤豪之士对知遇之恩感结于心而无法控制自己。回顾茫茫四海之内,只教锦心绣口的才子,仅仅倾心于女子的一笑,也可让人感慨了。"

霍生

原文

文登霍生①,与严生少相狎,长相谯也。口给交御②,惟恐不工。霍有邻妪,曾与严妻导产③。偶与霍妇语,言其私处有两赘疣④。妇以告霍。霍与同党者谋,窥严将至,故窃语云:"某妻与我最昵⑤。"众不信⑥。霍因捏造端末,且云:"如不信,其阴侧有双疣。"严止窗外,听之既悉,不入径去。至家,苦掠其妻。妻不伏⑦,搒益残。妻不堪虐,自经死。霍始大悔,然亦不敢向严而白其诬矣⑧。严妻既死,其鬼夜哭,举家不得宁焉。无何,严暴卒,鬼乃不哭。霍妇梦女子披发大叫曰:"我死得良苦,汝夫妻何得欢乐耶⑨!"既醒而病,数日寻卒。霍亦梦女子指数诟骂,以掌批其吻。惊而寤,觉唇际隐痛,扪之高起。三日而成双疣,遂为痼疾⑩,不敢大言笑,启吻太骤,则痛不可忍。

异史氏曰:"死能为厉⑪,其气冤也。私病加于唇吻⑫,神而近于戏矣。"

邑王氏与同窗某狎⑬。其妻归宁⑭,生知其驴善惊,先伏丛莽中，伺妇至，暴出。驴惊妇堕⑮，惟一童从，不能扶妇乘。王乃殷勤抱控甚至⑯，妇亦不识谁何。王扬扬以此得意⑰，谓童逐驴去，因得私其妇于莽中⑱，述衵裤履甚悉⑲。某闻，大惭而去。少间自窗隙中，见某一手握刃，一手捉妻来，意甚怒恶⑳。大惧，逾垣而逃。某从之㉑，追二三里地㉒，不及始返。王尽力极奔，肺叶开张，以是得吼疾㉓，数年不愈焉㉔。

注释

①文登：县名。清代属登州府，今属山东省烟台市。

②口给交御：谓玩笑斗嘴劲。口给：口齿敏捷。交御：互相应答。《论语·公冶长》："御人以口给，屡憎于人。"《集注》："御，当也，犹应答也。给，辩也。"

③与严：亭刻本作"为严生"。与：二十四卷本作"为"。导产：接生。

④赘疣：肉瘤刺瘊之类。《庄子·大宗师》："附赘悬疣"。

⑤某：亭刻本作"其"。

⑥亭刻本"众"下有"故"字。

⑦伏：二十四卷本作"服"。

⑧白其诬：承认自己对严生的欺骗或对严妻的诬蔑。诬：谎言或诬蔑之言。

⑨妻：亭刻本作"妇"。

⑩痼疾：久治不愈的病。

⑪二十四卷本"死"上有"夫"字。厉：厉鬼，恶鬼。

⑫二十四卷本"私"上有"然"字。

⑬二十四卷本此句前有"又"字，无"邑"字，"氏"作"生"。

⑭归宁：女儿回娘家省亲。宁：问安。

⑮堕：二十四卷本作"坠"。

⑯抱控：抱其人，控其驴。

⑰以此：二十四卷本无"以此"二字。意：亭刻本作"志"。

⑱得：亭刻本作"遂"。私：奸污。

⑲述衵：亭刻本作"褐服"。衵（nì）：内衣；贴身衣。《说文·衣部》："衵，日日所常衣。"《玉篇·衣部》："衵，近身衣也；日日所著衣。"

⑳怒：亭刻本无"怒"字。

㉑亭刻本"某"下有"亦"字。

㉒地：亭刻本、二十四卷本无"地"字。

㉓吼疾：哮喘病。

㉔二十四卷本"愈"下有"而死"二字。

译文 文登县的霍生，跟严生从小相熟，经常互相开玩笑。两人斗嘴巴劲，只怕说得不巧妙。

霍生邻居有个接生婆，曾经为严生的妻子接生。偶然与霍生的妻子闲谈，说严生妻子的下身有两个肉瘤。霍生的妻子告诉了霍生。霍生跟同伙商量好，看到严生快要走拢来，故意说悄悄话："严生的妻子跟我最亲热。"大家故意表示不相信。霍生就趁机捏造事情始末，并且说："如果不相信，她的下身两侧有两个肉瘤。"严生驻立窗外，听清楚之后，没进门就径直走了。回到家，狠狠地毒打他的妻子。妻子不服，他打得更狠毒。他的妻子不能忍受虐待，自己上吊死了。霍生这时才深感懊悔，可是又不敢向严生承认自己是胡说八道。严生的妻子死后，她的鬼魂到晚上就哭个不停，全家都不得安宁。没有多久，严生得急病死了，鬼魂才不夜哭。

霍生的妻子梦见有个女人披头散发地对她大叫："我死得这么痛苦，你们夫妻怎么能得欢乐！"梦醒之后就病倒了，几天就死去。霍生也梦见有个女人指着数落大骂，用手掌抽他的嘴巴。霍生惊吓醒来，觉得嘴边隐隐作痛，一摸肿了起来。三天之后长成一对肉瘤，就成了不治之症。他不敢大声说笑，张嘴张得太快，就痛得无法忍受。

异史氏说："人死能变为厉鬼，是由于阴魂含有冤屈。

而把生在下身的瘤子拿来生在嘴巴上就有点神奇而近于开玩笑了。"

县里有个王生跟某同学很要好,这位同学的妻子回娘家探亲,王生知道她骑的驴子容易受惊,就预先埋伏在草丛中,等她一走近,突然蹿出来。驴子受惊,她跌落下来,只有一个童儿跟随她,无法扶她骑上驴背。王生就拉住驴子很殷勤地把她抱上驴背,她也不认识这个人是谁。王生因此而洋洋得意,说童儿赶着驴子跑开了,就在草丛中奸污了她。对她的内衣、裤子、鞋子讲得一清二楚。这位同学听到后,十分难堪地走开了。隔了一会,王生从窗缝中,看到这位同学一手握把刀,一手捉住妻子走来,神色很愤怒凶恶。王生十分害怕,翻墙逃了出去。这位同学随后追他,追了两三里路,追不上才返回来。王生拚命奔跑,肺叶张开过度,因此而得了哮喘病,好几年都医治不好。

汪士秀

一 原文

汪士秀,庐州人①。刚勇有力,能举石舂②。父子善蹴鞠③。父四十余,过钱塘没焉④。积八九年,汪以故诣湖南,夜泊洞庭⑤,时望月东升⑥,澄江如练⑦。方眺瞩间,忽有五人自湖中出,携大席平铺水面,略可半亩。纷陈酒馔,馔器磨触作响,然声温厚,不类陶瓦⑧。已而三人践席坐,二人侍饮。坐者一衣黄,二衣白,头上巾皆皂色,峨峨然下连肩背⑨,制绝奇古⑩,而月色微茫,不甚可晰。侍者俱褐衣⑪,其一似童,其一似叟也。但闻黄衣人曰:"今夜月色大佳,足供快饮。"白衣者曰:"此夕风景,大似广利王宴梨花岛时⑫。"三人互劝,引釂竞浮浅⑬。但语略小,即不可闻。舟人隐伏,不敢动息。汪细审侍者,叟酷类父,而听其言,又非父声⑭。二漏将残,忽一人曰:"趁此明月⑮,宜一击球为乐⑯。"即见童汲水中⑰,取一圆出,大可盈抱,中如水银满贮,表里通明。坐者尽起,黄衣人呼叟共蹴之。蹴起丈余,光摇摇射人眼。俄而砉然远起⑱,飞堕舟中⑲。汪技痒⑳,极力踏去,觉异常轻耎㉑。踏猛似破，腾寻丈㉒；中有漏光，下射如虹，蚩然疾落㉓；又如经天之彗㉔，直投水中，滚滚作沸泡声而灭㉕。席中共怒曰："何物生人，败我清兴！"叟笑曰："不恶不恶，此吾家流星拐也㉖。"白衣人嗔其语戏，怒曰："都方厌恼，老奴何得作欢？便同小乌皮捉得狂子来㉗；不然，胫股当有椎吃也㉘！"汪计无所逃，即亦不畏，捉刀立舟中，倏见童叟操兵来，汪注视，真其父也，疾呼："阿翁，儿在此！"叟大骇，相顾凄断。童即反身去㉙。叟曰："儿急作匿，不然，都死矣！"言未已，三人忽已登舟。面皆漆黑，睛大于榴，攫叟出。汪力与夺，摇舟断缆。汪以刀截其臂落㉚，黄衣者乃逃。一白衣人奔汪，汪剁其颅，堕水有声，哄然俱没。方谋夜渡，旋见巨喙出水面，深若井㉛。四面湖水奔注，砰砰作响。俄一喷涌，则浪接星斗，万舟簸荡。湖人大恐。舟上有石鼓二㉜，皆重百斤。汪举一以投，激水雷鸣，浪渐消；又投其一，风波悉平。汪疑父为鬼。叟曰："我固未尝死也。溺江十九人㉝，皆为妖物所食，我以蹋圆得全。物得罪于钱塘君㉞，故移避洞庭耳。三人鱼精，所蹴鱼胞也㉟。"父子聚喜，中夜击棹而去。天明，见舟中有鱼翅㊱，径四五尺许，乃悟是夜间所断臂也。

注释

①庐州：明清府名，治所在今安徽合肥市。

②石舂：捣米的石臼。

③蹴踘：类似今之踢球。本是军中习武之戏，流衍为一种娱乐性活动。刘向《别录》："蹴踘，黄帝所造，本兵势也。以革为圆囊，实以毛发之属，蹴蹋之。"踘：同"鞠"。古代一种用革制作的皮球。

④没：亭刻本作"溺"。

⑤洞庭：洞庭湖。在湖南省北部，长江南岸。为我国第二大淡水湖。昔日号称"八百里洞庭"，今已被分割为许多湖泊。

⑥望月：夏历每月十五日的月亮。

⑦澄江如练：明净的江水好像平铺的白绢。语本谢朓《晚登三山还望京邑》诗"澄江静如练"句。

⑧陶瓦：即陶制器皿。

⑨峨峨然：高耸貌。

⑩制绝奇古：款式极为稀奇古怪。

⑪亭刻本、二十四卷本"俱"下有"黑"字。

⑫广利王：南海神的封号。《唐会要》：天宝十载正月，封东海为广德公，南海为广利公，西海为广润公，北海为广泽公。宋真宗康定元年（1040），诏加东海渊圣广德王，南海洪圣广利王，西海通圣广润王，北海冲圣广泽王。梨花岛：疑指海南岛。因岛上有梨山（五指山，旧名梨母山），故为拟此

名。其地在南海中，属广利王治内。

⑬竞：亭刻本无"竞"字。浅：亭刻本作"白"。引觞竞浮白：谓干杯之后，争着为对方斟酒。引觞：举杯饮尽。浮白：用大杯罚酒。此指为对方斟满酒。

⑭又：亭刻本、二十四卷本无"又"字。

⑮明月：亭刻本作"月明"。

⑯一：二十四卷本作"以"。

⑰汲：亭刻本作"没"。没：潜水。

⑱硠：同"訇"，形容大声。

⑲堕：二十四卷本作"坠"。

⑳技痒：控制不住极欲自显技艺。

㉑耎：同"软"。

㉒二十四卷本"腾"下有"跃"字。寻丈：一丈左右。八尺为寻。

㉓蚩：象声词，通写作"嗤"。

㉔彗：彗星，又名扫帚星。

㉕滚滚作沸泡声：在水中翻滚，发出沸水中气泡冒出的声音。

㉖流星拐：蹴鞠的一种花样。旧本何垠注："流星拐，蹴鞠彩名也。如腾起左脚，即以右从后蹴鞠始起也。"

㉗小乌皮：指"其一似童"的侍者。他大约是条小黑鱼（乌皮鱼）变成的。

㉘股：二十四卷本作"骨"。

㉙反：二十四卷本作"返"。

㉚亭刻本重一"臂"字。

㉛亭刻本、二十四卷本"深"下有"阔"字。

㉜石鼓：石制鼓状用具。

㉝亭刻本"江"下有"者"字。

㉞钱塘君：钱塘江神。在很多古籍及民间传说中，伍员（子胥）都是著名水神，职掌江上波涛，特别是钱塘江大潮的潮神。《录异记》卷七："伍子胥累谏吴王，忤旨，赐属镂剑而死。临终，戒其子曰：'悬吾首于酉门，以观越兵来伐吴；以夷鱼皮裹吾尸，投于江中，吾当朝暮乘潮，以观吴之败。'"《三教源流搜神大全》卷七："潮神即子胥，人见其素车白马乘潮而出。"

㉟胞：疑为脬（pāo），即鱼鳔，鱼体内贮存空气用以调节升沉和平衡的白色囊状器官。

㊱鱼翅：鱼鳍。

一 译文

汪士秀是庐州人。刚直勇敢有膂力，能够举起石臼。父子俩都很会踢球。父亲四十多岁，渡过钱塘江时淹死了。过了八九年，汪士秀有事到湖南去，晚上船停泊在洞庭湖上。当时，十五的月亮从东方升起，澄清的水面像一幅白绢。

正在观赏景色之时，忽然有五个人从湖水中出来，带一张大席子平铺在水面上，约有半亩大小。纷纷摆出丰盛的酒菜，盛菜的器皿碰撞发出声响，可是声音钝而厚重，不像是陶制器皿。后来，三个人踏上席坐下来，两个人在旁边侍候他们喝酒。坐着的人一个穿黄衣，两个穿白衣，头上的头巾都是黑色的，高高耸起可下边连着肩背，款式极为稀奇古怪，只是月光不太明亮，看不太清楚。侍候的人都穿黑衣，其中一个像是童子，一个像是老头。只听黄衣人说："今夜月色很好，正好让我们痛快喝酒。"白衣人说："今晚的风景，很像南海广利王在梨花岛摆酒宴的时候。"三个人互相劝酒，举起杯子干了，又争着为对方斟酒，只是话音稍微小了一些，就听不出来了。船上的人都躲藏起来，大气也不敢出。汪士秀仔细看那老侍者，老头极像他父亲，可是听他说话，又不是父亲的声音。

二更天快完了，忽然三人中有一人说："趁这月色明朗，该以击球取乐。"就见那童仆潜入水中，取出一只球来，有一抱那么大，其中像是装满了水银，里外都是透明的。坐着的人都站了起来，黄衣人叫老头同他们一起踢球，踢到一丈多高，球明晃晃的刺人眼睛。一会儿,轰的一声远远地腾飞起来,飞落到江士秀的船上。汪士秀球瘾大发,用尽力气踢过去,觉得这球异常的轻软,猛力一踏似乎会破,球腾起有丈把高;中间有光漏出来,向下射出像条彩虹。嗖的一声很快落下来,又像是扫过天空的彗星,一直落入水中,翻滚着发出沸水冒气泡的声音,就不见了。席子上的人全都生了气,说:"哪里来的这么个生人,败了我们的好兴致!"老头笑着说:"不错不错,这是我家传的流星拐。"白衣人怪罪老头这样开玩笑,生气地说:"我们正在气恼,老奴才为什么这样高兴?马上跟小乌皮去捉拿那狂小子来,不然的话,屁股该有棍棒吃!"汪士秀想没有可逃走的地方,马上也就不畏惧了,提刀站在船上,很快就看见童仆和老头拿着兵器赶来。汪士秀注意一看,果真是他的父亲,连忙大喊:"阿爹,儿子在这里!"老头大吃一惊,看着儿子极为伤心。童仆立即转身往回走。老头说:"你赶快躲起来,否则我们都会死!"话还没有说完,那三个人忽然已经上了船。他们脸色漆黑,眼珠比石榴还大,把老头抓了出来。汪士秀竭力与他们争夺,使劲摇动小船将缆绳拉断。汪士秀用力砍下他的一条手臂,黄衣人就逃走了。一个白衣人直奔汪士秀,汪士秀剁下了他的脑袋，落到水中发出响声，哄的一下全都沉进水中。正打算连夜渡过去，不久只见一张大嘴伸出水面，深得像一口井。湖水从四面急灌进去，发出砰砰的响声。一会儿，大嘴一喷水，波涛高达天际，所有的船只都颠簸摇荡起来。湖面上的人十分恐慌。汪士秀船上有两个石鼓，都有百把斤重。汪士秀举起一个石鼓投过去，激起的水轰轰的像打雷，波浪渐渐消下去；又去投另一个石鼓，风浪完全平息。

汪士秀怀疑他父亲是鬼。老头说："我本来就未曾死去。落在江中的十几个人，全被妖精吃了，我因为踢球得以保全性命，这些妖精得罪了钱塘江神，所以逃避到洞庭湖来了。那三个人都是鱼精，踢的球是鱼鳔。"父子俩团聚很高兴，半夜划起桨开船走了。

天亮以后，看见船上有鱼翅，宽四五尺左右，才想起是晚上砍断的手臂。

商三官

原文

故诸葛城有商士禹者①,士人也。以醉谑忤邑豪。豪嗾家奴乱捶之,舁归而死②。禹二子:长曰臣,次曰礼。一女曰三官。三官年十六,出阁有期③,以父故不果。两兄出讼,终岁不得结④。婿家遣人参母⑤,请从权毕姻事⑥。母将许之。女进曰:"焉有父尸未寒而行吉礼⑦?彼独无父母乎?"婿家闻之,渐而止。无何,两兄讼不得直,负屈归。举家悲愤。兄弟谋留父尸,张再讼之本⑧。三官曰:"人被杀而不理,时事可知矣。天将为汝兄弟专生一阎罗包老耶⑨?骨骸暴露⑩,于心何忍矣!"二兄服其言,乃葬父。葬已,三官夜遁,不知何往。母惭怍,惟恐婿家知⑪,不敢告族党,但嘱二子冥冥侦察之。几半年⑫,杳不可寻。会豪诞辰,招优为戏⑬。优人孙淳,携二弟子往执投。其一王成,姿容平等而音词清澈,群赞赏焉。其一李玉,貌韶秀如好女⑭。呼令歌,辞以不稔;强之,所度曲半杂儿女俚谣⑮,合座为之鼓掌。孙大惭,白主人:"此子从学未久,只解行觞耳⑯,幸勿罪责。"即命行酒,玉往来给奉,善觇主人意向。豪悦之,酒阑人散，留与同寝。玉代豪拂榻解履，殷勤周至。醉语狎之，但有展笑⑰。豪惑益甚⑱，尽遣诸仆去，独留玉。玉伺诸仆去⑲，阖扉下楗焉⑳。诸仆就别室饮。移时，闻厅事中格格有声㉑。一仆往觇之，见室内冥黑，寂不闻声。行将旋踵，忽有响声甚厉，如悬重物而断其索。亟问之，并无应者。呼众排阖入，则主人身首两断㉒，玉自经死，绳绝随地上㉓，梁间颈际，残绠俨然。众大骇，传告内闼㉔，群集莫解。众移玉尸于庭，觉其袜履虚若无足，解之则素舄如钩㉕，盖女子也。益骇。呼孙淳诘之㉖。淳骇极，不知所对。但云："玉月前投作弟子，愿从寿主人，实不知从来㉗。"以其服凶，疑是商家刺客㉘。暂以二人逻守之。女貌如生㉙，抚之，肢体温耎。二人窃谋淫之。一人抱尸转侧，方将缓其结束㉚，忽脑如物击，口血暴注，顷刻已死。其一大惊，告众。众敬若神明焉，且以告郡㉛。郡官问臣及礼，并言："不知。但妹亡去，已半载矣。"俾往验视，果三官。官奇之，判二兄领葬，敕豪家勿仇。

异史氏曰："家有女豫让而不知㉜，则兄之为丈夫者可知矣。然三官之为人，即萧萧易水㉝，亦将羞而不流，况碌碌与世浮沉者耶㉞！愿天下闺中人买丝绣之㉟，其功德当不减于奉壮缪也㊱。"

注释

①故诸葛城：遗址在今四川冕宁县东南。据说是诸葛亮南征时所筑，故称"诸葛城"。据蒲氏写的同一故事的俚曲《寒森曲》，谓是"山东济南府新泰县诸葛村"。然此称"故诸葛城"，疑指山东诸城县旧治。诸城原为春秋时鲁国诸邑，夏商时葛伯始居于此，其后裔支分，因称诸葛。

②死：亭刻本、二十四卷本作"毙"。

③出阁：出嫁。本专指公主的出嫁，后也作为一般女子出嫁的通称。

④终：二十四卷本作"经"。

⑤参：拜见。

⑥从权：根据特殊情况，变通行事。旧时父丧未满三年，子女不能成婚。婿家欲提前完婚，故曰"从权"。

⑦二十四卷本"礼"下有"者"字。

⑧张再讼之本：作为再次打官司的依据。预先准备应付后来的事叫"张本"。

⑨阎罗包老：指民间传说故事中的包公。史载，包拯是宋代一位公正无私、不畏豪贵的官员。时谚云："关节不到，有阎罗包老。"见《宋史》列传七十五。迷信说法中，阴间有阎罗

王，是铁面无私的，所以人们把包公和阎罗结合在一起，认为这才是一点私弊也没有的官吏？后来，旧小说更把包拯和阎罗说成是一个人，白天在阳间办公，夜间到阴间审案。

⑩骨骸：亭刻本作"骸骨"。

⑪知：亭刻本、二十四卷本作"闻"。

⑫年：亭刻本、二十四卷本作"岁"。

⑬优：优伶。即下文之"优人"。旧时对乐舞、百戏业艺人的通称。

⑭韶：亭刻本作"韵"。韶秀：美好秀丽。

⑮度曲：创制曲词或按谱歌曲。俚谣：民间通俗歌谣。

⑯行觞：行酒。为客人依次斟酒。

⑰展笑：展颜为笑。

⑱惑益甚：亭刻本、二十四卷本作"益惑之"。

⑲伺诸仆去：亭刻本作"俟诸仆出"。玉：二十四卷本无"玉"字。去：二十四卷本作"出"。

⑳阖：二十四卷本作"阆"。楗：直插的门闩。

㉑厅事：正厅。古代官员办公听讼的正房叫"听事"；后来私家堂屋也称听事，通常写作"厅事"。

㉒二十四卷本"则"上有"烛之"二字。

㉓随：二十四卷本作"堕"。

㉔内闼：内宅，指家眷。

㉕素舄：服丧者所穿的白鞋，即孝鞋。

㉖亭刻本"淳"下有"研"字。

㉗从：亭刻本作"所自"，二十四卷本作"所从"。

㉘是：亭刻本作"其"。

㉙生：亭刻本作"玉"。

㉚缓其结束：解开她衣服上的带结。

㉛且：亭刻本作"旦"。

㉜女豫让：女刺客，指商三官。豫让：为友报仇的义士。战国晋人，智伯的门客。智伯被赵襄子（无恤）联合韩、魏所灭。豫让"漆身为厉，吞炭为哑"，自毁形貌为智伯报仇，几次谋刺未果，最后在赵襄子面前伏剑自杀。见《史记·刺客列传》。

㉝萧萧易水：战国末，荆轲为燕太子丹行刺秦王。临行，太子丹祖送易水上，荆轲因作歌示志，曰："风萧萧兮易水寒，壮士一去兮不复还！"及击秦王不中，被杀。见《战国策·燕策》《史记·刺客列传》。此云易水"羞而不流"，意谓荆轲与商三官相比较，也会自愧不如。

㉞浮沉：亭刻本作"沉浮"。碌碌：平庸无能。与世浮沉：随波逐流，无所作为。

㉟买丝绣之：意谓买丝线绣制商三官的像，供奉起来，以示敬仰。

㊱壮缪（móu）：即关羽。蜀汉后主景耀三年（260）追封为壮缪侯。封建时代称关羽为"关圣"，立祠祀奉，颂其忠烈，明清两代尤盛。

译文

古老的诸葛城有个商士禹，是个读书人。因为酒醉戏言冒犯了当地土豪。土豪唆使家奴乱棒打他，抬回家去就死了。商士禹有两个儿子：长子叫商臣，次子叫商礼。还有一个女儿叫商三官。商三官十六岁，出嫁已经定了吉期，因为父亲被打死而不能举行婚礼。两个哥哥出门告状，经过一年还没有结案。女婿家派人来拜见她娘，请求变通一下把婚事办完。她娘将要答应。商三官走上前来说："哪有父亲尸骨未寒却举行婚礼的？他家难道就没有爹娘吗？"女婿家听到这话，觉得惭愧就不再提起。

没有多久，两个哥哥告状无处伸冤，官司败诉回家来。一家人又悲伤又愤恨。兄弟俩商议留下父亲的尸体，作为再告状的依据。商三官说："人被杀了告状无人审理，时事可想而知了。老天爷会给你们兄弟俩专门生个阎罗包老吗？尸体暴露不安埋，做儿女的心怎么能忍受得了！"两个哥哥被她的话说服，就安葬了父亲。安葬完毕，商三官趁夜溜出家，不知跑到哪里去了。她娘觉得渐愧,只怕女婿家知道,不敢告诉亲戚朋友,只嘱咐两个儿子暗中打听寻访,几乎过了半年,一点踪迹也找不到。

正逢土豪生日,请戏班子来演戏。戏班主孙淳,带两个徒弟去捧场。一个徒弟叫王成,长相平常,可是字正腔圆,大家很赞赏。一个徒弟叫李玉,容貌娇嫩秀丽像个标致姑娘。叫他唱曲,他推辞说不熟悉;勉强他唱,唱的全是杂七杂八的通俗童谣,全场给他鼓掌起哄。孙淳十分惭愧。对土豪说:"这个孩子跟我学艺不久,只能让他斟斟酒,希望不要怪罪责备。"就叫他斟酒,李玉往来服侍,很会迎合土豪的心意。土豪很喜欢他,酒宴结束,客人走光,土豪把李玉留下陪自己睡觉。李玉替土豪铺床脱靴,服侍得十分周到。土豪说酒话挑逗他,他只是笑咪咪的。土豪更加被他迷住,叫奴仆全退出去,只留下李玉一人。李玉等奴仆都离开后,关上门插上门闩。奴仆们到另外一间屋去喝酒。

过了好一阵,奴仆们听见正厅里有格格的响声。一个奴仆去察看,见室内黑漆漆的,没有一点动静。正要转身往回走,忽然听见有很大的响声,像是悬挂的重物坠断了绳索。奴仆急忙问是谁,并没有人答应。这个奴仆喊大家来冲开房门进去，见土豪已身首分家，李玉自己上吊死了，绳子断掉在地上，屋梁上和李玉的脖子上，绳子分明挂在上面。众人大吃一惊，报告到内室，家里人聚拢来都不明白是怎么回事。大家把李玉的尸体搬到院子里，觉得他的鞋袜里像是空的没有脚，解开来看，是一双穿白鞋的小脚，原来是个女子。大家更觉得奇怪。把孙淳叫来盘问。孙淳紧张极了，不知道怎样回答。他只是说："李玉上个月来投师当学徒，愿跟我来给主人祝寿，我确实不知道他是从哪里来的。"

因为李玉穿的是孝服，怀疑是商家的刺客。暂时派两个巡逻看守。这女子的面色像活人一样，摸摸她，身体又温暖又柔软。巡守的两个人私下商议奸淫她。一个人抱住尸体翻过身来，正要脱她的衣服，忽然头上像被东西打了一下，口里鲜血直喷，顷刻就死了。另一个十分惊慌，跑去告诉大家。大家把她敬若神明，并且向府衙门报了案。知府传讯商臣、商礼，两个都说："不知道这回事。只是妹妹失踪，已经有半年了。"叫他们去验看，果然是妹妹三官。知府认为三官是奇女子，判决由她两个哥哥领尸安葬，训诫土豪家不要再结仇。

异史氏说："家中有个女刺客而不知道，可以想见两个哥哥是个什么样的男子汉了。但是三官的所作所为，即使是萧萧易水，也将会因为她而羞愧不流，何况那些随波逐流的平庸之辈呢！希望天下女子都买丝为三官绣像，这样的功德并不比祀奉关壮缪低。"

于江

原文 乡民于江，父宿田间，为狼所食。江时年十六，得父遗履，悲恨欲死。夜俟母寝，潜持铁槌去①，眠父所②，冀报父仇。少间，一狼来，逡巡嗅之，江不动。无何，摇尾扫其额，又渐俯首舐其股，江迄不动。既而欢跃直前，将龁其领③。江急以锤击狼脑④，立毙。起置草中。少间，又一狼来，如前状，又毙⑤。以至中夜⑥，杳无至者。忽小睡，梦父曰："杀二物⑦，足泄我恨。然首杀我者，其鼻白；此都非是。"江醒，坚卧以伺之。既明，无所复得。欲曳狼归，恐惊母，遂投诸眢井而归⑧。至夜复往，亦无至者。如此三四夜，忽一狼来，啮其足⑨，曳之以行。行数步，棘刺肉，石伤肤。江若死者。狼乃置之地上，意将龁腹。江骤起锤之⑩，仆；又连锤之，毙。细视之，真白鼻也。大喜，负之以归，始告母。母泣从去，探眢井，得二狼焉。

异史氏曰："农家者流，乃有此英物耶⑪！义烈发于血诚⑫，非直勇也。智亦异焉。"

注释 ①持:亭刻本作"挟"。槌:亭刻本作"锤",二十四卷本作"椎"。

②所:亭刻本作"死处"。

③亭刻本"其"下有"额"字。

④锤:二十四卷本作"椎"。

⑤二十四卷本"毙"下有"之"字。

⑥以:亭刻本、二十四卷本作"卧"。

⑦物:二十四卷本作"狼"。

⑧眢(yuān)井:干枯的井。《左传·宣公十二年》:"目于眢井而拯之。"注:"井枯无水曰眢。"

⑨啮(niè):啃。

⑩锤:二十四卷本作"捶"。下"锤"同。

⑪英物:英俊杰出的人物。《晋书·桓温传》:"及闻其声,曰:'真英物也!'"

⑫发于血诚:出于父子天性。血:血缘。诚:本心。

译文 乡下农民于江,他父亲在田间过夜,被狼吃了。于江当时十六岁,拾得他父亲遗留下的鞋,伤心痛恨得要死。晚上,等他母亲睡了,偷偷带一把铁锤去睡在他父亲遇害的地方,希望替父报仇。一会儿工夫,一只狼走来,来来回回地嗅他。于江躺着不动。没多久,狼摇尾巴扫过于江的额头，又慢慢低下头舔他的大腿。于江还是不动。后来，狼欢跳着直向前面来，要咬于江的脖子。于江急忙用铁锤猛击狼的脑袋，狼立刻倒下死了。于江起来把死狼拖去放在草丛中。过了不久，又一只狼走来，像刚才的情况一样。这只狼也被打死了。一直到半夜，毫无动静，没有狼再来。于江小睡了一阵，忽然梦见他父亲来说："杀了两只狼，足以消我心中之恨。可是领头吃掉我的狼，鼻子是白的；这两只狼都不是那只。"于江醒来，坚持躺在那里守候。天亮以后，不见再有狼来。于江想把死狼拖回家，又怕惊吓了母亲，就把死狼投进枯井里才回家。

到了晚上，于江又到那里去，也没有狼来。三四个晚上都是如此。忽然，有一只狼来，咬住他的脚，把他拖走。拖了好几步，棘刺戳进他的肉里，石块碰伤他的皮肤。于江像个死人一样。狼就把他放在地上，打算啃他的肚子。于江一下子跳起来用铁锤猛打，狼仆倒在地；又连续猛打，狼死掉了。仔细一看，真是只白鼻狼。于江十分高兴，背了死狼回家。这才告诉他母亲。母亲流着泪跟他去，探看那口枯井，又找到那两只死狼。

异史氏说:"农民的家庭里,竟有这样的俊杰人物啊!义烈出自于父子血缘天性,不仅仅是勇敢而已,他的智慧也是与众不同的。"

小二

原文

滕邑赵旺①,夫妻奉佛,不茹荤血,乡中有"善人"之目②。家称小有③。一女小二,绝慧美,赵珍爱之。年六岁,使与兄长春并从师读,凡五年而熟五经焉。同窗丁生,字紫陌,长于女三岁④,文采风流⑤,颇相倾爱。私以意告母,求婚赵氏。赵期以女字大家,故弗许。未几,赵惑于白莲教⑥。徐鸿儒既反⑦,一家俱陷为贼。小二知书善解,凡纸兵豆马之术⑧,一见辄精。小女子师事徐者六人,惟二称最⑨,因得尽传其术。赵以女故,大得委任。时丁年十八,游滕泮矣⑩,而不肯论婚,意不忘小二也⑪。潜亡去,投徐麾下。女见之喜,优礼逾于常格。女以徐高足⑫,主军务,昼夜出入,父母不得间⑬。丁每宵见,尝斥绝诸役,辄至三漏。丁私告曰⑭:"小生此来,卿知区区之意否⑮?"女云:"不知。"丁曰:"我非妄意攀龙⑯,所以故⑰,实为卿耳。左道无济,止取灭亡⑱。卿慧人不念此乎?能从我亡,则寸心诚不负矣。"女怃然为间⑲,豁然梦觉⑳,曰:"背亲而行,不义,请告。"二人入陈利害。赵不悟,曰:"我师神人,岂有舛错㉑?"

女知不可谏,乃易髻而髢㉒,出二纸鸢㉓,与丁各跨其一。鸢肃肃展翼㉔,似鹣鹣之鸟㉕,比翼而飞。质明,抵莱芜界㉖。女以指捻鸢项,忽即敛堕,遂收鸢。更以双卫,驰至山阴里,托为避乱者,僦屋而居。二人草草出,啬于装㉗,薪储不给㉘,丁甚忧之。假粟北舍㉙,莫肯贷以升斗。女无愁容,但质簪珥㉚。闭门静对,猜灯谜㉛,忆亡书㉜,以是角低昂。负者,骈二指击腕臂焉。西邻翁姓,绿林之雄也。一日猎归㉝,女曰:"富以其邻㉞,我何忧!暂假千金,其与我乎?"丁以为难。女曰:"我将使彼乐输也㉟。"乃剪纸作判官状㊱,置地下,覆以鸡笼。然后邀丁登榻,煮藏酒,检《周礼》为觯政㊲:任言是某册第几叶第几人㊳,即共翻阅。其人得"食"旁、"水"旁、"酉"旁者饮,得"酒"部者倍之㊴。既而女适得"酒人"㊵,丁以巨觥引满促釂㊶。女乃祝曰:"若借得金来,君当得'饮'部。"丁翻卷,得"鳖人"㊷。女大笑曰:"事已谐矣!"滴洒授爵㊸。丁不服,女曰:"君是水族㊹,宜作鳖饮㊺。"方喧竞所㊻,闻笼中戛戛。女起曰:"至矣。"启笼验视,则布囊中有巨金累累充溢。丁不胜愕喜。后翁家媪抱儿来戏,窃言:"主人初归,篝灯夜坐。地忽暴裂,深不可底㊼,一判官自内出,言：'我地府司隶也⁴⁸。太山帝君会诸冥曹⁴⁹，造暴客恶绿⁵⁰，须银灯千架，架计重十两⁵¹。施百架则消灭罪愆。'主人骇惧，焚香叩祷，奉以千金。判官荏苒而入⁵²，地亦遂合⁵³。"夫妻听其言⁵⁴，故啧啧诧异之。而从此渐购牛马，蓄厮婢，自营宅第。里无赖子窥其富⁵⁵，纠诸不逞⁵⁶，逾垣劫丁。丁夫妻始自梦中醒，则编菅爇照⁵⁷，寇集满屋。二人执丁，又一人探手女怀。女袒而起，戟指而呵曰⁵⁸："止，止！"盗十三人，皆吐舌呆立，痴若木偶。女始着裤下榻，呼集家人，一一反接其臂⁵⁹，逼令供吐明悉，乃责之曰："远方人埋头涧谷⁶⁰，冀得相扶持，何不仁至此！缓急人所时有⁶¹，窘急者不妨明告，我岂积殖自封者哉⁶²？豺狼之行，本合尽诛。但吾所不忍，姑释去，再犯不宥！"诸盗叩谢而去。居无何，鸿儒就擒⁶³，赵夫妇妻子俱被夷诛⁶⁴。生赍金往赎长春之幼子以归。儿时三岁，养为己出，使从姓丁⁶⁵，名之承祧。于是里中人渐知为白莲教戚裔⁶⁶。适蝗害稼，女以纸鸢数百翼放田中，蝗远避不入其陇，以是得无恙。里人共嫉之，群首于官⁶⁷，以为鸿儒余党。官瞰其富，肉视之⁶⁸，收丁。丁以重赂啖令⁶⁹，始得免。女曰："货财之来也苟，固宜有散亡⁷⁰。然蛇蝎之乡，不可久居。"因贱售其业而去之，止于益都之西鄙㉛。女为人灵巧，善居积，经纪过于男子。常开琉璃厂㉜，每进工人而指点之㉝，一切棋灯，其奇式幻采，诸肆莫能及，以故直昂得速售。居数年，财益称雄，而女督课婢仆严㉞，食指数百无冗口㉟。暇辄与丁烹茗着棋㊱，或观书史为乐。钱谷出入以及婢仆业，凡五日一课，女自持筹，丁为之点籍唱名数焉㊲。勤者赏赉有差，惰者鞭挞罚膝立㊳。是日，给假不夜作，夫妻设肴酒，呼婢辈度俚曲为笑㊴。女明察如神㊵，人无敢欺，而赏辄浮于其劳㊶，故事易办。村中二百余家，凡贫者俱量给资本，乡以此无游惰。值大旱，女令村人设坛于野，乘舆野出㊷，禹步作法㊸，甘霖倾注，五里内悉获沾足。人益神之。女出未尝障面，村人皆见之，或少年群居，私议其美，及觌面逢之，俱肃肃无敢仰视者㊹。每秋日，村中童子不能耕作者，授以钱，使采茶蓟㊺，几二十年㊻，积满楼屋，人窃非笑之。会山左大饥㊼，人相食；女乃出菜，杂粟赡饥者㊽。近村赖以全活，无逃亡焉。

异史氏曰："二所为㊾，殆天授，非人力也㊿。然非一言之悟，骈死已久㉑。由是观之，世抱非常之才而误匪僻以死者⑨²，当亦不少。焉知同学六人⑨³，遂无其人乎？使人恨不为丁生耳⑨⁴。"

注释

①邑：二十四卷本作"县"。滕邑：滕县，明清时属山东兖州府。

②有善人之目：有"善人"的名声。目：称。

③小：二十四卷本作"少"。小有：小有资产，小康。

④于：二十四卷本无"于"字。

⑤采：二十四卷本作"雅"。

⑥白莲教：发源于佛教白莲社的秘密教派。晋释慧远与慧永、刘遗民、雷次宗等十八人结社于庐山东林寺，同修净土之法，因号白莲社。元称白莲会、白莲宗。元末红巾军刘福通、韩山童，皆以白莲教义聚结群众。至明，始称为白莲教，又称闻香教。清为八卦教、天理教。元代后期至明清，屡遭严禁，而教派林立，流传极广，常被用来发动农民起义。

⑦徐鸿儒（？—1622）：明末农民起义领袖。巨野（今山东巨野）人。万历末以白莲教组织农民。天启二年（1622）五月，率众起义，自号中兴福烈帝，建元大成兴胜。先后攻占巨野、郓城、邹县、滕县，掠运河漕船，袭曲阜，众达数万。十月，为山东总兵杨肇基等所镇压，被俘遇害。

⑧纸兵豆马：剪纸为兵，撒豆为马。旧小说和民间故事中常

讲到这类法术。

⑨二十四卷本"惟"下有"小"字。

⑩游滕泮：为滕县县学生员。明清时，在家塾读书的学童，经过学政考选，进入府、州、县各级官学读书，称"游泮"，也就是成了生员或秀才。泮：泮宫，周代的地方官学。

⑪意：二十四卷本无"意"字。

⑫二十四卷本"高"下有"弟"字。

⑬闻：同"间"（jìn），参预。

⑭二十四卷本"告"下有"女"字。

⑮否：亭刻本、二十四卷本作"乎"。区区之意：犹愚意、私衷。区区：自称的谦词。

⑯攀龙：意谓投奔徐鸿儒军，参加造反，希图成功后博取荣华富贵。语本汉扬雄《法言·渊骞》："攀龙鳞，附凤翼，巽以扬之，勃勃乎不可及也。"

⑰二十四卷本"以"下有"之"字。

⑱止：二十四卷本作"只"。灭：二十四卷本作"败"。

⑲怃（wǔ）然为间：茫然若失，停顿不语。怃然：怅惘失意貌。间：间歇，停顿。

⑳然：亭刻本、二十四卷本作"如"。

㉑舛（chuǎn）错：差错，谬误。

㉒易髫（tiáo）而髻：把少女的披发挽成已婚妇人的发髻。表

示已经出嫁。髫：童年男女披垂的头发。

㉓纸鸢（yuān）：形如鸢的纸鸟。鸢：老鹰。

㉔展：亭刻本、二十四卷本作"振"。肃肃：风声。

㉕鹣鹣（jiān）：即鹣鸟、比翼鸟。《尔雅·释鸟》："南方有比翼鸟焉，不比不飞，其名谓之鹣鹣。"

㉖抵：二十四卷本作"至"。莱芜：县名。在山东滕县东北，相距四百余里。

㉗啬于装，指带的行装不多。

㉘薪储不给：犹言生活日用品不足。薪储：柴米之类的生活储备。

㉙北：亭刻本、二十四卷本作"比"。比舍：近邻，邻居。

㉚质簪珥：典当发簪、耳坠之类首饰。

㉛灯谜：贴在花灯上供人猜测的谜语。

㉜亡书：此指读过而已失落或不在手边的书籍。

㉝猎归：此指劫掠财物归来。

㉞富以其邻：意谓因邻居之人而致富。《易·小畜》九五爻辞："有孚挛如，富以其邻。"

㉟乐输：自愿送来，乐于拿出。

㊱判官：佛教传说阎罗王属下有十八判官，分管十八地狱。详《陆判》注③。

㊲检《周礼》为敇政：意谓翻阅《周礼》的字句，据以定罚

酒之数。《周礼》：亦称《周官》或《周官经》。儒家经典之一。搜集周王室官制和战国时代各国制度，添附儒家政治理想，增减排比而成的汇编。觞政：犹言酒令。

㊳叶：同"页"。二十四卷本作"页"。人：亭刻本作"行"。

㊴"其人"二句：意谓翻得《周礼》中，以"食""水""酉"为偏旁的字者，罚酒；翻得"酒"部之文字者，加倍罚酒。《周礼》有关部分，集中记载了负责各王朝饮食祭祀的官吏奴仆及各类饮食的名称。所以符合上述情况的文字不少，较易翻检得。

㊵酒人：古官职名。掌造酒。亦为《周礼》篇名。《周礼·天官·酒人》："酒人掌为五齐三酒，祭祀则共奉之。"

㊶巨觥（gōng）：大酒杯。引满：斟满酒杯。促釂：催对方干杯。

㊷鳖人：古官职名。负责供给鱼鳖龟蜃等的人。亦为《周礼》篇名。《周礼·天官·鳖人》："鳖人掌取互物。

㊸洒：亭刻本、二十四卷本作"沥"。滴沥：形容倾壶斟酒，杯满而溢。

㊹族：亭刻本作"卒"。

㊺鳖饮：作鳖状伸颈而饮。《画墁录》：苏舜钦、石延年辈有名鬼饮、了饮、囚饮、鳖饮、鹤饮。鬼饮者，夜不以烧烛。了饮者，饮次挽歌哭泣而饮。囚饮者，露顶围立。鳖饮者，以

毛席自裹其身，伸颈出；饮毕复缩之。鹤饮者，一杯复登树，下再饮耳。这里系由“鳖人”而及“鳖饮”故实。“鳖人”本不属食旁、水旁、酉旁及酒部之文，故小二罚酒而“丁不服”。

㊻所：亭刻本作“时”，二十四卷本作“间”。

㊼可：二十四卷本作“见”。

㊽司隶：古代负责督捕盗贼之事的官吏。

㊾太山帝君：即泰山神，全称天齐大生仁圣帝，民间俗称东岳大帝。《古今图书集成·神异典》卷二二引《云笈七签》：“泰山君领群神五千九百人，主治死生，百鬼之主帅也，血祀庙食所宗者也。世俗所奉鬼祠邪精之神而死者，皆归泰山受罪考焉。”冥曹：冥府各部。

㊿绿：亭刻本作“录”，二十四卷本作“箓”。暴客：犯有强暴罪行的人。恶箓：罪行簿。

(51)二十四卷本“架”上有“每”字。

(52)荏苒：舒缓，从容不迫。

(53)遂：二十四卷本作“随”。

(54)妻：亭刻本作“妇”。

(55)二十四卷本“里”下有“中”字。

(56)不逞：为非作歹之徒。《左传·襄公十年》：“故五族聚群不逞之人，因公子之徒以作乱。”

(57)编菅（jiān）：本指用茅草编成的草苫。《左传·昭公二十七年》:“或取一编菅焉。”注:“编菅，苫也。”此指“束茅”，即火把。

(58)戟指：用食指、中指并拢而指，其形如戟，行法术时的手势。

(59)反接其臂：两臂交叉绑在背后。

(60)埋头：隐姓埋名，犹隐居。

(61)缓急：复词偏义，意为窘迫、急需。

(62)积殖自封：积财自富。殖：孳生利息。封：富厚。

(63)二十四卷本“鸿”上有“徐”字。

(64)夷诛：二十四卷本作“诛夷”。

(65)姓丁：二十四卷本作“丁姓”。

(66)人：二十四卷本无“人”字。教：亭刻本无“教”字。戚裔：亲属和后代。

(67)群首于官：结伙向官府告发。首：告发罪行。

(68)肉视之：视丁生夫妇为俎上之肉。

(69)赂：二十四卷本作“贿”。

(70)固：亭刻本无“固”字。

(71)益都：县名。在山东省莱芜县东北，明清属青州。西鄙：县西边远之乡。

(72)常：二十四卷本作“尝”。琉璃厂：烧制琉璃器皿的工厂。琉璃：用粘土、长石、石青等为原料烧制的器皿，如琉璃砖、瓦等。

⑦进：谓传唤进来。

⑦督课：监督考查。

⑦食指数百无冗口：几十个人吃饭，却无闲人。食指：借指人口。一人十指为一口。冗：多余、闲散。

⑦棋：亭刻本作"奕"。

⑦点籍唱名数：检查帐本、登记簿，报出收支以及仆婢作业的名称和数量。

⑦罚膝立：罚跪。

⑦婢辈：亭刻本、二十四卷本作"诸婢"。度俚曲：唱地方通俗小调。

⑧如：亭刻本无"如"字。

⑧其：亭刻本无"其"字。

⑧野：亭刻本、二十四卷本作"夜"。

⑧禹步：巫师、道士施法时的一种步法，一足后拖，如跛足状。据传禹治洪水，而患偏枯之疾，步不相过，为后世俗巫所效法。

⑧肃肃：恭敬貌。《诗·大雅·思齐》："雍雍在宫，肃肃在庙。"传："肃肃，敬也。"

⑧荼蓟：两种荒年代食的野菜。荼：苦菜。蓟：一种多年生草本植物，有大蓟、小蓟两种。

⑧⑥几：二十四卷本作"凡"。

⑧⑦山左：山东旧称山左，因其在太行山之左，故名。

⑧⑧二十四卷本"粟"下有"以"字

⑧⑨二十四卷本"二"上有"小"字。

⑨⑩"殆天"二句：意为小二一生不平凡的经历和作为是天赋使然，非后天学习所致。《史记·淮阴侯列传》："信曰：'且陛下所谓天授，非人力也。'"

⑨①骈死：一同死去。此指小二当会与白莲教同伙一起被杀。韩愈《杂说》其四曾言，千里马如果不得其遇，也会"骈死于槽枥之间，不以千里称"。

⑨②二十四卷本"误"下有"入"字。误入匪僻：谓误与邪僻之人为伍，误入歧途。

⑨③二十四卷本"人"下有"中"字。同学六人：指上文"小女子师事徐者六人"。

⑨④为：亭刻本作"遇"。

译文 滕县人赵旺，夫妻俩都信佛，不吃荤腥带血的食物，在地方上有"善人"的名声。家境算得上小康。有个女儿名叫小二，绝顶的聪明漂亮，赵旺夫妇很宠爱她。六岁时，让她跟哥哥长春一起从老师读书，一共五年把五经读得烂熟。同学丁生，表字紫陌，比她大三岁，风流文雅，两人倾心相爱。丁生私下把心意告诉母亲，要向赵家求婚。赵家希望把女儿嫁给大户人家，所以没有允诺丁生的求婚。

没多久，赵旺受白莲教所迷惑。徐鸿儒造反之后，赵旺一家都沦落为强盗。小二有文化，理解力强，凡是纸兵豆马之类的法术，一见就精通。拜徐鸿儒为师的小姑娘有六个，只有小二是最出色的，因此学会了老师传授的全部法术。赵旺因为女儿的关系，大受信任重用。这时候，丁生十八岁，已是滕县县学的秀才，可是他不愿提亲，心中念念不忘小二。他偷偷离家出走，投奔到徐鸿儒军中。小二见到他很高兴，接待礼遇超过了一般规格。小二因为是徐鸿儒的得意门生，在军中主持军务，白天黑夜进进出出，父母都不能干预。丁生每次晚上来看她，她就把各种事务丢下，总是跟他谈到三更天。丁生私下对她说："我这次来，你知不知道我的心意？"小二说："不知道。"丁生说："我并非奢望借攀附升官发财，这样做，实在是为了你，旁门左道成不了事，只会自讨灭亡。你是聪明人，没有想到这点吗？能同我一起逃走，就不辜负我的一点心意了。"

小二怅然若失，默想一会，豁然领悟，如梦初醒，说："背着爹妈逃走，太无情义，请让我告诉他们一声。"两人进去说明利害。赵旺想不通，说："我的师傅是神人，难道会出差错？"小二知道没法说服她爹，就把发式改扮成少妇的发式，拿出两个鸢形的纸鸟，与丁生各骑一只。纸鸢飒飒地张开翅膀，像比翼鸟似的双双飞走。天色刚亮，他们飞到莱芜地界。小二用手指一捻纸鸢的颈部，纸鸢收拢翅膀落下来，她就把纸鸢收好。小二又变出两头驴子，骑上跑到山背后，借口是来避乱的，租了房子住下来。两人匆匆忙忙出来，带的行装很少，生活用品不足，丁生很忧心。他向邻居借粮食，谁家也不肯借给他一升半斗。小二却没有一点愁容，只是把发簪、耳坠拿去当了。两个人关上门安心地对坐着，猜猜谜，回忆一下读过的书，用这些来比比高低。谁输了，由赢家并着两个手指打手臂手腕。

西边姓翁的邻居，是绿林中的头目。有一天，他抢劫归来，小二说："靠邻居发财致富，我们担什么心！暂时向他借一千两银子，他会借给我们吗？"丁生认为很难办到。小二说："我要叫他自己乖乖地送来。"就用纸剪成一个判官的样子，放在地上，用鸡笼罩住。做完之后就请丁生坐上床，把收藏的酒煮热，翻着《周礼》行酒令：任意说出是哪一册的第几页第几行，就一起翻看。谁得到"食"旁、"水"旁、"酉"旁的字，就喝酒，得到"酒"部的字加倍喝。后来，小二正巧得到"酒人"字样，丁生用大酒杯斟催她干掉。小二就祷告："如果借得来银子，你该得到饮部的字。"丁生翻开书，得到"鳖人"的字样。小二哈哈大笑，说："事情已经成功了！"倾壶斟酒把杯子递给丁生。丁生不服气，小二说："你是水族，应该采用鳖饮。"正在哄闹争辩的时候，听见鸡笼中有咯咯的声音。小二站起来说："借来了！"揭开鸡笼查看，就看见布袋里装满了大量的银子。丁生十分惊诧而又高兴。后来，翁家老妈子抱孩子来玩耍，她悄悄地说："主人刚回家，点着灯夜坐。地下忽然裂开一个洞，深得看不见底。一个判官从洞里面出来，说：'我是阴曹地府的司隶，泰山帝君请各部曹官员聚会，编造强盗的罪行录，要用一千架银灯，每架重十两，捐献一百架就可以消除罪恶。'主人又惊又怕，点上香叩头祷告，献出一千两银子。判官慢慢走进地洞，地面也就合拢了。"丁生夫妻听了她的摆谈，故意啧啧地咂嘴装出很惊奇的样子。

从此以后，他们渐渐买了牛马，养了小厮婢女，自己修建了房屋。街坊上有个无赖汉看到丁家这么有钱，纠集一伙为非作歹之徒，翻墙进去抢劫。丁生夫妇从梦中惊醒，见草把子点亮照明，强盗挤满了一屋。有两个人捉住丁生，另一个人伸手去摸小二的胸脯。小二光着身子坐起来，伸直两个指头呵斥：“住手，住手！"十三个强盗，都伸出舌头呆站着，像些木头人似的。小二才穿衣裤下床，喊来家里佣人，把强盗一个个反绑起来，逼他们一一招供。小二斥责他们："我们远方人隐居在涧谷之中，希望得到当地人扶持，你们怎么这样不仁不义！困难是人们时常碰到的，有什么窘困之处不妨明说出来，我难道是只管积财自富的人吗？你们豺狼般的行为，本来要一齐惩办，只是我不忍心这么做，姑且放你们回去，下次再犯决不宽恕。"一伙强盗磕头谢恩走了。

没有多久，徐鸿儒被逮捕，赵旺夫妇儿子都被杀头。丁生带上银子赶去赎回了赵长春的小儿子。这孩子当时三岁，丁生把他当作亲生的一样抚养，让他改姓丁，取名叫承祧。从这以后，街坊邻居渐渐知道他们是白莲教的亲属和后代。

这时正碰上蝗虫成灾，小二用纸剪成几百只鸟放到自家田里，蝗虫远远避开不敢进她家田土，因此庄稼没有受到损失。街坊邻里都妒嫉她家，结伙向官府告发，认为他们是徐鸿儒余党。县官看他家有钱，视丁生夫妇为俎上之肉，把丁生抓去关起来。丁生花了大量的钱贿赂县官，才得释放出来。小二说："钱财来得不正当，本来就该让它散掉。只是这里人心险恶，不能长期住下去。"于是把家产低价变卖后离开这里，到益都县西乡住下。

小二为人灵巧，善于囤货赚钱，经营生意比男人还强。她曾经办过琉璃厂，时常传唤工人去进行指点，所产的琉璃棋子、灯具，那新奇的式样和变幻的色彩，其他厂家都比不上，因此价钱既高又销售得快。过了几年，财产更加雄厚，而小二监督考查婢女奴仆却很严格，几十个人吃饭却没有一个闲人。空闲时经常同丁生泡茶下棋，或者读读史书自寻其乐。钱粮收支以及婢女奴仆的工作，每五天核查一次。小二自己拿着筹码，丁生帮她按帐册报出收支及作业名称数量。勤奋的奖励数目不等的奖金，懒惰的用鞭子抽打并罚跪。这一天，放假不加夜班，夫妻俩摆设酒菜，叫婢女们唱民间通俗小调来取乐。小二明察情况如神一般，下人没有敢欺骗她的，而奖励总是比按功劳该得的还多，所以她的事情很容易办成。村庄上的两百多户人家，贫穷的都酌量发放本钱，因此乡里没有游手好闲的人。遇上大旱之年，小二叫村里的人在野外搭起坛台，自己坐轿趁夜出去，走禹步施展法术，大雨就倾盆而下，五里之内的土地都淋透了。人们更加把她当成神。小二出门从来不遮面纱，村里的人全都能看清楚她。有些年轻人聚在一起，偷偷地议论她的美貌，等跟她碰面，全都恭恭敬敬没有敢抬头看她的。每到秋天，村庄上的孩子不会干农活的，就发钱给他们，叫他们去采摘野菜，几乎持续了二十年，野菜堆满了一座楼，人们背地里都笑话她。碰上山东发生大饥荒，人吃人；小二把这些野菜拿出来，搀上些粮食救济饥饿的老百姓。周围村庄的人靠这个全活了下来，没有逃荒饿死的。

异史氏说："小二的所作所为，是天赋使其如此，不是后天学习所致。可是，如果不是一句话使她醒悟，她早就与同伙一起被杀了。由此看来，世上怀有非常之才而误入歧途因此送命的，也当不在少数。怎么知道六个同学之中，就没有这样的人呢？让人只恨不会遇上丁生那种人。"

庚娘

原文

金大用，中州旧家子也①。聘尤太守女，字庚娘，丽而贤，逑好甚敦②。以流寇之乱，家人离逷③，金遂携家南窜。途遇少年，亦偕妻以逃者，自言广陵王十八④，愿为前驱。金喜，行止与俱。至河上，女隐告金曰："勿与少年同舟。彼屡顾我，目动而色变⑤，中叵测也。"金诺之。王殷勤觅巨舟，代金运装，劬劳臻至⑥。金不忍却。又念其携有少妇，应亦无他。妇与庚娘同居，意度亦颇温婉。王坐舡头上⑦，与橹人倾语，似甚熟识戚好⑧。未几，日落，水程迢递，漫漫不辨南北。金四顾幽险⑨，颇涉疑怪。顷之，皎月初升，见弥望皆芦苇⑩。既泊，王邀金父子出户一豁⑪，乃乘间挤金入水。金有老父⑫，见之欲号，舟人以篙筑之，亦溺。生母闻声出窥⑬，又筑溺之。王始喊救。母出时，庚娘在后已微窥之。既闻一家尽溺，即亦不惊，但哭曰："翁姑俱没，我安适归！"王入劝："娘子勿忧，请从我至金陵。家中田庐，颇足赡给，保无虞也。"女收涕曰："得如此，愿亦足矣。"王大悦，绐奉良殷。既暮，曳女求欢。女托体姅⑭，王乃就妇宿。初更既尽，夫妇喧竞，不知何由。但闻妇曰："若所为，雷霆碎汝颅矣⑮！"王乃挞妇，妇呼云："便死休，诚不愿为杀人贼妇！"王吼怒，捽妇出。便闻骨董一声⑯，遂哗言妇溺矣。未几，抵金陵，导庚娘至家，登堂见媪。媪讶非故妇。王言："妇堕水死，新娶此耳。"归房，又欲犯⑰。庚娘笑曰："三十许男子，尚未经人道耶⑱！市儿初合卺，亦须一杯薄浆酒。汝家沃饶⑲，当即不难⑳。清醒相对，是何体段？"王喜，具酒对酌。庚娘执爵，劝酬殷恳。王渐醉，辞不饮。庚娘引巨碗强媚劝之。王不忍拒，又饮之。于是酣醉，裸脱促寝。庚娘撤器烛㉑，托言溲溺。出房，以刀入，暗中以手索王项，王犹捉臂作昵声。庚娘力切之，不死，号而起；又挥之，始殪。媪仿佛有闻，趋问之，女亦杀之。王弟十九觉焉。庚娘知不免，急自刎，刀钝铗不可入㉒，启户而奔。十九逐之，已投池中矣。呼告居人，救之已死，色丽如生㉓。共验王尸，见窗上一函，开视㉔，则女备述其冤状。群以为烈，谋敛资作殡。天明，集视者数千人，见其容，皆朝拜之。终日间，得金百㉕，于是葬诸南郊。好事者，为之珠冠袍服，瘗藏丰满焉㉖。初，金生之溺也，浮片板上，得不死。将晓㉗，至淮上，为小舟所救。舟盖富民尹翁，专设以拯溺者。金既苏，诣翁申谢。翁优厚之，留教其子。金以不知亲耗，将往探访，故不决。俄白："捞得死叟及媪。"金疑是父㉘，奔验果然。翁代营棺木，生方哀恸㉙，又白："拯一溺妇，自言金生其夫。"生挥涕惊出，女子已至，殊非庚娘，乃十八妇也㉚。向金大哭，请勿相弃。金曰："我方寸已乱，何暇谋人妇？"妇益悲。尹审其故㉛，喜为天报，劝金纳妇。金以居丧为辞，且将复仇，惧细弱作累㉜。妇曰："如君言，脱庚娘犹在，将以执仇居丧去之耶㉝？"翁以其言善，请暂代收养，金乃许之。卜葬翁媪，妇缞绖哭泣㉞，如丧翁姑㉟。既葬，金怀刃托钵，将越广陵㊱。妇止之曰："妾唐氏，祖居金陵，与豺子同乡，前言广陵者，诈也。且江湖水寇，半伊同党，仇不能复，只取祸耳。"金徘徊不知所谋。忽传女子诛仇事，洋溢河渠，姓名甚悉。金闻之一快。然益悲。辞妇曰："幸不污辱。家有烈妇如此，何忍负心再娶！"妇以业有成说，不肯中离，愿自居于媵妾。会有副将军袁公㊲，与尹有旧，适将西发，过尹见生，大相知爱，请为记室㊳。无何，流寇犯顺，袁有大勋㊴。金以参机务叙劳㊵，授游击以归㊶。夫妇始成合卺之礼。居数日，携妇诣金陵,将以展庚娘之墓㊷。暂过镇江,欲登金山㊸。漾舟中流,欻一艇过㊹,中有一妪及少妇,怪少妇颇类庚娘。舟疾过,妇自窗中窥金,神情益肖。惊疑不敢追问,急呼曰:"看群鸭儿飞上天耶㊺!"少妇闻之,亦呼云㊻:"馋獝儿欲吃猫子腥耶㊼!"盖当年闺中之隐谑也㊽。金大惊,反棹近之㊾,真庚娘㊿。青衣扶过舟㊿¹,相抱哀哭,伤感行旅。唐氏以嫡礼见庚娘㊿²。庚娘惊问,金始备述其由㊿³,庚娘执手曰:"同舟一话,心常不忘,不图吴越一家矣㊿⁴。蒙代葬翁姑,所当首谢,何以此礼相向?"乃以齿序,唐少庚娘一岁,妹之。先是㊿⁵,庚娘既葬,自不知历几春秋㊿⁶。忽一人呼曰:"庚娘,汝夫不死,尚当重圆。"遂如梦醒。扪之,四面皆壁,始悟身死已葬,只觉闷闷,亦无所苦。有少恶窥其葬具丰美㊿⁷,发冢破棺,方将搜括,见庚娘犹活,相共骇惧。庚娘恐其害己,哀之曰:"幸汝辈来,使我得睹天日。头上簪珥,悉将去。愿鬻我为尼,更可少得直。我亦不泄也。"盗稽首曰:"娘子贞烈,神人共钦。小人辈不过贫乏无计,作此不仁。但无漏言幸矣,何敢鬻作尼!"庚娘曰:"此我自乐之。"又一盗曰:"镇江耿夫人,寡而无子,若见娘子必大喜。"庚娘谢之。自拔珠饰悉付盗盗不敢受，固与之，乃共拜受。遂载去，至耿夫人家，托言舡风所迷㊳。耿夫人，巨家，寡媪自度。见庚娘大喜，以为己出。适母子自金山归也㊴。庚娘缅述其故，金乃登舟拜母。母款之若婿。邀至家，留数日始归。后往来不绝焉。

异史氏曰："大变当前，淫者生之，贞者死焉。生者裂人眦㊶，死者雪人涕耳㊷。至如谈笑不惊，手刃仇雠，千古烈丈夫中，岂多匹俦哉㊸！谁谓女子，遂不可比踪彦云也㊹？"

注释

①中州：旧指今河南省一带。河南省为古豫州地，地处九州中央，故称。

②逑好：二十四卷本作"好逑"。逑好甚敦：夫妻感情很深。《诗·周南·关雎》："窈窕淑女，君子好逑。"逑：匹配。敦：笃厚。

③离逖（tì）：亦作"离逷"。谓远离故土。《尚书·多方》："我则致天之罚，离逖尔土。"

④广陵：江苏扬州旧称广陵郡，明清为扬州府，府治在今扬州市。

⑤目动而色变：眼睛乱转，神色不正常。

⑥劤：二十四卷本作"勤"。劤劳：勤劳，劳苦。臻至：周到。

⑦舡：亭刻本、二十四卷本作"船"。

⑧戚好：二十四卷本无"戚好"二字。

⑨幽险：二十四卷本作"险幽"。

⑩弥望：犹言极望，满眼。

⑪一豁：犹言一豁心目，谓远望散心。

⑫有老：亭刻本无"有老"二字。

⑬生：二十四卷本作"金"。

⑭体姅（bàn）：正值月经期。《说文》："姅，妇人污也。从女，半声。"

⑮二十四卷本"雷"上有"恐"字。

⑯骨董：同"咕咚"。此言落水声。

⑰二十四卷本"犯"下有"之"字。

⑱耶：亭刻本作"也"。人道：指男女交合之事。

⑲家：亭刻本无"家"字。

⑳当即不难：亭刻本"即"作"亦"，二十四卷本作"不难备办"。

㉑亭刻本、二十四卷本"器"下有"灭"字。

㉒铁：亭刻本无"铁"字。二十四卷本作"缺"。钝：刀刃不锋利叫钝，刀刃卷缺叫铁。

㉓色：亭刻本无"色"字。

㉔二十四卷本"视"下有"之"字。

㉕金百:亭刻本作"百金"。

㉖满:亭刻本作"备"。

㉗晓:亭刻本作"晚"。

㉘二十四卷本"父"下有"母"字。

㉙恸:二十四卷本作"痛"。

㉚亭刻本、二十四卷本"十"上有"王"字。

㉛亭刻本"审"下有"得"字。

㉜作:二十四卷本作"为"。

㉝执:二十四卷本作"报"。

㉞缞绖(cuī dié):古代丧服之一种,俗称披麻带孝。服三年丧者用之。缞:披于胸前的麻布条。绖:结在头上或腰间的麻布带。

㉟姑:二十四卷本作"嫜"。

㊱越:二十四卷本作"赴"。

㊲副将军:副总兵。见《夜叉国》注㊳。

㊳记室:官名。东汉置,掌章表书记文檄,元后废。这里借指副总兵属下同一职掌的幕僚。

㊴勋:二十四卷本作"功"。

㊵参机务:指参赞军务。机务:军事机密。叙劳:按功绩奖赏。此指授官位。

㊶游击：武官名。见《夜叉国》注⑩。

㊷展：省视。"展墓"犹言"扫墓"。

㊸金山：山名。在今江苏省镇江市西北。山原在长江中，后积沙成陆，遂与南岸相连。古时名称不一，唐时裴头陀于江边获金，故改名金山。

㊹欻：二十四卷本作"倏"。

㊺耶：亭刻本作"也"。群鸭儿飞上天：下文云"当年闺中之隐谑"。北朝乐府《紫骝马歌辞》云："烧火烧野田，野鸭飞上天；童男娶寡妇，壮女笑杀人。"此隐谑或有取于此。就"家人离谒"和"娶寡妇"言，似具有谶语意味。又，鸭栖芦丛，决起直上，亦或有狎亵之意。

㊻云：二十四卷本作"曰"。

㊼"馋猧"句：喻贪馋、渴望。猧（wō）：犬。腥：指生鱼。

㊽闺中之隐谑：闺房中夫妻开玩笑的隐语。隐：隐语。不直述本意而借他辞暗示。谑：戏谑，开玩笑。

㊾反：二十四卷本作"返"。

㊿亭刻本、二十四卷本"娘"下有"也"字。

㔿二十四卷本"扶"下有"之"字。青衣：侍女。

㔽以嫡礼见庚娘：用见正妻之礼拜见庚娘。

㔾始：二十四卷本作"为"。

㕀吴越一家：敌对双方成为一家人。吴越：春秋时两诸侯国名，两国数世敌对交战。

(55)是：亭刻本作“自”。

(56)历几：亭刻本、二十四卷本作“几历”。

(57)少恶：亭刻本作“恶少年”，二十四卷本作“恶少”。

(58)舡：亭刻本、二十四卷本作“船”。舡风所迷：意谓乘船遇风迷路，故来投奔。

(59)二十四卷本“山”下有“进香”二字。

(60)二十四卷本“人”下有“之”字。下句“人”同。裂人眥：恨得人眼眶瞪裂。意谓极度痛恨。

(61)雪人涕：使人挥泪悲伤。雪：擦、拭。

(62)匹俦：匹敌，并列。

(63)比踪彦云：意思是女子亦可同英烈男子并驾齐驱。《世说新语·贤媛》：三国魏“王公渊娶诸葛诞女。入室，言语始交，王谓新妇曰：‘新妇神色卑下，殊不似公休。’妇曰：‘大丈夫不能仿佛彦云，而令妇人比踪英杰。’”公休，女父诸葛诞字。彦云，王公渊父王凌字。王凌反对司马氏专权，未果自杀。

译文 金大用，是中州地区一个旧家族的后代。娶了尤知府的女儿为妻。姑娘小名叫庚娘，美丽贤惠，夫妻俩感情很深。因为流寇作乱，人家都逃避到远方，金大用就带着家眷到南方避难。路上遇到一个年轻人，也是带着妻子逃难的,他自称是扬州人王十八,愿意在前面引路。金大用很高兴,赶路和住店都同他在一起。到了黄河边,庚娘悄悄告诉金大用说:"不要跟这个年轻人上一条船。他多次盯着我看,眼神不定,脸色不正常,内心阴险难测。"金大用同意了。王十八殷勤地找来一条大船,替金大用搬运行李上船,又勤快又周到。金大用不忍心拒绝他。又想到他带着年轻的妻子,也该不会有别的意图。那少妇同庚娘住在一处,态度也很温和柔顺。王十八坐在船头上,跟摇橹的人无话不谈,似乎彼此很熟悉像亲戚朋友那样。金大用四面一看觉得幽暗险恶,很有些疑心诧意。过了一会,明月初升,只见满眼都是芦苇。停船以后。王十八请金大用父子走出舱门散散心,就趁机把金大用挤下水。金大用的父亲见了,想喊救命,船家用竹篙戳他,他也落水。金大用的母亲听见响动,走出船舱来看,又被戳下水去,王十八这才喊救人。

金母走出舱门的时候,庚娘在后面已悄悄看到了一切。听说一家人都已落水后,也并不立马惊慌,只是哭着说:"公公婆婆都淹死了,我到哪里安身?"王十八进舱劝慰她:"娘子不必担忧,请跟我到金陵去。我家中的田产房屋,足够衣食,保证你不用操心。"庚娘收住眼泪说："能够这样，我的心愿也就满足了。"王十八十分高兴，对她供给侍奉得特别热情。天黑以后，拉着庚娘求欢。庚娘推托说月经来了，王十八就到他妻子那边去睡。一更天以后，两口子吵得很厉害，也不知是为了什么，只听他妻子说："你那样做，只怕炸雷要劈碎你的脑袋了！"王十八就揍他妻子，妻子大声说："我就是死，也实在不愿做杀人贼的老婆！"王十八大吼发威，把妻子揪出船舱。就听见"咕咚"一声，接着他大嚷妻子落水淹死了。没多久，船到达金陵，王十八领庚娘来到家里，到后堂拜见他娘。他娘奇怪怎么不是原来的媳妇。王十八说："妻子掉到河里淹死了，这是新娶的媳妇。"回到房间，王十八又想对庚娘下手。庚娘笑着说："三十来岁的男子汉，还没有经历过夫妻间的事吗？市井小儿刚结婚也还要准备一杯水酒。你家境富裕，该不难办到。没有醉意这么面对面，成什么体统？"王十八很高兴，拿酒来对喝。庚娘拿起杯子，劝酒劝得又周到又热情。王十八渐渐醉了，推辞不肯再喝。庚娘用大碗斟满酒，娇媚地劝他再喝。王十八不忍心拒绝，又喝下去。因此喝得大醉，脱光衣服催庚娘睡觉。庚娘撤去杯盘，吹灭蜡烛，假装说去解溲。走出房间，拿了一把刀进来,黑暗中用手摸到王十八的脖子,王十八还拉住她的手臂发出亲昵的声音。庚娘用尽力气切下去,没有杀死,他大叫着爬起来;庚娘又砍他,他才死了。他娘似乎听见了响动,赶快走来查问,庚娘也把她杀了。王十八的弟弟王十九觉察了。庚娘知道躲不脱,急忙刎颈自杀,刀口已经卷缺割不进去,打开门就跑。王十九追赶她,她已经跳进池塘里了。王十九喊来邻居,把她救上来已经断了气,脸色却像生前一样。大家查验王十八的尸体,见窗台上有一封信,打开一看,是庚娘详细地述说她的冤情。大家都认为她是个烈妇,商议凑钱来殓葬她。天亮后,汇集来看的有几千人,见到她的容貌,都敬重地下拜。一整天,收集到一百两银子,于是把她安埋在南郊。好事的人,给她备办了珠冠袍服,陪葬品很多。

当初,金大用被推下水后,浮在一块木板上,没有淹死。天快亮时,飘到淮河上,被一条小船搭救。小船是富翁尹老头专门用来搭救落水人的。金大用苏醒后,到尹翁家表示感谢。尹翁盛情接待他,留下他教儿子读书。金大用因为不知道亲人的消息,准备前去探访,所以犹豫不决。一会儿,有人说:"捞到了淹死的老头和老奶奶。"金大用疑心是自己的父母,跑去一看果然是的。尹翁代他买了棺木。金大用正在悲伤,又有人说:"救到一个落水的女人,自称姓金的是她丈夫。"金大用擦干眼泪惊奇地跑出去,那女人已经走来,结果不是庚娘,却是王十八的妻子。她对着金大用号啕大哭,请求不要抛弃她。金大用说:"我的心已经够乱了,哪里还有闲心替别人的老婆考虑?"那女人更加悲伤。尹翁弄清了情况,高兴地认为这是上天的报应,劝金大用收留这个女人。金大用以正在服丧为借口推脱,而且还准备去报仇,担心家小拖累。这女人说:"如你所说的,假使庚娘还在,也要因为报仇服丧赶走她吗?"尹翁认为她讲得有理,请金大用让他暂时代为收养,金大用这才同意。选好坟地安埋父母,这女人披麻带孝放声痛哭,像是死了自己的公婆。安葬完以后,金大用怀揣利刃拿起讨饭钵,准备赶到扬州去。这女人劝住他说:"我姓唐,世代居住南京,跟那个豺狼是同乡,前次说他是扬州人,是骗人的。况且江湖上的水寇,有一半是他的同党,仇不能报,只不过去惹祸罢了。"金大用犹豫不决不知道怎么办。

忽然传来一个女子杀死仇人的消息,沸沸扬扬传遍了沿河两岸,姓名也说得很明白。金大用听了心里痛快,可是也更加悲伤。他向唐氏告别说:"幸亏我没有污辱你。家中有这样的烈妇,哪里忍心辜负她再娶!"唐氏认为已经把夫妻关系说定,不肯半途离开,甘愿自居于偏房地位。

正好有个副将军袁公,同尹翁是老朋友,就要向西出发,来尹家告辞,见到了金大用,十分赏识他,请他当秘书。没有多久,流寇造反作乱,袁副将军立了大功。金大用由于参与军事机密按功封赏,授予游击之职而归。夫妻俩才正式成婚。过了几天,金大用带着新娘子上南京,准备去为庚娘扫墓。船暂时路过镇江,想登金山游览。船在江心荡漾,忽然一条小艇擦过,艇上有个老妈妈和一个少妇,奇怪的是那少妇很像庚娘。船划过去,少妇从船窗里偷看金大用,神情更加像庚娘。金大用又惊又疑不敢追过来问,急忙喊:"看一群鸭儿飞上天了!"少妇听见,也喊道:"馋狗儿想吃猫剩下的鱼了吧!"这大概是当年他们夫妻在闺房中开玩笑的隐语。金大用十分惊奇,调转船头靠近小艇,果真是庚娘。侍女扶着庚娘走过船来,夫妻拥抱痛哭,悲伤之情感动了过往客人。唐氏用见正妻的礼节拜见庚娘。庚娘吃惊地问怎么回事,金大用才详细地述说了根由。庚娘拉着唐氏的手说:"同船时的一席话,心里一直没有忘记,想不到仇家成了一家人了。承蒙你代为安葬公婆,这是首先要谢你的,为什么用这种大礼对我呢?"于是以年龄来分大小,唐氏比庚娘小一岁,就把唐氏当作妹妹。

在这之前,庚娘下葬后,自己也不知道经过了多长时间。忽然有一个人喊道:"庚娘,你的丈夫没有死,该重新团圆。"她就像梦醒了一样。用手摸摸,四面都是墙壁,这才明白自己死了已经埋在地下,只觉得很闷,也没有什么痛苦。有帮年轻歹徒,偷看到庚娘陪葬的东西又多又精美,挖开坟墓,劈开棺材,正要搜刮,见庚娘还活着,大家都又惊又怕。庚娘恐怕他们伤害自己,哀求他们说:"幸亏你们来了,让我得见天日。我头上的发簪耳坠,你们全部拿去。希望你们卖我去做尼姑,还可以稍微得点钱。我也不会把你们泄露出去。"这伙歹徒向她磕头,说:"娘子贞节英烈,神仙凡人都钦佩。小人们不过是穷得没办法,才做出这种不仁义的事。只要你不泄露就万幸了,怎么敢卖你当尼姑!"庚娘说:"这是我自己乐意的。"又有一个歹徒说:"镇江的耿夫人,守寡没有子女,如果见到娘子必定十分高兴。"庚娘感谢他们。自己拔下珠宝首饰全部交给歹徒。歹徒不敢收。坚持送他们,他们才拜谢收下。于是,他们把庚娘用船载去,送到耿夫人家，假称乘船遇风迷了路。耿夫人是大户人家，老寡妇独自生活。见了庚娘十分喜欢，把她当作自己亲生女儿。这时正好是母女俩从金山敬香后回家。庚娘追述了事情的经过。金大用就上艇去拜见耿夫人。耿夫人像对女婿般款待他，邀请他到家里，住了几天才回去。以后双方往来不断。

异史氏说："面临大变乱，淫乱者活着，贞节者死去。活着的令人恨得眼眶欲裂，死去的让人挥泪悲伤。至于像庚娘那样谈笑而不惊慌，亲手杀死仇人，千古以来的伟烈丈夫中，难道有几个能相匹敌的！谁说女子就不能同英烈男子并驾齐驱呢？"

宫梦弼

一 原文

柳芳华,保定人①,财雄一乡,慷慨好客,座上常有百人。急人之急,千金不靳,宾友假贷尝不还②。惟一客宫梦弼,陕人,生平无所乞请③。每至,辄经岁。词旨清洒④,柳与寝处时最多。柳子名和,时总角⑤,叔之。宫亦喜与和戏。每和自塾归⑥,辄与发贴地砖,埋石子⑦,伪作埋金为笑⑧。屋五架,掘藏几遍。众笑其行稚,而和独悦爱之,尤较诸客昵。后十余年,家渐虚,不能供多客之求,于是客渐稀。然十数人彻宵谈讌⑨,犹是常也。年既暮,日益落⑩,尚割亩得直⑪,以备鸡黍⑫。和亦挥霍,学父结小友,柳不之禁⑬。无何,柳病卒,至无以治凶具。宫乃自出囊金,为柳经纪⑭。和益德之,事无大小,悉委宫叔。宫时自外入,必袖瓦砾,至室则抛掷暗陬⑮,更不解其何意。和每对宫忧贫。宫曰:"子不知作苦之难。无论无金,即授汝千金,可立尽也。男子患不自立,何患乎贫?"一日,辞欲归。和泣嘱速返,宫诺之,遂去。和贫不自给,典质渐空,日望宫至,以为经理⑯,而宫灭迹匿影,去如黄鹤矣⑰。先是⑱,柳生时，为和论亲于无极黄氏⑲，素封也⑳。后闻柳贫，阴有悔心。柳卒，讣告之，即亦不吊，犹以道远曲原之。和服除㉑，母遣自诣岳所定婚期㉒，冀黄怜顾。比至，黄闻其衣履穿敝㉓，斥门者不纳。寄语云："归谋百金，可复来。不然，请自此绝。"和闻言痛哭㉔。对门刘媪，怜而进之食，赠钱三百，慰令归。母亦哀愤无策。因念旧客负欠者十常八九，俾择富贵者求助焉㉕。和曰："昔之交我者，为我财耳。使儿驷马高车，假千金亦即匪难㉖。如此景象，谁犹念曩恩、忆故好耶㉗？且父与人金资㉘，曾无契保，责负亦难凭也。"母固强之。和从教㉙，凡二十余日㉚，不能致一文。惟优人李四，旧受恩恤，闻其㉛，义赠一金㉜。母子痛哭，自此绝望矣。黄女年已及笄，闻父绝和，窃不直之。黄欲女别适。女泣曰："柳郎非生而贫者也㉝。使富倍他日，岂仇我者所能夺乎。今贫而弃之，不仁！"黄不悦，曲谕百端，女终不摇。翁姁并怒，且夕唾骂之，女亦安焉。无何，夜遭寇劫㉞，黄夫妇炮烙几死㉟，家中席卷一空。荏苒三载㊱，家益零替㊲。有西贾闻女美，愿以五十金致聘。黄利而许之，将强夺其志㊳。女察知其谋，毁装涂面㊴，乘夜遁去，丐食于途。阅两月，始达保定，访和居址，直造其家。母以为乞人妇，故咄之。女呜咽自陈，母把手泣曰⁴⁰："儿何形骸至此耶！"女又惨然，而告以故。母子俱哭。便为盥沐，颜色光泽，眉目焕映。母子俱喜。然家三口，日仅一餐。母泣曰："吾母子固应尔。所怜者负吾贤妇！"女笑慰之曰："新妇在乞人中，稔其况味⁴¹，今日视之，觉有天堂地狱之别。"母为解颐。女一日入闲舍中，见断草丛丛无隙地⁴²，渐入内室，尘埃积中，暗陬有物堆积，蹴之迕足，拾视之，皆朱提⁴³。惊走告和。和同往验视，则宫往日所抛瓦砾⁴⁴，尽为白金。因念儿时尝与瘗石室中⁴⁵，得毋皆金⁴⁶？而故地已典于东家⁴⁷，急赎归。断砖残缺，所藏石子俨然露焉，颇觉失望；及发他砖，则灿灿皆白镪也。顷刻间，数巨万矣⁴⁸。由是赎田产，市奴仆，门庭华好过昔日。因自奋曰："若不自立，负我宫叔！"刻志下帷，三年中乡选。乃躬赍白金⁴⁹，往酬刘媪。鲜衣射目；仆十余辈⁵⁰，皆骑怒马如龙。媪仅一屋⁵¹，和便坐榻上，人哗马腾，弃溢里巷。黄翁自女失亡⁵²，西贾逼退聘财，业已耗去殆半，售居宅，始得偿，以故困窭，如和曩日。闻旧婿烜耀，闭户自伤而已。媪沽酒备馔款和，因述女贤，且惜女遁。问和："娶否？"和曰："娶矣。"食已，强媪往视新妇，载与俱归。至家，女华妆出，群婢簇拥若仙。相见大骇，遂叙往旧，殷问父母起居。居数日㊿，款洽优厚㊾，制好衣㊿，上下一新，始送令返。媪诣黄许报女耗㊿，兼致存问。夫妇大惊。媪劝往投女，黄有难色。既而冻馁难堪，不得已如保定。既到门，见门闳峻丽㊿，阍人怒目张㊿，终日不得通。一妇人出，黄温色卑词㊿，告以姓氏，求暗达女知。少间，妇出，导入耳舍㊿，曰："娘子极欲一觐，然恐郎君知，尚候隙也。翁几时来此，得毋饥否㊿？"黄因诉所苦。妇人以酒一盛、馔二簋㊿，出置黄前，又赠五金曰㊿："郎君宴房中，娘子恐不得来㊿。明旦宜早去㊿，勿为郎闻。"黄诺之。早起趋装㊿，则管钥未启，止于门中，坐幞囊以待㊿。忽哗主人出，黄将敛避，和已睹之，怪问谁何，家人悉无以应。和怒曰："是必奸宄㊿！可执赴有司。"众应声，出短绠绷系树间。黄惭惧不知置词。未几，昨夕妇出，跪曰："是某舅氏。以前夕来晚，故未告主人。"和命释缚。妇送出门曰："忘嘱门者，遂致参差㊿。娘子言：相思时，可使老夫人伪为卖花者，同刘媪来。"黄诺，归述于妪。妪念女若渴㊿，以告刘媪，媪果与俱至和家。凡启十余关，始达女所。女著帔顶髻㊿，珠翠绮纨，散香气扑人⑫。嘤咛一声⑬，大小婢媪，奔入满侧，移金椅床⑭，置双夹膝⑮。慧婢瀹茗⑯，各以隐语道寒暄⑰，相视泪荧。至晚，除室安二媪，衽褥温奥，并昔年富时所未经。居三五日，女义殷渥。媪辄引空处，泣白前非。女曰："我子母有何过不忘⑱？但郎忿不解，妨他闻也。"每和至，便走匿。一日，方促膝，和遽入见之，怒诉曰："何物村妪⑲，敢引身与娘子接坐⑳！宜撮鬓毛令尽㉑！"刘媪急进曰："此老身瓜葛㉒，王嫂卖花者，幸勿罪责。"和乃上手谢过㉓。即坐曰："姥来数日，我大忙，未得展叙。黄家老畜产尚在否㉔？"笑云㉕："都佳。但是贫不可过。官人大富贵，何不一念翁婿情也㉖？"和击桌曰："曩年非姥怜，赐一瓯粥，更何得旋乡土！今欲得而寝处之㉗，何念焉！"言致忿际，辄顿足起骂。女恚曰："彼即不仁，是我父母。我迢迢远来，手皴瘃㉘，足趾皆穿，亦自谓无负郎君㉙。何乃对子骂父，使人难堪？"和始敛怒起身去。黄妪愧丧无色，辞欲归。女以二十金私付之㉚。既归，旷绝音问，女深以为念。和乃遣人招之，夫妻至，惭作无以自容。和谢曰："旧岁辱临，又不明告，遂是开罪良多㉛。"黄但唯唯。和为更易衣履，留月余，黄心终不自安，遂告归。和遗白金百两，曰：

"西贾五十金,我今倍之。"黄汗颜受之⑨²。和以舆马送还,暮岁称小丰焉⑨³。

异史氏曰:"雍门泣后,朱履杳然,令人愤气,杜门不欲复交一客⑨⁴。然良朋葬骨,化石成金,不可谓非慷慨好客之报也。闺中人坐享高奉,俨然如嫔嫱⑨⁵,非贞异如黄卿,孰克当此而无愧者乎?造物之不妄降福泽也如是。

乡有富者,居积取盈,搜算入骨。窖镪数百,惟恐人知,故衣败絮、啖糠秕以示贫⑨⁶。亲友偶来,亦曾无作鸡黍之事。或言其家不贫,便瞋目作怒⑨⁷,其仇如不戴天⑨⁸。暮年,日餐榆屑一升,臂上皮摺垂一寸长,而所窖终不肯发。后渐尪羸⑨⁹。濒死,两子环问之,犹未遽告。迨觉果危,急欲告子,子至已舌蹇不能声⑩⁰,惟爬抓心头,呵呵而已。死后子孙不能具棺木⑩¹,遂藁葬焉。呜呼!若窖金而以为富,则大帑数千万⑩²,何不可指为我有哉?愚已!"

注释

①保定:明清府名,治所在今河北省保定市。

②尝:二十四卷本作"常"。

③乞:二十四卷本作"祈"。

④清:亭刻本作"潇"。词旨:言词旨意,意趣。清洒:清雅、洒脱。谓不落俗套。

⑤总角:儿童时代。古代男女十五岁前于头顶两旁束发为两结,称总角。《礼记·内则》:"拂髦,总角。"郑玄注:"总角,收发结之。"后因称童年时代为总角。

⑥每和:二十四卷本作"和每"。

⑦埋:二十四卷本作"藏"。

⑧埋:亭刻本、二十四卷本作"藏"。

⑨谈讌:设宴聚谈。曹操《短歌行》:"契阔谈讌,心念旧恩。"

⑩日:二十四卷本作"家"。

⑪割亩得直:卖田地得钱。直:通"值"。

⑫备鸡黍:准备好饭菜,谓殷勤待客。《论语·微子》:"止子路宿,杀鸡为黍而食之。"

⑬之:亭刻本作"加"。

⑭经纪:经营料理。《三国志·魏志·朱建平传》:"初,颍川许攸、钟繇相与亲善,攸早亡,子幼,繇经纪其门户。"下文"经理"义同。

⑮暗陬(zōu):室内暗角。陬:隅,角落。

⑯以为经理:亭刻本、二十四卷本作"一为纪理"。

⑰去如黄鹤:谓一去不回。唐崔颢《黄鹤楼》诗:"黄鹤一去不复返。"

⑱是：亭刻本作"自"。

⑲无极：县名。汉置毋极县，唐改无极县，明清属直隶正定府，即今河北省无极县。

⑳素封：财主，富裕人家。

㉑服除：服丧期满。旧制，父母死，子女穿孝服三年，称服丧。期满脱去丧服，称除服、满服。

㉒二十四卷本"遣"下有"和"字。所定：二十四卷本作"家订"。定：亭刻本作"订"。

㉓穿敝：亭刻本作"敝穿"。衣履敝穿：衣敝履穿，谓衣服破损，鞋子磨穿。

㉔言：亭刻本无"言"字。

㉕二十四卷本"俾"下有"诣"字。贵：亭刻本作"厚"。

㉖亦即：亭刻本作"即亦"。匪：二十四卷本作"非"。

㉗恩：二十四卷本作"昔"。

㉘与：亭刻本作"予"。

㉙二十四卷本"教"下有"出"字。

㉚凡：二十四卷本作"历"。

㉛亭刻本"其"下有"事"字。其：二十四卷本作"之"。

㉜义赠一金：二十四卷本作"赠金一两"。

㉝也：二十四卷本无"也"字。

㉞二十四卷本"夜"上有"黄"字。

㉟炮烙：相传为殷纣王时的一种酷刑。此指寇盗所用的烧灼之刑。

㊱载：二十四卷本作"年"。荏苒：犹"渐冉"。形容时间推移、渐进。晋张华《励志诗》："日与月与，荏苒代谢。"

㊲替：二十四卷本作"落"。

㊳其：二十四卷本作"女"。

㊴装：二十四卷本作"妆"。

㊵亭刻本"泣"下有"下"字。

㊶其：二十四卷本作"知"。况味：境况和情味。耶律楚材《和抟霄韵代水陆疏文》："中隐冷官闲况味。"

㊷地：二十四卷本作"处"。

㊸二十四卷本"提"下有"也"字。朱提（shí）：据《汉书·食货志》及《地理志》，朱提本山名，在今云南省昭通县境，山出佳银，名朱提银，其值较他银为重。后遂以朱提为佳银的代称。

㊹往：亭刻本、二十四卷本作"曩"。

㊺常：亭刻本作"尝"。

㊻毋：二十四卷本作"勿"。二十四卷本"金"下有"耶"字。

㊼地：亭刻本、二十四卷本作"第"。

㊽巨万：万万。形容数目极大。《史记·司马相如传》："治道二岁，道不成，士卒多物故，费以巨万计。"索隐："巨万，犹

万万也。”

㊾白：亭刻本作“百”。

㊿亭刻本、二十四卷本“仆”上有“俊”字。

(51)屋：二十四卷本作“室”。

(52)失亡：亭刻本、二十四卷本作“亡失”。

(53)居：二十四卷本无“居”字。

(54)款洽：款待赠予。

(55)二十四卷本“制”上有“为”字。

(56)许：二十四卷本作“所”。

(57)门：亭刻本作“闬”。闬闳（hàn hóng）峻丽：宅门高大华美。闬闳：巷门，即临街之院门。《左传·襄公三十一年》：“高其闬闳，厚其墙垣，以无忧客使。”

(58)人：亭刻本、二十四卷本作“者”。张：二十四卷本作“相视”。

(59)卑：二十四卷本作“毕”。温色卑词：面色温和，言辞谦卑。

(60)耳舍：正屋两旁的小屋，如人面之两耳，通称耳房。

(61)毋：亭刻本作“勿”。

(62)人：亭刻本作“入”。馔：二十四卷本作“肴”。酒一盛（chéng）、馔二簋（guǐ）：犹言一壶酒，两盘饭菜。形容接待俭薄。盛、簋：古代容器名，此指盛酒饭的器皿。

(63)赠：亭刻本作“置”。

㉔得:二十四卷本作"能"。

㉕明旦宜早去:二十四卷本作"明晨当早行"。去:亭刻本作"出"。

㉖趣:亭刻本作"趣"。趣通"促"。

㉗幞(fù)囊:装衣物的包裹。

㉘奸宄(guǐ):亦作"奸轨"。歹徒,犯法作乱的人。《左传·成公十七年》:"德刑不立,奸轨并至。"

㉙参差:差池,闪失。

㉚若渴:亭刻本作"急"。

㉛著:着的本字。二十四卷本作"着"。著帔(pèi)顶髻:身着彩帔,头挽高髻。帔:豪门富室的便服,绣有团花,女帔仅长及膝。着帔挽髻,表示富贵已婚之女,就黄母眼中看来,黄女与在家时相比,妆扮迥然不同。

㉜散:亭刻本无"散"字。

㉝嘤咛:娇语声;指轻声吟咐。

㉞金椅床:饰金的躺椅。椅床:又叫椅榻,今称躺椅。《新五代史·景延广传》:"延广所进器物:鞍马、茶床、椅榻,皆裹金银,饰以龙凤。"

㉟置双夹膝:躺椅两侧各放一个小型竹具夹膝。旧时夏天置于床席间用以放置手足的竹制取凉用具。其形制不一,一般用竹青篾编成,或用整段竹子做成,圆柱形,中空,周围有

洞，可以透气通风。有竹夹膝、竹夫人、竹姬、竹奴、青奴等名称。

⑯瀹（yuè）茗：泡茶，沏茶。

⑰"各以"句：此时黄氏母女未公开相认，所以在奴婢面前各以隐语问候。

⑱子母：犹言母女。子，可兼指男女。

⑲何物村妪：什么乡下老婆子。何物：什么东西。轻鄙人的话。

⑳娘：二十四卷本作"女"。

㉑撮：用两三个指头取物。

㉒瓜葛：疏亲，挂角亲。蔡邕《独断》："四姓小侯，诸侯冢妇，凡与先帝先后有瓜葛者⋯⋯皆会。"瓜和葛都是蔓生植物，彼此牵连，故有此喻。

㉓上手谢过：拱手谢过，抱拳道歉。

㉔产：二十四卷本作"生"。

㉕笑云：亭刻本作"答曰"。

㉖一：二十四卷本无"一"字。

㉗寝处之：剥其皮而坐卧其上。《左传·襄公二十八年》："譬之如禽兽，吾寝处之矣。"

㉘手皲瘃（cūn zhú）：两手皲裂，生了冻疮。皮肤受冻而皲裂叫皲，冻疮叫瘃。

(89)郎：亭刻本无“郎”字。

(90)二十：亭刻本作“廿”。

(91)是：亭刻本、二十四卷本作“使”。

(92)汗颜：脸上因羞愧而出汗。

(93)丰：亭刻本、二十四卷本作“封”。小丰：犹小康。

(94)“雍门”四句：大意为富贵之家衰败以后，昔日受优宠的门客往往背恩远去；这种情境令人气愤伤心，宁可闭门索居，不再交友接客。雍门：雍门周，战国齐人，善鼓琴。刘向《说苑·善说》载，雍门周尝以琴见孟尝君。孟尝君曰：“先生鼓琴也，能令文（孟尝君名田文）悲乎?”雍门周引琴而鼓，于是孟尝君“涕泣增哀”，对之曰：“先生之鼓琴，令文立若破国亡邑之人也。”朱：二十四卷本作“珠”。珠履：代指受优宠的门客。《史记·春申君列传》：“春申君客三千余人，其上客皆蹑珠履以见赵使。”杜门：谓闭门不出。《汉书·孔光传》：“光退闾里，杜门自守。”

(95)嫔嫱：嫔和嫱皆古代宫廷中之女官。

(96)糠秕：米糠秕谷，指粗劣之食。

(97)瞋：亭刻本无“瞋”字。怒：亭刻本作“努”。

(98)二十四卷本“不”下有“共”字。不共戴天：不与仇人并存于世间。《礼记·曲礼》：“父之仇，弗与共戴天。”

(99)尫羸（wāng léi）：瘦弱，瘠病。苏轼《上皇帝书》：“世有尫羸而寿考，亦有壮盛而暴亡。"

⑩⑩舌蹇：舌头僵滞，难以动转。

⑩⑪木：亭刻本无"木"字。

⑩⑫大帑（tǎng）：储藏金帛的国库。

译文

柳芳华是保定府人，财富称雄于一乡，性情慷慨好交结朋友，座上经常有上百位客人。他常常急人之所急，花费千金也在所不惜，宾客友人借了他的钱经常不归还。只有一个客人宫梦弼，陕西人，从来没有乞求过什么。宫梦弼每来一次，总是住一整年。他谈吐清雅潇洒，柳芳华与他同榻相处的时候最多。柳芳华的儿子名和，这时还是个扎角髻的孩子，称宫梦弼为叔叔。宫梦弼也喜欢同他玩耍。每当柳和从书馆回来，宫梦弼总是同他把铺地的方砖揭开，埋进石子，装作埋下银锭来闹着玩。柳家的五间房子，几乎处处埋遍了，大家笑他行为太孩子气，而柳和却偏偏十分喜欢他，比对所有的客人都亲密。

十多年以后，柳家渐渐衰落，不能满足那么多客人的要求，于是客人慢慢稀少了。可是，十几个人通宵谈笑吃喝，还是常有的事。柳芳华年纪渐渐老了，家境更加困窘，但还能变卖田产得些钱，用来准备酒饭待客。柳和用钱也大手大脚，学着父亲交结一帮小朋友，柳芳华也不干涉他。没有多久，柳芳华生病去世，家境穷到买不起棺材的地步。宫梦弼就拿出自己口袋里的钱，帮柳和料理丧事。柳和更加感激他，家中的事无论大小，全都委托宫叔叔办理。宫梦弼时常从外面回来，必定要在筒袖里装些破瓦片，到屋里就抛到阴暗角落里，也不明白他是什么意思。柳和常常对宫梦弼谈到担心钱不够用。宫梦弼说："你不懂得劳动的艰辛。别说没有钱，即使给你上千两银子，也会到手就花完。男子汉怕的是不能自立，哪有怕穷的呢？"有一天，宫梦弼想告辞回家。柳和流着泪叮嘱他尽快返回，宫梦弼答应后就动身离去。柳和贫穷得不能维持生计。东西渐渐典当空了，每天盼望宫梦弼回来，好帮自己经营料理，可是宫梦弼却毫无踪影，像黄鹤一去不复返。

早先，柳芳华在世的时候，给柳和向无极县黄家订过亲，黄氏是个财主。后来，黄家听说柳家穷了，暗暗有悔亲的心思。柳芳华去世，向黄家报丧，黄家也不来吊唁，柳和还以路太远曲意原谅了他家。柳和服丧期满，他母亲派他自己到岳父家去商定婚期，希望黄家同情照顾。等柳和赶到，黄家听说他衣破鞋烂，严令看门人不放他进去。并转告他:"回去凑足一百两银子,可以再来。不然的话,从此断绝关系。"柳和听了这话伤心痛哭。对门的刘妈妈可怜他,招待他吃了一顿饭,又送三百文铜钱,安慰他劝他回去。柳和的母亲也伤心气愤却没有办法,因此想起过去的客人欠债不还的十有八九,让柳和到那有钱的人家去请求帮助。柳和说:"过去跟我家交往的,是看上我家的钱财。如果孩儿坐着驷马高车,借一千两银子又有什么困难。穷到如此光景,谁还会念及过去的恩惠,想起往日的交情呢?况且父亲借银子给别人,并没有借据担保人,去讨债也没有什么凭据啊。"他母亲硬要他去。柳和照办了,要了二十多天,没有要回一文钱。只有演戏的李四,过去受过周济,听到这件事,仗义地送他一两银子。母子俩痛哭一场,从此也就绝望了。

黄氏的女儿已经成年,听到父亲断绝柳和的亲事,内心认为父亲无理。黄氏要女儿另嫁别家。黄姑娘流着泪说:"柳郎不是生来就贫穷的,假如他比过去倍加富裕,岂是与我为仇的人所能夺走的。如今因为他穷就抛弃他,太不仁义了。"黄氏很不高兴,百般婉言劝说女儿,姑娘始终不动摇。黄氏夫妇都火了,白天黑夜地辱骂她，姑娘也都忍受了。

没多久，黄家在夜里遭了抢劫，黄氏夫妇被强盗烧灼几乎送命，家中被席卷一空。不知不觉过了三年，黄家越发衰败。有个西路商人听说黄氏的女儿漂亮，愿出五十两银子聘娶她。黄氏贪图钱财就应允了，想强迫改变女儿的心愿。姑娘觉察了父亲的阴谋，改变装束，涂污面容，趁天黑逃走，沿路讨饭而行。经过两个月，才到达保定，打听到柳家的住址，就直接来到他家。柳母以为她是讨饭婆，所以吆喝她。姑娘痛哭着说明情况，柳母拉着她的手流着泪说："孩子你怎么弄成了这般模样呢！"姑娘又神色凄惨地说明了原委。柳家母子也全哭了。就为姑娘梳洗打扮，于是脸色白嫩光泽，眉目有了神采。柳家母子俩都喜欢。可是一家三口，每天只能吃一顿饭。柳母淌着眼泪说："我们母子本该如此受苦。最可怜的是对不起你这贤惠的媳妇。"姑娘笑着安慰柳母说："我在讨饭过程中，深知贫穷的况味，今天看起来，这日子比起讨饭已有天堂地狱的差别。"柳母听了才宽心地一笑。

有一天，姑娘到空闲的房舍中去看看，只见一堆堆断草，没有空的地方，慢慢走进内室，到处积满灰尘，暗处墙角有东西堆着，踢一下碰得脚痛，拾起来一看，全是白花花的银子。她吃惊地跑去告诉柳和。柳和跟她一同去查看，就是宫梦弼过去丢在那里的碎瓦片，全都变成了白银。因而想起小时候常常跟宫梦弼在房间里埋石头玩，该不会都是银子吧？可是那座旧房子已经典当给东边邻居家，赶紧把它赎回来。屋里断砖残缺不全，所埋藏的石子清清楚楚地显露在那里，柳和很是失望；等到把别处的地砖挖开，白花花的全是银子。顷刻之间，就有了好几万两银子。从这以后，赎回了田产，买来了奴仆，门庭豪华胜过从前。柳和因此勉励自己说："如果不能自立于世，太辜负我的宫叔叔了！"他刻苦励志，专心苦读，三年就考中了举人。他就亲自带了银子，去感谢那位刘妈妈。他穿着光彩夺目的衣服，随从的十几个仆人，都骑着如龙的骏马。刘妈妈仅有一间小屋，柳和就坐在床上，人叫马欢，喧闹声充满了整个街巷。

黄翁自从女儿逃走以后，西路商人来逼着退还聘金，聘金已经用去将近一半，卖了房屋，才退偿还清，因此贫穷窘困，像柳和当年一个样。听说从前的女婿神气阔绰了，只好关上门自己伤感而已。刘妈妈打酒办菜招待柳和，又讲起黄女如何贤惠，并且惋惜她逃走了。刘妈妈问柳和："娶亲没有？"柳和说："已经娶了。"吃完饭后，柳和非要刘妈妈去看看新娘子不可，让她坐上车一起回去。到了柳家，黄女艳妆出来，一群婢女像天仙般簇拥着她。相见之后，刘妈妈十分惊喜，就叙起邻居旧情来，黄女关心地打听父母的生活起居。住了好几天，款待赠予十分优厚，并为刘妈妈制了一身上好的衣服，全身上下焕然一新，这才送她回去。刘妈妈到黄家去告知了他女儿的消息，并代致问候。黄氏夫妇十分吃惊。刘妈妈劝他们去投靠女儿，黄氏很有些为难。后来挨冻受饿实在熬不下去，不得已才到保定去。到柳家门口，只见楼房高大壮丽，看门人横眉竖目，一整天不为他通报。有一个女人出来，黄氏低声下气地把姓名告诉她，求她暗地里给女儿报个信。过了一会，那女人又出来，领他进了间厢房，说："娘子非常想见见面，只是怕被丈夫知道，还在等待机会。老先生几时到的，恐怕饿了吧？"女人拿一壶酒、两盘菜，摆在黄氏面前，又送他五两银子，说："柳少爷正在屋里请客，娘子恐怕没空出来。明天早晨，该早点出去，不要让少爷知道。"黄氏满口答应。

黄氏清早起来，赶紧收拾行装动身，可是大门上的锁还没有打开，于是停在大门里面，坐在行李包上等待。忽然有人闹哄哄地说主人出来了，黄氏正要抽身躲避，柳和已经看见他了，奇怪地问是什么人，家人全都不知道怎么回答。柳和生气地说："这一定是歹徒，可以捉他去衙门。"众家人应声而出，用绳子把他绑了捆在树上。黄氏又惭愧又害怕不知道说什么好。不一会，昨晚上的那个女人出来，跪下说："这是我家舅舅。昨天晚上来得太晚，所以没有报告主人。"柳和吩咐解开绳子。那女人送黄氏出大门说："忘了告诉看门人，才惹出这个岔子。娘子说：想念她时，可以叫老夫人装扮成卖花的，同刘妈妈一起来。"黄氏连声答应，回家去告诉了老伴。

黄母想女儿想得如饥似渴，就去告诉刘妈妈，刘妈妈果然同她一起来到柳和家。一共开了十几道门，才到了她女儿的房间。黄女身着彩帔，头挽高髻，戴珠翠，穿绫罗，身上散发的香气扑人，轻轻吩咐一声，大大小小的婢女老妈子，跑进来站满身边，搬来饰金的躺椅，两边放好夹膝。伶俐的婢女沏上香茶，母女俩各用隐语相互问候，对面相看，泪眼汪汪。

到晚上，打扫客房让两位老太太安歇，被褥温和柔软，连从前家境富裕时也没有享受过。住了三五天，女儿待她情意十分深厚。黄母总是引女儿到没人的地方，流泪述说从前的不是。黄女说："我们母女之间有什么误会不能忘掉？只是我丈夫气不消，别让他知道。"每当柳和进来，黄母就走开躲起来。有一天，母女俩正促膝交谈，柳和忽然进来碰见黄母，就气呼呼地骂："什么乡下老婆子，胆敢伸直身子跟娘子并排坐！该把你的鬓毛拔光！"刘妈妈急忙进来说："这是我的远房亲戚，卖花的王嫂。希望不要见怪责骂。"柳和才拱手道歉。随即坐下说："老妈妈来了几天，我太忙，没空陪你摆谈。黄家老畜生还活着吗？"刘妈妈笑着说："都挺好。只不过穷得没法生活。官人大富大贵，为什么不念一点翁婿情份呢？"柳和拍着桌子说："往年不是老妈妈同情我，赏我一碗粥喝，我怎么能回到家乡！现在我只想扒他的皮来垫坐，还念什么情份！"说到气愤之处，就站起来跺脚大骂。黄女发火说："即使他不仁不义，毕竟是我的父母。我大老远地赶来，两手皴裂生了冻疮，脚趾磨破了，也自认为没有对不起你的地方。怎么这样对着女儿骂她的父亲，让人如此难以忍受？"柳和这才息了怒气走开。黄母惭愧失意，脸上无光，想告辞回家。女儿拿出二十两银子给她。

黄母回去以后，长期断绝了音讯，她女儿非常挂念。

柳和就派人去接他们来。黄氏夫妇来了，惭愧得无地自容。柳和赔礼说："去年承蒙来看望，又不肯明说，所以才多有得罪之处。"黄氏只有唯唯诺诺地应答。柳和为他们换了衣服鞋袜，留下住了一个多月，黄氏心里始终不自在，就要告辞回去。柳和送他一百两银子，说："西路商人出五十两，我今天加倍给你。"黄氏羞愧地收下了。柳和派车马送他们回家。老俩口的晚年也称得小康了。

异史氏说："富贵之家衰败之后，曾受优宠的宾客们走得不见了踪影，这情境让人伤心气愤，宁可闭门不出，不再交友接客。可是有好友安葬尸骨，点化石头成白银，不能不说是慷慨好客的回报。闺中人安坐享受优裕的供奉，俨然像古代宫廷中的女官，不是坚贞卓绝如黄女那样的人，谁能承受这种享受而问心无愧呢？造物主是如此的不胡乱施降福泽给人。"

乡下有个有钱的人，囤积居奇牟取暴利，搜刮算计到骨髓里。埋藏了好几百两银子，惟恐被人知道，故意穿破棉袄、吃糠秕来表示贫穷。亲戚朋友偶尔来，也从来不备办些饭菜。有人说他家不穷，他就瞪着眼睛发脾气，就像不共戴天的仇人。到了晚年，每天只吃一升榆树叶碎末，手臂上的肉皮瘦得垮下来一寸长，可是埋着的银子始终不肯挖出来。后来，他一天天瘦弱下去。临死的时候，两个儿子围着他问银子的事，他还不马上告诉他们。等到觉得果真要断气了，急忙想要告诉儿子，儿子来了他舌头已经僵硬发不出声音，只是朝心窝乱抓，嘴里呵呵而已。他死了之后，儿孙们连棺材也买不起，就用芦席裹尸埋了。唉呀！如果埋藏着银子就认为是富翁，那么国库中的几千万，为何不可以指明为我所有呢？真是愚蠢之至！

鸲鹆

原文 王汾滨言：其乡有养八哥者①，教以语言，甚狎习，出游必与之俱，相将数年矣。一日，将过绛州②，而资斧已罄③，其人愁苦无策。鸟云："何不售我？送我于王邸④，当得善价，不愁归路无资也。"其人云："我安忍！"鸟言⑤："不妨。主人得价疾行，待我城西二十里大树下⑥。"其人从之。携至城⑦，相问答，观者渐众。有中贵见之⑧，闻诸王。王召入，欲买之。其人曰："小人相依为命，不愿卖。"王问鸟："汝愿住否？"言⑨："愿住。"王喜。鸟又言："给价十金，勿多与。"王益喜，立畀十金⑩。其人故作懊恨状而去⑪。王与鸟言⑫，应对便捷。呼肉啖之。食已，鸟曰⑬："臣要浴⑭。"王命金盆贮水，开笼令浴。浴已，飞檐间，梳翎抖羽，尚与王喋喋不休。顷之羽燥，蹁跹而起，操晋声曰⑮："臣去呀！"顾盼已失所在。王及内侍仰面咨嗟，急觅其人⑯，则已渺矣。后有往秦中者⑰，见其人携鸟在西安市上⑱。毕载积先生记⑲。

注释 ①八哥：亦称"鸲鹆""鹦鹆""八八儿""唧唧鸟"。翼羽有白斑，飞时显露"八"字形，故名"八哥"。雄鸟善鸣，经笼养训练，能模仿人言的声音。《本草纲目》："鸲鹆身首俱黑，两翼下各有白点，飞则见，如书八字，俗谓之八哥。"《幽明录》："五月五日，剪其舌端，令圆，教令学语，能人言。"《负暄杂录》："南唐李主讳煜，改鸲鹆为八哥，亦曰八八儿。"

②绛州：明代州名，治所在今山西省新绛县。

③亭刻本、二十四卷本"而"上有"去家尚远"四字。

④王邸：疑指设于绛州之明代灵丘王府。据《明史·诸王世表》卷二：明太祖十三子朱桂（封代王）之六子朱荣顺，于永乐二十二年（1424）封灵丘王，天顺五年（1554）别城于绛州，下传五王，至隆庆间因罪除国。

⑤言：二十四卷本作"云"。

⑥二十四卷本"我"下有"于"字。

⑦二十四卷本"城"下有"中"字。

⑧中贵：王府内监。《汉书·李广传》："上使为中贵人从广。"注："中贵人，内臣之佞幸者也。"此指灵丘王府宦官。

⑨亭刻本、二十四卷本"言"上有"答"字。

⑩立：二十四卷本作"遂"。

⑪去：亭刻本、二十四卷本作"出"。

⑫言：亭刻本、二十四卷本作"语"。

⑬曰：二十四卷本作"云"。

⑭要：二十四卷本作"欲"。

⑮声：二十四卷本作"音"。晋声：山西口音。

⑯觅：二十四卷本作"寻"。

⑰秦中：今陕西省地区。

⑱西安：古名长安，为我国古都之一。明清为西安府治。

⑲毕载积：毕际有，字载积，号存吾。淄川西铺人。明户部尚书毕自严子。清顺治二年（1645）乙酉拔贡生。十三年，任山西稷山知县。十八年，升江南通州知州。康熙三年（1664），以罣误罢归。毕氏是蒲氏友人，乾隆《淄川县志》卷六《续循良》有传。

译文

王汾滨讲了这样一个故事：他的家乡有个养八哥的人，教八哥说话，八哥说得很熟练，同他也很亲密，他出去游玩必定带上八哥，在一起有好几年了。

有一天，那个人刚过绛州，离家还很远，可是盘缠已经用完，他发愁叫苦毫无办法。八哥说："为什么不把我卖掉？把我送到王府去，会得好价钱，不愁回家没有路费了。"那个人说："我怎么忍心这样做！"八哥说："不要紧。主人得了钱就赶快走，在城西二十里的大树下等我。"那个人就照八哥的话办。他把八哥带进城，跟它互相问答，观看的人越来越多。有个宦官见了，回去报告王爷。王爷把他召进王府，要买八哥。他说："我跟八哥相依为命，不愿卖。"王爷问八哥："你愿意留下来吗？"八哥说："愿意。"王爷很高兴。八哥又说："给他十两银子，别多给。"王爷更加喜爱它。立即给了那个人十两银子。那个人故意做出懊悔的样子走出王府去。

王爷跟八哥交谈，八哥对答如流。王爷叫人拿肉来给八哥吃。吃完，八哥说："我要洗个澡。"王爷吩咐用金盆装好水，打开鸟笼让八哥洗澡。洗完澡，八哥飞到屋檐口，剔剔毛，抖抖翅膀上的水，还在跟王爷喋喋不休地说话。一会儿，羽毛干了，八哥轻快地飞起来，操着山西腔调说："我去了呀！"转眼之间，八哥已不见踪影。王爷和侍从们仰面长叹。急忙去找那个人，连个人影也没有了。后来，有人到陕西去，看见那个人带着八哥在西安的大街上。

这是毕载积先生记下的故事。

刘海石

原文

刘海石,蒲台人①,避乱于滨州②。时十四岁,与滨州生刘沧客同函丈③,因相善,订为昆季④。无何,海石失怙恃⑤,奉丧而归⑥,音问遂阙⑦。沧客家颇裕,年四十,生二子:长子吉,十七岁,为邑名士;次子亦慧。沧客又内邑中倪氏女⑧,大嬖之。后半年,长子患头痛卒,夫妻大惨。无几何⑨,妻病又卒。逾数日,长媳又死⑩,而婢仆之丧亡,且相继也。沧客哀悼⑪,殆不能堪。一日,方坐愁间,忽阍人通海石至。沧客喜,急出门迎以入⑫。方欲展寒温⑬,海石忽惊曰:"兄有灭门之祸,不知耶?"沧客愕然,莫解所以⑭。海石曰:"久失闻问,窃疑近况未必佳也⑮。"沧客泫然,因以状对⑯。海石欷歔,既而笑曰:"灾殃未艾,余初为兄吊也。然幸而遇仆,请为兄贺。"沧客曰:"久不晤,岂近精'越人术'耶⑰?"海石曰:"是非所长,阳宅风鉴⑱,颇能习之。"沧客喜,便求相宅,海石入宅⑲,内外遍观之,已而请睹诸眷口。沧客从其教,使子媳婢妾,俱见于堂。沧客一一指示⑳。至倪,海石仰天而视㉑,大笑不已。众方惊疑，但见倪女战慄无色㉒，身暴缩短，仅二尺余。海石以界方击其首㉓，作石缶声㉔。海石揪其发，检脑后，见白发数茎，欲拔之。女缩项跪啼，言即去，但求勿拔。海石怒曰："汝凶心尚未死耶？"就项后拔去之。女随手而变，黑色如狸㉕。众大骇。海石掇纳袖中，顾子妇曰："媳受毒已深，背上当有异，请验之。"妇羞，不肯袒示。刘子固强之，见背上白毛长四指许。海石以针挑出㉖，曰："此毛已老，七日即不可救。"又视刘子㉗，亦有毛，裁二指㉘，曰："似此可月余死耳。"沧客以及婢仆并刺之㉙。曰："仆适不来，一门无噍类矣㉚。"问："此何物？"曰："亦狐属。吸人神气以为灵，最利人死。"沧客曰："久不见君，何能神异如此㉛！无乃仙乎？"笑曰："特从师习小技耳㉜，何遽云仙。"问其师，答云："山石道人。适此物，我不能死之，将归献俘于师㉝。"言已，告别。觉袖中空空，骇曰："亡之矣㉞！尾末有大毛未去，今已遁去。"众俱骇然。海石曰："领毛已尽，不能化人㉟，止能化兽㊱，遁当不远。"于是入室而相其猫，出门而噄其犬，皆曰："无之。"启圈笑曰："在此矣。"沧客视之，多一豕。闻海石笑，遂伏，不敢少动。提耳捉出，视尾上白毛一茎，硬如针。方将检拔，而豕转侧哀鸣,不听拔㊲。海石曰:"汝造孽既多,拔一毛犹不肯耶?"执而拔之,随手复化为狸。纳袖欲出㊳。沧客苦留,乃为一饭。问后会,曰:"此难预定㊴。我师立愿弘㊵,常使我等遨世上㊶,拔救众生,未必无再见时。"及别后㊷,细思其名。始悟曰:"海石殆仙矣。'山石'合一岩字㊸,盖吕仙讳也㊹。"

注释

①蒲台:县名。清代属山东武定府,今并入博兴县。

②滨州:州名。清代属山东武定府,故治在今山东省滨州市。

③同函丈:指在同一塾馆读书。函丈:谓学塾中师、生座位相距一丈。《礼记·曲礼》:"席间函丈。"注:"函犹容也,讲问宜相对容丈,足以指画也。"

④订为昆季:结拜为把兄弟。昆季:兄弟之间,长为昆,幼为季。

⑤失怙恃:失去依靠、凭恃。指父母双亡。《诗·小雅·蓼莪》:"无父何怙,无母何恃。"后因用"怙恃"为父母的代称。

⑥奉丧:斋抄本"奉养",二十四卷本作"扶榇"。奉丧:护送灵榇。

⑦阙:二十四卷本作"缺"。

⑧内:二十四卷本作"纳"。

⑨几:二十四卷本无"几"字。

⑩死:二十四卷本作"卒"。

⑪悼:斋抄本作"惮"。

⑫门:二十四卷本无"门"字。

⑬温:二十四卷本作"暄"。

⑭所以:二十四卷本作"其故"。

⑮疑:亭刻本作"意"。

⑯状对:斋抄本作"对状",二十四卷本作"状告"。

⑰越人术:医术。战国时扁鹊,姓秦名越人,齐国人。他是我国古代名医,因以"越人术"为医术的代称。

⑱阳宅风鉴:我国古代星相方技的一个分支,为人住宅看风水和给人相面。

⑲二十四卷本"海"上有"导"字,"入"下无"宅"字。

⑳二十四卷本"示"下有"之"字。

㉑而视:二十四卷本无"而视"二字。

㉒慄:二十四卷本作"惧"。

㉓首:二十四卷本作"顶"。界方:界尺。文具名。画直线或压纸的尺子,用硬木、玉石或铜制作。

㉔石缶:一种石制盛器。或如盆,或如缸,大小不一。

㉕狸:兽名。身肥短,似狐而小,俗称野狸。

㉖出:斋抄本、二十四卷本作"去"。

㉗视:斋抄本作"顾"。斋抄本"刘"下旁补有"次"字。

㉘裁：通"才"。

㉙婢仆：二十四卷本作"仆婢"。

㉚无噍（jiào）类：无生口，无活人。《汉书·高帝纪》："（项羽）尝攻襄城，襄城无噍类，所过无不残灭。"注："无复有活而噍食者也。青州俗呼无子遗者为无噍类。"噍：咀嚼。

㉛如：二十四卷本作"若"。

㉜特：二十四卷本作"但"。

㉝献俘：旧时战斗胜利后，押送俘虏献于朝廷主帅，称献俘。这里指呈献所获的狸。

㉞亡：斋抄本作"忘"。之：二十四卷本无"之"字。

㉟化：斋抄本、二十四卷本作"作"。

㊱止：二十四卷本作"只"。

㊲二十四卷本"听"下有"其"字。

㊳二十四卷本"袖"下有"中"字，"出"作"去"。

㊴预：二十四卷本作"豫"。

㊵愿弘：斋抄本作"愿宏"，二十四卷本作"愿宏深"，亭刻本作"弘愿"。

㊶二十四卷本"遨"下有"游"字，亭刻本"世"作"游海"。

㊷及：二十四卷本作"既"。

㊸岩：斋抄本、二十四卷本无"岩"字。

㊹仙：斋抄本、二十四卷本作"祖"。手稿本"仙"原作"祖"，

改"仙"。吕仙：吕洞宾。俗传为八仙之一。名曲（一作岩），号纯阳子，自称回道人。相传为唐京兆人，两举进士不及，浪游江湖，遇钟离权授以丹诀，时年六十四岁。关于他的神话传说，最早起于北宋岳州一带。道教全真道尊为北五祖之一，通称吕祖。

译文

刘海石，蒲台县人，在滨州躲避兵乱。当时他十四岁，与滨州书生刘沧客同在一个学馆读书，因此彼此有交情，结拜为把兄弟。没多久，刘海石父母双亡，他护送灵柩返回家乡，于是两人断了音讯。

刘沧客家境较为富裕，四十岁时，生了两个儿子：长子刘吉，十七岁，是本县有名的秀才；老二也很聪明。刘沧客又娶了本县倪氏的女儿做偏房，对她极为宠爱。半年后，长子患头痛病死去，夫妻俩伤心至极。没有多久，刘沧客的妻子又死了。过了几个月，大媳妇又死了，家里男女佣人一个接一个相继死去。刘沧客悲伤哀悼，到了无法忍受的地步。

有一天，他正坐着发愁，忽然看门人通报说刘海石来了。刘沧客很高兴，急忙出门去迎接他进来。正要致问候，刘海石忽然吃惊地说："老兄有全家死光的大祸，你不知道吗？"刘沧客大吃一惊，一点不明白他这话的意思。刘海石说:"长期没有通信,我猜想你家近来的情况不一定好吧。"刘沧客眼泪汪汪,就把接连死掉许多人的情况告诉了他。刘海石连声叹气,随后又笑着说:"灾殃并没有结束,我起初以为要吊唁你。可是幸亏遇上了我,请让我向你道贺。"刘沧客说:"多年不见面,难道你近来精通扁鹊的医术了吗?"刘海石说:"这不是我擅长的,但给住宅看风水,我很学了一些。"刘沧客很高兴,就请他看看住宅的风水。刘海石走进内宅,里里外外看了个遍,随后又要求看看各个家眷。刘沧客按他的要求,叫儿子、媳妇、偏房、婢女,都到堂屋里来让他看。刘沧客一个一个地作了介绍。介绍到偏房倪氏,刘海石仰头朝天看,哈哈大笑不止。大家正在惊疑不解,只见倪氏全身哆嗦变了脸色,身躯一下缩短,仅有二尺多长。刘海石用界尺敲她的头,发出敲石缶的响声。刘海石揪住她的头发,检查她的后脑勺,看到几根白头发,就要拔掉。倪氏缩起脖子跪在地上啼哭,说马上就走,只求不要拔掉白头发。刘海石气愤地说:"你害人的心还没有死吗?"伸手就从她脑后把白头发拔了下来。倪氏随即变了形体,黑黑的像只野狸。大家大吃一惊。刘海石把野狸抓起装进袖筒里,对刘沧客的儿媳说："媳妇中毒已经很深，脊背上该有不正常的迹象，让我查看一下。"媳妇害羞，不肯光着身子让人看。刘沧客的儿子强迫她脱下衣服，果然看到脊背上长有白毛，毛长大约与四指宽等。刘海石用针把白毛挑出来，说："这些毛已经长到后期，再过七天就无法解救了。"又看刘沧客的儿子，也有白毛，只长二指宽，刘海石说："像这么长要一个多月才会死。"刘沧客以及男女佣人的身上都挑出了白毛，刘海石说："我不及时来，你们全家一个也活不成。"大家问："这是什么怪物？"刘海石说："也是狐狸的同类。它吸人的元气造就它的灵性，它最愿意让人死。"刘沧客说："长时间不见你，怎么会神奇到这样？莫不是仙人吧？"刘海石笑着说："我只是跟师傅学了点小本领罢了，哪里就好说成了仙人。"问他师傅是谁，刘海石回答："山石道人。刚才这个怪物，我无能弄死它，要带回去向师傅献上活的。"说完，就要告辞。刘海石觉得袖筒里空空的，吃惊地说："我忘了，它尾巴上还有长毛没有拔掉，现在它已经逃走了。"大家都很吃惊。刘海石说："它颈项上的白毛已经拔完，不能够再变成人，只能够变成兽类，肯定逃得不远。"于是，刘海石进屋去细看那只猫，出门去唤那条狗，都说：

"不是。"打开猪圈门，笑起来，说："在这里了。"刘沧客一看，多了一头猪。这头猪听见刘海石的笑声，就伏在地上，一动也不敢动。拎着猪耳朵捉出来，看尾巴上有一根白毛，坚硬如针。正要理清拔掉，猪就翻滚惨叫，不让拔白毛。刘海石说："你作孽作得已经够多了，拔掉一根毛还不肯吗？"捉紧它把毛拔掉，猪随即又变成了野狸。刘海石把它装进袖筒就要走出去。刘沧客苦苦地挽留他，他才留下来吃了一顿饭。问往后再见面的日子，刘海石说："这个很难预定。我师傅立下宏愿，经常让我们在世上漫游，拯救所有受苦的人，不一定没有再见面的时候。"

等刘海石告别走后，刘沧客仔细思考他师傅的名字。这才醒悟地说："刘海石大概成仙了。山石合起来是一个岩字，原来是吕纯阳的名字。"

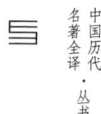

谕鬼①

原文　青州石尚书茂华为诸生时②，郡门外有大渊③，不雨亦不涸。邑中获大寇数十名④，刑于渊上。鬼聚为祟，经过者辄被曳入⑤。一日，有某甲正遭困厄，忽闻群鬼惶窜曰⑥："石尚书至矣！"未几，公至，甲以状告。公以垩灰题壁示云⑦："石某为禁约事：照得厥念无良⑧，致婴雷霆之怒⑨；所谋不轨⑩，遂遭鈇钺之诛⑪。只宜返罔两之心⑫，争相忏悔；庶几洗髑髅之血⑬，脱此沉沦⑭。尔乃生已极刑⑮，死犹聚恶。跳踉而至⑯，披发成群；踯躅以前⑰，搏膺作厉⑱。黄泥塞耳，辄逞鬼子之凶；白昼为妖，几断行人之路。彼丘陵三尺外⑲，管辖由人；岂乾坤两大中⑳，凶顽任尔？谕后各宜潜踪，勿犹怙恶㉑。无定河边之骨㉒，静待轮回㉓；金闺梦里之魂，还践乡土。如蹈前愆，必贻后悔！"自此鬼患遂绝，渊亦寻干。

注释　①亭刻本无此篇。
②青州：府名。明初改益都路置。治所在益都（今山东省益都县）。石尚书茂华：石茂华，字居采，青州益都人。明嘉

靖二十三年（1544）进士，历官至三边总督、兵部尚书，擢掌南京都察院。卒赐祭葬，赐太子少保，谥恭襄。《青州府志》卷十六《事功》有传。

③郡门：指青州城门。大渊：大水潭。

④寇：二十四卷本作"盗"。邑：此指益都县。

⑤被：斋抄本无"被"字。

⑥惶：斋抄本作"愧"。

⑦垩（è）灰：石灰粉。

⑧照得：旧时官府文告用语，犹言察知。

⑨婴：斋抄本、二十四卷本作"撄"。婴：通"撄"，触犯。《荀子》："兵劲城固，敌国不敢婴也。"雷霆之怒：喻官府盛怒。

⑩不轨：不轨于法，越出法度常规。

⑪铁钺之诛：指砍头或腰斩之类死刑。铁钺：刑戮之具。

⑫罔两：二十四卷本作"魍魉"。罔两：亦作"魍魉""蝄蜽""方良""罔良"。古代传说中的精怪名。《左传·宣公三年》："故民入川泽山林，不逢不若；螭魅罔两，莫能逢之。"罔两之心：鬼蜮害人之心。

⑬洗髑髅（dú lóu）之血：洗雪被杀的罪恶。髑髅：死人的头骨；骷髅。

⑭沉沦：指在阴间为鬼。

⑮极刑：死刑。

⑯跳踉（liáng）：跳跃。

⑰踯躅（zhí zhú）：徘徊。

⑱搏膺：拍着胸膛。厉：恶鬼。《左传·成公十年》："晋侯梦大厉，被发及地，搏膺而踊。"

⑲丘：斋抄本、二十四卷本作"邱"。丘陵：指坟堆。三尺：三尺土，指坟土厚度。

⑳乾坤两大中：谓天地之间，指人间。《周易》以乾为天，以坤为地。《周易·系辞》上："天尊地卑，乾坤定矣。"

㉑怙（hù）恶：坚持作恶。

㉒无定河：出自内蒙古伊克昭盟乌审旗，由三源汇成，入黄河。因急流溃沙，河道深浅不定，故名。《全唐诗》卷七百四十六陈陶《陇西行》："可怜无定河边骨，犹是春闺梦里人。"即指此。

㉓轮回：梵文意译。也作"沦回""生死轮回""轮回转生""流转"等。音译"僧娑洛"。意谓如车轮回转不停，众生在三界六道的生死世界循环不已。

译文

青州府石茂华尚书还是秀才时，郡城门外有个大水潭，天不下雨也不干涸。地方上抓到几十个强盗，在水潭边行刑。鬼魂聚在一起为害。路过的人总是被拖入水潭中淹死。

有一天，某甲正被鬼拖住在危急之时，忽然听到这群鬼惊慌逃窜说："石尚书来了！"不一会，石茂华来到这里，某甲把情况告诉了他。石茂华用石灰粉在墙上写了一则告示："我石茂华颁布禁约：察知群鬼心地不良，以致引起官府震怒；生前图谋不轨，因而受到砍头之刑。只有收回害人之心，争相忏悔赎罪；或许能洗刷被杀的罪恶，解脱在阴间为鬼。你们充耳不闻，常常逞恶鬼的凶狂；大白天为妖害人，几乎阻断了行人的道路。那三尺坟堆之外，由人间官吏管辖；阳世之上，岂能任随你们行凶作恶？禁约颁布之后，应该各自深潜踪影，不许仍然坚持作恶。无定河边的枯骨，静静的等待投生；金闺梦里的离魂，还会返回家乡故土。如果再犯前罪，必然后悔莫及！"

从此以后，鬼患就绝迹了，不久水潭也干涸了。

泥鬼

原文

余乡唐太史济武①,数岁时,有表亲某,相携戏寺中。太史童年磊落②,胆即最豪③,见庑中泥鬼④,睁琉璃眼⑤,甚光而巨,爱之,阴以指抉取,怀之而归。既抵家,某暴病不语。时移忽起⑥,厉声曰:"何故掘我睛⑦!"噪叫不休。众莫之知,太史始言所作。家人乃祝曰:"童子无知,戏伤尊目,行奉还也。"乃大言曰:"如此,我便当去!"言讫,仆地遂绝,良久而苏。问其所言,茫不自觉。乃送睛仍安鬼眶中。

异史氏曰:"登堂索睛,土偶何其灵也。顾太史抉睛,而何以迁怒于同游?盖以玉堂之贵⑧,而且至性觥觥⑨,观其上书北阙⑩,拂袖南山⑪,神且惮之,而况鬼乎⑫!"

注释

①唐太史济武:唐梦赉,字济武,号岚亭,别字豹岩。淄川人。幼从父习古文。顺治五年(1648)举人,六年进士,授庶吉士。八年,授翰林院检讨。九年,罢归,年未三十岁。晚年卜筑淄城东南之豹山。著有《志壑堂集·后集》三十二卷。太史:官名。各朝沿设,但职位高低不一。明清两代修

史之事归翰林院,故对翰林亦有太史之称。

②磊落:胸怀坦荡,洒脱不拘。

③即:亭刻本、二十四卷本作"气"。

④庑(wǔ):堂屋周围的走廊或两旁的廊房。庙中正殿供尊神,走廊和廊房塑众神和鬼卒。

⑤睁:二十四卷本无"睁"字。

⑥时移:斋抄本、亭刻本、二十四卷本作"移时"。

⑦掘:亭刻本、二十四卷本作"扶"。我:斋抄本作"吾"。

⑧玉堂之贵:指唐梦赉曾为翰林院官员。玉堂:宋代以后翰林院别称玉堂,因太宗曾手书"玉堂之署"四字匾额悬于翰林院而得名。宋·李宗谔《翰苑杂记》:太宗皇帝御书飞白"玉堂之署"四字,淳化三年赐,今在本院玉堂门上。

⑨觥(gōng)觥:刚直貌。《后汉书·郭宪传》:"帝令两郎扶下殿,宪亦不拜。帝曰:'常闻关东觥觥郭子横,竟不虚也。'"注:"觥觥,刚直貌。"

⑩上:二十四卷本作"尚"。上书北阙:顺治八年(1651),帝命翰林院译述南宋道士伪作的《文昌帝君阴骘文》,唐梦赉上疏切谏,以为"曲说不典,无裨大化;请移此以辑圣贤经世大训"。疏留中不下。九年,唐乃请急归葬。旋以纠弹某给事,忤当道意,遂罢归。

⑪拂袖:谓归隐。此指唐决意辞归。唐·孟浩然《岁暮归南

山》诗:"北阙休上书,南山归敝庐。不才明主弃,多病故人疏。"这里借以说明唐梦赉是因上书论政而辞官归隐的。

⑫二十四卷本"乎"下有"哉"字。

译文

我家乡的唐济武太史,他几岁的时候,有个表亲某人,带他到寺庙里去玩。唐太史从小就洒脱不羁,胆子最大,看见廊房里的泥塑鬼像,睁着琉璃眼,眼珠又亮又大,觉得喜欢,就悄悄用指头把眼珠挖取出来,揣在怀里带回家。到家以后,某表亲突然发病不能说话。过了一会忽然跳起来,凶狠地说:"为什么挖掉我的眼珠!"又大声喊叫个不停。大家都不知道是怎么回事,唐太史才说出了他所干的事情。家里人就祷告说:"小孩子不懂事,图好玩伤了你的眼睛,马上就去奉还。"某表亲就大声说:"既然如此,我就回去了!"说完,倒在地上昏死过去,好大一阵才苏醒。问他刚才说过的话,他自己茫然不知。于是送回眼珠仍然安放在鬼像的眼眶里。

异史氏说:"走上堂屋讨还眼珠,泥像是何等的有灵。只是唐太史挖取了眼珠,为什么要迁怒于同游的人呢?大概是翰林尊贵,而且唐某生性刚直,看他上书朝廷,失意归隐,连神也怕他几分,何况是鬼呢!"

梦别

原文

王春李先生之祖①,与先叔祖玉田公交最善②。一夜,梦公至其家,黯然相语。问:"何来?"曰:"仆将长往③,故与君别耳④。"问:"何之?"曰:"远矣。"遂出。送至谷中,见石壁有裂罅⑤,便拱手作别。以背向罅,逡巡倒行而入⑥。呼之,不应,因而惊寤⑦。及明,以告太公敬一⑧,且使备吊具,曰:"玉田公捐舍矣⑨。"太公请先探之,信,而后吊之。不听,竟以素服往⑩。至门,则提幡挂矣⑪。呜呼!古人于友,其死生相信如此,丧舆待巨卿而行⑫,岂妄哉!

注释

①王春李先生:李宪,字王春(县志作玉春),山东淄川人,蒲氏挚友李尧臣(希梅)之父。明崇祯九年(1636)举人,清顺治三年(1646)进士。任浙江孝丰县(今属安吉县)知县,卒于官。有著作多种,未刊。乾隆《淄川县志》卷六《续文学》有传。其祖名字事迹未详。

②玉:斋抄本作"王"。善:斋抄本作"好"。先叔祖玉田公:蒲氏叔祖蒲生汶,字澄甫。明万历十三年(1585)举人,二十年(1592)进士。官直隶省玉田县知县。见《淄川县志》。

③长往：长久出门；暗喻辞世。

④斋抄本"君"下有"来"字。

⑤罅（xià）：缝隙。

⑥倒行而：亭刻本作"走"。

⑦痞：斋抄本、二十四卷本作"悟"。

⑧太公敬一：李思豫，字敬一，李宪的父亲。性方廉。《淄川县志》卷六《续义厚》及《济南府志》皆载其事。

⑨捐舍：捐弃宅舍。去世的讳称。《战国策·赵策》："奉阳君妒，大王不得任事……今奉阳君捐馆舍，大王乃今然后得与士民相亲。"鲍彪注："礼，妇人死曰捐馆舍，盖亦通称。"

⑩素服：吊丧所穿的白衣，即孝衣。

⑪提幡（fān）：门幡。丧家门口所悬挂的缘有垂幅的纸幡。

⑫丧舆待巨卿而行：《后汉书·独行·范氏传》：范式字巨卿，与汝南张劭为友。劭字元伯。元伯卒，式忽梦见元伯，呼曰："巨卿！吾以某日死，当以尔时葬。子未我忘，岂能相及？"式恍然觉悟，驰往赴之。未及时，而丧已发引；既至圹，将窆，而柩不肯进。移时，乃见有素车白马，号哭而来。其母望之曰："是必范巨卿也。"巨卿既至，叩丧而言曰："行矣元伯！死生路异，永从此辞。"因执绋而引，柩于是乃前。遂如期成葬。

译文

李王春先生的祖父，跟我已去世的曾任玉田县知县的叔祖交情最深。有一天晚上，李王春梦见我叔祖到他家，神色凄惨地和他谈话。李王春问："你怎么忽然来了？"我叔祖回答说："我要长久出远门了，所以来跟你告别。"又问："到哪里去？"回答说："很远。"就走了出去。李王春送他到山谷之中，看见岩石壁上有一道裂缝，我叔祖就跟他拱手告辞，把背朝着裂缝，迟迟疑疑地倒退着走进去；喊他，喊不应，因此一惊就醒过来。

等到天亮，李王春把这个梦告诉了他父亲李敬一，并且安排人准备好吊丧用品，说："玉田公去世了。"他父亲李敬一要先打听一下，如果确实，然后才去吊唁。李王春不听劝，竟然穿着孝服去了。到了我叔祖家门口，看见引魂幡已经挂上了。

唉！古时候的人对于朋友，在生与死上相信到如此程度。张元伯的灵柩要等待范巨卿赶来才肯下葬，难道是胡乱说的吗！

犬灯

原文

韩光禄大千之仆①，夜宿厦间②，见楼上有灯如明星。未几，荧荧飘落，及地化为犬。睨之，转舍后去。急起，潜尾之，入园中化为女子③。心知其狐，还卧故所④。俄，女子自后来，仆阳寐以观其变⑤。女俯而撼之。仆伪作醒状。问其为谁。女不答。仆曰："楼上灯光，非子也耶？"女曰："既知之，何问焉⑥？"遂共宿止⑦，昼别宵会，以为常。主人知之，使二人夹仆卧；二人既醒，则身卧床下，亦不知堕自何时⑧。主人益怒，谓仆曰："来时，当捉之来。不然，则有鞭楚！"仆不敢言，诺而退。因念：捉之难；不捉，惧罪，展转无策⑨。忽忆女子一小红衫，密着其体，未肯暂脱，必其要害，执此可以胁之。夜分女至⑩，问："主人嘱汝捉我乎？"曰："良有之。但我两人情好，何肯此为⑪！"及寝，阴擳其衫⑫。女急啼，力脱而去，从此遂绝。后仆自他方归，遥见女子坐道周⑬。至前，则举袖障面。仆下骑呼曰："何作此态？"女乃起，握手曰："我谓子已忘旧好矣。既恋恋有故人意⑭。情尚可原。前事出于主命，亦不汝怪也。但缘分已尽，今设小酌，请入为别。"时秋初，高粱正茂。女携与俱入，则中有巨第。系马而入，厅堂中酒肴已列。甫坐，群婢行炙⑮。日将暮，仆有事，欲覆主命，遂别。既出，则依然田陇耳。

注释

①韩光禄大千：韩茂椿，字大千，淄川人。明通政使司右通政使韩源之子。以岁贡荫授光禄寺署丞，奉裁补太仆寺主簿，授徵仕郎。《淄川县志》卷五《恩荫》有传。光禄：官名。唐以后专管皇室祭品、膳食及招待酒宴之官。

②厦：房廊。蒲氏家乡一带，无前墙的房屋称厦屋，又叫敞屋或敞棚，多供储放柴草杂物及安置碾磨之用。

③园：斋抄本作"院"。

④所：二十四卷本作"处"。

⑤阳：二十四卷本作"佯"。二字通。阳寐：假装入睡。

⑥焉：二十四卷本作"为"。

⑦宿止：二十四卷本作"止宿"。

⑧知：斋抄本、二十四卷本作"觉"。

⑨展：二十四卷本作"辗"。

⑩分：斋抄本作"来"，二十四卷本作"间"。

⑪肯：二十四卷本作"忍"。此为：亭刻本、二十四卷本作"为此"。

⑫掬：此为双手剥取之意。

⑬道周：路旁转弯处。

⑭二十四卷本"既"上有"今"字。恋恋有故人意：有恋恋不忘的故交情意。借用范雎语。见后《阿霞》篇"绨袍之义"注。

⑮行炙：斟酒布菜。

译文　光禄寺署丞韩大千的仆人，晚上睡在廊房里，看见楼上有灯光像一颗亮星星。不多时，亮晶晶地飘落下来，落到地上变成一条狗。瞟着它，转到屋子后面去了。仆人赶紧起来，偷偷跟在它后面，走进后园中变成了一个女人。他心里明白这是狐狸精，就回来睡在原来的地方。一会儿，女人从后面进来，仆人假装入睡以便观察她的变化。女人弯下身来推摇他。仆人假装刚醒来的样子，问她是谁。女人不回答。仆人说："楼上的灯光，不是你吗？"女人说："既然知道，还问什么？"于是就在一起过夜，白天分手晚上相会，成了惯例。

主人知道了这件事，派两个人夹着那仆人睡；两个人醒来，身子却躺在床下面，也不知道是什么时候落下地的。主人更加生气，对仆人说："她来的时候，要把她捉来。不捉来，你就要挨鞭子！"仆人不敢顶嘴，答应着退了下去。他想：捉她很难；不捉，又怕受责罚，想来想去没办法。他忽然回想起那女人有一件小红衫，紧紧地穿在身上，从不肯暂时脱一下，那必定是她的要害之物，拿住它就可以胁迫她了。半夜里，女人来了，问："主人嘱咐你捉我吗？"仆人说："确实有这回事。只是我们两人感情这么好，我怎么肯这样做呢！"等到睡下，仆人暗中剥取她的小红衫。女人急得直哭，用力挣脱后溜走，从此就不再来了。

后来，仆人从外地回来，远远地望见女人坐在路边转弯处。走到她面前，她就举起袖子遮住脸。仆人下马喊她说："为什么做出这种样子？"女人才站起来，握住他的手，说："我认为你已经忘记旧交情了呢。既然念念不忘过去相爱的情意，还是可以原谅你的。前次的事出于你主人的命令，也并不怪你。只是缘份已经完结，今天备了水酒，请进去喝酒道别。"这时正是初秋时节，高粱长得正茂盛。女人牵着他一起走进高粱地，里面却有一间大房子，拴上马进去，厅堂上酒菜已经摆好了。刚刚坐下，几个婢女轮流斟酒上菜。天快黑了，仆人还有事，要去回复主人的交待，于是就告别了，出门以后，那里却依然还是一片高粱地。

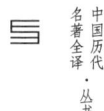

番僧

原文

释体空言①：在青州见二番僧，象貌奇古②，耳缀双环，被黄布，须发鬖如③，自言从西域来④。闻太守重佛⑤，谒之。太守遣二隶，送诣丛林⑥。和尚灵譬，不甚礼之。执事者见其人异⑦，私款之，止宿焉。或问："西域多异人，罗汉得无有奇术否⑧？"其一鞞然笑⑨，出手于袖，掌中托小塔⑩，高裁盈尺⑪，玲珑可爱。壁上最高处有小龛⑫，僧掷塔其中，矗然端立，无少偏倚。视塔上有舍利放光⑬，照耀一室。少间，以手招之⑭，仍落掌中。其一僧乃袒臂伸左肱⑮，长可六七尺，而右肱缩无有矣。转伸右肱，亦如左状。

注释

①释体空：体空和尚，体空是其法名。释：释子，全称释迦子，佛教称谓。意为释迦牟尼佛之弟子。泛指佛教出家信徒。东晋道安主张凡出家为僧，是继承释迦种姓，故应皆姓释氏，当时未能得一切僧人的承认。至译出《增一阿含经》，见卷二十一载，佛告比丘："……出家学道，无复本姓，但言沙门释迦子。"此后法名一般皆冠以"释"字。"释子"或"释迦子"遂成为出家信徒的通称。

②象:斋抄本作"像"。奇古:奇特、古怪。

③鬈:二十四卷本作"卷"。二十四卷本"如"下有"羊角"二字。鬈(quán)如:卷曲貌。《诗·齐风·卢令》:"其人美且鬈。"注:"须鬓好貌。"

④自言从:二十四卷本作"言自"。

⑤太守:此指青州知府。

⑥丛林:指寺院。意为众僧和合共住一处,如树木之丛集为林,故名。《大智度论》卷三:"僧伽,秦言众。……多比丘一处和合,是名僧伽。譬如大树丛聚,是名为林……僧聚处得名丛林。"

⑦执事者:协助长老管理寺内僧众及生活供应诸务的僧人。

⑧无:斋抄本作"毋",二十四卷本作"勿"。罗汉:即阿罗汉。佛弟子类名,地位低于菩萨。这里是对番僧的敬称。

⑨辴(chǎn)然:笑貌。

⑩二十四卷本"托"下有"一"字"。

⑪裁:二十四卷本作"缱"。

⑫小龛(kān):供奉佛像的小阁。

⑬视:二十四卷本无"视"字。舍利:梵文音译,一译"设利罗""室利罗"。意为尸体或身骨。相传释迦牟尼遗体火化之后结成的珠状物,后来也指德行较高的和尚死后烧剩的骨头。据说有三种颜色:白色骨舍利,黑色发舍利,赤色肉舍利。

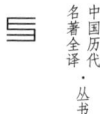

⑭以：亭刻本作"一"。

⑮肱（gōng）：从腕到肘的部分。

译文　体空和尚说：在青州见到两个外国和尚，相貌稀奇古怪，耳朵上挂着两只耳环；披一幅黄布，须发卷曲，自称是从西域来的。听说青州知府相信佛教，就去拜访他。知府派两个公差，送他们到寺院去。寺院的灵謩和尚，对他们不太尊重。管事的和尚看到他们与众不同，私下接待了他们，让他们住在寺院里。有人问："西域有许多奇异之人，罗汉莫不是有神奇法术吧？"其中一个和尚嘻嘻地笑起来，把手从袖子中伸出来，手掌中托着一座小宝塔，只有尺把高，小巧玲珑让人喜爱。寺院墙壁最高的地方有个小佛龛，和尚把小宝塔扔到佛龛里，宝塔笔挺地立着，没有一点倾斜。看小宝塔上有舍利放光，照得满室通明。过了一会，和尚用手向宝塔招一招，宝塔仍然落在他手掌中。另外一个和尚就把手臂袒露出来伸出左臂，长约六七尺，可是右臂缩进去不见了。转换伸出右臂，也像伸出左臂时的变化一个样。

狐妾

一 原文

莱芜刘洞九①，官汾州②。独坐署中，闻亭外笑语渐近③。入室，则四女子：一四十许，一可三十，一二十四五已来，末后一垂髫者。并立几前，相视而笑。刘固知官署多狐，置不顾。少间，垂髫者出一红巾，戏抛面上。刘拾掷窗间，仍不顾。四女一笑而去。一日，年长者来，谓刘曰："舍妹与君有缘，愿无弃葑菲④。"刘漫应之，女遂去。俄，偕一婢拥垂髫儿来。俾与刘并肩坐，曰："一对好凤侣⑤，今夜谐花烛。勉事刘郎，我去矣。"刘谛视⑥，光艳无俦，遂与燕好⑦。诘其行踪⑧，女曰："妾固非人，而实人也⑨。妾，前官之女，蛊于狐⑩，奄忽以死，瘗园内⑪。众狐以术生我，遂飘然若狐。"刘因以手探尻际⑫，女觉之，笑曰："君将无谓狐有尾耶⑬？"转身云⑭："请试扪之。"自此，遂留不去。每行坐，与小婢俱。家人俱尊以小君礼⑮。婢媪参谒，赏赉甚丰⑯。值刘寿辰，宾客烦多⑰，共三十余筵，须庖人甚众。先期牒拘⑱，仅一二到者。刘不胜恚。女知之，便言："勿忧。庖人既不足用，不如并其来者遣之⑲。

妾固短于才，然三十席亦不难办。"刘喜，命以鱼肉姜桂[20]。悉移内署[21]。家中人但闻刀砧声，繁碎不绝[22]。门内设一几[23]，行炙者置桮其上，转视则肴俎已满。托去复来，十余人络绎于道，取之不竭[24]。末后，行炙人来索汤饼[25]。内言曰："主人未尝预嘱，咄嗟何以办[26]？"既而曰："无已，其假之。"少顷，呼取汤饼。视之，三十余碗。蒸腾几上。客既去，乃谓刘曰："可出金资，偿某家汤饼。"刘使人将直去，则其家失汤饼，方共惊异[27]。使至，疑始解。一夕夜酌，偶思山东苦醝[28]，女请取之，遂出门去。移时返曰："门外一罂[29]，可供数日饮。"刘视之，果得酒，真家中瓮头春也[30]。越数日，夫人遣二仆如汾[31]。途中一仆曰："闻狐夫人犒赏优厚，此去得赏金，可买一裘。"女在署已知之，向刘曰："家中人将至。可恨伧奴无礼[32]，必报之！"明日仆甫入城[33]，头大痛。至署，抱首号呼。共拟进医药。刘笑曰："勿须疗，时至当自瘥。"众疑其获罪小君。仆自思，初来未解装，罪何由得？无所告诉，漫膝行而哀之。帘中语曰："尔谓夫人则亦已耳[34]，何谓狐也？"仆乃悟，叩不已。又曰："既欲得裘，何得复无礼？"已而曰："汝愈矣。"言已，仆病若失。仆拜欲出，忽自帘中掷一裹出曰："此一羔羊裘也,可将去。"仆解视,得五金。刘问家中消息,仆言都无事,惟夜失藏酒一罂。稽其时日,即取酒夜也。群惮其神,呼之"圣仙"。刘为绘小像。时张道一为提学使㉟,闻其异,以桑梓谊诣刘㊱,欲乞一面。女拒之。刘示以像,张强携而去。归悬座右㊲,朝夕祝之云:"以卿丽质,何之不可?乃托身于鬈鬈之老㊳!下官殊不恶于洞九,何不一惠顾?"女在署,忽谓刘曰:"张公无礼,当小惩之。"一日,张方祝,似有人以界方击额,崩然甚痛。大惧,反卷㊴。刘诘之,使隐其故而诡对知㊵。刘笑曰:"主人额上得毋痛否㊶?"使不能欺,以实告。无何,婿亓生来㊷,请觐之。女固辞㊸,亓请之坚。刘曰:"婿非他人,何拒之深?"女曰:"婿相见,必当有以赠之。渠望我奢,自度不能满其志,故适不欲见耳㊹。"既固请之,乃许以十日见。及期,亓入,隔帘揖之,少致存问。仪容隐约,不敢审谛。既退㊺,数步之外,辄回眸注盼。但闻女言曰:"阿婿回首矣!"言已,大笑,烈烈如鸮鸣㊻。亓闻之,胫股皆軟㊼,摇摇然若丧魂魄。既出,坐移时,始稍定。乃曰:"适闻笑声,如听霹雳,竟不觉身为己有。"少顷,婢以女命,赠亓二十金。亓受之,谓婢曰:"圣仙日与丈人居,宁不知我素性挥霍，不惯使小钱耶？"女闻之曰："我固知其然。囊底适罄⁴⁸；向结伴至汴梁⁴⁹，其城为河伯占据⁵⁰，库藏皆没水中，入水各得些须，何能饱无餍之求？且我纵能厚馈，彼福薄亦不能任。"女凡事能先知⁵¹，遇有疑难，与议，无不剖⁵²。一日，并坐⁵³，忽仰天大惊曰："大劫将至⁵⁴，为之奈何！"刘惊问家口，曰："余悉无恙，独二公子可虑。此处不久将为战场⁵⁵，君当求差远去，庶免于难。"刘从之，乞于上官，得解饷云、贵间。道里辽远，闻者吊之⁵⁶，而女独贺。无何，姜瓖叛⁵⁷，汾州没为贼窟⁵⁸。刘仲子自山东来，适遭其变，遂被害⁵⁹，城陷，官僚皆罹于难⁶⁰，惟刘以公出得免。盗平，刘始归。寻以大案罣误⁶¹，贫至饔飧不给⁶²，而当道者又多所需索，因而窘忧欲死。女曰："勿忧，床下三千金，可资用度。"刘大喜，问："窃之何处？"曰："天下无主之物，取之不尽，何庸窃乎。"刘借谋得脱归⁶³，女从之。后数年，忽去⁶⁴，纸裹数事留赠⁶⁵，中有丧家挂门之小幡，长二寸许，群以为不祥。刘寻卒。

注释

①莱芜：今山东省莱芜县。清代属泰安府。

②汾州：明清府名。治所在今山西省汾阳县。

③亭：亭刻本作"庭"。

④无弃葑菲：意谓不要因妹寒贱而舍弃其一德之长。葑菲借指其妹,《诗·邶风·谷风》："采葑采菲，无以下体。"葑，蔓菁。菲，萝。下体，指葑、菲的块根。采葑菲之叶而不用其块根，比喻男子重貌而不重德。

⑤凤侣：凤凰。喻夫妻。本《左传·庄公二十二年》："凤凰于飞，和鸣锵锵。"

⑥二十四卷本"视"下有"之"字。

⑦燕好：夫妻和好。常指新婚之好。取《诗·邶风·谷风》："燕尔新婚，如兄如弟"之义。

⑧踪：斋抄本作"迹"。

⑨亭刻本"实"下有"亦"字。

⑩蛊（gǔ）：传说中的害人之虫，吞之入腹能使人昏狂失志。此作迷惑、毒害解。李时珍《本草纲目》："取百虫入瓮中，经年开之，必有一虫尽食诸虫，即此名为蛊。"

⑪窆（biǎn）：埋葬。

⑫尻（kǎo）：脊椎末端之尾骨。

⑬无：二十四卷本作"毋"。

⑭云：二十四卷本作"曰"。

⑮二十四卷本"君"下有"之"字。小君：诸侯夫人之称，也称"少君"。见《礼记·曲礼》。本句是指仆人们以夫人之

礼对待狐妾。

⑯赉:斋抄本、亭刻本作"赍"。赉(lài):赏赐。

⑰烦:二十四卷本作"繁"。

⑱先期牒拘:事先发文征调。牒:此指传票。拘:调集,征调。

⑲二十四卷本"者"下有"而"字。

⑳桂:斋抄本作"椒"。二十四卷本"桂"下有"等物"二字。

㉑内署:官府内院。此指刘洞九的住宅。

㉒碎:斋抄本无"碎"字。

㉓一:斋抄本作"以"。

㉔竭:斋抄本作"绝"。

㉕汤饼:汤煮的面食。束皙《饼赋》:"玄冬孟寒,清晨之会,涕冻鼻中,霜成口外,充虚解战,汤饼为最。"

㉖咄嗟:使令之声。

㉗异:二十四卷本作"疑"。

㉘苦酾:大约是一种泛微绿色略带苦味的家酿甜酒。即下文的"瓮头春"。

㉙罂:二十四卷本作"瓮",下同。罂(yīng):一种口小腹大的酒坛。

㉚瓮头春:酒名。语本唐·岑参《喜韩樽相过》:"瓮头春酒黄花脂,禄米只充沽酒资。"

㉛二十四卷本"汾"下有"州"字。

㉜伧（chēng）奴：下贱奴才。

㉝明日：斋抄本无"明日"二字。

㉞亦：斋抄本无"亦"字。

㉟张道一：其名又见于《胡四相公》篇，称"道一先生为西川（或作州）学使。"二篇所言当为一人。吕湛恩注尝疑此人即莱芜张四教，"道一或其别号"，但未言所据。据有关记载，莱芜张四教，字芹沚，顺治三年（1646）丙戌科进士，官翰林兵备道。六年至九年，任山西提学使，擢陕西榆林道参议，以迕当政罢归。王士禛《居易录》尝载其佚事一则，略云：张以部郎居京时，尝纳一婢甚丽，自称东御艾氏女。后携之赴山西提学任，途经一驿，见雉起草间，感之而孕。到官后生一子即殁。殁前自画小像一帧留箱奁中。自是，每夜必托梦于张，而预告其休咎。张悬像别室，食必亲荐。一日，误以羹污其上，夜梦妾怒诘之。天明，则画已失去。异日，张以故谒巡抚，见屏风画美人绝肖其妾，因屡目之。巡抚因问。张述其故，巡抚乃掇赠之以归。归后复见梦如昔矣。妾尝谓张不利宦途，稍迁即宜为退休计。及秩满迁榆林道参议，遂罢归，果如妾言，此记颇可证吕氏疑似之说。提学使：官名。宋始设，管理各路所属州县学校和教育行政。明称提学道，清初相沿，称学政，清末改设提学使。

㊱以桑梓谊：以同乡的身份。《诗·小雅·小弁》："维桑与梓，

必恭敬止。”桑树和梓树，古人常种于宅旁，以供养生送死。后因以之作为故乡的代称。

㊲座：亭刻本作“左”。

㊳鬖（sān）鬖之老：指白发下垂的老年人。辛弃疾《行香子·云巖道中》：“岸轻乌，白发鬖鬖。”

㊴反卷：归还画卷。

㊵之：斋抄本无“之”字。

㊶毋：亭刻本作“无”。二字通。

㊷亓（qí）：姓。

㊸斋抄本“辞”下有“之”字。

㊹适：二十四卷本无“适”字。

㊺既：斋抄本作“即”。

㊻烈烈：形容声音激越。鸮（xiāo）：鸟名，即猫头鹰。

㊼股：二十四卷本作“骨”。

㊽二十四卷本“囊”上有“适”字，“罄”下有“何”字。

㊾汴梁：今河南省开封市。明清为开封府，汴梁是其旧称。

㊿占据：斋抄本作“据占”。河伯：传说中的黄河水神。《竹书纪年》等多数古籍认为他姓冯，名夷。又名冰夷、冯迟。干宝《搜神记·冯夷为河伯》：“宋时，弘农冯夷，华阴潼乡隄首人也。以八月上庚日渡河，溺死。天帝署为河伯。”顾炎武谓河伯因国居河上而命名为伯。见《日知录》卷二十五“河伯”。

(51)能：斋抄本无“能”字。

(52)二十四卷本“剖”下有“析”字。

(53)二十四卷本“并”上有“与刘”二字。

(54)大劫：大灾难。劫：梵语“劫波”的省称，意为“远大时节”。后来，佛经指天地的形成到毁灭谓之一劫。此指难以逃脱、不可避免的灾难。佛教说世界有成、住、坏、空四时期，叫做“四劫”。到“坏劫”时，有水、火、风三灾出现，世界归于毁灭。后人们谓天灾人祸为“劫”。

(55)将：亭刻本作“当”。

(56)吊：哀怜，劝慰。

(57)姜瓖：明末大同总兵。1644年，李自成义军入云中，姜瓖以城迎降。同年6月，复杀义军首领柯天相等，以城降清。1648年，姜瓖又连结义军余部抗清，清廷派多路重兵镇压，至次年8月始被剿平。详王士禛《香祖笔记》卷四、《清史稿·世祖本纪》。

(58)汾州没为贼窟：据《清史稿·世祖本纪》，姜瓖攻陷汾州在1648年4月。九月清廷收复。

(59)斋抄本“被”下有“其”字。

(60)官僚：指汾州长吏及其下属。

(61)罣（guà）误：官吏因他人他事牵连而受贬黜责罚。

(62)饔飧（yōng sūn）不给：犹言三餐不继。古人每日两餐，早餐叫饔，晚餐叫飧。不给：供应不上。

(63)借：亭刻本作“营”。借谋得脱归：谓借助于狐妾的谋画得以脱身还乡。

(64)二十四卷本“忽”上有“女”字。

(65)数事：犹言数物，几件东西。

译文

莱芜县人刘洞九，在汾州做官。一个人坐在官署里，听到院子外面有说笑声渐渐走近。进入屋里，原来是四个女人：一个四十岁上下，一个大约三十岁，一个二十四五岁，最后一个是披着头发的少女。她们并排站在桌子边，互相看着、笑着。刘洞九本来知道官署里狐仙很多，没有理睬她们。一会儿，那披发少女拿出一条红纱巾，调皮地扔到刘洞九脸上。刘洞九扯下来扔到窗台上，仍旧不答理她们。四个女人笑一笑就走了。

有一天，那个年纪大的女人走来，对刘洞九说：“我家妹妹跟你有缘，希望你不要嫌弃她。”刘洞九信口答应，那女人就走了。一会儿，她同一个婢女簇拥着披发少女来了。叫她跟刘洞九并肩坐下，说：“一对好伴侣，今晚上洞房花烛。你好好侍奉刘郎，我走了。”刘洞九仔细一看，少女光彩照人，艳丽无比，就跟她成了夫妻。刘洞九问她的来历，少女说："我本不是人，可是其实还是人。我是前任知府的女儿，受狐仙迷惑，很快就死去，埋在花园里。狐仙们用法术使我复活，所以我来去飘飘像个狐仙。"刘洞九就用手去摸少女的尾骨，少女觉察了，笑着说："你大概以为狐狸都有尾巴吧？"她转过身去，说："请你摸摸看有没有尾巴。"从此，少女就留下不走了。少女走动闲坐，都同小婢女在一起。刘洞九家里的人都把她当作夫人看待。婢女老妈子来拜见她，她给的赏赐很丰厚。

有一天，正逢刘洞九的寿辰，祝寿的宾客很多，共有三十多桌，需要很多厨师。事先发出文书去点派。可是只有一两个来报到。刘洞九非常生气。狐妾知道后，就说："不用担心。厨师既然不够用，不如连来报到的也打发走。我固然没有什么本事，可是三十桌酒席也不难操办。"刘洞九很高兴，吩咐把鱼肉及各种调料，全部搬进内宅去。家里的人只听见切菜剁肉声一直不断。厨房门里放了一张桌子，上菜的人把木盘放在桌子上，转眼之间，菜肴已经摆得满满的，托走了再来，十几个人来往不停，端送不完。最后，送菜的人来要汤面，厨房里说："主人没有预先吩咐，怎么一声说要就能做好呢?"随后又说:"不得已,去借一借吧。"没有多久,喊人来端汤面。一看,三十几碗汤面,热气腾腾的放在桌子上。客人走了以后,狐妾才对刘洞九说:"可以拿出些钱来,去偿还某家的汤面。"刘洞九派人带钱去,那家丢失了汤面,一家人正在那里惊奇诧异。送钱的人来了,疑团才解开。一天晚上,刘洞九正在喝酒,偶然想喝山东的苦酵酒,狐妾说让她去拿,就走出门去。过了一阵回来说:"门外面有一坛酒,够喝几天。"刘洞九一看,果然有酒,还真是老家的瓮头春。

过了几天,刘夫人派两个仆人到汾州来,在路上,一个仆人说:"听说狐夫人犒赏下人很丰厚,这次去得了赏钱,可以买一件皮衣。"狐妾在官署中已经知道仆人说的话,对刘洞九说:"老家的仆人快要到了。可恨下贱奴才没有礼貌,一定要惩罚他!"第二天,那个仆人刚进城,头就大痛起来。来到官署,抱着头直叫唤。大家准备给他吃药。刘洞九笑着说:"不必医治,时间一到自然会好的。"大家怀疑他得罪了狐夫人。那仆人自己一想,刚到来还没有解下行装,从哪儿得罪了她呢?没有地方诉说,只好跪在地下挪过去哀求。帘子里传出话说:"你称我夫人,也就罢了，为什么加个狐字?"仆人这才明白过来，连连磕头。帘子里又说："既然想得件皮衣，怎么这样不懂礼貌?"随后又说："你的头痛已经好了。"说完，仆人的头痛马上就好了。仆人拜谢正要退出去，忽然从帘子里扔出一个包裹说："这是一件皮衣，你可以拿去。"仆人打开一看，得到五两银子。刘洞九询问老家的情况，仆人说都平安无事，只是一天夜里丢失了一坛收藏的酒。核对日期，就是狐妾去拿酒的那个晚上。大家都惧怕她的神通，称她叫"圣仙"。刘洞九为她画了一幅小像。

当时，张道一任提学使，听说这些稀奇事，就以同乡的关系来拜访刘洞九，想请求和狐妾见一面。狐妾拒绝了。刘洞九把画像拿给张道一看，张道一强行把画像带走了。回家去挂在座位旁边，早晚祷告说："凭你的天生丽质，到谁那儿去不好?竟然嫁给这样一个白发苍苍的老头子!下官我一点不比刘洞九差，为什么不惠顾我一回?"狐妾在官署里，忽然对刘洞九说："张老头没有礼貌，该稍加惩罚他。"一天，张道一正在祝祷，好像有人用界尺打他的额头，裂开似的疼痛难忍。他非常害怕，把画卷归还。刘洞九追问缘由，派来的人隐瞒真相编了一套来回答。刘洞九笑笑说:

"你家主人额头上难道不痛吗？"来人见欺骗不了，就把实情讲了。

不久，刘洞九的女婿亓生来了，请求拜见狐夫人。狐妾坚决推辞不见，亓生请求得更坚决。刘洞九说："女婿不是外人，为什么这样坚决拒绝呢？"狐妾说："女婿来拜见，一定要给他见面礼。他对我有奢望，我估计自己不能满足他的愿望，所以就不想见他了。"后来亓生又再三请求，才同意十天以后见面。

到了那天，亓生进去，隔着帘子作揖，说了几句问候的话。狐妾的仪态容貌在帘子后面隐约可见，亓生不敢细看。退出去以后，走到几步之外，总是回头盯着看。只听见狐妾说："女婿回头看了！"说完，哈哈大笑，笑声像猫头鹰在叫，亓生听见笑声，腿脚都发软，摇摇晃晃像是掉了魂魄。出来之后，坐了好久，才稍微安定一点。这才说："刚才听到笑声，像是听到了炸雷，竟然感觉不到身子是属于自己的。"过了一会，婢女奉命，送亓生二十两银子。亓生收下了，对婢女说："圣仙天天跟我老丈人住在一起，难道不知道我生性爱挥霍，不习惯用小钱吗？"狐妾听说后，说："我本来就知道他会这样，正巧我口袋里没有钱了；前些日子结伴到开封，全城都让河伯占据了，仓库储藏的银钱全都淹没在水中,下水去各人只捞到一点点,怎么能满足他贪得无厌的需求?何况,我即使能多给些,他福份薄也承受不起。"

狐妾凡事都能预先知道,遇到有疑难之事,与她商议,没有解决不了的。有一天,狐妾跟刘洞九坐在一起,忽然仰望天空大惊说:"大难将要临头,怎么办!"刘洞九吃惊地问家里人是否平安,狐妾说:"其余的人都没有危险,只有二公子让人忧虑。这里不久就要成为战场,你应当找个差事到远处去,或许可以躲过灾难。"刘洞九听从她的话,向上司请求,得到押送军用粮饷到云南、贵州一带的差事。路程遥远,听到这个消息的人都来表示同情和安慰,只有狐妾向刘洞九祝贺。

没多久,姜瓖发动叛乱,汾州成为叛军盘踞的地方。刘洞九的儿子从山东来,正好碰上战乱,被叛兵杀害。汾州城被攻破时,汾州大小官员全部遭难,只有刘洞九因公出差得以幸免。叛乱平定后,刘洞九才回来。不久因为受一件大案的牵连被贬,贫穷得吃了上顿没下顿,可是掌权者还尽量勒索他,因而他窘困忧愁得要死。狐妾说:"不要忧愁,床底下有三千两银子,可以拿出来使用。"刘洞九十分高兴,问:"银子从哪里偷来的？"狐妾说："天底没有主人的财物，拿也拿不完，哪里用得着去偷呢？"刘洞九靠狐妾的谋画才得以脱身还乡，狐妾也跟他回去了。

几年以后，狐妾忽然离家出走，用纸包了几件东西留下来送给刘洞九，其中有丧家挂在门上的引魂幡，二寸左右长，大家认为不吉利。不久，刘洞九就去世了。

雷曹

原文

乐云鹤、夏平子二人,少同里,长同斋,相交莫逆。夏少慧,十岁知名,乐虚心事之,夏亦相规不倦,乐文思日进,由是名并著,而潦倒场屋①,战辄北②。无何,夏遘疫卒③,家贫不能葬,乐锐身自任之。遗襁褓子及未亡人④,乐以时恤其家⑤,每得升斗,必析而二之,夏妻子赖以活。于是士大夫益贤乐。乐恒产无多⑥,又代夏生忧内顾⑦,家计日蹙⑧。乃叹曰:"文如平子,尚碌碌以没⑨,而况于我!人生富贵须及时,戚戚终岁,恐先狗马填沟壑⑩,负此生矣,不如早自图也⑪。"于是去读而贾。操业半年,家资小泰。一日,客金陵,休于旅舍,见一人颀然而长⑫,筋骨隆起,彷徨座侧,色黯淡,有戚容。乐问:"欲得食耶?"其人亦不语。乐推食食之,则以手掬啖,顷刻已尽。乐又益以兼人之馔,食复尽。遂命主人割豚胁⑬,堆以蒸饼⑭,又尽数人之餐⑮。始果腹而谢曰⑯:"三年以来,未尝如此饫饱⑰。"乐曰:"君固壮士,何飘泊若此⑱?"曰:"罪婴天谴⑲,不可说也。"问其里居,曰:"陆无屋⑳,水无舟,朝村而暮郭耳㉑。"乐整装欲行,其人相从,恋恋不去。乐辞之,告曰:"君有大难,吾不忍忘一饭之德。"乐异之,遂与偕行。途中曳与同餐,辞曰:"我终岁仅数餐耳。"益奇之㉒。次日渡江,风涛暴作,估舟尽履㉓,乐与其人悉没江中。俄风定㉔,其人负乐踏波出,登客舟,又破浪去。少时,挽一船至㉕,扶乐入,嘱乐卧守,复跃入江,以两臂夹货出,掷舟中。又入之,数入数出,列货满舟。乐谢曰:"君生我亦良足矣,敢望珠还哉㉖!"检视货财,并无亡失,益喜,惊为神人,放舟欲行。其人告退,乐苦留之,遂与共济。乐笑云:"此一厄也,只失一金簪耳。"其人欲复寻之。乐方劝止,已投水中而没。惊愕良久,忽见含笑而出,以簪授乐曰:"幸不辱命。"江上人罔不骇异。乐与归,寝处共之。每十数日始一食,食则啖嚼无算。一日,又言别,乐固挽之。适昼晦欲雨,闻雷声。乐曰:"云间不知何状,雷又是何物。安得至天上视之,此疑乃可解。"其人笑曰:"君欲作云中游耶?"少时,乐倦甚,伏榻假寐。既醒,觉身摇摇然,不似榻上;开目,则在云气中,周身如絮。惊而起,晕如舟上。踏之,耎无地。仰视星斗,在眉目间。遂疑是梦㉗。细视星箝天上㉘,如老莲实之在蓬也㉙,大者如瓮,次如瓿㉚,小如盎盂㉛。以手撼之,大者坚不可动,小星动摇㉜,似可摘而下者。遂摘其一,藏袖中。拨云下视,则银海苍茫㉝,见城郭如豆。愕然自念:设一脱足,此身何可复问!俄见二龙夭矫㉞,驾缦车来㉟,尾一掉,如鸣牛鞭㊱。车上有器,围皆数丈,贮水满之。有数十人以器掬水,遍洒云间。忽见乐,共怪之。乐审所与壮士在焉,语众曰㊲:"是吾友也。"因取一器授乐,令洒。时苦旱,乐接器,排云约望故乡㊳,尽情倾注。未几,谓乐曰㊴:"我本雷曹㊵,前误行雨,罚谪三载。今天限已满㊶,请从此别。"乃以驾车之绳万尺掷前㊷,使握端缒之下。乐危之,其人笑言:"不妨。"乐如其言,飗飗然瞬息及地。视之,则堕立村外。绳渐收入云中,不可见矣。时久旱,十里外雨仅盈指,独乐里沟浍皆满㊸。归探袖中,摘星仍在。出置案上,黯黝如石㊹。入夜,则光明焕发,映照四壁。益宝之,什袭而藏。每有佳客,出以照饮。正视之,则条条射目㊺。一夜,妻坐对握发㊻,忽见星光渐小如萤,流动横飞。妻方怪吒,已入口中,咯之不出,竟已下咽。愕奔告乐,乐亦奇之。既寝,梦夏平子来,曰:"我少微星也㊼。君之惠好㊽,在中不忘。又蒙自天上携归㊾,可云有缘。今为君嗣,以报大德。”乐三十无子，得梦甚喜。自是，妻果娠，及临蓐(50)，光耀满室(51)，如星在几上时，因名“星儿”，机警非常，十六岁及进士第(52)。

异史氏曰：“乐子文章名一世，忽觉苍苍之位置我者不在是(53)，遂弃毛锥如脱屣(54)，此与燕颔投笔者何以少异(55)？至雷曹感一饭之德，少微酬良友之知(56)，岂神人之私报恩施哉，乃造物之公报贤豪耳。”

注释

①潦倒场屋：谓在科举考试中屡试不中，落拓失意。场屋：科举考场。

②北：战败。《荀子·议兵》：“遇敌处战则必北。”注：“北者，乖背之名，故以败走为北也。”

③斋抄本“疫”下有“而”字。遘（gòu）疫：染上瘟疫。

④未亡人：寡妇。《左传·庄公二十八年》：“今令尹不寻诸仇雠，而于未亡人之侧。”注：“妇人既寡，自称未亡人。”

⑤以：二十四卷本无“以”字。恤：救济，赈济贫者。

⑥恒产：土地、房屋之类的不动产。

⑦内顾：指对家庭事务的关心。左思《咏史》诗：“外望无寸禄，内顾无斗储。”

⑧二十四卷本“家”上有“因而”二字。

⑨碌碌：平庸无所作为貌，随众附和貌。《史记·酷吏列传》："九卿碌碌奉其官。"

⑩"恐先"句：语出《汉书·平津侯列传》："恐先狗马填沟壑，终无以报德塞责。"狗马：服役于人的低贱者。此谓恐怕自己还来不及脱离贫贱就忧瘁致死了，尚不如狗马而得享天年。填沟壑：死亡的代称。古人对死的一种委婉说法。

⑪自：二十四卷本作"改"。

⑫颀（qí）：身长貌。《诗·卫风·硕人》："硕人其颀。"传："颀，长貌。"

⑬豚胁：斋抄本作"豕肋"，亭刻本，二十四卷本作"豚肩"。豚肩：猪前肘。

⑭蒸饼：古人称馒头为蒸饼，又称笼饼。

⑮餐：二十四卷本作"飧"。下同。

⑯果腹：吃饱肚子。语出《庄子·逍遥游》："适莽苍者，三飧而反，腹犹果然。"果：饱足。

⑰饫（yù）饱：饱食。饫、饱同义。

⑱若：亭刻本作"如"。

⑲婴：斋抄本作"撄"，二字通。触犯。

⑳二十四卷本"陆"上无"曰"字。

㉑耳：斋抄本作"也"。朝村而暮郭：意谓终日漂泊于城乡之间。

㉒二十四卷本"益"上有"乐"字。

㉓估舟：载运货物的商船。明·陈子龙《孙新斋同年索诗寿其母》："我随估舟发扬子，湖水冻立连旌竿。"

㉔二十四卷本"俄"下有"而"字。

㉕船：斋抄本作"舟"。

㉖珠还：喻财物失而复得。《后汉书·孟尝传》："（尝）迁合浦太守。郡不产谷实，而海出珠宝。……先时宰守并多贪秽，诡人采求，不知纪极，珠遂渐徙于交趾郡界。……尝到官，革易前弊，求民病利；曾未逾岁，去珠复还。"后因以"合浦珠还"喻失物复得或去而复还。

㉗遂：二十四卷本作"犹"。

㉘箝：亭刻本作"嵌"，二十四卷本作"筴"。

㉙老：亭刻本无"老"字。

㉚瓿（bù）：古代器物名，青铜或陶制。圆口，圈足，深腹。用以盛酒或水。盛于商代。《汉书·扬雄传》下："吾恐后用覆酱瓿也。"

㉛盎盂：容器名。盎：一种大腹敛口的容器，盂：形近于碗。

㉜星：亭刻本、二十四卷本作"者"。动摇：斋抄本作"摇动"。

㉝海：斋抄本作"河"。

㉞夭矫：屈伸自如貌。

㉟缦：亭刻本作"幔"。缦（màn）车：古代一种不饰花纹的

车子。《周礼·春官·巾车》:"卿乘夏缦。"疏:"言缦者,亦如缦帛无文章。"

㊱牛鞭:一种特别粗长的短柄皮鞭。

㊲曰:二十四卷本作"云"。

㊳约:二十四卷本作"遥"。

㊴二十四卷本"谓"上有"其人"二字。

㊵雷曹:雷部属官。我国道教中的"九天应元雷声普化天尊",总司天、地、水、神、妖五雷。而天雷,箕星掌之;地雷,房星掌之;水雷,奎星掌之;神雷,鬼星掌之;妖雷,娄星掌之。

㊶天限:指上文"罚谪三载"的期限。

㊷尺:二十四卷本作"丈"。掷前:亭刻本无"掷前"二字。

㊸满:二十四卷本作"盈"。沟浍(kuài):田间行水道曰沟,排水渠曰浍。

㊹黝黝(yǒu):青黑色。

㊺则:斋抄本无"则"字。

㊻二十四卷本"妻"上有"乐"字。握发:梳理头发。

㊼少微星:星官名。属太微垣,共四星。《星经》:"少微四星在太微西,士大夫之位也。第一星曰处士,二为议士,三为博士,四为丈夫。"

㊽手稿本"君"上原有"因先君失一德,余寿龄"九字,涂去。

斋抄本、二十四卷本有此九字。二十四卷本"余"作"我"。

㊴天上：斋抄本作"上天"。

㊵临蓐：临产，分娩。蓐：床上草垫，古代妇女坐以临产。

㊶耀：斋抄本作"辉"。

㊷二十四卷本"第"下有"焉"字。

㊸"忽觉"句：意谓忽然发觉上天并没有把我安排在文章仕进这条路上。苍苍：指天。

㊹"遂弃"句：意谓放弃文墨生涯是如此的容易。毛锥：毛笔的代称。以束毛为笔，形状如锥，故称。《新五代史·史弘肇传》："弘肇曰：'安朝廷，定祸乱，直须长枪大剑，若毛锥子安足用哉？'三司使王章曰：'无毛锥子，军赋何从集乎？'毛锥子盖言笔也。"毛锥子省称毛锥。脱屣：脱去鞋子。比喻很轻易。《汉书·郊祀志》上记汉武帝刘彻说："嗟乎！诚得如黄帝，吾视去妻子如脱屣耳！"

㊺者：斋抄本、二十四卷本无"者"字。燕颔投笔：指班超投笔从戎。东汉班超，班彪子，班固弟。父死家贫，为官府抄书养母。"尝辍业投笔叹曰：'大丈夫无它志略，当效傅介子、张骞，立功异域以取封侯，安能久事笔砚间乎？'"燕颔：据说班超"燕颔虎颈"，相者称他有"万里侯相"。见《后汉书·班超传》："相者曰：'生燕颔、虎颈，飞而食肉，此万里侯相也。'"

(56)友：二十四卷本作“朋”。

译文

乐云鹤、夏平子两个人从小同巷居住，长大后同窗读书，成了莫逆之交。夏平子从小聪敏，十岁就出了名，乐云鹤虚心向他求教，夏平子也尽力帮助，从不厌倦，乐云鹤因此文思日益长进，从此两人同样出名。可是在考场上都很不得意，考试总是落选。没多久，夏平子染上瘟疫去世，家里贫穷不能安葬，乐云鹤慷慨地担负起安葬亡友的重任。夏平子留下了孤儿寡妇，乐云鹤时常接济他家，每次得到一升半斗粮食，必定要分为两份，夏平子的妻儿依靠这些活了下来。因此，读书人更加佩服乐云鹤的贤德。乐云鹤家房地产不多，又替夏平子家分担生活开支，家境一天比一天困难。乐云鹤就慨叹说：“文才像夏平子这样，还是无所作为地死去，何况是我呢！人生在世富贵要及时，一年到头忧心忡忡，恐怕在狗马之前就葬身沟壑了，太辜负这一辈子了，不如趁早另作打算。”因此，他放弃读书而去经商。经营了半年，家产达到小康水平。

有一天，乐云鹤路过南京，住在旅舍里。他看见一个人个子很高，筋骨突出，在他的座位旁边踱来踱去，脸色暗淡一脸愁容。乐云鹤问："想要吃东西吗？"那个人也不答话。乐云鹤把自己的饭菜推给他吃，他就用手抓着吃，很快就吃光了。乐云鹤又添了两个人的饭菜，他又吃光了。于是又吩咐店主人割来一大块猪肘子，放上一堆馒头，那个人又吃光了几个人吃的食物，这才算吃饱了。向乐云鹤道谢说："三年以来，从没有吃得这样饱过。"乐云鹤说："你本来是一个壮士，为什么潦倒到这种地步？"那个人说："我有罪，受上天惩罚，不好说。"乐云鹤问他住什么地方，他回答说："陆地上没有房屋，水面上没有船只，整天漂泊在城乡之间。"乐云鹤整理行装打算动身，那个人跟随着他，依依不舍。乐云鹤向他告别，他告诉乐云鹤："你有大难临头，我不忍心忘记你一顿饭的恩情。"乐云鹤觉得奇怪，就跟他一路走。路上，拉他一道吃饭，他推辞说："我一年只吃几顿饭。"乐云鹤更加觉得奇怪。第二天渡江时，风浪大作，货船全被掀翻，乐云鹤同那个人一齐落进江里。一会儿风停了，那个人背着乐云鹤踩着水游上来，登上一条客船。他又冲破波浪游去，过了一会，他拖来一条船，把乐云鹤扶进船舱，叮嘱乐云鹤躺在船上守候。他又跳入江中，用两臂夹着货物出来，抛在船上，又潜入水中，几进几出，排列着的货物堆了满满一船。乐云鹤感谢他说："你救了我已心满意足了，哪里还敢奢望货物失而复得呢？"乐云鹤查看货物，并没有损失，更加高兴，惊叹他是神仙，就要开船起航。那人告辞要走，乐云鹤苦苦地挽留他，他就同乐云鹤一起渡江。乐云鹤笑着说："这一场灾难，只丢了一条金簪。"那个人又要再去寻找。乐云鹤正要劝住他，他已经跳进江中沉下水去。乐云鹤惊愕了好久，忽然看见那个人含笑浮出水面，把金簪交给乐云鹤说："幸好没有辜负你交给的使命。"江上的人没有不惊异的。

乐云鹤跟那个人一块回到家中，住在一起。那个人每隔十几天才吃一顿饭，但吃得多得不得了。有一天，那个人又说要分手，乐云鹤一再挽留他。正好碰上天色昏暗要下大雨，听见了雷声。乐云鹤说："云际间不知道是什么样子，雷又是什么东西。如果能上天去看看，这个疑团就能解开了。"那个人笑笑说："你想到云层中去游玩吗？"过了一会，乐云鹤疲倦了，伏在榻上打盹。醒来以后，觉得身子飘飘摇摇，不像在榻上；睁开眼睛，已经在云气中了，身体周围的白云像棉絮一样。他惊异地站起来，晕晕的像在船上。往下一踩，软绵绵的没有土地。抬头看星斗，就在眼前。因而他怀疑是在做梦。仔细一看,星星嵌在天上,就像成熟的莲子在莲蓬里一样。大的像瓮,中等的像瓿,小的像盅盂。用手去摇摇它们,大的坚固摇不动,小的摇得动,好像可以摘下来。他就摘下一颗,藏在袖筒里。他拨开云层往下看,只见银海一片苍茫,看到城郭像豆子般大小。他惊讶地暗自想:假如一失足,我这个身子还上哪儿找去!一会儿,看见两条龙矫健地扭动着,拖着一辆不饰花纹的车子过来。龙尾一甩,像挥动牛鞭发出的声响。车上装着大缸,周长都有好几丈,里面装满了水。有几十个人用瓢舀水,遍洒在云层中。他们忽然看到乐云鹤,都觉得奇怪。乐云鹤一看,跟自己来的那个壮士也在其中,那个人对大家说:"这是我的朋友。"接着他拿一把瓢交给乐云鹤,叫乐云鹤洒水。当时地上正苦于干旱,乐云鹤接过瓢,拨开云层,隐约望见家乡,就尽情地把水倾倒下去。没多久,那个人对乐云鹤说:"我本来是雷神的下属,前几年误了行雨,被贬到人间三年。现在期限已满,让我们从此告别吧。"就用驾车的万尺长绳扔到他面前,让他握住绳端缒下去。乐云鹤怕有危险,那个人笑着说:"不会出事。"乐云鹤照那个人的话办,飕飕地转眼就到了地上。一看,正好落在家乡的村子外面。绳子渐渐收进云层中，看不见了。

当时，天旱了好久，十里之外雨只下了一指深，唯独乐云鹤的村子大渠小沟都装满了雨水。乐云鹤回到家里，摸摸袖筒，摘下的星星还在。拿出来放在桌子上，颜色深黑像块石头。到晚上，就亮光四射，映照四面墙壁。乐云鹤更拿它当宝贝，包了又包地收藏起来。每当有贵客来，就拿出来照明喝酒。正眼看它，就觉得条条光线刺目。一天晚上，乐云鹤的妻子正坐在宝星对面梳头，忽然看见宝星的光芒渐渐减弱，像支萤光，流动横飞过来。他妻子正要怪叫，宝星已经飞入口中，咯也咯不出来，竟吞了下去。妻子吓得跑去告诉乐云鹤，乐云鹤也认为很怪。睡下以后，梦见夏平子来说："我是少微星。你对我的深情厚谊，一直记在心里不忘怀。又承蒙你从天上把我带回来，可以说很有缘份。现在我要变成你的儿子，以便报答你的大恩大德。"乐云鹤三十岁还没有儿子，做了这个梦很高兴。从此以后，妻子果真怀孕。等到临产，光辉照满房间，像那颗星星放在桌上的时候一样，因此给孩子取名"星儿"。星儿非常机灵，十六岁就中了进士。

异史氏说:"乐云鹤的文章名噪一世,忽然发觉上天并没有把自己安排在文章仕进这条道路上,于是就像脱掉鞋子那样轻易地放弃了文墨生涯。这与班超投笔从戎有哪点不同?至于雷曹报答一顿饭的恩德,少微星酬谢好朋友的知遇,难道是神人私自报答恩惠吗,这是造物主公正地酬报贤豪之人啊。"

赌符

原文

韩道士，居邑中之天齐庙①，多幻术，共名之"仙"。先子与最善②，每适城，辄造之。一日与先叔赴邑③，拟访韩，适遇诸途。韩付钥曰："请先往，启门坐。少旋我即至。"乃如其言，诣庙发扃，则韩已坐室中。诸如此类④。先是有敝族人嗜博赌⑤，因先子亦识韩。值大佛寺来一僧⑥，专事樗蒲⑦，赌甚豪。族人见而悦之，罄资往赌，大亏。心益热，典质田产复往，终夜尽丧。邑不得志⑧，便道诣韩，精神惨淡，言语失次。韩问之，具以实告。韩笑曰："常赌无不输之理。倘能戒赌，我为汝覆之⑨。"族人曰："倘得珠还合浦⑩，花骨头当铁杵碎之⑪！"韩乃以纸书符，授佩衣带间，嘱曰："但得故物即已，勿得陇复望蜀也⑫。"又付千钱，约赢而偿之⑬。族人大喜而往。僧验其资，易之⑭，不屑与赌。族人强之，请以一掷为期⑮。僧笑而从之。乃以千钱为孤注⑯，僧掷之无所胜负⑰，族人接色，一掷成采。僧复以两千为注，又败。僧渐增至十余千，明明枭色，呵之，皆成卢雉⑱。计前所输，顷刻尽覆。阴念再赢数千亦更佳⑲，乃复博，则色渐劣。心怪之，起视带上，则符已亡矣，大惊而罢。载钱归庙，除偿韩外，追而计之，并末后所失，适符原数也。已乃愧谢失符之罪⑳。韩笑曰："已在此矣。固嘱勿贪而君不听，故取之。"

异史氏曰："天下之倾家者，莫速于博；天下之败德者，亦莫甚于博。入其中者，如沉迷海，将不知所底矣㉑。夫商农之人，具有本业㉒；诗书之士，尤惜分阴㉓。负耒横经㉔，固成家之正路；清谈薄饮，犹寄兴之生涯㉕。尔乃狎比淫朋，缠绵永夜㉖。倾囊倒箧，悬金于嶮巇之天㉗，呵雉呼卢㉘，乞灵于淫昏之骨㉙。盘施五木，似走圆珠㉚；手握多章㉛，如擎团扇㉜。左觑人而右顾己，望穿鬼子之睛㉝；阳示弱而阴用强，费尽魍魉之技㉞。门前宾客待，犹恋恋于场头㉟；舍上火烟生㊱，尚眈眈于盆里㊲。忘餐废寝㊳，则久入成迷；舌敝唇焦，则相看似鬼。迨夫全军尽没㊴，热眼空窥㊵。视局中则叫号浓焉，技痒英雄之臆㊶；顾橐囊底而贯索空矣㊷，灰寒壮士之心㊸。引颈徘徊，觉白手之无济㊹；垂头萧索，始玄夜以方归㊺。幸交谪之人眠㊻，恐惊犬吠；苦久虚之腹饿，敢怨羹残。既而鬻子质田，冀珠还于合浦㊼；不意火灼毛尽㊽，终捞月于沧江㊾。及遭败后我方思，已作下流之物㊿；试问赌中谁最善，群指无裤之公(51)。甚而枵腹难堪，遂栖身于暴客(52)；搔头莫度，至仰给于香奁(53)。呜呼！败德丧行，倾产亡身(54)，孰非博之一途致之哉！”

注释

①天齐庙：供奉泰山神的庙宇。唐玄宗曾封泰山神为天齐王，宋真宗先后封之为仁圣天齐王和东岳天齐仁圣帝，元世祖封之为天齐大生仁圣帝。明清以来，庙宇甚多。

②先子：指作者父亲蒲槃。槃字敏吾，以明季战乱弃读而贾，但仍闭户读书不倦，时人皆服其渊博。子：古代对男子的尊称。

③先叔：指作者的叔父蒲祝。据《蒲氏世谱》作者附志，蒲祝为人豪爽好施，族中贫寒子弟赖以成家者甚众。

④亭刻本“类”下有“甚多”二字。

⑤博赌：亭刻本作“赌博”。

⑥大：亭刻本作“天”。大佛寺：与天齐庙均未见载于《淄川县志》，故未详。

⑦摴（chū）蒲：也作“樗蒱”“樗蒲”。古代博戏。博具有子、马、五木等。人执六马，用五木掷彩；彩有十种，以卢、雉、犊、白为贵彩，余为杂彩。贵彩得连掷、打马、过关，杂彩则否。盛行汉魏。后则专以五木为戏。并为赌博的通称。

⑧邑：亭刻本作"邑邑"。二十四卷本作"悒悒"。

⑨覆：亭刻本、二十四卷本作"复"。下同。

⑩珠还合浦：此指赢回所输掉的钱。见《雷曹》注㉖。

⑪花骨头：又称色子、骰子。骰子本只二枚，用玉石制成，故又称明琼。唐以后骰子改用骨质，其数增至六枚，形为正方体，六面分别刻一至六点之数，掷之以决胜负。因点皆着色，故后世通称色子。花骨头为其别称。

⑫得陇复望蜀：既取得陇地，又想占有蜀地。比喻得此望彼，贪心不足。《后汉书·岑彭传》载，东汉初年，隗嚣和公孙述分别占据着陇地和蜀地，汉光武帝刘秀派岑彭等去攻打隗嚣的西城和上邽两地，他在给岑彭的信中说："两城若下，便可将兵南击蜀虏。人苦不知足，既平陇，复望蜀。"此指扳本之后还想赢钱。

⑬赢：斋抄本、二十四本作"赢"。下同。

⑭易之：轻视他，认为赌本太小。

⑮以：斋抄本、二十四卷本无"以"字。

⑯孤注：尽其所有以为赌注《宋史·寇准传》："(王)钦若曰：'陛下闻博乎？博者输钱欲尽，乃罄所有出之，谓之孤注。'"

⑰所：亭刻本无"所"字。

⑱"明明"三句：谓寺僧掷色子，明明可望得上彩，却成了中下彩。枭、卢、雉皆古博戏彩名。何者最上，说法不一。

一般认为枭彩最上,雉彩最下。

⑲念:二十四卷本作"思"。亦:斋抄本作"为"。更:亭刻本无"更"字。

⑳乃:二十四卷本作"而"。

㉑所底(zhǐ):所终。底:谓底极,即终极,尽头。《后汉书·仲长统传》引《昌言·理乱》:"澶漫弥流,无所底极。"

㉒具:斋抄本、二十四卷本作"俱"。

㉓分阴:晷影移动一分。喻极短的时间。《晋书·陶侃传》:"大禹圣者,乃惜寸阴;至于众人,当惜分阴。"

㉔负耒横经:谓出而负耒,入而横经,耕读兼营。负耒:出处不详。耒:古代的一种农具,形状像木叉,用以松土。横经:听老师讲解时横陈经书。《后汉纪》:董春字纪阳,少好学,究极圣指。从者数百人,横经捧手,次第问难。

㉕"清谈"二句:聚友清谈,偶尔少量饮酒,也是生活中寄托兴会的一种方式。

㉖"尔乃"二句:谓亲近邪友,整夜聚赌。狎比:亲近。淫朋:不走正道的朋友,邪友。永夜:长夜,整夜。

㉗悬金于崄巇(xiǎn xī)之天:意谓探取悬金于颠危莫测之天路。形容赌徒渴望借赌发财,不惜行险以求侥幸。崄巇:同"险巇"。形容山路危险。泛指道路艰难。《楚辞》东方朔《七谏·怨世》:"何周道之平易兮,然芜秽而险巇。"注:"险巇,

犹颠危也。"

㉘呵雉呼卢：斋抄本、二十四卷本作"呼雉呵卢"。赌徒呼叫胜彩之声。

㉙淫昏之骨：指色子。

㉚"盘旋"二句：意谓色子在赌盘中旋转，在赌徒看来如圆珠走盘，让人喜爱。五木：古代博具。斫木为子，一具五枚，故名。古博戏樗蒲用五木掷彩打马，其后则专掷五木以决胜负。李白《赠别从甥高五》诗："五木思一掷，如绳系穷猿。"后世所用骰子，相传即由五木演变而成。唐李翱著有《五木经》。圆珠：珍珠。

㉛章：亭刻本作"张"。章：纸牌上的花纹，代指纸牌。古代博戏之一种，即彩选，也叫"叶子格""叶子戏"，简称"叶子"。欧阳修《归田录》："叶子格者，自唐中世以后有之。骰子格本备检用，故亦以叶子写之，因以为名尔。"明清时称马吊牌为叶子戏，则名同实异。

㉜团扇：圆形有柄的扇子，我国古代宫中常用，亦称"宫扇"。王昌龄《长信愁》诗："奉帚平明秋殿开，且将团扇共徘徊。"

㉝"左觑"二句：意谓赌徒左顾右盼，观测权衡，渴望胜局，简直要把双眼望穿。鬼子之睛：喻赌徒紧张、贪婪的眼神。

㉞"阳示"二句：意谓赌徒虚虚实实，用尽心机。示弱、用强：谓示敌以弱，而出强以胜之。以兵法喻赌。

㉟场头：赌场上。

㊱火烟：亭刻本作"烟火"。

㊲眈眈：垂目注视貌。盆：掷色子的赌盆。

㊳餐：二十四卷本作"飡"。下同。

㊴全军尽没：喻赌本输得精光。

㊵热眼空窥：带着热衷于赌博的眼神在局外旁观。

㊶技痒英雄之臆：谓赌徒心中技痒，跃跃欲试。此处"英雄"及下句"壮士"都是讽刺称呼。犹言末路英雄、金尽壮士。

㊷橐：斋抄本作"囊"。贯索：穿制钱的绳子。

㊸灰寒壮士之心：承上句，谓囊空如洗，使赌徒心灰意冷。

㊹"引颈"二句：意谓伸长脖子在局外徘徊观望，深感空手无钱不能再赌。白手：空手，手中无钱。无济：无济于事。不能参与赌博。

㊺"萧索"二句：落寞无绪。玄夜：黑夜，深夜。

㊻交谪之人：指妻子。详见《王成》注③。

㊼珠还：亭刻本作"还珠"。

㊽尽：斋抄本、二十四卷本作"烬"。

㊾捞月于沧江：犹言"水中捞月"。喻目的决难实现，徒劳无益。沧江：泛称江。以江水呈青苍色，故称。

㊿"及遭"二句：意谓等到全盘皆输，方思悔恨，但已被目为众恶所归之人。下流之物：指不走正道，卑鄙龌龊之人。

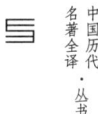

(51)指：亭刻本作“推”。公：二十四卷本作“翁”。无裤之公：意谓输得倾家荡产几乎没有裤子穿。

(52)“甚而”二句：此谓更有甚者，因迫于饥饿而入伙为盗。枵（xiāo）腹：空腹，饥饿。暴客：强盗。

(53)香奁：妇女妆奁之物，此指妻子之陪嫁首饰之类的东西。

(54)产：斋抄本、二十四卷本作“财”。

译文 韩道士，居住在县城的天齐庙，会许多幻术，大家都称他为“仙”。我的父亲生前跟他最友好，每次进城，总要拜访他。有一天，父亲同我叔叔进城，准备去拜访韩道士，正好在路上碰到他。韩道士把钥匙交给我父亲，说：“请你们先去，开门进去坐。一会我就赶回来。”他们照他的话办。到天齐庙去打开房锁，可是韩道士已经坐在屋里了。诸如此类的幻术很多。

从前，我们家族中有个人特别好赌，因我父亲的关系他也认识韩道士。正巧大佛寺来了一个和尚，专门干赌钱的勾当，赌起来赌注很大。那个族人见了和尚很高兴，拿出所有的钱去赌，结果输得精光。族人扳本的心更切，典押了田产又去赌，一个晚上输得干干净净。族人闷闷不乐很失意，顺路去看韩道士，神情凄惨，语无伦次。韩道士问他，他如实地告诉了韩道士。韩道士笑笑说："经常赌没有不输的道理。倘若你能戒赌，我帮你把本钱扳回来。"族人说："如果输掉的钱能够扳回来，我就用铁棒把色子全砸碎！"

韩道士就用纸画了一道符，交给族人佩戴在衣带上，叮嘱他说："只要扳回输掉的钱就行了，不要扳本之后又想赢。"又交给他一千铜钱，约定赢了钱就归还。族人非常高兴地又去赌。和尚看了他的赌资，很轻视他，不屑跟他赌。族人硬要和尚赌，要求以掷一次色子为限。和尚笑着同意了。族人就以一千铜钱为赌注。和尚掷色子没有什么输赢，族人接过色子，一掷就成胜彩。和尚再以两千铜钱为赌注，又输掉。和尚渐渐把赌注增加到十几千，明明要掷个上彩，一喊，都成了中下彩。族人算算以前输掉的钱，顷刻之间全扳了回来。暗暗盘算再赢它个几千那更好，就再赌，可是色子越掷越差。族人感到奇怪，起身一看衣带上，原来道符已经不见了，他大吃一惊，连忙住手。族人把赢回的钱带到天齐庙，除了还韩道士的以外，追算一下，连那最后输掉的，正好跟原来的赌本相符。还钱后族人惭愧地为丢失道符表示歉意。韩道士笑着说："道符已经在我这里了。本来叮嘱你不要贪心，可是你不听，所以我把它收回来了。"

异史氏说："天下倾家荡产者，没有比赌博更快的；天下败坏道德者，也没有比赌博更甚的。进入赌场的人如沉迷海，就不知道有个尽头。经商务农的人，都有他们的本业；读诗书的士子，更应该爱惜光阴。负耒捧经，本来是成家立业的正路；聚友清谈偶尔少饮，也是生活的寄兴方式。你却亲近邪友，长夜聚赌。把家里的钱尽数拿出，不惜行险路以求侥幸；狂呼胜彩，乞求灵佑于淫邪昏乱的枯骨。赌盘中旋转的五木，你看来像是珍珠滚动；手里握着纸牌，如宫人手擎团扇。左顾他人右盼自己，简直要把双眼望穿；明示弱而暗用强，使尽了精怪的心计。门前宾客在等待，还恋恋不舍赌场；家中房屋失火，仍专心注视于赌盆。废寝忘食，赌久了就成迷；口干舌燥，看来像是个鬼。等到赌本输光，带着热衷于赌的眼神在局旁观望。看赌场中呼号胜彩之声正浓，赌徒心中技痒又跃跃欲试；望口袋里钱串子已经空了，使赌徒心灰意冷。伸长脖子在局外徘徊，深感空手无钱不能再赌；垂头丧气，在深夜才走回家来。幸好埋怨他赌博的妻子已经睡下，又怕惊动狗叫把她吵醒；只苦了早已饿空了的肚子，还敢埋怨什么残酒剩饭。随后又卖掉子女典押家产，希望能扳回老本；想不到如火烧毛发烧个干净，终归水中捞月一场空。等到全盘皆输后才思悔恨，已经成了众人所不齿的货色；试问赌场中哪种人结局最好，众人都指那赌得穿不起裤子的人。更有甚者饥饿难忍，就栖身于盗贼之中；走投无路无法度日，以至于仰仗妻子的妆奁之物。唉！败坏道德丧失品行，倾尽财产自取灭亡，谁不是赌博这条路造成的呢！"

阿霞

原文

文登景星者①,少有重名。与陈生比邻而居,斋隔一短垣。一日,陈暮过荒落之墟,闻女子啼松柏间。近临,则树横枝有悬带,若将自经。陈诘之,挥涕而对曰:"母远出,托妾于外兄②。不图狼子野心③,畜我不卒④。伶仃如此,不如死⑤!"言已,复泣。陈解其带,劝令适人。女虑无可托者。陈请暂寄其家,女从之。既归,挑灯审视,丰韵殊绝。大悦,欲乱之。女厉声抗拒,纷纭之声,达于间壁。景生逾垣来窥⑥,陈乃释女。女见景⑦,凝眸停谛⑧,久乃奔去。二人共逐之,不知去向。景归,阖户欲寝⑨,则女子盈盈自房中出⑩。惊问之⑪,答曰:"彼德薄福浅,不可终托⑫。"景大喜,诘其姓氏。答曰:"妾祖居于齐⑬,为齐姓⑭,小字阿霞。"入以游词,笑不甚拒,遂与寝处。斋中多友人往来,女恒隐闭深房⑮。过数日,曰:"妾姑去。此处烦杂⑯,困人甚。继今,请以夜卜⑰。"问:"家何所?"曰:"正不远耳。"遂早去,夜果复来,欢爱綦笃。又数日,谓景曰:"我两人情好虽佳,终属苟合。家君宦游西疆⑱,明日将从母去,容即乘间禀命⑲,而相从以终焉。"问:"几日别?"约以旬终。既去,景思斋居不可常,移诸内⑳,又虑妻妒。计不如出妻。志既决㉑,妻至辄诟厉㉒,妻不堪其辱,涕欲死。景曰:"死恐见累,请蚤归㉓。"遂促妻行。妻啼曰:"从子十年,未尝有失德㉔,何决绝如此㉕。"景不听,逐愈急。妻乃出门去。自是垩壁清尘㉖,引领翘待,不意信杳青鸾㉗,如石沉海㉘。妻大归后㉙,数浼知交,请复于景,景不纳,遂适夏侯氏。夏侯里居㉚,与景接壤,以田畔之故㉛,世有郤。景闻之㉜,益大恚恨。然犹冀阿霞复来,差足自慰。越年余㉝,并无踪绪。会海神寿㉞,祠内外士女云集㉟,景亦在㊱。遥见一女,甚似阿霞。景近之,入于人中;从之,出于门外;又从之,飘然竟去。景追之不及,恨悒而返。后半载,适行于途,见一女郎著朱衣㊲,从苍头㊳,鞚黑卫来。望之,霞也。因问从人:"娘子为谁?"答言:"南村郑公子继室。"又问:"娶几时矣?"曰:"半月耳。"景思,得毋误耶?女郎闻语,回眸一睇,景视㊴,真霞㊵。见其已适他姓,愤填胸臆,大呼曰:"霞娘,何忘旧约?"从人闻呼主妇,欲奋老拳㊶。"女急止之,启幛纱谓景曰㊷:"负心人何颜相见?"景曰:"卿自负仆,仆何尝负卿!"女曰:"负夫人甚于负我！结发者如是[43]，而况其他？向以祖德厚，名列桂籍[44]，故委身相从。今以弃妻故，冥中削尔禄秩[45]，今科亚魁王昌[46]，即替汝名者也[47]。我已归郑君[48]，无劳复念。”景俯首帖耳[49]，口不能道词[50]。视女子，策蹇去如飞，怅恨而已。是科，景落第，亚魁果王氏昌名[51]。郑亦捷[52]。景以是得薄倖名[53]。四十无偶，家益替，恒趁食于亲友家[54]。偶诣郑，郑款之，留宿焉。女窥客，见而怜之，问郑曰："堂上客，非景庆云耶[55]？”问所自识，曰："未适君时，曾避难其家，亦深得其豢养。彼行虽贱，而祖德未斩[56]，且与君为故人，亦宜有绨袍之义[57]。”郑然之，易其败絮，留以数日。夜分欲寝，有婢持廿余金赠景[58]。女在窗外言曰："此私贮，聊酬夙好，可将去，觅一良匹。幸祖德厚，尚足及子孙。无复丧检[59]，以促余龄。”景感谢之。既归，以十余金买缙绅家婢，甚丑悍。举一子。后登两榜[60]。郑官至吏部郎[61]。既没[62]，女送葬归，启舆则虚无人矣，始知其非人也。噫！人之无良[63]，舍其旧而新是谋[64]，卒之卵覆而鸟亦飞[65]，天之所报亦惨矣！

注释 ①星：二十四卷本作“生”。文登：县名。汉不夜县地，北齐置文登县。今山东省文登县。

②外兄：对姑舅兄弟中年长于己者的称呼。《后汉书·来歙传》："君叔虽单车远使，而陛下之外兄也。"注："光武之姑子，故曰外兄也。"也用于称同母异父或同父异母之兄。

③狼子野心：狼崽子自小就具有凶残的本性。原指凶恶残暴的人恶性难改；后比喻坏人用心狠毒。《左传·宣公四年》："谚曰：狼子野心，是乃狼也，其可畜乎！"

④畜我不卒：养我不终。《诗·邶风·日月》："父兮母兮，畜我不卒。"

⑤二十四卷本"不"上有"念"字。

⑥垣：亭刻本作"墙"。

⑦斋抄本、二十四卷本"景"下有"生"字。

⑧谛：斋抄本、亭刻本、二十四卷本作"睇"。

⑨阄户：二十四卷本作"阄门"。

⑩盈盈：仪态轻盈美好貌。《文选·古诗十九首》："盈盈楼上女，皎皎当户牖。"

⑪二十四卷本"惊"上有"景"字。

⑫终托：终身相托；指嫁人。

⑬齐：周代齐国都于临淄，其辖地相当于今山东省东部及北半部。

⑭为齐姓：斋抄本作"以齐为姓"。

⑮闭：二十四卷本作"避"。

⑯烦：亭刻本作"繁"。

⑰以夜卜：即"卜以夜"，选定夜间。

⑱家君：家父。宦游：在外做官。

⑲禀命：请命，指征得父母同意。

⑳诸：二十四卷本作"于"。

㉑既：亭刻本作"遂"。

㉒二十四卷本"至"下有"前"字。厉：二十四卷本作"詈"。

㉓蚤：二十四卷本作"早"。同"蚤"。

㉔有：斋抄本无"有"字。

㉕二十四卷本"何"下有"忽"字。

㉖垩壁：用石灰刷墙，指整饰房屋。垩：白土。用白土涂饰也称垩。《尔雅·释宫》："墙谓之垩。"注："白饰墙也。"清尘：扫除灰尘。

㉗信杳青鸾：杳无音讯。信：信使，即青鸾。班固《汉武故事》：七月七日，汉武生日。有青鸟集殿前。帝问东方朔，对曰：是名青鸾，西王母将至矣。后乃以青鸟或青鸾代指信使。

㉘如石沉海：像石头沉入大海一样。比喻杳无音讯或不见踪影。元王实甫《西厢记》："他若是不来，似石沉大海。"

㉙大归：初指已嫁女子归娘家后不再回夫家。《左传·文公十八年》："夫人姜氏归于齐，大归也。"后来习称妇女被丈夫

休弃回娘家。

㉚侯里居：二十四卷本无"侯里居"三字。

㉛畔：田界。《说文》："畔，田界也。"

㉜之：亭刻本无"之"字。

㉝二十四卷本"越"上有"乃"字。

㉞寿：二十四卷本作"祠会"。海神：我国古代按其方位，将海神分为东、西、南、北四海海神。四位海神的模样《山海经》中有描述。《汉书·郊祀志》下：汉宣帝神爵元年（61）制诏太常："夫江海，百川之大者也，今阙焉无祠，其令祠官以礼为岁事，以四时祠江海洛水，祈为天下丰年焉。"

㉟祠：二十四卷本无"祠"字。士女：旧谓男女或未婚男女。《诗·小雅·甫田》："以谷我士女。"《荀子·非相》王先谦集解引郝懿行曰："古以士女为未婚嫁之称。"云集：如云之集，极言人多。《史记·秦始皇本纪》："天下云集响应。"

㊱在：二十四卷本作"往"。

㊲著："着"的本字，二十四卷本作"着"。

㊳苍头：亦作"仓头"。古代私家所属的奴隶。后来用为奴仆的通称。

㊴二十四卷本"视"下有"之"字。

㊵真霞：二十四卷本作"真阿霞也"。

㊶老拳：重拳。《晋书·石勒载记》下："孤往日厌卿老拳，卿

亦饱孤毒手。"

㊷幛：二十四卷本作"障"。

㊸结发者：结发妻子，元配。古代男子二十束发加冠，女子十五束发加笄，婚后挽发为髻。故习称初婚相从之妻（元配）为结发妻。《文选》载苏武诗："结发为夫妻，恩爱两不疑。"

㊹桂籍：唐以后习称科举及第为折桂，故称科举及第人员的名籍叫桂籍。

㊺禄秩：俸禄官阶。

㊻亚魁：乡试第二名。

㊼即：亭刻本无"即"字。

㊽君：斋抄本作"姓"。

㊾俯首帖耳：恭顺听命。韩愈《应科目时与人书》："若俯首帖耳，摇尾而乞怜者，非我之志也。"

㊿二十四卷本"道"下有"一"字。

㉑王氏昌名：二十四卷本作"王昌也"。

㉒郑亦捷：斋抄本无"郑亦捷"三字。

㉓倖：斋抄本作"幸"。薄倖：薄情。对爱情不专一。唐杜牧《遣怀》诗："十年一觉扬州梦，赢得青楼薄倖名。"

㉔趁：亭刻本作"趋"。趁食：乘人家吃饭时赶去蹭饭。

㉕景庆云：庆云是景星的字。

㉖斩：断绝。

(57)绨袍之义：表示不忘旧情之意。《史记·范雎蔡泽列传》：战国时，范雎给魏中大夫须贾办事，被须贾在魏相前毁谤，受打成伤。后来，范雎改名张禄，入秦为相。须贾出使到秦国，范雎装扮成穷人去见他。须贾说："范叔一寒如此哉?"送他一件绨袍。等到发现他就是秦相，乃肉袒谢罪。范雎历数其罪后，说："然公之所以得无死者，以绨袍恋恋，有故人之意，故释公。"绨：古代丝织物名。《急就篇》颜师古注："绨，厚缯之滑泽者也。"

(58)廿余金：斋抄本作"金二十余两"。廿：二十四卷本作"二十"。

(59)丧俭：丧失俭束。指行为不端。

(60)登两榜：清代以会试、乡试榜文为甲榜、乙榜。登两榜就是乡试、会试都被取中，成了进士。

(61)史部郎：吏部郎中或员外郎。

(62)没：二十四卷本作"殁"。

(63)无良：品行不好。

(64)舍其旧而新是谋：弃旧谋新。犹言喜新厌旧。《左传·僖公二十八年》引民谚："原田每每，舍其旧而新是谋。"此指景星遗弃原配谋娶阿霞的行为。

(65)卵：亭刻本作"巢"。卵覆鸟飞：犹俗谚所云"鸡飞蛋打"，喻新旧皆失，一无所获。

译文

文登县的景星,年轻时就很有名气。他和陈生是邻居,两家的书房只隔一道矮墙。有一天,陈生在日暮时分路过一座荒凉冷落的废墟,听见有个女人在松柏林中哭啼,走近一看,见树的横枝上挂着一条带子,女子像是准备上吊自尽。陈生细问她,她抹着眼泪说:"我母亲出远门,把我托付给表兄。想不到表兄狼心狗肺,不再养活我了。我这样孤苦伶仃,不如死了的好。"说完,又泪流满面。陈生为她解下带子,劝她嫁人。女人担心没有可以托以终身的人。陈生请她暂时住在他家,女人就跟他去了。回到家后,点上灯仔细一看,女人长得非常漂亮。陈生十分喜爱,想要跟她胡来。女人大声抗拒,争吵之声,传到了隔壁。景生翻过矮墙来看,陈生才放开女人。女人一见景生,定睛注视,好一会才跑出去,景、陈二人一起追赶她,却不知她跑到哪里了。景生回到家里,关上门准备睡觉,却见女人轻盈地从房里走出来。景生惊奇地问她怎么在这里。女人回答说:"他人品轻薄,福份又浅,不能托付终身。"景生十分高兴,问她的姓名,女人回答说:"我家祖上居住在齐国,就姓齐,小名叫阿霞。"景生对她说些挑逗的话,阿霞只是笑笑不怎么拒绝,于是景生就和她睡了。书房里来往朋友多，阿霞总是躲避在内室。过了几天，阿霞说："我暂时离开一下。这个地方人多烦杂，很让人不舒坦。从今天起，我在晚上来。"景生问她："家住哪里？"阿霞说："正好离这儿不远。"于是就白天走，晚上果然又来，两人欢乐恩爱得很。

又过了几天，阿霞对景生说："我们俩虽说情意深厚，到底是姘居。我父亲在西部做官，明天我要随母亲去那里，让我慢慢找机会征得父母同意，以便终身与你在一起。"景生问她："要分别多长时间？"阿霞约定在十天之内。阿霞走了之后，景生想住在书房不是长久之计，把阿霞搬到内宅去住，又担心妻子妒嫉。他考虑不如把妻子休掉。主意打定以后，妻子一来他总是辱骂，他妻子忍受不了他的欺辱，哭着想寻死。景生说："死了恐怕要连累我，请滚回娘家去。"就催妻子快走。他妻子哭着说："我嫁给你十年，从没有德行方面的过失，为什么绝情到如此地步？"景生不听这些，赶得更加急迫。他妻子就出门回娘家去了。

从此，景生粉刷墙壁扫除灰尘，伸长脖子踮起脚跟盼望阿霞回来，想不到毫无音讯，像石沉大海。他妻子被休弃回娘家后，几次托景生的好朋友说情，请求同景生复婚，景生不接受，于是只好改嫁了一位姓夏侯的。夏侯氏的住宅跟景生家土地紧挨着，因为田界纠纷，世代结下了仇恨。景生听说妻子改嫁给他，更是又气又恨。可是还希望阿霞再回来，多少能得些自我安慰。

过了一年多，阿霞并没有一点踪影。正遇上海神的寿辰，海神祠里里外外男男女女如云聚集，景生也在其中。景生远远望见一个女郎，很像阿霞。景生走近她，她混进人群中；景生跟过去，她又走出了祠门；又跟过去，轻飘飘的竟然离开了。景生追赶不上，又恨又失意地回到家。半年以后，景生正在路上行走，看见一个女郎穿着朱红衣裳，一个家奴跟着，骑着一头黑驴子走来。景生一看，女郎正是阿霞。就问那个家奴："娘子是谁？"家奴回答说："南村郑公子续娶的夫人。"又问："娶了多久"家奴答："半个月了。"景生想，莫非认错人了！女郎听见他们说话，回眼一瞟，景生看清了她，果真是阿霞。景生见阿霞已经嫁给了别人，气愤填膺，大喊："霞娘，为什么忘了从前的约定！"家奴听见喊他主妇的名字，就要动拳头。阿霞急忙制止他，揭开面纱对景生说："负心人还有什么脸来见我？"景生说："是你自己对我负心，我何尝对你负心！"阿霞说："你对你夫人负心甚于对我负心！结发妻子都像这样对待，何况是其他人？一向认为你祖上积德，你命该列在功名簿上，所以才委身跟随你。现在由于抛弃妻子的缘故，阴司削去了你的俸禄官位，今年一科的第二名王昌，就是替代你的人。我已经嫁给郑郎，不劳你再想念我了。"

景生俯首帖耳，嘴里一句话也说不出来。抬头看阿霞，已赶着驴子飞快地走了，景生只有悔恨而已。这一科，景生落榜，第二名果然是姓王名昌的。郑郎也考中了。

景生因此有了薄情负义的名声。四十岁还没有老婆，家境更加破败，经常到亲友家混饭吃。偶然到郑家去，郑郎款待他，留他在家里过夜。阿霞偷看客人，见了难免有些可怜他，问郑郎："堂上的客人，不是景庆云吗？"郑郎问她在什么地方认识的。阿霞说："还没有嫁给你的时候，曾经在他家避过难，也深受他收留照顾之恩，他的行为虽然卑鄙，可是他祖上的积德没有断绝，而且同你是老熟人，也该念往日情义接济他一下。"郑郎认为说得对，帮他换掉破棉袄，留他住了好几天。半夜里，景生正要睡下，有个婢女拿二十多两银子送他。阿霞在窗子外面说："这是我的私房钱，就算酬谢你往日的情义吧，你可以拿去，讨一个好老婆。幸亏你祖上积德厚，还可以庇荫到子孙。你不要再干缺德事，促短你剩下的寿命。"景生很感谢阿霞。回家以后，用十多两银子买了一个乡绅家的婢女做老婆，长得很丑又很凶。生了一个儿子。后来连中了举人、进士。

郑郎做官做到吏部郎中。郑郎死后，阿霞送葬回来，人们打开轿门一看，里面空空的没有人，这才知道阿霞不是平常的人。

唉！一个人品德不好，抛弃旧人而想新欢，结果是鸡飞蛋打，老天爷的报应也够残酷的！

李司鉴

原文

李司鉴①，永年举人也②。于康熙四年九月二十八日③，打死其妻李氏。地方报广平④，行永年查审⑤。司鉴在府前⑥，忽于肉架下⑦，夺一屠刀⑧，奔入城隍庙，登戏台上，对神而跪。自言⑨："神责我不当听信奸人，在乡党颠倒是非⑩，着我割耳。"遂将左耳割落，抛台下。又言："神责我不应骗人银钱，着我剁指⑪。"遂将左指剁去。又言："神责我不当奸淫妇女⑫，使我割肾⑬。"遂自阉，昏迷僵仆。时总督朱云门题参革褫究拟⑭，已奉俞旨⑮，而司鉴已伏冥诛矣。邸抄⑯。

注释

①李司鉴：据光绪《永年县志》卷二十三，知李系顺治八年（1651）辛卯科举人。自残后月余而亡。

②永年：县名。今河北省永年县，清代属广平府。

③康熙四年：即公元1665年。

④广平：亭刻本作"官"。地方：旧时里长、保正称地方。报广平：向广平府报案。广平府治在永年，故径向府署报案。

⑤行永年：亭刻本作"上宪行县"。行永年查审：由广平府派

员亲临永年县调查审理。

⑥司鉴：二十四卷本作"李"。下同。

⑦下：斋抄本、二十四卷本作"上"。

⑧夺：亭刻本作"携"。

⑨二十四卷本"言"下有"曰"字。

⑩乡党：犹言乡里。《礼记·曲礼》："故州闾乡党称其孝也。"注："《周礼》二十五家为闾，四闾为族，五族为党，五党为州，五州为乡。"

⑪剁：斋抄本作"割"。

⑫二十四卷本"淫"下有"人"字。

⑬割肾：割去"外肾"（生殖器）。

⑭朱云门：朱昌祚，字云门，祖籍山东高唐，后徙历城。官至直隶、山东、河南三省总督。后因忤辅政大臣鳌拜意，被立绞。康熙亲政后，得昭雪，赐谥勤愍，谕祭葬。《清史稿》卷二百四十九、《山东通志》《历城县志》有传。题参革褫究拟：意谓奏请朝廷革除李司鉴举人功名巾服，加以审理治罪。这是审理有功名的罪犯必须履行的法律程序。

⑮俞：亭刻本、二十四卷本作"谕"。已奉俞旨：已获得准奏的圣旨。俞：准允。

⑯邸：斋抄本、二十四卷本作"抵"，亭刻本、二十四卷本上有"见"字。邸抄：此二字手稿本稍偏右书写，是作者说明

本篇取材为当时实有之事。邸抄：即邸报。汉唐时地方长官于京师设"邸"，为常驻办事机构。邸中抄录诏令奏章等，以报于诸藩，称邸抄或邸报。后世称朝廷报为邸报，又称朝报；因由邮驿传送，又称邮报。

译文

李司鉴，是永年县的举人。康熙四年九月二十八日，打死了他的妻子李氏。地方上向广平府报案。广平府派员亲临永年县调查审理。李司鉴在府署前，忽然在肉架上夺了一把屠刀，跑进城隍庙，登上戏台，对神跪下。自言自语："城隍责罚我不该听信坏人的话，在街坊上颠倒是非，命令我割下耳朵。"于是，他把左耳割下来，丢在戏台下。又说："城隍责罚我不该骗取别人的银钱，命令我剁掉手指。"于是，他把左手指剁掉。又说："城隍责罚我不应当奸淫妇女，命令我割掉生殖器。"于是他自己执行宫刑。昏死过去僵硬地倒在地上。

当时，总督朱云门奏请参劾革去他的功名审理治罪，已获得准奏的圣旨，可是李司鉴已经受到阴司的诛戮。

此事见于邸报。

五羖大夫

原文　河津畅体元①,字汝玉。为诸生时,梦人呼为"五羖大夫"②,喜为佳兆。及遇流寇之乱,尽剥其衣,闭置空室。时冬月寒甚,暗中摸索,得数羊皮护体③,仅不至死。质明,视之,恰符五数,哑然自笑神之戏己也④。后以明经授雒南知县⑤。毕载积先生志⑥。

注释　①河津:县名。今山西省河津县,清代属绛州直隶州。畅体元:字汝玉,山西河津县人,科贡出身。康熙初任陕西雒南知县,能缓赋恤民、捐资修学、纂辑邑乘,为县人感念。见《雒南县乡土志》。

②五羖(gǔ)大夫:春秋时秦国大夫百里奚号。一作百里傒。少时贫困,乞食于齐,一度以养牛谋生,后为虞大夫。晋献公灭虞,把他虏去,作陪嫁的媵臣,押送往秦。中途逃走,又为楚人所执。秦穆公时入秦执政,佐秦霸诸侯,号五羖大夫。至于称"五羖大夫"的由来,前人的记载和理解多有歧异。《史记·秦本纪》说,百里奚被虏至秦,后逃至宛,楚人拘之,秦穆公闻其贤,以五张黑牡羊皮把他赎回。故号"五

羖大夫"。羖：黑色的公羊。《说文·羊部》："夏羊牡曰羖。"由于百里奚始穷终达，所以畅生把梦中有人叫他"五羖大夫"认为是自己仕途通畅的好兆头。

③羊：亭刻本、二十四卷本无"羊"字。

④哑（yā）：形容笑声。

⑤明经：明清时对贡生的敬称。由各省学政主持挑选府、州、县学中成绩优异或资历较深的生员，贡入京师的国子监肄业，称为贡生，又叫贡监。雒南：县名，在今陕西省。本洛南县，明改洛为雒，属商州。清因之。

⑥毕载积先生志：亭刻本、二十四卷本无此六字。手稿本、斋抄本此六字偏右小字书写，说明本篇为毕氏所记。王士禛《池北偶谈》卷二十六亦载此事：河津人畅体元，少时梦神人呼为"五羖大夫"，颇以自负。及流寇之乱，体元为贼掠，囚絷一室。冬夜寒甚，于壁角得五羊皮覆其身。乃悟神语盖戏之耳。后以明经仕雒南知县。毕载积：见《鸲鹆》注⑲。

译文

河津县人畅体元，字汝玉。他还是个秀才的时候，梦见有人喊他"五羖大夫"，他高兴地认为是好兆头。等到碰上流寇作乱，他的衣服全被剥光，晚上关在一间空屋子里。当时正是冬月，很冷，他在黑暗中摸索，摸得几张羊皮护盖身体，仅仅让他不被冻死。天亮了,一看羊皮,恰好符合"五"这个数。他自笑神灵对他这样开玩笑。后来,他凭贡生资格授雒南知县。

以上是毕载积先生记下的。

附《池北偶谈》一则

原文 河津人畅体元者,少时梦神人呼为"五羖大夫",颇以自负。及流寇之乱,体元为贼掠,囚絷一室。冬夜寒甚,于壁角得五羊皮覆其身。乃悟神语盖戏之耳。后以明经仕雒南知县。

毛狐

原文

农子马天荣,年二十余丧偶,贫不能娶。偶芸田间,见少妇盛妆,践禾越陌而过①,貌赤色,致亦风流。马疑其迷途,顾四野无人,戏挑之,妇亦微纳②。欲与野合。笑曰③:"青天白日,宁宜为此!子归,掩门相候,昏夜我当至④。"马不信,妇矢之。马乃以门户向背具告之⑤,妇乃去。夜分,果至,遂相悦爱⑥。觉其肤肌嫩甚。火之,肤赤薄如婴儿,细毛遍体,异之。又疑其踪迹无据,自念得非狐耶?遂相戏诘,妇亦自认不讳。马曰:"既为仙人⑦,自当无求不得。既蒙缱绻⑧,宁不以数金济我贫?"妇诺之。次夜来,马索金,妇故愕曰:"适忘之。"将去,马又嘱。至夜,问:"所乞或勿忘耶⑨?"妇笑,请以异日。逾数日,马复索。妇笑向袖中出白金二铤⑩,约五六金,翘边细纹,雅可爱玩。马喜,深藏于椟。积半岁,偶需金,因持示人。人曰:"是锡也。"以齿龁之,应口而落。马大骇,收藏而归。至夜,妇至,愤致消让。妇笑曰:"子命薄,真金不能任也。"一笑而罢。马曰:"闻狐仙皆国色⑪,殊亦不然。"妇曰:"吾等皆随人现化。子且无一金之福，落雁沉鱼[12]，何能消受？以我蠢陋[13]，固不足以奉上流[14]，然较之大足驼背者，即为国色[15]。”过数月，忽以三金赠马曰：“子屡相索，我以子命不应有藏金。今媒聘有期，请以一妇之资相馈，亦借以赠别。”马自白无聘妇之说[16]。妇曰：“一二日当自有媒来[17]。”马问：“所言姿貌如何[18]？”曰：“子思国色，自当是国色[19]。”马曰：“此即不敢望。但三金何能买妇[20]？”妇曰：“此月老注定[21]，非人力也。”马问：“何遽言别？”曰：“戴月披星，终非了局。使君自有妇[22]，搪塞何为[23]？”天明而去[24]。授黄末一刀圭[25]，曰：“别后恐病，服此可疗[26]。”次日，果有媒来。先诘女貌，答：“在妍媸之间。”問：“聘金几何？”“约四五数。”马不难其价，而必欲一亲见其人[27]。媒恐良家子不肯衒露[28]，既而约与俱去，相机因便[29]。既至其村[30]，媒先往，使马待诸村外[31]。久之，来曰：“谐矣。余表亲与同院居，适往，见女坐室中[32]。请即伪为谒表亲者而过之，咫尺可相窥也。”马从之[33]。果见女子坐堂中[34]，伏体于床，倩人爬背[35]。马趋过[36]，掠之以目，貌诚如媒言。及议聘，并不争直，但求得一二金[37]，妆女出阁[38]。马益廉之，乃纳金[39]，并酬媒氏及书券者[40]，计三两已尽，亦未多费一文。择吉迎女归,入门,则胸背皆驼,项缩如龟,下视裙底,莲舡盈尺㊶。乃悟狐言之有因也㊷。

异史氏曰:"随人现化,或狐女之自为解嘲。然其言福泽,良可深信。余每谓:非祖宗数世之修行,不可以博高官;非本身数世之修行,不可以得佳人。信因果者㊸,必不以我言为河汉也㊹。"

注释

①过:二十四卷本作"来"。

②纳:亭刻本作"笑"。

③笑:亭刻本无"笑"字。

④昏夜:二十四卷本作"黄昏"。

⑤具:斋抄本作"俱"。

⑥悦:二十四卷本作"欢"。

⑦仙人:对狐精的婉称。

⑧既:二十四卷本作"幸"。缱绻:固结不解。后多用以形容情意深厚,犹言缠绵。

⑨乞:二十四卷本作"祈"。勿:亭刻本作"又"。耶:斋抄本作"也"。

⑩铤(dìng):通"锭"。二十四卷本作"锭"。

⑪国色:一国中最美的女子。《公羊传·僖公十年》:"骊姬者,

国色也。"

⑫落雁沉鱼：使游鱼下沉，飞雁降落。形容女子容貌极其美丽。语本《庄子·齐物论》："毛嫱、丽姬，人之所美也；鱼见之深入，鸟见之高飞，麋鹿见之决骤，四者孰知天下之正色哉。"本谓动物不辨美色，后反用其意，以"沉鱼落雁"形容女子貌美。一说，"沉鱼"指春秋战国时期的西施。西施在河边浣沙，鱼儿见了俊俏的倒影，忘了游水，沉到河底。"落雁"指汉代王昭君。汉元帝选昭君与单于结亲，在北去的路上，大雁见到如此美貌的女子，忘了飞行，跌落下来。

⑬蠢陋：斋抄本作"陋质"。

⑭固：二十四卷本无"固"字。

⑮为：二十四卷本无"为"字。"色"下有"也"字。

⑯妇：亭刻本作"媒"。

⑰一二：二十四卷本作"二三"。

⑱如何：亭刻本、斋抄本作"何如"。

⑲是国色：二十四卷本作"倾城"。

⑳能买：二十四卷本作"足聘"。

㉑注：二十四卷本作"配"。月老：月下老人。唐李复言《续幽怪录·定婚店》：韦固少未娶。旋次宋城，遇老人倚囊而坐，向月检书。问之，曰："此天下之婚牍耳。"问："囊中何物？"曰："赤绳耳。以此系夫妇之足，虽仇家异域，此绳一

系,终不可易。"固问:"予妻何在?"曰:"君妻乃此店北卖菜陈妪女。"固逐之菜市,见妪抱二岁女,敝陋亦甚。怒,磨刀付奴,翌日刺于稠人中,伤眉间。后固以父荫参相州军事,刺史王泰妻以女,容貌端丽,眉间常贴花钿。问之。曰:"妾郡守之犹子也。父卒于宋城。时方襁褓,乳媪鬻蔬以终朝夕。尝抱于市,为贼所伤。固遂与言往事。宋城宰闻之,名其店曰定婚店。后世因以月下老人(月老)为主管婚姻之神,又为媒人之代称。

㉒使:二十四卷本无"使"字。使君自有妇:此借用乐府民歌《陌上桑》诗句:"使君自有妇,罗敷自有夫。"意谓马天荣即将有妻子。使君:汉时称刺史为使君,后用作对州郡长官的尊称。这里是借用。

㉓搪:二十四卷本作"唐"。搪塞:苟且敷衍。

㉔而:二十四卷本作"遂"。去:亭刻本作"归"。

㉕刀圭:古代量取药末的用具,容量极小。

㉖二十四卷本无"授黄末……可疗"十五字。

㉗而:二十四卷本无"而"字。亲:二十四卷本无"亲"字。

㉘衒:二十四卷本作"炫"。衒露:犹言抛头露面。

㉙因:此据亭刻本,手稿本字迹不清,似是"图"字。斋抄本无此字。因便:二十四卷本作"便行"。

㉚既:二十四卷本无"既"字。

㉛待：斋抄本作"候"。待诸：二十四卷本作"候于"。

㉜二十四卷本"见"下有"其"字。室：二十四卷本作"堂"。

㉝之：二十四卷本作"去"。

㉞堂：斋抄本、二十四卷本作"室"。

㉟爬：亭刻本作"搔"。

㊱趋：二十四卷本作"急"。

㊲得：斋抄本、二十四卷本无"得"字。

㊳妆：斋抄本作"装"。

㊴金：二十四卷本作"聘"。

㊵及：二十四卷本作"与"。书券者：写婚书的人。

㊶舡：斋抄本、亭刻本、二十四卷本作"船"。莲舡：女子小脚鞋的戏称。谓其大如船。旧时习称女子尖足为金莲，故有此称。

㊷乃：二十四卷本作"始"。

㊸因果：佛教名词。因亦称因缘，分六因、十因、四缘等。果或称果报。"酬因曰果"，一般五果。佛教认为，任何思想行为，都必然导致相应之后果，"因"未得"果"之前，不会自行消失；反之，不作一定之业因，亦不会得相应的结果。据此提出"三世因果"，以为现世人们的贫穷富达，是前世造善恶诸业决定的结果，今世的善恶行为，亦必导致后世的罪福报应。故业报亦称因果。

㊹河汉：银河。比喻言论夸诞迂阔、不切实际。《庄子·逍遥游》："肩吾问于连叔曰：'吾闻言于接舆，大而无当，往而不返；吾惊怖其言，犹河汉而无极也。'"唐成玄英疏："犹如上天河汉，迢递清高，寻其源流，略无穷极也。"

译文

农家子弟马天荣，二十多岁时死了老婆，穷得无法再娶。偶然在田间锄草，看见一个少妇身穿盛装，踩着禾苗越过田间小路从他面前走过，脸色红润，神态倒也动人，马天荣疑心她迷了路。看四周没有人，就挑逗她。少妇也默默接受。马天荣想跟她在野地里交合。少妇笑着说："青天白日，岂能干这种事！你回去，掩上门等我，天黑我会来的。"马天荣不信，少妇就向他发誓。马天荣就把住址详细地告诉她，少妇就走了。半夜里，少妇果然来了，于是就做爱。马天荣觉得她的肌肤很细嫩。点灯一看，皮肤又红又薄像婴儿的皮肤一样，浑身长满细毛，感到很奇怪。又疑心她来路不明，自己暗想不会是狐狸精吧？于是就开玩笑似的盘问她，少妇也自己承认并不忌讳。马天荣说："既然是狐仙，自然会想得而没有得不到的。既承蒙你对我感情这么深，难道不拿几两银子救济我的穷困？"少妇答应给他。第二天晚上来，马天荣向她要银子,少妇故作惊诧地说:"正巧忘记了。"要走之前,马天荣又叮嘱她。到晚上,马天荣问:"我所要的东西也许没有忘记吧?"少妇笑笑,要求改天再说。过了几天,马天荣再向她要银子。少妇笑着从衣袖中摸出两锭银子,大约有五六两,两边翘起,花纹精细,很让人喜爱。马天荣很欢喜,深藏在柜子里。

过了半年,偶然要用银子,就拿出来请人看。人家说:"这是锡块。"马天荣用牙齿一咬,随口落下一块。马天荣大吃一惊,收回揣好回家来。到晚上,少妇来了,马天荣气得对她责骂。少妇笑着说:"你的命薄,真银子你承受不起。"一笑了事。马天荣说:"听说狐仙都是绝色女子,看来也不尽是如此。"少妇说:"我们都是随人变化的。你连一两银子的福份也没有,落雁沉鱼的绝色女子,你怎么享受得了?凭我这样蠢丑,本来不够格侍奉上流人物,可是比起大脚驼背来,也算是很美了。"

过了几个月,少妇忽然拿三两银子送给马天荣,说:"你多次向我要银子,我认为你命里不该收藏银子。如今做媒下聘有了日子,让我拿娶个老婆的费用送你,也借以作赠别之物。"马天荣自我辩白没有讨老婆的事情。少妇说:"一两天之内自然会有媒人来。"

马天荣问："来谈的身姿容貌怎样？"少妇说："你想绝色美人，自然会是个绝色美人。"马天荣说："这倒不敢妄想。只是三两银子怎么够讨个老婆？"少妇说："这是月老注定的，不是人力所能办的。"马天荣问："为什么忽然说要分别？"少妇说："戴月披星来幽会，最终不会有个结果。你自己有老婆，我为什么还来苟且敷衍呢？"天亮少妇走了。她交给马天荣一点黄药粉，说："分手后恐怕你生病，吃了这种药就可以医好。"

第二天，果然有媒人上门来。马天荣首先盘问女方的相貌，媒人说："在美丑之间。"马天荣问："要多少聘金？"媒人说："大约四五两之数。"马天荣倒不为这点聘金为难，却一定要亲眼见见那个女人。媒人担心良家女子不肯抛头露面，随后又约马天荣同她一起去，寻找机会顺便看看。到了那个村子后，媒人先进去，让马天荣在村外等候。好长时间，媒人来说："有办法了。我的表亲跟她同住在一个院子里，刚才去那里，看见姑娘坐在屋里。请马上装着去拜访我的表亲经过那个院子，相距很近可以偷看一下。"马天荣跟媒人去。果然看见姑娘坐在堂屋中，把身子伏在床上，请人为自己搔背。马天荣快步走过，用眼睛扫了一眼，相貌确实像媒人讲的那样。等到商议聘金，人家并不争多，只要求得一二两银子，办嫁妆陪嫁。马天荣更认为聘金便宜，就交了聘金，并且酬谢了媒人和写婚书的人，算一下三两银已用完，也没有多花费一文钱。选好吉日把姑娘迎回家，进门，才发现既是驼背又是鸡胸，脖子像乌龟那样缩着，看裙子底下，鞋子有一尺多长。马天荣这时才明白狐精当初的话是有原因的。

异史氏说："随人而变化，也许是狐女自我解嘲的话。可是她所说的命中福份，完全可以深信。我经常说：不是祖宗几世的修德行善，不可能当上大官；不是自己几世的修德行善，不可能娶到美女。信因果报应的人，必然不会认为我的言论不切实际。"

翩翩

原文

罗子浮，邠人①。父母俱蚤世②，八九岁依叔大业。业为国子左厢③，富有金缯而无子，爱子浮若己出④。十四岁为匪人诱去作狭邪游⑤。会有金陵娼，侨寓郡中，生悦而惑之。娼返金陵，生窃从遁去。居娼家半年，床头金尽⑥，大为姊妹行齿冷⑦，然犹未遽绝之。无何，广创溃臭⑧，沾染床席，遂逐而出⑨，丐于市。市人见⑩，辄遥避⑪。自恐死异域，乞食西行，日三四十里，渐至邠界；又念败絮脓秽⑫，无颜入里门，尚越趄近邑间⑬。日就暮，欲趋山寺宿。遇一女子，容貌若仙，近问："何适？"生以实告。女曰："我出家人，居有山洞，可以下榻⑭，颇不畏虎狼。"生喜，从去⑮。入深山中，见一洞府⑯。入则门横溪水，石梁驾之。又数武，有石室二，光明彻照，无须灯烛。命生解悬鹑⑰，浴于溪流，曰："濯之⑱，创当愈。"又开幛拂褥促寝⑲，曰："请即眠⑳，当为郎作裤。"乃取大叶类芭蕉，剪缀作衣。生卧视之。制无几时，折叠床头，曰："晓取著之㉑。"乃与对榻寝。生浴后，觉创痍无苦。既醒，摸之㉒，则痂厚结矣。诘旦，将兴，心疑蕉叶不可著。取而审视，则绿锦滑绝㉓。少间，具餐。女取山叶呼作饼，食之，果饼；又剪作鸡鱼烹之，皆如真者。室隅一罂㉔，贮佳酿，辄复取饮㉕；少减，则以溪水灌益之。数日，创痂尽脱，就女求宿。女曰："轻薄儿！甫能安身，便生妄想！"生云："聊以报德。"遂同卧处，大相欢爱。一日，有少妇笑入，曰："翩翩小鬼头快活死㉖！薛姑子好梦，几时做得㉗？"女迎笑曰："城娘子㉘，贵趾久弗涉，今日西南风紧，吹送也㉙！小哥子抱得未？"曰："又一小婢子。"女笑曰："花娘子瓦窑哉㉚！那弗将来？"曰："方鸣之㉛，睡却矣。"于是坐以款饮。又顾生曰："小郎君焚好香也㉜！"生视之，年廿有三四㉝，绰有余妍。心好之。削果误落案下，俯假拾果㉞，阴捻翘凤。花城他顾而笑，若不知者。生方悦然神夺㉟，顿觉袍裤无温，自顾所服，悉成秋叶。几骇绝。危坐移时，渐变如故。窃幸二女之弗见也。少顷，酬酢间，又以指搔纤掌。城坦然笑谑㊱，殊不觉知㊲。突突怔忡间㊳，衣已化叶㊴，移时始复变。由是惭颜息虑，不敢妄想。城笑曰："而家小郎子㊵，大不端好！若不是醋葫芦娘子㊶，恐跳迹入云霄去㊷。"女亦哂曰："薄幸儿，便值得寒冻杀㊸！"相与鼓掌。花城离席曰："小婢醒，恐啼肠断矣。"女亦起曰:"贪引他家男儿,不忆得小江城啼绝矣。花城既去,惧贻消责㊹;女卒晤对如平时。居无何,秋老风寒,霜零木脱㊺。女乃收落叶㊻,蓄旨御冬㊼。顾生肃缩㊽,乃持襆掇拾洞口白云,为絮复衣,著之温暖如襦㊾,且轻松常如新绵。逾年,生一子,极惠美㊿。日在洞中弄儿为乐。然每念故里,乞与同归。女曰:"妾不能从。不然,君自去。"因循二三年㊼,儿渐长,遂与花城订为姻好㊽。生每以叔老为念。女曰:"阿叔腊固大高㊾,幸复强健,无劳悬耿。待保儿婚后,去住由君。"女在洞中,辄取叶写书教儿读㊼,儿过目即了。女曰:"此儿福相,放教入尘寰㊽,无忧至台阁㊾。"未几,儿年十四,花城亲诣送女。女华妆至,容光照人,夫妻大悦,举家谶集。翩翩扣钗而歌曰:"我有佳儿,不羡贵官;我有佳妇,不羡绮纨。今夕聚首,皆当喜欢。为君行酒,劝君加餐㊼。"既而花城去,与儿夫妇对室居。新妇孝,依依膝下,宛如所生。生又言归。女曰:"子有俗骨,终非仙品。儿亦富贵中人,可携去,我不误儿生平㊽。"新妇思别其母,花城已至㊾。儿女恋恋,涕各满眶㊿。两母慰之曰:"暂去,可复来。"翩翩乃剪叶为驴,令三人跨之以归。大业已老归林下㊶,意侄已死,忽携佳孙美妇归，喜如获宝。入门，各视所衣，悉蕉叶⑫；破之，絮蒸蒸腾去⑬，乃并易之。后生思翩翩，偕儿往探之，则黄叶满径，洞口云迷⑭，零涕而返。

异史氏曰："翩翩、花城，殆仙者耶。餐叶衣云⑮。何其怪也。然帏幄诽谑⑯，狎寝生雏，亦复何殊于人世？山中十五载，虽无'人民城郭'之异⑰，而云迷洞口，无迹可寻，睹其景况，真刘、阮返棹时矣⑱。"

注释

①邠：亭刻本作"汾"。下同。邠（宾）：明清州名，治所在今陕西省彬县。

②俱蚤世：二十四卷本作"早亡"。斋抄本"蚤"作"早"。二字通。

③二十四卷本"子"下有"监"字。国子左厢：明清时国子祭酒的别称。明初设国子监于南京，由于朱元璋"车驾时幸"，所以"监官不得中厅而坐，中门而立"，而以国子监的东厢房（左厢）为祭酒治事、休息之所。故相沿以"左厢"代称祭酒。参见《明史》卷七十三"国子监"、《天府广记》卷三"国学"。

④子：二十四卷本无"子"字。子浮：手稿本"子浮"原作"罗"，改"子浮"。斋抄本、亭刻本作"罗"。

⑤狭邪游：嫖妓。

⑥床头金尽：嫖妓花光了钱。唐张籍《行路难》诗："君不见床头黄金尽，壮士无颜色。"

⑦姊妹行（háng）：姊妹们。妓女间的互称。齿冷：嘲笑。因笑必开口，笑久则齿冷。

⑧创：斋抄本、二十四卷本作"疮"。下同。广创：亭刻本作"疮创"。广疮：性病，即梅毒。由粤广通商口岸传入，因称广疮。

⑨遂逐而出：此据亭刻本、二十四卷本。手稿本作"恶而出"，"恶"字又涂去，斋抄本无"遂"字，"出"作"去"。

⑩二十四卷本"见"下有"之"字。

⑪二十四卷本"避"下有"去"字。

⑫脓：亭刻本、二十四卷本作"浓"。

⑬趑趄（zī jū）：徘徊不前貌。

⑭下榻：谓留客住宿。《后汉书·徐穉传》："（陈）蕃在郡不接宾客，惟穉来，特设一榻，去则悬之。"后因称留客住宿为下榻。

⑮去：亭刻本作"往"。

⑯洞府：道教称神仙所居之处为洞府。隋炀帝《步虚词》："洞府凝玄液，灵山体自然。"

⑰悬鹑：喻破旧之衣。典出《荀子·大略篇》："子夏家贫，衣

若县鹑。"县,同"悬"。鹑鹑毛斑尾秃,似披敝衣,因以"悬鹑"喻衣服破烂。

⑱濯(zhuó):洗。

⑲嶂、褥:二十四卷本作"帐""榻"。

⑳即:二十四卷本作"先"。

㉑著:着的本字,斋抄本、二十四卷本作"着"。下同。

㉒摸:二十四卷本作"扪"。

㉓则:亭刻本无"则"字。

㉔甖:二十四卷本作"罂"。二字同。一种小口大腹的酒坛。

㉕二十四卷本无"复"字。"饮"下有"之"字。

㉖二十四卷本"死"下有"矣"字。

㉗"薛姑"二句:意谓美满姻缘,何时结成。唐蒋防《霍小玉传》有"苏姑子作好梦也未"的问话,与此情事略同。因疑"某姑子作好梦"可能是当时歇后语,谓盼望嫁得如意郎君。姑子:女冠(女道士)的俗称。

㉘斋抄本、亭刻本、二十四卷本"城"上有"花"字。手稿本原有"花"字,涂去,下同。

㉙亭刻本、二十四卷本"送"下有"来"字。"今日"二句:这是翩翩对花城娘子的戏谑之词,意谓今天好风作美,送你到意中人身边。曹植《七哀诗》写思妇云:"愿为西南风,长逝入君怀。"后常以西南风喻作成男女欢会的机缘或助力。

㉚二十四卷本"子"下有"真"字。瓦窑：烧制砖瓦的窑子。用以戏称专生女孩的妇女。语本《诗·小雅·斯干》："乃生女子，……载弄之瓦。"此为由习称生女为"弄瓦"，进而戏称只生女孩的妇女为瓦窑。《坚瓠集》：无锡邹光大，连年生女，俱招翟永龄饮，翟作诗云："去岁相招因弄瓦，今年弄瓦又相招；作诗上覆邹光大，令正原来是瓦窑。"

㉛呜之：二十四卷本作"呜呜"。呜：哄拍幼儿睡眠的声音。

㉜焚好香：犹言烧了高香。意谓交好运、获好报。

㉝二十四卷本"年"上有"女"字。廿：斋抄本、二十四卷本作"二十"。

㉞斋抄本、二十四卷本"俯"下有"地"字。

㉟怳：同"恍"。

㊱斋抄本、二十四卷本"城"上有"花"字。

㊲二十四卷本"殊"下有"若"字，无"知"字。

㊳二十四卷本"突"上有"生"字。突突：形容心跳剧烈。怔忡：心悸不安。

㊴已：二十四卷本作"复"。

㊵而：二十四卷本作"尔"。

㊶醋葫芦娘子：戏谑语，犹今俗语"醋坛子"。

㊷跳迹入云霄：犹言腾云驾雾。意谓想入非非。

㊸杀：二十四卷本作"死"。

㊹惧贻：二十四卷本作“生惧遗”。

㊺霜零木脱：霜降叶落。零：雨露霜雪降落叫零。

㊻亭刻本“收”下有“拾”字。

㊼旨：二十四卷本作“之”。蓄旨御冬：蓄存食物，准备过冬。《诗·邶风·谷风》：“我有旨蓄，亦以御冬。”传：“旨，美；御，禦也。”

㊽肃：二十四卷本作“萧”。肃缩：义同“蹜缩”。因寒冷而缩身发抖。

㊾襦：斋抄本、二十四卷本作“繻”。

㊿惠：二十四卷本作“慧”。

(51)因循：迁延，滞留。

(52)花：手稿本原为“花”字，改“江”字。

(53)大：二十四卷本无“大”字。腊：僧尼受戒后每度一年称“一腊”。这里借指年岁。

(54)取：亭刻本作“以”。

(55)尘寰：人世间，世俗社会。

(56)亭刻本“忧”下有“不”字。台阁：指宰相、尚书之类朝官。明清称内阁大学士为阁臣，称六部尚书、都御史为台官。

(57)加餐：多多进食，保养身体。《古诗十九首》之一：“弃捐勿复道，努力加餐饭。”

(58)生平：终身。此指一生前途。

(59)二十四卷本“花”上有“而”字。

(60)满：二十四卷本作“盈”。

(61)老归：斋抄本作“归老”。林下：归隐之所。

(62)亭刻本“蕉”上有“芭”字，二十四卷本“蕉”上有“成”字。

(63)去：二十四卷本作“起”。

(64)云：斋抄本、二十四卷本作“路”。

(65)餐：二十四卷本作“飡”。

(66)帏幄诽谑：指闺房言笑。诽：当作俳。俳谑，戏谑玩笑。

(67)虽无人民城郭之异：二十四卷本作“全无人事之扰，亦何幸欤”。“虽无”句：指年代久远的人事变迁。《搜神后记》：丁令威学道于灵虚山，后化鹤归辽东，止于城门华表上，有少年举弓欲射，遂在空中盘旋而歌：“有鸟有鸟丁令威，去家千年今始归；城郭如故人民非，何不学仙冢累累。”歌毕飞入高空。

(68)真刘、阮返棹时：真像汉代刘晨、阮肇回船重寻天台仙女时的情形。南朝宋刘义庆《幽明录》载：东汉永平年间，浙江剡县人刘晨、阮肇入天台山采药，远不得返，遇二仙女，因邀至家，殷勤款待留半年。刘、阮思归，女遂相送，指示归路。既归，子孙已历七代。后重入天台山访女，则踪杳路迷，不可复往。返棹而回。

译文

罗子浮，邠县人。他父母都早年去世，八九岁时依靠叔叔大业生活。大业是国子祭酒，富有金银绸缎而没有儿子，爱子浮如亲生的一样。罗子浮十四岁时，被歹人引诱去逛妓院。正好有个金陵妓女，寄居在郡城中，罗子浮喜欢她而受她迷惑。妓女返回金陵，罗子浮偷偷跟她逃跑。住在妓女家半年，钱用光了，很受妓女们的嘲笑，可是仍然没有一下子断绝关系。没有多久，梅毒溃烂发臭，把床席都沾污了，就被赶了出来，在大街乞讨。街上的人见了他，总是远远地躲开。他生怕自己死在外乡，就一路讨饭向西走，每天走三四十里，渐渐靠近了邠县地界。他又想到自己棉衣破烂，脓疮脏臭，没有脸进家门，在县境附近进退为难。

天黑以后，他想赶到山上寺院住宿。路上遇上一个女子，容貌像个仙女，走近来问他："到哪里去？"罗子浮以实情相告。女子说："我是出家人，有山洞居住，你可以去过夜，一点不用怕虎狼伤害。"罗子浮很高兴，跟着女子走。进入深山中，看见一座洞府。走进去门前横着一条溪流，上面架着石桥。又走几步，有石室两间，光明透亮，用不着点灯烛。女子叫罗子浮脱掉破棉衣，在溪水里洗澡，说："洗一洗，脓疮会好的。"又拉开帏幔清扫被褥催罗子浮就寝。女子说："请马上睡下，我会为你做条裤子。"就取一张像芭蕉叶的大叶子，剪裁缝纫做衣裳。罗子浮躺在床上看她做。做了没多久，折好放在床头上，说："天亮了拿去穿上。"女子就在对面床上睡了。罗子浮洗澡之后，觉得溃烂的疮口不再痛了。睡醒后，一摸脓疮，已经结成了一层厚疮疤。清早，准备起床，心里怀疑芭蕉叶不能穿。拿过来细看，却是很柔滑的绿锦缎。没多久，准备吃早饭。女子摘下山上的树叶说是饼子，吃起来，果真是饼子，又把叶子剪成鸡、鱼烹调，吃起来都像真的鸡、鱼那样。石室的一角放着一只坛子，里面装着好酒，就一再舀出来喝；稍微减少了一些，就用溪水把坛子灌满。

几天以后，疮疤完全脱落，罗子浮就向女子要求睡一床。女子说："轻薄儿！刚刚能安身，就生出妄想。"罗子浮说："聊以报答你的恩情。"于是就睡在一张床上，大大欢爱一番。

有一天，有个少妇笑着走进石室，说："翩翩这小鬼头快活死！薛姑子的好梦，什么时候才能得成？"女子迎上去笑着说："花城娘子，贵步好久不过来，今天西南风大，把你吹送来了！小公子生了吗？"花城娘子说："又生一个小丫头。"女子笑着说："花城娘子真是座瓦窑啊！为什么不带来？"花城娘子说："刚刚哄她睡，睡着了。"于是女子招待花城娘子坐下来喝酒。花城娘子又回头看着罗子浮说："小郎君你烧了高香！"罗子浮看她年纪大约二十三四，容貌仍然柔美。罗子浮心里喜欢她。剥果子失手掉在桌子下面，弯下身子假装拾果子，偷偷捏了一把她的小脚。花城娘子望着别处发笑，像是一点不知道。罗子浮正恍恍惚惚神不守舍，立刻感觉到袍裤失去了温暖，自己看身上穿的，全变成了枯叶，罗子浮几乎给吓昏过去。他收心正坐了一会，衣裳又渐渐变成像原来的一样。他暗幸两个女子都没有觉察。过了一会，在劝酒时，罗子浮又用手指搔花城娘子的手心。花城娘子坦然谈笑，像是一点也没有觉察。罗子浮正心跳不安时，衣裳已变成枯叶，过了好久才又再变回来。从此他觉得羞惭才死了心，不敢再生妄想。花城娘子笑着说："你家小伙子，很不规矩！如果不是醋葫芦娘子，恐怕要疯上天去了。"翩翩也微笑着说："薄情人，就该让他冻死。"两个人都拍手大笑。花城娘子起身离席说："小丫头醒来，恐怕哭断肠子了。"翩翩也起身说："贪图引诱人家男人，想不起小花城哭得要死了。"花城娘子离开后，罗子浮害怕会受翩翩讥笑责骂；可是翩翩始终像平时一样对待他。过了不久，秋深风凉，霜降叶落。翩翩就收集落叶，贮藏食品准备过冬。见罗子浮冷得发抖，就拿个包袱把洞口的白云拾些回来，当作棉絮来制成棉衣，穿在身上温暖得真像棉衣，而且轻松得常像新丝棉做的。

过了一年，翩翩生了个儿子，非常聪明俊美。罗子浮每天在洞里逗儿子取乐。可是经常想念老家，求翩翩同他一起回去。翩翩说："我不能跟你去。不然的话，你自己回去。"一拖就是两三年，儿子渐渐长大，就同花城娘子结为亲家。罗子浮因为叔叔年老经常挂念。翩翩说："阿叔年纪是很大，幸好身体还强健，你不用时刻挂念。等给儿子主婚以后，是走是留全由你。"翩翩在洞中，经常拿叶子写字教儿子认，儿子一看就懂。翩翩说："这个儿子是福相，放他进入人世间，不愁做不到朝廷大官。"没多久，儿子已经十四岁，花城娘子亲自送女儿来完婚。女儿妆扮华丽地到来，容颜光彩照人。罗子浮夫妇高兴极了，全家人欢聚进餐。翩翩敲着金钗唱道："我有好儿子，不羡慕高官；我有好妻子，不羡慕绸缎。今晚相聚，大家该高兴。为你斟酒，劝你加餐。"随后，花城娘子走了,翩翩他们跟儿子夫妇对门居住。新娘子很孝顺,依偎婆母,活像亲生女儿。罗子浮又提出要回家乡。翩翩说:"你只有俗骨,到底不是仙种。儿子也是富贵场中的人,你可以把他带去,我不想耽误儿子的前程。"新娘子想跟她娘告别,花城娘子已经赶来。儿女都恋恋不舍,各自泪水满眶。两位母亲安慰他们说:"暂时离开我们,还能再回来的。"翩翩就把树叶剪成驴子,叫他们三个人骑驴回故乡。

大业已经年老回家隐居,他意料侄儿已经死了,忽然见他带着孙子、孙媳回来,高兴得像拾到珍宝。进了家门,各看自己穿的,全是芭蕉叶,把叶子扯破,棉花升腾散开去,大家全都换了衣服。后来,罗子浮思念翩翩,和儿子一道去探访她,只见山路上铺满黄叶,洞口被云封住,只好流着泪返回来。

异史氏说:"翩翩、花城,大概是仙人吧。以叶为食以云作衣,是多么的奇怪。可是闺房言笑,生儿育女,又与尘世有什么不同?山中住了十五年,虽然没有'城郭如故人民非'的变化,但是云迷洞口,无踪迹可寻,看这情景,真像刘晨、阮肇返棹而回时的情形一样。"

黑兽

原文　闻李太公敬一言①：某公在沈阳②，宴集山巅。俯瞰山下，有虎衔物来，以爪穴地，瘗之而去。使人探所瘗，得死鹿。乃取鹿而虚掩其穴③。少间，虎导一黑兽至，毛长数寸。虎前驱，若邀尊客。既至穴，兽眈眈蹲伺④。虎探穴失鹿，战伏不敢稍动。兽怒其诳，以爪击虎额，虎立毙。兽亦径去。

异史氏曰："兽不知何名。然问其形⑤，殊不大于虎，而何延颈受死，惧之如此其甚哉？凡物各有所制⑥，理不可解。如猕最畏狨⑦；遥见之，则百十成群，罗而跪⑧，无敢遁者。凝睛定息，听狨至，以爪遍揣其肥瘠；肥者则以片石志颠顶⑨。猕戴石而伏，悚若木鸡⑩，惟恐堕落。狨揣志已，乃次第按石取食，余始哄散。余尝谓贪吏似狨，亦且揣民之肥瘠而志之，而裂食之；而民之戢耳听食⑪，莫敢喘息，蚩蚩之情⑫，亦犹是也。可哀也夫！"

注释　①李太公敬一：见《梦别》注⑧。

②沈阳：即今辽宁省沈阳市。明为沈阳中卫，属辽东都指挥使司管辖。清兵入关定都北京后，称为留都。

③虚：斋抄本无"虚"字。

④耽耽：威视貌。《易·颐》："虎视耽耽，其欲逐逐。"

⑤问：二十四卷本作"闻"。

⑥凡物各有所制：犹言"一物降一物"。

⑦猕（mí）：通狝。狝猴。亦称恒河猴。群居山林中，喧哗好闹。狨（róng）：小型低等猴类。亦称"绢毛猴"。是玩赏性动物。按，据蒲氏所述情况，疑非此物，或名同而物异。

⑧罗：分布，排列。

⑨志：标志，记号。

⑩木鸡，形容因恐惧而发呆的样子。语本《庄子·达生》：纪渻子替齐王驯养斗鸡，四十天才完成，这只鸡听到别的鸡叫时，没有任何反应，"望之似木鸡矣"。

⑪戢耳：犹"帖耳"。形容畏惧、驯顺。

⑫蚩蚩：指群氓、百姓。《诗·卫风·氓》："氓之蚩蚩。"

译文

听李敬一太公说：某公在沈阳，在一座山顶上摆酒请客。俯看山脚下，有只老虎衔着一件东西上山来，用爪子刨了一个坑，把那东西埋好就离开了。派人去查看埋的是什么，找到一只死鹿。过了一会，老虎领着一头黑兽来,黑毛有几寸长。老虎在前面走,像是邀请尊贵的客人,到了坑边,黑兽目光威猛地蹲踞守候。老虎刨开坑不见了鹿,战抖着伏在地上不敢动一动。黑兽对老虎的欺骗很生气,用爪子打老虎的额头,老虎马上倒下死了。黑兽也径直离开了。

异史氏说:"不知道黑兽叫什么名称。可是问它的形体,一点也不比老虎大,为什么老虎却伸长脖子受死,怕它怕得这般厉害呢?大凡总有一物降一物,道理实在不可解释。例如猕猴最怕狨,老远见到狨,就百十个一群,围成一圈跪着,没有敢逃走的。瞪着眼睛,屏住呼吸,等候狨走来,用爪子探测肥瘦;肥的就用一片石头放在头顶上作记号。猕猴顶着石块伏在地上,害怕得像只木鸡,惟恐石块落下来。狨探测标记完毕,然后先后按放有石块的吃掉,余下的猕猴才一哄而散。我曾经说贪官像狨,也是探测老百姓的肥瘦而作标记,而分开来吃;老百姓温顺地任其吞食,不敢喘口气,畏惧贪官的情景,也像猕猴畏狨一样。真可悲啊!"

余德

原文

武昌尹图南①,有别第②,尝为一秀才税居③。半年来,亦未尝过问。一日,遇诸其门,年最少,而容仪裘马,翩翩甚都④。趋与语,即又蕴藉可爱⑤。异之。归语妻⑥,妻遣婢托遗问以窥其室⑦。室有丽姝,美艳逾于仙人;一切花石服玩,俱非耳目所经。尹不测其何人,诣门投谒⑧,适值他出。翌日,即来答拜⑨。展其刺呼⑩,始知余姓德名。语次,细审官阀,言殊隐约,固诘之,则曰:"欲相还往,仆不敢自绝。应知非寇窃逋逃者,何须逼知来历⑪。"尹谢之。遂命酒款宴,言笑甚欢⑫。向暮,有两昆仑捉马挑灯⑬,迎导以去。明日折简报主人⑭。尹至其家,见屋壁俱用明光纸裱⑮,洁如镜。金猊爇异香⑯。一碧玉瓶,插凤尾孔雀羽各二,各长二尺余。一水晶瓶,浸粉花一树,不知何名,亦高二尺许,垂枝覆几外;叶疏花密,含苞未吐;花状似湿蝶敛翼;蒂即如须。筵间不过八簋,而丰美异常⑰。既命童子击鼓催花为令⑱。鼓声既动,则瓶中花颤颤欲折;俄而蝶翅渐张;既而鼓歇,渊然一声⑲,蒂须顿落,即为一蝶,飞落尹衣⑳。余笑起，飞一巨觥；酒方引满，蝶亦飚去。顷之，鼓又作，两蝶飞集余冠。余笑云㉑："作法自弊矣㉒。"亦引二觥。三鼓既终，花乱堕㉓，翩翩而下㉔，惹袖沾衿。鼓童笑来指数；尹得九筹，余四筹㉕。尹已薄醉㉖，不能尽筹，强引三爵，离席亡去。由是益奇之。然其为人寡交与，每阖门居，不与国人通吊庆㉗。尹逢人辄宣播㉘，闻其异者，争交欢余㉙，门外冠盖常相望㉚。余颇不耐，忽辞主人去㉛。去后，尹入其家，空庭洒扫无纤尘；烛泪堆掷青阶下㉜；窗间零帛断线㉝，指印宛然。惟舍后遗一小白石缸，可受石许。尹携归，贮水养朱鱼㉞。经年水清如初贮。后为佣保移石，误碎之。水蓄并不倾泻㉟。视之，缸宛在，扣之虚戛。手入其中，则水随手泄㊱；出其手，则复合。冬月亦不冰㊲。一夜，忽结为晶，鱼游如故。尹畏人知，常置密室，非子婿不以示也。久之渐播，索玩者纷错于门㊳。腊夜㊴，忽解为水，荫湿满地，鱼亦渺然。其旧缸残石犹存。忽有道士踵门求之。尹出以示。道士曰："此龙宫蓄水器也。"尹述其破而不泄之异。道士曰："此缸之魂也。"殷殷然乞得少许。问其何用，曰："以屑合药，可得永寿。"予一片，欢谢而去。

一

注释　①武昌：县名，明清为武昌府治。

②别第：别墅。

③税：租赁。

④翩翩：形容仪态文雅。都：美。

⑤即：斋抄本作"却"。蕴藉：含蓄、宽厚。《后汉书·桓荣传》："荣被服儒衣，温恭有蕴藉。"

⑥语：二十四卷本作"言于"。

⑦遗问：备礼探看问候。唐·刘𫗧《隋唐嘉话》卷下："士庶结丝承露囊，更相遗问。"

⑧投：投刺，投递名帖。

⑨即来答拜：斋抄本作"却来拜答"。

⑩刺呼：名帖上的署名。

⑪遍：斋抄本作"必"。

⑫言：斋抄本、亭刻本、二十四卷本作"甚"。

⑬两：斋抄本无"两"字。昆仑：昆仑奴的省称。我国古代称皮肤黑的人为昆仑，见《旧唐书·南蛮传·林邑》："自林邑以南，皆卷发黑身，通号为昆仑。"这里作奴仆的通称。

⑭简：二十四卷本作"柬"。

⑮二十四卷本"见"下有"其"字。明光纸：未详。

⑯狻猊（suān ní）：即狮子。《穆天子传》："狻猊野马，走五百里。"郭璞注："狻猊，师（狮）子。"金狻猊即铸成狮型

⑰而：斋抄本无"而"字。

⑱既：斋抄本、二十四卷本作"即"。击鼓催花为令：击鼓催促花开以作为酒令。唐南卓《羯鼓录》：明皇洞晓音律，尤爱羯鼓玉笛。时春雨初晴，景物明媚。帝曰："对此岂可不与他判断乎？"乃命羯鼓，临轩纵击。自制一曲，名《春光好》。回顾柳杏皆发。上笑谓侍臣曰："此一事，不唤我作天公可乎？"

⑲渊然：形容鼓声低沉。《诗·商颂·那》："鞉鼓渊渊。"

⑳衣：亭刻本作"身"。

㉑云：二十四卷本作"曰"。

㉒作法自弊：自己立法，结果使自己受害。形容自作自受。《史记·商君列传》："（秦惠王）发吏捕商君，商君亡至关下，欲舍客舍。客人不知其为商君也，曰：'商君之法，舍人无验者，坐之。'"商君喟然叹曰：'嗟乎！为法之敝，一至此哉！'"

㉓堕：二十四卷本作"坠"。

㉔翻：斋抄本、亭刻本、二十四卷本作"翩"。

㉕斋抄本"余"下有"得"字。

㉖已：二十四卷本作"亦"。

㉗国人：指社会上各方面的人。

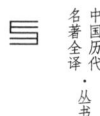

㉘播：斋抄本无"播"字。

㉙二十四卷本"争"下有"相"字。

㉚常：斋抄本无"常"字。冠盖：谓达官贵人。晁错《论贵粟疏》："千里游敖，冠盖相望。"冠：冠服。盖：车盖。

㉛主人：二十四卷本作"尹"。

㉜烛泪：流滴的烛油。陈师道《后山丛谈》："莱公性豪侈。自布衣，夜常设烛厕间，烛泪成堆。"

㉝线：斋抄本作"绵"，二十四卷本作"锦"。

㉞朱：二十四卷本作"金"。

㉟泻：二十四卷本作"泄"。

㊱则：斋抄本无"则"字。泄：亭刻本作"泻"。

㊲亦：斋抄本无"亦"字。

㊳纷错：纷乱交错。形容人来往繁多。

㊴夜：斋抄本、二十四卷本作"月"。

译文

武昌的尹图南，有座别墅，曾经被一个秀才租去居住。半年以来，也没有什么交往。有一天，在门口遇上秀才，年纪很轻，可是容貌仪表、裘衣坐骑，都很文雅出众。急忙走去与他交谈，立即觉得他宽厚可亲。尹图南很惊异，回家来告诉了妻子，妻子派婢女借故送礼探望去看看他家的房间布置。房间里有个美人,容貌比仙女还漂亮;所有的花草、异石、服饰、珍玩,都不是耳闻目见过的。尹图南猜不透秀才是什么样的人,登门投递名帖请求拜见,正巧秀才到别处去了。第二天,秀才马上来答拜。看了名帖上的署名,才知道秀才姓余单名德。谈话当中,细问他的家世官位,秀才说得非常含糊。再三询问,秀才就说:"想要互相来往,我自己不敢推辞。要知道我并不是盗贼之类的逃亡者,为什么一定要逼问来历呢?"尹图南向秀才道歉。吩咐摆出酒宴招待他,席间说说笑笑十分高兴。天快黑了,有两个奴仆牵马提灯,来迎接秀才回去。

第二天,秀才发请帖回报主人。尹图南去到他家,见屋里的墙壁全是用明光纸裱糊的,干净得像明镜一样。狮形金香炉里燃着名贵的香料。一个碧玉瓶,插着凤凰尾、孔雀毛各两支,各有两尺多长。一个水晶瓶,浸养着一支粉花,不知叫什么名字,也有两尺左右高,花枝垂下盖在茶几外;叶疏花密,含苞待放;花的形状像沾水的蝴蝶合上双翅,花蒂如同蝶须。酒席上不过八道菜,可是丰盛味美异常。入座以后,吩咐童子击鼓催花作为酒令。鼓声响动后,那瓶里的花抖动得像要绽开;一会儿花蝶的双翅渐渐张开;随后鼓声停止，轰的一声，蒂须立刻落下，马上变成一只蝴蝶，飞过来停在尹图南的衣服上。余德笑着站起来，斟满一大杯酒，酒刚干完，蝴蝶也飞开了。过了一会，鼓声又响起来，两只蝴蝶飞来停在余德的帽子上。余德笑着说："我自作自受了。"也喝了两大杯。第三遍鼓击完后，花瓣纷纷飘落。上下飞动，落在衣襟衣袖上。打鼓的童子笑着走来点数；尹图南得九个酒筹，余德得四个酒筹。尹图南已经微醉，不能按筹喝完酒，勉强喝干三杯，离开酒席逃走了。从此，更加认为余德神奇。可是余德很少和别人打交道，总是关门在家，不同当地人士搞红白喜事的应酬。尹图南逢人总爱宣扬余德了不起，听到他奇闻的人，争着来与他结识，大门外达官贵人来访的常常络绎不绝。余德很受不了，忽然告辞主人走了。

余德离开后，尹图南进他家去，空空的庭院打扫得没有一点灰尘；蜡烛油丢在青石台阶下堆着；窗子上留下的零帛断锦，手指印清清楚楚。只在房子后面留下一个小白石缸，大约可装下一担水。尹图南把石缸搬回家，装满水养金鱼。一整年缸里的水还像刚装进去时一样。后来，缸被雇来搬石头的人失手砸破了。缸里装着的水并不倾泻出来。一看，缸好像仍然存在，摸摸它软软的没有形体。把手伸进去，水就顺手流出来；抽出手，就再合拢。冬天也不结冰。一天晚上，缸里的水忽然结成水晶，鱼还照旧游动。尹图南怕被人知道，经常把它放在密室里，除了儿子女婿谁也不给看。时间一长逐渐传扬开来，要求观赏的人纷纷挤在门口。腊月的一天晚上，忽然融化成水，淋湿一地，金鱼也不见了。那旧缸的残石仍然存在。忽然，有个道士登门来要这口缸。尹图南拿出破缸给他看，道士说："这是龙宫的蓄水器。"尹图南讲了缸虽破裂但不漏水的怪事。道士说："这是缸的灵魂呀。"他苦苦地要求给一碎片。问他拿去干什么用，道士说："用碎片末配成药，吃了可以长生不老。"给了他一片，他就欢喜地道谢走了。

杨千总①

原文 毕民部公即家起备兵洮岷时②,有千总杨化麟来迎③。冠盖在途,偶见一人遗便路侧。杨关弓欲射之,公急呵止。杨曰:"此奴无礼,合小怖之。"乃遥呼曰:"遗屙者!奉赠一股会稽籐簪绾髻子④。"即飞矢去,正中其髻。其人急奔,便掖污地⑤。

注释 ①亭刻本、二十四卷本无此篇。
② "毕民"句:毕自严,字景曾,号白阳,淄川人。毕际有之父。万历二十年(1592)进士,历仕万历、泰昌、天启、崇祯四朝,官至户部尚书。卒赠少保。《明史》《淄川县志》《山东通志》有传。万历四十一年(1613),毕自严自河东副使再举卓异,时朝议有辽海参政之推,旨未下而严以故引疾经归。后即家补陕西参政。备兵洮岷,事在万历末年。民部:户部的前称。唐以避太宗李世民名讳改。洮岷:明初于陕西洮州、岷州置卫,负责今甘肃洮水、岷山一带防务。
③化:斋抄本作"花"。千总:下级武官,位在把总上、守备下。
④会稽:旧县名,隋开皇九年(589)分山阴县置,治所在今

浙江绍兴。藤簪：籐可作簪。会稽之竹作箭杆自古有名。这里错落其名物以戏称用会稽竹作箭杆的箭。绾（wǎn）：挽结。⑤掖：斋抄本作"液"。

译文

毕户部从家乡出发去主持洮州、岷州卫的防务时，有个千总杨化麟来迎接。贵官车马走在路上，偶然看到一个人在路边拉屎撒尿。杨千总拉开弓要射他。毕户部连忙喝住杨千总不许射。杨千总说："这个下等人没礼貌，该稍微吓唬他一下。"杨千总就远远地喊："拉屎的！送你一根会稽籐簪子插在发髻上。"立即射去一箭，正好射中那个人的发髻。那个人吓得急忙逃跑，大小便洒脏了一地。

瓜异①

原文 二十六年六月②,邑西村民圃中③,黄瓜上复生蔓,结西瓜一枚,大如碗。

注释 ①亭刻本、二十四卷本无此篇。
②斋抄本"二"上有"康熙"二字。康熙二十六年即公元1687年。
③邑:指淄川县城。

译文 康熙二十六年六月,县城西乡村民的菜地里,黄瓜上又生出一根蔓茎,在上面结出一只西瓜,有饭碗那么大。

附《雪亭附记》一则

原文 辛巳夏,各省多潦,瘟疫大盛。河内有于西瓜内获蝎者,有瓜架生茄实者。戾气之流,在人则为疾疹,在物则成异类。似此者殆不可枚举。

青梅

原文 白下程生①,性磊落,不为畛畦②。一日,自外归,缓其束带,觉带端沉沉如有物堕③。视之,无所见。宛转间,有女子从衣后出,掠发微笑,丽绝④。程疑其鬼。女曰:"妾非鬼,狐也。"程曰:"倘得佳人,鬼且不惧,而况于狐。"遂与狎。二年,生一女,小字青梅。每谓程:"勿娶,我且为君生男⑤。"程信之⑥,遂不娶。戚友共诮姗之⑦。程志夺,聘湖东王氏⑧。狐闻之怒,就女乳之⑨,委于程曰⑩:"此汝家赔钱货⑪,生之杀之俱由尔⑫。我何故代人作乳媪乎!"出门径去。青梅长而慧,貌韶秀,酷肖其母。既而程病卒,王再醮去。青梅寄食于堂叔;叔荡无行,欲鬻以自肥。适有王进士者,方候铨于家⑬,闻其慧,购以重金,使从女阿喜服役。喜年十四,容华绝代。见梅忻悦,与同寝处。梅亦善候伺⑭,能以目听,以眉语⑮,由是一家俱怜爱之。邑有张生,字介受⑯。家窭贫⑰,无恒产,税居王第。性纯孝,制行不苟,又笃于学。青梅偶至其家,见生据石啖糠粥;入室与生母絮语,见案上具豚蹄焉。时翁卧病,生入,抱父而私⑱。便液污衣，翁觉之而自恨，生掩其迹，急出自濯，恐翁知。梅以此大异之，归述所见，谓女曰："吾家客，非常人也。娘子不欲得良匹则已，欲得良匹，张生其人也。"女恐父厌其贫。梅曰："不然，是在娘子，如以为可，妾潜告，使求伐焉⑲。夫人必召商之；但应之曰'诺'也，则谐矣。"女恐终贫为天下笑⑳。梅曰："妾自谓能相天下士，必无谬误。"明日，往告张媪。媪大惊，谓其言不祥㉑。梅曰："小姐闻公子而贤之也，妾故窥其意以为言。冰人往㉒，我两人袒焉，计合允遂。纵其否也，于公子何辱乎？"媪曰："诺。"乃托侯氏卖花者往。夫人闻之而笑，以告王。王亦大笑。唤女至，述侯氏意。女未及答，青梅亟赞其贤㉓，决其必贵。夫人又问曰："此汝百年事。如能啜糠覈也㉔，即为汝允之。"女俛首久之㉕，顾壁而答曰："贫富命也。倘命之厚，则贫无几时；而不贫者无穷期矣。或命之薄，彼锦绣王孙㉖，其无立锥者岂少哉㉗？是在父母。"初，王之商女也，将以博笑。及闻女言，心不乐，曰："汝欲适张氏耶？"女不答。再问㉘，再不答。怒曰："贱骨，了不长进㉙！欲携筐作乞人妇，宁不羞死！"女涨红气结，含涕引去。媒亦遂奔。青梅见不谐，欲自谋㉚。过数日，夜诣生。生方读，惊问所来；词涉吞吐，生正色却之㉛。梅泣曰："妾良家子，非淫奔者，徒以君贤，故愿自托。"生曰："卿爱我，谓我贤也。昏夜之行，自好者不为，而谓贤者为之乎？夫始乱之而终成之，君子犹曰不可；况不能成，彼此何以自处？"梅曰："万一能成，肯赐援拾否㉜？"生曰："得人如卿，又何求？但有不可如何者三㉝，故不敢轻诺耳。"曰："若何？"曰："卿不能自主，则不可如何；即能自主，我父母不乐，则不可如何；即乐之，而卿之身直必重㉞，我贫不能措，则尤不可如何㉟。卿速退，瓜李之嫌可畏也㊱！"梅临去，又嘱曰："君倘有意㊲，乞共图之。"生诺。梅归，女诘所往，遂跪而自投。女怒其淫奔，将施扑责。梅泣白无他㊳。因而实告㊴。女叹曰："不苟合，礼也；必告父母，孝也；不轻然诺，信也。有此三德，天必祐之，其无患贫也已。"既而曰："子将若何？"曰："嫁之。"女笑曰："痴婢能自主耶㊵？"曰："不济，则以死继之。"女曰："我必如所愿。"梅稽首而拜之㊶。又数日，谓女曰："曩而言之戏乎，抑果欲慈悲也㊷！果尔，则尚有微情㊸，并祈垂怜焉。"女问之，答曰："张生不能致聘，婢子又无力可以自赎㊹，必取盈焉㊺，嫁我犹不嫁也。"女沉吟曰："是非我之能为力矣。我曰嫁汝㊻，且恐不得当；而曰必无取直焉，是大人所必不允，亦余所不敢言也。”青梅闻之㊼，泣数行下㊽，但求怜拯。女思良久，曰：“无已，我私蓄数金㊾，当倾囊相助。”梅拜谢，因潜告张。张母大喜，多方乞贷，共得金如干数㊿，藏待好音。会王授曲沃宰(51)，喜乘间告母曰：“青梅年已长，今将莅任，不如遣之。”夫人固以青梅太黠，恐导女不义，每欲嫁之，而恐女不乐也，闻女言甚喜。逾两日，有佣保妇白张氏意。王笑曰：“是只合耦婢子(52)，前此何妄也(53)！然鬻媵高门，价当倍于曩昔。”女急进曰：“青梅侍我久，卖为妾，良不忍。”王乃传语张氏(54)，仍以原金署券(55)，以青梅嫔于生(56)。入门，孝翁姑，曲折承顺，尤过于生。而操作更勤，餍糠秕不为苦。由是家中无不爱重青梅(57)。梅又以刺绣作业，售且速，贾人候门以购，惟恐弗得(58)。得资稍可御穷(59)。且劝勿以内顾误读(60)，经纪皆自任之。因主人之任，往别阿喜。喜见之，泣曰：“子得所矣，我固不如。”梅曰：“是何人之赐，而敢忘之(61)？然以为不如婢子，恐促婢子寿(62)。”遂泣相别。王如晋，半载，夫人卒，停柩寺中。又二年，王坐行赇免(63)，罚赎万计，渐贫不能自给，从者逃散。是时，疫大作(64)，王染疾亦卒(65)。惟一媪从女，未几，媪又卒⑥。女伶仃益苦。有邻妪劝之嫁，女曰："能为我葬双亲者⑥，从之。"妪怜之，赠以斗米而去。半月复来，曰："我为娘子极力，事难合也⑧：贫者不能为而葬⑨，富者又嫌子为凌夷嗣⑩。奈何！尚有一策，但恐不能从也。"女曰："若何？"曰："此间有李郎，欲觅侧室，倘见姿容，即遣厚葬，必当不惜。"女大哭曰："我搢绅裔而为人妾耶⑪？"妪无言，遂去⑫。日仅一餐⑬，延息待价⑭。居半年，益不可支。一日，妪至，女泣告曰："困顿如此，每欲自尽，犹恋恋而苟活者，徒以有两柩在⑮。已将转沟壑，谁收亲骨者⑯，故思不如依汝言也⑰。"妪于是导李来⑱，微窥女，大悦。即出金营葬，双椁具举⑲。已，乃载女去，入参冢室⑳。冢室故悍妒，李初未敢言妾，但托买婢。及见女，暴怒，杖逐而出，不听入门。女被发零涕，进退无所。有老尼过㉑，邀与同居，女喜从之㉒。至庵中，拜求祝发㉓。尼不可，曰："我视娘子㉔，非久卧风尘者㉕。庵中陶器脱粟㉖，粗可自支㉗，姑寄此以待之。时至，子自去。"居无何，市中无赖窥女美，辄打门游语为戏㉘，尼不能制止㉙。女号泣欲自死㉚。尼往求吏部某公揭示严禁㉛，恶少始稍敛迹。后有夜穴寺壁者，尼惊呼始去。因复告吏部，捉得首恶者㊁，送郡答责，始渐安。又年余，有贵公子过庵㊃，见女惊绝，强尼通殷勤，又以厚赂唊尼。尼婉语之曰："渠簪缨胄㊄，不甘媵御㊅。公子且归，迟迟当有以报命。"既去，女欲乳药求死㊆。夜梦父来，疾首曰："我不从汝志，致汝至此，悔之已晚。但缓须臾勿死，夙愿尚可复酬。"女异之。天明盥已，尼望之而惊曰："睹子面，浊气尽消，横逆不足忧也㊇。福且至，勿忘老身矣㊈。"语未已㊉，闻叩户声⑩。女失色，意必贵家奴。尼启扉，果然。奴骤问所谋⑩。尼甘语承迎⑩，但请缓以三日。奴述主言，事若无成，俾尼自复命。尼唯唯敬应，谢令去。女大悲，又欲自尽。尼止之。女虑三日复来，无词可应。尼曰："有老身在，斩杀自当之。"次日，方晡，暴雨翻盆，忽闻数人挝户大哗。女意变作，惊怯不知所为。尼冒雨启关，见有肩舆停驻⑩。女奴数辈，捧一丽人出，仆从煊赫⑩，冠盖甚都。惊问之，云："是司李内眷⑩，暂避风雨。"导入殿中，移榻肃坐。家人妇群奔禅房，各寻休憩。入室见女，艳之，走告夫人。无何，雨息，夫人起，请窥禅舍⑩。尼引入⑩，睹女骇绝⑩，凝眸不瞬。女亦顾盼良久。夫人非他，盖青梅也。各失声哭，因道行踪。盖张翁病故⑩,生起复后⑩,连捷授司理⑪。生先奉母之任⑫,后移诸眷口。女叹曰:"今日相看,何啻霄壤!"梅笑曰:"幸娘子挫折无偶,天正欲我两人完聚耳。倘非阻雨,何以有此邂逅?此中具有鬼神,非人力也。"乃取珠冠锦衣,催女易妆。女俛首徘徊,尼从中赞劝之⑬。女虑同居其名不顺。梅曰:"昔日自有定分,婢子敢忘大德!试思张郎,岂负义者?"强妆之。别尼而去。抵任,母子皆喜。女拜曰:"今无颜见母。"母笑慰之,因谋涓吉合卺⑭,女曰:"庵中但有一丝生路,亦不肯从夫人至此。倘念旧好,得受一庐,可容蒲团足矣⑮。"梅笑而不言。及期,抱艳妆来。女左右不知所可。俄闻鼓乐大作,女亦无以自主⑯。梅率婢媪强衣之,挽扶而出,见生朝服而拜,遂不觉盈盈而亦拜也⑰。梅曳入洞房,曰:"虚此位以待君久矣。"又顾生曰:"今夜得报恩,可好为之。"返身欲去。女捉其裾,梅笑云⑱:"勿留我,此不能相代也。"解指脱去。青梅事女谨,莫敢当夕⑲。而女终渐沮不自安⑳。于是母命相呼以夫人。然梅终执婢妾礼㉑,罔敢懈。三年,张行取入都㉒,过尼庵,以五百金为尼寿。尼不受。固强之㉓,乃受二百金,起大士祠㉔,建王夫人碑。后张仕至侍郎㉕。程夫人举二子一女,王夫人四子一女。张上书陈情,俱封夫人。

异史氏曰:"天生佳丽,固将以报名贤;而世俗之王公,乃留以赠纨袴㉖,此造物所必争也。而离离奇奇,致作合者无限经营㉗,化工亦良苦矣㉘。独是青夫人能识英雄于尘埃,誓嫁之志,期以必死,曾俨然而冠裳也者㉙,顾弃德行而求膏粱㉚,何智出婢子下哉!"

注释

①白下:古地名。在今南京市西北,也名白石陂。唐武德时,改金陵曰白下。后沿用为金陵的别称。

②不为畛畦(zhěn qí):谓心胸坦荡,不受礼俗的约束。畛畦:亦作畦畛,田间小路,引申为界域、规范。曾巩《酬李国博》诗:"洞无畦畛心常坦,凛若冰霜节最高。"

③端:二十四卷本无"端"字。堕:二十四卷本作"坠"。

④绝:斋抄本作"甚"。

⑤男:斋抄本作"子"。

⑥信之:斋抄本无"信之"二字。

⑦姗:诽谤,诋毁。《说文·女部》:"姗,诽也。"《集韵·寒韵》:"姗,诽谤也。"又《删韵》:"姗,毁也。"

⑧二十四卷本"氏"下有"女"字。

⑨就女乳之：二十四卷本无此四字。

⑩二十四卷本"委"下有"女"字。

⑪赔钱货：旧时对女子的贬称。王实甫《西厢记》："我虽是赔钱货，亦不到两当一弄成合。"

⑫生之杀之：二十四卷本作"生杀"。尔：二十四卷本作"汝"。

⑬候铨：听候铨选。由唐至清，除最高级职官由皇帝任命外，一般都由吏部按照规定选补官缺。凡经考试、捐纳或原官起复具有资格的人，均须到吏部报到，候吏部依法选用，称候铨或候选。

⑭伺：亭刻本无"伺"字。

⑮"能以"二句：意谓其聪明伶俐，善解人意。

⑯受：二十四卷本作"寿"。

⑰婆：斋抄本作"屦"。

⑱私：小便。《左传·襄公十五年》："师慧过宋朝，将私焉。"注："私，谓小便。"

⑲求伐：请人作媒。

⑳天下：二十四卷本作"人所"。

㉑谓其言不祥：认为青梅的话有悖常理，似非佳兆。意谓贫家攀附高门，将难得福。

㉒冰人：媒人。

㉓亟：二十四卷本作"极"。

㉔籺：二十四卷本作"窍"。籺（hé）：碎米屑。

㉕俛：同"俯"。二十四卷本作"俯"。下同。

㉖锦绣王孙：指贵族子弟。锦绣：精致华丽的丝绣品。

㉗立锥：立锥之地。谓贫无寸土。《汉书·食货志》："富者田连阡陌，贫者亡立锥之地。

㉘再：二十四卷本作"复"。下句同。

㉙了：斋抄本、二十四卷本作"子"。了：完全。

㉚谋：亭刻本作"媒"。

㉛却：二十四卷本作"拒"。

㉜援拾：救助收留。

㉝不可如何：无可奈何。

㉞直：通"值"。二十四卷本作"值"。

㉟尤：二十四卷本作"又"。

㊱瓜李之嫌：比喻涉嫌的处境。瓜李：指瓜田李下。古京府《君子行》："君子防未然，不处嫌疑间；瓜田不纳履，李下不整冠。"

㊲君倘：斋抄本作"倘君"。

㊳白：斋抄本、二十四卷本作"曰"。

㊴而：斋抄本作"以"。

㊵耶：斋抄本作"乎"。

㊶而：二十四卷本无“而”字。稽首而拜：古时最重的拜礼。跪拜时，头至地，稽留多时。

㊷也：斋抄本作“耶”。

㊸则：斋抄本无“则”字。

㊹可：二十四卷本无“可”字。

㊺必：手稿本残缺。据斋抄本、二十四卷本补。取盈：索取超过原额之数，谓要高价。

㊻二十四卷本“我”上有“夫”字，“嫁”下无“汝”字。斋抄本无“汝”字。

㊼青：斋抄本无“青”字。

㊽数行：斋抄本无“数行”二字。

㊾二十四卷本“我”下有“有”字。

㊿如：二十四卷本作“若”。如干：若干。

(51)曲沃：县名。在今山西省南部。宰：县令。

(52)耦：二十四卷本作“配”。

(53)此：二十四卷本作“言”。

(54)语：斋抄本作“与”，二十四卷本作“于”。

(55)署：二十四卷本作“书”。

(56)生：二十四卷本作“张”。

(57)重：亭刻本作“敬”。

(58)弗：二十四卷本作“不”。

(59)御穷：应付穷日子。《诗·邶风·谷风》："宴尔新婚，以我御穷。"

(60)二十四卷本"劝"下有"生"字。

(61)而：二十四卷本无"而"字。

(62)恐：斋抄本作"是"。

(63)赇：贿赂。

(64)二十四卷本"疫"下有"彷"字。

(65)疾：二十四卷本作"病"。亦：斋抄本无"亦"字。

(66)又：斋抄本、亭刻本作"亦"。

(67)二十四卷本"能"上有"有"字。

(68)也：二十四卷本作"矣"。

(69)而：斋抄本无"而"字，二十四卷本作"尔"。

(70)凌：当作"陵"。陵夷：衰颓，败落。此指破落家庭。

(71)搢：同"缙"。二十四卷本作"缙"。

(72)遂：二十四卷本作"而"。

(73)餐：二十四卷本作"飡"。

(74)价：斋抄本、二十四卷本作"贾"。

(75)两：二十四卷本作"双"。

(76)二十四卷本"谁"下有"为"字。

(77)二十四卷本"汝"下有"所"字。

(78)于是：斋抄本作"即"。

⑦⑨椟：薄棺。

⑧⓪冢室：正室，嫡妻。冢：大，嫡长。

⑧①二十四卷本"有"上有"适"字。尼：比丘尼。指女子出家后受过具足戒者。也称沙门尼，俗称尼姑。

⑧②女：斋抄本无"女"字。

⑧③祝发：断发；剃去头发。《谷梁传·哀公十三年》："祝发文身。"后指削发出家。黄庭坚《跋赠俞清老诗》："欲祝发，著浮图人衣。"

⑧④视：二十四卷本作"观"。

⑧⑤风尘：喻社会地位低下的处境。

⑧⑥陶器脱粟：粗碗糙米；指粗俗之物。

⑧⑦支：二十四卷本作"给"。

⑧⑧辄：斋抄本无"辄"字。

⑧⑨制：斋抄本无"制"字。

⑨⓪死：斋抄本作"尽"。

⑨①吏部某公：在吏部任职的某官员。吏部：旧时中央六部之一。揭示：张贴告示。

⑨②者：二十四卷本无"者"字。

⑨③庵：斋抄本无"庵"字。庵：原指隐世修行者所居之茅屋。《释氏要览》卷上："草为圆屋曰庵……西天僧俗修行多居庵。"后一般用来称比丘尼所居之寺，名尼奄。

㉔簪缨胄：官宦人家的后代。簪和缨是古代达官贵人的冠饰，因以代称贵官。

㉕媵御：侍妾。御：本指宫中妃嫔之类的女官，这里指女侍。

㉖求：斋抄本无"求"字。乳药死：谓饮毒药自尽。《后汉书·王允传》："吾为人臣，获罪于君，当伏大辟，以谢天下。岂有乳药求死乎！投杯而起。"

㉗横逆：强暴无礼的行为。

㉘矣：斋抄本无"矣"字。

㉙已：斋抄本作"既"。

⑩叩户：斋抄本作"扣户"，二十四卷本作"扣门"。

⑪奴：斋抄本、二十四卷本无"奴"字。

⑫甘：二十四卷本作"笑"。

⑬肩：亭刻本作"香"。

⑭煊：二十四卷本作"烜"。烜赫：形容声名或气势很盛。

⑮李：亭刻本作"理"。司李：同"司理"。官名。宋于各州置司理参军，主管狱讼，简称司理。

⑯舍：斋抄本、二十四卷本作"室"。

⑰入：亭刻本无"入"字。

⑱骇：斋抄本作"艳"。

⑲翁：二十四卷本作"公"。

⑩起复：古时官员遭父母丧，守制尚未满期而应召任职，称

起复。明清时,则专指为父母守丧期满重新出来做官。

⑪连:二十四卷本作"联"。连捷:指由举人而进士,不隔科而连续中式。

⑫先:亭刻本无"先"字。

⑬之:斋抄本无"之"字。

⑭涓:亭刻本作"择"。

⑮蒲团:僧人打坐、跪拜用的圆垫,以蒲草编织而成。《如净语录》:"聊借蒲团供打坐。"

⑯亦:亭刻本作"益"。

⑰二十四卷本"遂"上有"女"字,"亦"作"自"。

⑱云:二十四卷本作"曰"。

⑲莫敢当夕:指青梅不敢代替阿喜侍寝。《礼记·内则》:"妻不在,妾御莫敢当夕。"

⑳沮:二十四卷本作"阻"。

㉑然:斋抄本无"然"字。

㉒行取:明清时官员铨选的一种制度。有政绩的州、县官,吏部可以调取入京,转任六科给事中或各道御史等职,称为行取。

㉓固:斋抄本无"固"字。

㉔大士:佛教称菩萨为大士。

㉕侍郎:古时中央各部的副长官。

(126)纨袴：古代贵族子弟所穿的绢裤，后以代称富贵人家的子弟。

(127)亭刻本“者”下有“费”字。作合者：从中撮合的人，介绍人。经营：筹划，谋画。

(128)化工：造化之工；上天之力。

(129)冠裳：指衣冠人物，即有身份地位的人。

(130)膏粱：美味。与“纨袴”同指富贵人家的不才子弟。

译文

金陵程生，生性耿直，不受礼俗约束。有一天，他从外面回来，放松腰带，觉得带子头上沉甸甸的像有东西坠在上面。一看腰带，没见什么东西。转身之间，有个女子从衣服后面走出来，捋着头发微微含笑，非常漂亮。程生疑心她是鬼，女子说：“我不是鬼，是狐精。”程生说：“倘若得个佳人，连鬼都不怕，何况是狐精呢。”于是就同女子做爱。两年后，生了一个女儿，小名叫青梅。狐精常常对程生说：“别再娶妻，我会给你生个儿子的。”程生信了她的话，就不娶妻子。亲戚朋友一齐讥笑责骂程生。程生意志不坚定，和湖东王家的女儿订了亲。狐精知道了很生气，喂了青梅一顿奶，就把青梅丢给程生，说：“这是你家的赔钱货，养活她还是杀死她，全凭你作主。我为什么要替人家做奶妈呢！”说完出门径直走了。

青梅长大后很聪明，相貌美丽清秀，极像她母亲。后来，程生生病去世，王氏改嫁走了。青梅寄养在堂叔家；堂叔品行恶劣，想卖掉青梅捞点油水。恰好有个王进士，正在家中等候委任，听说青梅聪明，花高价把她买来，让她侍候自己的女儿阿喜。阿喜十四岁，容貌盖世无双。见了青梅很喜欢，就同青梅住在一起。青梅也很会侍候人，能察言观色，因此一家人都很怜爱她。

本县有个张生，字介受，家境贫穷，没有房地产，租王家的房子居住。张生是个大孝子，品行端正，又刻苦读书。青梅偶然去张生家，看见张生坐在石头边喝糠粥；进屋去跟张母闲聊，却见桌子上放着猪肘子。当时，张生父亲卧病在床，张生进来，抱他父亲小便。便液弄脏了张生的衣服，他父亲知道了恨自己无用；张生把尿迹掩盖起来，赶快到外面洗了，生怕父亲察觉。青梅因此很敬重张生。回去讲述了所见到的情况，对阿喜说："咱们家房客是个了不起的人。娘子不想找个好丈夫则已，如果要找好丈夫，张生便是最佳人选。"阿喜担心她父亲嫌张生穷。青梅说："不对。这事完全在于你，如果认为可以，我偷偷去告诉他家，叫他家请人来做媒。老夫人一定要找你商量，只要你答应说'行'，事情就办成了。"阿喜恐怕张生一辈子贫穷让所有的人耻笑。青梅说："我自认为能看清天下的人才，一定错不了。"第二天，青梅去告诉张母。张母大出意外，认为她所说的不吉利。青梅说："我家小姐听说了公子的行为，认为他很贤德，我因为看透了小姐的心意才来说的。媒人去了，我和小姐都会替公子说好话，料想会成功的。即使不成功，对公子来说有什么羞辱呢？"张母说："好吧。"就托了卖花的侯氏去做媒。老夫人听了就发笑，把事情告诉了王进士。王进士也哈哈大笑。他们叫阿喜来，讲了媒人侯氏的来意。阿喜还没来得及回答，青梅就极力夸奖张生的贤德，断定他一定会发迹。老夫人又问阿喜说："这是你的终身大事，如果你能吃糠咽菜，我就给你允婚。"阿喜低着头好大一会，面对墙壁回答说："贫富是命中注定的。如果命里是富裕的，就穷不了多久，而享受富贵的日子就没有穷尽了。如果命定要穷，那些穿绸着锦的王孙公子，最后穷得没有立锥之地的，难道还少吗？这件事全由父母作主。"

当初，王进士叫女儿来商量，不过是想以此取笑。等听了女儿的话，心里很不高兴，说："你要嫁给张家吗?"阿喜不回答。再问一遍,还是不回答。王进士冒火说:"贱骨头,一点没长进!想提着篮子当讨饭婆,难道不羞死人吗!"阿喜涨红了脸气得说不出话来,含着眼泪走开了。媒人也就溜走了。

青梅见婚事谈不成,便想为自己找个归宿。过了几天,青梅趁夜里去见张生。张生正在读书,吃惊地问青梅从哪来;青梅的回答吞吞吐吐,张生严肃地拒绝了她。青梅哭着说:"我是良家女子,不是来私奔的。只是因为你人品好,所以自愿托以终身。"张生说:"你爱我,说我人品好,深夜来这里,自爱的人不会这样做,你认为人品好的人会这么做吗?开头乱来而最后结成夫妻,正人君人仍然认为这样不行;何况事不能成,我们彼此之间怎么交待呢?"青梅说:"万一能成功,你肯接纳我吗?"张生说:"能娶到像你这样的妻子,我还有什么其他奢求呢?但是有三件无可奈何的事,所以不敢轻易答应你。"青梅问:"哪三件事?"张生说:"你不能自己作主,就无可奈何;即使能自己作主,我父母不乐意,就无可奈何;即使父母乐意,而你的身价一定高,我家里穷不能筹措这笔钱,就更是无可奈何。你赶快回去,瓜田李下的嫌疑很可怕啊!"青梅临走,又嘱咐说:"你如果有意,希望和我共同想想办法。"张生同意了。青梅回来，阿喜追问她到哪里去了，青梅就跪下自己坦白。阿喜恨她私奔，要对她鞭打责罚。青梅哭着辩白没有什么不轨行为，因而把实情告诉了阿喜。阿喜叹气说："不乱交合，这是守礼；一定要禀告父母，这是尽孝；不轻易答应，这是讲信义。有这三种品德，老天必然保祐他，不用担心什么穷困了。"随后又问："你打算怎么办呢？"青梅说："嫁给他。"阿喜笑着说："痴丫头你能够自己作主吗？"青梅说："事情不成，就拼了这条命。"阿喜说："我一定让你如愿。"青梅磕头拜谢阿喜。过了几天，青梅问阿喜："前几天你讲的话是逗着玩呢，还是真肯发发慈悲呢？如果真发慈悲，我就还有一件心事，希望你同情帮助。"阿喜问是什么事。青梅说："张生出不起聘金，我又没有力量可以自己赎身，如果一定要收足赎金，说嫁我仍然等于不肯嫁我。"阿喜想了一会说："这就不是我能够出力的了。我说嫁你，还恐怕不太恰当；如果又说不要收足赎金，这是父母一定不同意的，我也不敢开口。"青梅听了泪水直淌，只求阿喜给予同情搭救。阿喜想了好久，说："没办法，我有几两私房银子，我会全部资助你的。"青梅拜谢了，因此偷偷告诉了张家。张母十分高兴，千方百计去借，共借了若干两银子，收藏起来等待好消息。

恰巧王进士被委派到曲沃县做知县，阿喜趁机告诉母亲说："青梅已经长大，现在父亲将去赴任，不如打发她走吧。"老夫人本来就认为青梅太机灵，惟恐她把女儿引到邪路上去，总想把她嫁出去，可是担心女儿不乐意，听女儿一说很高兴。过了两天，有个老妈子来转达了张母求婚的意思。王进士笑着说："这家只配讨个婢女，前次所谈的多荒谬啊！可是如果卖给高贵人家做偏房，身价该比原来的多一倍。"阿喜急忙劝她父亲说："青梅长期侍候我，卖她去做侍妾，我实在不忍心。"王进士就带口信给张家，还是照原来的身价立赎身契，把青梅嫁给了张生。青梅过门后，孝敬公婆，体贴十分周到，比张生更细心。操持家务更勤快，吃糠咽菜不说一声苦，因此张家的人没有一个不敬重青梅。青梅又把刺绣当成职业，绣品卖得很快，生意人在门口等着收购，惟恐收购不到，收入的钱稍可应付穷日子。并且青梅劝张生不要为家计耽误功课，生活安排都由她一人承担。因为王进士要去赴任，青梅去跟阿喜告别。阿喜见了她，流着泪说："你有个归宿了，我本来不如你。"青梅说："这是谁的恩赐,我敢忘记吗?然而你认为不如我,恐怕要折我的阳寿。"于是流着泪分手了。

王进士到了山西,半年,夫人就去世了,灵柩停放在寺院中。又过了两年,王进士因为贪污受贿被免职,赎罪罚款的银两数以万计,渐渐破落下来连生活都难以维持,跟来的仆从各自逃散了。这时候,瘟疫流行起来,王进士染上病也去世了。只剩下一个老妈子跟随阿喜。不久,老妈子又死了。阿喜孤苦伶仃生活更困难。有个邻居老婆婆劝阿喜嫁人,阿喜说:"有能够为我安葬双亲的,我就嫁他。"老婆婆同情她,送了她一斗米就走了。半个月后老婆婆又来了,说:"我为娘子尽了力,事情不容易办;穷的不能为你安葬双亲,富的又嫌你是破落人家的后代。怎么办!还有一条路,只是怕你不肯走。"阿喜问:"哪条路?"老婆婆说:"这地方有个李郎,想讨个偏房,倘若见了你的身姿容貌,即使要他出钱厚葬你的双亲,他也一定不会吝惜。"阿喜放声大哭说:"我是官宦人家的女儿,难道要给人家做小老婆吗?"老婆婆无话可说,就走开了。阿喜每天只能吃一顿饭,勉强维持生命,等待好好嫁出去。拖了半年,实在支持不下去了。

有一天,老婆婆来了,阿喜流着眼泪告诉她:"艰难到这种地步，常常想自寻死路，之所以还留恋勉强活下来，是因为还有双亲的灵柩在。要是我死了，谁来收拾双亲的遗骨呢？因此想来想去，不如依你说的办。"于是，老婆婆引李郎来，看了一眼阿喜，十分满意。就拿钱出来安葬，两口棺材一齐埋好。安葬完毕，才把阿喜抬回去，进家拜见大娘子。大娘子本来就是个又凶狠妒忌心又重的人，李郎开始不敢讲是小老婆，只借口说是买的婢女。等大娘子一见阿喜，勃然大怒，用大棒把她赶出大门，不准进家。阿喜披头散发，痛哭流涕，进退两难。

正好有个老尼姑路过，邀阿喜去一起住，阿喜高兴地跟她去了。到了庵里，阿喜拜求剃度。老尼姑不肯，说："我看娘子，不像长期沦落风尘的人。庵里饮食简单，可以勉强度日，你姑且住在这里等待时来运转。时运一来，你就离开。"住了没多久，市井中的无赖之徒看到阿喜漂亮，常常来打门说粗话调戏，老尼姑不能制止他们。阿喜嚎啕大哭想要自尽。老尼姑去求在吏部任职的某公，张贴告示严禁骚扰，那些无赖之徒才稍稍有所收敛。后来又有人趁黑夜挖穿庵墙，老尼姑惊呼救命才把恶棍吓跑。因此老尼姑再次告到官府，抓住了首犯，押送府衙，打了板子，才渐渐安宁了些。

又过了一年多,有位贵公子路过尼姑庵,看到阿喜,大为惊异,逼着老尼姑转达爱慕之情,又以重金收买老尼姑。老尼姑婉转地告诉他:"她是官宦人家的女儿,不甘心做小老婆。公子暂时回去,慢慢地会有机会来回你的话。"贵公子走了之后,阿喜想服毒药自尽。晚上,阿喜梦见父亲来,悔恨地说:"我不按你的心愿办,使你流落到这种地步,悔恨已经太晚了。只要你忍耐一下不寻死,你的夙愿还会实现的。"阿喜觉得奇怪。天亮之后,阿喜梳洗完,老尼姑见到她,吃惊地说:"看你的脸色,晦气全消了,用不着担忧别人的强横无理了。幸福就要降临,到时不要忘了老尼啊。"话未说完,就听见敲门声。阿喜大惊失色,料想必定是贵公子的家奴来了。老尼姑打开门,果然是个家奴。家奴开口就问老尼姑安排得怎样了。老尼姑用好话奉承应对,只求他宽限三天。家奴传达主人的话,如果事情办不成,叫老尼姑亲自去回话。老尼姑连连答应,一面赔不是请家奴回去。阿喜十分悲伤,又要自杀。老尼姑劝住了她。阿喜担心三天后再来人,没有话好搪塞。老尼姑说:"有我在,要斩要杀由我承当。"第二天,正当下午四点来钟,下着倾盆大雨，忽然听见有几个人擂门，大声喧哗。阿喜认为祸事临头，又惊又怕，不知怎么办。老尼姑冒雨去开门，看见有轿子停在门口。几个女奴，簇拥着一个美人走出轿子，仆从神气威风，穿着讲究。老尼姑惊诧地询问，仆从回答说："这是司理的内眷，暂时来避避风雨。"老尼姑把他们引上大殿，搬来坐榻请夫人就座。随从男女跑进禅房里，各自寻找休息的地方。他们在禅房里看见阿喜，觉得她长得很美，就跑来告诉夫人。不久，雨停了，夫人站起来，要求参观禅舍。老尼姑也领她进去，她一见阿喜，极为吃惊，目不转睛地注视她。阿喜也对她打量了好一阵。这夫人不是别人，正是青梅。两人各自失声痛哭，诉说了分别后的行踪。

原来张生的父亲病故后，张生守丧期满重新出来科考，不隔科连续中式，被授司理之职。张生先接他母亲到任所，然后把所有家眷奴仆搬来。阿喜叹了口气说："今天又见面，岂止天壤之别！"青梅笑着说："幸亏娘子遭受波折还是独身，正是上天要让我们俩人团聚啊。倘若不是风雨所阻，怎么会有这次不期而遇呢？这当中有鬼神相助，不是人力所能做到的。"于是取出珠冠锦衣，催促阿喜重新妆扮。阿喜低头徘徊，老尼姑从中帮着劝说。阿喜顾虑跟青梅同住一家名份不正。青梅说："过去名份自己确定，我怎么敢忘了你的大恩大德！试想张郎难道是个忘情负义的人？"她逼着阿喜重新妆扮好，一齐向老尼姑告别离去。到了任所，张家母子都很喜欢。阿喜下拜说："如今无脸见婆母了。"张母笑着安慰她，顺便选定了举行婚礼的吉日。阿喜说："庵中只要有一丝生路，也不肯跟夫人来这里。倘若顾念旧情，给我一间房子，可以放得下一个蒲团，就心满意足了。"青梅微笑着不回话。到了吉日，青梅抱了鲜丽的嫁妆来。阿喜左右为难不知怎么办才好。过了一会，听见鼓乐声骤然响起，阿喜也身不由己。青梅领着婢女、老妈子硬给阿喜换上嫁衣，搀扶她走出来。看见张生穿着官服在下拜，阿喜不知不觉地也轻盈地对拜了。青梅把阿喜牵进洞房，说："空着这个位子等你很久了。"又回头对张生说："今夜得以报恩，要好好地待她啊。"青梅转身要离开。阿喜拉住她的衣襟，青梅笑着说："不要挽留我，这是不能代替的。"挣脱阿喜的手走开了。青梅侍俸阿喜十分恭顺，不敢代替阿喜室寝。然而阿喜始终感到愧疚不安。于是张母吩咐她们互相以夫人相称。可是青梅始终奉行婢妾的礼节，不敢有丝毫懈怠。三年之后，张生奉调入京任职，路过尼姑庵，就以五百两银子为老尼姑祝寿。老尼姑不接受。张生一再坚持要她收下，老尼姑这才收下二百两，建起了大士祠，又为王老夫人立了碑。后来，张生官至侍郎。程夫人生了二子一女，王夫人生了四子一女。张生上书奏明情况，俩人都被封为夫人。

异史氏说："天生佳丽，就本来就该酬报品德卓著的人；但是，世俗间的王公大人，却要留下用来赠送纨绔子弟，这是造物主所必然争夺的。离离奇奇的情节，致使从中撮合的人，费尽了无限的心机，造化之功也实在太辛苦了。只有青梅夫人，能慧眼识英雄于贫贱之中，发誓嫁给他，不成就以死相报；那些俨然是官宦人家的，却嫌弃有德行的人而去追求富家子弟，他们的心智怎么比一婢女还低下啊！"

罗刹海市

原文

马骥①,字龙媒,贾人子,美丰姿。少倜傥,喜歌舞。辄从梨园子弟②,以锦帕缠头,美如好女,因复有"俊人"之号。十四岁入郡庠,即知名。父衰老,罢贾而居③,谓生曰:"数卷书,饥不可煮,寒不可衣,吾儿可仍继父贾。"马由是稍稍权子母④,从人浮海⑤,为飓风引去⑥,数昼夜,至一都会。其人皆奇丑,见马至,以为妖,群哗而走。马初见其状,大惧。迨知国人之骇己也⑦,遂反以此欺国人。遇饮食者,则奔而往,人惊遁,则啜其余。久之,入山村。其间形貌亦有似人者,然褴褛如丐⑧。马息树下,村人不敢前,但遥望之。久之,觉马非噬人者⑨,始稍稍近就之。马笑与语。其言虽异,亦半可解。马遂自陈所自。村人喜,遍告邻里,客非能搏噬者。然奇丑者望望即去⑩,终不敢前;其来者,口鼻位置,尚皆与中国同⑪。共罗浆酒奉马⑫。马问其相骇之故。答曰:"尝闻祖父言:西去二万六千里⑬,有中国,其人民形象率诡异。但耳食之⑭,今始信。"问其何贫。曰:"我国所重,不在文章,而在形貌。其美之极者为上卿⑮;次任民社⑯;下焉者亦邀贵人宠⑰,故得鼎烹以养妻子⑱。若我辈初生时,父母皆以为不祥,往往置弃之;其不忍遽弃者,皆为宗嗣耳。"问:"此名何国?"曰:"大罗刹国⑲。都城在北,去三十里。"马请导往一观。于是鸡鸣而兴,引与俱去。天明,始达都。都以黑石为墙,色如墨。楼阁近百尺,然少瓦,覆以红石⑳;拾其残块磨甲上,无异丹砂㉑。时值朝退,朝中有冠盖出,村人指曰:"此相国也。"视之,双耳皆背生,鼻三孔,睫毛覆目如帘。又数骑出,曰:"此大夫也。"以次各指其官职,率鬈髯怪异㉒。然位渐卑,丑亦渐杀。无何,马归,街衢人望见之,噪奔跌蹶,如逢怪物。村人百口解说,市人始敢遥立。既归,国中无大小㉓,咸知村有异人㉔,于是搢绅大夫,争欲一广见闻㉕,遂令村人要马。然每至一家㉖,阍人辄阖户,丈夫女子,窃窃自门隙中窥语。终一日,无敢延见者。村人曰:"此间一执戟郎㉗,曾为先王出使异国,所阅人多,或不以子为惧。"造郎门。郎果喜,揖为上宾㉘。视其貌㉙,如八九十岁人。目睛突出,须卷如猬。曰:"仆少奉王命㉚,出使最多,独未尝至中华㉛。今一百二十余岁㉜,又得睹上国人物㉝,此不可不上闻于天子。然臣卧林下㉞,十余年不践朝阶,早旦,为君一行㉟。"乃具饮馔,修主客礼㊱。酒数行,出女乐十余人,更番歌舞。貌类如夜叉㊲,皆以白锦缠头,拖朱衣及地。扮唱不知何词,腔拍恢诡㊳。主人顾而乐之,问:"中国亦有此乐乎?"曰:"有。"主人请拟其声,遂击桌㊴,为度一曲。主人喜曰:"异哉!声如凤鸣龙啸,得未曾闻㊵。"翌日,趋朝,荐诸国王。王忻然下诏。有二三大臣㊶,言其状怪,恐惊圣体。王乃止。郎出告马,深为扼腕。居久之,与主人饮而醉,把剑起舞,以煤涂面作张飞㊷。主人以为美,曰:"请客以张飞见宰相㊸,宰相必乐用之㊹,厚禄不难致。"马曰:"嘻㊺!游戏犹可,何能易面目图荣显㊻?"主人固强之㊼,马乃诺。主人设筵,邀当路者饮㊽,令马绘面以待㊾。未几客至㊿,呼马出见客㈤。客讶曰:"异哉!何前媸而今妍也!"遂与共饮甚欢。马婆娑歌"弋阳曲"㈥,一座无不倾倒。明日,交章荐马。王喜,召以旌节㈦。既见,问中国治安之道,马委曲上陈,大蒙嘉叹㈧,赐宴离宫㈨。酒酣,王曰:"闻卿善雅乐,可使寡人得而闻之乎㈩?"马即起舞,亦效白锦缠头,作靡靡之音㈠。王大悦,即日拜下大夫㈡。时与私宴,恩宠殊异。久而官僚百执事㈢,颇觉其面目之假㈣;所至,辄见人耳语，不甚与款洽。马至是孤立，怊然不自安⑥。遂上疏乞休致⑥，不许；又告休沐⑥，乃给三月假。于是乘传载金宝，复归山村⑥。村人膝行以迎。马以金资分给旧所与交好者，欢声雷动。村人曰："吾侪小人受大夫赐，明日赴海市，当求珍玩，用报大夫⑥。"问："海市何地？"曰："海中市，四海鲛人⑥，集货珠宝。四方十二国，均来贸易⑥。中多神人游戏。云霞障天，波涛间作。贵人自重，不敢犯险阻，皆以金帛付我辈⑥，代购异珍。今其期不远矣。"问所自知，曰："每见海上朱鸟来往⑥，七日即市。"马问行期，欲同游瞩。村人劝使自贵⑦。马曰："我顾沧海客，何畏风涛？"未几，果有踵门寄资者⑦，遂与装资入船。船容数十人⑦，平底高栏。十人摇橹，激水如箭。凡三日，遥见水云晃漾之中，楼阁层叠，贸迁之舟，纷集如蚁。少时，抵城下。视墙上砖，皆长与人等；敌楼高接云汉⑦。维舟而入，见市上所陈奇珍异宝，光明射目，多人世所无。一少年乘骏马来，市人尽奔避，云是"东洋三世子"⑦。世子过，目生曰："此非异域人。"即有前马者来诘乡籍。生揖道左，具展邦族。世子喜曰："既蒙辱临，缘分不浅。"于是授生骑，请与连辔。乃出西城，方至岛岸，所骑嘶跃入水。生大骇失声，则见海水中分，屹如壁立。俄睹宫殿，玳瑁为梁㊆，鲂鳞作瓦㊅，四壁晶明，鉴影炫目。下马揖入。仰见龙君在上，世子启奏："臣游市廛，得中华贤士，引见大王。"生前拜舞㊆。龙君乃言："先生文学士，必能衙官屈、宋㊆。欲烦椽笔赋海市㊆，幸无吝珠玉。"生稽首受命。授以水精之砚㊆，龙鬣之毫㊆，纸光似雪，墨气如兰。生立成千余言，献殿上。龙君击节曰："先生雄才，有光水国多矣㊆！"遂集诸龙族，讌集采霞宫。酒炙数行，龙君执爵而向客曰㊆："寡人所怜女，未有良匹，愿累先生。先生倘有意乎？"生离席愧荷，唯唯而已。龙君顾左右语。无何，宫人数辈扶女郎出㊆。环佩声动，鼓吹暴作㊆，拜竟睨之，实仙人也。女拜已而去。少时酒罢，双鬟挑画灯㊆，导生入副宫。女浓妆坐伺，珊瑚之床，饰以八宝㊆，帐外流苏㊆，缀明珠如斗大，衾褥皆香耎。天方曙，则雏女妖鬟㊆，奔入满侧。生起，趋出朝谢㊆，拜为驸马都尉㊆。以其赋驰传诸海。诸海龙君，皆专员来贺，争折简招驸马饮㊆。生衣绣裳，驾青虬㊆，呵殿而出。武士数十骑，皆雕弧㊆，荷白棓㊆，晃耀填拥。马上弹筝㊆，车中奏玉㊆。三日间，遍历诸海。由是"龙媒"之名，噪于四海。宫中有玉树一株，围可合抱；木莹澈如白琉璃，中有心，淡黄色，稍细于臂⑱；叶类碧玉，厚一钱许，细碎有浓阴。常与女啸咏其下。花开满树，状类蘦葡⑲。每一瓣落，锵然作响。拾视之，如赤瑙雕镂，光明可爱。时有异鸟来鸣，毛金碧色，尾长于身，声等哀玉，恻人肺腑。生每闻辄念乡土⑩。因谓女曰："亡出三年，恩慈间阻，每一念及，涕膺汗背。卿能从我归乎？"女曰："仙尘路隔，不能相依。妾亦不忍以鱼水之爱，夺膝下之欢，容徐谋之。"生闻之，泣不自禁⑩，女亦叹曰："此势之不能两全者也！"明日，生自外归。龙君曰："闻都尉有故土之思，诘旦趣装，可乎？"生谢曰："逆旅孤臣，过蒙优宠，衔报之诚⑩，结于肺肝⑩。容暂归省，当图复聚耳。"入暮，女置酒话别。生订后会。女曰："情缘尽矣。"生大悲。女曰："归养双亲，见君之孝。人生聚散，百年犹旦暮耳，何用作儿女哀泣？此后妾为君贞，君为妾义，两地同心，即伉俪也，何必旦夕相守，乃谓之偕老乎？若渝此盟，婚姻不吉。倘虑中馈乏人⑭，纳婢可耳。更有一事相嘱：自奉裳衣⑯，似有佳朕⑯，烦君命名。"生曰："其女耶⑩，可名龙宫；男耶，可名福海。"女乞一物为信。生在罗刹国所得赤玉莲花一对⑱，出以授女。女曰："三年后四月八日，君当泛舟南岛，还君体胤⑲。"女以鱼革为囊，实以珠宝，授生曰："珍藏之，数世吃著不尽也。"天微明，王设祖帐⑳，馈遗甚丰。生拜别出宫。女乘白羊车，送诸海涘㉑。生上岸下马，女致声珍重，回车便去，少顷便远。海出复合㉒，不可复见。生乃归。自浮海去，咸谓其已死㉓。及至家，家人无不诧异㉔。幸翁媪无恙，独妻已他适㉕，乃悟龙女"守义"之言，盖已先知也。父欲为生再婚。生不可，纳婢焉。谨志三年之期，泛舟岛中，见两儿坐浮水面㉖，拍流嬉笑，不动亦不沉。近引之，儿哑然捉生臂，跃入怀中。其一大啼，似嗔生之不援己者，亦引上之。细审之，一男一女，貌皆婉秀㉗。额上花冠缀玉，则赤莲在焉。背有锦囊，拆视，得书云："翁姑计各无恙㉘。忽忽三年，红尘永隔㉙；盈盈一水㉚，青鸟难通。结想为梦，引领成劳，茫茫蓝蔚，有恨如何也㉛。顾念奔月姮娥㉜，且虚桂府㉝；投梭织女㉞，犹怅银河。我何人斯，而能永好？兴思及此㉟，辄复破涕为笑。别后两月，竟得孪生。今已啁啾怀抱㊱，颇解笑言㊲；觅枣抓梨，不母可活。敬以还君，所贻赤玉莲花，饰冠作信。膝头抱儿时，犹妾在左右也。闻君克践旧盟，意愿斯慰。妾此生不二，之死靡他。奁中珍物，不蓄兰膏；镜里新妆，久辞粉黛。君似征人，妾作荡妇⑫，即置而不御⑫，亦何得谓非琴瑟哉，独计翁姑亦既抱孙⑬，曾未一觌新妇，揆之情理，亦属缺然。岁后阿姑窀穸⑬，当往临穴，一尽妇职。过此以往⑬，则'龙宫'无恙，不少把握之期；'福海'长生，或有还往之路。伏惟珍重，不尽欲言。"生反覆省书揽涕。两儿抱颈曰："归休乎⑬！"生益恸⑭，抚之曰："儿知家在何许？"儿亟啼⑬，呕哑言归。生望海水茫茫⑯，极天无际；雾鬟人渺⑰，烟波路穷。抱儿返棹，怅然遂归。生知母寿不永，周身物悉为预具⑱，墓中植松楸百余⑲。逾岁，媪果亡。灵舆至殡宫⑭，有女子缞绖临穴。众方惊顾⑭，忽而风激雷轰，继以急雨，转瞬间已失所在⑭。松柏新植多枯，至是皆活。福海稍长，辄思其母，忽自投入海，数日始还。龙宫以女子不得往，时掩户泣。一日昼暝，龙女急入，止之曰："儿自成家，哭泣何为？"乃赐八尺珊瑚一树⑭，龙脑香一帖⑭，明珠百颗⑮，八宝嵌金合一双，为作嫁资⑯。生闻之，突入，执手啜泣。俄顷，疾雷破屋⑰，女已无矣⑱。

异史氏曰:"花面逢迎⑭,世情如鬼。嗜痂之癖⑮,举世一辙。'小惭小好,大惭大好⑯。'若公然带须眉以游都市⑰,其不骇而走者,盖几希矣⑱。彼陵阳痴子⑲,将抱连城玉向何处哭也?呜呼!显荣富贵,当于蜃楼海市中求之耳⑳!"

注释

①骥:亭刻本作"骏"。

②梨园子弟:戏曲艺人。《新唐书·礼乐志》谓唐玄宗曾选乐工及宫女数百人,亲授乐曲于梨园。后因称演戏的场所为"梨园",其中艺人为"梨园子弟"。

③居:斋抄本、二十四卷本作"归"。

④权子母:权衡本利,谓经商。子母:犹言本利。本金叫母,利息叫子。又古代称钱币重的为母,轻的为子。杜甫《乾元元年华州试进士策问》:"夫时患钱轻,以至于量资币,权子母,代复改铸。"

⑤浮海:泛海、航海。此指到海外经商。

⑥飓:斋抄本作"颶",亭刻本作"颶"。飓风:海上造成灾难之风。《投荒杂录》:"岭南郡皆有飓风,以四面俱至也。"

⑦人:斋抄本作"中"。

⑧褴褛:亦作"蓝缕"。衣衫破烂。

⑨马:二十四卷本无"马"字。

⑩后一"望":二十四卷本作"之"。望望:原含有惭愧之意,此作看看解。语出《孟子·公孙丑》上:"望望然去之,若将浼焉。"

⑪皆:亭刻本作"能"。

⑫马:亭刻本作"焉"。

⑬二:二十四卷本作"三"。

⑭耳食:指不加审察,轻信传闻。《史记·六国年表序》:"学者牵于所闻,见秦在帝位日浅,不察终始,举而笑之,不敢道。此与以耳食无异。"索隐:"言俗以浅识,举而笑秦,此犹耳食,不能知味也。"

⑮上卿:周官制,最尊贵的诸侯臣称上卿。《公羊传·襄公十一年》:"古者上卿下卿,上士下士。"

⑯任民社:古称直接管理民的地方官为"职任民社"。后文《折狱》篇"宰民社"义同。民社:人民和社稷的省词。

⑰焉:二十四卷本无"焉"字。

⑱鼎烹:贵人所享之美食。此指贵人赐予的"残杯冷炙"。鼎:古代炊具,三足两耳。

⑲罗刹:梵文音译,印度神话中的恶魔。后被佛教吸收,遂成恶鬼名。此处用为国名。马端临《文献通考》谓:罗刹国,其人极陋,朱发黑面,兽牙鹰爪。与林邑人作市以夜,昼则掩其面。

⑳二十四卷本"覆"上有"皆"字。

㉑亭刻本"无"下有"以"字。丹砂：亦称朱砂或辰砂。可作颜料。

㉒鬇鬡（zhēng níng）：毛发散乱貌。

㉓无大小：斋抄本无此三字。

㉔村：斋抄本无"村"字。

㉕一：亭刻本作"以"。

㉖然：斋抄本无"然"字。

㉗郎：亭刻本无"郎"字。执戟郎：古时负责警卫宫门的官。秦汉郎官中有中郎、侍郎、郎中等，负责执戟宿卫殿门，故称执戟郎。《史记·淮阴侯列传》："臣事项王，官不过郎中，位不过执戟。"

㉘宾：斋抄本作"客"。

㉙其：二十四卷本作"郎"。

㉚二十四卷本"少"下有"年"字。

㉛尝：斋抄本无"尝"字。

㉜二：二十四卷本作"三"。

㉝睹：斋抄本、二十四卷本作"见"。上国：对中国的敬称。

㉞臣：亭刻本作"伏"。林下：归隐之地。

㉟亭刻本"君"下有"勉"字。

㊱主客：二十四卷本作"客主"。

㊲如：斋抄本、二十四卷本无“如”字。

㊳诡：二十四卷本作“谐”。诙诡：怪异，离奇。

㊴二十四卷本“遂”上有“马”字。桌：斋抄本作“卓”，同“桌”。

㊵得：斋抄本作“从”。闻：二十四卷本作“有”。

㊶臣：斋抄本作“夫”。

㊷张飞：三国时蜀将，字翼德，涿郡（今河北省涿县）人。封西乡侯，为部将刺死，追谥桓侯。

㊸客：斋抄本作“君”。宰相：即上文的“相国”。

㊹宰相必乐用之：斋抄本无此六字。

㊺嘻：斋抄本无“嘻”字。

㊻易：亭刻本作“以”。

㊼固：斋抄本无“固”字。

㊽饮：斋抄本无“饮”字。当路者：居于要职的人。《孟子·公孙丑》：“夫子当路于齐。”

㊾绘：二十四卷本作“画”。

㊿未几：斋抄本无“未几”二字。

(51)客：二十四卷本无“客”字。

(52)弋阳曲：南曲腔调中的一种，元末明初产生于江西弋阳，故名。其声高亢激越，又名高腔。《顾曲尘谈》谓弋阳腔是“俗腔”，昆山腔是“雅乐”。马骥唱弋阳腔，罗刹国王却认为是雅乐，说明该国雅俗颠倒。

㊾召以旌节：派人持旌节去召唤。旌节：以竹为竿，上缀牦牛尾及五彩鸟羽。古代出使者持之，作为凭证。旌、节是唐宋时皇帝赐给节度使的仪仗。《宋史·舆服志二》："旌节，唐天宝中置。节度使受命日赐之，得以专制军事。……宋凡命节度使，有司给门旗二，龙、虎各一，旌一，节一，麾枪二，豹尾二。"这里"召以旌节"，是表示隆重的礼遇。

㊴叹：二十四卷本作"赏"。

㊵离宫：皇帝出巡时休息之所，犹如行宫。

㊶之：二十四卷本无"之"字。

㊷靡靡之音：淫靡的乐曲。本指俗腔，罗刹国王好之，以为雅乐。

㊸下大夫：古官名。周王室及诸侯各国，卿以下有大夫，分上、中、下三等。

㊹百执事：犹言百官。《书·盘庚》："邦伯师长，百执事之人，尚皆隐哉。"执事：各部门专职人员。

㊺颇觉：与上句"百执事"五字，斋抄本作"知"。

㊻悁（xián）然：形容心中不安的样子。《史记·孝文本纪》："朕既不能远德，故悁然念外人之有非。"

㊼乞休致：请求辞官退隐。清制，自陈衰老而批准休致的，称"自请休致"；非自己所请，谕旨令其休致的，称"勒令

休致"。

㉓休沐：休息沐浴，指短期休假。汉制，吏五日一休沐；唐代十日一休沐。《汉书·霍光传》："光时休沐出。"王先谦补注："《通鉴》胡注：汉制，中朝官五日一下里舍休沐。"《唐会要》："凡百官十日一休沐。"

㉔山：斋抄本无"山"字。

㉕用报大夫：斋抄本作"以报"。

㉖鲛人：亦作"蛟人"。神话传说中的人鱼。善纺织，所织薄纱叫"鲛绡"；鲛人哭出的泪可凝成珍珠。张华《博物志·异人》："南海外有鲛人，水居如鱼，不废织绩，其眼能泣珠。"

㉗均：二十四卷本作"皆"。

㉘帛：二十四卷本作"宝"。

㉙来往：斋抄本作"往来"。

㉚贵：亭刻本作"重"。

㉛资：二十四卷本作"货"。

㉜容：斋抄本、二十四卷本作"客"。

㉝敌楼：城上了望守御之楼。也称"望楼""谯楼"。

㉞洋：亭刻本作"阳"。世子：王、侯嫡妻所生之子。

㉟玳瑁：一作"瑇瑁"。海龟科，一般长约0.6米，大者可达1.6米。背甲光滑，具褐色和淡黄色相间花纹，可作装饰品。

㊱鲂：鲂，亦称大鱼。体略呈圆筒形。体被栉鳞、圆鳞或骨

板。能在水底爬行。

⑰拜舞：跪拜舞蹈。舞蹈为古朝仪之一。

⑱衙官屈、宋：意谓超过屈原、宋玉。北宋·孔平仲《续世说》：杜审言，杜甫之祖也。恃才蹇傲。苏味道为天官侍郎，审言预选试。判讫，谓人曰："苏味道必死。"人问其故。曰："见吾判自当羞死。吾之文章合得屈、宋作衙官；吾之书迹，合得王羲之北面。"衙官：唐代刺史的属官。以屈宋为其衙官，意谓其文章压倒屈、宋。

⑲椽笔：如椽之笔。喻写文章的大手笔。典出《晋书·王珣传》。赋海市：写一篇描写海市的赋。

⑳精：斋抄本、二十四卷本作"晶"。

㉑龙鬣（liè）之毫：用龙鬣毛制成的笔。

㉒多：斋抄本无"多"字。

㉓而：斋抄本无"而"字。

㉔人、辈：斋抄本作"女、人"。

㉕吹：二十四卷本作"乐"。

㉖灯：亭刻本作"烛"。双鬟：指幼婢。古时幼女结双鬟。

㉗八宝：指各类珠宝，如金银、珍珠、玛瑙、琥珀、琉璃之类。

㉘流苏：用彩丝或鸟羽结成的垂缨。

㉙则：斋抄本无"则"字。

⑨⓪出:亭刻本作"去"。

⑨①驸马都尉:官名。汉武帝时置,掌副车之马。秩二千石,多以宗室及外戚诸公子孙担任。魏晋以后,帝婿例加驸马都尉称号,简称驸马,皆虚职。宋·赵葵《行营杂录》:"皇女为公主,其夫必拜驸马都尉,故谓之驸马。宗室女封郡主者谓夫为郡马,封县主者为县马,皆起于此。"

⑨②简:二十四卷本作"柬"。

⑨③驾:斋抄本作"坐"。青虬(qiú):龙子无角者。见《说文·虫部》。《离骚》:"驷玉虬以乘鹥兮,溘埃风余上征。"王逸注:"有角曰龙,无角曰虬。"

⑨④皆:斋抄本、二十四卷本作"背"。雕弧:雕有纹饰的弓。

⑨⑤桮:同"棒"。

⑨⑥筝:拨弦乐器。战国时已流行于秦,故又名"秦筝"。《说文·竹部》:"筝,五弦筑身乐也。"清·朱骏声《说文通训定声》:"筝,古五弦施于竹,如筑。秦蒙恬改为十二弦。变形如瑟,易竹以木,唐以后加十三弦。"

⑨⑦玉:指玉笛之类管乐。

⑨⑧稍:亭刻本作"梢"。

⑨⑨蒼:斋抄本、二十四卷本作"簷"。蒼(zhān)蔔:一作薝卜。即栀子花,亦称黄栀子、山栀。春夏开白花,极香。

⑩⓪每闻:斋抄本作"闻之"。乡:斋抄本作"故"。

⑩泣：斋抄本作"涕"。

⑩诚：斋抄本作"思"。衔报：指衔环报恩。《后汉书·杨震传》注引《续齐谐记》：东汉杨宝救了一只被蚂蚁所困的黄雀，夜里梦见黄雀变成一个黄衣童子，衔着四枚白环来拜谢，祝福他的子孙如白环一样洁白，位登三公。后来，杨宝子孙四世，果都显贵。

⑩肝：斋抄本、亭刻本、二十四卷本作"腑"。

⑩中馈：古代妇女在家料理饮食、祭品等事务叫"主中馈"。《周易·家人》："无攸遂，在中馈。"原指妇女在家主持饮食等事，引申指妻室。

⑩裳衣：斋抄本、二十四卷本作"衣裳"。自奉裳衣：犹言自结婚以来。古代上曰衣，下曰裳。《诗·齐风·东方未明》："东方未明，颠倒衣裳。"

⑩朕：二十四卷本作"娠"。佳朕：好兆头，这里指怀孕，犹言"有喜"。

⑩其：斋抄本无"其"字。亭刻本"女"下有"也"字。

⑩对：斋抄本、二十四卷本作"双"。

⑩胤：亭刻本作"嗣"。体胤：亲生儿女。

⑩设祖帐：意为设宴饯别。祖帐：设帐而祖祭。古时出行，为行者祭奠路神，祝福饯别叫"祖祭"，所设帷帐叫"祖帐"。

⑪涘（sì）：水边。

⑫出：斋抄本、亭刻本、二十四卷本作"水"。

⑬咸：斋抄本作"家人无不"。

⑭家人无不：斋抄本作"人皆"。

⑮他适：斋抄本作"去帷"。

⑯浮：斋抄本作"在"。

⑰婉：斋抄本作"俊"。

⑱计各：斋抄本作"俱"。

⑲红尘：指人世间。

⑳盈盈：水清浅貌。《古诗十九首》："盈盈一水间，默默不得语。"

㉑如何：亭刻本作"何如"。

㉒姮：二十四卷本作"嫦"。姮娥：即嫦娥，亦作恒娥。神话中后羿之妻。后羿在西王母处得不死之药，嫦娥偷吃后，遂奔月宫。见《淮南子·览冥》及高诱注。

㉓桂府：相传月宫中有桂树，高五百丈，后因称月宫为"桂府"。见《酉阳杂俎》。

㉔织女：神话人物，天帝孙女，因嫁后废织，受到天帝的惩罚。南北朝·宗懔《荆楚岁时记》："天河之东有织女，天帝之子也，年年织杼劳役，织成云锦天衣。天帝哀其独处，许配河西牵牛郎。嫁后遂废织纪，天帝怒，责令归河东，唯每年七月七日夜渡河一会。"故事初见于《古诗十九首》。

㉕思：二十四卷本作"念"。

㉖啁啾：小鸟鸣叫声。这里形容幼儿学语声。

㉗笑言：斋抄本作"言笑"。

㉘荡：二十四卷本作"嫠"。荡妇：荡子妇。出游不归者之妻。《古诗十九首》："昔为倡家女，今为荡子妇。荡子行不归，空床难独守。"

㉙置而不御：意谓两地相隔，仍保持夫妇名义。御：与女子同床。《礼记·内则》："故妾虽老，年未满五十，必与五日之御。"郑玄注："此御谓侍夜劝息也。"

㉚亦既：斋抄本作"已得"。

㉛窀穸（zhūn xī）：墓穴。此指下葬。

㉜以：二十四卷本作"一"。

㉝归休乎：回家吧！休：语助词。

㉞生：亭刻本无"生"字。

㉟亟：斋抄本无"亟"字，亭刻本作"泣"。

㊱望：斋抄本作"视"。水：亭刻本作"中"。

㊲雾鬟：借指想望中的龙女。杜甫《月夜》："香雾云鬟湿，清辉玉臂寒。"

㊳周身物：指死者的衣物、棺椁等丧葬用品。

㊴楸：楸树。古人多将其植于坟墓上。

㊵殡宫：停放灵柩的墓穴。

(141)方：斋抄本无"方"字。

(142)间：斋抄本无"间"字。

(143)树：斋抄本作"株"。

(144)龙脑香：以龙脑树干蒸馏后结晶而成的香料，即冰片。

(145)颗：斋抄本作"粒"。

(146)作：斋抄本无"作"字。

(147)疾：斋抄本作"迅"。

(148)无：二十四卷本作"杳"。

(149)花面：本指女子饰面，此指善于随机应变的假面孔。

(150)嗜痂之癖：《南史·刘穆之传》载，南朝宋人刘邕性嗜食疮痂，以为味似鳆鱼。后世因称乖僻的嗜好为"嗜痂"。

(151)"小惭"二句：意谓世人喜欢虚假的迎合。韩愈《与冯宿论文书》："时时应事作俗下文字，下笔令人惭，及示人，则人以为好矣。小惭者亦蒙谓之小好，大惭者即必以为大好矣。"

(152)须眉：胡须、眉毛，代指男子。

(153)盖：斋抄本无"盖"字。

(154)陵阳痴子：指春秋时楚人卞和，因其曾被封为陵阳侯。连城玉：价值连城之宝玉，指和氏璧。见《韩非子·和氏》。

(155)蜃楼海市：比喻人世繁华的虚幻无常，亦喻虚无缥缈实际并不存在的事物。语本《史记·天官书》"海旁蜃气象楼台"。蜃：大蛤蜊。明李时珍《本草纲目·鳞部一》："(蜃)能呼气成楼台城郭之状,将雨即见,名蜃楼,亦曰海市。"

译文

马骥,表字龙媒,是个商人的儿子,长相很俊俏。年轻时风流洒脱,爱好唱歌跳舞。他经常跟戏曲艺人在一起,用锦帕缠在头上,标致得像个漂亮的姑娘,因此又有"俊人"的绰号。十四岁考进府学,开始有点名气。后来他父亲年老力衰,停止经商闲居在家,有一次对马骥说:"那几本书,饿了不能煮来吃,冷了不能当衣服穿,我儿还是继承父业去经商吧。"马骥从此稍稍干起了将本求利的营生,跟着别人渡海经商,船被飓风吹走,漂了几昼夜,到了一个大城市。那里的人都丑得出奇,看见马骥到来,以为是妖怪,全都惊叫着跑开了。马骥刚看到那些人的怪模样,十分害怕。等他明白那些人是害怕自己时,就反而以此来欺压那里的人。看见有在吃东西的,就朝他们跑过去,那些人吓跑后,就饱餐人家吃剩的东西。过了很久,他闯进一个山村,村里人的相貌也有同一般人差不多的,只是穿得破破烂烂像叫化子一样。马骥在树下休息,村里人不敢走上前来,只是远远地望着他。时间一长,他们觉得马骥不像是吃人的妖怪,才稍稍敢靠近他。马骥笑着和他们谈话。他们的语言虽然跟汉语不同，但也有大半可以理解。马骥就把自己的来历告诉他们。村里人听了很高兴，就告诉所有的邻居，来客不是吃人的妖怪，可是那些长得特别丑的人看了看就走开了，始终不敢走上前来，那些走近他的人，五官位置，都还跟中国人大体相同。大家摆出酒菜招待马骥。马骥就问他们害怕自己的缘故。他们回答说："曾经听祖辈说：往西走二万六千里，有个中国，那里的人民相貌都长得很古怪。原先只是听说，现在才相信是真的。"马骥问他们为什么这样穷。他们回答说："我们国家看重的不是文章，而是相貌。相貌美到极点的做大官；次一等的做地方官；再差一点的也可以得到贵人的宠爱，所以能得到丰盛的食物去养活妻子儿女。像我们这些人一生下来，父母都认为不吉利，往往把我们扔掉；那些不忍心马上扔掉的，都是为了要传宗接代。"马骥又问："这里叫什么国？"他们回答说："叫大罗刹国。京城在北面，距这儿三十里远。"马骥请他们带他去京城看看。于是，村里人鸡叫就起床，领着他一起上京城去。

天色大亮，才到达京城。京城的城墙是用黑黑的石块砌的，颜色像墨一样。楼阁高达百尺，可是很少盖瓦，是用红石盖在上面。捡一块残石在指甲上一磨，红得跟朱砂没两样。当时正值罢朝，宫廷中有官员出来，村里人指着一个官员说："这位是宰相。"马骥看这位宰相，两只耳朵是反着生的，鼻子有三个孔，睫毛遮住双眼像道帘子。又有几个骑马的出来，村里人说："这位是大夫。"村里人争着指明那些官员的职位，大多数都是奇形怪状丑得怕人。只是职位越低，丑得就越不厉害。没呆多久，马骥往回走，街上的人看见他，都惊叫狂奔，跌跌撞撞，像见了妖怪一样。村里人极力解释，他们才敢远远地站着看。马骥回去以后，全国无论老少都知道村子里有个怪人，因此乡绅官员，都争着想增长见识，吩咐村里人邀请马骥去做客。可是马骥每到一家，守门人总是把门关上，男男女女，都从门缝偷看窃窃私语。整整一天，没有敢请马骥进门见面的。村里人说："这里有一位当过宫廷警卫官的，他曾经为老国王出使外国，见过许多国家的人，也许见到你不会害怕。"马骥去登门拜访，那官员果然十分高兴，待以贵客之礼。马骥看他的相貌，像是个八九十岁的老头子。两个眼珠凸在外面，胡须像刺猬毛似的往上卷着。官员说："我年轻时奉国王命令，好多次出使外国，只是没有到过中国。今年我一百二十多岁了，又能够见到大国来的人,这件事不能不奏明天子。但是,我退休以来,十多年没踏上宫廷的台阶了,明天早上,我专为你走一趟。"官员吩咐摆上酒席,再叙主客之礼。酒斟过几遍后,叫出十几个歌女,轮班唱歌跳舞。歌女都长得像夜叉,一律用白锦缠在头上,大红裙子拖到地上。演唱的不知是些什么歌词,腔调节拍也很离奇。主人看得津津有味,问:"中国也有这种乐曲吗?"马骥说:"有。"主人请马骥仿照中国的腔调唱一曲,马骥就击桌为拍,为他唱了一曲。主人高兴地说:"妙极了!你的声音像凤鸣龙啸,我从来没有听到过。"第二天,官员朝见,把马骥推荐给国王。国王愉快地下诏召见。有两三个大臣,说马骥相貌古怪,恐怕会惊吓圣体,国王只好作罢。官员出来告诉马骥,并深深为他惋惜。住了很长一段时间,一次与主人痛饮,喝得大醉,乘兴拔剑起舞,用煤灰涂黑脸装扮成张飞模样。主人认为这样很美,说:"请你以张飞的模样去见宰相,宰相一定乐意重用你,高官厚禄不难到手。"马骥说:"嘻!闹着玩玩还可以,怎么能换副面孔去骗取荣华富贵呢?"主人一定要他这样做,他才答应下来。主人大摆酒宴,邀请达官贵人来赴宴,叫马骥画好脸谱等待着。不久,客人来了,主人叫马骥出来见客。客人们很惊讶,说:"怪事!怎么过去那样丑,今天却这样美啊!"于是同他一同喝酒,很是快乐。马骥婆娑起舞,唱了一曲弋阳高腔,在座的人没有不拍手叫好的。

第二天,这些达官贵人纷纷上奏章举荐马骥。国王很高兴,以隆重的礼节召见他。见面之后,国王询问中国治国安邦之策,马骥原原本本地介绍了一番,大受国王的赏识夸赞,在别宫设宴招待他。喝到兴头上,国王说:"听说你会唱高雅之曲,能唱给我听听吗?"马骥立刻离席起舞,也学着用白锦缠在头上,唱起淫荡粗俗的曲调。国王开心极了,当天就封他为下大夫。从此,马骥常常陪国王饮酒作乐,受到特殊的恩宠。时间一长,那些大小文武官员,发觉马骥的面貌是假的;马骥走到哪里,总是看到人们在窃窃私语,不大乐意与他交往。这样,马骥就被孤立了,他心里很不安。于是上奏章请求辞官,国王不批准,又请求休假,才给了三个月的假期。

于是,马骥乘上驿站的传车,装运了许多金银财宝,又回到山村里。村里的人跪着迎接他。他把金银财宝分给早先和他要好的人,大家欢呼起来,呼声像雷鸣一般。村里的人说:"我们这些小百姓受了大夫的赏赐，明天到海市上去，该采购些珍贵玩物来报答大夫。"马骥问："海市在什么地方？"村里的人说："就是大海中的集市，四海来的鲛人，聚在一起出售珠宝。四周十二国的人，都来做生意。集市上还有许多神仙来玩耍。那里云霞遮天，不时掀起波涛。富贵之人把自身看得很重，不敢去冒险，都把金银丝绸交给我们，让我们代为采购一些奇珍异宝回来。现在距集市的日期不远了。"马骥问他们怎么知道什么时候逢集。回答说："每当看到海面上有红鸟飞来飞去，七天后就开市了。"马骥问出发的日期，想要同他们一起去观光一番。村里人劝他要自己保重。马骥说："我本来就是飘洋过海的人，还怕什么狂风大浪？"没几天，果然有上门来存放资金的，马骥就同村人一起把金银装上海船。海船坐得下几十个人，船底平船栏高。十个人摇橹，海船像箭似的破浪前进。一共航行了三天，远远看见海天晃荡之中，楼阁层层叠叠，来做生意的海船，多得像蚂蚁聚集。没多久，到达城下。看城墙上的砖，都同人一样长；了望楼高接云天。他们缆好船，走进城去，只见市面上所陈列的奇珍异宝，光辉耀眼，大多是人世间所没有的。一个年轻人骑着骏马走过来，集市上的人全都避开让路，说这是"东洋三太子"。三太子走过来,盯住马骥看,说:"这不是外国人。"立即有在马前开路的人过来询问马骥的籍贯。马骥在路边作个揖,详细地讲了自己的国籍身世。三太子高兴地说:"既承你来到这里,就是咱们缘份不浅。"

于是给马骥一匹马,请他骑马并行,就走出了西城。刚来到海岛岸边,他们所骑的马就嘶叫着跳入水中。马骥吓得失声惊叫,只见海水从中间分开,竖立着像两堵墙。一会就看见了宫殿,玳瑁作梁,鲂鳞作瓦,四壁亮晶晶的,可以照见人影,让人眼花缭乱。三太子下马行礼,请马骥进宫。马骥抬头一看,龙王端坐殿上,三太子开口奏道:"臣儿到海市游览,遇上一位中华贤士,引他来见见父王。"马骥上前行了拜见大礼,龙王就说:"先生是文人学士,必然以屈原、宋玉为衙官。想借你如椽之笔写一篇描写海市的赋,希望不要吝惜你的才华。"马骥磕头接受了旨意。龙王给了他一只水晶砚,一支龙鬣笔,纸张光洁似雪,墨气芬芳如兰。马骥立即写了一篇一千多字的赋,呈献到大殿上,龙王拍手赞赏道:"先生如此大才,给水国增添了不少光彩!"龙王就召集自己的家族,在彩霞宫大摆酒宴。斟酒布菜几次之后,龙王端起酒杯对客人说:"我有个心爱的女儿,还没有如意的郎君,愿意托累于先生。先生或许愿意吧?"马骥离席深表惭愧,只有满口答应。龙王向左右的人吩咐几句。不久,几个宫女扶着公主出来。环佩叮当,鼓乐齐鸣,交拜之后,偷眼一看,真是一位仙女。公主行完礼后就离开了。不大一会,酒宴结束,梳着双鬟的婢女提着彩绘的灯笼,引马骥进入旁宫。公主全身打扮坐着等候,珊瑚床铺,用各种珠宝装饰,帐子外挂的流苏,缀着斗大的明珠,满床被褥又香又柔软。天刚亮,就有成群年轻美貌的丫环侍女站满两旁侍候。马骥起床,赶忙出去朝拜道谢。龙王封他为驸马都尉,把他写的赋迅速传送四海。四海龙王,都派专使来祝贺,抢着发请帖邀请驸马去喝酒。马骥穿上锦绣衣裳,骑着青龙,前呼后拥走出宫殿。几十名武士,骑马背雕弓,手持白玉棒,鲜明耀眼簇拥在前,乐队在马上弹筝,在车中奏玉。三天之内,遍游四海。从此,"龙媒"的大名,便传扬于四海。

宫中有一株玉树,有两人合抱那么粗,树干晶莹透亮像白琉璃,树心却是淡黄色的,比手臂稍细一点;树叶类似碧玉,有一枚铜钱那么厚,长得细碎,而树荫浓密。马骥常常同公主在树下吟咏歌唱。花开得满树都是，形状像栀子花，每一片花瓣落地，便发出清脆的响声，拾起来一看，像是用红玛瑙雕刻成的，光洁让人喜爱。时常有奇异的鸟飞来鸣叫，金碧色的羽毛，鸟尾比鸟身还长，叫声如同玉制乐器所奏出的哀婉曲调，动人肺腑。马骥每听到这鸟叫声就思念起故乡来。因此他对公主说："离家在外三年了，与父母隔绝，每当想起这些，就涕泪沾胸，汗流浃背。你能跟我回故乡去吗？"公主说："仙境与尘世道路阻隔，不能到尘世依随你。我也不忍心因为夫妻之爱，剥夺你的父子之情，让我们慢慢商量吧。"马骥听公主一说，不禁眼泪又流下来，公主也叹气说："这种事情是不能两全齐美的啊！"第二天，马骥从外面回来。龙王说："听说都尉对故乡很思念，明天一早让你收拾行装动身，行吗？"马骥拜谢说："客居在外的孤臣，承蒙过份宠爱，感恩图报的心情，铭记肺腑之中。让我暂时回乡探望一下父母，还会想办法回来团聚的。"到晚上，公主设宴话别。马骥要约定后会的日期。公主说："情缘已到尽头了。"马骥十分悲伤。公主说："回去奉养双亲，足见你的孝心。人生团聚离别，一百年也就犹如早晚一般，何必儿女情长伤心落泪呢？从此以后，我为你守贞，你为我尽义，两地同一心，也就是夫妻了，何必早晚相守在一起，才叫白头偕老呢？如果谁违背了这个盟誓，图谋再婚必不吉利，倘若顾虑没有人主持家务，纳婢女为妾是允许的。还有一件事要告诉你：自结婚以后，似乎已经有喜，请预先取个名字吧。"马骥说："如果是女儿，就取名叫龙宫；如果是儿子，就取名叫福海。"公主请他拿一件东西作信物。马骥把在大罗刹国得到的一对赤玉莲花，拿出来交给公主。公主说："三年之后的四月八日，你要划船去南岛，我把亲生儿女交给你。"公主用鱼皮做成口袋，装满珠宝，交给马骥说："把它珍藏好，几代人也吃不完，穿不尽。"天刚亮，龙王设宴为马骥送行，送了许多金银珠宝。马骥拜别龙王，离开了龙宫。公主坐着白羊车，把他送到海边。马骥上岸下马，公主说了声"请多珍重"，回转车子便走了，不大一会就走得很远。海水重新合拢，再也看不见公主，马骥这才回家。

自从马骥渡海外出以后，家里人都认为他已经死了。等他一到家，家里人没有不惊诧的。幸好父母健在，只是妻子改嫁了别人，这才领悟公主要他"守义"的话，原来公主早就知道了。父亲想为他再结门亲。马骥坚决不同意，只纳了一婢女为妾。马骥牢牢记住三年后的约会,到这天他驾船来到南岛,看见两个孩子坐着浮在水面上,拍着海水嬉戏欢笑,不摇摆也不沉没。把船划近牵引他们,孩子呀呀出声抓住马骥的手臂,一下子跳进他的怀里,另外一个大哭起来,似乎怪马骥不去抱自己,马骥也把她拉上船来。仔细一看,一个男孩,一个女孩,相貌都很清秀。头上的小花帽缀满珠玉,那赤玉莲花也在上面。孩子的背上挂着一个锦囊,打开一看,里面有封信,信上写着:"公婆想必都安康吧。转眼就是三年,与尘世久隔;浅浅一片海水,却音讯难通。天天思念,梦中常见,殷切盼望让人劳累,仰望茫茫苍天,怅恨无可奈何。回想奔月的嫦娥,尚且空守月宫;投梭的织女,仍然怅望银河。我又算什么人,却要永远团聚?想到这里,总是又破涕为笑。分别后两个月,竟生下一对孪生儿女。现在已经在怀抱中呀呀学语,很懂得大人的心意,会自已觅枣抓梨,不用母亲也可以养活成人。现在我把儿女交付给你,你送我的赤玉莲花,装饰在帽子上作为凭证。你把儿女抱在膝上逗笑时,犹如我在你身边一样。听说你能够信守前约,我内心感到莫大的安慰。我这一生决不再嫁,到死也不会有二心。妆匣中的珍稀之物,再也不备美容的香脂芳膏;对镜梳妆，永远放弃了眉笔脂粉。你好比远成的征夫，我如同盼夫的妻子，即使不在一起生活，又怎么能说不是恩爱夫妻呢？我只顾虑公婆已经抱上孙子，还没有见过媳妇一面，从情理上讲，也属于一大缺憾。一年之后，婆婆下葬时，我会亲自到墓穴前，尽儿媳的一份孝心。从今以后，只要'龙宫'健康成长，少不了相见的机会；'福海'长命百岁，或许有来往的时候。希望你好好保重，想说的说也说不完。"

马骥把信读了一遍又一遍，不停地擦眼泪。两个孩子抱着他的脖子说："回家去吧！"马骥更加伤心，抚摸着孩子说："孩子，你们知道家在哪里吗？"两个孩子顿时哇哇大哭，咿咿呀呀地说要回家。马骥望着海水茫茫，无边无际；公主已渺无人影，烟波浩渺龙宫无路可通。只好抱着孩子，调转船头，无限惆怅往回划。

马骥知道母亲的寿命不长，送终的一切东西都预先作了准备，墓地四周种上一百多棵松树、楸树。过了一年，老太太果然去世。灵柩抬到墓穴，有个少妇披麻带孝来到墓穴旁。大家正在诧异地注视她，忽然狂风大作雷声轰鸣，接着一阵暴雨，转眼之间那少妇就不知去向。新栽的松柏多数已经枯萎，这时又全都活了。福海稍长大一点，常常思念他母亲，忽然自己跳下海去，过了几天才回来。龙宫因为是个女孩子，不能前往，时常关上房门哭泣。有一天，大白天天色昏暗，公主匆匆地走进来，劝住女儿说："孩子你自然要成家，还哭什么？"于是送她一株八尺高的珊瑚树，一包龙脑香，一百颗夜明珠，一双八宝嵌金合，作为嫁妆。马骥听见了，急忙闯进去，拉着公主的手伤心地哭起来。刹那间，一声疾雷掠过屋顶，公主已经不见踪影了。

异史氏说："变幻面孔，迎合别人，世态与鬼域无异。怪僻的嗜好，天下都一个样。'自己稍觉惭愧，别人却认为不错；自己觉得很惭愧，别人却大加赞赏。'如果保持男子汉的本色立身于世间，那不惊惧而跑开的大概太稀少了。那个陵阳痴子，将怀抱价值连城的宝玉到什么地方去哭诉不幸呢。唉！荣华富贵，只有在海市蜃楼之中去寻求了！"

田七郎

原文

武承休,辽阳人①;喜交游,所与皆知名士。夜梦一人告之曰②:"子交游遍海内,皆滥交耳。惟一人可共患难,何反不识?"问③:"何人?"曰:"田七郎非与④。"醒而异之。诘朝,见所与游,辄问七郎⑤。客或识为东村业猎者。武敬谒诸家⑥,以马箠挝门。未几,一人出,年二十余,豺目蜂腰⑦,着腻帢⑧,衣皂犊鼻⑨,多白补缀;拱手于额而问所自。武展姓字⑩,且托途中不快,借庐憩息。问七郎⑪,答云⑫:"即我是也⑬。"遂延客入。见破屋数椽,木岐支壁。入一小室,虎皮狼蜕⑭,悬布楹间⑮,更无机榻可坐。七郎就地设皋比焉⑯。武与语,言词朴质,大悦之。遽贻金作生计,七郎不受。固予之,七郎受以白母;俄顷,将还,固辞不受,武强之再四。母龙钟而至,厉声曰:"老身止此儿⑰,不欲令事贵客。"武惭而退;归途展转,不解其意。适从人于舍后闻母言⑱,因以告武。先是,七郎持金白母⑲。母曰:"我适睹公子有晦纹⑳,必罹奇祸。闻之,受人知者分人忧,受人恩者急人难。富人报人以财,贫人报人以义。无故而得重赂，不祥。恐将取死报于子矣。"武闻之，深叹母贤；然益倾慕七郎。翌日，设筵招之，辞不至。武登其堂，坐而索饮。七郎自行酒，陈鹿脯，殊尽情礼。越日，武邀酬之，乃至。款洽甚欢。赠以金，即不受㉑。武托购虎皮，乃受之。归视所蓄，计不足偿，思再猎而后献之。入山三日，无所猎获㉒。会妻病㉓，守视汤药，不遑操业。浃旬，妻淹忽以死㉔。为营斋葬，所受金稍稍耗去。武亲临唁送，礼仪优渥。即葬，负弩山林，益思所以报武，而迄无所得㉕。武探得其故，辄劝勿亟㉖。切望七郎姑一临存㉗；而七郎终以负债为憾㉘，不肯至。武因先索旧藏，以速其来。七郎检视故革，则蠹蚀殃败，毛尽脱，懊丧益甚。武知之，驰行其庭，极意慰解之。又视败革㉙，曰："此亦复佳，仆所欲得，原不以毛。"遂轴辊出㉚，兼邀同往。七郎不可，乃自归。七郎念终不足以报武㉛，裹粮入山，凡数夜㉜，得一虎㉝，全而馈之。武喜，治具，请三日留。七郎辞之坚。开键庭户，使不得出。宾客见七郎朴陋，窃谓公子妄交。而武周旋七郎㉞，殊异诸客。为易新服，却不受；承其寐而潜易之㉟，不得已而受之㊱。既去，其子奉媪命返新衣㊲，索其敝缀。武笑曰："归语老姥，故衣已拆作履衬矣。”自是，七郎日以兔鹿相贻。召之㊳，即不复至。武一日诣七郎，值出猎未返。媪出，倚门语曰㊴：“再勿引致吾儿。大不怀好意！”武敬礼之，惭而退。半年许，家人忽白㊵：“七郎为争猎豹，殴死人命，捉将官里去。”武大惊，驰视之，已械收在狱。见武无言，但云：“此后烦恤老母。”武惨然出，急以重金赂邑宰，又以百金赂仇主。月余无事，释七郎归。母慨然曰：“子发肤受之武公子㊶，非老身所得而爱惜者矣㊷。但祝公子终百年无灾患㊸，即儿福㊹。”七郎欲诣谢武。母曰：“往则往耳，见武公子勿谢也㊺。小恩可谢，大恩不可谢。”七郎见武，武温言慰藉。七郎唯唯。家人咸怪其疏。武喜其诚笃，益厚遇之㊻。由是，恒数日留公子家，馈遗辄受，不复辞，亦不言报。会武初度，宾从烦多㊼，夜舍屦满㊽。武偕七郎卧斗室中，三仆即床下藉刍藁㊾。二更向尽，诸仆皆睡去，两人犹刺刺语。七郎佩刀挂壁间㊿，忽自腾出匣数寸许(51)，铮铮作响，光闪烁如电。武惊起(52)。七郎亦起，问：“床下卧者何人?”武答：“皆厮仆。”七郎曰：“此中必有恶人。”武问故。七郎曰：“此刀购诸异国，杀人未尝濡缕(53)，迄今佩三世矣(54)；决首至千计，尚如新发于硎(55)；见恶人则鸣跃。当去杀人不远矣。公子当亲君子，远小人，或万一可免。”武颔之。七郎终不乐[56]，辗转床席。武曰：“灾祥，数耳，何忧之深？”七郎曰：“我诸无恐怖[57]，徒以有老母在。”武曰：“何遽至此？”七郎曰：“无则便佳。”盖床下三人：一为林儿，是老弥子[58]，能得主人欢[59]；一童仆，年十二三，武所常役者；一李应，最拗拙[60]，每因细事与公子裂眼争，武恒怒之。当夜默念，疑必此人[61]。诘旦，唤至，善言绝令去[62]。武长子绅，娶王氏。一日，武他出[63]，留林儿居守。斋中菊花方灿。新妇意翁出，斋庭当寂，自诣摘菊。林儿突出勾戏。妇欲遁，林儿强挟入室。妇啼拒，色变声嘶。绅奔入，林儿始释手逃去[64]。武归，闻之，怒；觅林儿，竟已不知所之。过二三日，始知其投身某御史家。某官都中，家务皆委决于弟[65]。武以同袍义[66]，致书索林儿，某弟竟置不发。武益恚，质词邑宰。勾牒虽出，而隶不捕，官亦不问。武方愤怒[67]，适七郎至。武曰：“君言验矣。”因与告愬[68]。七郎颜色惨变，终无一语，即径去。武嘱干仆逻察林儿。林儿夜归，为逻者所获，执见武。武掠楚之。林儿语侵武。武叔恒，故长者，恐侄暴怒致祸，劝不如治以官法。武从之，絷赴公庭。而御史家刺书邮至[69]。宰释林儿，付纪纲以去⑩。林儿意益肆，倡言丛众中，诬主人妇与私。武无奈之㉑，忿塞欲死。驰登御史门㉒，俯仰叫骂。里舍慰劝令归㉓。逾夜，忽有家人白："林儿被人脔割，抛尸旷野间㉔。"武惊喜，意气稍得伸㉕。俄闻御史家讼其叔侄，遂偕叔赴质。宰不容辨㉖，欲笞恒。武抗声曰："杀人莫须有㉗！至辱罟缙绅，则生实为之，无与叔事。"宰置不闻。武裂眦欲上，群役禁捽之。操杖隶皆绅家走狗，恒又老耄，签数未半㉘，奄然已死。宰见武叔垂毙，亦不复究。武号且骂，宰亦若弗闻也者㉙。遂舁叔归。哀愤无所为计，思欲得七郎谋⑳，而七郎更不一吊问㉛。窃自念：待七郎不薄㉜，何遽如行路人？亦疑杀林儿必七郎㉝。转念：果尔，胡得不谋？于是使人探诸其家㉞。至则肩镡寂然㉟，邻人并不知耗。一日，某弟方在内廨，与宰关说㊱，值晨进薪水，忽一樵人至前，释担，抽利刃，直奔之。某惶急，以手格刃。刃落断腕；又一刀，始决其首。宰大惊，窜去。樵人犹张惶四顾。诸役隶急阖署门，操杖疾呼。樵人乃自刭死。纷纷集认，识者知为田七郎也㊲。宰惊定，始出复验㊳。见七郎僵卧血泊中，手犹握刀。方停盖审视㊴，尸忽崛然跃起㊵，竟决宰首，已而复踣。衙官捕其母子㊶，则亡去已数日矣。武闻七郎死,驰哭尽哀。咸谓其主使七郎。武破产贪缘当路⑨²,始得免。七郎尸弃原野三十余日⑨³,禽犬环守之⑨⑷,武取而厚葬⑨⑤。其子流寓于登⑨⑥,变姓为佟,起行伍,以功至同知将军⑨⑦,归辽,武已八十余,乃指示其父墓焉。

异史氏曰:"一钱不轻受,正其一饭不忘者也⑨⑧。贤哉母乎!七郎者愤未尽雪⑨⑨,死犹伸之,抑何其神!使荆卿能尔⑩,则千载无遗恨矣。苟有其人,亦可以补天网之漏⑩;世道茫茫,恨七郎少也。悲夫⑩²!"

注释

①辽阳:清代州名。治所在今辽宁省辽阳市辽阳县。

②之:亭刻本无"之"字。

③亭刻本"问"下有"之"字。

④非与:二十四卷本无"非与"二字。

⑤二十四卷本"问"下有"田"字。

⑥二十四卷本"诸"下有"其"字

⑦貙(chū):兽名。《尔雅·释兽》:"貙,獌,似狸。"邢疏引《字林》曰:"貙似狸而大,一名獌。"

⑧腻帕(qià):满是油污的便帽。帕:圆形便帽。

⑨犊鼻:犊鼻裈,即围裙。《史记·司马相如列传》:"相如身

自著犊鼻裈，与保庸杂作，涤器于市中。"裴骃集解引韦昭曰："今三尺布作，形如犊鼻矣。"王先谦《汉书补注》谓如今围裙，但以蔽前，反系于后。

⑩字：斋抄本、亭刻本作"氏"。

⑪二十四卷本"问"下有"田"字。

⑫云：斋抄本、亭刻本、二十四卷本作"曰"。

⑬即我：斋抄本作"我即"。

⑭狼蜕：狼皮。蜕：蝉、蛇之类的脱皮。这里指兽皮。

⑮槛：斋抄本作"榄"。

⑯皋比：虎皮。《左传·庄公十年》："蒙皋比而先犯之。"注："皋比，虎皮也。"

⑰儿：二十四卷本作"子"。

⑱舍：斋抄本作"室"。

⑲白：二十四卷本作"告"。

⑳晦纹：主晦气的纹理。此为旧时相者之言。

㉑即：二十四卷本作"复"。

㉒无所猎获：二十四卷本作"猎无所获"。

㉓二十四卷本"会"上有"无何"二字

㉔淹：亭刻本、二十四卷本作"奄"。

㉕斋抄本无"而迄无所得"五字。

㉖亟：亭刻本、二十四卷本作"急"。

㉗临存：看望。《汉书·严助传》："陛下若欲来内中国，使重臣临存，施德垂赏，以招致之。"注："临存，省问也。"

㉘债：斋抄本、二十四卷本作"责"，同"债"。

㉙又：亭刻本作"入"。

㉚轴：亭刻本作"抽"。轴鞟（kuò）：卷起皮革。鞟：去毛的兽皮。

㉛念终：斋抄本作"终以"，亭刻本作"终念"。以：斋抄本无"以"字，"武"下有"为念"二字。

㉜凡：亭刻本无"凡"字。

㉝二十四卷本"得"上有"忽"字。

㉞而：斋抄本无"而"字。

㉟承：二十四卷本作"乘"。

㊱之：斋抄本无"之"字，二十四卷本作"焉"。

㊲其子：二十四卷本作"七郎"。媪：二十四卷本作"母"。

㊳召：二十四卷本作"招"，通"召"。

㊴门：斋抄本、二十四卷本作"间"。二十四卷本"间"下有"而"字。倚门：犹"倚间"。《公羊传·成公二年》："相与倚间而语。"何休注："间，当道门。闭一扇，开一扇。一人在外，一人在内曰倚间。"

㊵白：亭刻本作"曰"。

㊶斋抄本"公子"下有"耳"字。发肤受之武公子：犹言武

公子为再生父母。发肤：代指身体。《孝经·开宗明义章》："身体发肤，受之父母。"

㊷矣：斋抄本无"矣"字。

㊸终：斋抄本无"终"字。终百年：终生。

㊹二十四卷本"福"下有"也"字。

㊺武：亭刻本无"武"字。

㊻益：斋抄本、二十四卷本无"益"字。

㊼烦：亭刻本、二十四卷本作"繁"。

㊽屦：斋抄本作"履"，亭刻本作"腾"。屦（jù）满：犹言客满。屦：履。汉以前称屦。古代席地而坐，宾客入室脱鞋就席。

㊾藉刍藁：斋抄本作"卧"。刍藁：草垫。

㊿佩刀：斋抄本作"背剑"。

㉛许：斋抄本无"许"字。

㉜起：亭刻本作"之"。

㉝"杀人"句：意谓其刀锋利无比，刀过之处，血尚不及沾衣，人立死。《史记·刺客列传》谓荆轲所用匕首，"以试人，血濡缕，人无不立死者。"濡缕：沾湿衣服。

㉞迄：二十四卷本无"迄"字。今：斋抄本无"今"字。

㉟硎：磨刀石。

㊱乐：二十四卷本作"悦"。

(57)诸：斋抄本作“别”。

(58)老弥子：指久受宠爱的娈童。弥子：弥子瑕。春秋时卫灵公的幸臣。他曾假托君命，驾灵公车外出，又曾把自己吃过的桃子给灵公吃，灵公不但不予责怪，反而更宠信他。见《韩非子·说难》。

(59)得：亭刻本作“为”。人：斋抄本无“人”字。

(60)拙：亭刻本作“掘”。拗拙：倔强笨拙。

(61)必：斋抄本无“必”字。亭刻本“必”下有“系”字。

(62)绝：亭刻本作“遣”。

(63)他：斋抄本、二十四卷本无“他”字。

(64)始：二十四卷本作“方”。

(65)皆：二十四卷本作“尽”。

(66)同袍义：同事的情谊。《诗·秦风·无衣》：“岂曰无衣，与子同袍。”袍：长衣。《急就篇》卷二颜师古注：“长衣曰袍，下至足附。短衣曰襦，自膝以上。”

(67)愤：二十四卷本作“忿”。

(68)愬：二十四卷本作“诉”。

(69)刺书：书信。《释名·释书契》：“书曰刺。书以笔刺纸简上也。”

(70)纪纲：管家，奴仆之头领。语出《左传·僖公二十四年》：“实纪纲之仆。”杜预注：“诸门户仆隶之事，皆秦卒共之。”

㉑二十四卷本"之"下有"何"字。

㉒驰：亭刻本作"他日"。

㉓慰劝：亭刻本、二十四卷本作"劝慰"。

㉔旷：二十四卷本作"横"。

㉕气：斋抄本无"气"字。

㉖容：斋抄本、二十四卷本作"听"。

㉗莫须有：犹言恐怕有、也许有。《宋史·岳飞传》："狱之将上也，韩世忠不平，诣桧诘其实。桧曰：'飞子云与张宪书虽不明，其事体莫须有。'世忠曰：'莫须有三字何以服天下？'"清·俞正燮《癸巳存稿·岳武穆狱论》："莫须有者，莫、一言也，须有、一言也；桧迟疑之，又言有之。世忠截其语而合之，以诋桧之妄。"

㉘签数：指杖刑的杖数。旧时官衙施杖刑，审讯者确定杖数后，从公案签筒中抽签掷地，施刑者按数施刑。

㉙也：斋抄本无"也"字。

㉚斋抄本"恩"上有"因"字。

㉛更：斋抄本作"终"。一：亭刻本无"一"字。

㉜七郎：斋抄本作"伊"。

㉝二十四卷本"儿"下有"者"字。

㉞诸：斋抄本作"索"。

㉟镢：二十四卷本作"锢"。镢（jué）：门户之锁处。

㊏关说：通关节，说人情。

㊐也：二十四卷本无"也"字。

㊑复：斋抄本无"复"字。

㊒盖：二十四卷本作"足"。

㊓崛：斋抄本作"突"。

㊔子：亭刻本无"子"字。

㊕夤缘当路：通过关系，贿赂当权者。

㊖三十余日：斋抄本作"月余"。

㊗环：亭刻本作"逻"。

㊘取而：斋抄本无"取而"二字。手稿本"葬"下有"焉"字，涂去。斋抄本、亭刻本"葬"下有"之"字。武取而厚葬：二十四卷本作"武取之厚葬焉"。

㊙登：登州。明清时为府，治所在今山东省牟平县，后迁至蓬莱县。

㊚亭刻本"以"下有"军"字。同知将军：犹言副将军。

㊛斋抄本"正"下无"其"字，"不"下有"敢"字。一饭不忘：用韩信不忘漂母一饭之德事。见《史记·淮阴侯列传》。

㊜者：二十四卷本"者"字。

⑩荆卿：荆轲。荆轲曾奉燕太子丹之命刺秦王，不中，被秦王所杀。见《史记·刺客列传》。

⑩天网：天道之网。喻天道的制裁。语出《老子》七十三章：

"天网恢恢,疏而不失。"

⑩夫:亭刻本作"矣"。

译文

武承休是辽阳人,喜欢结交朋友,和他往来的都是知名人士。一天夜里,梦见一个人告诉他说:"你结交的朋友遍于海内,不过结交过滥。只有一个人可与你共患难,为什么反而不去结识呢?"武承休问:"是什么人?"回答说:"田七郎不就是吗?"醒来之后他觉得很奇怪。第二天一早,遇到同他交往的人,总要打听田七郎。朋友中有人认识田七郎是东村以打猎为生的人。武承休诚心诚意地到田家去拜访,用马鞭子敲了敲门。不一会,有个人出来,二十多岁,山猫眼细蜂腰,戴一顶油腻腻的便帽,系着一条黑围裙,上面有不少白补丁,他把手高高地拱到额头问武承休从哪里来。武承休讲了自己的姓名,并且假托在路上有些不舒服,想借个地方休息一下。又向他打听田七郎,他说:"我就是田七郎。"于是请客人进屋。只见有几间破屋,用木权支撑着墙壁。走进一间小屋子,虎皮和狼皮,悬挂在柱子上,更没有什么凳子可以坐。田七郎在地上铺了一张虎皮来坐。武承休同他交谈,见他言语质朴,心里非常高兴。马上送他一些银子过日子用,田七郎不收。武承休坚持要给他,他收下银子就拿进去告诉母亲;一会,又拿出来还给武承休,坚决推辞不接受。武承休再三要他收下。田母龙钟老态地走出来,正颜厉色地说:"我老婆子只有这么个儿子,不想要他侍候贵人。"武承休羞愧地退了出来。在回家的路上左思右想,不明白田母的话是什么意思。恰巧武承休的仆人在屋后听见了田母的话,就告诉了武承休。原来在这之前,田七郎捧着银子去告诉母亲,田母说:"我刚才看见这位公子,脸上有晦气的纹理,一定要遭大祸。听人说:受人赏识要为人分忧,受人恩惠要急人之难。富人报答别人用钱财,穷人报答别人凭义气。无缘无故接受别人的重礼,很不吉利。恐怕要让你以死来报答他了。"武承休听了,深深赞叹田母的贤德;同时更加倾慕田七郎了。

第二天,武承休设酒宴邀请田七郎,田七郎推辞不肯来。武承休亲自上门,坐下来要酒喝。田七郎自己给他端酒,摆出鹿肉干,招待得很热情有礼。过了一天,武承休再邀请他作为答谢,他才来了。两人谈得很投机。武承休送他银子,他还是不肯收。武承休借口购买虎皮,他才收了。田七郎回家看看所存的虎皮,估计不足抵偿所收的银子,想再去猎取一些,然后送给武承休。进入山里三天，一只也没有猎获。正好赶上他妻子生病，要守在家里熬汤煮药，没功夫去打猎，过了十天，他妻子很快就病逝了。由于料理丧葬，所得的银子渐渐用去了不少。武承休亲自前来吊唁送礼，礼物很是丰厚。安埋妻子之后，田七郎又背上弓弩进入山林之中，更加想多猎获一些来报答武承休，却一直没有猎获野兽。武承休了解到这一情况，总是劝田七郎不要着急，殷切地希望田七郎不妨到他那里去看望一下；可是田七郎始终因为欠帐而不安，不肯前去。武承休就借口先要田七郎家里现存的虎皮，以便让他赶快来。田七郎检看了原有的虎皮，发现已经虫蛀腐败，毛都脱光了，心里更加懊丧。武承休知道后，赶到田家大院，极力安慰劝解他。又看了那些蛀坏的虎皮，说："这些皮也很好嘛，我所想得到的，本来就不在乎有毛无毛。"于是就卷起虎皮出门，并邀请田七郎一同去。田七郎不肯去，他就只好自己回家了。田七郎考虑到那几张虎皮终究不足以报答武承休的恩情，就带上干粮进山，一连几个晚上，才打到一只老虎，他把整只老虎送给武承休。武承休很高兴，办了酒菜，请他留下来住三天。田七郎坚决辞谢。武承休把院子大门锁上，使他不能出去。其他客人见田七郎土里土气，私下认为武公子乱交朋友。可是武承休奉陪田七郎，比对其他客人特殊得多。武承休要为他换新衣服，他推辞不受；就趁他睡觉的时候偷偷给他调换了，他不得已才穿上。田七郎回去之后，他的儿子奉祖母之命，把新衣服送了回来，要换回父亲的旧衣服。武承休笑笑说："你回去告诉奶奶，旧衣服已经拆来做鞋垫了。"从此以后，田七郎每天都送些兔、鹿等野味给武承休。武承休邀请他，他再也不肯来了。一天，武承休到田七郎家去，正巧他外出打猎没有回家。田母走出来，隔着门对武承休说："你不要再来招引我儿子了，你很不怀好意！"武承休恭敬地对田母行礼，很羞愧地走了。

大约过了半年，家人忽然告诉武承休："田七郎因为争着打一头豹子，斗殴出了人命，被捉进了衙门。"武承休大吃一惊，赶紧跑去探望，田七郎已钉上枷锁关在牢中。他见到武承休没有其他话，只说："今后麻烦你照看我的老母。"武承休很伤心地出来，急忙用大量的银子贿赂县官，又用一百两银子收买仇家。过了一个多月就没事了，田七郎被释放回家。田母感动地说："我儿子的性命是武公子给的，决不是我老婆子一人所能爱惜心疼的了。只愿武公子终生无灾无难,就是我儿的福气了。"田七郎想去感谢武承休。田母说:"去就去罢,见了武公子不必说谢。受人小恩可以谢,受人大恩不可谢。"田七郎见了武承休,武承休和颜悦色地安慰他,田七郎只是连声答应。武家的人都怪他粗心不懂礼。武承休却喜欢他的诚实厚道,更加厚待他。从此,田七郎常常一连几天住在武承休家,送他东西他就接受,不再推辞,也不说要报答的话。

这天正碰上武承休过生日,来祝寿的客人很多,晚上房间里都睡满了人。武承休同田七郎睡在一间小卧室里,三个仆人在床边地上铺上麦秸稻草睡在上面。二更将尽,三个仆人都睡着了,他们两人还在不停地交谈。田七郎的佩刀挂在墙壁上,忽然从刀鞘里自动跳出好几寸高,发出铮铮的响声,刀光闪灼如电。武承休吓得起了床,田七郎也起来了,他问:"床上睡的是些什么人?"武承休回答说:"都是仆人。"田七郎说:"他们当中一定有坏人。"武承休问他其中的缘故。田七郎说:"这把刀是从外国买来的,杀人刀过头落,血不沾衣,至今已佩带三代人了;砍的头有上千个,刀口还像新磨过的一样,遇见坏人就发声跳出来。估计离杀人又不远了。公子你要亲近君子,疏远小人,或许万一可以免去这场灾难。"武承休点点头,田七郎始终心头不痛快,在床上翻来覆去睡不着。武承休说:"灾祸吉祥决定于天数,何必担忧到如此程度?"田七郎说:"我别的什么都不怕,只是因为还有老母亲活着。"武承休说:"哪里一下子就会严重到这种地步?"田七郎说:"没有事就更好。"

原来床下睡的三个人:一个叫林儿,是俊美的娈童,很受主人的宠爱;一个是小童仆,才十二三岁,是武承休经常使唤的;一个叫李应,脾气倔强,时常因为小事跟武承休瞪眼争吵,武承休一直对他很生气。当夜心中暗想,怀疑坏人必定是他。第二天一早,武承休把李应叫来,用好话把他打发走了。

武承休的大儿子武绅,娶了媳妇王氏。有一天,武承休出门到别处去了,留下林儿看家。书房院中菊花正开得金灿灿。新媳妇估计老公公出门去了,书房院子里一定没有人,就自己进去摘菊花。林儿突然跑来勾引调戏她。新媳妇想逃跑,林儿硬把她挟持到书房里。新媳妇哭着抗拒,脸色变了声音也喊哑了。武绅跑进书房,林儿才放手逃走了。武承休回来,听说了这件事,很冒火;寻找林儿,竟然不知逃到哪里去了。过了两三天,才知道林儿投靠到某御史家去了。

某御史在京中做官,家务全委托他弟弟管理。武承休以同事关系,写信去讨还林儿,某御史的弟弟竟然置之不理。武承休更加气愤,就写状子告到县官那里。拘捕人犯的公文虽然已经发出,可是公差却不去捉人,县官也不过问。武承休正在愤怒,正好田七郎来了。武承休说:"你的话应验了。"就把情况告诉了田七郎。田七郎脸色变得惨白,始终没有说一句话,就径直走了。

武承休派干练的仆人跟踪查访林儿。林儿在晚上回御史家,被跟踪的仆人抓获,绑来见武承休。武承休狠狠地打了他一顿,林儿也恶言恶语地侮辱武承休。武承休的叔叔武恒,原本是忠厚的老人,恐怕侄儿暴怒之下惹出大祸,劝武承休不如将林儿交官府依法制裁。武承休听从了叔叔的话,把林儿绑送官府。可是御史的家书寄到,县官就释放了林儿,交给御史的管家带走。林儿气焰更加嚣张,在大庭广众之下,诬蔑主人的儿媳主动与他私通。武承休对他无可奈何,气闷得要死。就跑到御史家门口,指天划地大叫大骂。邻居们劝慰他叫他回去。

过了一夜,忽然有家人告诉他:"林儿被人割成几大块,尸体被抛弃在旷野里。"武承休又惊又喜,心情才舒畅了一些。不久，御史家告了他叔侄二人，于是他同叔叔到衙门去对质。县官不容他们分辩，就要打武恒的板子。武承休大声抗议说："杀人的事无凭无据！至于辱骂官绅人家，确实是我干的，与我叔叔无关。"县官置之不理。武承休气得眼眶欲裂，想冲上公堂去，一群公差拦住他乱打。执行杖刑的衙役都是御史家的走狗，武恒又年迈，签数还没打到一半，很快昏死过去。县官见武承休的叔叔快要死了，也就不再追究了。武承休又叫又骂，县官像没有听见一样。于是他只好把叔叔抬回家。武承休气得一点办法也想不出来，想要找田七郎商量，可是田七郎根本不来安慰一次。武承休心中暗想：我一直待田七郎不薄，为什么一下子对我如同路人一般？同时也猜想杀林儿的必定是田七郎。转念一想，果真如此，怎么不来商议一下？于是就派人去田七郎家探望，到了他家，房门上锁一点动静都没有，邻居也不知道他的消息。

一天，某御史的弟弟正在县衙后院同县官通关节。正好是清晨送柴草和水的时候，忽然一个樵夫来到他们跟前，放下柴担，抽出利刀，直奔某御史的弟弟。这家伙惊慌之中，用手去挡刀。刀砍下来砍断了手腕；又补一刀，才把头砍下来。县官大惊，拚命跑开。樵夫还在四面张望寻找，众役吏急忙关上县衙大门，拿起棍棒大喊大叫，樵夫这才自刎而死。大家纷纷围拢来辨认，认识的人知道他是田七郎。县官惊魂稍定，才出来验尸。只见田七郎僵卧在血泊中，手里还握着刀。县官正停下来准备仔细看看，尸体忽然跃起，竟然砍下了县官的头，然后才又倒下去。衙门的官吏去捕捉田七郎的老母和儿子，已经逃走好几天了。

武承休听说田七郎死了，立即跑去大哭，极尽哀痛。大家都认为是他主使田七郎干的。武承休用尽家产买通那些当权人物，才得幸免。田七郎的尸体抛弃在旷野里三十多天，许多飞鸟和狗环绕守护着，武承休取回尸体隆重地安葬了。田七郎的儿子流亡到登州，改姓佟，从当兵起家，凭军功当上了同知将军，回到辽阳时，武承休已经八十多岁了，就给他指点他爹坟墓所在的地方。

异史氏说："不轻易接受别人的一文钱，正如一饭之德不敢忘怀那样。多么贤明的老母亲啊！田七郎生前怨恨没有昭雪，死了仍然要报仇，又是何等的神奇！假如荆轲能够这样，那就不会有千古遗恨了。如果有田七郎这样的人，也可以补救天网的疏漏，茫茫人海中，只恨田七郎这类人太少了。可悲啊！"

产龙①

原文 壬戌间②，邑邢村李氏妇③，良人死④，有遗腹⑤，忽胀如瓮，忽束如握。临蓐，一昼夜不能产。视之，见龙首，一见辄缩去。家人大惧⑥，不敢近⑦。有王媪者，焚香禹步⑧，且捺且咒。未几，胞堕，不复见龙；惟数鳞，皆大如盏⑨。继下一女，肉莹澈如晶，脏腑可数。

注释

①亭刻本、二十四卷本无此篇。

②壬戌：指康熙二年（1682）。

③邢村：淄川县旧东北乡有邢家庄。见《淄川县志》卷二。

④良人：斋抄本作"夫"。良人：古代夫妻间相互的称呼。《孟子·离娄》下："良人者，所仰望而终身也，今若此！"此妻称夫。《诗·唐风·绸缪》："今夕何夕，见此良人。"此夫称妻。后多用于妻子称丈夫。

⑤遗腹：丈夫死后遗留在母腹内之子。《史记·赵世家》："赵朔妻成公姊，有遗腹，走公官匿。"

⑥大：斋抄本无"大"字。

⑦不敢近：斋抄本无此三字。

⑧禹步：指巫婆行法时的一种步伐。

⑨皆：斋抄本无"皆"字。

译文　壬戌年间，本县邢村有个姓李的妇女，丈夫死了，留下一个遗腹子，一忽儿肚子胀得像只大瓮，一忽儿又收缩成拳头大。临分娩时，一天一夜也没有生下来。看下身，露出一个龙头，一见人就缩了回去。家里的人十分害怕，不敢走近。有个王巫婆，烧上香走着禹步，边按摩边咒语。不一会，胞衣掉下来，不再看见龙，只有几片龙鳞，有酒杯那么大。接着生下一个女孩，皮肉洁白透亮如水晶，脏腑清晰可数。

保住

原文

吴藩未叛时^①，尝谕将士：有独力能擒一虎者，优以廪禄^②，号"打虎将"。将中一人，名保住，健捷如猱^③。邸中建高楼^④，梁木初架。住沿楼角而登^⑤，顷刻至颠；立脊檩上，疾趋而行。凡三四返，已，乃踊身跃下，直立挺然。王有爱姬善琵琶。所御琵琶，以暖玉为牙柱^⑥，抱之，一室生温。姬宝藏，非王手谕，不出示人。一夕，宴集，客请一观其异。王适惰，期以异日。时住在侧，曰："不奉王命，臣能取之。"王使人驰告府中，内外戒备，然后遣之。住逾十数重垣，始达姬院。见灯辉室中，而门扃锢不得入。廊下有鹦鹉，宿架上。住乃作猫子叫；既而学鹦鹉，疾呼："猫来！"摆扑之声且急。闻姬云："绿奴可急视，鹦鹉被扑杀矣^⑦！"住隐身暗处。俄一女子挑灯出，身甫离门，住已塞入。见姬守琵琶在几上，径携趋出^⑧。姬愕呼："寇至！"防者尽起，见住抱琵琶走，逐之不及；攒矢如雨^⑨。住跃登树上，墙下故有大槐三十余章^⑩，住穿行树杪^⑪，如鸟移枝；树尽登屋，屋尽登楼；飞奔殿阁，不啻翅翎。瞥然间不知所在⑫。客方饮,住抱琵琶飞落筵前⑬,门扃如故,鸡犬无声。

注释

①吴藩:指清初藩王吴三桂。字长伯,高邮(今江苏高邮)人,后籍辽东(今辽宁省辽阳)人。明末任辽东总兵,镇守山海关。顺治元年(1644),引清兵入关,镇压农民起义。顺治十八年(1661),俘获并绞杀南明桂王朱由榔。清初封平西王,就藩云南。康熙十二年(1673)清廷下令撤藩,吴三桂联合靖南王耿精忠、平南王尚之信起兵反清,时称三藩之乱。十七年,吴三桂称帝于衡州(今湖南衡阳),国号周。后因屡败,忧忿而死。

②廪禄:犹言官俸。

③猱:猕猴。《尔雅·释兽》:"猱蝯善缘。"

④邸:王邸,指平西王府。

⑤二十四卷本"住"上有"保"字。

⑥暖玉:冬暖夏凉之宝玉。唐·苏鹗《杜阳杂编》卷下:唐大中初,日本国王子来朝,携有冷暖玉棋子,云出自本国东三万里之集真岛池中,"冬温夏冷,故谓之冷暖玉棋子"。牙柱:乐器上的弦枕。

⑦鹍:斋抄本、亭刻本、二十四卷本作"鹚"。

⑧径:斋抄本作"住"。

⑨二十四卷本"雨"下有"皆莫能中"四字。

⑩章：棵。《史记·货殖列传》索隐："大材曰章"。

⑪行树：斋抄本、二十四卷本作"树行"。杪（miǎo）：树梢。

⑫间：斋抄本无"间"字。

⑬筵：斋抄本作"簷"。

译文

藩王吴三桂还没有叛乱的时候，曾经晓谕将士：有能凭独自一人之力活捉老虎的，奖给优厚俸禄，赐号"打虎将"。将领中有一个人叫保住，矫健敏捷如猕猴。王府中修建一座高楼，梁柱刚架好，保住沿楼角攀登上去，顷刻间就到达楼顶；他站立在最高的横檩上，快步跑来跑去，共跑了三四个来回；跑完后，就俯身一跃跳下来，笔直地站在地上。

藩王有个宠爱的侍妾，善于弹琵琶。她所弹的琵琶，用暖玉做弦柱，抱着这把琵琶，一屋子都暖烘烘的。侍妾把它当宝贝收藏着，没有藩王亲笔手谕，不拿出来让人看。一天晚上，藩王大宴宾客，有客人请求看一看暖玉琵琶的神奇。正好藩王懒得下手谕，约好改天再看。当时，保住在一旁说："没有王爷的手谕，我也能把琵琶拿来。"藩王派人通知王府里，里里外外加强戒备，然后才打发保住前去。保住翻越十几层高墙,才到达侍妾的院子。只见室中灯火辉煌,门却牢牢地锁着,无法进去。走廊下有只鹦鹉睡在鸟架上。保住就学猫叫;随后又学鹦鹉叫,大声喊"猫来了"。又装出扑打的声音,显得很急迫。只听侍妾说:"绿奴快去看看,鹦鹉要被猫扑咬死了!"保住把身体隐藏在暗处。一会儿,一个宫女提着灯出来,身子刚离开门,保住已经侧身挤了进去。他见侍妾守着放在小桌上的琵琶,就径直过去拿起琵琶就跑。侍妾吃惊地大喊"强盗来了",防守的人全都行动起来。他们见保住抱着琵琶在跑,追赶不上,密集的箭像雨点般都没把他射中。保住一跳登上了树。围墙下本来有三十多棵大槐树,保住穿行在树梢上,像鸟儿从这棵树飞到那棵树一样;穿行完大树就登上屋顶,跑完屋顶就登上高楼;在殿阁之间飞奔,不亚于飞鸟,转眼间就不知道他到了哪里。宾客们正在喝酒,保住抱着琵琶飞身落在酒席前,大门照旧都关着,连鸡犬都没有受惊动出声。

公孙九娘

原文

于七一案①,连坐被诛者②,栖霞、莱阳两县最多③。一日俘数百人,尽戮于演武场中④,碧血满地⑤,白骨撑天。上官慈悲,捐给棺木,济城工肆⑥,材木一空。以故伏刑东鬼⑦,多葬南郊⑧。甲寅间⑨,有莱阳生至稷下⑩,有亲友二三人亦在诛数。因市楮帛⑪,酹奠榛墟间⑫,就税舍于下院之僧⑬。明日,入城营干,日暮未归。忽一少年造室来访;见生不在,脱帽登床,著履仰卧。仆人问其谁何⑭,合眸不对。既而生归,见暮色朦胧⑮,不甚可辨;自诣床下问之。瞪目曰:"我候汝主人。絮絮逼问,我岂暴客耶!"生笑曰:"主人在此。"少年急起著冠⑯,揖而坐⑰,极道寒暄。听其音,似曾相识,急呼灯至,则同邑朱生,亦死于于七之难者。大骇,却走。朱曳之云:"仆与君文字交⑱,何寡于情?我虽鬼,故人之念,耿耿不去心⑲。今有所渎,愿勿以异物遂猜薄之⑳。"生乃坐,请所命。曰:"令女甥寡居无偶㉑,仆欲得主中馈㉒;屡通媒妁,辄以无尊长之命为辞㉓。幸无惜齿牙余惠㉔。"先是,生有甥女早失怙㉕,遗生鞠养㉖。十五始归其家㉗。俘至济南,闻父被刑,惊恸而绝㉘。生曰:"渠自有父,何我之求?"朱曰:"其父为犹子启榇去㉙,今不在此。"问:"女甥向依阿谁㉚?"曰:"与邻媪同居。"生虑生人不能作鬼媒。朱曰:"如蒙金诺㉛,还屈玉趾㉜。"遂起握生手。生固辞,问:"何之?"曰:"第行㉝。"勉从与去㉞。北行里许,有大村落,约数十百家㉟。至一第宅㊱,朱叩扉㊲,即有媪出。豁开二扉㊳,问朱:"何为?"曰:"烦达娘子,阿舅至㊴。"媪旋反㊵,须臾㊶,复出,邀生入;顾朱曰:"两椽茅舍子太隘。劳公子门外少坐候。"生从之入㊷,见半亩荒庭,列小室二。甥女迎门啜泣㊸,生亦泣㊹。室中灯火荧然。女貌秀洁如生时,凝眸含涕㊺,遍问妗姑㊻。生曰:"具各无恙㊼,但荆人物故矣㊽。"女又呜咽曰㊾:"儿少受舅妗抚育㊿,尚无寸报㉛,不图先葬沟渎,殊为恨恨。旧年伯伯家大哥迁父去,置儿不一念,数百里外,伶仃如秋燕。舅不以沉魂可弃㊾,又蒙赐金帛㊾,儿已得之矣。"生乃以朱言告㊾。女俛首无语。媪曰:"公子曩托杨姥三五返㊾,老身谓是大好。小娘子不肯自草草,得舅为政㊾,方此意慊得㊾。"言次,一十七八女郎,从一青衣,遽掩入,瞥见生,转身欲遁。女牵其裾曰:"勿须尔,是阿舅㊾,非他人㊉。"生揖之。女郎亦敛衽。甥曰:"九娘,栖霞公孙氏。阿爹故家子,今亦'穷波斯'㊂,落落不称意,且晚与儿还往。"生睨之,笑弯秋月,羞晕朝霞,实天人也。曰:"可知是大家。蜗庐人那如此娟好㊅!"甥笑曰:"且是女学士,诗词俱大高㊆。昨儿稍得指教㊇。"九娘微哂曰:"小婢无端败坏人,教阿舅齿冷也㊈。"甥又笑曰:"舅断弦未续㊉,若个小娘子,颇能快意否?"九娘笑奔出,曰:"婢子颠疯作也㊅。"遂去。言虽近戏,而生殊爱好之。甥似微察,乃曰:"九娘才貌无双㊆,舅倘不以粪壤致猜㊇,儿当请诸其母。"生大悦,然虑人鬼难匹。女曰:"无伤,彼与舅有夙分。"生乃出。女送之,曰:"五日后,月明人静,当遣人往相迓。"生至户外,不见朱,翘首西望,月衔半规㊈,昏黄中犹认旧径。见南向一第㊀,朱坐门石上,起逆曰:"相待已久,寒舍即劳垂顾。"遂携手入。殷殷展谢。出金爵一、晋珠百枚㊁,曰:"他无长物㊂,聊代禽仪㊃。"既而曰:"家有浊醪,但幽室之物,不足款嘉宾,奈何?"生拱谢而退㊄。朱送至中途始别。生归,僧仆集问。生隐之曰㊅:"言鬼者妄也。适赴友人饮耳。"后五日,果见朱来㊆。整履摇箑㊇,意甚忻适㊈;才至户庭㊀,望尘即拜。少间㊁,笑曰:"君嘉礼既成[81]，庆在今夕，便烦枉步。”生曰：“以无回音，尚未致聘，何遽成礼？”朱曰：“仆已代致之矣[82]。”生深感荷，从与俱去，直卧所[83]，则甥女华妆迎笑[84]。生问：“何时于归[85]？”朱云[86]：“三日矣。”生乃出所赠珠，为甥助妆[87]。女三辞乃受。谓生曰：“儿以舅意白公孙老夫人，夫人作大欢喜，但言老耄[88]。无他骨肉，不欲九娘远嫁；期今夜舅往[89]，赘诸其家。伊家无男子，便可同郎拜也[90]。”朱乃导一去[91]。村将尽，一第门开，二人登其堂。俄白：“老夫人至。”有二青衣扶妪升阶。生欲展拜，夫人云：“老朽龙钟，不能为礼，当即脱边幅[92]。”乃指画青衣[93]，追酒高会[94]。朱乃唤家人，另出肴俎，列置生前，亦别设一壶，为客行觞。筵中进馔，无异人世；然主人自举，殊不劝进。既而席罢，朱归。青衣导生去，入室，则九娘华烛凝待[95]。邂逅含情[96]，极尽欢昵。初，九娘母子原解赴都。至郡[97]，母不堪困苦死，九娘亦自刭[98]。枕上追述往事，哽咽不能成眠，乃口占两绝云[99]：“昔日罗裳化作尘，空将业果恨前身[100]。十年露冷枫林月，此夜初逢画阁春[101]。”“白杨风雨绕孤坟，谁想阳台更作云[102]？忽启缕金箱里看，血腥犹染旧罗裙[103]。”天将明，即促曰[104]：“君宜且去，勿惊厮仆。”自此昼来宵往，婴惑殊甚⑯。一夕，问九娘："此村何名？"曰："莱霞里⑯。里中多两处新鬼⑰，因以为名。"生闻之欷歔。女悲曰："千里柔魂，蓬游无底⑱；母子零孤，言之怆恻⑲。幸念一夕恩义，收儿骨归葬墓侧⑳，使百世得所依栖㉑，死且不朽。"生诺之。女曰："人鬼路殊，君亦不宜久滞㉒。"乃以罗袜赠生，挥涕促别。生凄然而出㉓，怛怛不忍归㉔。因过拍朱氏之门㉕。朱白足出逆。甥亦起，云鬟笼松㉖，惊来省问。生怊怅移时㉗，始述九娘语。女曰："妗氏不言，儿亦夙夜图之。此非人世，久居诚非所宜㉘。"于是相对汍澜㉙，生亦含涕而别㉚。叩寓归寝，辗转申旦㉛。欲觅九娘之墓，则忘问志表㉜。及夜复往，则千坟累累，竟迷村路㉝，叹恨而返。展视罗袜，着风寸断，腐如灰烬。遂治装东旋。半载不能自释。复如稷门，冀有所遇。及抵南郊，日势已晚㉔，息驾庭树㉕，趋诣丛葬所，但见坟兆万接㉖，迷目榛荒，鬼火狐鸣，骇人心目。惊悼归舍，失意遨游，返辔遂东。行里许，遥见女郎独行丘墓间㉗，神情意致，怪似九娘。挥鞭就视，果九娘㉘，下骑欲语㉙，女竟走㉚，若不相识。再逼近之㉛，色作努意㉜，举袖自障。顿呼"九娘"，则烟然灭矣㉝。

异史氏曰："香草沉罗，血满胸臆⑬；东山佩玦，泪渍泥沙⑭。古有孝子忠臣⑯，至死不谅于君父者。公孙九娘岂以负骸骨之托⑰，而怨怼不释于中耶？脾鬲间物⑱，不能掬以相示，冤乎哉！"

注释

①于七一案：指于七抗清事件。于七：名乐吾，字孟熹，行七。明崇祯武举人，山东栖霞人。清顺治五年（1648），率众据锯齿山（一作锯牙山）并以之为基地，联合沿海岛上居民展开抗清斗争。后一度降清，受任栖霞把总。十八年，率旧部再起义，遭清军围剿，激战至翌年春，方突围出走。后不知所终。激战中，栖霞、莱阳两县受害最烈。

②连坐牵连坐罪。《史记·商君列传》："令民为什伍，而相牧司连坐。"司马贞索隐："牧司谓相纠发也。一家有罪而九家连举发，若不纠举，则十家连坐。"古代律法，犯大逆等重罪者，须连坐其亲族。坐：获罪。

③栖霞：县名。在山东省东部，五龙河上游。莱阳：县名。在山东省东部，东南临黄海。

④演武场：练兵场。此指故址在山东省济南市南门外之演武场。

⑤碧血：无辜死难者之血。《庄子·外物》："苌弘死于蜀，藏其血，三年而化为碧。"

⑥济城:指济南府城。工肆:作坊。此指棺材铺。

⑦伏刑东鬼:指在济南被屠戮的栖霞、莱阳等县的百姓。因栖霞、莱阳两县地处鲁东,故称"东鬼"。

⑧南郊:指济南府城之南郊。

⑨甲寅:指康熙十三年(1674)。

⑩稷下:本为古齐国都城临淄城北附近地名,在今山东省淄博市临淄区。此指济南。济南自北魏称齐州,唐天宝元年(742)改齐州为临淄郡,五年,又改为济南郡。见《历域县志》后遂以"稷下""稷门"代指济南。

⑪楮(chǔ)帛:纸钱。旧俗祭祀时所焚化之钱。楮:木名,即"构"。皮可制桑皮纸,因以之为纸的代称。

⑫酹:二十四卷本作"酬"。榛:二十四卷本作"蓁"。酹奠:以酒洒地祭奠亡灵鬼神。榛(zhēn)墟:草木丛生的荒野,指荒丘墓地。

⑬税:租赁。下院:佛教大寺院分设的寺院。

⑭何:斋抄本无"何"字。

⑮矇眬:亭刻本作"朦胧"。

⑯急:斋抄本作"即"。著:二十四卷本作"着"。

⑰挥:亭刻本作"衣"。

⑱斋抄本"字"下有"之"字。

⑲去心:斋抄本作"忘"。

⑳遂：斋抄本无"遂"字。

㉑女甥：二十四卷本作"甥女"。

㉒二十四卷本"得"下有"以"字。

㉓之：斋抄本无"之"字。

㉔齿牙余惠：夸奖赞美的好话。《南史·谢朓传》：谢朓好奖予人才，会稽孔𫖮有才华，未贵时，朓手自折简荐之。谓："士子声名未立，应共奖成，不惜齿牙余论。"

㉕甥女：斋抄本作"女甥"。失恃：丧母。《诗·小雅·蓼莪》："无父何怙，无母何恃。"后因称丧母为"失恃"。

㉖鞠养：犹"鞠育"。抚养。鞠：养育。《诗·小雅·蓼莪》："父兮生我，母兮鞠我。"毛传："鞠，养。"

㉗二十四卷本"五"下有"岁"字。

㉘恸：斋抄本无"恸"字。绝：二十四卷本作"卒"。

㉙犹子：侄子。古代对兄弟之子的称呼。《礼记·檀弓》上："丧服，兄弟之子，犹子也，盖引而进之也。"本指丧服而言，后转为称兄弟之子。启椟：指迁葬。椟：棺材。

㉚女甥：二十四卷本作"甥女"。

㉛金诺：许诺的敬词。谓守信不渝，珍贵如金。《史记·季布栾布列传》："得黄金百斤，不如得季布一诺。"

㉜玉趾：称人行止之敬词。犹言贵步、玉步。《左传·僖公二十六年》："闻君亲举玉趾，将辱于敝邑。"

㉝第：但，只。

㉞二十四卷本“勉”上有“生”字。

㉟十：亭刻本无“十”字。

㊱第宅：二十四卷本作“宅第”。

㊲叩：斋抄本、二十四卷本作“以指弹”。

㊳二：斋抄本作“两”。

㊴斋抄本“阿”上有“云”字。

㊵反：二十四卷本作“返”，二字同。

㊶须臾：斋抄本作“顷”。

㊷之：二十四卷本作“媪”。

㊸甥女：斋抄本作“女甥”。

㊹生亦泣：亭刻本无此三字。

㊺眸：二十四卷本作“目”。

㊻姑：二十四卷本作“姨”。妗：舅母。宋·陶宗仪《辍耕录》卷十七：“婶、妗字，并古吴音。世、母合而为婶；舅、母合而为妗耳。”今吴方言中亦用此称。

㊼具：亭刻本、二十四卷本作“俱”。

㊽荆人：旧时对人谦称己妻为荆人。意谓荆钗布裙之人。

㊾又：二十四卷本作“复”。

㊿舅妗：二十四卷本作“妗母”。

(51)寸报：尽孝报恩。孟郊《游子吟》：“谁言寸草心，报得三春晖。”此用其意。

(52)沉魂：沉冤之魂。

(53)蒙赐金帛：指上文莱阳生所焚祭的楮帛。

(54)乃：斋抄本无“乃”字。二十四卷本“告”下有“女”字。

(55)二十四卷本“公”上有“朱”字。

(56)为政：作主，主持。

(57)此：二十四卷本作“可”。得：亭刻本、二十四卷本无“得”字。慊（qiè）得：心满意足。

(58)是：二十四卷本作“此”。

(59)非他人：斋抄本无此三字。

(60)穷波斯：指前富而今穷。喻家境衰落。波斯：国名。即今伊朗。产珍珠、玛瑙等珍物，古时被认为是很富有的国家，并以“波斯”二字代称富人。唐·杜佑《通典》：波斯国在达曷水之西，大月氏之别种，其先有波斯匿王。其子孙以王父字为氏，因为国号。《南史·夷貂传》：波斯国有琥珀、玛瑙、珍珠等，国内不以为珍。其人多贾，以殖货之穷富为品位之高下。

(61)那：斋抄本作“焉”。蜗庐：犹蜗舍。狭小如蜗牛壳的屋子。此指小户人家的居室。三国时，焦先和杨沛作圆舍，形如蜗牛壳，称为蜗牛庐。《古今注·鱼虫》：“野人结圆舍，如蜗牛之壳，曰蜗舍。”

(62)斋抄本、二十四卷本“高”下有“作”字。

(63)昨：斋抄本无“昨”字。

(64)齿冷：耻笑。因笑则张口，笑的时间长了，牙齿就会发冷。《南史·乐预传》：“人笑褚公（渊），至今齿冷。”

(65)断弦未续：丧妻后没有再娶。古时以琴瑟和谐象征夫妇，丧妻称“断弦”，再娶称“续弦”。

(66)也：二十四卷本作“矣”。

(67)才：亭刻本作“之”。亭刻本“貌”下有“天下”二字。

(68)粪壤：贱恶之物，这里指已死的人。魏文帝《与吴质书》：“而此诸子，化为粪壤，可复道哉！”

(69)月衔半规：月亮半圆。指上、下弦时。衔：含，隐没。规：圆形。

(70)向：斋抄本、二十四卷本作“面”。

(71)晋珠：山西产的珠玉。《尔雅·释地》：“西方之美者，有霍山之多珠玉焉。”霍山在今山西省。

(72)长（zhàng）物：多余之物。

(73)禽仪：订婚用的聘礼。古时订婚以雁为聘礼，称为“委禽”。

(74)㧑（huī）谢：谦谢。

(75)生：斋抄本无“生”字。

(76)斋抄本无“见”字，“果”字在“朱”字下。

(77)箑（jié）：扇之别名。

(78)忻：斋抄本作“欣”，下无“适”字。

⑦⑨才：斋抄本作"方"。庭：斋抄本无"庭"字。

⑧⓪少间：斋抄本无"少间"二字。

⑧①嘉礼：古代五礼（吉、凶、军、宾、嘉）之一。指饮食、婚冠、宾射、飨燕、脤膰、贺庆等礼。后专指婚礼。

⑧②矣：斋抄本无"矣"字。

⑧③卧：二十四卷本作"朱"。

⑧④甥女：斋抄本作"女甥"。

⑧⑤于归：指女子出嫁。《诗·周南·桃夭》："之子于归，宜其室家。"于：往。归：旧时妇女以夫家为家，故出嫁曰"归"。

⑧⑥朱云：斋抄本作"女曰"。

⑧⑦助妆：古时女子出嫁，亲友要赠送首饰衣物之类礼品，这类礼品叫"助妆"，也叫"添箱"。

⑧⑧老耄（mào）：八九十岁的老人。

⑧⑨夜：二十四卷本作"夕"。

⑨⓪拜：斋抄本、二十四卷本作"往"。

⑨①二十四卷本"导"下有"生"字。

⑨②脱边幅：意谓不拘礼节。边幅：布帛边缘整齐，借以比喻人的仪表、衣着合乎礼仪。

⑨③乃：斋抄本、二十四卷本无"乃"字。

⑨④追：斋抄本作"进"，亭刻本、二十四卷本作"置"。高会：盛大的宴会。

(95)烛：二十四卷本作“妆”。

(96)邂逅：指两相爱悦。《诗·唐风·绸缪》：“今夕何夕，见此邂逅。”

(97)郡：指济南府。

(98)二十四卷本“到”下有“死”字。

(99)口占：不动笔起草，随口念出。绝：绝句的省词。律诗体的一种，每首四句。每句五字的叫五绝，七字的叫七绝。两绝：这里是两首七绝。

(100)“昔日”二句：意谓生前所穿的衣裳已腐烂化作尘土，对自己的悲惨遭遇只有空自怨恨。罗裳：丝裙。业果：佛教用语，指业的果报。谓由身、口、意三业的善恶，必将得到相应的报应。

(101)“十年”二句：意谓十年来置身于寒露冷月、枫林萧瑟的秋野，今天夜里才初次享受到闺阁中的人间春意。画阁：彩饰的闺阁。这里指洞房。二十四卷本句下有“其二曰”三字。

(102)“白杨”二句：意谓向来是凄风苦雨，白杨萧萧，孤寂冷寞环绕的坟墓，想不到还能过上夫妻恩爱的生活。阳台：指男女欢会的地方。宋玉《高唐赋序》云：楚怀王游高唐，梦中与一神女欢会。神女临别自言：“妾在巫山之阳，高丘之岨，旦为朝云，暮为行雨，朝朝暮暮，阳台之下。”这里“阳台”有双关意，指死后又与人间活人欢会，所以说“更作云”。

⑬"忽启"二句：意谓忽然打开镂金的衣箱，那血染的罗裙使人怵目惊心。缕：斋抄本作"镂"。镂金箱：有镂金纹饰的衣箱。

⑭即促曰：二十四卷本作"九娘促云"。二十四卷本"血腥"句下有"生闻吟，亦大惨然"七字。

⑮甚：二十四卷本作"深"。嬖惑：宠爱迷恋。

⑯莱霞里：据莱阳、栖霞虚拟的地名。于七起义失败后，清兵大肆屠杀无辜。《莱阳县志》载："今锯齿山前，有村曰血灌亭，省城南关有荒冢曰栖莱里，杀戮之惨可知矣。"

⑰两处：指莱阳、栖霞二县。

⑱蓬游无底：像蓬草一样随风飘游，没有归宿之处。底：休止。

⑲怆：二十四卷本作"悽"。

⑳儿：二十四卷本作"妾"。

㉑世：斋抄本作"年"。

㉒亦：斋抄本无"亦"字。

㉓而：斋抄本无"而"字。

㉔二十四卷本"怛"下有"若丧心怅怅"五字。忉怛（dāo dá）：哀伤貌。

㉕拍：亭刻本作"叩"。氏：二十四卷本作"生"。

㉖笼：斋抄本作"鬠"，亭刻本作"蓬"，二十四卷本作"龙"。

鬅（péng）松：毛发散乱貌。

⑰怊：斋抄本作"惆"。

⑱久居诚非所宜：斋抄本作"不可久居"。

⑲相对汍澜：斋抄本无此四字。汍澜：形容泪流得很厉害。

⑳亦：斋抄本无"亦"字。

㉑申：二十四卷本作"达"。申旦：自夜达旦。

㉒志表：墓碑、墓表之类的墓前标志。

㉓路：二十四卷本作"落"。

㉔势：二十四卷本作"色"。

㉕驾庭树：斋抄本作"树下"。

㉖接：亭刻本作"宅"。万接：二十四卷本作"相接"。兆：坟茔界域。

㉗女郎独行丘墓间：斋抄本作"一女立丘墓上"。独行丘墓：二十四卷本作"独步墟墓"。

㉘二十四卷本"娘"下有"也"字。

㉙骑欲语：斋抄本作"与语"。欲：二十四卷本作"与"。

㉚女：二十四卷本作"九娘"。竟：斋抄本、二十四卷本作"径"。

㉛遍：亭刻本作"复"。

㉜努：斋抄本、亭刻本作"怒"，二十四卷本作"怒意"。色作努：发怒。怒：努目，瞪眼睛。

⑬烟：亨刻本作"湮"。灭：二十四卷本作"没"。

⑭"香草"二句：意谓屈原自沉于汨罗江，悲愤不能自已。见《史记·屈原贾生列传》。香草：屈原赋中常以香草喻忠贞之士，这里指屈原本人。血满胸臆：血泪满襟之意。

⑮"东山"二句：意谓晋太子申生遭受谗害，冤抑莫伸。东山佩玦：《左传·闵公二年》：晋献公命太子申生讨伐东山皋落氏，临行时，"公衣之偏衣，佩之金玦。"金玦是镶金的玉玦，形如环而有缺，古代以之表示决绝。给申生佩玦，就是表示不要他再回来。

⑯孝子忠臣：亨刻本作"忠臣孝子"。

⑰负骸骨之托：指莱阳生辜负公孙九娘归葬尸骨的嘱托。

⑱鬲：二十四卷作"膈"，同"鬲"。脾鬲间物：指心。

译文

于七造反这一案，受牵连而被杀害的人，以栖霞、莱阳两县为最多。每天捉拿几百人，全部杀死在演武场中，血流满地，尸骨成山。官老爷大发慈悲，捐出一批棺材，济南府城的棺材铺，棺材被购买一空。因此，被杀害的鲁东新鬼，绝大多数都埋葬在府城的南郊。

甲寅年，有个莱阳书生来到济南府，他有两三个亲友也在被杀之列。因此，他买了纸钱，到荒野丘墓间祭奠，就近向小寺院的和尚租了一间房子住下。第二天，他进城去办事，天黑了还没有回来。忽然有个年轻人到他的住处拜访，见书生不在，年轻人脱下帽子上床，穿着鞋仰卧在床上。仆人问他是谁，他闭着眼睛不理睬。后来书生回来了，这时夜色朦胧，不大看得清楚；书生亲自走到床边去问他。他瞪着眼睛说："我等候你家主人。唠唠叨叨逼着问我，难道我是强盗吗？"书生笑着说："主人正在这里。"年轻人急忙起身戴上帽子，作了个揖坐下来，非常热情地问候了一番。听他的口音，好像曾经认识，急忙喊点灯过来，原来是同县的朱生，也是在于七大难中送了命的。书生大吃一惊，往后退了好几步。朱生上前一把拉住他，说："我与你是文字之交，为什么这样薄情？我虽然是鬼，但对老朋友的思念，耿耿于心难以忘怀。现在有件事要麻烦你一下，希望不要因为我是鬼魂而猜疑鄙薄。"书生只好坐下来，问他有什么要求。朱生说："你的外甥女独身尚未婚配，我想要她给我主持家务；多次请媒人去提亲，她总是以没有长辈之命来推辞。希望你能为我说几句好话。"

当初，书生有外甥女从小死了娘，送给书生抚养，直到十五岁，才回到她自己家里。后来她被抓到济南，听说父亲被处极刑，又惊又悲很快就死了。书生说："她自己有父亲，怎么要来求我？"朱生说："她父亲的棺材已经被侄儿搬走了，现在不在本地。"书生问："我外甥女一向依靠谁呢？"朱生说："她和邻居老婆婆住在一起。"书生顾虑活人不能给鬼做媒，朱生说："如承蒙你金口答应，还得劳驾你走一趟。"于是站起来拉住书生的手，书生再三推辞，问："到哪儿去？"朱生说："只管跟我走。"

书生只好勉强跟他去。往北走了里把路，有一座大村庄，大约住着百十来户人家。到了一座大宅院，朱生上前敲门，马上有个老婆婆出来。打开两扇大门，问朱生："干什么？"朱生说："麻烦您转告娘子，说舅舅来了。"老婆婆立即返身进去，一会儿，又走出来，请书生进去；回头对朱生说："两间茅草屋太窄了。请公子在门外坐着稍候片刻。"书生随老婆婆进去，只见一个半亩大小的荒凉院落，并排着两间小屋。外甥女在门口迎接，抽抽搭搭地哭着，书生也流下了眼泪。屋子里灯光暗淡，外甥女的相貌清秀白皙像生前一个样。饱含泪水盯着书生看，并逐个询问姑妈、舅妈的情况。书生说："她们都安好，只是你舅妈去世了。"外甥女又呜呜咽咽地哭着说："我从小受舅舅、舅妈抚育，还没有丝毫报答，想不到先葬身沟渎，实在万分遗恨。去年，伯伯家大哥迁走了我父亲的尸骨，把我放在一边不挂在心上，几百里之外，孤苦伶仃像只秋燕。舅舅没有忘记我这沉冤孤魂，又承赏赐我金帛，我已经收到了。"书生把朱生的心思告诉了外甥女。外甥女低着头不说话。老婆婆说："朱公子过去托杨奶奶来过三五趟，我老婆子认为蛮好。小娘子不肯自己草率从事，能够有舅舅来作主，她这才心满意足。"

正谈话间，一个十七八岁的姑娘，带着一个丫环闯了进来，一眼瞥见书生，转身想躲开，外甥女一把拉住她的衣角，说："不必这样，这是我舅舅，不是外人。"书生向姑娘作个揖。姑娘也向书生行了礼。外甥女说："这是九娘，栖霞县的，姓公孙。她父亲过去是大户人家的公子，现在也成了'穷波斯'，她心里很不痛快，每天同我往来。"书生瞟了她一眼，她笑起来眉毛弯如秋夜之月，害羞时脸上的红晕像清晨的彩霞，确实美如天仙。书生说："可见是大家闺秀，小户人家的姑娘怎么会长得如此秀丽！"外甥女笑着说："她还是位女才子，诗词都是高水平的。昨天我还得她一些指教。"九娘微微含笑说："小丫头无缘无故糟塌人，让你舅舅冷笑了。"外甥女笑着说："舅舅死了妻子尚未续娶，像这样一个小娘子，很使你满意吧？"九娘笑着跑了出去，说："小丫头疯癫病发作了。"于是就走了。外甥女的话虽近于玩笑，可是书生却十分喜欢这位姑娘。外甥女似乎有些觉察，就说："九娘才华容貌无人比得上，倘若舅舅不因为她是已死之人而拿不定主意，我就去向她母亲提亲。"书生十分高兴，可是又顾虑人与鬼难于成婚。外甥女说："没有妨害，她与舅舅有缘分。"书生就走了出去。外甥女送他出去时说："五天以后，月明人静之时，我会派人去接你。"

书生来到大门外，却不见了朱生，抬头往西一望，月亮半圆，昏黄的月光下还认得出原来走过的路。见南面有一座宅院，朱生坐在门前的石阶上，站起身迎过来说："我等你好久了，就请光临寒舍吧。"于是牵着书生的手走进家。朱生一再向书生表示感谢，拿出金杯一只、晋珠一百颗，说："没有其他值钱的东西了，姑且用这些作聘礼吧。"随后又说："家里还有点浊酒，只是阴间的东西，不好用来款待贵宾，怎么办呢？"书生客气了一番然后告辞。朱生把他送到半路才分手。书生回到住处，和尚和仆人都来打听情况，书生隐瞒了真情,说:"说他是鬼,那是瞎扯。刚才是到朋友家喝酒去了。"

五天之后,果然见朱生来了。穿着整洁,轻摇羽扇,看样子十分高兴。刚走到门口,隔老远就朝书生下拜。过了一会,笑着说:"你的好事已经办成,婚礼就在今晚举行,请劳驾出发吧。"书生说:"因为没有听到回音,所以还没有下聘礼,怎么这样快就成亲呢?"朱生说:"我已经代你下过聘礼了。"书生深深地感谢他的帮助,就同他一起去了。一直来到朱生的住处,见外甥女穿着华丽的衣裳笑着迎了出来。书生问:"什么时候过门的?"朱生说:"已经三天了。"书生就拿出朱生送他的晋珠,给外甥女作为贺礼。外甥女再三推辞然后才收下。外甥女对他说:"我把舅舅的心意转达给公孙老夫人,老夫人格外高兴,只是说年纪大了,没有其他亲人,不想让九娘远嫁外地;约好舅舅今晚上去,到她家作上门女婿。她家没有男子,老夫人说了算,现在就可以同朱郎一起去。"于是朱生就领着书生走了,快走到村子尽头,一座大宅院的大门敞开着,他们两个一直走进厅堂。不久有人说:"老夫人来了。"有两个丫环搀扶着老夫人走上台阶。书生一见赶快上前行礼,老夫人说:"我老态龙钟，不便还礼，就不要拘什么礼节了。"她指派丫环，大摆宴席。朱生就叫家人，另外端出酒菜，摆在书生面前，还另外备一壶酒，专为客人斟酒。酒席上所上的菜，跟人世间没什么不同；只是主人只顾自己吃喝，一点不向客人劝菜敬酒。后来酒宴结束，朱生就回去了。丫环引书生走出厅堂，进入卧室，只见九娘盛妆艳服静坐等候。偶然相逢，含情脉脉，夫妻俩尽情地交欢恩爱。

当初，九娘母女俩原本要押送到京城去。来到济南府，她母亲不堪忍受困苦而死去，九娘也自刎而死。靠在枕头上追述过去的事情，九娘伤心哽咽不能入睡，就随口吟成两首绝句：

> 昔日罗裳化作尘，
> 空将业果恨前生。
> 十年露冷枫林月，
> 此夜初逢画阁春。

> 白杨风雨绕孤坟，
> 谁想阳台更作云？
> 忽启镂金箱里看，
> 血腥犹染旧罗裙。

天快亮时,九娘马上催促书生说:"你该暂时离开了,不要惊动仆人们。"从这以后,书生就白天回去,晚上回来,对九娘十分宠爱迷恋。

一天晚上,书生问九娘:"这个村子叫什么名字?"九娘说:"叫莱霞里。这里住的绝大多数是莱阳、栖霞两县的新鬼,所以取这两个字做里名。"书生听了感叹不已。九娘伤心地说:"离家千里的柔弱孤魂,像蓬草一般随风漂游没有归宿之处;母女俩孤苦伶仃,说起来就心里悲伤。希望你顾念夫妻的情义,把我们的枯骨运去安葬在祖坟旁,让我们永远有个依靠安身之处,那我就虽死不朽了。"书生答应了她的请求。九娘又说:"人与鬼不同路,你也不该久留这里。"说完就以一双罗袜赠送给书生,挥泪催促他赶快离开。书生很悲伤地走出来,失魂落魄地不忍心回去,因而来敲朱生的门。朱生赤着脚迎出来。外甥女也起来了,头发散乱,吃惊地前来问候。书生难受了好一阵,才把九娘的话复述了一遍。外甥女说:"舅妈即使不说,我也在日夜考虑这件事。这里不是人世间,长期住下去的确不合适。"就这样,大家面对面地痛哭一场,书生也只好含着泪告别了。敲开住处的门,回屋躺下,直到天亮还翻来覆去睡不着。想去寻找九娘的坟墓，又忘记问坟上有什么标志。等到晚上再去那里，只见上千座坟一座挨一座，竟然找不到去那座村子的路了，只好怅恨地走回来。打开那双罗袜看，遇风就一寸一寸地断落，腐朽得如同灰烬一般。于是收拾行装返回鲁东。过了半年，心里还放不下这件事。书生重新去济南府，希望能再遇到九娘。到达南郊时，天色已晚，把马拴在院子里的大树下，赶紧跑到乱葬岗子上。只见无数荒坟相连，野生灌木丛遮住了视线，鬼火闪烁，野狐鸣叫，让人心惊目眩。书生战战兢兢地悼念一番回到住处，旧地重游很让他失意，只好勒转马头向东走去。走了里把路，远远望见一个女郎在坟墓间独自行走，神情仪态，极像九娘。扬鞭赶马过去一看，果真是九娘。下马想和她谈谈，九娘只管走，好像不认识他。再向她靠近，她变了脸发起怒来，举起袖子遮住自己的脸。书生赶紧喊声"九娘"，而女郎一下子就消失了。

异史氏说："香草自沉汨罗江，一腔热血满胸间，讨伐东山佩金玦，怨恨之泪浸透泥沙。古来多少孝子忠臣，至死都不被君父所谅解。公孙九娘难道因为莱阳书生有负于归葬尸骨的嘱托，而在心中怨恨他吗？只叹一颗真心，不能捧出来给人看，实在是冤枉啊！"

促织

原文 宣德间①,宫中尚促织之戏②,岁征民间。此物故非西产③;有华阴令欲媚上官④,以一头进,试使斗而才,因责常供。令以责之里正⑤。市中游侠儿⑥,得佳者笼养之,昂其直,居为奇货。里胥猾黠假此科敛丁口⑦,每责一头,辄倾数家之产。邑有成名者,操童子业⑧,久不售⑨。为人迂讷,遂为猾胥报充里正役,百计营谋不能脱。不终岁,薄产累尽。会征促织,成不敢敛户口,而又无所赔偿,忧闷欲死。妻曰:"死何裨益⑩?不如自行搜觅,冀有万一之得。"成然之,早出暮归,提竹筒铜丝笼⑪,于败堵丛草处,探石发穴,靡计不施,迄无济。即捕得三两头,又劣弱⑫,不中于款。宰严限追比⑬,旬余,杖至百,两股间脓血流离,并虫亦不能行捉矣。转侧床头,惟思自尽。时村中来一驼背巫,能以神卜。成妻具资诣问。见红女白婆,填塞门户。入其舍⑭,则密室垂帘,帘外设香几,问者爇香于鼎,再拜。巫从旁望空代祝,唇吻翕辟,不知何词。各各竦立以听。少间,帘内掷一纸出,即道人意中事,无毫发爽。成妻纳钱案上，焚拜如前人⑮。食顷，帘动，片纸抛落。拾视之⑯，非字而画。中绘殿阁类兰若⑰；后小山下，怪石乱卧⑱，针针丛棘⑲，青麻头伏焉⑳；旁一蟆，若将跳舞。展玩不可晓。然睹促织，隐中胸怀。摺藏之，归以示成。成反复自念㉑：得无教我猎虫所耶㉒？细瞻景状，与村东大佛阁真逼似㉓。乃强起，扶杖执图诣寺后。有古陵蔚起，循陵而走，见蹲石鳞鳞㉔，俨然类画。遂于蒿莱中侧听徐行，似寻针芥㉕。而心目耳力俱穷㉖，绝无踪响。冥搜未已，一癞头蟆猝然跃去㉗。成益愕，急逐趁之㉘，蟆入草间。蹑迹披求，见有虫伏棘根；遽扑之，入石穴中。掭以尖草㉙，不出；以筒水灌之㉚，始出，状极俊健。逐而得之，审视，巨身修尾，青项金翅㉛。大喜，笼归㉜；举家庆贺，虽连城拱璧不啻也㉝。土于盆而养之㉞，蟹白、栗黄㉟，备极护爱。留待限期，以塞官责。成有子九岁，窥父不在，窃发盆。虫跃掷径出㊱，迅不可捉㊲；及扑入手，已股落腹裂，斯须就毙。儿惧，啼告母。母闻之，面色灰死，大骂曰㊳："业根㊴，死期至矣㊵！而翁归㊶，自与汝覆算耳！"儿涕而出㊷。未几，成归㊸，闻妻言，如被冰雪；怒索儿，儿渺然不知所往㊹。既得其尸于井㊺，因而化怒为悲，抢呼欲绝㊻。

夫妻向隅⑰，茅舍无烟，相对默然，不复聊赖⑱。日将暮，取儿藁葬。近抚之，气息惙然⑲，喜置榻上，半夜复苏。夫妻心稍慰。但蟋蟀笼虚⑳。顾之㉑，则气断声吞。亦不敢复究儿㉒。自昏达曙，目不交睫。东曦既驾㉓，僵卧长愁。忽闻门外虫鸣，惊起觇视，虫宛然尚在。喜而捕之，一鸣辄跃去，行且速，覆之以掌，虚若无物；手裁举㉔，则又超忽而跃；急趁之㉕，折过墙隅，迷其所往。徘徊四顾，见虫伏壁上。审谛之，短小，黑赤色，顿非前物。成以其小，劣之；惟彷徨瞻顾，寻所逐者。壁上小虫，忽跃落衿袖间㉖。视之，形若土狗㉗，梅花翅，方首。长胫，意似良。喜而收之。将献公堂，惴惴恐不当意，思试之斗以觇之。村中少年好事者，驯养一虫，自名"蟹壳青"，日与子弟角，无不胜；欲居之以为利；而高其直，亦无售者㉘。径造庐访成。视成所蓄㉙，掩口胡卢而笑㉚。因出己虫，纳比笼中。成视之，庞然修伟；自增惭怍，不敢与较。少年固强之。顾念蓄劣物，终无所用，不如拚博一笑。因合纳斗盆。小虫伏不动，蠢若木鸡，少年又大笑。试以猪鬣毛撩拨虫须㉛，仍不动，少年又笑。屡撩之，虫暴怒，直奔，遂相腾击，振奋作声。俄见小虫跃起，张尾伸须，直龁敌领。少年大骇,解令休止⁶²。虫翘然矜鸣,似报主知。成大喜。方共瞻玩,一鸡瞥来,径进以啄⁶³。成骇立愕呼。幸啄不中,虫跃去尺有咫⁶⁴。鸡健进,逐逼之,虫已在爪下矣。成仓猝莫知所救,顿足失色。旋见鸡伸颈摆扑;临视,则虫集冠上,力叮不释。成益惊喜,掇置笼中。翌日进宰。宰见其小,怒呵成。成述其异,宰不信。试与他虫斗,虫尽靡。又试之鸡,果如成言,乃赏成。献诸抚军⁶⁵,抚军大悦;以金笼进上,细疏其能。既入宫中,举天下所贡蝴蝶、螳螂、油利挞、青丝额……一切异状,遍试之,无出其右者⁶⁶。每闻琴瑟之声,则应节而舞,益奇之。上大嘉悦,诏赐抚臣名马衣缎⁶⁷。抚军不忘所自。无何,宰以卓异闻⁶⁸。宰悦,免成役;又嘱学使,俾入邑庠⁶⁹。由此以善养虫名,屡得抚军殊宠⁷⁰。不数岁,田百顷,楼阁万椽,牛羊蹄躈各千计⁷¹。一出门,裘马过世家焉。

异史氏曰:"天子偶用一物,未必不过此已忘。奉行者即为定例。加之官贪吏虐,民日贴妇卖儿⁷²,更无休止。故天子一跬步,皆关民命,不可忽也。独是成氏子以蠹贫⁷³,以促织富,裘马扬扬⁷⁴。当其为里正、受扑责时,岂意其至此哉⑦⁵!天将以酬长厚者⑦⁶,遂使抚臣、令尹并受促织恩荫⑦⑦。闻之:一人飞升,仙及鸡犬⑦⑧。信夫!"

注释

①宣德间:宣德年间。宣德:明宣宗朱瞻基的年号(1426—1435)。

②促织:蟋蟀的别名。《尔雅·释虫》:"蟋蟀,蛬。"郭璞注:"今促织也。"明·刘侗、于奕正《帝京景物略》卷三《胡家村》条,谓蟋蟀"斗则矜鸣,其声如织,故幽州谓之促织也"。

③西:西部地区,这里指陕西一带。

④华阴:县名。在陕西省东部、渭河下游。上官:高级长官。《管子·小问》:"请仕上官,授禄千钟。"

⑤里正:古时的乡官。《公羊传·宣公十五年》:"什一行而颂声作矣。"何休注:"一里八十户……其有辩护抗健者,为里正。"后代多设里正,但制度各朝不同。明代改为里长。洪武十五年(1382),诏天下编赋役黄册,以一百一十户为一里,推丁粮多者十户为长,任期十年。里长负责催征粮税及分派徭役。后来赋役日渐繁苛,富户贿赂官府,避免承当,而使中、下户担任。任里长的中下户,不敢向豪绅富户征派,往往被迫自己赔垫,有的甚至弄到倾家荡产的地步。

⑥游侠儿:游手好闲、不务正业的年轻人。

⑦里胥：里中小吏。胥：官府中的小吏。科敛丁口：按人口摊派费用。丁口：男子称丁，女子称口。

⑧操童子业：指童生为应考而读书，没有考取秀才而长期在应考之中。童子：指童生。科举时代，在没有考取秀才之前无论年纪大小均称童生。

⑨不售：志愿未实现。指没有考中秀才。

⑩神：斋抄本无"神"字。

⑪铜：亭刻本无"铜"字。

⑫劣弱：二十四卷本作"陋劣"。

⑬严限追比：严格限定期限，按期查验催逼。追比：古时地方官吏规定限期完成差役或百姓交清赋欠，逾期受杖责叫"追比"。

⑭舍：斋抄本作"室"。

⑮焚拜如前人：斋抄本作"焚香以拜"。

⑯拾：亭刻本无"拾"字。

⑰兰若：梵文音译之略称。全称"阿兰若""阿兰若迦"，原意为"树林"，意译为"空闲处""空家"等。原为比丘习静修行处所，后一般指佛寺。

⑱乱：亭刻本无"乱"字。

⑲棘：二十四卷本作"刺"。

⑳青麻头：一种上品蟋蟀名。南宋·贾似道《促织经》："青

麻头，上品也。"《帝京景物略》卷三，谓："凡促织，青为上，黄次之，赤次之，黑又次之，白为下。"下文"蝴蝶""螳螂""油利挞""青丝额"等均为蟋蟀品种名称。

㉑复：斋抄本作"覆"。

㉒耶：二十四卷本作"也"。

㉓真：亭刻本无"真"字。

㉔鳞鳞：二十四卷本作"嶙嶙"。

㉕针芥：针和芥子。喻极细小之物。

㉖"而心"七字，斋抄本作"寻之多时"。

㉗癞头蟆：癞虾蟆。

㉘趁：斋抄本无"趁"字。

㉙掭：二十四卷本作"拨"。掭（tiàn）：轻轻拨动。

㉚以筒水灌之：把竹筒里的水灌进蟋蟀洞中。明·刘侗《促织志》："秋七八月间，游闲人提竹筒，过笼，铜丝罩，迹声所缕发而穴斯得，乃拣以尖草，不出；灌以水，始跃出矣。"

㉛青项金翅：据《促织经》此亦为蟋蟀上品。

㉜笼：斋抄本无"笼"字。

㉝"虽连"八字，斋抄本作"于是"。连城拱璧：战国时，赵国得和氏璧，秦国愿以十五城作交换，故称和氏璧为"连城璧"，谓其价值连城。拱璧：大璧。《左传·襄公二十八年》："与我共拱璧。"疏："此璧两手拱抱之，故为拱璧。"不啻：

不止。

㉞土于盆而养之：用装有泥土的盆蓄养蟋蟀。《帝京景物略》卷三《胡家村》谓都人繁殖蟋蟀，"其法土于盆而养之，虫生子土中"。

㉟蟹白、栗黄：蟹肉栗实，喂养蟋蟀的饲料。

㊱掷：二十四卷本作"踯"。

㊲"成有……可捕"二十一字，斋抄本作"成之子窃发盆视之，虫径跃去"。

㊳骂：亭刻本作"惊"。

㊴业：二十四卷本作"孽"。业根：犹言祸根。业：佛家语。梵文意译，音译"羯磨"。意为造作，泛指一切身心活动。业分善恶，此指恶业。

㊵期：斋抄本无"期"字。

㊶而：斋抄本无"而"字。而：你。

㊷儿涕而出：斋抄本无此四字，亭刻本"出"作"去"。

㊸亭刻本"成"上有"而"字。归：斋抄本作"入"。

㊹斋抄本无"儿渺然不知所往"七字。

㊺亭刻本"既"下有"而"字。既得其尸于井：斋抄本作"儿已投入井中"。

㊻抢呼：头碰地，口喊天，即呼天抢地，形容悲痛已极。

㊼向隅：失意悲伤。《说苑·贵德》："今有满堂饮酒者，有一

人独索然向隅而泣，则一堂之人皆不乐矣。"

㊽不：二十四卷本作"无"。不复聊赖：不再有所指望。聊赖：依赖，指生活或感情上的凭借。

㊾惙：二十四卷本作"啜"。惙（chuò）然：形容呼吸微弱，时断时续。

㊿亭刻本"但"下有"儿神气痴木，奄奄思睡，成顾"十一字。

�顾之：亭刻本无"顾之"二字。

㊼亦不敢复究儿：亭刻本作"亦不复以儿为念"。

㊽东曦既驾：东方太阳已经升起。驾：指羲和为日驾六龙车。《淮南子·天文训》："爰止羲和，爰息六螭。"许慎注："日乘车，驾以六龙，羲和御之。"

㊾裁：二十四卷本作"纔"。

㊿趁：亭刻本作"趋"。

㊽衿：斋抄本、二十四卷本作"襟"，二字通。

㊾土狗：蝼蛄的别名。穴居土中，前足变形为挖掘足，适于掘土。

㊿售：这里作"买"讲。

㊽蓄：二十四卷本作"畜"。

㊾胡卢：亦作"卢胡"。喉间的笑声，谓强自忍笑。《阚子》："宋得燕石，以为大宝。周客见之，掩口胡卢而笑。"

㊿毛：亭刻本无"毛"字。

㉜亭刻本"解"上有"急"字。

㉝以：斋抄本作"一"。

㉞尺有咫：一尺多远。咫：周制八寸为咫。

㉟抚军：明清时巡抚之别称。

㊱右：古时以右为上。

㊲缎：二十四卷本作"缀"。

㊳以卓异闻：以卓异的考绩上报。明清时每三年对官员作一次考绩，外官的考绩叫"大计"，由州、县官上至府、道、司层层考察属员，再汇送督、抚作最后考核，然后报呈吏部。"大计"的最好评语为"卓异"。

㊴入邑庠：进入县学，即取得生员资格。

㊵"由此"二句：亭刻本作"后岁余，成子精神复旧，自言身化促织，轻捷善斗，今始苏耳。抚军亦厚赉成"。

㊶牛羊蹄躈（qiào）各千计：意为牛羊各二百头。躈：肛门。又作"噭"。噭为嘴。牛羊每头四蹄一躈，合以"千计"，则为二百头。蹄躈：语出《史记·货殖列传》："马蹄躈千。"

㊷贴妇卖儿：典妻卖子。南朝宋明帝曾用"百姓卖儿贴妇钱"兴建湘宫寺。贴：典质。

㊸"天子"十句：亭刻本无"天子……独是"十五字。一跬步：这里引申作一举一动。跬步：半步。独是：斋抄本作"第"。蠹：蛀虫。这里喻指里胥。

㉔二十四卷本"扬扬"下有"过于世家"四字。

㉕其:二十四卷本无"其"字。

㉖者:二十四卷本作"之德"。

㉗恩荫:封建时代,子孙可因父、祖的功劳而得到朝廷恩赐的功名或官爵,叫"恩荫"。这里用为嘲讽意。

㉘"一人"二句:《列仙传》谓淮南王刘安学道,服仙药飞升,"余药器存庭中,鸡犬舐之皆飞升"。这里以之讽刺促织受宠,众官皆得益。

译文

明朝宣德年间,皇宫里时兴斗蟋蟀的游戏,每年都要向民间征收蟋蟀。这东西本来不是陕西一带的产物;有个华阴县的县官想讨好上司,进献了一只蟋蟀,试斗了一下斗得很凶,因此责成华阴县经常供应。县官把这件差事摊派给里长。街市一些游手好闲的人,捉到好蟋蟀就用笼子养起来,高抬价钱,囤积起来当作珍稀财货。乡里小吏狡猾奸诈假借这个名目按人口摊派费用,每摊派一只蟋蟀,往往使几户人家破产。华阴县有个叫成名的,埋头读书想考秀才,一直没有考上。他为人忠厚又不善言辞,因此狡猾的乡吏就报请委派他充当里长。他想尽办法也摆脱不了这个差事。不到一年,一点薄薄的家产都赔光了。偏偏又碰上征收蟋蟀,成名不敢按人户摊派,而又没有什么可赔的了,忧愁苦闷得想去寻死。他的妻子说:"寻死有什么好处?不如自己去搜寻,或许万一有希望捉到呢?"成名觉得妻子说得对,每天早出晚归,提着竹筒和铜丝笼,在破墙下、草丛中,搬开石头,掏开土洞,什么办法都用尽了,还是无济于事。即使捉到两三只,又劣又弱,不合规格。县官严格地限定了期限要他上交,十来天,他挨了上百棍,两条大腿被打得脓血淋漓,连蟋蟀也不能去捉了。他在床上翻来覆去,只想自杀。这时候,村里来了一个驼背巫婆,自称能借神来预测吉凶。成名的妻子备了香钱到她那里求神指点。只见红妆少女和白发老妇,挤满了门口。进了那间屋,一间暗室挂着帘子,帘子外面设有香案,求问的人将香插在香炉中,磕了两个头。巫婆在旁边望着天空代为祷告,嘴唇一张一合,不知念的什么咒语。大家各自恭恭敬敬地站着静听。不久,从帘子里扔出一张纸,纸上写着求问人心中想问的事,没有丝毫差错。成名的妻子把钱放在香案上,也像前面的人一样烧香跪拜。一顿饭工夫,帘子一动,一张纸片抛落下来。拾起来一看,上面不是字而是一幅画。画中的殿阁像座寺院;殿后小山脚下,横卧着奇形怪状的石头,长满了带刺的荆棘，一只"青麻头"蟋蟀伏在那里；旁边有一只虾蟆，好像正要跳起来。成妻看来看去弄不明白。但是看见画有蟋蟀，暗合自己的心事。她折上纸片揣好，带回家去给成名看。成名反复思量：莫非是指点我捉蟋蟀的地方吗？细看画上的景物，跟村东头的大佛阁很相似。他就强忍疼痛起床，拄了拐杖拿着图去到大佛阁后面。茂密的草丛中隆起一座古墓，他沿着古墓走，只见乱石纵横，密如鱼鳞，简直同画上完全一样。于是他在草丛中侧耳细听慢慢行走，像是在寻找绣花针和芥子一样。直到精神疲乏，耳鸣眼花，可是一点蟋蟀的踪迹响声也没有。他还是仔仔细细地搜索不停，突然一只癞虾蟆跳了过去。成名更加感到惊异，急忙追上去，虾蟆跳进了草丛中。成名拨开草丛，跟踪寻找，见蟋蟀伏在荆棘根下；他急忙一扑，蟋蟀钻进了石缝中，他用一根尖草去轻轻拨动，蟋蟀不出来；他用竹筒里的水灌进去，蟋蟀才钻出来；形状极其雄健好看。他赶紧捉住蟋蟀，仔细一看，大身架，长尾巴，青色脖项，金黄翅膀。成名十分高兴，放进笼子里提回家；全家庆贺，甚至比得到一块价值连城的宝玉还要高兴。成名用装有泥土的盆子把蟋蟀畜养起来，每天用蟹肉和栗子粉喂养，爱护得极其小心。只待限期一到,就送到官府交差。

成名有个儿子才九岁,看父亲不在家,偷偷地揭开盆子盖来看,蟋蟀一下子就跳了出来,快得无法捕捉;等扑到手中,已经腿断肚裂,很快就死了。孩子很害怕,哭着去告诉母亲。母亲一听,脸色吓得灰白,破口大骂:"祸根,你的死期到了,你父亲回来,自然会跟你算帐!"孩子哭着走开了。不久,成名回家来,一听妻子的话,全身像浸透了冰雪;怒气冲冲地去找儿子,儿子已经无影无踪不知到哪里去了。后来在井里捞到了孩子的尸体,因而怒气化成了悲痛,呼天抢地悲愤欲绝,觉得一点希望也没有了。天快黑了,准备用草席把儿子的尸体裹去埋葬。走近一摸,孩子却还有极其微弱的气息,便高兴地把他放到床上,孩子在半夜苏醒过来。夫妻俩心里稍微得点安慰。但是蟋蟀笼空着,回头一看见,顿时又急得气上不来,话也说不出来。他们也无心再顾及儿子的死活了。从黑夜到天明,连眼睛也没有合一下。太阳升起来,成名还直挺挺地躺在床上发愁。忽然听见门外有蟋蟀鸣叫,他惊异地起来察看,只见那蟋蟀依然还活着。他高兴极了马上去捉,蟋蟀叫了一声就跳开了,跳得非常之快,用手掌罩住,只觉得手心里空空的好像没有东西;刚把手抬起来,蟋蟀又一下子蹦得老高跳走了,成名急忙赶上去,转过墙角,却不知它跳到哪里去了。成名转来转去,东张西望,看见一只蟋蟀伏在墙上。仔细一看,长得又短又小,黑红色,完全不像先前那只。成名因为它个头小,看不上眼,只管在那里犹疑不决地东瞧西看,寻找他追赶的那一只。墙壁上的小蟋蟀,忽然跳到成名的衣袖上。他一看,只见它形状像只土狗,长着梅花翅,方脑袋长长的腿,觉得还不算差。他就高兴地把它放进笼子里。等到要献给官府时,又惴惴不安恐怕不合县官的心意,想先让它斗一斗看行不行。

村里有个好管闲事的年轻人,驯养了一只蟋蟀,自称叫"蟹壳青",每天跟年轻人斗蟋蟀,没有斗不赢的;他想靠它发财,就抬高价钱,也没有谁来买他的。他径直来到成名家拜访,看到成名养的蟋蟀,便捂着嘴暗暗发笑。年轻人就拿出自己的蟋蟀,装进笼子里比较。成名一看,那只蟋蟀又大又壮,自己倍觉惭愧,不敢跟它较量。年轻人硬要比一比。成名想养了一只劣等蟋蟀,最终也没有什么用处,不如让它斗一次博得一笑算了。于是,把两只蟋蟀合装进一个斗盆里。小蟋蟀伏着不动,蠢头蠢脑像只木鸡,年轻人又大笑起来。试着用猪鬃毛撩拨小蟋蟀的触须，它还是不动，年轻人又笑起来。一次次地撩拨，小蟋蟀大怒，往前直冲，于是两只蟋蟀互相扑腾斗咬起来，发生阵阵搏斗之声。不一会，只见小蟋蟀跳起来，张开尾巴，伸直触须，冲过去一口咬住对方的脖子。年轻人大吃一惊，急忙把它们分开停止战斗。小蟋蟀振起双翅，得意地叫起来，像是在向主人报告它打赢了。成名高兴极了。

大家正在观赏这只小蟋蟀，一只大公鸡突然闯过来，径直向小蟋蟀啄去。成名吓得跳起来慌忙大叫。幸好没有啄中，小蟋蟀跳出一尺多远。公鸡雄纠纠地跨步往前赶，紧追不放，小蟋蟀已经在公鸡脚爪下了。成名慌乱之中不知道怎么抢救，急得直跺脚，脸色都变了。忽而只见公鸡伸长脖子摆着双翅扑腾；走近一看，原来是小蟋蟀趴在鸡冠上，用力叮住不放。成名越发惊喜，赶快把它捉下来放进笼子里。

第二天，成名把蟋蟀献给县官，县官一看是只小蟋蟀，怒斥成名。成名讲了它奇异的本领，县官不相信。拿它试跟其他蟋蟀比斗，其他蟋蟀全被它打败。又试与公鸡斗，果真像成名所讲的那样，县官奖赏了成名。县官把蟋蟀献给巡抚，巡抚十分高兴；用金笼装上献给皇上，并在奏折中详细地叙述了它的本领。进了宫中之后，拿全国各地进贡的蝴蝶、螳螂、油利挞、青丝额等等一切奇形怪状的蟋蟀来同它角斗，没有一只占上风的。它一听见琴瑟声，就会按节拍舞蹈，大家越发认为稀奇。皇上十分高兴，下诏赏赐名马和锦缎给巡抚。巡抚也没有忘记小蟋蟀是从哪儿送来的。没多久，华阴县官也以"政绩卓异"的考绩上报。县官一高兴，就免了成名里长的差事，又吩咐学使，让成名入县学取得生员资格。从此，成名以善养蟋蟀而出了名，一次次得到巡抚的特殊奖。没有几年，成名家有良田百顷，楼阁万间，牛羊各二百头。一出门，轻裘骏马排场超过了世家大族。

异史氏说："天子偶尔重用某种东西，未必不是用过就忘记了。经办人却把它作为定例。加上官员贪婪吏役残暴，老百姓典妻卖子，更无一日安宁。所以天子的一举一动，都关系着老百姓的命运，决不可轻忽草率。惟独成名家因官吏剥夺而贫穷，以蟋蟀善斗而致富，轻裘骏马得意扬扬。当他担任里正、受到毒打的时候，难道会意料到这一步吗！老天爷大概要酬谢忠厚长者，就让巡抚、县官一同享受因蟋蟀得来的恩宠。曾听说：一人成仙，鸡犬也飞升，的确如此！"

柳秀才

原文

明季①,蝗生青兖间②,渐集于沂③,沂令忧之。退卧署幕④,梦一秀才来谒,峨冠绿衣⑤,状貌修伟,自言御蝗有策。询之,答云:"明日,西南道上,有妇跨硕腹牝驴子,蝗神也。哀之可免。"令异之。治具出邑南⑥。伺良久,果有妇高髻褐帔,独控老苍卫,缓蹇北度。即爇香,捧卮酒,迎拜道左,捉驴不令去。妇问:"大夫将何为⑦?"令便哀恳⑧:"区区小治⑨,幸悯脱蝗口。"妇曰:"可恨柳秀才饶舌⑩,泄吾密机⑪。当即以其身受,不损禾稼可耳。"乃尽三卮,瞥不复见。后,蝗来,飞蔽天日;然不落禾田,但集杨柳⑫,过处,柳叶都尽。方悟秀才柳神也。或云:"是宰官忧民所感。"诚然哉!

注释

①明季:明朝末年。
②青兖间:青州府(治益都)和兖州(治瑕丘)一带,指今山东省中部地区。
③沂:沂水县,在山东省东南部、沂河上游。
④署幕:指衙内县令住宅。

⑤峨冠：高冠。

⑥二十四卷本"治"上有"诘旦"二字。

⑦大夫：对沂水知县的尊称。三代时，下大夫治一邑之地。

⑧恳：斋抄本作"求"。

⑨小治：犹言小县。治：管内，辖区。

⑩饶舌：多言，唠叨。俗云多嘴多舌。

⑪吾：斋抄本作"我"。

⑫但：斋抄本作"尽"。

译文

明朝末年，蝗灾发生在青州、兖州地区，逐渐蔓延到沂水县，沂水县知县非常忧虑。办完公事他回到卧室休息，梦见一个秀才来拜访，高帽绿衣，身材魁梧高大。秀才自称有办法防御蝗虫。知县问他有什么办法，秀才回答说："明天，县城西南边大路上，有一个妇人骑一头大肚子母驴，她就是蝗神。向她哀求，可以避免虫灾。"

县官很奇怪，第二天备办好酒食祭品去到县城南边。等了好长时间，果然有梳着高髻、披褐色披肩的妇人，独自骑着一头老驴子，迟缓艰难地向北走来。县官点上香，捧了一杯酒，在路边跪拜迎接，牵着驴子不让妇人过去。妇人问："官长想干啥？"县官就苦苦哀求说:"这是区区小县,希望你可怜可怜,让它从蝗虫嘴下逃脱吧!"妇人说:"可恨柳秀才多嘴多舌,泄露了我的机密!该叫他身受蝗灾,不损害庄稼好了。"妇人干了三杯酒,一眨眼就不见了。

后来,大批蝗虫飞来,遮天蔽日,可是不落到庄稼田里,只停留在柳树上,蝗虫经过之处柳叶都被吃光了。县官这才明白秀才是柳树神。有人说:"这是县官关心老百姓感动了神灵。"确实是如此啊!

水灾

原文 康熙二十一年①,苦旱②,自春徂夏③,赤地无青草④。六月十三日,小雨,始有种粟者⑤。十八日,大雨沾足⑥,乃种豆。一日,石门庄有老叟,暮见二牛斗山上⑦,谓村人曰⑧:"大水将至矣⑨。遂携家播迁⑩。"村人共笑之。无何,雨暴注,彻夜不止⑪;平地水深数尺,居庐尽没。一农人弃其两儿,与妻扶老母奔避高阜。下视村中,已为泽国⑫,并不复念及儿矣⑬。水落归家⑭,见一村尽成墟墓⑮。入门视之⑯,则一屋仅存⑰,两儿并坐床头⑱,嬉笑无恙。咸谓夫妻之孝报云⑲。此六月二十二日事⑳。康熙三十四年㉑,平阳地震㉒。人民死者十之七八㉓,城郭尽墟。仅存一屋㉔,则孝子某家也㉕。茫茫大劫中,惟孝嗣无恙㉖,谁谓天公无皂白耶㉗?

注释
①康熙二十一年:即1682年。
②苦:斋抄本作"山东"。
③徂(cú):及,到。
④无青草:斋抄本作"千里"。

⑤始有种粟者：斋抄本作"始种粟"，二十四卷本"粟"作"菽"。

⑥沾足：斋抄本作"后"。沾足：雨下得充足。

⑦牛：斋抄本作"羊"。

⑧谓：斋抄本作"告"。

⑨将：斋抄抄本无"将"字。

⑩遂：二十四卷本作"宜"。播迁：流离迁徙。指逃难。

⑪彻夜不止：斋抄本无此四字。

⑫已：斋抄本作"汇"。泽国：多水的地方。《周礼·地官·掌节》："山国用虎节，土国用人节，泽国用龙节。"

⑬儿矣：斋抄本作"两儿"。

⑭二十四卷本"水"上有"及"字。

⑮见：斋抄本无"见"字。墟墓：二十四卷本作"丘墟"。

⑯门视之：斋抄本作"己门"。

⑰仅：斋抄本作"独"。

⑱斋抄本"两"上有"见"字，"儿"下有"尚"字。

⑲咸：亭刻本作"或"。此句斋抄本作"咸叹谓夫妇孝感所致"。

⑳二十二：亭刻本作"二十"。斋抄本"事"下有"也"字。

㉑康熙三十四年：即1695年。

㉒平阳：明清府名，府治临汾县，即今山西省临汾市。

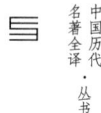

㉓之：斋抄本作"有"。

㉔二十四卷本"仅"上有"惟东部"三字，"屋"作"舍"。

㉕孝子某：此据亭刻本，手稿本"某"处空一字，斋抄本无"某"字，二十四卷本作"王孝子"。

㉖亭刻本"孝"下有"子"字。

㉗无皂白：不辨是非、善恶。《晋书·天文志》："庾翼曰：'此天公愦愦，无皂白之徵也。'"

译文

康熙二十一年，山东发生旱灾，从春天到夏天，地面光赤，寸草不生。六月十三日，下了一场小雨，才开始有种粮食的。十八日，下了一场透雨，才种上大豆。

有一天，石门庄的一个老汉，在傍晚看见有两头牛在山上打架，就对村里的人说："要发大水了！"于是他领着全家搬到别处去了。村里的人都笑话他。没多久，暴雨倾盆，整夜下个不停；平地上积水好几尺深，房屋都被淹没。有个农夫扔下自己的两个儿子，跟老婆扶着老娘跑到高丘上躲避。他回头向下看村子，已经变成大湖，也不再顾及两个儿子了。水退之后，农夫回到家里，只见整个村庄成了一片废墟。走进家门一看，只有自家的房子保存下来，两个儿子并排坐在床头上，嬉笑打闹，没有损伤。大家都说是夫妻俩孝顺老娘的报应。这是六月二十二日发生的事情。

康熙三十四年，平阳府发生大地震，老百姓死难者十有七八。城里城外完全变成废墟，仅仅留下一间房子，那便是某某孝子家的。在无边无际的大灾难之中，只有孝顺的子孙不受祸害，谁说老天爷不分青红皂白呢？

诸城某甲

原文

学师孙景夏先生言①：其邑中某甲者②，值流寇之乱被杀，首坠胸前③。寇退，家人得尸，将舁瘗之④，闻其气缕缕然⑤。审视之，咽不断者盈指。遂扶其头，荷之以归。经一昼夜始呻⑥，以匕箸稍稍哺饮食⑦，半年竟愈。又十余年，与二三人聚谈；或作一解颐语⑧，众为哄堂⑨，甲亦鼓掌。一俯仰间，刀痕暴裂，头堕血流⑩，共视之⑪，气已绝矣⑫。父讼笑者⑬，众敛金赂之，又葬甲，乃解⑭。

异史氏曰："一笑头落，此千古第一大笑也。颈连一线而不死⑮，直待十年后成一笑狱，岂非二三邻人负债前生者耶！"

注释

①学师孙景夏先生：斋抄本作"诸城孙景夏学师"。学师孙景夏：孙瑚，字景夏，山东诸城人。举人。康熙四年（1665）任淄川县儒学教谕，后升任鳌山卫教授，泾县知县。见《淄川县志》卷四。

②者：斋抄本无"者"字。

③坠：亭刻本作"堕"，二十四卷本作"垂"。

④瘗：二十四卷本作"葬"。舁瘗之：抬尸埋葬。

⑤缕缕然：呼吸微弱，不绝如丝。

⑥始：斋抄本作"能"。

⑦稍稍：斋抄本少一"稍"字。匕箸：即今之长柄调羹。

⑧解颐语：让人欢笑的话。解颐：《汉书·匡衡传》："匡说诗，解人颐。"颜师古注引如淳曰："使人笑不能止也。"后指大笑、欢笑为解颐。颐：面颊。

⑨哄堂：本作"烘堂"。唐·赵璘《因话录》卷五载：唐代御史有台院、殿院、察院之分，由一名台院年资最高的御史管杂事，叫"杂端"。凡公堂会食，都不谈笑，如果杂端先笑，三院的人都跟着笑起来，当时称之为"烘堂"。宋·曾慥《类说》引作"哄堂"。形容满屋的人同时大笑。

⑩堕：亭刻本作"坠"。

⑪共视之：二十四卷本无此三字。

⑫气已绝矣：斋抄本作"已死"，二十四卷本作"而气绝矣"。

⑬二十四卷本"父"上有"甲"字，"讼"上有"将"字。

⑭又葬甲，乃解：斋抄本作"乃葬甲"。

⑮颈：斋抄本作"头"。

译文 学师孙景夏先生说：他家乡的某甲，碰上流寇作乱被砍了一刀，脑袋吊在胸前。流寇退走以后，家里人找到尸体，准备抬去埋葬，发觉他还有一丝气息。仔细一看，喉管还有一指多宽没有割断。于是把他的脑袋扶正，背回家去。经过一个昼夜，他才开始呻吟，用调羹稍稍喂了他一点食物，半年之后居然完全好了。又过了十多年，他同两三个人聚在一起谈笑；有人说了句笑话，大家哄堂大笑，某甲也拍手大笑。就在那俯仰之间，刀疤忽然破裂，脑袋掉落下来血流不止。大家一看，他已经断气了。某甲的父亲要控告那个说笑话的人，大家凑了一笔钱买通老汉，又安埋某甲，这件事才了结。

异史氏说："一笑头就落了，这算是千古以来第一大的笑。脖颈一线连接而不死，一直要等到十年后因笑话造成讼案，难道不是那两三个邻居前生欠了他的债吗？"

库官

原文

邹平张华东公①,奉旨祭南岳。道出江淮间,将宿驿亭②。前驱白:"驿中有怪异,宿之,必致纷纭③。"张弗听④。宵分,冠剑而坐。俄闻靴声入,则一颁白叟,皂纱黑带⑤。怪而问之。叟稽首曰:"我库官也,为大人典藏有日矣⑥。幸节钺遥临⑦,下官释此重负。"问:"库存几何?"答言⑧:"二万三千五百金。"公虑多金累缀⑨,约归时盘验。叟唯唯而退。张至南中,馈遗颇丰。及还,宿驿亭,叟复出谒,及问库物,曰:"已拨辽东兵饷矣⑩。"深讶其前后之乖。叟曰:"人世禄命⑪,皆有额数,锱铢不能增损⑫。大人此行,应得之数已得矣⑬,又何求?"言已竟去。张乃计其所获,与所言库数适相吻合⑭。方叹饮啄有定⑮,不可以妄求也⑯。

注释

①公:斋抄本、二十四卷本无"公"字。邹平张华东公:张延登,字济美,号华东,山东省邹平县人。明万历壬辰(1592)进士,历内黄、上蔡知县,有德政,行取京职。历擢吏科给谏,官至工部尚书,以左右都御史两掌南京都察院。

辛巳（崇祯十四年，1641年）署刑部，以劳病卒。诰授资政大夫，谥忠定。传见《邹平县志》卷十五。

②驿亭：驿站。古时供传递公文的人或来往官员途中歇宿、换马的处所。

③"宿之"六字：斋抄本作"不可宿"。

④张：二十四卷本作"公"。

⑤皂纱黑带：皂色纱帽，黑色衣带。小吏的服饰。

⑥典藏：管理库存财物。

⑦节钺：钦差大员的仪仗。代指钦差。

⑧言：斋抄本、二十四卷本作"云"。

⑨累缀：即"累赘"。

⑩辽东：都司名。明置定辽都卫，后改辽东都司。治所在定辽中卫（今辽阳市）。

⑪禄命：古时指人生的禄食运数。《史记·司马季主传》："夫卜者多言夸严以得人情，虚高人禄命以说人志。"

⑫锱铢：锱与铢皆古代重量单位。六铢为锱，二十四锱为两。这里以喻微量财物。

⑬亭刻本后"得"字下有"之"字。

⑭所言：斋抄本无"所言"二字。

⑮饮啄有定：犹言一餐一饮皆为命定。饮啄：本指鸟类饮水啄食，后泛指人的饮食。《太平广记》卷一百五十八《贫妇》

引《玉堂闲话》："谚云：一饮一啄，系之于分。"

⑯以：斋抄本无"以"字。

译文

邹平县张华东，奉了圣旨去祭祀南岳。从长江、淮河一带经过，准备在驿站中住宿。带路的人告诉他："驿站里有鬼怪，住进去必然惹来麻烦。"张华东不听这些。半夜里，他身穿官服，佩剑而坐。一会儿，听见有靴子声响着进来，原来是一位须发斑白的老头，头戴皂色纱帽，身系黑色衣带。张华东奇怪地问他是谁。老头拜倒在地说："我是一个管理财物的官员，为大人保管财物很久了。幸好大驾从很远的地方降临，下官从此可以解除沉重的负担了。"张华东问："库存有多少？"老头回答说："二万三千五百两银子。"张华东顾虑这么多银子带在路上是累赘，就同老头约定回来的时候再盘点验收。老头连声答应着退了出去。

张华东到南方一带，沿途馈赠的东西很多。到祭山回来，还是住宿在驿站里，老头又出来拜见他。等问到库存银子的事，老头说："已经作为军饷拨给辽东了。"张华东对老汉前后说法矛盾十分惊讶。老头说："人生在世的钱财，都有一定的份额，一丝一毫也不能增减。大人这次出行,该得的银子已经得到了,还想要什么呢?"说完径自离开了。张华东估算了一下这次所得的财物,与老头所说的库存数正相吻合。这才慨叹一饮一啄都由命中注定,是不能任意强求的。

酆都御史

一
原文

酆都县外有洞①,深不可测,相传阎罗天子署②。其中一切狱具,皆借人工。桁梏朽败③,辄掷洞口,邑宰即以新者易之④,经宿失所在。供应度支,载之经制⑤。明有御史行台华公⑥,按及酆都⑦,闻其说⑧,不以为信,欲入洞以决其惑。人辄言不可⑨。公弗听,秉烛而入,以二役从。深抵里许⑩,烛暴灭。视之,阶道阔朗,有广殿十余间,列坐尊官,袍笏俨然⑪,唯东首虚一座⑫。尊官见公至,降阶而迎,笑问曰:"至矣乎?别来无恙否?"公问:"此何处所?"尊官曰:"此冥府也。"公愕然,告退。尊官指虚座曰⑬:"此为君座,那可复还!"公益惧,固请宽宥。尊官曰:"定数何可逃也!"遂检一卷示公。上注云:某月日,某以肉身归阴。公览之,战栗如濯冰水。念母老子幼,泫然涕流⑭。俄有金甲神入,捧黄帛书至。群拜舞启读已,乃贺公曰⑮:"君有回阳之机矣⑯。"公喜致问。曰:"适接帝诏,大赦幽冥。可为君委折原例耳⑰。"乃示公途而出。数武之外,冥黑如漆,不辨行路,公甚窘苦。忽一神将,轩然而入,赤面长髯,光射数尺。公迎拜而哀之。神人曰⑱："诵佛经可出。"言已而去。公自计：经咒多不记忆，惟《金刚经》颇曾习之。遂乃合掌而诵⑲，顿觉一线光明映照前路。忽有遗忘之句⑳，则目前顿黑㉑。定想移时，复诵复明，乃始得出。其二从人㉒，则不可问矣㉓。

注释

① 酆都县：隋置丰都县，明改丰为酆。清初属重庆府，即今四川省丰都县。县有平都山仙都观，系道家七十二福地之一，谓为阴府所在。段成式《西阳杂俎·玉格》：酆都山在北方癸地，周回三万里，洞天六宫周一万里，是为六天鬼神之宫，以为治鬼之处。

② 阎罗：二十四卷本作"阎王"。天子：斋抄本无"天子"二字。

③ 桎梏：脚镣和手铐，泛指刑具。

④ 以：亭刻本作"备"。

⑤ 载之经制：谓将上述专项费用列入附加税内征收报销。别立名目增收之税称"经制钱"，始于宋宣和年间。

⑥ 御史行台：又称行台御史。元以后指代表御史台对地方行使监察权的御史。

⑦ 及：斋抄本作"临"。按：巡视，考察。

⑧ 其说：斋抄本作"之"。

⑨人辄言：斋抄本作"众云"。

⑩深抵：斋抄本作"入"。

⑪笏：手板。古时大臣朝见时手中所执的狭长的板子，用玉、象牙或竹片制成，以为指画及记事之用。

⑫虚：亭刻本作"空"。

⑬曰：二十四卷本作"云"。

⑭涕流：斋抄本、二十四卷本作"流涕"。

⑮公：二十四卷本无"公"字。

⑯回：二十四卷本作"还"。

⑰委折：委曲折免，即设法减除。原例：原本之例。义近"援例"，谓照章行事。

⑱人：二十四卷本作"将"。

⑲遂：斋抄本无"遂"字。

⑳"忽有"句：斋抄本作"偶有遗忘"。

㉑目：亭刻本作"眼"。

㉒从人：斋抄本作"役"。

㉓问：二十四卷本作"知"。

译文　酆都县城外有个地洞，深不可测，相传是阎罗天子的地府。里面的一切刑具，都是靠人工制造。脚镣手铐朽坏了，总是扔到洞口来，县官马上用新的给换上，过了一夜，刑具就不见了。这一项费用开支，列入附加税内征收报销。

明朝有位行台御史华公，巡视到酆都县，听说这种情况，认为不可相信，想进洞去看看以解除疑惑。大家都说不能进去，华公不听，举着蜡烛进洞，要两名差役跟在后面。进去了里把路，蜡烛一下子就熄灭了。一看里面，阶道宽阔疏朗，有十几间大殿，并排坐着一些大官，朝服笏板俨然同世间一样，只有东头一个位子空着。

大官们见华公到了，走下台阶来迎接，笑着问："来了吗？分别以来还好吧？"华公问："这是什么地方？"大官说："这是阴曹地府。"华公陡然一惊，告辞想退回去。大官指着空位子说："这是你的座位，怎么可以再返回去呢！"华公更加害怕，一再请求宽恕。大官说："这是天定之数，怎么可以逃脱呢？"于是翻出一卷文书给华公看。上面注明：某月某日，某某以肉身回归阴间。华公看后，哆嗦得像淋了一盆冰水。想到母亲年老孩子幼小，不觉伤心地流下了眼泪。

一会，有个金甲神进洞，捧着黄帛诏书来了。各位大官拜接舞蹈，打开诏书读完，就向华公庆贺说："你有返回阳间的机会了。"华公高兴地问是怎么回事。

回答说:"刚才接到天帝的诏书,在阴曹地府实行大赦,可以为你援例设法减除罪过。"就给华公指点路途让他出去。几步之外,一片漆黑,分辨不出道路,华公十分为难苦恼。忽然有个神将,昂首阔步走进来,通红的脸庞长长的胡须,光芒照射出好几尺远。华公迎上去下拜哀求。神将说:"念诵佛经就可以出去。"说完就走开了。华公心想,经文祷词大多记不起了,只有《金刚经》比较熟悉。于是他合掌念诵起来,马上觉得有一线光明把前面的路照亮。忽然有想不起的句子,眼前马上就变黑了。定神想了一会,再念诵起来又重见光明,这才走出洞来。至于那两个随从,就不必过问了。

龙无目①

原文 沂水大雨②，忽堕一龙，双睛俱无，奄有余息③。邑令公以八十席覆之④，未能周身。又为设野祭⑤。犹反复以尾击地⑥，其声堛然⑦。

注释
①亭刻本、二十四卷本无此篇。
②沂水：今山东省沂水县，清初属沂州。在山东东南部、沂河上游。
③余：斋抄本作"气"。奄有余息：微弱得只剩一丝呼吸。
④公：斋抄本无"公"字。邑令公：指沂水知县。
⑤又：斋抄本无"又"字。
⑥复：斋抄本作"覆"。
⑦堛（bì）：本义为土块，这里用为象声词。

译文 沂水县下大雨，忽然从天上掉下一条龙，两只眼睛都没有，只剩下一丝微弱的气息。县官某公用八十张席子盖它，还不能盖住全身。又为它在露天祭供。它还一次又一次地用尾巴拍打地下，拍出噼噼啪啪的声音。

附《虞堂附记》一则

一

原文 乾隆五十八年，光州大旱。忽大雷震，堕一龙于东乡去城十余里某村。村屋崩塌。蚰然而卧，腥秽薰人。时正六月，蝇绕之。远近人共为篷以蔽日。久不得水，鳞皆翘起。蝇入而咕嘬之，则骤然一合，蝇尽死。州尊亲祭。数日，大雷雨，腾空而去，又坏房舍以千百计。闻篷席有飞至西乡去城数十里外者。

狐谐

原文

万福,字子祥,博兴人也①。幼业儒。家少有而运殊蹇②;行年二十有奇③,尚不能掇一芹④。乡中浇俗⑤,多报富户役⑥。长厚者至碎破其家⑦。万适报充役,惧而逃。如济南,税居逆旅。夜有奔女,颜色颇丽。万悦而私之。请其姓氏⑧。女自言:"实狐,但不为君祟耳⑨。"万喜而不疑。女嘱勿与客共⑩。遂日至,与共卧处⑪,凡日用所需,无不仰给于狐。居无何,二三相识辄来造访,恒信宿不去⑫。万厌之而不忍拒⑬;不得已,以实告客。客愿一睹仙容。万白于狐。狐谓客曰:"见我何为哉?我亦犹人耳。"闻其声,呖呖在目前⑭,四顾,即又不见⑮。客有孙得言者,善诽谑⑯,固请见,且谓⑰:"得听娇音,魂魄飞越。何吝容华,徒使闻声相思?"狐笑曰:"贤哉孙子⑱,欲为高曾母作行乐图耶⑲?"诸客俱笑⑳。狐曰:"我为狐,请与客言狐典。颇愿闻之否㉑?"众唯唯。狐曰:"昔某村旅舍,故多狐,辄出祟行客。客知之,相戒不宿其舍。半年,门户萧索。主人大忧,甚讳言狐。忽有一远方客,自言异国人,望门休止㉒。主人大悦，甫邀入门，即有途人阴告曰：'是家有狐。'客惧，白主人欲他徙。主人力白其妄，客乃止。入室方卧，见群鼠出于床下。客大骇，骤奔，急呼：'有狐！'主人惊问。客怨曰㉓：'狐巢于此，何诳我言无？'主人又问：'所见何状？'客曰：'我今所见㉔，细细么么㉕。不是狐儿，必当是狐孙子。'"言罢，坐客为之粲然㉖。孙曰："既不赐见，我辈留宿㉗，宜勿去㉘，阻其阳台㉙。"狐笑曰："寄宿无妨，倘小有忤犯㉚，幸勿滞怀㉛。"客恐其恶作剧㉜，乃共散去。然数日必一来，索狐笑骂。狐谐甚，每一语，即颠倒宾客㉝，滑稽者不能屈也㉞。群戏呼为"狐娘子"。一日，置酒高会，万居主人位；孙与二客分左右座㉟，上设一榻屈狐㊱。狐辞不善酒。咸请坐谈，许之。酒数行，众掷骰为瓜蔓之令㊲。客值瓜色㊳，会当饮㊴，戏以觥移上座曰："狐娘子太清醒，暂借一觞㊵。"狐笑曰："我固不饮，愿陈一典，以佐诸公饮。"孙掩耳，不乐闻。客皆言曰㊶："骂人者当罚。"狐笑曰："我骂狐，何如？"众曰："可。"于是倾耳共听。狐曰："昔一大臣，出使红毛国㊷。著狐腋冠见国王㊸。王见而异之，问：'何皮？毛温厚乃尔㊹。'大臣以狐对。王言㊺：'此物，生平未曾得闻㊻。狐字字画何等㊼？'使臣书空而奏曰㊽：

‘右边是一大瓜㊾，左边是一小犬。’”主客又复哄堂。二客，陈氏兄弟，一名所见，一名所闻，见孙大窘，乃曰：“雄狐何在？而纵雌流毒若此㊿！”狐曰：“适一典，谈犹未终，遂为群吠所乱，请终之。国王见使臣乘一骡(51)，甚异之。使臣告曰：‘此马之所生。’又大异之。使臣曰：‘中国马生骡，骡生驹驹(52)。’王细问其状。使臣曰：‘马生骡，是“臣所见”(53)。骡生驹驹，是“臣所闻”。’”举坐又大笑。众知不敌，乃相约：后有开谑端者，罚作东道主(54)。顷之，酒酣。孙戏谓万曰：“一联(55)，请君属之(56)。”万曰：“何如？”孙曰：“妓者出门访情人(57)，来时‘万福’，去时‘万福’(58)。”合座属思，不能对。狐笑曰：“我有之矣！”(59)众共听之(60)，曰(61)：“龙王下诏求直谏，鳖也‘得言’(62)，龟也‘得言’”。四座无不绝倒(63)。孙大恚曰：“适与尔盟，何复犯戒？”狐笑曰：“罪诚在我。但非此不成确对耳(64)。明旦设席(65)，以赎吾过。”相笑而罢。狐之诙谐(66)，不可殚述。居数月，与万偕归，乃博兴界，告万曰：“我此处有葭莩亲(67)，往来久梗，不可不一讯。日且暮，与君同寄宿，待旦而行可也。”万询其处。指言：“不远。”万疑前此故无村落，姑从之。二里许(68)，果见一庄，生平所未历。狐往叩关(69)，一苍头出应门。入，则重门叠阁⑦，宛然世家。俄见主人，有翁与媪揖万而坐㉛。列筵丰盛，待万以姻娅㉜，遂宿焉。狐早谓曰㉝："我遽偕君归，恐骇闻听。君宜先往，我将继至。"万从其言。先至，预白于家人㉞。未几，狐至。与万言笑，人尽闻之，而不见其人㉟。逾年，万复事于济㊱，狐又与俱。忽有数人来，狐从与语，备极寒暄。乃语万曰㊲："我本陕中人，与君有夙因，遂从尔许时㊳。今我兄弟至矣㊴，将从以归，不能周事㊵。"留之不可，竟去。

注释

① 也：斋抄本、二十四卷本无"也"字。博兴：县名，清代属山东青州府。

② "家少"句：斋抄本作"家贫而运蹇"。运殊蹇：命运很不好。

③ 行：斋抄本无"行"字。奇：余数，零头。《正字通·大部》："数之零余曰奇。"

④ 掇一芹：指取得秀才资格。《诗·鲁颂·泮水》："思乐泮水，薄采其芹"后因称考取秀才资格为"掇芹"或"游泮"。掇：摘取，拾取。

⑤ 浇俗：犹言陋俗。

⑥ 二十四卷本"役"下有"长"字。

⑦二十四卷本"者"下有"每"字。碎：二十四卷本无"碎"字。

⑧请其：斋抄本作"问"。

⑨但：斋抄本作"然"。耳：斋抄本无"耳"字。

⑩二十四卷本"共"下有"寝处"二字。

⑪"遂日"二句：二十四卷本无此七字。

⑫信宿：连宿两夜。信：《字汇·人部》："信，再宿为信。"

⑬忍：二十四卷本作"便"。

⑭呖呖：二十四卷本作"历历"。呖呖：形容声音清脆婉转。

⑮"呖呖"三句：斋抄本作"不见其人"。

⑯诽：亭刻本作"俳"，斋抄本无"诽"字。俳谑：戏谑，逗笑。

⑰谓：斋抄本作"曰"。

⑱哉：亭刻本、二十四卷本无"哉"字。

⑲二十四卷本"曾"下有"祖"字。行乐图：习指个人画像。

⑳诸客俱：斋抄本作"众大"。

㉑颇：二十四卷本无"颇"字。之：二十四卷本无"之"字。

㉒望门休止：见有人家，即投宿止息。

㉓怨：斋抄本作"怒"。

㉔今：二十四卷本作"适"。

㉕幺么：不长曰幺，细小曰么。《鹖冠子》："无道之君，任用幺么，动则烦浊。"刘良注："幺么，小也。"

㉖为之：斋抄本无"为之"二字。

㉗二十四卷本"辈"下有"宜"字,宿:斋抄本无"宿"字。

㉘宜:斋抄本无"宜"字。

㉙其:斋抄本作"尔"。阳台:男女幽会之处。见宋玉《高唐赋》。

㉚小有:亭刻本、二十四卷本作"有小"。

㉛勿:二十四卷本作"无"。滞:斋抄本作"介"。

㉜客:二十四卷本作"众"。

㉝颠倒:犹言倾倒。

㉞滑(gǔ)稽:滑,乱;稽,同。善辩之人,言非若是,言是若非,能乱同异,称为滑稽。现在一般指引人发笑的言行、事态。

㉟座:斋抄本无"座"字,二十四卷本作"坐"。

㊱上:亭刻本作"下"。屈:斋抄本作"待"。

㊲瓜蔓之令:酒令的一种,具体行令方式不详。下句"值瓜色,会当饮",似以掷骰子之花色定胜负

㊳二十四卷本"客"上有"一"字。

㊴会:二十四卷本无"会"字。

㊵觞:斋抄本作"杯"。

㊶言:斋抄本无"言"字

㊷红毛国:明清时称荷兰人为红夷、红毛夷或红毛番。红毛国当指荷兰,亦或泛指海西之国。

㊸狐腋冠:用狐腋下的毛皮制成的名贵帽子。

㊹二十四卷本"毛"下有"深"字。

㊺言:斋抄本作"曰"。

㊻二十四卷本"平"下有"所"字。曾:亭刻本作"尝"。

㊼字画:笔画。

㊽书空:用手指向空中书写。

㊾大瓜:旧本冯镇峦评:"山左人谓妓女为大瓜,骂左右二客也。"

㊿斋抄本、二十四卷本"雌"下有"狐"字。流毒:放毒。谓恶语伤人。"雄狐"二句:"雄""雌"分指万福与狐女。

㉑一:二十四卷本无"一"字

㉒驹驹:亭刻本少一"驹"字。下文同。驹驹:这是狐女应机编造的一种畜牲名。骡不能生育,实际亦不存在此畜牲,故下文谓仅系"所闻"。

㉓臣所见:"陈所见"的谐音。下句"臣所闻",谐"陈所闻"。两句骂陈氏兄弟为骡和驹驹。

㉔东道主:此指出酒食待客之人。

㉕二十四卷本"一"上有"有"字。

㉖属之:对出下联。

㉗者:亭刻本作"女"。

㉘万福:旧时女子向客行礼时的祝颂之词。此处借以谐"万

福"的名字。

㉟"合座"二句：斋抄本作"众属思未对"。

⑳众共听之：斋抄本无此四字。

㉑斋抄本"曰"上有"对"字。

㉒得言：可以进言谏净。这时谐"孙得言"之名，借以骂其为鳖、龟。

㉓四座无不：斋抄本作"众"。

㉔成：斋抄本、二十四卷本作"能"。

㉕旦：斋抄本作"日"。

㉖恢：斋抄本、二十四卷本作"诙"。

㉗葭莩亲：远房亲戚。葭莩：芦苇中的薄膜，喻关系疏远。

㉘二十四卷本"二"上有"行"字

㉙往：二十四卷本作"即"。

㉚门：二十四卷本作"楼"。

㉛与：二十四卷本无"与"字。

㉜二十四卷本"娅"下有"礼"字。姻娅：亦作"姻亚"，犹姻亲。婿父称姻，两婿互称娅，即指亲家或连襟。《诗·小雅·节南山》："琐琐姻亚，则无膴仕。"后亦用以指有婚姻关系的亲戚。

㉝二十四卷本"早"下有"起"字，"谓"下有"万"字。谓：亭刻本作"诣"。

㉔预：二十四卷本作"豫"。

㉕而：斋抄本无"而"字。

㉖二十四卷本"复"下有"有"字。

㉗语：二十四卷本作"谓"。

㉘尔：斋抄本无"尔"字。

㉙至矣：斋抄本作"来"，亭刻本无"矣"字。

㉚周事：犹言终侍，谓终身相伴。

译文

万福，表字子祥，博兴县人。从小攻读诗书。家境不太穷，但命运很不好；到二十几岁，还没取得秀才资格。当地的陋俗，多把富户报到官府当差。忠厚的人因此而赔光家产。万福正好被报上当差，害怕得逃了出去。来到济南府，租了间房子住下。

晚上，有个女子私自跑到他屋里，女子长得很漂亮。万福喜欢她就与她同居了。万福问女子的姓名。女子自己承认："我真的是狐仙，但不会给你带来祸害。"万福很高兴，没有一点疑心。女子嘱咐他别同其他客人在一起。于是女子每天都来，同万福睡在一起，凡是日常所需要的物品，没有一件不是靠狐仙供给的。过了不久，有两三个熟人时常来拜访，一来常常住两个晚上不走。万福很厌烦，但是又不忍心拒绝他们。

不得已，只好把实情告诉了客人。客人希望能见一见狐仙的容貌。万福告诉了狐仙。狐仙对客人说："见我干什么呢？我也不过同凡人一样罢了。"听她说话的声音，清脆婉转如在眼前，四处一看，却又看不见人。客人中有个叫孙得言，很会说笑取乐，坚持要求见一面，并且说："得以听到娇滴滴的声音，叫我魂飞魄散。为什么吝惜你的美貌，仅仅让我听见声音而相思呢？"狐仙笑着说："好一个孙子！你想为高曾祖母画幅肖像吗？"几位客人都笑起来。狐仙说："我是狐，请让我跟你们讲讲关于狐的典故。不知道想不想听？"大家都连声说愿听。狐仙说："过去，某村子的旅舍，本来就有很多狐，总是出来祸害旅客。旅客知道后，就互相告诫不住这家旅舍。半年时间，旅舍门前冷冷清清。旅舍主人很忧愁，很忌讳谈到狐。忽然有一个从远方来的旅客，自称是外国人，看见旅舍就来住下。主人十分高兴。刚把旅客请进门，就有过路人悄悄告诉旅客说：这家旅舍有狐。客人害怕，告诉主人想换到别的旅舍去住。主人极力解释那是胡说，旅客才住了下来。旅客进房间正要躺下，看见一群老鼠从床底下钻出来。旅客大吃一惊，马上跑出去，急忙大喊："有狐！"主人惊讶地问怎么回事。旅客抱怨说:"狐在这里做窠,为什么骗我说没有?"主人又问:"你见到的狐是什么形状?"旅客说:"我现在看见的,又细又小。不是狐儿,必然是狐孙子。"狐女说完,满座的客人都哈哈大笑。孙得言说:"既然不让我们见你,我们就留在这里过夜,不离开,阻止你们欢爱。"狐仙笑着说:"住在这里不碍事,如果稍有冒犯,希望不要放在心上。"客人怕她搞恶作剧,就一起分散走了。可是隔几天必定来一次,讨狐仙笑骂取乐。狐仙诙谐得很,每说一句话,就让宾客倾倒,最善于说笑的人也对付不了她。大家就玩笑地称她为"狐娘子"。

有一天,万福摆酒宴聚会宾客,他坐在主人的位子上,孙得言和另外两个客人分别坐在左右两边,上面又放了一张竹榻让狐娘子坐。狐娘子推辞说不会喝酒。大家请她陪坐谈谈,她同意了。斟过几遍酒,大家掷骰子行瓜蔓酒令。一位客人正好碰上瓜色,该罚酒,就开玩笑地把酒杯移到上座说:"狐娘子头脑十分清醒,权请代饮一杯。"狐娘子笑笑说:"我本来就不喝酒,愿讲一个典故,给各位助助酒兴。"孙得言捂住耳朵,表示不想听。客人都说:"骂人的要受罚。"狐娘子笑着说:"我骂狐,怎么样?"大家说:"可以。"于是大家侧耳细听。狐娘子说:"从前,有个大臣,出使到红毛国。他戴了一顶狐腋毛做的帽子去见国王。国王见到帽子很惊异,就问:'是什么皮?毛如此温暖厚实。'大臣回答说是狐皮。国王说:'这种东西,我生平不曾听说过。狐字的笔画怎么写?'使臣在空中书写笔画并奏明:'右边是一个大瓜,左边是一只小犬。'"主客再次哄堂大笑。其他两个客人是陈家兄弟,一个名叫"所见",一个名叫"所闻",他们见孙得言很难堪,就说:"公狐到哪里去了?却放纵母狐如此恶语伤人!"狐娘子说:"刚才的一个典故,还没有说完,就被一群狗叫所扰乱,请让我把它讲完:国王见使臣骑一头骡子,很奇怪。使臣告诉他说:'这是马生的。'国王又十分奇怪。使臣说:'在中国马生下骡子,骡子生下驹驹。'国王细问详细情况。使臣说:'马生骡,是臣所见;骡子生驹驹,是臣所闻。'"满座的人又哈哈大笑。大家知道斗不过狐仙,就互相约定:以后有谁第一个开玩笑,罚他作东道主。过了一会,正喝到兴头上,孙得言又逗万福说:"我有一个上联,请你对出下联。"万福说:"上联是什么?"孙得言说:"妓者出门访情人,来时万福,去时万福。"满座的人思索下联,都对不出。狐娘子笑着说:"我有下联了!"大家都听她对。狐娘子说:"龙王下诏求直谏,鳖也得言"龟也得言。"满座的人都前倾后仰笑得换不过气来。孙得言十分冒火,说:"刚才跟你约定,为什么又犯规?"狐娘子笑笑说:"过错在我。只是不这样就不能成为确对了。明天我摆酒席,以赎我的过错。"大家相互大笑而收场。狐娘子的诙谐风趣,说也说不完。

住了几个月,狐娘子同万福一道回家,到达博兴地界,她对万福说:"我这里有家远房亲戚,好久没有往来了,不能不去问候一下。天快黑了,跟你一起去寄宿一夜,等明天再动身好了。"万福问亲戚住在哪里。狐娘子指着前面说:"不远。"万福很怀疑,以前这里本来就没有村子,就姑且跟她去。走了大约两里路,果真看见一个村庄,是万福生平没有到过的地方。狐娘子去敲门,一个老仆出来开门。走进去,只见一道道的门,一座座的楼,简直是世家大户。一会儿见到了主人,是一位老翁和一位老婆婆,主人作揖请万福坐下。摆出丰盛的酒席,以款待女婿之礼款待万福,于是他们就在那里住下了。狐娘子一大早就对万福说:"我突然同你一起回家去,恐怕你家里人会觉得意外和害怕。你最好先回去,我随后就到。"万福听从了她的话。他先回到家,预先告诉了家里人。不久,狐娘子来了,她同万福有说有笑,大家都听得见,却看不到人。

过了一年,万福又到济南府去办事,狐娘子又同他一道去。忽然有几个人走来,狐娘子跟他们说话,十分热情地互相问候。狐娘子对万福说:"我本来是陕中人,与你有前缘,于是跟了你这许多日子。现在我兄弟来了,我要同他们一起回去,不能伴你终生了。"万福挽留她挽留不住,她终于走了。

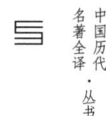

雨钱

原文 滨州一秀才①,读书斋中。有款门者,启视,则皤然一翁②,形貌甚古③。延之入,请问姓氏④。翁自言:"养真,姓胡,实乃狐仙⑤。慕君高雅,愿共晨夕。"秀才故旷达⑥,亦不为怪,遂与评驳今古⑦。翁殊博洽,镂花雕缋⑧,粲于牙齿⑨;时抽经义⑩,则名理湛深⑪,尤觉非意所及⑫。秀才惊服⑬,留之甚久。一日,密祈翁曰:"君爱我良厚,顾我贫若此,君但一举手,金钱宜可立致⑭,何不小周给⑮?"翁默然,似不以为可⑯。少间,笑曰:"此大易事。但须得十数钱作母⑰。"秀才如其请⑱。翁乃与共入密室中,禹步作咒⑲。俄顷,钱有数十百万,从梁间锵锵而下,势如骤雨,转瞬没膝;拔足而立,又没踝。广丈之舍⑳,约深三四尺已来㉑。乃顾语秀才㉒:"颇厌君意否?"曰:"足矣。"翁一挥,钱即画然而止㉓。乃相与扃户出。秀才窃喜,自谓暴富㉔。顷之,入室取用,则满室阿堵物皆为乌有㉕,惟母钱十余枚,寥寥尚在㉖。秀才失望㉗,盛气向翁,颇怼其诳。翁怒曰:"我本与君文字交,不谋与君作贼。便如秀才意,只合寻梁上君交好得㉘。老夫不能承命!"遂拂衣去。

注释

①滨州:旧州名,治所在今山东省滨县。

②皤然一翁:斋抄本作"一老翁"。皤然:须发皆白貌。

③古:古雅,不同于时俗。

④"延之"二句:斋抄本作"延入,通姓氏"。

⑤乃:斋抄本无"乃"字。

⑥秀才:斋抄本作"生"。

⑦遂:斋抄本作"相"。今古:亭刻本作"古今"。

⑧镂花雕缋(huì):镂刻花纹,彩饰锦绣。比喻藻饰词语。《南史·颜延之传》:颜延之问鲍照,己与灵运优劣。照曰:"谢五言如初发芙蓉,自然可爱。君诗若铺锦列绣,亦雕缋满眼。"

⑨粲于牙齿:意谓随口组织经史百家,谈吐美雅,如百花粲丽。《开元天宝遗事》下:李白"每与人谈论,皆成句读,如春葩丽藻,粲于齿牙之下,时人号曰李白粲花之论。"

⑩抽经义:阐发儒家经书的义理。抽:同"紬",引申,阐发。

⑪名理湛深:辨名究理极为深刻。

⑫"尤觉"句:斋抄本作"出人意外"。

⑬秀才:斋抄本作"生"。惊:二十四卷本作"敬"。

⑭宜:斋抄本作"自"。

⑮小:二十四卷本作"少为"。

⑯斋抄本无"似不以为可"五字。

⑰作母：作本钱。

⑱秀才：斋抄本作"生"。

⑲禹步：巫师、道士作法时的一种步法。

⑳丈：亭刻本作"大"。

㉑已来：斋抄本作"余"，二十四卷本作"许"。

㉒语秀才：斋抄本作"生曰"。

㉓即：斋抄本无"即"字。

㉔"秀才"二句：斋抄本作"生窃喜暴富矣"。

㉕满室：斋抄本无"满室"二字。物：斋抄本无"物"字。皆：斋抄本作"化"。阿堵物：那个东西。指金钱。《世说新语·规箴》：王夷甫尝嫉其妻贪浊，口未尝言钱字。妻欲试之，令婢以钱绕床下，不得行。夷甫晨起，见钱阂行，呼婢曰："举却阿堵物。"阿堵：六朝人口语，犹言这、这个。《天录识余》："晋人云阿堵，犹唐人云若个，今日这个也。"

㉖寥寥：斋抄本无"寥寥"二字。

㉗秀才：斋抄本作"生大"。二十四卷本"才"下有"大"字，"失"下有"所"字。

㉘亭刻本"君"下有"子"字，"好"下有"方"字。得：二十四卷本作"耳"。梁上君：即"梁上君子"。《后汉书·陈寔传》：陈寔（仲弓）为太丘长。有盗夜入其室，止于梁上。

陈寔不声张，却召集子孙，告诫他们好好做人，否则就会堕落得像梁上那位君子一样。小偷大惊，自己下来认罪。后因称小偷为"梁上君子"。

译文

滨州的一个秀才，在书房里读书。有人来敲门，开门一看，是个须发皆白的老公公，相貌古雅不同时俗。秀才邀他进书房，请教他的姓名。老公公自己说："名叫养真，姓胡，其实是个狐仙。因为仰慕你行为高雅，愿意同你早晚相处。"秀才原本就旷达不羁，也不认为有什么奇怪，就同狐仙评论古今。狐仙知识广博，能说会道，言辞美雅；有时阐发经书的义理，辨名究理极为深奥，更让人觉得不是自己所能想得到的。秀才又惊奇又佩服，留狐仙住了很久。

有一天，秀才悄悄乞求狐仙说："你关顾我很深厚，看我穷到这种地步，你只要一举手，金钱会立即弄到，为什么不稍微接济我一下呢？"狐仙沉默不语，好像认为不能这样做。过了一会，才笑笑说："这是件很容易办的事，只是必须要有十几枚钱作本钱。"秀才照他说的做了。狐仙同秀才一起走进一间暗室，走着禹步念着咒语。不久，有几十上百万的钱，从屋梁上乒乒乓乓地落下来，势头猛得像下暴雨，转眼之间就淹没了膝盖；拔脚站起，马上又淹到脚踝。一丈见方的屋子，堆的铜钱有三四尺厚。狐仙回头问秀才："这能满足你的心愿吗？"秀才说："足够了。"狐仙用手一挥，铜钱雨随手而止。两人就锁好门走出暗室。秀才心中暗暗高兴，自以为成了暴发户。不久，秀才走进暗室取钱用，可是满室的那个东西已经化为乌有，只有十几枚本钱，稀稀疏疏还在那里。秀才大失所望，气势汹汹地对狐仙发火，很怨恨他的骗术。狐仙怒气冲冲地说："我原本与你是文字之交，不打算与你去做贼。要满足你的愿望，只该找梁上君子交朋友才行。我老汉不能遵命！"狐仙甩甩袖子就走了。

妾击贼①

一 原文

益都西鄙之贵家某者②,富有巨金③。蓄一妾,颇婉丽。而冢室凌折之④,鞭挞横施。妾奉事之惟谨⑤。某怜之,往往私语慰抚⑥。妾殊未尝有怨言⑦。一夜,数十人逾垣入⑧,撞其屋扉几坏⑨。某与妻惶遽丧魄⑩,摇战不知所为⑪。妾起,默无声息,暗摸屋中,得挑水木杖一⑫,拔关遽出。群贼乱如蓬麻。妾舞杖动,风鸣钩响⑬,击四五人仆地⑭。贼尽靡,骇愕,乱奔墙⑮,急不得上,倾跌咿哑,亡魂失命⑯。妾拄杖于地⑰,顾笑曰⑱:"此等物事,不直下手插打得⑲,亦学作贼!我不汝杀,杀嫌辱我。"悉纵之逸去。某大惊,问⑳:"何自能尔?"则妾父故枪棒师㉑,妾尽传其术㉒,殆不啻百人敌也。妻尤骇甚,悔向之迷于物色㉓。由是善颜视妾㉔,妾终无纤毫失礼㉕。邻妇或谓妾㉖:"嫂击贼如豚犬㉗,顾奈何俯首受挞楚?"妾曰:"是吾分耳㉘。他何敢言!"闻者益贤之。

异史氏曰:"身怀绝技,居数年而人莫知㉙,而卒之捍患御灾㉚,化鹰为鸠㉛。呜呼!射雉既获,内人展笑㉜；握槊方胜，贵主同车㉝。技之不可以已如是夫！"

注释

①斋抄本、二十四卷本篇名"妾杖击贼"。

②之：斋抄本作"有"。者：斋抄本无"者"字。益都：县名。清代为山东青州府治。

③富有巨金：斋抄本作"巨富"。

④冢室：古称冢妇，是对嫡亲长子之妻的称呼。亦泛指正妻。冢：长，大。

⑤之：斋抄本无"之"字。

⑥往往：斋抄本作"常"字。

⑦未尝有：斋抄本作"无"字。

⑧十：斋抄本无"十"字。十人：二十四卷本作"贼"。垣：二十四卷本作"墙"。

⑨屋：二十四卷本无"屋"字。扉：斋抄本作"门"字。

⑩惶遽丧魄：斋抄本作"惶恐惝慄"。

⑪摇战：斋抄本无"摇战"二字。战：二十四卷本作"颤"。

⑫一：斋抄本无"一"字。

⑬钩：扁担两端所垂的铁钩。

⑭斋抄本"击"下有"立"字。

⑮二十四卷本"墙"下有"下"字。

⑯失：二十四卷本作"丧"。

⑰拄：二十四卷本作"柱"。

⑱二十四卷本"顾"下有"而"字。

⑲插：斋抄本、二十四卷本无"插"字。

⑳斋抄本"问"下有"曰"字。

㉑二十四卷本"师"上有"教"字。枪棒师：教习枪棒的武师。

㉒斋抄本"妾"下有"得"字。术：二十四卷本作"技"。

㉓迷于物色：迷于形貌。意谓只看到妾的婉丽温顺，而不知她武艺出众。

㉔善颜视妾：斋抄本作"善视女"。此句下斋抄本、二十四卷本有"遇之反如嫡然"六字。

㉕斋抄本"妾"上有"而"字。

㉖或：斋抄本无"或"字，"妾"下有"曰"字。二十四卷本亦有"曰"字。

㉗豚犬：二十四卷本作"犬豕"。

㉘耳：斋抄本作"也"。

㉙之知：斋抄本作"知之"。

㉚而卒之：斋抄本作"一旦"。捍患御灾：抵御灾祸。《礼记·祭法》："能御大灾则祀之，能捍大患则祀之。"捍、御义近，抗拒、抵御。

㉛化鹰为鸠：意谓使正妻改变悍恶的脾气。《礼记·月令》："仲春之月……鹰化为鸠。"郑注："鸠，播谷也。"即布谷鸟。

这里借用其句，鹰指凶悍，鸠指仁善。

㉜"射雉"二句：意谓丑夫有射雉的本领，就讨妻子的欢心。《左传·昭公二十八年》："昔贾大夫恶（丑），取妻而美。三年不言不笑；御以如皋，射雉获之，其妻始笑而言。"

㉝"握槊"二句：意谓蠢夫赌双陆获胜，也能使妻子自豪。握槊：古博戏，双陆之一类。贵主：公主。《新唐书·诸帝公主列传》：高祖女丹阳公主，下嫁将军薛万彻。"万彻蠢甚，公主羞，不与同席者数月。太宗闻之笑焉。为置酒，悉召它婿，与万彻从容语，握槊赌所佩刀，阳不胜，遂解赐之。主喜，命同载以归。"

译文

益都西乡有富贵人家某人，家财万贯。养了一个妾，性情温顺又很漂亮。可是大老婆总是凌辱折磨她，动不动就责打她。妾对大老婆侍奉得十分小心。丈夫同情她，往往私下说些话安慰。妾从来没有一点怨言。一天晚上，几十个强盗翻墙进来，几乎要把房门撞坏了。丈夫与大老婆惊慌失措，魂都吓掉了，全身发抖不知道该怎么办。妾起来，不声不响，在屋里暗中摸索，摸到一根挑水扁担，开门冲出去。强盗们吓得像一团乱麻。妾舞动扁担，风声呼呼，铁钩碰响，把四五个强盗打倒在地。强盗们节节败退，惊慌乱窜到墙边，忙乱之中爬不上墙，纷纷跌倒咿哑乱叫，魂都吓掉了。妾把扁担往地上一柱，看着他们冷笑说："这种货色，不值得我下手打，也学做强盗！我不杀你们，杀你们反倒贬低了我。"便把他们全都放走了。丈夫大吃一惊，问："你怎么会有如此大的本领？"原来，妾的父亲本是个枪棒教师，妾完全学到了父亲的武艺，差不多上百人也敌不过她。大老婆吓得更厉害，后悔一向只注意形貌而不知道妾武功高强。从此以后，和颜悦色地对待妾，可是妾始终没有丝毫失礼的地方。有的邻妇对妾说："大嫂打起强盗来像打猪狗一样，怎么反而低头受鞭抽棒打的痛楚呢？"妾说："那是我的本分。怎么敢说别的呢！"听到这话的人更敬佩她贤惠。

异史氏说："身怀绝技，在一起生活了好几年却无人知道，一旦出来抵御灾祸，就能化鹰为鸠。唉！（丑夫）有射雉之能，就可讨得妻子的欢心；（蠢夫）博戏获胜，便与公主同车而归。技艺不能弃置不用就是如此啊！"

附《池北偶谈》一则

原文

益都西鄙人某，娶妾甚美。嫡遇之虐，日加鞭箠。妾甘受之无怨言。一夜，盗入其居。夫妇惶惧，不知所为。妾于暗中手一杖，开门径出，以杖击贼。踣数人，余皆奔窜。妾厉声曰："鼠子不足辱吾刀杖！且乞汝命，后勿复来送死。"贼去。夫询其何以能尔，则其父故受拳勇之技于少林，以传之女，百夫敌也。问："何以受嫡虐而不言？"曰："固吾分也，何敢言？"自是夫妇皆爱之，邻里加敬焉。今尚在。

驱怪①

一 原文

长山徐远公②,故明诸生也③。鼎革后④,弃儒访道。稍稍学敕勒之术⑤,远近多耳其名。某邑一巨公,具币,致诚款书,招之以骑。徐问:"召某何意?"仆辞以⑥:"不知。但嘱小人'务屈临降'耳⑦。徐乃行。至,则中途宴馔⑧,礼遇甚恭。然终不道其所以致迎之旨。徐不耐⑨,因问曰:"实欲何为?幸祛疑抱⑩。"主人辄言⑪:"无何也⑫。"但劝杯酒,言辞闪烁,殊所不解⑬。言话之间⑭,不觉向暮。邀徐饮园中。园构造颇佳胜⑮,而竹树蒙翳,景物阴森,杂花丛丛,半没草莱中⑯。抵一阁,覆板上悬蛛错缀⑰,大小上下,不可以数⑱。酒数行,天色曛暗,命烛复饮。徐辞不胜酒。主人即罢酒呼茶。诸仆仓皇撤肴器⑲,尽纳阁之左室几上。茶啜未半,主人托故竟去。仆人便持烛引宿左室⑳,烛置案上,遽返身去,颇甚草草。徐疑或携幞被来伴,久之,人声殊杳㉑,即自起扃户寝㉒。窗外皎月,入室侵床,夜乌秋虫,一时啾唧。心中怛然,不成梦寝㉓。顷之,板上橐橐似踏蹴声,甚厉。俄下护梯,俄近寝门。徐骇,毛发猬立。急引被覆首㉔,而门已豁然顿开。徐展被角,微伺之,则一物兽首人身㉕,毛周其体㉖,长如马鬣㉗,深黑色,牙粲群蜂,目炯双炬。及几,伏餂器中剩肴,舌一过,连数器辄净如扫㉘。已而趋近榻,嗅徐被。徐骤起,翻被幂怪头,按之狂喊㉙。怪出不意,惊脱,启外户窜去。徐披衣起遁,则园门外扃,不可得出。缘墙而走,择短垣逾㉚,则主人马厩也㉛。厩人惊,徐告以故㉜,即就乞宿。将旦,主人使伺徐,失所在㉝,大骇。已而得之厩中㉞。徐出,大恨㉟,怒曰:"我不惯作驱怪术。君遣我,又秘不一言。我囊中蓄如意钩一㊱,又不送达寝所,是死我也㊲。"主人谢曰:"拟即相告,虑君难之。初亦不知囊有藏钩。幸宥十死㊳。"徐终怏怏,索骑归。自是而怪遂绝㊴。主人宴集园中㊵,辄笑向客曰:"我不忘徐生功也㊶。"

异史氏曰:"黄狸黑狸,得鼠者雄㊷。此非空言也。假令翻被狂喊之后,隐其所骇惧㊸,而公然以怪之遁为己能㊹,天下必将谓:徐生真神人不可及㊺!"

注释 ①斋抄本、二十四卷本篇名"秀才驱怪"。
②长山:旧县名。明清属济南府,今为山东省邹平县之一部。

徐远公：徐处闻，字见区，原名之邈，字远公。明末济南府学之生员。入清后，弃儒访道。常着道人服，杖悬一瓢，刻杖上曰："悬瓢非为逻斋饭，时把寒泉泼热肠。"又有辞催试诗等《衣巾谣》三十六首。嘉庆《长山县志》"文学"有传。

③也：斋抄本无"也"字。

④鼎革：改朝换代，此指由清代明。《周易·杂卦》："革，去故也；鼎，取新也。"

⑤敕勒之术：道士书符施法之术。因符咒必书"敕令""敕勒"字样，因以作为符咒的代称。

⑥辞以：斋抄本作"曰"。

⑦临降：斋抄本、二十四卷本作"降临"。

⑧中途：二十四卷本无"中途"二字，斋抄本作"中亭"，亭刻本作"中庭"。二十四卷本"馔"下有"盛设"二字。中庭：庭院之中。终：二十四卷本无"终"字。所以：斋抄本、二十四卷本无"所以"二字。致：斋抄本作"相"。

⑨不耐：斋抄本无"不耐"二字。

⑩祛：解除。疑抱：心中的疑惑。

⑪言：斋抄本作"曰"。

⑫何：斋抄本作"事"，亭刻本、二十四卷本作"他"。也：斋抄本、二十四卷本无"也"字。

⑬"言辞"二句：斋抄本无此八字。

⑭言话：亭刻本作"话言"。言话之间：斋抄本作"谈话间"，二十四卷本作"谈话之间"。

⑮构造：斋抄本无"构造"二字。胜：亭刻本无"胜"字。

⑯中：斋抄本、二十四卷本无"中"字。莱：即藜，一年生草本植物。

⑰斋抄本"板"下有"之"字。覆板：阁顶的盖板。

⑱"大小"二句：斋抄本作"似久无人住者"。

⑲皇：二十四卷本作"惶"。

⑳便：斋抄本无"便"字。

㉑殊杳：斋抄本作"杳然"。

㉒斋抄本"户"下有"就"字。

㉓不成梦寐：斋抄本作"寝不成寐"。

㉔覆：斋抄本作"蒙"。

㉕则：斋抄本、二十四卷本作"见"。

㉖其：斋抄本作"遍"。

㉗鬐：二十四卷本作"鬃"。马鬐：马颈鬃毛。

㉘连：斋抄本无"连"字。净：二十四卷本作"罄"。

㉙二十四卷本"按"上有"极力"二字。

㉚择短垣逾：斋抄本作"跃逾短垣"。

㉛也：斋抄本无"也"字。

㉜以：二十四卷本作"之"。

㉝失所在：斋抄本作"不见"。

㉞得之：斋抄本作"出自"。

㉟徐出，大恨：斋抄本作"徐大"。

㊱一：斋抄本、二十四卷本无"一"字。如意钩：一种数齿多向、形如船锚的铁钩，柄端系有长绳，可缘以逾垣登高。

㊲斋抄本、二十四卷本"是"下有"欲"字。

㊳十死：十死之罪，喻重罪。

㊴而怪遂绝：斋抄本作"怪绝"。二十四卷本无"而"字，"怪"下有"亦"字。

㊵斋抄本"主"上有"后"字。

㊶斋抄本"我"下有"终"字。

㊷雄：亭刻本作"雌"。"黄狸"二句：犹今俗谚：黑猫白猫，逮住耗子便是好猫。语本《黄帝阴符经》。

㊸所：斋抄本无"所"字。

㊹而：斋抄本无"而"字。遁：斋抄本作"绝"。

㊺斋抄本"及"下有"矣"字。

译文

长山县人徐远公，本是明末的秀才。改朝换代之后，他放弃儒业访求道术，学会了一些符咒之术，远近都知道他的名字。

某县有个富绅，备了厚礼，写了一封表达恳请之意的信，派人牵了坐骑去接徐远公。徐远公问："请我去有什么用意？"仆人以"不知道，只吩咐我务必请你屈驾光临"来回答。徐远公就动身了。到了富绅家，庭院之中已摆上酒席，礼节待遇很隆重，可是始终不说明迎请的目的。徐远公按捺不住，就问："真的要我做什么？希望解除我心中的疑惑。"主人总是说："没有什么事。"只是劝他一杯杯地喝酒，说话吞吞吐吐，实在一点也弄不明白。谈话之间，不知不觉天色暗了，又请徐远公到花园里去喝酒。花园的构造很不错，只是竹树遮蔽，景物阴森，一丛丛的杂花，大半淹没在乱草之中。来到一座小楼，天花板上到处交错挂着蜘蛛网，大的小的，高的矮的，数也数不清。斟了几遍酒，天色完全黑了，吩咐点上烛继续喝酒。徐远公推辞说不能喝了。主人立刻叫撤下酒席换上茶。几个仆人匆匆忙忙把杯盘收拾了，一齐放到小楼左边房里的桌子上。茶还没喝到一半，主人推托有事竟然走了。仆人就举着烛引徐远公到左边那房间住宿，把烛放在桌子上，随即转身出去，安排得十分草率。徐远公疑心仆人也许是去拿被子来陪伴他。好长时间，一点响声都没有，他就自己起身去关上门睡觉。窗外月色明朗，月光直照到床上；夜鸟秋虫，一下子全叫了起来。徐远公心中很惊恐，一直睡不着。

一会儿，天花板上咚咚地响，像是脚步踏出的声音，响声很大。很快下了护梯，一会儿就靠近房门。徐远公害怕极了，毛发像刺猬毛似的竖起，急忙拉被子盖住头，门却已经大大地敞开了。徐远公揭开被角偷偷看了一眼，只见一个家伙长着兽头人身，全身长着毛，毛有马鬃那么长，深黑色；长牙尖尖像一排山峰，目光炯炯像两支火把。走到桌子边，弯下腰舔吃盘子里的剩菜，舌头一舔过，一连几只盘子都干净得像洗过一样。舔完菜后很快走近床边，闻闻徐远公的被子。徐远公猛然跳起来，翻起被子蒙住怪物的头，按住它发狂似的大叫。怪物意想不到被蒙住，受惊逃脱，打开外面的大门逃窜出去。徐远公披上衣服起身逃跑，可是花园门从外面锁上了，不能出去。他顺着墙走，选了一个矮的地方翻墙出去，正好是主人家的马棚。马夫大吃一惊，徐远公把经过告诉了他，就要求在那里过夜。

天快亮时，主人派人去看徐远公，不知他到哪里去了，大吃一惊。随后在马棚中找到了他。徐远公出来，恨得不得了，怒气冲冲地说："我不习惯作驱怪的法术。你派我驱怪，又保密不说一句，我的包裹里装着一把如意钩，又不给我送到睡觉的地方去，是要害死我呀！"主人道歉说："本打算对你明说，又顾虑你为难。当初也不知道包裹里面藏有如意钩，希望能够原谅我的大罪！"徐远公始终心里不痛快，要了匹马骑回家。从此，妖怪却绝迹了。主人后来在花园里请客，总要笑着对客人们说："我忘不了徐远公的功劳。"

异史氏说："不管黄猫黑猫，逮住耗子就是好猫，这不是一句空话。假如徐远公在翻被狂喊之后，隐瞒住自己恐惧的真情，却公然声称怪物逃跑是由于自己本领高强，天下的人必定要：徐远公真是个神人，谁也比不上他！"

姊妹易嫁

原文

掖县相国毛公①,家素微,其父尝为人牧牛。时邑世族张姓者②,有新阡在东山之阳③。或经其侧,闻墓中叱咤声曰:"若等速避去!勿久溷贵人宅④!"张闻,亦未深信。既又频得梦警曰:"汝家墓地,本是毛公佳城⑤,何得久假此⑥?"由是家数不利⑦。客劝徙葬吉。张听之徙焉⑧。一日,相国父牧,出张家故墓,猝遇雨,匿身废圹中⑨。已而雨益倾盆⑩,潦水奔穴⑪,崩湍灌注⑫,遂溺以死。相国时尚孩童。母自诣张,愿丐咫尺地掩儿父⑬。张征知其姓氏⑭,大异之;行视溺死所,俨然当置棺处⑮,又益骇⑯;乃使就故圹窆焉,且令携若儿来。葬已,母偕儿诣张谢⑰。张一见辄喜,即留其家,教之读,以齿子弟行⑱。又请以长女妻儿,母骇不敢应⑲。张妻云:"既已有言,奈何中改⑳?"卒许之㉑。然此女甚薄毛家㉒,怨惭之意,形于言色㉓。有人或道及,辄掩其耳。每向人曰㉔:"我死不从牧牛儿。"及亲迎㉕,新郎入宴,彩舆在门;而女掩袂向隅而哭㉖。催之妆,不妆;劝之亦不解㉗。俄而新郎告行㉘,鼓乐大作。女犹眼零雨而首飞蓬也㉙。父止婿，自入劝女。女涕，若罔闻。怒而逼之，益哭失声㉚。父无奈之㉛。又有家人传白㉜："新郎欲行。"父急出，言衣妆未竟㉝，乞郎少停待㉞。即又奔入视女㉟。往来者无停履㊱。迁延少时，事愈急㊲，女终无回意。父无计，周张欲自死㊳。其次女在侧，颇非其姊㊴，苦逼劝之。姊怒曰："小妮子亦学人喋聒㊵，尔何不从他去？"妹曰："阿爷原不曾以妹子属毛郎㊶。若以妹子属毛郎，更何须姊姊劝驾也㊷！"父以其言慷爽㊸，因与伊母窃议，以次易长。母即向女曰㊹："忤逆婢不遵父母命㊺。欲以儿代若姊㊻，儿肯之否㊼？"女慨然曰："父母教儿往也㊽，即乞丐不敢辞。且何以见毛家郎便终饿莩死乎㊾？"父母闻其言㊿，大喜，即以姊妆妆女，仓猝登车而去㉑。入门，夫妇雅敦逑好㉒。然女素病赤鬝㉓，稍稍介公意㉔。久之㉕，浸知易嫁之说㉖，由是益以知己德女㉗。居无何㉘，公补博士弟子㉙；应秋闱试㉚，道经王舍人店㉛。店主人先一夕梦神曰："旦日当有毛解元来㉒，后且脱汝于厄㉓。"以故，晨起，专伺察东来客。及得公，甚喜，供具殊丰善㉔，不索直。特以梦告，厚自托。公亦颇自负，私以细君发鬖鬖㉕，虑为显者笑，富贵后念当易之。已而晓榜既揭㉖，竟落孙山㉗。咨嗟塞步(68)，懊惋丧志。心赧旧主人，不敢复由王舍，以他道归(69)。后三年(70)，再赴试，店主人延候如初(71)。公曰：“尔言初不验(72)，殊惭祗奉。”主人曰：“秀才以阴欲易妻故(73)。被冥司黜落。岂妖梦不足以践(74)？”公愕而问故(75)。盖别后复梦而云(76)。公闻之(77)，惕然悔惧，木立若偶。主人谓(78)：“秀才宜自爱，终当作解首(79)。”未几(80)，果举贤书第一人(81)；夫人发亦寻长(82)，云鬟委绿(83)，转更增媚(84)。姊适里中富室儿(85)，意气颇自高(86)。夫荡惰(87)，家渐陵夷(88)，空舍无烟火(89)。闻妹为孝廉妇，弥增惭怍(90)。姊妹辄避路而行。又无何，良人卒(91)，家落(92)。顷之(93)，公又擢进士(94)。女闻(95)，刻骨自恨，遂忿然废身为尼。及公以宰相归，强遣女行者诣府谒问(96)，冀有所贻。比至，夫人馈以绮縠罗绢若干匹(97)，以金纳其中，而行者不知也(98)。携归见师，师失所望，恚曰：“与我金钱，尚可作薪米费，此等仪物，我何须尔(99)！”遂令将回(100)。公及夫人疑之(101)。及启视。而金具在(102)，方悟见却之意。发金笑曰(103)：“汝师百余金尚不能任(104)，焉有福泽从我老尚书也！”遂以五十金付尼去，曰(105)：“将去，作尔师用度。多恐福薄人难承荷也(106)。”行者归，具以告(107)。师默然自叹(108)。念平生所为(109)，辄自颠倒(110)，美恶避就，翳岂由人耶⑪？后，店主以人命事逮系囹圄⑫，公为力解⑬，释罪⑭。

异史氏曰："张公故墓⑮，毛氏佳城，斯已奇矣。余闻时人有'大姨夫作小姨夫⑯，前解元为后解元⑰'之戏，此岂慧黠者所能较计耶⑱？呜呼！彼苍者天⑲，久不可问⑳，何至毛公，其灵应如响㉑？"

注释

①掖县：县名。在山东省东部，西北临渤海莱州湾。汉置县。相国：官名。秦置，辅佐皇帝的最高官职。唐以后多用以对相当宰相职位者的尊称。明代以大学士为辅臣，因尊称大学士为相国。毛公：名纪，字维之。明成化丙午（1486）解元，丁未（147）进士，官至谨身殿大学士，赠太保，谥文简。

②者：斋抄本无"者"字。

③新阡：新修的墓道。阳：山南为阳。

④溷（hùn）：同"混"。

⑤佳城：指墓穴。《博物志·异闻》：汉滕公夏侯婴下葬时，掘地得石椁，有铭曰："佳城郁郁，三千年见白日，吁嗟滕公居此室。"遂葬焉。后因称墓穴为佳城。

⑥此：二十四卷本无"此"字。假：这里意为占据。

⑦家数（shuò）不利：家中屡次发生不吉利之事；意谓受到

鬼神惩儆。

⑧"张听"句：斋抄本作"张乃徙焉"。二十四卷本"徙"上有"遂"字。

⑨废圹：迁葬后废弃的墓穴。

⑩倾盆：斋抄本作"甚"。

⑪潦水：雨后地面的积水。

⑫崩洶（hōng）：水浪声。

⑬愿：斋抄本无"愿"字。

⑭征知：斋抄本作"问"。

⑮然：斋抄本无"然"字。俨然：二十四卷本作"适"。

⑯又益：斋抄本作"更"。

⑰二十四卷本"谢"上有"申"字。

⑱以齿子弟行（háng）：意谓将他当作自己的子弟看待。

⑲母骇不敢应：斋抄本作"母谢不敢"，二十四卷本无"骇"字。

⑳"张妻"三句：斋抄本无"云……改"九字。

㉑卒许之：二十四卷本作"遂订盟焉"。

㉒此：斋抄本作"其"。薄：鄙薄，轻视。

㉓形于：斋抄本作"时形"。言：二十四卷本作"颜"。

㉔"有人……向人"十二字：斋抄本作"且"。

㉕亲迎：古婚礼之一。夫婿于成婚日亲自公服至女家迎新娘

入室，行交拜合卺之礼。

㉖而女：斋抄本作"女方"，二十四卷本无"而"字。

㉗之：斋抄本无"之"字。

㉘俄而：斋抄本作"比"。

㉙眼零雨：流眼泪。零雨：断续不止的雨。《诗·豳风·东山》："零雨其濛。"首飞蓬：头发像蓬草般散乱。《诗·卫风·伯兮》："首如飞蓬。"

㉚"父止"六句：斋抄本作"父入劝，女不听，怒逼之，哭益厉。"

㉛之：斋抄本，亭刻本无"之"字。二十四卷本"之"下有"何"字。

㉜又有家人传白：斋抄本作"家人报"，二十四卷本无"有"字。

㉝言：斋抄本作"曰"。

㉞乞郎少停待：斋抄本作"烦郎少待"。二十四卷本无"郎"字。

㉟即：斋抄本无"即"字。

㊱者：二十四卷本无"者"字。

㊲"往来"三句：斋抄本作"往复数番"。

㊳张：二十四卷本作"转"。"父无"二句：斋抄本作"其父周张欲死，皇急无计。"周张：急迫无计貌。

㊴颇：斋抄本作"因"。

㊵妮子：对少女的称呼。《新五代史·晋高祖皇后李氏传》："吾有梳头妮子……今皆在否?"喋聒：多嘴多舌，啰嗦。

㊶爷：二十四卷本作"爹"。属：归属。指许配。

㊷更何须：斋抄本作"何烦"。也：斋抄本、二十四卷本作"耶"。

㊸以：斋抄本作"听"。

㊹斋抄本"女"上有"次"字。

㊺忤逆：不遵父母之命，不孝顺父母。婢：这里是对长女的贱称。

㊻斋抄本"欲"上有"今"字。若：斋抄本无"若"字。

㊼之：斋抄本作"行"，亭刻本无"之"字。

㊽教儿往也：斋抄本作"之命"，二十四卷本作"命儿往"。

㊾且：斋抄本无"且"字。斋抄本"终"下有"身"字，二十四卷本"终"下有"当"字。饿莩（piǎo）死：犹言饿死。饿莩：同"饿殍"。饿死的人。

㊿闻其言：斋抄本无"闻其言"三字。

㉛仓猝：斋抄本无"仓猝"二字。而：斋抄本作"径"。

㉜遂好：斋抄本、亭刻本作"好遂"。雅敦遂好：夫妻和睦融洽。

㉝然：斋抄本作"第"。赤鬝（qiān）：秃疮。韩愈《南山诗》：

“或赤若秃鬝，或爊若柴槱。”注：“鬝，头疮也。”

(54)“稍稍”句：斋抄本作“毛郎稍介意”。

(55)久之：斋抄本无“久之”二字。

(56)浸：斋抄本作“及”。浸知：渐渐知道。

(57)由是：斋抄本无“由是”二字。

(58)居：斋抄本无“居”字。

(59)公：斋抄本作“毛郎”。补博士弟子：指考中秀才。汉武帝设博士官，令郡国选送弟子五十人入太学就博士受业，称“补博士弟子”。唐以后也称生员为“博士弟子”。

(60)应秋闱试：指参加乡试。秋闱：因乡试时间在秋天，故称“秋闱”。

(61)店：斋抄本作“庄”。王舍人店：又称王舍人庄，在今济南市东郊。

(62)旦：二十四卷本作“明”。日：斋抄本作“夕”。当：斋抄本无“当”字。解元：唐代举人由乡贡举，叫“解”，后世因称乡试为“解试”，称乡试第一名为“解元”。

(63)斋抄本此句后有“可善待之”四字。

(64)善：二十四卷本作“美”。

(65)细君：古代称诸侯之妻为小君，也称细君。后为对己妻的代称。《汉书·东方朔传》：“归遗细君，又何仁也？”注：“细君，朔妻之名也。或曰：细，小也。朔则自比于诸侯，谓其妻曰小君。"鬑鬑（lián）：鬓发疏薄貌。

⑯晓榜：犹正榜。乡试于放榜前一日午后写榜，先写草榜，后写正榜。正榜写成，已至半夜，天晓时张贴出去，故称"晓榜"。

⑰落孙山：即"名落孙山"，指榜上无名。

⑱步：二十四卷本作"分"。

⑲"供具"至"道归"十五句：斋抄本作"供具甚丰，且不索直。公问故，特以梦兆告，公颇自负，私计女发鬑鬑，虑为显者笑，富贵后当易之，及试竟落弟，偃蹇丧志，赧见主人，不敢复由王舍，迂道归家。"

⑳后：斋抄本作"逾"。

㉑人：二十四卷本无"人"字。延：二十四卷本作"迎"。初：斋抄本作"前"。

㉒初：斋抄本无"初"字。

㉓秀才：二十四卷本作"君"。

㉔"岂妖"句：斋抄本作"岂吾梦不足践耶"。

㉕而：斋抄本作"然"。

㉖"盖别"句：斋抄本作"主人曰：别后复梦神告，故知之"。而云：二十四卷本作"云云"。

㉗之：斋抄本作"而"。

㉘谓：斋抄本作"又曰"。

㉗解首:犹言"解元"。

㉘未几:斋抄本作"入试"。

㉙人:斋抄本无"人"字。举贤书第一人:考中第一名举人。举贤书:此指乡试榜文。

㉚寻:不久,旋即。

㉛云鬟委绿:发髻乌黑光亮。元稹《刘阮妻诗》:"芙蓉脂肉绿云鬟。"云鬟:发多而美。委:堆积。绿:发黑有光泽似浓绿。

㉜转更增媚:斋抄本作"倍增妩媚"。

㉝斋抄本"姊"上有"其"字。室:斋抄本无"室"字。

㉞颇:斋抄本无"颇"字。

㉟二十四卷本"夫"上有"其"字。

㊱陵:二十四卷本作"凌"。夷:斋抄本作"替"。陵夷:同"陵迟"。迤逦渐平,引申为衰颓。《汉书·成帝纪》:"帝王之道,日以陵夷。"颜师古注:"陵,丘陵也;夷,平也。言其颓替若丘陵之渐平也。"王念孙《读书杂志·汉书十六》:"师古以陵为丘陵,非也。陵与夷皆平也。《文选·长杨赋》注引薛君《韩诗章句》曰:'四平曰陵。'是丘陵之陵,本取陵夷之义,非陵夷之取义于丘陵也。《史记·高祖功臣侯年表》曰:'始未尝不欲固其根本,而枝叶稍陵夷衰微也。'陵夷衰微,四字平列。"

㊲空舍:斋抄本作"贫"。

㊳惭:斋抄本作"愧"。

㉑良人卒：斋抄本作"未几，良人又卒"。

㉒二十四卷本"家"下有"益"字。

㉓顷之：斋抄本作"毛"。

㉔擢进士：擢进士第，指考中进士。擢：选拔。科举时代考试及第称"擢第"。

㉕二十四卷本"闻"下有"之"字。

㉖女行者：女尼。行者：对佛教修行者的泛称。《释氏要览》卷上："经中多呼修行人为行者。"

㉗绮縠（hú）：绉纱一类的丝织品。

㉘"而行"句：斋抄本作"行者"。

㉙"此等"二句：斋抄本作"此物我何所须"。

⑩遂令将回：斋抄本作"遽令送回"。

⑩及：斋抄本作"与"。

⑩而：斋抄本作"则"。

⑩发金：斋抄本无"发金"二字。

⑩余：斋抄本无"余"字。

⑩斋抄本"曰"上有"且嘱"二字。

⑩多：斋抄本作"但"。荷也：斋抄本作"受耳"。

⑩具以告：斋抄本作"告其师"。

⑩默：斋抄本、二十四卷本作"哑"。

⑩斋抄本"念"上有"私"字。平生：斋抄本、二十四卷本

作"生平"。

⑩辄：斋抄本作"率"。

⑪繄：斋抄本、二十四卷本作"繫"。繄（yì）：语助词。

⑫斋抄本"店"上有"王舍"二字。事：斋抄本无"事"字。囹圄（líng yǔ）：监狱。

⑬斋抄本"公"下有"乃"字。

⑭二十四卷本此句下有"而夫人家亦时周其姊云"十字。

⑮公：斋抄本作"家"。

⑯"大姨"句：《事文类聚》载，宋朝欧阳修与王拱辰同为薛简肃的女婿。欧阳修先娶薛家长女，王拱辰娶次女。后来，欧阳修妻死，继娶其小妹。因此，当时有"旧女婿为新女婿，大姨夫作小姨夫"之说，这里指毛公本该娶张家长女，后来竟娶了其次女。

⑰"前解"句：指毛公本该为前届乡试解元，现在成了后一届乡试解元。

⑱较计：亭刻本作"计较"。

⑲天：亭刻本无"天"字。

⑳久不可问：斋抄本作"久已梦之"。

㉑斋抄本"响"下有"耶"字。

译文　掖县有位当过相国的毛公，原来家境贫寒卑微，他的父亲曾经给人家放牛。当时同县的大户张家,有条新修的墓道在东山的南坡。有人从墓地旁边经过,听见墓中有大声呵叱的声音说:"你们尽快避开!不要老是混占贵人的住宅!"姓张的听了,也并不很相信。后来又一再在梦中受到警告:"你家的墓地,原本是毛公的墓穴,为什么长期占据在这里呢?"从此,张家多次发生不吉利的事情。有人劝张家还是把坟迁葬的好,张家听人劝,就把坟从那里迁走了。有一天,毛相国的父亲去放牛,走过张家原先的坟地,突然遇上了大雨,就躲在废弃的墓穴里避雨。后来,雨越下越大,积水冲入墓穴,轰轰地把墓穴灌满了,毛相国的父亲竟淹死在里面。毛相国当时还是个孩子。他母亲亲自去张家,请求张家给一小块地方安埋孩子的父亲。张家问清了他家的姓氏,十分惊异;又去看了淹死的地方,恰好正是放棺材的位置,又更加吃惊;于是就让毛家在原来的墓穴里安葬,并且叫他把孩子带来。

安埋完毕,毛母带上儿子到张家表示感谢。张家一见孩子就很喜欢,立即把他留在家里,教他读书,把他当作自己的孩子看待。又要求把大女儿嫁给毛家的孩子,毛母吓得不敢答应。张太太说:"既然已经亲口说出，怎么好中途更改？"毛母终于同意了。可是这位大小姐很鄙视毛家，怨恨恼羞的情绪流露在话语脸色上。有人提到这门亲事，大小姐总是捂住耳朵不愿听。她时常向别人说："我死也不嫁放牛人家的儿子！"到了迎亲的那天，新郎进门坐席，花轿停在大门口；大小姐却用袖子捂住脸对着墙角大哭。催她梳妆不肯梳妆；怎么劝她也不听。不久，新郎请求起轿，鼓乐之声大声响起来。大小姐还是眼泪汪汪头发蓬乱。她爹劝住女婿，亲自进去劝女儿。大小姐只管像是没有听见。她爹气得逼她，她更是失声痛哭。她爹拿她没办法。这时又有家人传话说："新郎要走了。"她爹赶紧出来，说："还没有梳妆打扮完，请新郎稍微再等一下。"立马又跑进去看女儿，进进出出跑了好几趟。拖了一阵，催得更急，大小姐始终不回心转意。她爹实在无法，急得只想去死。

张家二小姐在一旁，认为姐姐的做法很不对，苦苦地劝她，逼她上轿。姐姐生气地骂她："小丫头，你也学大人在这里多嘴多舌，你为什么不跟他去？"妹妹说："阿爹本来没有把我许配给毛郎。如果把我许配给毛郎，根本用不着姐姐来劝我上轿！"她爹因为她说得大方爽快，就同她妈私下商议，以二小姐换大小姐。张母就对二女儿说:"那个忤逆不孝的大丫头不听父母的话。我们想让你代替你姐姐,你肯不肯?"二小姐很干脆地说:"父母亲叫我去,他即使是叫化子我也不敢推辞。况且怎么见得毛家儿郎最终就会饿死呢?"父母亲听她一说,十分高兴,就把她姐姐的衣妆用来打扮她,匆匆忙忙地上轿抬走了。

过门以后,夫妻俩非常和睦融洽。但二小姐一直患有秃疮病头发稀疏,毛郎稍微有点不满意。时间一长,渐渐知道了她替嫁这件事,从此更加感激二小姐是个知心人。

过了不久,毛郎考中了秀才,去应举人考试,路过王舍人庄。旅店主人头天晚上梦见神人告诉他:"明天会有一个毛解元来,以后他会解救你脱离苦难。"因这缘故,店主人一大早起来,专门守候从东边来的旅客。等接到毛郎,十分欢喜,供应他异常丰盛,而且不收钱。还特地把梦里的预兆讲了,殷切地拜托他关照。毛郎一听也很自以为了不起,心里暗想妻子头发稀疏,担心被达官贵人耻笑,考上做官以后要休妻另娶一个。后来榜文公布,他竟然榜上无名。他哀声叹气双脚发软,懊悔惋惜失意得很。心中羞愧怕见那位店主人,不敢再从王舍人庄经过,便从另外一条路回家了。过了三年,他再去赶考,店主人仍然像当初那样恭迎侍候他。毛郎说:"你说的话一点不灵验,十分惭愧让你白侍候了。"店主人说:"秀才你因为暗想要换掉妻子的缘故,所以被阴司除名。难道是我的怪异梦兆不能实现吗?"毛郎惊奇地询问他怎么知道的。原来是他们分手之后店主人又梦见神人告诉了他这些。毛郎听说后,顿时又悔恨又害怕,呆站在那里像个木头人。店主人对他说:"秀才你该爱惜自己,最终会考中解元的。"不久,果然他考中了第一名举人,夫人的头发也一下长长了,又多又密,乌黑发亮,更增添了不少妩媚。

姐姐嫁给本地一个富家子,很有些高傲自负。她的丈夫又放荡又懒惰,家境逐渐衰败下来,穷得屋里空空厨房冒不出炊烟,听说妹妹成了举人夫人,更增添了羞愧悔恨。姊妹俩走路都避开不见面。又过了不久,姐姐的丈夫死了,家境更加衰败。接着,毛郎又考中进士。姐姐听说之后,刻骨般悔恨自己,于是一气之下剃了发做了尼姑。等毛郎以宰相身份回乡时,姐姐勉强派了一个女尼到相府问候,希望能得到一些赠款。女尼到了,宰相夫人赠送绫罗绸缎若干匹,把许多银子夹在当中,可是女尼一点也不知道。她把东西带回来见师傅，师傅很失望，气愤地说："给我些金钱，还可以用来买柴买米，这些礼物，我哪里用得着！"就叫女尼送了回去。毛公和夫人很奇怪，等打开来看，里面夹的银子都还在，这才明白她拒收的意思。便拿出银子笑着说："你师傅一百多两银子尚且不能承受，哪有福气跟我这个老尚书啊！"于是拿出五十两银子交女尼带回去，并说："拿去给你师傅作日常费用，多了，恐怕她这福薄的人难从承受。"女尼回去，原原本本地告诉了师傅。师傅默默无语独自叹气。想到自己一生的作为，总是好坏颠倒，避美就恶，难道是别人造成的吗？

后来，店主人因为人命官司被捉进牢狱，毛相国尽力为他解脱，才免罪释放出来。

异史氏说："张公的旧墓，成了毛家的吉地，这已经很离奇了。我听当今的人有'大姨夫变作小姨夫，前解元变成后解元'的戏言，这难道是狡黠的人所能设计安排的吗？唉！那老天爷，早已不可询问，为什么对于毛公，其响应却如此灵验呢？"

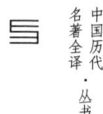

续黄粱

原文

福建曾孝廉，高捷南宫时①，与二三新贵②，遨游郊郭③。偶闻毗庐禅院寓一星者④，因并骑往诣问卜⑤。入揖而坐⑥。星者见其意气⑦，稍佞谀之⑧。曾摇箑微笑，便问："有蟒玉分否⑨？"星者正容许"二十年太平宰相"⑩。曾大悦，气益高。值小雨，乃与游侣避雨僧舍。舍中一老僧，深目高鼻，坐蒲团上，偃蹇不为礼⑪。众一举手⑫，登榻自话。群以宰相相贺⑬。曾心气殊高，指同游曰⑭："某为宰相时，推张年丈作南抚⑮；家中表为参、游⑯；我家老苍头，亦得小千、把⑰。于愿足矣⑱。"一座大笑。俄闻门外雨益倾注，曾倦伏榻间。忽见有二中使⑲，赍天子手诏⑳，召曾太师决国计㉑。曾得意㉒，疾趋入朝。天子前席㉓，温语良久，命三品以下听其黜陟㉔。即赐蟒玉名马㉕。曾被服稽拜以出㉖。入家，则非旧所居第，绘栋雕榱㉗，穷极壮丽，自亦不解何以遽至于此㉘。然捻髯微呼㉙，则应诺雷动㉚。俄而公卿赠海物㉛，伛偻足恭者叠出其门㉜。六卿来㉝，倒屣而迎㉞；侍郎辈㉟，揖与语；下此者，颔之而已。晋抚馈女乐十人㊱，皆是好女子。其尤者,为裊裊,为仙仙,二人尤蒙宠顾。科头休沐㊲,日事声歌。一日,念微时尝得邑绅王子良周济,我今置身青云㊳,渠尚蹉跎仕路㊴,何不一引手㊵?早旦一疏,荐为谏议㊶。即奉俞旨㊷,立行擢用。又念郭太仆曾睚眦我㊸,即传吕给谏及侍御陈昌等㊹,授以意旨。越日,弹章交至㊺,奉旨削职以去。恩怨了了㊻,颇快心意。偶出郊衢,醉人适触卤簿㊼,即遣人缚付京尹㊽,立毙杖下。接第连阡者,皆畏势献沃产。自此富可埒国。无何,而裊裊、仙仙以次殂谢。朝夕遐想,忽忆曩年见东家女绝美,每思购充媵御,辄以绵薄违宿愿㊾,今日幸可适志。乃使干仆数辈,强纳资于其家。俄顷,藤舆舁至,则较昔之望见时尤艳绝也㊿。自顾生平,于愿斯足。又逾年,朝士窃窃[51],似有腹非之者[52],然各为立仗马[53];曾亦高情盛气[54],不以置怀。有龙图学士包上疏[55],其略曰:"窃以曾某,原一饮赌无赖市井小人。一言之合,荣膺圣眷。父紫儿朱[56],恩宠为极。不思捐躯摩顶[57],以报万一;反恣胸臆,擅作威福。可死之罪,擢发难数!朝廷名器[58],居为奇货;量缺肥瘠[59],为价重轻。因而公卿将士,尽奔走于门下,估计夤缘,俨如负贩,仰息望尘[60],不可算数。或有杰士贤臣,不肯阿附，轻则置之闲散。重则褫以编氓⑥。甚且一臂不袒⑥，辄连鹿马之奸⑥；片语方干⑥，远窜豺狼之地⑥。朝士为之寒心，朝廷因而孤立。又且平民膏腴，任肆蚕食⑥；良家女子，强委禽妆。沴气冤氛⑥，暗无天日！奴仆一到，则守、令承颜⑥；书函一投，则司、院枉法⑥。或有厮养之儿⑦，瓜葛之亲，出则乘传⑦，风行雷动。地方之供给稍迟，马上之鞭挞立至。荼毒人民，奴隶官府，扈从所临，野无青草。而某方炎炎赫赫⑦，怙宠无悔。召对方承于阙下，萋菲辄进于君前⑦；委蛇才退于自公⑦，声歌已起于后苑。声色狗马，昼夜荒淫；国计民生，罔存念虑。世上宁有此宰相乎！内外骇讹，人情汹汹，若不急加斧锧之诛，势必酿成操、莽之祸⑦。臣夙夜祗惧⑦，不敢宁处，冒死列款，仰达宸听⑦。伏乞断奸佞之头，籍贪冒之产，上回天怒，下快舆情。如果臣言虚谬，刀锯鼎镬，即加臣身"云云。疏上⑦，曾闻之，气魄悚骇，如饮冰水。幸而皇上优容，留中不发⑦，又继而科、道、九卿交章劾奏⑧，即昔之拜门墙、称假父者⑧，亦反颜相向。奉旨籍家⑧，充云南军。子任平阳太守⑧，已差员前往提问。曾方闻旨惊怛⑧，旋有武士数十人，带剑操戈，直抵内寝；褫其衣冠，与妻并系。俄见数夫运资于庭，金银钱钞数百万；珠翠瑙玉数百斛，幄幕帘榻之属又数千事；以至儿襁女舄，遗坠庭阶。曾一一视之。酸心刺目。又俄而一人掠美妾出，披发娇啼，玉容无主。悲火烧心，含愤不敢言⑮。俄楼阁仓库并已封志⑯。立叱曾出。监者牵罗曳而出⑰，夫妻吞声就道，求一下驷劣车，少作代步，亦不得⑱。十里外，妻足弱，欲倾跌，曾时以一手相攀引⑲。又十余里，己亦困惫，欻见高山直插霄汉，自忧不能登越，时挽妻相对泣。而监者狞目来窥⑳，不容稍停驻㉑。又顾斜日已坠，无可投止，不得已，参差鳖躠而行㉒。比至山腰，妻力已尽，泣坐路隅。曾亦憩止，任监者叱骂。忽闻百声齐噪，有群盗各操利刃，跳梁而前㉓。监者大骇，逸去。曾长跪，言㉔："孤身远谪，橐中无长物。"哀求宥免。群盗裂眦宣言："我辈皆被害冤民，只乞得佞贼头，他无索取！"曾叱怒曰㉕："我虽待罪，乃朝廷命官，贼子何敢尔！"贼亦怒㉖，以巨斧挥曾项，觉头堕地作声㉗。魂方骇疑，即有二鬼来，反接其手㉘，驱之行。行逾数刻，入一都会。顷之，睹宫殿，殿上一丑形王者㉙，凭几决罪福。曾前，匍伏请命㉚。王者阅卷，才数行，即震怒曰："此欺君误国之罪，宜置油鼎!"万鬼群和,声如雷霆。即有巨鬼捽至墀下。见鼎高七尺已来⑩,四围炽炭,鼎足尽赤⑩。曾觳觫哀啼⑩,窜迹无路。鬼以左手抓发,右手握踝,抛置鼎中。觉块然一身⑩,随油波而上下;皮肉焦灼,痛彻于心;沸油入口,煎烹肺腑。念欲速死,而万计不能得死。约食时,鬼方以巨叉取曾出,复伏堂下⑩。王又检册籍,怒曰:"倚势凌人,合受刀山狱!"鬼复捽去⑩。见一山不甚广阔,而峻峭壁立,利刃纵横,乱如密笋,先有数人胃肠刺腹于其上⑩,呼号之声,惨绝心目。鬼促曾上,曾大哭退缩。鬼以毒锥刺脑,曾负痛乞怜。鬼怒,捉曾起,望空力掷。觉身在云霄之上,晕然一落,刃交于胸,痛苦不可言状。又移时,身躯重赘,刀孔渐阔;忽焉脱落,四支蠖屈⑩。鬼又逐以见王。王命会计生平卖爵鬻名、枉法霸产,所得金银几何。即有髯须人持筹握算曰⑩:"三百二十一万⑪。"王曰:"彼既积来,还令饮去。"少间,取金钱堆阶上,如丘陵⑪,渐入铁釜⑫,熔以烈火。鬼使数辈,更以杓灌其口⑬,流颐则皮肤臭裂,入喉则脏腑腾沸。生时患此物之少,是时患此物之多也⑭。半日方尽。王者令押去甘州为女⑮。行数步,见架上铁梁,围可数尺,绾一火轮⑯,其大不知几百由旬⑰,

焰生五采，光耿云霄。鬼挞使登轮。方合眼跃登，则轮随足转⑱，似觉倾坠，遍体生凉。开眸自顾⑲，身已婴儿，而又女也。视其父母，则悬鹑败絮⑳，土室之中，瓢杖犹存。心知为乞人子。日随乞儿托钵，腹辘辘然常不得一饱㉑，着败衣㉒，风常刺骨。十四岁，鬻与顾秀才备媵妾㉓，衣食粗足自给。而冢室悍甚㉔，日以鞭箠从事，辄以赤铁烙胸乳㉕。幸而良人颇怜爱㉖，稍自宽慰。东邻恶少年忽逾垣来㉗，逼与私。乃自念：前身恶孽，已被鬼责，今那得复尔㉘！于是大声疾呼。良人与嫡妇尽起，恶少年始窜去㉙。居无何㉚，秀才宿诸其室，枕上喋喋，方自诉冤苦。忽震厉一声，室门大辟，有两贼持刀入，竟决秀才首，囊括衣物。团伏被底㉛，不敢复作声㉜。既而贼去，乃喊奔嫡室。嫡大惊，相与泣验。遂疑妾以奸夫杀良人㉝。因以状白刺史㉞。刺史严鞫㉟，竟以酷刑定罪案㊱，依律凌迟处死㊲，縶赴刑所㊳，胸中冤气扼塞，距踊声屈，觉九幽十八狱无此黑暗也㊴。正悲号间，闻游者呼曰㊵："兄梦魇耶㊶？"豁然而寤㊷，见老僧犹跏趺坐上㊸。同侣竞相谓曰："日暮腹枵㊹，何久酣睡？"曾乃惨淡而起。僧微笑曰："宰相之占验否？"曾益惊异㊺，拜而请教，僧曰："修德行仁，火坑中有青莲也㊻。山僧何知焉！"曾胜气而来⑭，不觉丧气而返。台阁之想⑱，由此淡焉。入山不知所终⑭。

异史氏曰："福善祸淫，天之常道⑩。闻作宰相而忻然于中者⑪，必非喜其鞠躬尽瘁可知矣⑫。是时，方寸中宫室妻妾无所不有⑬。然而梦固为妄⑭，想亦非真。彼以虚作⑮，神以幻报⑯。黄粱将熟，此梦在所必有，当以附之邯郸之后⑰。"

注释

①高：斋抄本无"高"字。高捷南宫：指会试中式。清初会试中式的贡士不经复试，故"高捷南宫"也指考中进士。南宫：古称尚书省为南宫。此指礼部，礼部主持会试。

②新贵：斋抄本作"同年"。

③郊郭：斋抄本作"郭外"。

④偶：斋抄本无"偶"字。毘（pí）庐禅院：佛寺名。毘庐：梵文"毘庐遮那"的略称。佛名。佛教内部有不同解释。星者：算命的人。迷信说法，根据人的生年日月，按天上星宿位置及运行来推算，可以预知一生的命运。因此，称操此业为生的人为"星者"，亦称"星士""星相术士"。

⑤因并骑：斋抄本无"因并骑"三字。

⑥挶：亭刻本作"室"。

⑦斋抄本、二十四卷本"气"下有"扬扬"二字。

⑧稍:亭刻本无"稍"字。佞谀:巧言奉承。

⑨蟒玉分:做高官的福分。蟒玉:蟒袍、玉带。古代高官服饰。赐蟒玉,始于汉,与汉魏特进相似,开府稍有不同。明代阁臣多赐蟒衣。清制,皇子、亲王及七品以上官员皆穿蟒袍。

⑩正容许:斋抄本作"曰"。

⑪偃:斋抄本作"淹"。偃蹇:傲慢无礼。

⑫手:此据斋抄本、亭刻本、二十四卷本补。手稿本"举"下原有"首"字,涂去。缺一字。举手:举手为礼,略示敬意。

⑬相贺:二十四卷本作"贺曾"。

⑭斋抄本、二十四卷本"指"上有"便"字。

⑮年丈:科举时代,同科考中者互称"同年",称同年的父辈或父辈的同年为"年丈"。南抚:明代应天巡抚的专称。其全衔为"总理粮储、提督军务、兼巡抚应天等府"。

⑯中表:中表兄弟。参、游:参将、游击。明清时代中级武官名。

⑰千、把:千总、把总。明清时代低级武官名。

⑱于:斋抄本作"余"。

⑲中使:皇宫中派出的使者,多由太监充任。

⑳手诏:皇帝的亲笔诏令。

㉑太师：古代"三公"中职位最高者。明代则为虚衔，凡大臣功绩卓著者，多特旨加太师衔，以示优宠。

㉒斋抄本、二十四卷本"意"下有"荣宠，亦与知其非有也"九字。

㉓天子前席：意谓天子专注倾听，不觉移身向前。《史记·商君列传》："卫鞅复见孝公，公与语，不自知膝之前于席也。"

㉔以：亭刻本作"而"。斋抄本、二十四卷本"陟"下有"不必奏闻"四字。

㉕"即赐"句：斋抄本、二十四卷本作"即赐蟒服一袭，玉带一围，名马二匹"。

㉖拜：亭刻本、二十四卷本作"首"。

㉗绘栋雕榱（cuī）：彩绘的屋梁和雕饰的屋椽。栋：房屋的中梁。榱：屋椽屋桷的总称。

㉘自亦：二十四卷本作"亦自"。于：亭刻本作"如"。

㉙然：二十四卷本无"然"字。髯：斋抄本、二十四卷本作"须"。

㉚应诺雷动：应答的声音震动如雷；形容侍从众多。

㉛赠：二十四卷本作"进"。海物：海外珍奇之物。或指海产之物。《尚书·禹贡》："厥贡盐絺，海物惟错。"

㉜者：二十四卷本"者"字重。伛偻足恭者：指巴结奉承的人。伛偻：屈身，表示恭敬。足恭：过分的恭敬。

㉝六卿：这里指明清时吏、户、礼、兵、刑、工六部尚书。

㉞倒屣而迎：意谓急起迎接。《三国志·魏志·王粲传》："粲徙长安左中郎将，蔡邕见而奇之。……宾客盈座，闻粲在门，倒屣迎之。"古人家居，脱鞋席地而坐。倒屣，谓急于迎客，来不及把鞋穿好。

㉟侍郎：明清时中央各部的副长官。

㊱晋抚：山西巡抚。女乐：歌女。

㊲科头休沐：指在家休息，衣着随便。科头：光着头不戴帽。休沐：休息沐浴，指古时官吏休假。《初学记》卷二十："休假亦曰休沐。"汉五日一休沐，唐十日一休沐。

㊳置身青云：意谓身居高官，仕途得意。青云：高空，喻爵显官高。

㊴蹉跎仕路：仕途不得意。蹉跎：虚度时光，谓不得志。

㊵引手：援引，提拔。

㊶谏议：谏官名，汉称谏议大夫，元以后废。明清时谏官称"给事中"，又名"给谏"。

㊷俞旨：皇帝应允的圣旨。

㊸太仆：古代官名，春秋始置，秦汉沿袭，为九卿之一，掌管皇帝的舆马和马政。北齐置太仆寺，有卿、少卿各一人，历代因之。睚眦：发怒时瞪眼看人的样子。《史记·范雎蔡泽列传》："一饭之德必偿，睚眦之怨必报。"

㊹给谏：明清时谏官“给事中”的别称。主管监察、纠弹官吏。侍御：侍御史。官名。汉沿秦置，在御史大夫下，历代多因之。至明清，仅存监察御史一种。

㊺弹章交至：指吕、陈等人弹劾的奏章同时到达。

㊻了了：分明。

㊼卤簿：仪仗。

㊽京尹：京兆尹。京城的行政首脑。

㊾宿：二十四卷本作“夙”。

㊿昔之：斋抄本作“之昔”。

(51)朝士窃窃：朝廷官员暗中议论。

(52)腹非：同“腹诽”。口中不言，心中反对。《史记·魏其武安侯列传》：“魏其、灌夫日夜招聚天下豪杰壮士与论议，腹诽而心谤。”《汉书·食货志》下作“腹非”。

(53)二十四卷本无此六字。斋抄本“然”下有“揣其意”三字，“各”下有“恐”字。各为立仗马：意谓朝臣为保官位不敢说话。唐代皇帝临朝，用八匹马列立在宫门外面，作为仪仗之一，叫“立仗马”。这些马经过严格训练，站立时肃静无声，从不嘶叫。唐玄宗时，奸臣李林甫做宰相，凡是谏官正言进谏的，都遭他贬斥。他曾告诉谏官们：你们看立仗马整日无声，可吃三品的豆料，但是只要一嘶叫，就被赶走了。见《新唐书·百官志二》。后因以“立仗马”喻贪恋禄位而不敢直言的朝臣。

(54)情：二十四卷本作“心”。

(55)斋抄本、二十四卷本“包”下有“拯”字。龙图学士包：本指宋朝龙图阁直学士包拯，这里借指刚正不阿的朝臣。

(56)父紫儿朱：指父子均做大官。唐制，三品以上官员著紫色朝服，五品以上著朱色朝服。

(57)摩顶：指不畏劳苦。《孟子·尽心》上：“墨子兼爱，摩顶放踵利天下，为之。”

(58)名器：指朝廷官员的等级爵号和车服仪制，代指官秩。

(59)缺：官位的空缺。肥瘠：指官俸及进项的多寡。

(60)仰息：仰人鼻息。比喻依附、投靠别人。望尘：望尘而拜，指巴结权贵。

(61)褫以编氓：削职为民。编氓：编入户籍的平民百姓。

(62)一臂不袒：意谓不偏袒曾某。《史记·吕太后本纪》：汉高祖刘邦死后，太尉周勃反对吕氏篡权，在军中宣布：顺从吕氏的露出右臂，拥护刘氏的露出左臂。军中都露出左臂。后因以偏护一方为“左袒”或“偏袒”。

(63)迕鹿马之奸：谓不遵权奸之意。鹿马之奸：指秦相赵高指鹿为马。《史记·秦始皇本纪》：赵高为篡夺帝位，设法探测群臣对他的态度。他向秦二世献鹿，而说是马。二世笑曰：“丞相误耶？谓鹿为马。”以问群臣，群臣竟然也说是马。后以

“指鹿为马”喻权奸有意颠倒是非。

(64)片语方干：亭刻本无此四字。干：冒犯。

(65)远窜豺狼之地：被充军到荒凉的边远地区。窜：放逐。豺狼之地：野兽出没的荒远之地。

(66)蚕：亭刻本作“贪”。蚕食：逐渐侵占。

(67)沴（lì）气：灾害恶气。指曾的凶恶气焰。冤氛：指受害者的冤气。

(68)守、令承颜：意谓太守和县令都得看曾家奴仆的脸色行事。

(69)司、院枉法：省级地方大员则循情枉法。司：指布政使司和按察使司，前者主管一省行政，后者主管一省刑名。院：指总督和巡抚。他们分别兼有都察院右都御史和右副都御史的官衔，称之为“两院”。

(70)厮养之儿：指干杂活的役仆。《公羊传·宣公十二年》：“厮役扈养，死者数万人。”注：“析薪为厮，炊烹为养。”

(71)乘传：乘坐官府驿站的车马。

(72)炎炎赫赫：形容气焰嚣张。语本《诗·大雅·云汉》：“赫赫炎炎，云我无所。”

(73)萋菲：也作“萋斐”，花纹错杂。喻巧语谗言。《诗·小雅·巷伯》：“萋兮斐兮，成是贝锦；彼谮人兮，亦已太甚。”

(74)委蛇（wēi yí）：从容自得貌。《诗·召南·羔羊》：“退食自公，委蛇委蛇。”原指退朝回家进餐的勤政公卿，这里指退朝回家享乐的曾某。

(75)操、莽之祸：指篡夺帝位的祸患。操：指东汉末的曹操。他挟持汉献帝，自为丞相，进封魏王。死后其子曹丕篡位，追尊他为魏武帝。莽：指西汉末王莽。王莽杀死汉平帝刘衎，改立孺子婴，自己摄政，后篡位自立，改国号为“新”。

(76)斋抄本、二十四卷本“臣”下有“拯”字。祗惧：心怀戒惧。

(77)宸听：指皇帝的听闻。宸：北极星所居之处，因以指帝王的宫殿，又引申为帝王、王位的代称。

(78)疏上：二十四卷本无“疏上”二字。

(79)留中不发：把奏章留在宫中，暂不处理。

(80)又：亭刻本无“又”字。科、道、九卿：指全体朝臣。科道：明清时，都察院所属的谏官，有吏、户、礼、兵、刑、工六科给事中和十五道监察御史，统称“科道”。九卿：明代指六部尚书和都察院都御史、通政司使、大理寺卿；清代指都察院、大理寺、太常寺、光禄寺、鸿胪寺、太仆寺、通政司、宗人府、銮仪卫的主官。

(81)拜门墙、称假父者：投靠门下作“门生”“干儿”的人。门墙：指师门。假父：义父、干爹。

(82)二十四卷本“奉”上有“乃”字。籍家：犹言抄家。把罪人的财产登记在簿册上而加以没收。

(83)平阳：明清府名，治所在今山西省临汾县。

㊻方：二十四卷本"方"字在"旨"字下。"怛"下有"无措"二字。

㊼含：二十四卷本无"含"字。

㊾亭刻本"俄"下有"而"字。

㊻亭刻本"牵"下有"挽"字。二十四卷本无"罗""而出"三字。

㊼斋抄本、亭刻本、二十四卷本"不"下有"可"字。

㊾攀：二十四卷本作"扶"。

⑨⓪来窥：二十四卷本作"视之"。

⑨①驻：二十四卷本无"驻"字。

⑨②参差蹩躠（cēn cī bié xiè）：意谓一前一后，匍匐而行。参差：不齐貌。蹩躠：匍匐而行，此谓弯腰爬山。

⑨③梁：二十四卷本作"踉"。前：二十四卷本作"至"。跳梁：腾跃，形容乱跑乱跳的强横样子。

⑨④言：斋抄本作"告曰"。

⑨⑤叱怒：斋抄本、二十四卷本作"怒叱"。

⑨⑥亦：二十四卷本无"亦"字。

⑨⑦堕：亭刻本、二十四卷本作"坠"。

⑨⑧反接：把两手反绑在背后。

⑨⑨一：二十四卷本作"有"。

⑩⓪匐：斋抄本作"匍"。匍伏请命：二十四卷本作"匍匐听命"。

请命：请求饶命。

⑩已来：二十四卷本作"许"。

⑩㉒赤：亭刻本作"红"。

⑩㉓啼：二十四卷本作"号"。觳觫（hú sù）：害怕得发抖。

⑩㉔块然：形容单独的样子。

⑩㉕伏：亭刻本作"置"。

⑩㉖复：亭刻本作"又"。

⑩㉗胃肠：挂住肠子。

⑩㉘四支蠖屈：形容手脚像尺蠖那样团在一起。支：同"肢"。蠖：尺蠖，行时一屈一伸。

⑩㉙人：二十四卷本作"吏"。挐须：胡须卷曲散乱。

⑩⑩三：斋抄本作"二"。二：二十四卷本作"三"。

⑪⑪二十四卷本"丘"上有"小"字。

⑪⑫铁釜：二十四卷本作"釜中"。

⑪⑬斋抄本、二十四卷本"更"下有"相"字。

⑪⑭二十四卷本"患"上有"又"字。

⑪⑮甘州：清代府名，府治在今甘肃省张掖市。

⑪⑯火：亭刻本作"大"。

⑪⑰由旬：梵文音译，亦译"由延""俞旬""逾缮那"等。古代印度计算距离的单位，以帝王一日行军之路程为一"由旬"。《大唐西域记》卷二："逾缮那者，自古圣王一日运行也。

旧传一逾缮那四十里矣，印度国俗乃三十里。"

⑱轮随足转：这里形象地表现轮回之说。按照佛教说法，人都要在六道内轮回。

⑲眸：斋抄本、二十四卷本作"目"。

⑳焉：斋抄本、亭刻本、二十四卷本作"絮"。悬鹑：指破烂衣服。

㉑然常：斋抄本无"然常"二字。

㉒衣：二十四卷本作"絮"。

㉓与：二十四卷本作"于"。

㉔室：二十四卷本作"妇"。冢室：正妻，大老婆。

㉕以：斋抄本作"用"。

㉖而：斋抄本无"而"字。

㉗垣：斋抄本作"墙"。

㉘得：二十四卷本作"可"。

㉙恶：斋抄本无"恶"字。

㉚居无何：斋抄本作"一日"。

㉛二十四卷本"团"上有"但蒙首"三字。

㉜复：斋抄本、二十四卷本无"复"字。

㉝以：二十四卷本作"引"。

㉞因以：斋抄本无"因以"二字。刺史：古代官名。职掌多有变动。唐代是州郡的主官。这里是知州的别称。

⑬刺史：亭刻本无"刺史"二字。

⑯定罪案：斋抄本作"诬服"。

⑰依律：斋抄本作"律拟"。凌迟：古代最惨酷的一种死刑，俗称"剐刑"。先碎制肢体，最后才割断喉管。

⑱絷：二十四卷本作"系"。

⑲九幽十八狱：指迷信传说中的十八层地狱。九幽：犹九泉，指阴间。

⑭二十四卷本"游"上有"同"字。

⑭梦：斋抄本无"梦"字。

⑭二十四卷本"豁"上有"曾"字。

⑭跏趺："结跏趺坐"的省称，俗称"打坐"。

⑭腹枵（xiāo）：肚子饿了。枵：空虚。

⑭益：二十四卷本作"亦"。

⑭火坑中有青莲：意谓身处险恶境遇，只要修德行仁，也能得到神佛的度脱。火坑：佛教认为，人死后如堕入地狱、饿鬼、畜生三恶道，其苦无比，因喻之为"火坑"。青莲：梵语"优钵罗"的意译，是一种青色莲花，瓣长面广，青白分明，故佛教用以比作佛眼。

⑭胜：二十四卷本作"盛"。

⑭台阁之想：指曾某想做宰相的念头。台阁：指朝廷重臣。明清时指尚书、内阁大学士之类的辅佐大臣。

⑭九二十四卷本"入"上有"后"字,"山"下有"学道"二字。

⑮⓪"福善"二句：降福给行善之人,降祸于淫恶之徒,这是上天不变的法则。《尚书·汤诰》："天道福善祸淫。"

⑮①忻：亭刻本作"欢"。

⑮②鞠躬尽瘁：尽力国事,不辞劳苦。鞠躬：恭敬谨慎。尽瘁：勤劳国事。

⑮③中：亭刻本无"中"字。

⑮④斋抄本无"福善……然而"一段。

⑮⑤彼以虚作：指曾某在幻梦中的恶行。

⑮⑥神以幻报：指在幻梦中鬼神给于曾某的恶报。

⑮⑦"黄粱"三句：意谓当人们还没有理解人生是短暂的时候，像这种飞黄腾达的梦想是难免的，因此应当把这则故事作为《邯郸记》的续编。唐传奇《枕中记》载：卢生在邯郸旅店里遇到一位道者吕翁。卢生对他诉说自己的穷困不得志。于是，吕翁给他一个枕头，教他枕着睡觉，就可以事事如意。卢生乃倚枕睡去。在梦中，他享尽了人间的荣华富贵，一觉醒来，方知是做了一场大梦，店主人当时煮的一锅黄粱还没有熟。这个题材后世改编为戏曲《黄粱梦》和《邯郸记》。本篇是仿《枕中记》体裁加以发展写成的，所以篇名"续黄粱"。

译文

福建有个曾举人，考中进士后，同两三个同榜进士，到郊外去游览。偶然听说毗庐禅院住着一位星相术士,就一同前往去问。进去施礼坐下。星相术士见他得意扬扬,对他说了几句奉承的话。曾进士摇着扇子面带微笑,就问:"我有没有蟒袍玉带的福份?"星相术士很认真地许下他可以做"二十年太平宰相"。曾进士十分高兴,更加趾高气昂。正好下起小雨来,他就同游伴们在禅房里躲雨。禅房里有一个老和尚,深眼窝,高鼻梁,坐在蒲团上,大大咧咧地不同他们施礼。大家举手为礼,坐在榻上自顾说话,众人对曾进士的宰相前途表示祝贺。曾进士神态更加高傲,指着游伴们说:"我做了宰相时,推荐张年丈做应天巡抚,家里的中表兄弟做参将、游击;我家老仆人,也得当个千总、把总。我的心愿就满足了。"在座的人都大笑起来。

一会儿,听到门外雨越下越大,曾进士感到困倦就伏在床榻上。忽然,看见有两个宫中使者,手捧皇帝的亲笔诏令,召请曾太师去商定国家大事。曾进士很得意,马上赶去上朝。天子移席向前,和颜悦色地同他谈了很久,并命令三品以下的官员由他贬降或提拔。当即又赐给他蟒袍玉带和名马。曾进士换上朝服,磕头谢恩才出宫。

回到家，已经不是原来住的房屋，雕梁画栋，极其雄伟华丽。他自己也弄不懂怎么一下子就到了这种地步。他捻着胡须轻轻呼唤一声，应答之声响动如雷。一会，各位大官送来海外珍稀之物，巴结奉承的人一批批进出他的大门。六部大臣来见，他急忙起身迎客；侍郎们来，作个揖同他们交谈；侍郎以下的官员，点点头招呼而已。山西巡抚送来十个歌女，全都是漂亮女子。其中最漂亮的，一个叫袅袅，一个叫仙仙，这两个尤其受到宠爱，另眼看待。曾太师家居休假，衣着随便，每天沉醉在声色之中。有一天，曾太师想起自己从前贫贱时曾经得到过本县乡绅王子良的接济，现在自己身居高位，而王子良仍然仕途失意，为什么不拉他一把呢？第二天早上奏了一本，举荐王子良为谏议大夫。随即便得到皇帝应允的圣旨，马上提拔任用。又想起曾经遭郭太仆的怨恨，就传吕给谏及侍御史陈昌等人来，把自己的想法告诉他们。隔了一天，弹劾郭太仆的奏章同时呈上，郭太仆奉旨革去官职离开了朝廷。恩怨分明，心里十分痛快。曾太师偶然去郊外，一个醉汉正好冲撞了他的仪仗队。马上叫人捆上醉汉交付京兆尹衙门，立即就叫乱棒打死了。跟他宅院相接、田地相连的大户人家，都畏惧他的权势，纷纷把肥田沃土献给他。从此他的财富足可以和国库相比。没多久，袅袅、仙仙先后死去。他朝思暮想，忽然回忆起早些年看见东边邻居家的姑娘极为漂亮，每每想要买来做小老婆，总是因为无钱无势不能了此宿愿，现在有幸可以满足心愿了。就派了几个得力的仆人，硬塞些钱给姑娘家。不一会，藤轿就抬到了，姑娘比从前看见的时候更加妩媚动人。回想自己的今生今世，可真是心满意足了。

又过了一年，朝中官员暗地里议论纷纷，似乎有心怀不满的人。然而朝臣贪恋禄位都不敢直言。曾某也心高气盛，不把这些放在心上。有位龙图学士包大人上了奏章，奏章中写道："我私下认为曾某，原来是一个嗜酒赌钱的无赖，市井小人。因为一句话投合了圣意，获得皇上恩宠。父穿紫袍儿穿朱服，所受恩宠达到极点。不想为国事操劳献身，以报答皇上的恩宠于万一；反而为所欲为，擅自作威作福。够得上处死的罪，像头发那样难以数清！朝廷的官爵，被他视为奇货；估量官缺的俸禄及进项多寡，规定价格的高低出售。因此，公卿将士，尽奔走在他的门下，迎合他的心意，钻营谋取，完全像做生意一样。仰承鼻息、望尘下拜的，更是数不清。即或有杰出之士、贤良之臣，不肯阿谀奉承，轻则安排担任闲散官职，重则革职为民。更有甚者，凡是不偏袒他的，动则触犯他这指鹿为马的奸臣；只言片语的冒犯，就被发配到荒远的豺狼出没之地。朝廷官员因此而寒心，朝廷为此而孤立。而且老百姓的膏血，被他肆无忌惮地侵吞；对良家女子，强送聘礼逼嫁。灾气冤氛，暗无天日！他的奴仆一到，太守、县令都得看着脸色行事；他的书信一来，省级地方大员就徇情枉法。连他奴仆的儿子，稍有瓜葛的远亲，出门就乘坐官府驿站的车马，横冲直撞如风行雷动。地方上的供给稍微慢一点，马上就受到鞭挞惩罚。荼毒百姓，役使官府，随从人员走到哪里，搜括得地里连青草也不长。而曾某如今正威风显赫，倚仗宠幸毫无悔改之意。每当皇上召他进宫问事，他就趁机把谗言送到天子面前。退朝刚回到家中，歌声已在后花园响起。歌舞女色狗马玩物，日夜荒淫无度；国家经济和人民生活，从来不加考虑。世上难道有这样的宰相吗？内外惊恐，民愤日增，若不及早把他送到刀斧之下，势必酿成曹操、王莽那样的篡位之祸。臣下日夜心怀戒惧，不敢安居，冒死陈述这些情况，上达给圣明的天子知道。臣下请求砍掉奸佞的头颅，抄没他贪赃枉法得来的财产，上可以转变老天的震怒，下可以大快民心。如果臣下所言有虚假谬误，请将刀锯鼎镬等刑罚，立即加在臣的身上。"奏章上去之后，曾某知道了这件事，吓得魂飞魄散，像喝了冰水似的凉了半截。幸亏皇上对他特别宽容，把奏章压在宫中不予查究。可是接着科、道、九卿也纷纷上奏章弹劾曾某，即使过去投靠门下作门生、干儿的人，也对他翻脸不认。这才奉旨抄了他的家，发配他到云南充军。他的儿子任平阳知府，已经派钦差去捉拿审问。

曾某听了圣旨正吓得心惊胆战，接着又有几十个武士，手拿宝剑持着长矛，一直冲进他的内室；剥下他的朝服官帽，跟他老婆一起捆绑起来。一会儿，见几个仆夫把财物搬到院子里，金银钱钞好几百万；珍珠、翡翠、玛瑙、玉石好几百斛，幄幕帘榻之类的东西又是几千件；以至于小儿的包被、女人的鞋子，丢弃在庭院台阶上。曾某一一看在眼里，不禁心酸刺眼。又过了一会，有人把漂亮的小老婆押出来，披头散发娇声哀啼，玉貌花容无人怜爱。曾某悲愤填膺，不敢吭声。一会，楼阁仓库全已贴上封条，马上喝令曾某出去。押解的人拉着他的衣衫拽出门，夫妻俩忍气吞声地上了路，要求一辆破车，稍作代步，也得不到。走了十多里，老婆脚无力，几次要跌倒，曾某时时用一只手去搀扶她。又走了十几里，曾某自己也困倦了，突然看见一座高山直插云霄，自己担心爬不上去，不时挽着老婆的手相对流泪。而押解的人却横眉怒目地盯着他们，不容许稍微停留一下。又见太阳已经落山，没有地方可以过夜，无可奈何，只好一前一后地弯着腰爬山。等爬到半山腰，老婆的力气已经用尽，坐在路边直流泪。曾某也歇下来，任随押解的人斥责辱骂。忽然听见许多人齐声呐喊，有一群强盗各人手持利刃，乱跑乱跳冲到面前，押解的人大吃一惊，各自逃命。曾某直直地跪在地上，说："我是孤身远谪的人，口袋里一点值钱的东西也没有。"他苦苦哀求饶命。这群强盗怒目圆睁，声称："我们都是被你陷害的冤民，只要你这个奸贼的脑袋，别的什么也不要！"曾某生气地喝斥他们："我虽然是犯了罪的人，也还是朝廷命官，你们这些强盗胆敢这样放肆！"强盗们也发了怒，用大斧砍曾某的脖子，曾某觉得脑袋落在地上发出响声。他的魂魄正在惊疑，马上有两个鬼走来，反绑上他的双手，赶他上路。

走了几刻钟，进了一座都城。不一会，看到一座宫殿，大殿上有个面目丑怪的鬼王，伏在公案上决定鬼魂的祸福。曾某走上前，跪伏在地上请求宽恕。鬼王翻看卷宗，才看了几行，马上勃然大怒，说："这是欺君误国大罪，该下油锅！"无数鬼卒齐声答应，声响如轰雷。立即有个高大的鬼把曾某拎到台阶下。只见油锅高七尺以上，四周炭火燃得很旺，油锅脚烧得通红。曾某浑身发抖哀嚎，无处可逃。大鬼用左手抓住他的头发，右手握住他的脚踝，把他抛进油锅里。曾某觉得孤身一人，随着油波上下滚动；皮肉焦枯，疼得钻心；滚烫的油灌进嘴里，煎熬着五脏六腑。心想快点死去，可是想尽办法也死不了。大约一顿饭工夫，大鬼才用巨大的叉子把他从油锅中捞出来，又让他伏在公堂下。鬼王又翻看卷宗，生气地说："你仗势欺人，该受上刀山的刑罚！"大鬼又把他拎走。看见一座山不很广阔，可是悬崖陡峭，纵横交错插着利刃，乱得像密密麻麻的竹笋。已经先有好几个人在山上挂着肠子穿破肚子，呼号之声，惨痛无比，让人惨不忍睹，耳不忍闻。

大鬼催促曾某上山，曾某大声哭着往后退缩。大鬼用毒锥刺曾某的脑袋，曾某忍着疼痛乞求怜悯。大鬼很冒火，一把抓起曾某，望空中用力一抛。曾某觉得身体已在云霄之上，晕头晕脑地往下一落，利刃交叉插在胸口，痛苦得没法用语言形容。又过了一会，身躯越来越沉重，刀口越拉越大；忽然脱落下去，四肢曲卷成一团。大鬼又赶他去见鬼王。鬼王命令清算他一生出卖爵位官职、贪赃枉法霸占的产业，得到的金银一共有多少。立即有个卷曲胡须的小吏拿着筹码计算说："共有三百二十一万两。"鬼王说："他既然搜刮来，还叫他喝下去。"不久，取出金钱堆放在台阶上，像座小丘陵，慢慢把钱投进铁锅，用烈火熔化开。几个鬼役，轮流用勺子舀起铜汁灌进曾某的口里，铜汁流到脸颊上，皮肤就焦臭开裂，灌进咽喉五脏六腑就沸腾起来。活着的时候嫌这东西太少，这时却嫌这东西太多了。灌了半天才灌完。

鬼王命令把他押到甘州去投身为女子。走了几步，看见架子上有一道大铁梁，有好几尺粗，上面盘绕着一个火轮，大得不知有几百里，火焰发出五彩光芒，亮光直照云天。大鬼用鞭子逼他登上火轮，曾某刚闭眼跳上火轮。火轮随即就转动起来，似乎觉得一下子就全身坠落下去，浑身变得冰凉。睁眼看看自己，身子已变成婴儿，而且还是个女身。看看父母，都穿着破棉衣，土屋子里，堆放着破瓢和棍子。他心里明白自己成了叫花子的女儿。从此每天跟着叫花子拿着要饭碗去要饭,肚子饿得咕咕叫,常常吃不上一顿饱饭,穿着破棉衣,寒风常常刺骨。十四岁时,被卖给顾秀才做小老婆,吃穿勉强能满足。可是大老婆很凶恶,天天用鞭子棍棒对待她,还经常用烧红的烙铁烫她的乳房。幸亏丈夫比较怜爱她,她才稍微得到些宽慰。东边邻居的一个无赖小子,忽然翻墙过来,逼迫她私通。她自己心想:前世的罪孽,已经受到鬼的惩罚,现在哪能再这样干!于是就大声呼救。丈夫与大老婆都起来了,无赖小子才逃窜出去。没多久,秀才在她房间里睡,她在枕头上喋喋不休,正在诉说自己的冤苦。忽然一声震响,房门大开,有两个强盗提刀进来,竟然砍下了秀才的脑袋,囊括了所有的衣物。她缩做一团伏在被子底下,不敢再吭一声。后来强盗走了,她才叫喊着跑到大老婆的屋里。大老婆大惊失色,同她一起哭着查看。大老婆就疑心是小老婆串通奸夫杀死了丈夫,因此写了状子告到官府里。刺史对她严加审问,最后竟然用酷刑定了罪名,依照法律该凌迟处死,把她绑赴刑场。她心里堵满了冤气,便连蹦带跳地喊冤叫屈,认为在九幽十八狱也没有这样黑暗。

她正在悲号之时,忽然听见游伴在喊:"老兄你做恶梦了吗？"曾某一下子惊醒过来，见老和尚仍然盘腿坐在蒲团上。同游的人抢着对他说："天晚肚子饿了，你为什么酣睡这么久？"曾某这才面容惨淡地起来。老和尚微笑着说："做宰相的占卜灵不灵验？"曾某更加惊奇异常，连忙跪拜向老和尚请教。老和尚说："能够修德行仁，火坑中也可以长出青莲花。山野的和尚能知道什么呢？"曾某意气扬扬而来，此时不觉垂头丧气而返。做宰相的念头，从此淡薄下去，后来进山修行，不知道结局如何。

异史氏说："降福于行善，降祸于淫恶，这是上天不变的法则。一听说可以做宰相就在心中暗自欢喜，必然不是想尽力国事是可想而知的了。这时候，心中宫室妻妾无所不有。可是梦本来就是虚幻的，幻想也不是真实的。他在梦中的恶行，神灵也以幻象来作报应。黄粱快要熟的时候，做这种梦的人世间必然会有，该把这则故事附在《邯郸记》之后。"

龙取水①

原文

俗传龙取江河之水以为雨，此疑似之说耳②。徐东痴南游③，泊舟江岸，见一苍龙自云中垂下④，以尾搅江水，波浪涌起，随龙身而上。遥望水光晱炳⑤，阔于三匹练⑥。移时，龙尾收去，水亦顿息。俄而大雨倾注，渠道皆平。

注释

①亭刻本、二十四卷本无此篇。

②"俗传"二句：斋抄本无此二句。

③斋抄本"南"上有"夜"字。徐东痴：徐元善，字长公，山东新城人。由明入清，慕嵇康为人，更名夜，字嵇庵，又字东痴，隐居田庐。康熙十七年、十八年，诏修明史，开博学宏辞科，有司将以应诏，以老病力辞不赴。徐元善两度南游，一次在顺治十八年（1661），访钱塘孤山林逋故居，至桐庐登严光钓台，酹谢翱墓，徘徊赋诗而返。一次在康熙二十二年（1683）前后，赴友人召，至江西德安，题诗庐山东林寺，未几卒。王士禛搜辑其诗，序而传之。其传见康熙《新城县志》卷八，参王士禛《带经堂集·徐诗序》。

④云：斋抄本作"空"。

⑤焌：斋抄本作"焌焌"。睒焌：亮光闪烁。

⑥匹；斋抄本作"尺"。

译文

世俗相传龙从江湖里吸取水化成雨，这只是推测的说法而已。徐东痴到南方游览，船停在江岸边，见一条苍龙从云中垂挂下来，用尾巴搅动江水，波浪立即涌起，江水顺着龙身上升。远远望去，水光闪亮，比三匹白绢还要宽。过了一会，龙尾巴收上天，江水也同时平静下来；不一会，大雨倾盆而下，河渠道路都让雨水填平了。

小猎犬

原文

山右卫中堂为诸生时①,厌冗扰②,徙斋僧院③,苦室中蝎虫蚊蚤甚多④,竟夜不成寝⑤。食后偃息在床,忽一小武士⑥,首插雉尾,身高两寸许⑦,骑马大如蜡⑧,臂上青鞲⑨,有鹰如蝇,自外而入。盘旋室中,行且驶。公方疑注⑩,忽又一人入,装亦如前⑪,腰束小弓矢,牵猎犬如巨蚁。又俄顷,步者、骑者纷纷来。以数百辈,鹰亦数百臂,犬亦数百头⑫。有蚊蝇飞起⑬,纵鹰腾击,尽扑杀之。猎犬登床缘壁。搜噬虱蚤,凡罅隙之所伏藏⑭,嗅之无不出者。顷刻之间,决杀殆尽⑮。公伪睡,睨之,鹰集犬窜于其身。既而一黄衣人,著平天冠⑯,如王者,登别榻,系驷苇箧间⑰。从骑皆下,献飞献走⑱,纷集盈侧。亦不知作何语。无何,王者登小辇。卫士仓皇,各命鞍马。万蹄攒奔,纷如撒菽;烟飞雾腾,斯须散尽。公历历在目,骇诧不知所由。蹑履外窥,渺无迹响;返身周视,都无所见。惟壁砖上遗一细犬⑲。公急捉之,且驯⑳。置砚匣中,反复瞻玩,毛极细茸,项上有小环㉑。饲以饭颗㉒,一嗅辄弃去㉓。跃登床榻,寻衣缝，啮杀虮虱。旋复来伏卧。逾宿，公疑其已往㉔；视之，则盘伏如故。公卧，则登床簟㉕，遇虫辄唼毙。蚊蝇无敢落者。公爱之甚于拱璧㉖。一日，昼寝㉗，犬潜伏身畔。公醒转侧，压于腰底㉘，固疑是犬，急起视之㉙，已匾而死㉚，如纸剪成者然。然自是壁虫无噍类矣㉛。

注释

① 山右：山西。以居太行山之右得名。卫中堂：卫周祚，山西曲沃人。明崇祯进士，官户部郎中。顺治时，历工、吏二部尚书，授文渊阁大学士，兼刑部尚书。康熙间，授保和殿大学士，兼户部尚书。康熙十四年（1675）卒，谥文清。《清史稿》卷二百三十八有传。中堂：唐设政事堂于中书省，以宰相领其事。后因称宰相为中堂。明清内阁大学士实际上是宰相，在文渊阁办公，中书居东西两房，大学士居中，故也称中堂。

② 厌冗扰：斋抄本无此三字。

③ 徙：斋抄本作"假"。

④ 苦：斋抄本作"苫"。蜰（féi）虫：即臭虫，又名床虱。《尔雅·释虫》："蜚，臭恶之虫，俗谓臭虫。"

⑤ 竟：斋抄本无"竟"字。寝：斋抄本作"寐"，二十四卷本作"眠"。

⑥ 斋抄本"忽"下有"见"字。

⑦两：斋抄本作"二"。

⑧蜡（qù）：蝇的幼虫。《说文·虫部》："蜡，蝇胆也。"段注："蝇生子为蛆。蛆者俗字，胆者正字，蜡者古字。"

⑨韝（gōu）：同"鞲"。猎装上停立猎鹰的臂套。

⑩凝：斋抄本作"疑"。

⑪前：斋抄本作"之"。

⑫"鹰亦"二句：斋抄本作"鹰犬皆数百"。数百臂：犹言几百只。臂：指停鹰的臂套。

⑬斋抄本"有"上有"见"字。

⑭隙之：斋抄本作"有"。隙：二十四卷本无"隙"字。

⑮决杀：决、杀同义。犹言杀戮。

⑯平天冠：古代帝王百官祭祀时都戴冠冕，以冠冕的梁数和旒（礼帽前后的玉串）的多少作为识别。皇帝戴平冕，也叫平天冠，垂白玉珠十旒。又称通天冠、平顶冠。见汉·蔡邕《独断》下卷。

⑰系驷苇箦间：意谓停车系马于苇席、箦席相叠之边际。

⑱献飞献走：献纳猎获的"飞禽走兽"，蚊、虱之类。

⑲上：斋抄本无"上"字。

⑳且：二十四卷本作"甚"。

㉑二十四卷本"有"下有"一"字。

㉒以：二十四卷本作"一"。

㉓弃：斋抄本无"弃"字。

㉔往：二十四卷本作"去"。

㉕箦（zé）：床席。

㉖拱璧：两人合抱的大璧。喻珍贵宝物

㉗寝：斋抄本、二十四卷本作"卧"。

㉘二十四卷本"压"上有"觉有物"三字。

㉙视：亭刻本作"眎"，视的古字。

㉚匾：通"扁"。

㉛壁：亭刻本作"蟹"。噍（jiào）类：能吃东西的动物。噍：嚼，吃东西。

译文

山西省卫中堂做秀才的时候，厌烦一些小事的打扰，就把书房搬到寺院里，苦于屋子里的臭虫、蚊子、跳蚤太多，竟然整夜无法入睡。吃过饭，他仰卧在床上休息，忽然看见一个小武士，头盔上插着野鸡毛，身高两寸左右，骑的马只有蛆虫那么大，手臂上套着青色的臂套，上面站着像苍蝇那么大的一只猎鹰，从外面走进来。小武士在屋子里绕来绕去，时而慢行时而快跑。卫中堂正在凝神细看，忽然又有一个人进来，装束同前面的那个一样，腰挂着小弓箭，牵一只猎狗像大蚂蚁那么大。又过了一会，步行的、骑马的纷纷赶来，有几百人之多，猎鹰有几百只，猎犬也有几百只。一有蚊子、苍蝇飞过来，他们就放出猎鹰腾空出击，把蚊蝇全部扑杀。猎犬爬上床，沿着墙壁搜索虱子、跳蚤，凡是墙缝里伏藏着的，嗅一下没有不给搜出来的。顷刻之间，害虫几乎消灭干净。

卫中堂假装熟睡，偷眼看它们，猎鹰停在他身上，猎犬在他身上蹿来蹿去。后来有一个穿黄衣服的人，戴着天平冠，像个帝王，登上了另一张床，在席子边上停车系马。随从都下了马，献上猎获的"飞禽走兽"。纷纷挤满在黄衣衫人的身旁，也不知他们说的什么话。不多久，那帝王登上小御车。卫士忙乱起来，各人都骑上马。上万只马蹄奔腾，声音像撒下豆子似的，烟雾飞扬起来，一下子就走散了。卫中堂把这一切看得清清楚楚，心中惊诧，不明白他们是从哪里来的。他穿上鞋往外窥视，一点踪迹音响都没有；回转身四处看，什么也看不见。只有墙砖上留下一条小猎犬。卫中堂连忙捉住它，小猎犬很驯服。把它放在砚匣中，反复观看玩赏，狗毛很细茸，项上有一只小环。拿饭粒喂它，它闻一闻就丢开不吃。它跳上床，在衣缝中寻找，咬吃那些虮虱，然后又回来趴下。过了一夜，卫中堂以为它已经走开了，仔细一看，却依旧盘伏在那里。卫中堂躺下，它就爬上床，遇到蚊虱就把它们咬死。蚊子、苍蝇没有敢停下来的。卫中堂比爱珍贵的宝物还爱它。有一天，卫中堂睡午觉，小猎犬悄悄伏在他身旁。卫中堂睡醒来翻身，把它压在腰底下，本来就怀疑压着了小猎犬，急忙起身一看，它已被压扁压死了，像张纸剪出来的一样。可是从这以后那些臭虫、跳蚤就绝种了。

附《池北偶谈》一则

原文

八座某公未第时，夏日尝昼卧，忽见一小人骑而入，人马皆可寸余。腰弓矢，臂鹰，鹰大如蝇。继至一人亦如之。牵鹰犬，犬如巨蚁。二人绕屋盘旋。久之，甲士数千沓至。星旌云罕，缤纷络绎，分左右盍合围，大猎室中。蚊蝇无噍类，其伏匿者，辄缘壁隙掘出之。一朱衣人下辇坐别榻，众次第献俘获。已，遂上辇，肃队而出。甲士皆从，如烟雾而散；起视，一无所睹，惟一小猎犬，彷徨壁间，取置箧中，驯甚。饲之不食，卧则伏枕畔，见蝇蚋辄啗去之。

棋鬼

原文

扬州督同将军梁公①,解组乡居②,日携棋酒,游翔林丘间③。会九日登高④,与客弈。忽有一人来,逡巡局侧,耽玩不去。视之,面目寒俭,悬鹑结焉。然而意态温雅⑤,有文士风。公礼之,乃坐,亦殊执谦。公指棋谓曰:"先生当必善此。何勿与客对垒⑥?"其人逊谢移时,始即局⑦。局终而负,神情懊热⑧,若不自己。又着⑨,又负,益惭愤⑩。酌之以酒,亦不饮,惟曳客弈。自晨至于日昃,不遑溲溺。方以一子争路,两互喋聒⑪。忽书生离席悚立⑫,神色惨沮。少间⑬,屈膝向公座⑭,败颡乞救⑮,公骇疑,起扶之曰:"戏耳!何至是?"书生曰⑯:"乞付嘱圉人⑰,勿缚小生颈。"公又异之。问:"圉人谁⑱?"曰:"马成。"先是:公圉役马成者,走无常⑲,常十数日一入幽冥,摄牒作勾役⑳。公以书生言异㉑,遂使人往视成,则僵卧已二日矣㉒。公乃叱成"不得无礼"。瞥然间,书生即地而灭㉓。公叹咤良久,乃悟其鬼㉔。越日,马成寤。公召诘之。成曰:"书生湖襄人㉕,癖嗜弈,产荡尽。父忧之,闭置斋中。辄逾垣出,窃引空处与弈者狎。父闻诟詈,终不可制止。父愤恚㉖,赍恨而死㉗。阎摩王以书生不德㉘,促其年寿,罚入饿鬼狱㉙,于今七年矣。会东岳凤楼成㉚,下牒诸府,征文人作碑记。冥王出之狱中,使应召自赎。不意中道迁延,大忤限期。岳帝使直曹问罪于王㉛。王怒,使小人辈罗搜之。前承主人命,故未敢以缧绁系之㉜。"公问:"今日作何状?"曰:"仍付狱吏,永无生期矣。"公叹曰:"癖之误人也如是夫!"

异史氏曰:"见弈遂忘其死;及其死也,见弈又忘其生。非其所欲有甚于生者哉?然癖嗜如此,尚未获一高着,徒令九泉下有长死不生之弈鬼也。可哀也哉㉝。"

注释

①同:二十四卷本作"统"。督同将军:即都督同知,亦即副总兵。明代由五军都督府的都督同知充任各省、镇的副总兵,遇大战事,则挂副将军印,统兵出战,事毕纳还,故称督同将军。

②解组:罢任。组:用丝织成的阔带子,古人用以佩印或佩玉,代指官职、官印。

③翔:斋抄本无"翔"字。

④九日：农历九月九日，即重阳节。我国旧俗，于该日插茱萸登高，饮菊花酒。

⑤而：斋抄本无"而"字。

⑥勿：斋抄本作"不"，亭刻本、二十四卷本作"弗"。对垒：对局。

⑦即：二十四卷本作"就"。

⑧懊热：懊丧却仍然热衷。

⑨着：着子布棋，即下棋。

⑩惭愤：斋抄本作"愤惭"。

⑪喋聒：谓多言扰耳；啰嗦。

⑫忽书生离席悚立：二十四卷本作"其人忽离席悚立"。

⑬少间：二十四卷本无"少间"二字。

⑭向公座：二十四卷本作"公前"。

⑮败：亭刻本作"顿"，二十四卷本作"稽"。败颡：叩头出血。颡：额。

⑯书生：二十四卷本作"其人"。

⑰乞付嘱：二十四卷本作"祈嘱"。付嘱：斋抄本作"嘱付"。圉人：马夫。

⑱二十四卷本"谁"上有"为"字。

⑲走无常：迷信认为阴司鬼役有缺，临时可摄生人暂代，事毕放还，称之为走无常。

⑳摄牒作勾役：意谓携带冥府文书充当勾魂鬼。

㉑书生：二十四卷本作"其"。

㉒斋抄本"则"下有"已"字，"二"作"三"。

㉓乃：亭刻本无"乃"字。

㉔然间：斋抄本作"见"。书生：二十四卷本作"其人"。

㉕书生：斋抄本作"渠"，二十四卷本作"彼"。湖襄：长江中游洞庭湖、襄江一带。

㉖愤悒：斋抄本无"愤悒"二字。

㉗而：斋抄本无"而"字。

㉘摩：斋抄本无"摩"字。书生：二十四卷本作"其"。

㉙饿鬼狱：传说中的地狱名。

㉚东岳凤楼：指泰山帝君宫内的楼阁。凤楼：泛指帝王宫内的楼阁。

㉛直曹：当值的功曹。

㉜缧绁：捆绑犯人的绳索。

㉝哉：二十四卷本作"已"。

译文 扬州督同将军梁公，罢任回乡闲居，每天携带棋酒，在山林小丘闲游。碰上九月九日登高，跟个客人下棋。忽然有一个人走来，在棋局旁边踱来踱去，看得很有兴趣，舍不得走开。看看他，样子贫寒俭朴，衣服破烂不堪。可是他的意态温文尔雅,很有文士风度。梁公向他施礼,他才坐下来,也十分谦逊。梁公指着棋局对他说:"先生一定善于此道,为什么不跟客人对下一局呢?"这个人谦让了一阵,才开始对局。下完一盘他输了,神情懊丧却仍然热衷于对局,像是不能控制住自己。再下一盘,又输了,他更加惭愧而又气愤。斟酒给他喝,他也不喝,只是拉着客人下棋,从早晨下到太阳偏西,顾不上去撒尿。正在为一着棋,两个人争论不休。忽然书生离开棋局恐惧地站着,神色凄凉沮丧。过了一会,他向梁公的座前跪下,叩头出血乞求解救。梁公又惊又纳闷,站起身扶起他说:"这是下着玩的,为什么至于这样?"书生说:"求你嘱咐你的马伕,不要捆我的脖子。"梁公更觉得奇怪,问:"马夫是谁?"书生回答:"是马成。"

在这之前,梁公的马夫马成,是个走无常,经常十几天要去一次阴间,拿着冥府文书充当勾魂差役。梁公因为书生的话说得奇怪,就派人去看马成,却已经直挺挺地睡了两天了。梁公就呵斥马成不得对书生无礼。转眼间书生就在原地消失了。梁公惊叹诧异了好长时间,这才明白那个人是鬼。过了一天,马成苏醒过来。梁公召他来追问。马成说:"他是湖襄一带的人，特别迷恋下棋，家产都弄光了。他父亲很担忧，把他关闭在书房里。他总是翻墙出来，偷偷跑到没人的地方跟棋友混在一起。他父亲知道后痛骂他，始终无法制止。他父亲气愤愁闷，含恨死去。阎王爷因为他太缺德，就缩短了他的寿命，罚他到饿鬼狱中，至今已有七年了。遇上东岳凤楼建成，向阴间各府下了公文，征求文人作碑记。阎王把他从狱中放出来，让他应征给自己赎罪。没想到半路上拖延了时间，大大超过了规定的期限。东岳大帝派值日功曹来责问阎王。阎王大怒，派我们这些小鬼到处搜捕他。先前承主人的吩咐，所以不敢用粗绳子捆他。"梁公问："现在怎么样了？"马成说："仍然交给地狱官吏，他永远没有转生的日子了。"梁公叹息说："嗜好对人的贻误竟有这样厉害啊！"

异史氏说："见到下棋连死也不顾；等到死去，见到下棋又不顾转生，莫非嗜好比投生更重要吗？然而癖好下棋到这种地步，仍然没有学到一手高招，白白让九泉之下有个长死不生的棋鬼了，实在悲哀啊！"

辛十四娘

原文

广平冯生①，正德间人②，少轻脱，纵酒。昧爽偶行③，遇一少女，着红帔，容色娟好，从小奚奴④，蹑露奔波，履袜沾濡。心窃好之。薄暮醉归，道侧故有兰若，久荒废⑤；有女子自内出，则向丽人也。忽见生来，即转身入。阴念丽者何得在禅院中⑥？系驴于门，往觇其异。入则断垣零落，阶上细草如毯⑦。彷徨间⑧，一斑白叟出，衣帽整洁，问："客何来？"生曰："偶过古刹⑨，欲一瞻仰。翁何至此⑩？"叟曰："老夫流寓无所，暂借此安顿细小。既承宠降，山茶可以当酒⑪。"乃肃宾入⑫。见殿后一院，石路光明，无复蓁莽。入其室，则帘幌床幕，香雾喷人。坐展姓字，云："蒙叟姓辛。"生乘醉遽问曰⑬："闻有女公子未遭良匹⑭，窃不自揣，愿以镜台自献⑮。"辛笑曰："容谋之荆人。"生即索笔为诗曰："千金觅玉杵，殷勤手自将。云英如有意，亲为捣元霜⑯。"主人笑付左右。少间，有婢与辛耳语。辛起，慰客耐坐，牵幕入⑰。隐约三数语即趋出⑱。生意必有佳报，而辛乃坐与喧噱⑲，不复有他言。生不能忍，问曰："未审意旨，幸释疑抱。"辛曰:"君卓荦士,倾风已久。但有私衷,所不敢言耳。"生固请之⑳。辛曰:"弱息十九人㉑,嫁者十有二,醮命任之荆人㉒,老夫不与焉。"生曰:"小生只要得今朝领小奚奴带露行者。"辛不应,相对默然。闻房内嘤嘤腻语,生乘醉搴帘曰:"伉俪既不可得,当一见颜色,以消吾憾。"内闻钩动,群立愕顾。果有红衣人,振袖倾鬟㉓,亭亭拈带。望见生入,遍室张皇。辛怒,命数人捽生出。酒愈涌上,倒蓁芜中。瓦石乱落如雨,幸不着体㉔。卧移时,听驴子犹龁草路侧,乃起跨驴,踉跄而行。夜色迷闷,误入涧谷,狼奔鸱叫,竖毛寒心。踟蹰四顾,并不知其何所㉕。遥望苍林中灯火明灭,疑必村落㉖,竟驰投之。仰见高闳㉗,以策挝门。内有问者曰㉘:"何处郎君㉙,半夜来此?"生以失路告。问者曰㉚:"待达主人。"生累足鹄俟㉛。忽闻振管辟扉,一健仆出,代生捉驴。生入,见室甚华好,堂上张灯火。少坐,有妇人出,问客姓字㉜。生以告㉝。逾刻,青衣数人,扶一老妪出,曰:"郡君至㉞。"生起立,肃身欲拜㉟,妪止之,坐谓生曰:"尔非冯云子之孙耶?"曰㊱:"然。"妪曰:"子当是我弥甥㊲。老身钟漏并歇㊳,残年向尽,骨肉之间,殊所乖阔㊴。"生曰:"儿少失怙,与我祖父处者,十不识一焉。素未拜省,乞便指示。"妪曰:"子自知之。"生不敢复问,坐对悬想。妪曰:"甥深夜何得来此?"生以胆力自矜诩,遂一一历陈所遇⁴⁰。妪笑曰:"此大好事。况甥名士,殊不玷于姻⁴¹,野狐精何得强自高!甥勿虑,我能为若致之⁴²。"生称谢唯唯⁴³。妪顾左右曰:"我不知辛家女儿,遂如此端好!"青衣人曰:"渠有十九女,都翩翩有风格。不知官人所聘行几⁴⁴?"生曰:"年约十五余矣。"青衣曰⁴⁵:"此是十四娘。三月间,曾从阿母寿郡君,何忘却?"妪笑曰:"是非刻莲瓣为高履⁴⁶,实以香屑,蒙纱而步者乎?"青衣曰:"是也。"妪曰:"此婢大会作意弄媚巧。然果窈窕⁴⁷,阿甥赏鉴不谬。"即谓青衣曰:"可遣小狸奴唤之来⁴⁸。"青衣应诺去。移时入白:"呼得辛家十四娘至矣。"旋见红衣女子⁴⁹,望妪俯拜⁵⁰。妪曳之曰⁵¹:"后为我家甥妇⁵²,勿得修婢子礼⁵³。"女子起,娉娉而立,红袖低垂。妪理其鬓发,捻其耳环,曰:"十四娘近在闺中作么生⁵⁴?"女低应曰:"闲来只挑绣。"回首见生,羞缩不安。妪曰:"此吾甥也。盛意与儿作姻好,何便教迷途,终夜窜溪谷?"女俛首无语⁵⁵。妪曰:"我唤汝非他,欲为阿甥作伐耳⁵⁶!"女默默而已。妪命扫榻、展裯褥,即为合卺。女觍然曰："还以告之父母。"妪曰："我为汝作冰，有何舛谬？"女曰："郡君之命，父母当不敢违。然如此草草，婢子即死，不敢奉命。"妪笑曰："小女子志不可夺，真吾甥妇也。"乃拔女头上金花一朵，付生收之。命归家检历㊹，以良辰为定。乃使青衣送女去。听远鸡已唱，遣人持驴送生出㊺。数步外欻一回顾㊻，则村舍已失；但见松楸浓黑，蓬颗蔽冢而已㊼。定想移时，乃悟其处为薛尚书墓。薛固生祖母弟㊽，故相呼以甥。心知遇鬼，然亦不知十四娘何人。咨嗟而归。漫检历以待之㊾，而心恐鬼约难恃。再往兰若，则殿宇荒凉。问之居人，则言寺中往往见狐狸云。阴念若得丽人，狐亦自佳。至日，除舍扫途，更仆眺望，夜半犹寂，生已无望。顷之，门外哗然，蹑屣出窥㊿，则绣幰已驻于庭㉵，双鬟扶女坐青庐中㉶。妆奁亦无长物，惟两长鬣奴扛一扑满㉷，大如瓮，息肩置堂隅。生喜得丽偶㉸，并不疑其异类。问女曰："一死鬼，卿家何贴服之甚？"女曰："薛尚书今作五都巡环使㉹，数百里鬼狐皆备扈从。故归墓时常少㉺。"生不忘蹇修㉻，翌日，往祭其墓。归见二青衣，持贝锦为贺㉼，竟委几上而去。生以告女。女视之曰㉽："此郡君物也。"邑有楚银台之公子㉾，少与生共笔砚，相狎㉔。闻生得狐妇,馈遗为馈㉕,即登堂称觞。越数日,又折简来招饮㉖。女闻,谓生曰:"曩公子来,我穴壁窥之,其人猿睛而鹰准㉗,不可与久居也。宜勿往。"生诺之。翌日,公子造门㉘,问负约之罪,且献新什㉙。生评涉嘲笑,公子大惭,不欢而散。生归,笑述于房。女惨然曰:"公子豺狼,不可狎也。子不听吾言,将及于难。"生笑谢之。后与公子辄相谀噱㉚,前郄渐释㉛。会提学试㉜,公子第一,生第二㉝,公子沾沾自喜,走伻来邀生饮㉞。生辞,频招乃往。至,则知为公子初度㉟,宾客满堂,列筵甚盛。公子出试卷示生,亲友叠肩叹赏。酒数行,乐奏作于堂㊱,鼓吹伧儜㊲,宾主甚乐㊳。公子忽请生曰㊴:"谚云'场中莫论文'㊵。此言今知其谬。小弟所以忝出君上者㊶,以起处数语略高一筹耳㊷。"公子言已,一座尽赞。生醉不能忍,大笑曰:"君到于今,尚以为文章至是耶?"生言已,一座失色。公子惭忿气结。客渐去,生亦遁。醒而悔之,因以告女。女不乐,曰:"君诚乡曲之儇子也㊸。轻薄之态,施之君子,则丧吾德,施之小人,则杀吾身。君祸不远矣!我不忍见君流落,请从此辞。"生惧而涕,且告之悔。女曰:"如欲我留,与君约:从今闭户绝交游,勿浪饮。"生谨受教。十四娘为人,勤俭洒脱,日以纤织为事。时自归宁,未尝逾夜。又时出金帛作生计⑭,日有赢余⑮,辄投扑满。日杜门户;有造访者,辄嘱苍头谢去。一日⑯,楚公子驰函来,女焚椷不以闻。翼日⑰,出吊于城,遇公子于丧者之家。捉臂苦邀⑱,生辞以故,公子使圉人挽辔,拥之以行⑲。至家,立命洗腆⑩。继辞夙退⑩。公子要遮无已,出家姬弹筝为乐。生素不羁,向闭置庭中⑩,颇觉闷损;忽逢剧饮,兴顿豪,无复萦念,因而酣醉⑩,颓卧席间。公子妻阮氏最悍妒,婢妾不敢施脂泽。日前,婢入斋中,为阮掩执,以杖击首,脑裂立毙。公子以生嘲慢,故衔生,日思所报,遂谋醉以酒而诬之。乘生醉寐⑩,扛尸床间,合扉径去。生五更醒解⑩,始觉身卧几上。起寻枕榻,则有物腻然,继袵步履⑯。摸之,人也,意主人遣童伴睡;又蹴之,不动而僵⑩。大骇,出门怪呼。厮役尽起,爇之,见尸,执生怒闹。公子出验之,诬生逼奸杀婢,执送广平。隔日,十四娘始知,潸然曰⑱:"早知今日矣⑲。"因按日以金钱遗生。生见府尹,无理可伸。朝夕搒掠⑩,皮肉尽脱,女自诣问。生见之,悲气塞心,不能言说。女知陷阱已深,劝令诬服，以免刑宪，生泣听命。女还往之间，人咫尺不相窥。归家咨惋，遽遣婢子去。独居数日，又托媒媪购良家女，名禄儿，年已及笄⑪，容华颇丽；与同寝食，抚爱异于群小⑫。生认误杀，拟绞。苍头得信归，恸述不成声。女闻，坦然若不介意。既而秋决有日⑬，女始皇皇躁动⑭，昼去夕来无停履。每于寂所，於邑悲哀⑮，至损眠食。一日，日晡⑯，狐婢忽来。女顿起，相引屏语⑰。出则笑色满面，料理门户如平时。翼日⑱，苍头至狱。生寄语娘子⑲，一往永诀。苍头复命，女漫应之，亦不怆恻，殊落落置之。家人窃议其忍。忽道路沸传：楚银台革爵⑳；平阳观察奉特旨治冯生案㉑。苍头闻之，喜告主母，女亦喜。即遣入府探视，则生已出狱，相见悲喜。俄捕公子至，一鞫，尽得其情。生立释宁家。归见阇中人㉒，泫然流涕，女亦相对怆楚。悲已而喜，然终不知何以得达上听。女笑指婢曰："此君之功臣也。"生愕，问故。先是，女遣婢赴燕都，欲达宫闱，为生陈冤㉓。婢至，则宫中有神守护，徘徊御沟间㉔，数月不得入。婢惧误事，方欲归谋，忽闻今上将幸大同㉕，婢乃预往㉖，伪作流妓。上至构栏㉗，极蒙宠眷。疑婢不似风尘人㉘，婢乃垂泣。上问："有何冤苦？"婢对㉙：

"妾原籍隶广平[130]，生员冯某之女。父以冤狱将死，遂鬻妾勾栏中。"上惨然，赐金百两。临行细问颠末，以纸笔记姓名，且言欲与共富贵。婢言："但得父子团聚，不愿华膴也[131]。"上颔之乃去[132]。婢以此情告生。生急拜[133]，泪眦双荧。居无几何，女忽谓生曰："妾不为情缘，何处得烦恼？君被逮时，妾奔走戚眷间，并无一人代一谋者。尔时酸衷，诚不可以告诉。今视尘俗益厌苦。我已为君蓄良偶[134]，可从此别。"生闻，泣伏不起，女乃止。夜遣禄儿侍生寝，生拒不纳。朝视十四娘，容光顿减；又月余，渐已衰老；半载，黯黑如村妪[135]。生敬之，终不替。女忽复言别，且曰："君自有佳侣，安用此鸠盘为[136]？"生哀泣如前日。又逾月，女暴疾，绝食饮[137]，羸卧闺闼[138]。生侍汤药，如奉父母。巫医无灵，竟以溘逝[139]。生悲怛欲绝，即以婢赐金为营斋葬[140]。数日，婢亦去。遂以禄儿为室。逾年，举一子[141]。然比岁不登[142]，家益落，夫妻无计，对影长愁。忽忆堂陬扑满，常见十四娘投钱于中，不知尚在否。近临之，则豉具盐盎[143]，罗列殆满。头头置去，箸探其中，坚不可入；扑而碎之，金钱溢出。由此顿大充裕。后，苍头至太华[144]，遇十四娘乘青骡[145]，婢子跨蹇以从，问："冯郎安否？"且言："致意主人，我已名列仙籍矣。"言讫不见。

异史氏曰："轻薄之词，多出于士类，此君子所悼惜也。余常冒不韪之名⑱，言冤则已迂；然未尝不刻苦自励，以勉附于君子之林，而祸福之说不与焉。若冯生者，一言之微，几至杀身，苟非室有仙人，亦何能解脱囹圄，以再生于当世耶？可惧哉⑲！"

注释

①广平：县名，在河北省南部。汉魏县地，金置广平县。明清时属广平府。

②正德间人：斋抄本、二十四卷本无此四字。正德：明武宗朱厚照年号（1506—1521）。

③昧爽：黎明、拂晓。

④奚奴：仆役，此指婢女。《新唐书·李贺传》："从小奚奴，背古锦囊，遇所得书投囊中。"

⑤久荒废：二十四卷本作"荒废已久"。

⑥念：斋抄本作"思"。

⑦毯：二十四卷本作"毡"。

⑧二十四卷本"彷"上有"正"字。

⑨刹：梵文"刹多罗"的省音译。佛塔顶部的装饰，即相轮。《洛阳伽蓝记·永宁寺》："有刹多高十丈，合去地一千尺。"

亦指寺前幡杆，因以称佛寺为"刹"或"寺刹""梵刹""僧刹"等。

⑩斋抄本"翁"上有"因问"二字

⑪斋抄本、二十四卷本"山"上有"有"字。

⑫宾：二十四卷本作"生"。

⑬遽：亭刻本无"遽"字。

⑭遭：二十四卷本作"适"。未遭良匹：意谓尚未许配人家。

⑮镜台自献：意谓自媒求婚。《世说新语·假谲》：晋人温峤丧妇。从姑刘氏女有姿，慧。姑属觅婿，峤自有婚意，答曰："佳婿难得，但如峤如何？"姑曰："何敢希汝也。"他日，报曰："已得之矣。门地粗可，婿身名宦，尽不减峤。"因下玉镜台一枚。姑大喜。既婚交礼，女以手披纱扇大笑曰："我固疑是老奴。"后遂以"镜台自献"代指亲自求婚。

⑯"千金"四句：这里用裴航的故事，表示求婚。唐代裴航路过蓝桥驿，口渴求饮，遇见少女云英。裴航向其祖母求婚。祖母说，神仙送我长生不老的灵丹，但须玉杵白去捣一百天方可服用。你若找到玉杵和白，我就把云英嫁给你。后来，裴航果然购得玉杵白，并亲自捣药百日。祖母服药后，先入洞，告姻戚来迎航及女，就礼后，裴航及妻入玉洞为上仙。故事见唐人裴铏《传奇》。元霜：玄霜，丹药。元：清代避康熙帝玄晔讳，书"玄"为"元"。

⑰二十四卷本"牵"上有"乃"字。

⑱三：斋抄本无"三"字。

⑲喔噱（wà jué）：谈笑。《三国志·魏志·钟繇传》引《魏略》："太子又书曰：执书喔噱。"注："喔噱，笑也。"

⑳之：斋抄本无"之"字。

㉑弱息：旧时对人称自己子女的谦词，义同"贱息"。

㉒斋抄本、二十四卷本"醮"上有"有"字。醮命：谓许婚之权。醮：旧指女子出嫁。古礼，女子出嫁，父母酌酒饮之，称"醮"。

㉓振袖倾鬟：犹言抖袖低头。鬟：古代妇女的环形发髻。

㉔体：据斋抄本、二十四卷本补，原字缺毁。

㉕其：二十四卷本作"为"。

㉖必：亭刻本作"心"。

㉗闳（hóng）：巷门，大门。

㉘内有问者：斋抄本作"内问"。问：二十四卷本作"门"。

㉙何处郎君：斋抄本作"何人"。

㉚问：二十四卷本作"门"。问者：斋抄本作"内"。

㉛累足鹄俟：驻足伸颈，站立等候。累足：站立不动。鹄：天鹅。

㉜字：斋抄本、二十四卷本作"民"。

㉝二十四卷本"生"下有"具"字。

㉞郡君：妇人的封号。汉武帝尊王太后母臧儿为平原郡君，此为封郡君之始。唐代四品官之妻封郡君，母封郡太君。宋徽宗改命妇封号，改郡君为淑人、硕人、令人、恭人四等。明代，惟皇室中之女子仍称郡君。清代，惟贝勒之女及亲王侧福晋之女称郡君。

㉟肃身：直身肃容。

㊱二十四卷本"曰"上有"生"字。

㊲弥甥：古代对外甥之子的称呼。《左传·哀公二十三年》："以肥之得备弥甥也。"

㊳钟漏并歇：喻生命已终止，暗示死亡。宋·许观《东斋记事》："今人言人之衰老，书则曰钟鸣漏尽。田豫为并州刺史，年老求逊位。司马仲达以为豫充壮，书喻未听。豫答曰：'年过七十而以居位，譬犹钟鸣漏尽而夜行不休，是罪人也。'"钟鸣漏尽，犹言钟漏并歇，喻此生已完结。钟漏：古代计时工具。

㊴乖阔：远离，疏远。

㊵斋抄本无"一一"二字。

㊶姻：亭刻本作"娅"。姻娅：亦作"姻亚"。指亲家或连襟。后亦用以泛指有婚姻关系的亲戚。

㊷若：亭刻本作"婉"。

㊸斋抄本、二十四卷本无"称"字。

㊹二十四卷本"所"下有"欲"字，"聘"下有"者"字。

㊺亭刻本"衣"下有"人"字。

㊻刻莲瓣为高履：指将鞋的木底刻上莲瓣花纹。古代缠足妇女用木制后跟衬于鞋底，这种鞋子称为高履。

㊼窀窈：斋抄本、二十四卷本作"窈窀"。

㊽狸奴：猫的别名，因其形状与狸相似，故以为别称。宋黄庭坚《谢周文之送猫诗》："养得狸奴立战功，将军细柳有家风。"这里是指精灵的仆婢。

㊾女：亭刻本作"娘"。

㊿俯：二十四卷本作"伏"。

㉛曳之：斋抄本无"曳之"二字。

㉜后：二十四卷本作"即"。

㉝得：二十四卷本作"仍"。

㉞作么生：干什么。生：山东方言"营生""生活"。

㉟俛：二十四卷本作"俯"。

㊱阿：斋抄本、亭刻本、二十四卷本作"吾"。

㊲检历：亭刻本作"涓吉"。检历：查阅历书，谓选择吉日良辰。

㊳人：二十卷本作"役"。

㊴亭刻本"回"下有"头"字。

㊵蓬颗蔽冢：冢上蔽以土封。蓬颗：东北人名土块为蓬颗，系"墣块"之转语，见朱骏声《说文通训定声》。《汉书·贾

山传》:"使其后世曾不得蓬颗蔽冢而托葬焉。"注引颜师古曰:"颗,谓土块;蓬颗,犹言块上生蓬者耳。"

㉛薛固生:斋抄本作"薛乃生故"。

㉒检历:亭刻本作"涓吉"。

㉓蹝:二十四卷本作"蹠"。蹝(xī)屣:趿拉着鞋,形容匆促急迫。迫:趿履而行。

㉔绣幰:绣花车帷,代指花轿或彩车。幰:车的帷幔。

㉕双鬟:婢女。青庐:代指洞房。北朝婚礼,用青色布幔于门内搭成帐蓬,在此交拜迎新妇。见《酉阳杂俎》。

㉖扑:二十四卷本作"扑",下同。扑满:储蓄钱币的瓦器。《西京杂记》:"扑满者,以土为器,以蓄钱。有入窍而无出窍,满则扑之。"

㉗斋抄本"丽"上有"佳"字。

㉘五部巡环使:冥府官名。

㉙墓:二十四卷本无"墓"字。

㉚蹇修:代指媒人。蹇修是传说中伏羲的臣子。屈原《离骚》有"吾令蹇修以为理"的句子,意思是叫蹇修为媒,后便以"蹇修"作媒人的代称。

㉛贝锦:一种有贝壳花纹的锦缎。《诗·小雅·巷伯》:"萋兮斐兮,成是贝锦。"

㉜视之:斋抄本无"视之"二字。

⑦³银台：官名，通政使的别称。明清都设置通政使司，其主官称通政使，掌管内外章奏和臣民密封申诉的文件。因宋代曾专设接受章疏的机关银台司，故明清通政使也称银台。

⑦⁴斋抄本、亭刻本、二十四卷本"相"上有"颇"字。

⑦⁵馈（nuǎn）：旧时嫁女后三日，母家及亲友馈送食物叫"馈"。

⑦⁶简：二十四卷本作"柬"。

⑦⁷准：二十四卷本作"隼"。鹰准：鹰钩鼻。准：鼻梁。

⑦⁸门：斋抄本、二十四卷本无"门"字。

⑦⁹新什：新作。什：篇什，指诗篇或文卷。

⑧⁰噱：二十四卷本作"据"。谀噱（jué）：恭维谈笑。噱：大笑。

⑧¹邻：二十四卷本作"却"，亭刻本作"郄"。渐：二十四卷本作"尽"。

⑧²提学试：清代指督学政主持一省童生院试及生员岁、科两试。这里指岁、科两试。

⑧³生第二：亭刻本无此三字。

⑧⁴走伻：派人。伻：使者。

⑧⁵初度：生日。

⑧⁶作：斋抄本无"作"字。

⑧⁷伧佇：形容奏乐时粗俗杂乱的声音。《汉书·贾谊传》："国

制抢攘。"颜师古注:"抢攘,读伦伫,乱貌。"

⑧甚乐:亭刻本作"乐甚"。

⑧请:斋抄本、二十四卷本作"谓"。

⑩场中莫论文:意谓在考场中靠命运,不靠文章。

⑪出:二十四卷本作"居"。忝:有辱、不敢当之意,客气话。

⑫起处:指八股文正式议论之前阐明题旨、引起议论的部分。

⑬乡曲之儇(xuān)子:见识寡陋的轻薄子弟。乡曲:穷乡僻壤。儇子:轻薄而耍小聪明之人。

⑭帛:亭刻本作"泉"。

⑮嬴:斋抄本、二十四卷本作"赢"。

⑯一:亭刻本作"翼"。

⑰翼:二十四卷本作"越"。

⑱邀:斋抄本作"约"。

⑲之:斋抄本、二十四卷本作"捽"。

⑳洗腆:指盛设洁净的酒食。《尚书·酒诰》:"自洗腆,致用酒。"腆:丰盛,丰厚。

㉑凤:二十四卷本作"欲"。凤退:早些回去。

㉒二十四卷本"向"上有"一"字。庭:二十四卷本作"斋"。

㉓酣醉:斋抄本作"醉酣"。

㉔寐:二十四卷本作"昧"。

㉕酲:二十四卷本作"醒"。酲解:酒醒。酲:酒醉。

⑯袢：斋抄本、二十四卷本作"绊"。绁绊：缠绕阻绊。

⑰斋抄本"动"下有"举之"二字。二十四卷本"动"下有"掬之"二字。

⑱潸然：斋抄本作"潜泣"。

⑲二十四卷本"知"下有"有"字。

⑩搒（péng）掠：拷打。

⑪斋抄本无"已"字。

⑫群小：指一般婢妾。

⑬秋决有日：将届秋季处决囚犯的日子。清代秋季审囚分四项：情真应决，缓决，可矜，可疑。决：处死。

⑭躁：二十四卷本作"惨"。

⑮於（wū）邑：同"於悒"。郁结，哽咽。

⑯晡：申时。午后三至五点。

⑰相引屏语：两人到无人处谈话。屏语：避人共语。

⑱翼：二十四卷本作"异"。

⑲二十四卷本"生"下有"曰"字。

⑳爵：斋抄本、二十四卷本作"职"。

㉑平阳：府名。辖今山西省临汾等十县。观察：明清时对道员的尊称。唐代无节度使的道，设观察使，为州以上的长官。明清时分守、分巡道也管辖府、州有关事宜，因尊称道员为观察。

⑫闺中人:斋抄本、二十四卷本作"女"。闺中人:即闺中人,指妻。

⑫斋抄本、二十四卷本"冤"下有"抑"字。

⑭徘徊御沟间:意谓鬼婢拟见帝诉冤而被宫中守护神所阻,不得入宫。御沟:环绕宫墙的河沟。

⑮今上:亭刻本作"天子",二十四卷本作"圣驾"。幸:封建时代,皇帝至某处称"幸"或"临幸"。大同:旧府名,治所在今山西省大同市。

⑯预:二十四卷本作"豫"。

⑰构栏:亦作"勾栏"。宋元时百戏杂剧的演出场所,元以后也指妓院。《东京梦华录》卷二:"其中大小勾栏五十余座。"

⑱风尘人:流落江湖的人,喻指妓女。

⑲斋抄本"对"下有"曰"字。

⑳斋抄本、二十四卷本"隶"上有"直"字。亭刻本无"隶"字。

㉛华膴(wǔ):华衣美食,指富贵。膴:鲜美的肉食。

㉜乃:二十四卷本作"而"。

㉝斋抄本"急"下有"起"字。

㉞二十四卷本"良"上有"一"字。

㉟黑:二十四卷本作"然"。

㊱鸠盘:梵语"鸠盘荼"的省音,义译为瓮形鬼、冬瓜鬼;

后用以形容容貌极端丑陋的妇人。《太平广记·任瓌》谓任瓌怕妻,曾云:"妇当怕者三:初娶之时,端居若菩萨,岂有人不怕菩萨耶?既长,生男女,如养儿大虫,岂有人不怕大虫耶?年老面皱,如鸠盘荼鬼,岂有人不怕鬼耶?以此怕妇,亦何怪焉?"

⑰食饮:斋抄本作"饮食"。

⑱赢:斋抄本、二十四卷本作"嬴"。闵:亭刻本作"闱"。

⑲溘逝:忽然死去。

⑭婢:二十四卷本作"上"。

⑭举:斋抄本作"生"。

⑫比岁不登:连年收成不好。登:庄稼成熟。

⑬豉具盐盎:豆豉盆、盐罐子之类用具。

⑭太华:即西岳华山。

⑮乘:二十四卷本作"骑"。

⑯不韪:不是。意谓别人指责其说话轻薄。

⑰二十四卷本"可"上有"吁"字"

译文

广平县的冯生,是明朝正德年间人,年轻时为人轻浮,特别好喝酒。有一天拂晓偶然外出,遇到一位少女,披着红披肩,相貌娟秀娇媚,后面跟一个小婢女,踏着露水赶路,鞋袜都浸湿了。冯生暗自喜欢她。傍晚,冯生酒醉回家,路边本来有座寺院,早就荒废不堪,有个女子从寺院里出来,正是早上见到的那个美女。她忽然看见冯生走来,马上转身进院去。冯生暗想:这个漂亮姑娘怎么会呆在寺院里?就把驴子拴在寺院门外,进去看看这件怪事。进去一看,只见破墙衰败,台阶上的细草像铺了一层地毯。他正东张西望的时候,有个头发花白的老汉走出来,衣帽很整洁,问:"客人从哪里来?"冯生说:"偶然经过寺院,想瞻仰一下。老人家怎么住在这里?"老汉说:"老夫流落在外没有住所,暂时借这里安顿眷属。既然承蒙光临,有山茶可以代酒。"就请冯生进去。只见大殿后面有一所院子,石子路又光又平,不再长有荒草。进了他家房间,那些门帘床帐,香气扑鼻。坐下来互相请问姓名,老汉说:"愚翁姓辛。"冯生乘醉出其不意地问:"听说你有个女公子还没有遇上理想的配偶,我不揣冒昧,愿意献上玉镜台为聘礼。"老汉笑笑说:"让我同老伴商量商量"。冯生当即要了纸笔写诗一首:

  千金觅玉杵,殷勤手自将。

  云英如有意,亲为捣元霜。

老汉笑着把诗交给身边的人。过了一会,有个婢女对老汉耳语几句。老汉起身,请客人耐心稍坐一会,就掀开帘子进去了。隐约听见他讲了几句话就赶忙出来。冯生认为必定有好消息,可老汉只是坐下来同他谈笑,不再谈其他事情。冯生忍耐不住,问:"不知道你的意思如何,希望能解开我心中的疑团。"老汉说:"你是个出众的文士,我仰慕已久。只是内心有些话,不敢说出来而已。"冯生一定要他讲。老汉说:"我有十九个女儿,出嫁了十二个,许婚权由老伴掌握,我一概不参与。"冯生说:"我只要今天早晨带领小婢女踏着露水走的那一个。"老汉不吭声,两人相对默然无语。听见房内在轻声谈话,冯生乘着醉意掀开帘子说:"做夫妻既然不行,也得看一眼容貌,以消除我心中的遗憾。"屋里的人听见帘钩响,大家都站起来惊诧地看着。果然有个红衣少女,抖袖低头,亭亭站立手拈衣带。看见冯生闯进来,满屋的人都惊慌失措。老汉很生气,叫几个人把冯生揪出去。

冯生酒劲更往上涌,倒在杂草中。瓦片石块像雨点般落下来,幸亏没有砸在身上。躺了一阵,听见驴子还在路边吃草,就爬起来骑上驴,踉踉跄跄地走了。夜色昏暗,误走进一道山沟里,狼在奔跑,猫头鹰在叫,吓得他汗毛直竖心发冷。他犹犹豫豫地四面张望，并不知道这是什么地方。远远望见苍翠的树林中有灯光闪烁，心想那一定是个村庄，就赶着驴子跑过去。抬头看见一座高大的门，就用鞭子敲门。门内有人问："哪里的小伙子，半夜来这里敲门？"冯生说是迷了路。问话的人说："等我去通报主人。"冯生踮脚伸颈站立等候。忽然听见开锁开门，一个健壮的男仆出来，替冯生牵住驴子。

冯生走进去，只见屋内很精致华美，厅堂上点着灯。坐了一会，有个妇女出来，询问客人的姓名。冯生如实讲了。过了一阵，几个丫环扶着一个老太太出来，说："郡君来了。"冯生站起来，正要躬身下拜，老太太忙止住他，坐下来对冯生说："你不是冯云子的孙子吗？"冯生回答说："正是。"老太太说："你该是我的弥甥。老身这辈子算完了，剩下的日子快到尽头，亲骨肉之间，实在太疏远了。"冯生说："孩儿从小死了爹，跟我祖父相处的人，十个我不认识一个。素来没有拜见问安，请快讲给我听听。"老太太说："你自己会明白的。"冯生不敢再追问，面对老太太坐着猜想。老太太问："弥甥怎么深夜来到这里？"冯生以自己有胆量自夸，就把经过一一说了。老太太笑着说："这是大好事，何况弥甥是个名士，结为姻亲一点没有辱没她家,野狐精怎么如此自视清高!弥甥不用担心,我能替你办成这件事。"冯生连声道谢不已。

老太太回头问身边的人:"我不知道辛家的女儿,就这样标致!"穿青衣的婢女说:"他家有十九个姑娘,都长得风流标致。不知道官人想聘的是老几?"冯生说:"年龄大约十五岁多的那个。"穿青衣的婢女说:"这是十四娘。三月间,曾经跟她阿母来给郡君祝寿,怎么就忘了呢?"老太太笑着说:"是不是穿刻有莲花瓣的高底鞋,里面塞上香粉,蒙上纱巾迈步的那个?"青衣人说:"正是她。"老太太说:"这个丫头很会别出心裁,会作媚态卖乖巧。可是的确长得很苗条,弥甥的鉴赏力不错。"老太太对青衣人说:"派小狸奴去喊她来。"青衣人答应一声走出去了。过了一会,她进来禀告:"喊得辛家十四娘来了。"随即见一个红衣女子,朝老太太俯身下拜。老太太拉住她说:"往后就是我家弥甥媳妇了,不要再按婢女的礼节下拜。"红衣女子起身,风姿绰约,亭亭玉立,红袖低垂。老太太理理她的鬓发,捻捻她的耳环,说:"十四娘近来在闺房中做些什么?"红衣女低声回答:"空闲下来只是绣绣花。"回头看见冯生,有些害羞不安。老太太说:"这是我弥甥。他一心要向你求婚,为什么让他迷路，整夜在溪谷中转悠？"红衣女低头不语。老太太说："我叫你来不为别的，是想为弥甥做媒而已！"红衣女还是沉默不语。老太太吩咐清扫床铺、铺好被褥，立即为他们举行婚礼。红衣女害羞地说："让我回去禀明父母。"老太太说："我为你做媒，会有什么错的？"红衣女说："郡君的意旨，我父母当然不敢违背。可是如此草率行事，婢子就是死，也不敢遵命。"老太太笑着说："小丫头的志气不可夺，真是我的弥甥媳妇啊。"就拔下红衣女头上的一朵金花，交给冯生收下。吩咐他回家去选择吉日，以吉日为定。就派青衣人送红衣女回去。

听到远处雄鸡报晓，就派人牵驴送冯生出去。几步之外一回头，村舍已经消失，只见松楸枝叶浓密，坟上盖满了蓬草而已。冯生定神想了一阵，才想起那里是薛尚书的坟墓。薛尚书本来就是冯生祖母的弟弟，所以称他为弥甥，冯生心里明白遇见了鬼，只是仍然不知道辛十四娘是什么人。他叹着气回到家，随便翻翻历书等待着，可是心里担心鬼的约定靠不住。他又到寺院去，只见殿宇荒凉破败。问那里的居民，都说寺院里往往有狐狸出现。冯生暗想：如果娶到美人儿，是狐狸也很好。到吉日，冯生把房屋道路打扫干净，轮流派仆人去观望，到了半夜仍毫无动静。冯生已感到没有什么希望。过了一会，门外人声喧哗，冯生忙跋着鞋出来看，花轿已经停放在院子里，丫环扶着红衣女坐在新房中。嫁妆也没有什么值钱的东西，只有两个满脸长须的仆人扛一个扑满，有口瓮那么大，把它卸下来放在堂屋的角落上。冯生很高兴得到这样漂亮的妻子，并不因为她是异类而产生疑惧。他问新娘子："一个死鬼，你们为什么对他那么服服贴贴？"新娘子说："薛尚书现在做了五都巡环使，方圆几百里内的鬼狐都是他的侍从，所以他回坟墓的时候很少。"冯生没忘媒人，第二天，去薛尚书的墓上祭奠。回家看见两个婢女，送贝锦来祝贺，放在桌子上就走了。冯生告诉新娘子，新娘子一看，说："这是郡君的东西。"

本县有个楚银台的公子，小时跟冯生是同学，很亲热。他听说冯生娶了狐妇，第三天女方家来馈送食物，他就来冯家喝酒庆贺。过了几天，又送请柬邀冯生喝酒。十四娘知道后，对冯生说："那天楚公子来，我从墙缝里偷看到他，那人是猴眼睛鹰钩鼻，不能同他长期混在一起。你最好不要去。"冯生答应了。第二天，楚公子登门责问负约的过错，同时拿出自己的新作给冯生看。冯生边评论边嘲笑，楚公子大为羞惭，两人不欢而散。冯生进屋，在房间里笑着讲给十四娘听。十四娘面色惨然地说："楚公子豺狼成性，不能同他开玩笑。你不听我的话，将要遭受祸殃。"冯生笑着感谢提醒。以后他总是同楚公子谈笑吹捧，以前的隔阂渐渐消除了。

正好碰上提督学政考试生员，楚公子考了第一，冯生考了第二，楚公子沾沾自喜，派人来约冯生去喝酒。冯生辞谢不去，多次来请才去了。到了楚家才知道是楚公子的生日，宾客满堂，酒宴十分丰盛。楚公子拿出试卷给冯生看，亲友肩挨肩边看边赞赏。斟过几遍酒，堂上演奏起音乐，音调粗俗杂乱，宾主都很高兴。楚公子忽然对冯生说："俗话说场中莫论文这句话今天才知道它荒谬。小弟之所以忝列你之前，是因为开篇几句比你略高一筹罢了。"楚公子说完，满座无不赞叹。冯生已有醉意，按捺不住，大笑着说："你到现在，还以为是凭文章考中的吗？"冯生的话刚说完，在座的大惊失色。楚公子又羞又恼说不出话。客人渐渐散去，冯生也溜走了。酒醒过来他很后悔，就告诉了十四娘。十四娘很不高兴，说："你确实是个乡下的轻薄人。这种轻率失礼的态度，用来对待君子,是丧失自己的品德,用来对待小人,是惹杀身之祸。你的灾难不远了!我不忍心看到你四处流离,请让我从此和你分手吧。"冯生很害怕哭泣起来,并且表示后悔。十四娘说:"如果想要我留下来,我和你定个规矩:从今以后关上大门断绝一切交游,不许酗酒。"冯生诚恳地接受了规劝。

十四娘为人,勤俭而举止自然,每天忙着纺纱织布。有时回娘家看望,从不过夜。又经常拿出银两、布帛过日子,每天有了盈余,总是投在扑满中。整天关上大门;有人来拜访,总是叫仆人回绝。有一天,楚公子送信来,十四娘把信烧掉不让冯生知道。第二天,冯生到城里去吊丧,在丧家碰上了楚公子。楚公子抓住他的手臂苦苦邀请他,冯生借故推辞,楚公子叫马夫拉住缰绳,自己推着他走。到家里,楚公子立刻摆出洁净的酒食。冯生继续推辞想早些回家。楚公子不停地阻拦,叫出家里的歌女弹筝取乐。冯生一向放纵,这几天被关在家里,觉得很烦闷,忽然碰上开怀畅饮,兴致顿时高涨,不再顾虑什么,因此喝得大醉,昏昏沉沉地倒卧在酒席上。

楚公子的老婆阮氏凶悍妒忌得很,家里的婢女小老婆都不敢搽脂抹粉。头一天,一个婢女进到书房,被阮氏闯见抓住，用大棒打婢女的头，脑袋打破立刻死掉。楚公子因为冯生嘲笑辱慢他，所以记恨冯生，每天打主意报复，于是想到用酒把冯生灌醉来诬陷他。乘冯生酒醉昏迷，把尸体扛到床边，关上门就走开了。冯生五更天酒醒过来，才发觉自己睡在桌子上。起身寻找枕头床铺，觉得有件软绵绵的东西，绊住了脚。摸一摸，是个人；心想是主人派童仆来陪睡；又用脚踢踢，一动不动是具僵尸。他大吃一惊，跑出门怪叫。奴仆们全都起来了，用灯一照，看见了尸体，抓住冯生大闹起来。楚公子出来验看了尸体，便诬陷冯生逼奸杀死了婢女，扭送到广平衙门。隔了一天，十四娘才知道这件事，泪流满面地说："我早就知道会有这样一天。"因此按日送金钱给冯生。冯生见了知府，没有理由可申诉。早晚遭拷打，打得皮开肉绽。十四娘亲自到牢房探望。冯生见了她，悲愤的冤气堵在心头，有话也说不出。十四娘知道陷阱设计得很周密，就劝冯生承认诬告的罪名，免受刑罚之苦，冯生流着泪听从了。

十四娘来去之间，别人即使近在咫尺也看不见。她回到家里叹气惋惜，急忙派个婢女出门。她独自住了几天，又托媒婆买了一个良家女子名叫禄儿，年龄已十五六岁，容貌很漂亮，十四娘跟她同吃同住，抚爱她不同于一般婢妾。冯生承认了误杀，被判处绞刑。仆人得到消息回来，悲痛得说不出话。十四娘听说后，神情坦然似乎一点不放在心上。随后，快到秋季处决囚犯的日子，十四娘才显得惶惶不安，早出晚归不停脚。常常在寂静无人的地方，郁闷悲伤，以至寝食不安。有一天，傍晚时分，那派出去的婢女忽然回来了。十四娘马上站起来，两个人到无人的地方谈话。出来的时候笑容满面，料理家务像平时一样。第二天，仆人到监狱。冯生让他捎个信给十四娘，要他来作最后诀别。仆人回来转达，十四娘随口答应着，也不悲伤，很坦然地对待这个消息。家里人都私下议论认为她狠心。

忽然道路上沸沸扬扬地传言：楚银台被革职了；平阳府道员奉了特旨来复查冯生的案件。仆人听到这消息，高兴地来告诉主母，十四娘也很高兴。就派人去府衙门探视，而冯生已经出狱，主仆相见悲喜交集。一会儿，捉了楚公子来，一审问，实情完全弄清楚了。冯生立刻被释放回家。回来见了十四娘，不由得伤心落泪，十四娘也对着他伤心，伤心过后又转为欢喜。可是冯生始终不知道案情是怎么传到皇上那儿的。十四娘笑着指指婢女,说:"这是你的大功臣。"冯生惊愕地问其缘故。

在这之前,十四娘派婢女到燕都,想把情况报告朝廷,为冯生伸冤。婢女到了燕都,可是宫中有神灵守护,婢女徘徊御沟之间,几个月不能进宫。婢女害怕误了大事,正打算回去商议,忽然听说皇帝将要临幸大同府,婢女就预先赶去,装成流浪妓女。皇帝到了妓院,她极受宠爱。皇上怀疑她不像是个妓女,婢女就流下了眼泪。皇上问:"你有什么冤苦?"婢女回答说:"我原籍直隶广平县,是秀才冯某的女儿。父亲因为冤案将被处死,就把我卖到妓院里。"皇上听了心中惨然,赏赐她一百两银子。临走的时候详细地问了始末,用纸笔记下了姓名,并且说要跟婢女共享富贵。婢女说:"只求父子团聚,不奢求华衣美食。"皇上点点头就走了。婢女把这情况告诉了冯生。冯生急忙下拜,两眼泪花闪烁。

又过了不久,十四娘忽然对冯生说:"我不是为了情缘,哪会惹下这么多烦恼?你被抓去时,我在亲戚之间奔走,并没有一个替我想点办法。那时心中的悲酸痛苦,实在无处倾诉。现在我看这世间更加厌恶苦恼。我已经为你选中了一个好配偶,我可以从此同你分别了。"冯生一听,流着泪伏在地上不起来。十四娘这才不说了。晚上,派禄儿侍候冯生睡觉,冯生拒绝不肯接受。早上起来看十四娘,她脸上的光彩一下子暗淡下去;又过一个多月,她已经渐渐衰老;半年以后,又黑又瘦像乡下婆子。冯生敬重她,始终不变心。十四娘忽然又说要分手,并且说:"你自己已经有了好伴侣,还要我这个丑鬼做什么?"冯生还是像上次那样悲哀流泪。又过了一个月,十四娘生了急病,不吃也不喝,虚弱地躺在闺房中。冯生侍奉汤药,就同侍奉父母一样,请巫师医师都不灵验,竟忽然去世了。冯生悲痛得要死,就用皇上赏赐婢女的银子料理了丧事。几天之后,婢女也离开了。他就以禄儿作为妻子。过了一年,生了个儿子。可是连年收成不好,家境日益衰落。夫妻俩无法可想,对着影子成天发愁。忽然想起堂屋角落的扑满,过去经常见十四娘投钱在里面,不知道还在不在,走近一看,豉盆盐罐,排得满满的,一件件搬开,用筷子探一探扑满里面,坚硬得插不进去,把扑满砸碎,金钱撒了一地,从此一下子就富裕了。

后来,仆人到华山去,遇上十四娘骑一头青骡,那婢女骑驴子跟在后面,十四娘问:"冯郎安好吗?"同时说:"转告你的主人,我的名字已经列入神仙名册了。"说完就不见了。

异史氏说:"轻薄的言词,往往出自文人之口,这是君子所痛惜的。我常常冒着不是的恶名,说它冤枉已太迂腐了;可是我从来都是刻苦自勉,以此勉强附于君子之列,而福祸之说我是不参与的。像冯生这种人,轻描淡写的一句话,几乎酿成杀身大祸,如果不是家里有位狐仙,怎么能从牢狱中解脱出来、在当世获得再生呢?实在可怕啊!"

白莲教

原文

白莲教某者①,山西人,忘其姓名②,大约徐鸿儒之徒③。左道惑众④,慕其术者多师之⑤。某一日⑥,将他往,堂上置一盆,又一盆覆之,嘱门人坐守,戒勿启视。去后,门人启之,视盆贮清水⑦,水上编草为舟,帆樯具焉。异而拨以指,随手倾侧;急扶如故,仍覆之。俄而师来,怒责⑧:"何违吾命?"门人立白其无⑨。师曰:"适海中舟覆⑩,何得欺我?"又一夕,烧巨烛于堂上,戒恪守,勿以风灭。漏二滴⑪,师不至,儽然而殆⑫,就床暂寐;及醒,烛已竟灭,急起爇之。既而师入,又责之。门人曰:"我固不曾睡,烛何得熄?"师怒曰:"适使我暗行十余里,尚复云云耶?"门人大骇⑬。如此奇行⑭,种种不胜书⑮。后有爱妾与门人通,觉之⑯,隐而不言。遣门人伺豕⑰;门人入圈,立地化为豕。某即呼屠人杀之,货其肉,人无知者。门人父以子不归,过问之,辞以久弗至。门人家诸处探访⑱,绝无消息⑲。有同师者隐知其事,泄诸门人父⑳,门人父告之邑宰㉑。宰恐其遁,不敢捕治;达于上官㉒,请甲士千人围其第㉓,妻子皆就执。闭置槛笼㉔，将以解都。途经太行山，山中出一巨人㉕，高与树等，目如盎㉖，口如盆，牙长尺许。兵士愕立，不敢行㉗。某曰："此妖也，吾妻可以却之。"乃如其言㉘，脱妻缚㉙。妻荷戈往，巨人怒，吸吞之。众愈骇。某曰："既杀吾妻，是须吾子。"乃复出其子㉚，又被吞如前壮㉛。众各对觑㉜，莫知所为。某泣且怒曰："既杀我妻㉝，又杀吾子，情何以甘！然非某自往不可也㉞。"众果出诸笼㉟，授之刃而遣之。巨人盛气而逆㊱。格斗移时，巨人抓攫入口，伸颈咽下，从容竟去。

注释

①白莲教：详见《小二》注⑥。

②忘其姓名：斋抄本无此四字。

③徐鸿儒：详见《小二》注⑦。

④左道：旁门邪道。

⑤"慕其"句：斋抄本作"堕其术者甚众"。

⑥某：斋抄本无"某"字。

⑦视：斋抄本、二十四卷本作"见"。贮：二十四卷本作"置"。

⑧斋抄本"责"下有"曰"字。

⑨立：二十四卷本作"力"。

⑩二十四卷本"舟"下有"几"字。

⑪二滴：斋抄本作"三下"，亭刻本"滴"作"鼓"。

⑫儽（léi）然而殆：困疲得很厉害。儽：颓丧貌。《老子》："儽儽兮若无所归。"殆：困倦。

⑬人：二十四卷本作"徒"。

⑭斋抄本无"如此"二字。

⑮斋抄本"不"下有"可"字。种种不胜书：二十四卷本作"不可胜数"。

⑯二十四卷本"觉"上有"师"字。

⑰伺：斋抄本、亭刻本、二十四卷本作"饲"。

⑱亭刻本"人"下有"父回"二字。斋抄本"诸"作"各"。

⑲绝：斋抄本作"杳"。

⑳斋抄本"人"下有"之"字。

㉑门人：斋抄本无"门人"二字，二十四卷本作"其"。

㉒达于上官：斋抄本无此四字。

㉓请甲士：斋抄本作"详请官兵"。

㉔樊笼：本指关鸟兽的笼子，此指带木笼的囚车，即槛车。

㉕二十四卷本"出"上有"忽"字。

㉖盎：二十四卷本作"碗"。

㉗二十四卷本"行"上有"前"字。

㉘乃：二十四卷本作"众"。乃如其言：斋抄本作"甲士"。

㉙二十四卷本"脱"下有"其"字。

㉚斋抄本无"乃"字。

㉛"又被"句：斋抄本作"巨人又吞之"。

㉜各对：斋抄本作"相"。

㉝我：斋抄本、亭刻本、二十四卷本作"吾"。

㉞斋抄本无"然"字。

㉟二十四卷本"笼"上有"樊"字。

㊱逆：二十四卷本作"迎"。

译文

白莲教的某人，是山西人，忘了他的姓名，大概是徐鸿儒的门徒。他用旁门邪道迷惑群众，倾慕他法术的多拜他为师。有一天，某人将要去外地，在堂屋里放上一只盆，又用一只盆盖住，嘱咐门徒坐在一旁守着，警告不要打开来看。他走了以后，门徒启开盆子，看见盆子里装着清水，水上有只草编的船，船帆和桅杆都具备。门徒很奇怪就用手指拨动草船，草船随手倾翻；就赶忙把船扶还原，仍然把盆盖好。一会儿，师傅回来，生气地责问："为什么违背我的命令？"门徒极力辩白他没有违背命令。师傅说："刚才海里的船翻了，怎么欺骗得了我？"又有一天晚上，在堂屋里点上一支大蜡烛，命令门徒小心看守，不要让风把烛吹灭。二更天，师傅还不回来，门徒困倦得很厉害，上床去暂时睡了一会；等他醒来，烛竟已被风吹灭，他急忙起来点上。后来，师傅进来，又责问他，门徒说："我本来就没有睡觉，烛怎么会熄？"师傅生气地说："刚才让我在黑暗中走了十几里路，还要这样狡辩吗？"门徒很吃惊。像这样的稀奇事，多得写也写不完。

后来，有某人爱妾同门徒私通，他觉察了，隐在心中不说出来。派门徒去喂猪；门徒走进猪圈，站在那里变成了一头猪。他马上叫屠夫把这头猪杀掉，卖了它的肉，没有一个人知道此事。门徒的父亲因为儿子没有回家，就过来查问，他推托说门徒好久没有来了。门徒家到处探访，一点消息也没有。有个一起拜师的人，隐约知道这件事，就向那门徒的父亲泄了密。门徒的父亲告到县官那里。县官担心他逃走，不敢抓他来治罪，向上司报告，调来一千多甲士包围了他的住所，连他老婆儿子都抓了。把他关在囚笼里，要押解到京城去。路上经过太行山，山中忽然走出一个巨人，有棵大树那么高，眼睛像只盎，嘴巴像只盆，牙齿有一尺来长。兵士们惊愕地站住，不敢往前走。某人说："这是个妖怪，我的老婆可以打退它。"兵士就照他说的，解开了他老婆的绳子。他老婆扛着长枪上去，巨人发了怒，把她吸进嘴里吞下去。众兵士更加吃惊。某人又说："既然害死了我老婆，这就必须派我儿子去。"又把他的儿子放出去，儿子又像先前那样被吞下去。众兵士你看我我看你，谁也不知道怎么办。某人流着泪怨愤地说："既杀了我老婆，又杀了我儿子，我怎么能甘心！可是非得我亲自去不可。"众兵士果然把他从囚笼中放出来，交给他一把刀派他上去。巨人盛气凌人地迎上来。格斗了好一阵，巨人抓起他塞进嘴里，伸长脖子咽下去，竟然从从容容地走了。

双灯

一 原文

魏运旺,益都之盆泉人①,故世族大家也。后式微②,不能供读。年二十余,废学,就岳家业酤③。一夕,魏独卧酒楼上④,忽闻楼下踏蹴声⑤。魏惊起悚听⑥。声渐近,寻梯而上⑦,步步繁响。无何,双婢挑灯,已至榻下⑧。后一年少书生,导一女郎,近榻微笑。魏大愕怪,转知为狐,发毛森竖⑨,俯首不敢睨。书生笑曰:"君勿见猜。舍妹与有前因⑩,便合奉事。"魏视书生,锦貂炫目,自惭形秽,觍颜不知所对⑪。书生率婢子⑫,遗灯竟去。魏细瞻女郎⑬,楚楚若仙⑭,心甚悦之,然惭怍不能作游语。女郎顾笑曰⑮:"君非抱本头者⑯,何作措大气⑰?"遽近枕席,暖手于怀。魏始为之破颜,捋裤相嘲,遂与狎昵。晓钟未发,双鬟即来引去。复订夜约。至晚,女果至,笑曰:"痴郎何福,不费一钱,得如此佳妇,夜夜自投到也。"魏喜无人,置酒与饮,赌藏枚⑱。女子什有九赢⑲。乃笑曰:"不知妾约枚子⑳,君自猜之,中则胜,否则负;若使妾猜,君当无赢时。"遂如其言,通夕为乐。既而将寝,曰:"昨宵衾褥涩冷,令人不可耐。"遂唤婢襆被来㉑，展布榻间，绮縠香奁。顷之，缓带交偎，口脂浓射㉒，真不数汉家温柔乡也㉓。自此遂以为常。后半年，魏归家。适月夜与妻话窗间，忽见女郎华妆坐墙头，以手相招。魏近就之。女援之，逾垣而出，把手而告曰："今与君别矣。请送我数武，以表半载绸缪之义㉔。"魏惊叩其故。女曰："姻缘自有定数，何待说也㉕。"语次，至村外，前婢挑双灯以待，竟赴南山，登高处，乃辞魏言别。魏留之不得㉖，遂去。魏伫立徬徨，遥见双灯明灭，渐远不可睹，怏郁而反㉗。是夜山头灯火，村人悉望见之。

注释

①斋抄本无"之"字。益都：县名，在今山东省，明清为青州府治。

②式微：衰落。语出《诗·邶风·式微》："式微式微，胡不归。"

③业酤：卖酒为业。

④斋抄本无"魏"字。

⑤亭刻本无"忽"字及"楼下"二字。

⑥斋抄本无"魏"字。悚听：警惕地听着。

⑦寻：斋抄本作"循"。

⑧下：二十四卷本作"前"。

⑨森竖：森然直立。

⑩二十四卷本"与"下有"君"字。

⑪斋抄本无"觍颜"二字。

⑫斋抄本无"子"字。

⑬瞻：斋抄本、二十四卷本作"视"。

⑭楚楚：衣裳鲜明貌。《诗·曹风·蜉蝣》："蜉蝣之子，衣裳楚楚。"

⑮斋抄本无"郎"字。

⑯抱本头者：啃书卷的文人。

⑰措大：贫寒失意的读书人。唐·张鷟《朝野佥载》："江陵号衣冠薮泽，人言琵琶多于饭甑，措大多于鲫鱼。"

⑱藏枚：旧时一种博戏，又称"猜枚"。两方相赌，就近取可握之物，如棋子、铜钱、瓜子之类握掌中或覆掌下，令对方猜其中个数、单双、字漫（铜钱有文字一面为字，有花纹一面为漫）等，以猜中否决输赢。所猜之物，称"枚子"。《红楼梦》第二十三回："拆字猜枚，无所不至。"

⑲什：斋抄本、二十四卷本作"十"，通"什"。

⑳约：斋抄本、二十四卷本作"握"。

㉑二十四卷本"婢"下有"将"字。

㉒浓：亭刻本作"游"。

㉓不数：数不上，犹言胜过。汉家温柔乡：《飞燕外传》载，汉成帝得赵飞燕之妹合德，进御之夜，"帝大悦，以辅属体，无所不靡，谓之温柔乡"。后以温柔乡指美色迷人之境。

㉔义：斋抄本作"爱"，亭刻本作"谊"，二十四卷本作"意"。

㉕说：二十四卷本作"言"。

㉖斋抄本无"魏"字。

㉗郁：斋抄本作"快"

译文

魏运旺，是山东益都县盆泉乡人，他家原来是世族大户。后来家境衰落，不能供他读书。二十多岁，他不再读书，投靠岳父家卖酒为业。有一天晚上，魏运旺独自睡在酒楼上，忽然听见楼下有脚步声。魏运旺惊慌地起床警惕地听着。声音渐渐走近，沿着楼梯走上来，每一步都响声繁杂。没多久，两个婢女挑着灯笼，已经来到床面前。后面一个年轻书生，领着一个女郎，微笑着走近床边。魏运旺大为惊异，转念之间知道他们是狐精，汗毛头发直竖，低着头不敢看一眼。书生笑着说："你不要猜疑，我妹妹跟你有前世因缘，就应当来侍奉你。"魏运旺看看那书生，锦貂衣帽光彩照人，魏运旺惭愧自己寒酸，面带羞色不知如何对答。书生领着两个婢女，放下灯笼竟自走开。

魏运旺细看女郎，衣裳鲜明像个仙女，心里很喜欢她，可是惭愧得说不出一句挑逗的话来。女郎看着他笑咪咪地说："你不是死啃书本的文人，为什么做出一副穷措大的酸气来？"女郎很快走近床边，伸手在魏运旺怀中取暖。魏运旺这才被她逗笑了，脱下裤子互相逗弄，于是同她亲热了一番。报晓的钟声还没有敲响，两个丫环就来把她引走。又订了当夜的约会。到晚上，女郎果然又来了，笑着说："痴郎哪来的福气，不花费一文钱，就得到如此美貌的老婆，还夜夜自己送上门。"魏运旺高兴没有别人，摆出酒来同她喝，以猜枚作赌。女子十赌九赢，就笑着说："不如让我来握枚子，你自己猜，猜中了就赢，猜不中就输；如果让我猜，你根本不会有赢的时候。"于是就照她说的办，通宵猜枚取乐。后来要睡觉，女郎说："昨晚上被褥冰凉，叫人无法忍受。"于是叫婢女拿被褥来，铺在床上，锦衾绣被又香又软。一会儿，宽衣解带依偎在一起，口脂浓香喷射，简直胜过了汉家天子的温柔乡。从此以后就习以为常。

半年以后，魏运旺回家。正好在一个月夜跟妻子在窗前闲谈，忽然看见女郎浓妆艳抹坐在墙头，用手招呼他。魏运旺走去靠近她。女郎伸手拉他，翻墙出来，拉住他的手告诉他说："今天来同你告别了。请送我几步，以表示半年来的缠绵情义。"魏运旺惊诧地问是什么原故。女郎说："姻缘自然有个定数，何需等我说明。"说话之间，已来到村外，以前的婢女挑着两盏灯笼在等候，一直往南山走去。登上高处，就跟魏运旺告别。魏运旺挽留不住，她就走了。魏运旺傍徨无主地站了很久，远远望见两盏灯笼忽明忽暗，渐渐远得看不见了，他才怏怏不乐地转回家。这天晚上，山头上的灯火，村子里人全都看见了。

捉鬼射狐①

原文　李公著明,睢宁令襟卓先生公子也②。为人豪爽无馁怯③。为新城王季良先生内弟④。先生家多楼阁⑤,往往睹怪异⑥,公常暑月寄宿,爱阁上晚凉。或告之异,公笑不听,固命设榻。主人如请⑦,嘱仆辈伴公寝⑧,公辞言⑨:"喜独宿,生平不解怖⑩。"主人乃使炷息香于炉⑪,请衽何趾⑫,始息烛覆扉而去。公即枕⑬,移时,于月色中见几上茗瓯⑭,倾侧旋转,不堕亦不休⑮。公叱之,铿然立止。即若有人拔香炷⑯,炫摇空际,纵横作花缕。公起叱曰:"何物鬼魅敢尔!"裸裼下榻⑰,欲就捉之。以足觅床下,仅得一履,不暇冥搜,赤足挝摇处,炷顿插炉,竟寂无兆。公俯身遍摸暗陬,忽一物腾击颊上⑱,觉似履状⑲。索之,亦殊不得。乃启覆下楼,呼从人爇火以烛⑳,空无一物,乃复就寝。既明,使数人搜屦,翻席倒榻,不知所在。主人为公易屦。越日,偶一仰首,见一履夹塞椽间㉑,挑拨而下,则公履也。公益都人,侨居于淄川孙氏第㉒。第綦阔,皆置闲旷,公仅居其半。南院临高阁,止隔一堵。时见阁扉自启闭，公亦不置念。偶与家人话于庭㉓，阁门开㉔，忽有一小人面北而坐㉕，身不盈三尺㉖，绿袍白袜。众指顾之，亦不动。公曰："此狐也。"急取弓矢，对关欲射㉗。小人见之，哑哑作揶揄声㉘，遂不复见。公捉刀登阁，且骂且搜，竟无所睹，乃返。异遂绝。公居数年，安妥无恙㉙。公长公友三㉚，为余姻家，其所目触㉛。

异史氏曰㉜："予生也晚，未得奉公杖屦㉝。然闻之父老，大约慷慨刚毅丈夫也。观此二事，大概可睹。浩然中存㉞，鬼狐何为乎哉！"

注释

①手稿本另一篇名"李公"，笔迹不类作者，疑为后人所加，二十四卷本篇名"李公"。

②睢宁：县名，在江苏省西北部，金置睢宁县。襟卓：李襟卓，名毓奇，山东益都县人。明万历十年壬午（1582）山东乡试第二名，万历四十年至四十四年任江苏睢宁县令。李著名及李友三，分别为李毓奇之子及孙。名皆不详。唯据《聊斋志异》本篇、《塞偿债》篇及文集《祭李公著明老亲家文》，知自李著名始，依亲侨寓淄川孙氏宅。友三为著名长子，与蒲氏有姻亲关系。

③怯：亭刻本作"却"。

④斋抄本无"先生"二字。新城：县名。在河北省中部，唐置县。王季良：生平不详。旧本冯镇峦谓系"渔洋族祖"。内弟：妻之弟。

⑤先生：斋抄本、二十四卷本作"季良"。

⑥睹：斋抄本作"见"。

⑦请：斋抄本作"言"。

⑧寝：斋抄本作"宿"。

⑨言：斋抄本作"曰"。

⑩喜独宿，生平：斋抄本作"生平爱独宿"。怖：亭刻本作"怪"。

⑪斋抄本无"息"字。息香：安息香，燃之可去浊辟邪。

⑫请衽何趾：二十四卷本无此四字。请衽何趾：语出《礼记·曲礼》注："设卧席则问足向何方也。"旧时待客，询问客人卧息习惯，然后为之设榻。请：询问。衽：卧席。何趾：足向何方。

⑬即：斋抄本作"就"。

⑭瓯：斋抄本作"碗"。

⑮"不堕"句：二十四卷本作"不休亦不堕"。

⑯即：斋抄本作"又"，亭刻本无"即"字。

⑰裸裼（xī）：来不及穿好衣服。裼：脱去上衣，露出身体的

一部分。

⑱上：二十四卷本作"际"。

⑲觉：二十四卷本作"竟"。状：亭刻本作"伏"。

⑳以烛：斋抄本作"烛之"。

㉑履：斋抄本、二十四卷本作"屦"。

㉒之：斋抄本作"川"。淄：淄川县。

㉓话：二十四卷本作"语"。

㉔二十四卷本"开"上有"忽"字。

㉕忽有：二十四卷本作"见"

㉖盈：斋抄本作"满"。

㉗关：亭刻本作"阁"。

㉘哑哑：二十四卷本作"喳喳"。

㉙安妥：斋抄本作"平安"。

㉚长公：长公子，大儿子。

㉛触：亭刻本、二十四卷本作"睹"。斋抄本无"公长"两句十三字。

㉜斋抄本无"异史氏曰"一段。

㉝屦：二十四卷本作"履"。奉公杖屦：犹言对其侍奉、追随。详见《叶生》注。

㉞浩然：指浩然正气，即正大刚直之气。《孟子·公孙丑》上："吾善养吾浩然之气。"

译文

李著明，是江苏睢宁县知县李襟卓先生的儿子。他为人豪爽从不胆怯。他是河北新城县王季良先生的内弟。王季良先生家楼阁很多，往往会见到怪异之事。李著明经常在伏天寄住王家，喜爱阁上夜晚凉快。有人告诉他阁上有怪物，李著明笑笑不当回事，坚持叫在那里摆上床。王先生只好照办，叮嘱仆人们陪伴他住宿，他辞谢说："我喜欢一个人睡，从来不懂得什么叫害怕。"王先生就叫仆人在香炉里点上安息香，请问他脚朝哪一方，这才灭了蜡烛关上门离开。李著明靠在枕头上，过了一会，在月光下看见茶几上的茶杯，歪着旋转，不掉下去也不停住。李著明呵斥它，眶的一声它马上停下来。就像有人拔出了那炷香，在空中摇动，香头的亮光左右摇摆绕成花纹。李著明起身呵叱说："是什么鬼物胆敢这样胡闹！"他赤膊下床，想走近捉住它。用脚在床底下探鞋，只探到一只，来不及细找，就赤着脚朝香火闪动的地方打去，那炷香马上插回到香炉里，竟然静悄悄的没有一点动静。

李著明弯下腰摸遍了黑暗角落，忽然有件东西飞起来打在他的面颊上，觉得像是那只鞋。他又去摸，还是找不到。就推开门下楼，喊仆人点上蜡烛照亮，空荡荡的一样东西也没有，他就重新上床睡下。天亮以后，叫好几个仆人找那只鞋，翻开席搬开床铺，还是不知道鞋在哪里。王先生为李著明换了一双鞋。过了一天，他偶然一抬头，看见一只鞋夹在椽子中间，把它挑拨下来，正是李著明的那只鞋。

李著明是益都县人，客居在淄川孙家宅子里。这宅子很宽大，房间都空闲着，李著明只住了一半。南院挨着一座高阁，只隔着一道墙。时常看见阁门自己开关，李著明也不把它放在心上。偶然跟家里人在院子中闲谈，阁门打开了，忽然有一个小矮人面朝北面坐着，身高不足三尺，穿着绿长袍白袜子。大家指点着看它，它也不动。李著明说："这是狐精。"他急忙拿来弓箭，瞄准阁门准备射箭。小矮人一见要射它，哑哑地笑着发出嘲弄的声音，就再也看不见了。李著明提刀登上阁楼，边骂边搜，竟然什么也看不到，就返身回来。那妖怪从此绝迹了。李著明在那里住了几年，安然无恙。李著明的大儿子李友三，是我的姻亲，这是他亲眼所见的。

异史氏说："我生得太晚了，没有机会侍奉他，可是从父老们那里听说，他是一位慷慨刚毅的大丈夫。从这两件事来看，大概可以了解他的情况。胸怀浩然正气，鬼狐怎么也无可奈何！"

蹇偿债

原文

李公著明，慷慨好施。乡人某①，佣居公室②。其人少游惰，不能操农业③，家屡贫④。然小有技能，常为役务，每赉之厚⑤。时无晨炊，向公哀乞，公辄给以升斗。一日，告公曰："小人日受厚恤，三四口幸不殍饿⑥。然曷可以久⑦？乞主人贷我绿豆一石作资本。"公欣然立命授之⑧。某负去⑨，年余，一无所偿。及问之，豆资已荡然矣。公怜其贫，亦置不索。公读书于萧寺⑩，后三年余，忽梦某来曰⑪："小人负主人豆直，今来投偿。"公慰之曰："若索尔偿，则平日所负欠者，何可算数⑫？"某愀然曰⑬："固然。凡人有所为而受人千金⑭，可不报也；若无端受人资助，升斗且不容昧，况其多哉⑮！"言已竟去。公愈疑⑯。既而家人白公⑰："夜牝驴产一驹，且修伟⑱。"公忽悟曰："得毋驹为某耶⑲？"越数日归⑳，见驹，戏呼某名㉑。驹奔赴如有知识㉒。自此遂以为名。公乘赴青州，衡府内监见而悦之㉓，愿以重价购之。议直未定，适公以家中急务㉔，不及待㉕，遂归。又逾岁，驹与雄马同枥㉖，龁折胫骨，不可疗。有牛医至公家,见之,谓公曰:"乞以驹付小人,朝夕疗养,需以岁月。万一得瘥,得直与公剖分之㉗。"公如所请。后数月,牛医售驴㉘,得钱千八百㉙,以半献公㉚。公受钱,顿悟,其数适符豆价也。噫!昭昭之债,而冥冥之偿㉛,此足以劝矣㉜!

注释

① 某:斋抄本、二十四卷本作"王卓"。手稿本原作"王卓",涂改。

② 室:斋抄本作"家"。

③ 业:斋抄本作"务"。

④ 屡:亭刻本作"窭"。窭(jū)贫:贫穷简陋。《诗·邶风·北门》:"终窭且贫。"

⑤ 赍:赏赐。

⑥ 殍饿:斋抄本作"饿殍"。饿殍:饥饿至死。殍:通"莩"。饿死的人。《孟子·梁惠王》上:"民有饥色,野有饿莩。"

⑦ 曷:斋抄本、二十四卷本作"何"。

⑧ 斋抄本、亭刻本、二十四卷本无"立命"二字。

⑨ 某:斋抄本、二十四卷本作"卓"。亭刻本无"某"字。

⑩ 斋抄本无"于"字。萧寺:佛寺,僧院。

⑪ 某:斋抄本、二十四卷本作"卓"。

⑫ 算数:亭刻本作"数算"。

⑬愀（qiǎo）然：忧惧貌。《荀子·修身》："见不善，愀然必以自省也。"

⑭斋抄本、二十四卷本"人"下有"少"字。亭刻本无"人"字。

⑮哉：二十四卷本作"乎"。

⑯公愈疑：二十四卷本作"醒而疑之"。

⑰家：亭刻本作"众"。

⑱且：二十四卷本作"甚"。

⑲为：斋抄本作"乃"。某：斋抄本、二十四卷本作"王卓"。

⑳二十四卷本此句前有"使人探访，卓于数日前果死矣"十二字。"归"下有"家"字。

㉑某名：斋抄本、二十四卷本作"王卓"。

㉒如：斋抄本作"若"。

㉓衡府：指明宪宗第七子朱祐楎府邸，朱祐楎封衡恭王，治青州，历四代，明亡国除。见《王成》注。内监：衡府内的宦官。

㉔中急：斋抄本无"中急"二字。

㉕不及待：斋抄本作"急不可待"。

㉖枥：马槽。

㉗斋抄本"公"下有"子"字。剖分之：二十四卷本作"平分"。

㉘驴：二十四卷本作"驹"。

㉙二十四卷本"千"上有"四"字。

㉚斋抄本无"献公"二字。二十四卷本无"公"字。

㉛"昭昭"二句：意谓阳世的债务，由阴司判令来生偿还。昭昭：指阳世。冥冥：指阴司。

㉜劝：劝勉；指劝勉人向善。

译文

李著明，性情豪爽好施舍。同乡的某人，为李家佣人住在李家。这个人从小贪玩懒惰，不能干农活，家里很贫穷。可是他有些小聪明，常常替李著明做些杂务，总是得到优厚的赏赐。他往往没有早饭米下锅，就向李著明苦苦乞讨，李著明总要给他几升斗把粮食。有一天，他对李著明说："小人时常得到你很多照顾，三四口人幸亏没有饿死。可是怎么能这样久拖下去？求你借一石绿豆给我作本钱。"李著明高兴地马上叫人量给他。他把绿豆背走，一年多时间，分文也没有偿还。等去问他，绿豆本钱已花得精光。李著明可怜他贫穷，也就放弃不要了。

李著明在寺院里读书，三年多之后，忽然梦见某人来，说："小人欠主人的绿豆钱，现来归还。"李著明安慰他说："如果要你归还，那平时所欠下的，怎么算得清？"他愁眉苦脸地说："的确如此。大凡一个人为别人做了事情，接受人家上千两银子，也可以不回报;如果无缘无故接受人家资助,哪怕是一升一斗也不能昧心收下,何况接受的很多呢!"说完就走了。李著明更加疑惑不解。随后,家里人来报告李著明:"晚上母驴生了一头小驴,而且长得很强壮。"李著明忽然醒悟,说:"莫非这头小驴是某人投生的吗?"过了几天,李著明回家,看见小驴,开玩笑地对它喊某人的名字。小驴跑过来像是听得懂似的。从此就以某人的名字作小驴的名字。李著明骑着小驴去青州,衡王府内的宦官见到很喜欢,愿意出高价买它。还没谈定价钱,李著明因为家里有急事来不及等待,就把它骑回家了。

又过了一年,小驴与一匹雄马共槽,被咬断了小腿骨,没法医好。有个兽医来李著明家,见了小驴,就对李著名说:"请把小驴交给我,早晚疗养,需要年把长的时间。万一医好了,卖得的钱与你对半分。"李著明照兽医的请求办。几个月以后,兽医把小驴卖了,得一千八百铜钱,把一半分给李著明。李著明收下钱,立刻想到,这个数目正好符合一石绿豆的价钱。唉!阳世所欠的债,而由阴司判令来生偿还,这足以劝人向善了!

头滚

原文 苏孝廉贞下封公昼卧①,见一人头从地中出,其大如斛②,在床下旋转不已。惊而中疾,遂以不起③。后其次公就荡妇宿④,罹杀身之祸,其兆于此耶?

注释 ①斋抄本"下"下有"太"字。苏孝廉贞下:苏贞下,名元行,淄川人。康熙十七年(1678)戊午举人,任濮州学正。有节妇某,家甚贫,被族甲逼之嫁。妇引刀自断左手五指。苏怜其苦,解学田二十亩赠其终身,濮人高之。卒于官。封公:指苏贞下之父曾受封赠。

②斛(hú):量器名。古以十斗为一斛。

③遂以不起:斋抄本作"死"。

④次公:二儿子。指苏贞下的弟弟。

译文 举人苏贞下,他受封赠的父亲在白天睡觉,看见一颗人头从地下冒出来,约摸斛那么大,在床下不停地旋转。苏太爷给吓出病来,就卧床不起。后来,他的二儿子到淫妇家嫖宿,遭了杀身大祸,难道这就是预兆吗?

鬼作筵

一 原文

杜秀才九畹①,内人病②。会重阳③,为友人招作茱萸会④。早兴盥已⑤,告妻所往,冠服欲出。忽见妻昏愦⑥,絮絮若与人言。杜异之,就问卧榻。妻辄"儿"呼之。家人心知其异。时杜有母柩未殡,疑其灵爽所凭⑦。杜祝曰:"得勿吾母耶⑧?"妻骂曰:"畜产何不识尔父⑨!"杜曰:"既为吾父⑩,何乃归家祟儿妇?"妻呼小字曰:"我专为儿妇来,何反怨恨⑪!儿妇应即死;有四人来勾致⑫,首者张怀玉。我万端哀乞,甫能得允遂⑬。我许小馈送,便宜付之。"杜如言⑭,于门外焚钱纸⑮。妻又言曰⑯:"四人去矣。彼不忍违吾面目⑰。三日后当治具酬之。尔母老⑱,龙钟不能料理中馈⑲。及期,尚烦儿妇一往。"杜曰:"幽明殊途⑳,安能代庖?望父恕宥㉑。"妻曰:"儿勿惧,去去即复返㉒。此为渠事,当毋惮劳。"言已即冥然㉓,良久乃苏。杜问所言,茫不记忆。但曰:"适见四人来,欲捉我去。幸阿翁哀请。且解囊赂之,始去。我见阿翁镪袱尚余二铤㉔,欲窃取一铤来作糊口计。翁窥见叱曰:'尔欲何为?此物岂尔所可用耶!'我乃敛手未敢动。"杜以妻病革㉕，疑信未半㉖。越三日，方笑语间，忽瞪目久之，语曰㉗："尔妇綦贪，曩见我白金㉘，便生觊觎。然大要以贫故㉙，亦不足怪。将以妇去，为我敦庖务㉚，勿虑也。"言甫毕，奄然竟毙；约半日许，始醒。告杜曰："适阿翁呼我去，谓曰：'不用尔操作，我烹调自有人，只须坚坐指挥足矣。我冥中喜丰满，诸物馔都覆器外㉛，切宜记之。'我诺，至厨下，见二妇操刀砧于中，俱绀帔而绿缘之㉜，呼我以嫂。每盛炙于簋㉝，必请觇视。曩四人都在筵中㉞。进馔既毕，酒具已列器中，翁乃命我还。"杜大愕异㉟，每语同人㊱。

注释

①秀才：斋抄本作"生"。

②内人：对自己妻子的称呼，多用于书面语。《礼记·檀弓》："诸臣未有出涕者，而内人皆行哭失声。"

③重阳：农历九月九日。九为阳数之极，故九月九日称重阳节。

④茱萸会：我国古代风俗，于重阳节折茱萸佩戴，以祛邪辟灾。又约集亲友，"以重阳相会，登山饮菊花酒，谓之登高会，又云茱萸会"。见周处《风土记》。茱萸：植物名，有浓烈香味，可入药。

⑤兴：斋抄本作"起"。

⑥昏愦：神志不清。

⑦灵爽：本指神明、精气。此指鬼魂。

⑧勿：亭刻本、二十四卷本作"毋"。

⑨产：斋抄本、二十四卷本作"生"。

⑩此句下斋抄本、二十四卷本有"不胜他人耶"五字。斋抄本"耶"作"也"。

⑪恨：二十四卷本作"怼我"。

⑫勾致：拘拿。

⑬斋抄本、二十四卷本无"得"字。

⑭如言：斋抄本作"即"。

⑮钱纸：斋抄本、二十四卷本作"纸钱"。

⑯言：斋抄本无"言"字。

⑰忍：二十四卷本作"好"。

⑱斋抄本"老"上有"年"字。

⑲龙钟：衰惫蹇缓貌。谓身体衰老，行动不方便。中馈：家庭饮食之事。泛指家务事。

⑳明：斋抄本作"冥"。

㉑望：二十四卷本作"祈望"。斋抄本无"父"字。

㉒二十四卷本不重"去"字。去去：暂去，稍去片刻。

㉓斋抄本"已"下有"曰吾且去妻"五字,二十四卷本"已"下有"曰尽此且去妻"六字。冥然:昏迷不醒。

㉔镪袱:装银钱的口袋。铤:通"锭"。古代专门铸成的各种形状的金银块,用作货币流通,后沿用"锭"字。一锭重五两或十两。

㉕病革(jí):病危。革:通"亟"。《礼记·檀弓》:"夫子之病革矣。"郑玄注:"革,急也。"

㉖未:斋抄本作"相",二十四卷本作"参"。参半:各占一半。

㉗曰:亭刻本作"以"。

㉘我:亭刻本作"吾"。

㉙要:二十四卷本作"约"。

㉚敦庖务:料理饮食之事。

㉛"诸物"句:意谓饭菜都要盛到满出盘碗。

㉜"绀帔"句:天青色的帔肩而缘以绿边。绀:天青色或深青中透红之色。

㉝炙:此泛指菜肴。簋(guǐ):古代盛食物的器皿,圆口,两耳。

㉞二十四卷本此句前有"然后行去,甚是丰满,我窥其客"十二字。

㉟二十四卷本"杜"下有"闻之"二字。

㊱二十四卷本"人"下有"云"字。

译文

秀才杜九畹,老婆在生病。遇上重阳节,受朋友邀请去参加茱萸会。清早起来梳洗完毕,告诉老婆他要去哪里,穿衣戴帽正要出门,忽然发现老婆神智不清,絮絮叨叨像是在跟人说话。杜秀才觉得奇怪,走近床边问她。他老婆总管叫他"儿"。家里人心里都知道里面有怪事。

当时,杜秀才母亲的棺柩还没安葬,就怀疑是她的灵魂附体。杜秀才祷告说:"莫非是我的母亲吗?"他老婆骂他:"畜生,怎么不认得你父亲!"杜秀才说:"既然是我父亲,为什么要回家来祸害儿媳妇?"他老婆喊着他的小名说:"我专为儿媳妇而来,为什么反而怨恨我!儿媳妇本该马上死去;有四个人来拘拿她。为首的叫张怀玉。我万般哀求,才得到他允许。我答应送他们一些钱,应该马上给他们。"杜秀才照她的话,在大门外烧了些纸钱。他老婆又说:"四个人走了。你不忍心扫我的面子,三天以后要备办酒席酬谢他们。你母亲年纪大,体弱不能料理家务。到时候,还要劳烦儿媳妇去一趟。"杜秀才说:"阴间路不同,怎么能去代理炊事？希望父亲原谅。"他老婆说："儿不要害怕，去一会儿就回来。这是为办她的事，应该不要怕辛劳。"说完他老婆就昏迷不醒，好一阵子才苏醒过来。杜秀才问她刚才说了什么，她茫茫然一点也想不起来。只是说："刚才见四个人来，要捉我去。幸亏公公哀求，同时从口袋里拿钱买通他们，他们才走了。我看见公公装钱的口袋里还剩两锭银子，想偷偷拿一锭来作为糊口之用。公公看见了斥责说：'你想干什么？这东西难道是你能用的吗？'我就收手不敢动。"杜秀才因为老婆病重，对她说的话半信半疑。过了三天，他老婆正在谈笑之间，忽然瞪起眼睛好长时间，说："你媳妇很贪心，上次看见我的银锭，便产生非份之想。但大概是太穷了，也不足怪。我要带儿媳妇去，为我料理烹调之事，你不用担心。"话才说完，他老婆突然昏死过去；大约过了半天，才苏醒过来。她告诉杜秀才说："刚才公公叫我去，对我说：'不用你亲手操作，我自有人给我烹调，你只须安坐指挥就够了。我在阴间喜欢丰盛，所有的饭菜都装满漫出盘碗外，务必要牢记。'我答应了，到厨房里，看见两个妇女拿着刀在砧板上切菜，她们都穿天青色帔肩滚绿边,喊我叫嫂子。每次装菜在盘子里,必定要请我检查。上次的那四个人都坐在酒席上。菜肴吃完以后,酒具已收拾好,公公就叫我回家。"杜秀才听了十分惊异,经常与同事谈起这件事。

胡四相公①

原文

莱芜张虚一者②,学使张道一之仲兄也③。性豪放自纵,闻邑中某氏宅④,为狐狸所居,敬怀刺往谒⑤,冀一见之,投刺隙中。移时,扉自辟,仆者大愕却退⑥。张肃衣敬入,见堂中几榻宛然,而阒寂无人⑦,遂揖而祝曰⑧:"小生斋宿而来⑨,仙人既不以门外见斥,何不竟赐光霁⑩!"忽闻虚室中有人言曰⑪:"劳君枉驾,可谓跫然足音矣⑫。请坐赐教。"即见两坐自移相向。甫坐,即有镂漆硃盘⑬,贮双茗盏悬目前,各取对饮,吸呀有声,而终不见其人。茶已,继之以酒。细审官阀⑭,曰:"弟姓胡氏,于行为四⑮;曰相公,从人所呼也⑯。"于是酬酢议论⑰,意气颇洽。鳖羞鹿脯⑱,杂以芗蔌⑲。进酒行炙者,似小辈甚夥。酒后颇思茶⑳,意才少动㉑,香茗已置几上㉒。凡有所思,无不应念而至㉓。张大悦,尽醉始归㉔。自是,三数日必一访胡㉕,胡亦时至张家,并如主客往来礼㉖。一日,张问胡曰:"南城中巫媪,日托狐神,渔病家利㉗。不知其家狐,君识之否?"曰:"彼妄耳㉘,实无狐。"少间,张起溲溺㉙,闻小语曰:"适所言南城狐巫㉚,未知何如人。小人欲从先生往观之,烦一言请于主人。"张知为小狐,乃应曰:"诺!"即席而请于胡曰㉛:"我欲得足下服役者一二辈㉜,往探狐巫,敬请君命。"狐固言不必㉝。张言之再三,乃许之。既而张出,马自至,如有控者。既骑而行,狐相语于途谓张曰㉞:"后先生于道途间㉟,觉有细沙散落衣襟上,便是吾辈从也。"语次进城㊱,至巫家。巫见张至㊲,笑逆曰㊳:"贵人何忽得临㊴?"张曰:"闻尔家狐子大灵应,果否?"巫正容曰:"若个蹀躞语㊵,不宜贵人出得。何便言狐子?恐吾家花姊不欢。"言未已,空中发半砖来,中巫臂,踉跄欲跌㊶。惊谓张曰:"官人何得抛击老身也!"张笑曰:"婆子盲也!几曾见自己额颅破,冤诬袖手者㊷?"巫错愕不知所出,正回惑间,又一石子落,中巫,颠蹶;秽泥乱堕㊸,涂巫面如鬼。惟哀号乞命。张请恕之,乃止。巫急起奔遁房中㊹,阖户不敢出㊺。张呼与语曰:"尔狐如我狐否?"巫惟谢过。张仰首望空中㊻,戒勿复伤巫㊼,巫始惕惕而出㊽。张笑谕之,乃还。由是每独行于途㊾,觉尘沙淅淅然㊿,则呼狐语,辄应不讹。虎狼暴客,恃以无恐。如是年余,愈与胡莫逆㉛,尝问其甲子㉒,殊不自记忆;但言"见黄巢反㉓,犹如昨日"。一夕共话㉞，忽墙头苏然作响，其声甚厉，张异之。胡曰："此必家兄。"张言㉟："何不邀来共坐？"曰："伊道颇浅㊱，只好攫鸡唊㊲，便了足耳。"张谓胡曰㊳："交情之好，如吾两人，可云无憾；终未一见颜色，殊属恨事㊴。"胡曰："但得交好足矣，见面何为？"一日，置酒邀张，且告别。问："将何往？"曰："弟陕中产，将归去矣。君每以对面不觌为恨㊵，今请一识数岁之友㊶，他日可相认耳。"张四顾都无所见。胡曰："君试开寝室门，则弟在焉。"张如其言㊷，推扉一觑，则内有美少年，相视而笑，衣裳楚楚，眉目如画，转瞬之间，不复睹矣。"张返身而行，即有履声藉藉随其后㊸，曰："今日释君憾矣。"张依恋不忍别。胡曰㊹："离合自有数，何容介介㊺。"乃有巨觥劝酒。饮至中夜，始以纱烛导张归。及明往探㊻，则空房冷落而已㊼。后道一先生为四州学使㊽，张清贫犹昔㊾，因往视弟，愿望颇奢。月余而归㊿，甚违初意，咨嗟马上，嗒丧若偶㊽。忽一少年骑青驹蹑其后㊽。张回顾，见裘马甚丽，意甚骚雅㊽，遂与语间㊽。少年察张不豫㊽，诘之。张因欷歔而告以故㊽。少年亦为慰藉。同行里许，至歧路中，少年乃拱手别曰㊽："前途有一人，寄君故人一物，乞笑纳也㊽。"复欲询之，驰驴径去，张莫解所由。又二三里许，见一苍头，持小篚子㊆，献于马前曰："胡四相公敬致先生。"张豁然顿悟。受而开视㊇，则白镪满中。及顾苍头，已不知所之矣㊈。

注释

①手稿本原题"胡相公"，"四"字系旁加。斋抄本、二十四卷本题"胡相公"。

②莱芜：县名，在山东省中部偏南。汉置嬴县，唐改莱芜县。

③张道一：旧本冯镇峦谓："莱芜张并沚先生，名四教，顺治丙午进士，督学山右。道一或其号欤。"

④氏：斋抄本无"氏"字。

⑤刺：名帖。

⑥者：斋抄本无"者"字。退：斋抄本作"走"。

⑦阒：二十四卷本作"闐"。阒（qù）寂：寂静无声。

⑧遂：斋抄本无"遂"字。

⑨斋宿：先一日斋戒，表示虔诚。《孟子·公孙丑》下："弟子斋宿而后敢言。"

⑩竟：二十四卷本作"敬"。光霁："光风霁月"之略。以天朗时的和风、雨晴后的明月，比喻人物品格开朗、气度豁达。这里喻容貌。

⑪虚室：斋抄本作"空"。室：二十四卷本作"空"。

⑫谓：亭刻本作"为"。跫（qióng）然足音：意谓空谷之中听到人的脚步声就非常高兴。《庄子·徐无鬼》："闻人足音跫然而喜矣。"跫：脚步声。

⑬硃：二十四卷本作"朱"。

⑭审：亭刻本作"问"。官阀：官阶门第。

⑮"弟姓"二句：斋抄本作"弟姓胡行四"。

⑯相公：旧时用以对人的尊称，多指富家子弟。

⑰酬酢：主客相互敬酒。主敬客称"酬"，客还敬称"酢"。

⑱鳖羞鹿脯：鳖肉和鹿肉做成的佳肴。泛指水产山珍。羞：美味食品。脯：干肉。

⑲芎蓼：古时调味的香料。芎：用作调料的香菜。蓼：蓼科部分植物的泛称。《尔雅·释草》："蔷虞，蓼。"郝懿行义疏："《内则》烹炰用蓼，取其辛能和味，故《说文》以为辛菜。"

⑳颇：斋抄本无"颇"字。

㉑少：斋抄本无"少"字。

㉒置：亭刻本作"寘"。

㉓无不：斋抄本无"无不"二字。而：斋抄本作"即"。

㉔始：斋抄本作"而"。

㉕访胡：斋抄本作"往"。

㉖并:斋抄本作"俱"。

㉗病家:斋抄本无"病家"二字。渔病家利:意谓向病家勒索财物。渔利:用不正当的手段谋取利益。

㉘彼:斋抄本无"彼"字。

㉙溲溺:小便。

㉚巫:手稿本缺,据斋抄本、二十四卷本补。

㉛而:斋抄本无"而"字。胡:斋抄本、亭刻本作"狐"。

㉜足下:对人的敬称。

㉝狐:二十四卷本作"胡"。

㉞谓张:斋抄本、二十四卷本无"谓张"二字。

㉟斋抄本"后"上有"今"字。

㊱进:斋抄本作"入"。

㊲巫:二十四卷本无"巫"字。

㊳逆:斋抄本、亭刻本作"迎"。

㊴得:斋抄本作"降"。

㊵蹀躞(dié xiè):谓浮漫不庄重。

㊶踉跄:站立不稳。

㊷袖手:筒手于袖内。

㊸堕:斋抄本、亭刻本、二十四卷本作"坠"。

㊹奔:二十四卷本无"奔"字。

㊺阖：亭刻本作“阖”。阖户：关上门。

㊻斋抄本、二十四卷本“张”下有“招之且”三字。

㊼复：斋抄本、二十四卷本无“复”字。

㊽惕惕：忧惧貌。《国语·楚语》上：“岂不使诸侯之心惕惕焉！”

㊾由是每：斋抄本作“自此”。

㊿淅淅然：风沙吹落声。

(51)与胡：二十四卷本作“于”，斋抄本无“胡”字。胡：亭刻本作“狐”。

(52)甲子：代指年龄。古代以干支相配纪年，甲居天于之首，子居地支之首，故以“甲子”代指年岁。

(53)黄巢反：指唐末黄巢起义。黄巢：唐末农民大起义领袖。曹州冤句（今山东菏泽东南）人。唐僖宗中和四年（884）起义失败，自杀。

(54)共：亭刻本作“与”。

(55)言：斋抄本作“云”。

(56)斋抄本、二十四卷本“道”下有“业”字。

(57)斋抄本、二十四卷本“攫”下有“得两头”三字。

(58)胡：斋抄本、亭刻本作“狐”。

(59)殊属：斋抄本作“大是”。

⑥⓪恨：斋抄本作"憾"。

⑥①岁：斋抄本作"载"。友：二十四卷本作"交"。

⑥②如其言：斋抄本作"即"。

⑥③藉藉：形容履声杂乱。

⑥④胡：斋抄本作"狐"。

⑥⑤介介：放在心上。

⑥⑥及明：斋抄本作"明日"。

⑥⑦房：斋抄本作"屋"。

⑥⑧州：亭刻本、二十四卷本作"川"。西川：唐代剑南道分四川为东西二川，西川指今四川西部。此指四川省。从下文斋抄本"请如昔"看，"西川"或"西州"疑当为"山西"。学使：提督学政，亦称督学使者。

⑥⑨清贫犹昔：斋抄本作"清如昔"。

⑦⓪月余而：斋抄本作"比"。

⑦①丧若：亭刻本作"若丧"。偶：二十四卷本作"失"。嗒丧若偶：形体死寂的样子，犹言心灰意冷，痴若木偶。《庄子·齐物论》："仰天而嘘，答焉似丧其耦。"答，同"嗒"。

⑦②驹：斋抄本、二十四卷本作"驴"。

⑦③甚：斋抄本作"亦"。骚雅：文雅。

⑦④语间：斋抄本、亭刻本、二十四卷本作"闲语"。

(75)不豫：不高兴。

(76)因欷觑而：斋抄本无此四字。

(77)乃拱手别：斋抄本作“拱手而别”。

(78)也：斋抄本作“之”。

(79)簏：圆形小筐。

(80)受而开视：斋抄本作“启视”。

(81)之矣：斋抄本作“往”。

译文 莱芜县的张虚一，是学使张道一的二哥。他性情豪爽放任不羁，听说本县某家宅院，被狐精占据，就怀着敬意拿了名帖去拜访，希望见上一面。他把名帖投进门缝中。过了一会，门自动打开，随去的仆人大惊往后便退。张虚一却整理衣裳恭恭敬敬地走了进去，只见堂屋里桌椅几榻摆放得整整齐齐，可是却寂静无人，他就作揖祷告说：“我头天斋戒而来，仙人既然不把我拒之门外，为什么不索性赏我见见尊容！”忽然听见空空的房间里有人说：“承蒙你屈驾来访，可谓空谷跫音令人高兴。请坐下指教。”就见两张椅子自动移成相对位置。刚坐下，马上有镂花红漆茶盘，托着两只茶杯，悬挂在眼前，各人取下茶杯对坐喝茶，只听见喝茶的声音，却始终见不到座位上的人。喝过茶，接着又送酒来。张虚一仔细询问对方的门第官职，对方说："兄弟姓胡，排行第四，称相公，是仆人这样称呼的。"这就边喝酒边交谈，感情很融洽。水产山珍，拌以调味香料。进酒上菜的小厮很多。喝完酒，张虚一很想喝杯茶，念头才稍微萌动，一杯香茶已经摆在茶几上。凡是想要什么，无不随着心思随即送到。张虚一十分高兴，喝得大醉后才告辞回家。从此，每隔三几天必定访胡四相公一次，胡四相公也时常到张虚一家，彼此都以宾主之礼相待。

有一天，张虚一问胡四相公："南城中的巫婆，每天托狐神治病，向病家勒索财物。不知道她家的狐神，你认不认识？"胡四相公说："她是胡吹的，其实没有狐神。"一会，张虚一起身去小便，听见耳边有人小声说："刚才所讲的南城托狐巫婆，不知是个什么人。我想跟随先生去看看她，劳驾你在主人面前讲一声。"张虚一知道这是小狐精，就答应说："行！"于是就在酒席上向胡四相公请求说："我想要先生手下的一两个仆人，同我去探访托狐巫婆，敬请你下命令。"胡四相公坚持说没有这个必要。张虚一再三央求，胡四相公才答应了。

随后张虚一出来,一匹马自己走过来,好像有人牵着似的。骑上马出发,小狐精一路同他交谈,它对张虚一说:"以后先生走在路上,发觉有细沙散落在衣襟上,这就是我们在跟随着你。"说话之间,进到城里,来到巫婆家。巫婆看见张虚一到来,笑着迎出来说:"贵人为什么忽然光临我家?"张虚一说:"听说你家狐崽子十分灵验,果真是这样吗?"巫婆很严肃地说:"这种轻薄的话,不该由贵人说出口。为什么开口就称狐崽子?恐怕我家花姊不高兴。"话未说完,从空中飞来半块砖头,打中了巫婆的胳膊。巫婆站立不稳差点倒在地上。她惊慌地对张虚一说:"官人为啥要砸我这老婆子呀!"张虚一笑笑说:"老婆子眼瞎了!你什么时候看见自己的额头被砸破,却冤枉笼手在袖子里的人?"巫婆惊慌失措不明白砖头是从哪里飞来的,正在疑惑之间,又一颗石子落下来,击中巫婆,她跌倒在地,污泥纷纷落下来,把巫婆的脸涂得像鬼一样,她只有哀叫乞求饶命。张虚一请小狐精宽恕她,飞石落泥才停止。巫婆急忙起来奔逃进房间里,关上门不敢出来。张虚一大声对她说:"你的狐仙比得上我的狐仙吗?"巫婆只有连声谢罪。张虚一抬头望着空中,劝告不要再伤害巫婆,巫婆这才提心吊胆地走出来。张虚一笑着教训了她一顿,方才回去。

从此,张虚一每次单独在路上行走,觉得有尘沙渐渐地落在身上,就喊狐精同他谈话,狐精总是应答不误。遇到虎狼强盗,他也有恃无恐。这样过了一年多,他同狐精更是成了莫逆之交。他曾问胡四相公的年龄,胡四相公自己一点也记不清了;只是说:"看黄巢造反,还像是昨天的事一样。"

有一天晚上,他们在一起交谈,忽然墙头发出沙沙的响声,声音很紧,张虚一很奇怪。胡四相公说:"这一定是我的哥哥。"张虚一说:"为什么不请来一起坐坐?"胡四相公说:"他的道行很浅,只要抓只鸡吃,就满足了。"张虚一对胡四相公说:"像咱们两个交情这样好,该说没有什么缺憾了;可是始终没有见一次你的容貌,这实在是很遗憾的事。"胡四相公说:"只要交情好就够了,见面干什么?"有一天,胡四相公办了酒席请张虚一,同时向他告别。张虚一问:"准备去哪里?"胡四相公说:"小弟出生在陕中,就要回家去了。你常常把对面不相见作为遗憾,今天请你认识一下几年的老朋友,将来见面也好相认。"张虚一四处张望却看不见什么。胡四相公说:"你试打开寝室门,小弟就在里面。"张虚一照他说的,推开门一看,里面有个俊美的年轻人,对着他笑,衣裳整洁鲜明,眉毛眼睛像画上的一样清秀,转眼之间,就再也看不见了。张虚一转身就走,马上有杂乱的脚步声跟在他后面,说:"今天算是消除你的遗憾了。"张虚一依恋他不忍心分手。胡四相公说:"分离聚会自有定数,何必把它放在心上呢。"就用大杯子劝酒。喝到半夜,才用纱灯送张虚一回家去。天亮以后再去探看,只有冷冷清清的空房子而已。

后来,张道一先生做了四川学使,张虚一还是像从前一样清贫,因此去看望弟弟,希望得到丰厚地馈赠。一个多月以后回家,完全与他的愿望相反,骑在马上哀声叹气,心灰意冷呆若木偶。忽然有个年轻人骑一头驴子跟在他后面。张虚一回头一看,只见裘衣坐骑都很华美,举止也很文雅,就跟他闲聊。年轻人觉察张虚一不高兴,就问他。张虚一就感慨地把缘由告诉他。年轻人又劝慰了一番。同行了里把路,来到岔路口,年轻人拱手告别,说:"前面路上有个人,交给你老朋友的一件东西,请你收下。"张虚一想再问问他,他骑着驴径直走了。张虚一搞不清是怎么回事。又走了大约两三里路,看到一个仆人,手提一只小圆筐,在马前献给张虚一,说:"胡四相公敬送给先生。"张虚一马上明白过来。收下圆筐打开一看,里面装满了白银。等再看仆人,已经不知道到哪里去了。

图书在版编目(CIP)数据

聊斋志异全译.二/(清)蒲松龄著;袁华忠译注.--贵阳:贵州人民出版社,2023.11
(中国历代名著全译丛书)
ISBN 978-7-221-18108-4

Ⅰ.①聊… Ⅱ.①蒲…②袁… Ⅲ.①《聊斋志异》
Ⅳ.①I242.1

中国国家版本馆CIP数据核字(2023)第210774号

LIAOZHAIZHIYIQUANYI

聊斋志异全译(二)

[清]蒲松龄 ◎著　袁华忠 ◎译注

出 版 人	朱文迅
责任编辑	苏　轼
责任印制	尹晓蓓
装帧设计	IDEA　舒刚卫　刘清霞

出版发行	贵州出版集团　贵州人民出版社
地　　址	贵州省贵阳市观山湖区会展东路SOHO办公区A座
印　　刷	天津创先河普业印刷有限公司
版　　次	2023年11月第1版
印　　次	2023年11月第1次印刷
开　　本	880mm×1230mm　32开
印　　张	24.25
字　　数	510千字
书　　号	ISBN 978-7-221-18108-4
定　　价	92.00元

如发现图书印装质量问题,请与印刷厂联系调换;版权所有,翻版必究;未经许可,不得转载。